南飞雁 著

河南文艺出版社

·郑州·

图书在版编目（CIP）数据

省府前街/南飞雁著. —郑州:河南文艺出版社,
2019.3（2019.5 重印）

ISBN 978-7-5559-0816-6

Ⅰ.①省… Ⅱ.①南… Ⅲ.①长篇小说-中国-当代 Ⅳ.①I247.5

中国版本图书馆 CIP 数据核字（2019）第 052327 号

出版发行　　河南文艺出版社
本社地址　　郑州市郑东新区祥盛街 27 号 C 座 5 楼
邮政编码　　450018
承印单位　　河南瑞之光印刷股份有限公司
经销单位　　新华书店
纸张规格　　700 毫米×1000 毫米　1/16
印　　张　　29.25
字　　数　　445 000
印　　数　　17001—32000
版　　次　　2019 年 3 月第 1 版
印　　次　　2019 年 5 月第 2 次印刷
定　　价　　56.00 元

印厂地址　河南省武陟县产业集聚区东区（詹店镇）泰安路
邮政编码　454950　　电话　0391-2527860

目录

第一章

娶 妇

民国二十五年，沈奕雯十一岁那年，省府前街沈宅出了点事。

事情不大，也不小。奕雯的父亲老沈，把外室冯氏娶进了门。老沈有这位外室之际，奕雯才刚出世，如今十年过去，沈宅上下无人不知冯氏，进门早无新意可言，所以事情不大；不过在进门酒宴上，奕雯朝继母冯氏放了一枪，枪是真枪，弹是真弹，子弹擦着耳朵过去，削去了一个耳垂，耳垂上还有一条金镶璆琳的耳坠，因为见了血，流血的还是新夫人冯氏，所以事情也不能算小。枪响之后，举座皆惊，老沈也惊，但并不乱，出手夺了枪，卸了弹匣。枪被夺走，奕雯却也不乱，黑溜溜的眼珠子一动不动，看着对面的冯氏。而冯氏更不乱，扯了丝帕擦擦脸颊上的血迹，不动声色一笑，继续招呼宾客饮酒用馔，仿佛那耳垂是别人的，跟她毫无干系。

奕雯有枪，老沈早就知道。枪是她母亲的。奕雯的母亲惠葳，三年前出国，半年前来信离婚，老沈复信同意，但只同意了一半，不许女儿出国与母团聚。老沈固然知道奕雯有枪，却不相信她会用；可能也知道她会用，却不相信她会在这个时候用。 在老沈眼里，奕雯当然还是个孩子，枪无非是个黑乎乎的玩具，所以这一切必然有幕后主使。 惠葳远在国外，可以排除嫌疑；家里家外能当此大任者，又实在是找不出来，而冯氏毕竟刚进门便挨了一枪，势必得有个说法。 所以经此一番，待宾客尽欢散去，新妇入了洞房，这洞房就不像是洞房了，变成了审案；审案的当然是老沈，陪审的是冯氏，被审的却不在——老沈端坐于千工床，双目如炬，对空气审来审去，觉得有必要把奕雯叫来过过堂，冯氏却不允，劝道：

"她还是个孩子。"

老沈暗喜，半晌不作声，闷道：

"孩子？ 都会冲人放枪了，还是孩子？"

冯氏只好耐心道：

"对孩子来说，也就是个玩意儿，她哪知道会要命？"

冯氏时年二十九岁，做老沈的相好已逾十年。 冯氏是个聪明人，就算不聪明，十年相处下来，自家男人的脾气性子，也能摸得八八九九。 新婚之夜，老沈不肯洞房，偏要断案，意在给冯氏一个说法；或者谈不上给说法，只聊表一下安慰；又或者安慰也不必表，多少算是个态度。 毕竟是沈家婆妇，毕竟是新娘子，刚进门就被继女打了一枪，削了一个耳垂，老沈不断断案子，不说说狠话，于人于己都不够圆。 而老沈为人处世，力求一个圆满，这点冯氏自然明白，也乐意配合他把话说圆。 眼前的情况是，老沈是亲爹，越是亲爹，越要在后娘面前做出大义灭亲的姿态；冯氏是后娘，越是后娘，越要在亲爹那里一副息事宁人的坚持，这样的亲爹后娘才有担待，才能搭伙过下去。 其实老沈和冯氏都明白，奕雯打的这一枪，到底是旁人幕后主使，还是她自己一时心血来潮，都缺乏实际意义，审案也是徒有其表；两人心里虽明白，嘴上却都不说。 也正是因为你知道，我也知道，你不说，我也不说，所以都觉得默契，觉得对方好，觉得选对了人。 于是事情到了这里就又变了，断案不必再是断案，可以变回洞房。

云雨已毕，老沈倒在床头，疲惫一叹，道："往后，孩子就交给你了。"冯

省府前街

氏便一笑，笑里带悲，悲中含欣，悲欣交集杂糅一起，虽不言，早把话都说尽了。 老沈托付过孩子，事情也做圆满了，便由叹转鼾，头一歪径自睡去。冯氏替他折了被角，垫上枕头，听见鼾声变弱，这才披衣离床，推开房门，站在一派薄寒之中，怔怔看着周遭的一切。 省府前街的沈家宅子，偌大一个四合院，中庭一棵石榴树，十年中她无数次憧憬过，畏惧过，不甘过。 如今就驻足正房门口，想到十年既往首尾茫茫，一时间手足无措。

跟前头那位沈夫人相比，如今这位沈夫人差得太多。 这点冯氏自己也清楚，所以十年中从不以外室为羞，也从不奢望能取正室而代之，连做个姨太太都未曾提过，远远地躲在双龙巷一处偏宅。 而惠葳知道了有冯氏在，不慌不忙打听过她的底细，倒耻于将她视为对手。 于是一个战战兢兢，一个视而不见，多年来也算相安无事。 如果情势一直如此，倒也不会有冯氏的机会。 问题出在老沈身上。 他与惠葳成亲日久，且只有奕雯这一个后嗣，心中自然是不甘，有了冯氏之后顿感求子有望，整日深耕勤种，流连不返；不料冯氏十年里除了小产两次，到头来竟是一无所获，倒连惠葳都不如。 外室那点事，无论巨细，早有嘴快的下人一一报来，惠葳听罢，越发觉得老沈一番辛苦殊为可笑，可笑之后又觉可悲，为老沈，也为自己。 正好幼弟惠茗成年，时值留洋风行，文家送他出国留学，惠葳便一狠心舍下奕雯，陪惠茗出了国，欧游多国经年不归，屡次来信要奕雯出国团聚，都被老沈拦下。 夫妇二人隔着重洋万里书信对阵，文言吵过换白话，后来又用英文，吵到第三年头上，惠葳索性一纸离婚书信寄回。 老沈虽跟她感情早已寡淡，却也好生暴跳如雷了一阵，最后在信上画了个圈圈，批了"照允"二字；回信第二天，老沈仍是不忿难平，索性通知冯氏准备进门。 如此说来，冯氏由外室扶正，不能不说是捡了个大便宜；既然是捡了便宜，就不能太计较那个耳垂；可话说回来，就算是她想计较，又能拿奕雯如何？ 人家至少还是沈家大小姐，自己膝下空空如也，连个撑腰提气的都没有。

按照常理讲，外室扶正，入主沈宅，胜利者当然是冯氏；不料胜利者还未祭旗立威，就被继女一枪削去了一个耳垂；耳垂减半，无非往后再戴不得耳坠儿，可枪声一响，胜利者的威风便被打掉了一半，剩下一半又发作不得，生生

省府前街

3

地扼在喉头。　本以为老沈会主持公道，说句宽慰的话，怎知他又是断案又是发狠，吹吹打打折腾一夜，连洞房都差点折腾进去，却始终不见实效。　原来毕竟衣不如新、人不如故，何况这故人还是他唯一的孩子。　老沈在唱戏，能搭戏的只有冯氏，看他演了半天，终于看出想把事办圆，就不能放过奕雯；而老沈实际上既想把事办圆，又不想难为奕雯。　冯氏并非不会唱戏，之前苦于没有唱本，也没师傅批讲开蒙，不知怎么搭戏；一旦看出老沈的心思，这戏就好搭了。　冯氏配合老沈把戏唱完，看他心满意足睡去，明白自己这耳垂没了也就没了，此后再不必提，也不能提，提了就是自己心眼小，做了后母却不懂得宽谅。　或许连老沈都觉得，她好歹也做了正经的沈夫人，搬进了省府前街的沈宅，为此损失掉个把耳垂似乎也不算赔本。　既然老沈都这么想，她还有何话说？　想到这里，冯氏只觉脸颊凉凉，原来不知何时泪水敷面，又风干了。

　　冯氏一番心思哀转久绝，老沈并非不懂。　他其实并未睡熟，或许是鼾声太大，把自己弄醒了。　冯氏在门口踟蹰，老沈躺在床上，乜斜着眼都看得到，却也懒得说什么。　他着实有些懊悔。　本来，离婚已够随性，再娶就要慎重，不料再娶倒比离婚还要随性些。　亏得父母均已辞世，不然还得被他气死。　想到父母，老沈心中一紧，眼角也一酸。　冯氏跟他说过，好歹算是明媒正娶，既然进了沈家宅门，做了老沈的正妻，该有的礼数便不能少，让他抽空带她回郑县一趟，在沈家祖坟前祭告一次，算是给祖宗一个交代。　冯氏说这话的时候，声音不大，态度却很肃然，要求又入情入理，当时他未及多想，便随口答应了，现在看来倒是极为麻烦——祭祖自有一定之规，本支本脉都要到齐的，挨了一枪的冯氏要去，打那一枪的奕雯也要去，同车来回，同地祭祀，冯氏是大人，想必不会计较，但奕雯能不能听话？　枪她都敢放，还会不会做出别的出格的事？　而且娶妇祭祖，不但本支本脉，旁支的沈姓人也要有人在。　父亲沈圣衍一辈兄弟三人，圣衍为长，二叔圣承不说了，生死都不知道，三叔圣传家人丁兴旺，圣衍家却是单传，到了老沈这里，连女儿都只有一个。　祖坟前，三叔家孙男娣女浩浩成行，可怜自家就三个人，还有俩是女的，真是自取其辱，不孝之至，愧对祖宗。　早知麻烦这么多，又何必匆匆娶冯氏进门呢？　人家自己大概都没想到会有如此好命，他倒是逞一时之快，弄得这般坐蜡。思绪及此，老沈再也不愿看见冯氏，连她身上隐隐袅袅的脂粉味都不想再闻。他已经忘了，这艳容霜还是他特意在汉口的"广生行"分店定制，专为今日娶妇婚典而备的。艳容霜香馥依旧，老沈的心态却陡然不同。他不动声色地翻了个身，把冷冰冰的后背，留给了门口的冯氏。这个算是新婚的夜晚，两位旧人两两相背，就这么直至天明。

祖　　宗

老沈名徵茹。沈家祖居本在密县，数代先人农忙种地，农闲采煤，省吃俭用攒银子，到老沈曾祖父尚得公这一辈，沈家总算盘下口小煤窑，拿了县衙颁的矿照，当上了窑主。开窑那天，尚得为图个吉利，还请了本县最有名的"小八班"，一连唱了四天大戏。头一天唱的是《穆桂英征东》，第二天《樊梨花征西》，第三天《姚刚征南》，最后一天《雷镇海征北》。那时老沈的祖父秉耀公还小，也就六七岁的年纪，目睹了沈家开窑的盛况。直到他临终前不久，还能清楚地对老沈讲，那天唱雷镇海的，是豫西调名角、须生大王孟永清，一开场就是几句靠山吼："刀劈三关我这威名大……"

秉耀有痨病的根子，又喜欢听戏，连说带唱比画过一番，不由虚弱地喘了几声，挂着盘棘拐杖定了定神，又道："你还是个娃，现在还不懂。你知那叫什么？四天四台大戏，征东征西征南征北，这叫东西南北四大征，咱密县开窑讲究唱戏，图的就是东西南北四处发财，——你看我干什么？"

沈徵茹时年六七岁，黑眼珠骨碌碌转着，笑道："爷，你又忘了。我爹说了多少次，不让说密县，让说郑州。"

秉耀便愤愤然吐了口漆黑的痰，骂道："你爹那个王八蛋，跟你太爷爷一样，都不是什么好东西！全是王八蛋，败家子！"

徽茹就笑起来，一双小手拉着秉耀，不让他再骂，秉耀气呼呼叹了一声，一老一少这才逶迤回家。秉耀依旧怒气未消，一路上痛骂儿子圣衍和父亲尚得。等快到家门口，秉耀忽地停下，皱着眉，手里的盘棘拐杖蹾着地，不肯挪步了。徽茹明白他的心思，就又笑道："爷，你放心，你骂我太爷爷和我爹的事，我肯定不跟我爹说。"

秉耀大喜，便眉开眼笑道："好孙子！爷还给你晒酱豆吃！"

秉耀是道光二十六年生人，沈家窑场是咸丰二年开窑，窑主尚得礼聘了工头张大，"四大征"唱过，张大领着十几个煤工开工，日夜劳作不息。密县煤藏量甚巨，采煤业自两汉发端，唐宋日渐风行，明亡清兴之际已是豫省主要煤产地，窑口林立，煤工云集。靠着开窑采煤发了财的不少，血本无归者也大有人在。很多窑场耗费半年人力物力，深掘入地数十丈，连个煤渣都不见。也是天佑沈家，开窑一月即产煤，不到一年，出煤无数，且开采顺利，平安无灾，获利甚多，沈家顿成小富之户。沈家兴旺，工头张大功不可没。尚得见他为人厚道，行事稳健，深得煤工拥戴，便跟他结拜兄弟，把窑口股本分他一成，还给煤工们涨了工钱，意在笼络人心。张大也知恩图报，和煤工们干得跟小老虎一般。尚得此举，并不是寻常窑主所为，究其本心，还是放不下功名进取之念，一心要科考。沈家自明初从山西迁至密县，已逾数代，一直是耕读传家，历代历辈不管生计有多艰难困顿，都要倾全家之力，供养子弟读书科举，可惜沈家功名之路一直不旺，顶多走到生员便告止步。到尚得这一辈，光靠田里刨食，已然难以养活全家，这才弃了耕读之"耕"，做起了煤窑买卖，但耕读之"读"却须臾不敢荒废。尚得本也不擅商贾经营，便秉承祖训，把窑口生意拱手交给了义弟张大，自己一门心思奔科举去了。

一晃到了咸丰三年，江南闹长毛，攻占了大清半壁江山，长毛定都金陵之后，派军北伐直捣京师，河南是北伐必经之地。一进六月，战事骤起，乡里风传长毛兵已经打下豫东归德府，一时间众说纷纭，有的说长毛兵要从归德府经山东北上，有的说要打下省城开封经略中原，尚得还在备考两月后的乡试，对种种传闻一笑了之，根本没放在心上。不料太平军势如破竹，一路沿黄河西进，连克开封、中牟、郑州，寻找渡河北上之处。 密县城破是在六月十三那天，不少煤工苦于平素窑主、工头虐待，纷纷投了太平军。 沈家上下毫无防备，尚得仓皇之下，来不及收拾贵重细软，只得把家业托付给张大，自己带了年幼的秉耀跑反，一家人狼狈躲进了山里，待数日后太平军从汜水渡过黄河北上，才回到家中。 经此大变，密县到处一片狼藉，更要命的是，平时忠厚寡言的张大竟带着十几个煤工投军，顺走了沈家留下的值钱之物。 尚得盘点家底，所剩细软寥寥无几，窑口器具损失大半，幸好场子还在，本想等朝廷大军回来，局面稳定之后，再作开窑复业之计。 不料官军杀回密县，不问青红皂白，先把尚得捉去，逼他交代"附逆通匪"之罪，若不是他还有生员功名在身，早被兵痞们活活打死了。 尚得被抓，生死未卜，家里只剩些妇孺，经不住官军恫吓威胁，情急中贱卖窑口，换了银子来赎尚得。 等尚得出了大狱，可怜老母亲惊吓之余已撒手西去，媳妇被官军糟蹋跳了井，只有秉耀靠乡邻收留，算是保住了沈家一根独苗。 家中只剩下尚得和秉耀父子，徒有四壁，几世辛苦积累毁于一旦，沈家自此一蹶不振，别说是考功名，就连生计都难于维持。 此后两年密县一带兵燹不断，匪盗、捻军、红枪会、白莲教轮番过境，而官军一回来，便把有前科的尚得捉去，名为盘问匪情，实则敲骨吸髓。 尚得眼看着再难以在密县立足，索性一咬牙，带了秉耀背井离乡，去了郑州，隐姓埋名，靠做零工为生。

郑州是隶属开封府管辖的散州，规制与县相当，也有百姓图省事，就叫郑县。 尚得选在郑州落脚，看中的就是此处城小民少，商旅不兴，能认出他的人不多。 郑州城仅有一条十字大街，州衙在城北，文庙在城东，城隍庙在城中，全城也就这三个人多的去处。 尚得仗着能写会算，在城南花园门街盛源当铺找了个营生，算算账，招呼招呼客人。 他不敢露出有功名在身，更不敢再参加什么科举，只得把希望都寄托在秉耀身上。 可惜秉耀自小颠沛流离，没过几天省心日子，还落下了痨病根，整日离不开药罐子，实在不是念书科考的料。 尚得又心酸，又无奈，转而将一腔心血都投在孙子圣衍身上。 到尚得六十岁那年，圣衍年方八岁，沈家从密县迁郑二十年了，咸丰、同治二朝已过，大清年号正是光绪四年。

话说这日天气邪乎，前半晌大风，后半晌大雨，整个郑州城像是从水盆里捞出来的，街面上除了瓢泼一般的雨，再无丁点人迹。 盛源当铺二十年中几经转手，老板换了几茬，生意一直惨淡，原来前铺后宅的规模也日渐萎缩，只剩下临街一个铺面。 去年接手的新老板姓朱，见没什么转机，索性辞了大小伙计，只留了一个老汉尚得支撑。 这天大雨，朱老板没来柜上，不知去哪儿冶游快活去了。 尚得佝偻了背，在柜台里支起小泥炉，砂锅里咕咕熬着汤水，旁边还焙着几块玉米面饼子。 圣衍前几日染了风寒，遍体酸痛，也上不了学，跟了尚得在铺子里养病，此刻歪在椅子上，正病恹恹睡着。 祖孙二人一坐一卧，铺子里静悄悄的，再无旁人。 尚得看了看砂锅，拿铁勺子搅了搅，忽地淡淡道："大雨天跟下刀子似的，能到当铺里来，怕是真遇到难处了。"

不知何时，柜台外边站了一个人，五十来岁年纪，脑顶上发楂子足有一寸，两只眼却雪亮，仰头朝柜里望着。 当铺规矩，柜台比寻常生意家高出一尺三分，且有木栅栏相隔，来人一时看不见尚得，便道："老话说得对，不遇难处，不进当铺。"

尚得这才封小了炉火，颤巍巍站起身，从柜台里看下去，来人打量一眼尚得，举着个小包裹递上，笑道："掌柜的受累了。"

尚得并未伸手去接，冷冷地道："惭愧，惭愧，老汉不是什么掌柜，替人做工、靠人吃饭而已。 若不是二十年前我义弟吃里爬外，干下猪狗不如的事，连累了老汉一家，老汉我眼下倒兴许还有些体面。"

来人不动声色地一笑，把包裹放在台面，道："老先生总归是知书达理之人，岂不知生死有命，贫富在天，哪有铁打的富贵体面？ 世势如大江大河，一往滔滔，能弄潮者自古至今又有几人？ 这年月，活着，已是不易了。"

来人说完，拱手一揖到地，便转身离去，径直迈入茫茫雨中，再不见踪迹。 尚得复又呆了一阵，半晌无语。 圣衍醒来，见他愣着，便小声道："爷，锅里药熬干了。"

尚得头也不回，喃喃道："哪里买得起药——生姜葱须而已，给你发汗的。"

圣衍又带着哭腔道："饼子也煳了，爷。"

这可真不是小事。今天的饼子里玉米面少，细面多，若不是圣衍生病，还真吃不到。听孙子都快哭了，尚得这才发现脖颈硬邦邦的，便艰难地转过头，看见小泥炉边，几个饼子果然焦黑板结，屋子里早就一片煳味，他刚刚却一点都未曾闻到。尚得叹气笑道："绿蚁新醅酒，红泥小火炉。晚来天欲雪，能饮一杯无。——娃，别急，等雨停住，爷爷带你抓药、买点心。"

圣衍怯生生道："我爹爱吃猪头肉，也买点吧。爷，咱有钱了吗？"

尚得笑着点头，喟然道："你爹比我有福气啊，能遇上个孝顺儿子。咱有钱的事，别告诉他，不然，都成了他的猪头肉了，爷爷还想供你念书考功名呢。记住了吗？"尚得一边说，一边提笔给朱老板写了一封辞工书信，把账目、库存盘点清楚，拿镇纸压好，又从腰间解下库房钥匙，放在账本旁边。圣衍目不转睛地看着他，尚得脸上带笑，不时回头看他一眼，告诉他这就叫"有始有卒者，其惟圣人乎"，又问他出自何处何典。圣衍蹙眉想了片刻，道："《论语·子张篇》。"尚得哈哈大笑，舒展开一脸的老纹。

说话间，雨差不多停了，尚得便携了圣衍的手，拿了柜台上的小包裹，出了门，严丝合缝地放好门板，落上锁。祖孙二人慢悠悠走在街上。尚得果然说到做到，抓过药买了点心，还真去了"豫盛和"卤肉店，给秉耀带了一荷叶包卤猪头。这才又携了圣衍的手，朝城东罗家胡同沈宅走去——秉耀在家，还等着吃晚饭呢。

秉耀那年三十二岁，自咸丰年闹长毛得下痨病，断断续续一直就没好过，平素索性也不出门，家里家外、大事小情从不上心，上不养老下不养小，理直气壮在家做病秧子。圣衍他娘王氏，老家在中牟县官渡镇，说起秉耀这个媳妇，倒是有段趣事。那年尚得、秉耀父子到省城看病，中牟是必经之地。爷俩五更天上路，到中牟县城正好中午，便寻了处水井，就着井水吃了干粮，又一路向东而去，想在天黑前赶到开封。兴许是井水太凉，喝得又太急，爷俩走到城东二十里的官渡镇，秉耀先扛不住了，蹿稀不已，一步也走不得；尚得开始还能坚持，后来也是咬牙攒眉，蹲下就站不起来。 漫天地里一望无边，父子二人拉得脸色煞白，相互扶着，走走停停，好容易找到一户人家，讨了热水喝下，半天才缓过劲来。 主家姓王，三月初一出生，镇上教书先生懒省事，给取的大名就叫三义。 三义纯朴忠厚，一副热心肠，见父子俩的情形，赶忙让大妞领着弟妹去挖草药，又跟尚得喷空以解心焦。 闲聊中，尚得见他一条腿不利索，问他缘故，说是前些年捻子过境，兵荒马乱跑反摔断了。 尚得自落脚在郑州，当年在密县的事就从未对人提及，这天不知怎的，却跟中邪了一般，也讲起咸丰年间跑反的事。 两人年纪相当，过往相仿，一聊就收不住，抛下秉耀歪在门口草垛边哼哼唧唧，不时哎哟两声。 不多时王家大妞回来，几个弟妹跟在后边，弟妹见了外人都是怯如小鼠，只有大妞并不怕，拿热水焯了马齿菜，弟妹们早捣好新蒜，马齿菜拌了蒜泥，满满当当盛了一盆，端到三义和尚得面前。 三义便道："这马齿菜拌蒜，是本地的偏方，菜是刚挖的，蒜是当季新蒜，老哥和大侄子试试看——"说着，又抬头看看天，道："从官渡到祥符，得走三个时辰，这天眼瞅着就黑了，要是不嫌弃穷家冷灶的，今晚就住下吧。"

尚得略一沉思，却见秉耀软绵绵靠着草垛，知道眼下让他赶夜路，跟要了他的命差不多，只好苦笑点头道："那就叨扰贤弟了。"

三义一拍大腿，也笑道："哪里的话！ 不怕老哥笑话，这几天地里没活儿，没干的待客，孩子她娘又回娘家了，没人做吃食——"

大妞正烧火蒸红薯，闻言头也不回，憨声道："爹，我不是个人？"

她冷不丁来这一句，倒把三义和尚得都说愣住了，互相看了一眼，忍不住一起笑了，就连旁边有气无力的秉耀，也虚弱地笑起来。 河南村里民风，男丁下地干了体力活儿，才能有顿干饭吃，妇孺是吃不上的，而在农闲之际，连男丁都只能喝稀饭，晚饭有蒸红薯便是待客的一餐了。 吃过饭，王家大妞麻利地收拾了柴房，腾出片空地，铺上新草，张罗尚得父子歇息。 大妞心细，知道二人走了远路，特意把脚头的草垫得高高的，说是能活血。 二人也真是乏了，一夜睡得黑甜无话。 次日一早，尚得父子告辞，一路来到开封。 开封府是河南省会，祥符又是开封府附郭县，省治、府治、县治都在城里。 但即便如此，跟曾经的东京梦华相比,开封早已黯然失色,偌大的昔日帝都,竟连一家官办的医馆药局都没有,只在寺后街、南土街等处有些民办药店,规模均不大,走的还是明清"药商开店、医师坐堂"的路子。 尚得父子来到南土街"德润和"老药铺,自有坐堂应诊的老先生望闻问切,开下方子,再去柜上抓药。 秉耀是老病,方子上翻来覆去也都是麦冬、天冬、三七、阿胶那几味,没什么新意。 爷俩照方抓药,又朝老先生作揖道谢,这才告辞出门。 南土街离鼓楼不远,秉耀惦记了多日"陆稿荐"酱肉老店的肘子,嘴里不说,头也不回就往鼓楼街走。尚得只好掂量一下褡裢,苦笑着跟上去。 正值饭点,铺子里外坐满了食客,尚得让秉耀在临街找了个座,去铺里要了盘肘子、两碗蒜面条。 不多时菜饭端上,父子相对而坐,秉耀虽然无赖,好歹也是沈家的独苗,大礼数上不敢怠慢,一边咽口水一边催尚得动筷子。 尚得叹气一声,反倒不吃了,把筷子放在碗上,抱拳朝半空中一举,喟然道:"列祖列宗在上,不孝儿孙有愧啊!"

秉耀一愣,不得已也放下筷子,道:"爹,半晌不夜的您祭什么祖啊? 肉都凉了。"

尚得叹道:"也罢,吃了这顿饭,咱就见你岳丈大人去。"

说完,尚得看了眼秉耀,拿起筷子吃面,秉耀却毫不意外,先吞了一大块肥颤颤的肘子,朵颐大嚼一番,这才点头答道:"好。"

尚得倒是呆了一呆,皱眉道:"爹说的是正事!"

秉耀一边吃肉,一边道:"我知道啊! 不就是王家那大妞吗?"

尚得吃惊道:"爹还没跟人提亲,人家还没答应呢,你怎么就知道了?"

"爹尽管去提,"秉耀笑道,"那老王头绝无拒绝之理。 我都二十出头了,还没给我娶个媳妇,这都是您当爹的罪过。"说着,他又塞了块肘子进口,含含糊糊道,"不过也不晚,我不挑您的礼。 那大妞看着粗笨,过日子倒还成。"

秉耀有痼疾不假,吃起卤肉却全然没有病态,比寻常后生还能吃。 尚得目瞪口呆,看着儿子将一盘肘子扫涤殆尽,愣了片刻,方暗自长叹一声,端起碗来。 父子俩吃过饭,又索了热面汤喝下,便一前一后出城,直奔官渡镇而去。当天在王家,尚得和三义说下了亲事,定好十日后下聘,择吉日成礼。 大妞回房换了身干净衣裳，来拜了尚得，秉耀也是正经八百，在三义面前三跪九叩，算是行了翁婿之礼。 过了一月，好日子那天，尚得雇了杠局，请了杠头、知客，一路吹吹打打从郑州出来，过了中牟，到官渡镇接了王家大妞，又一路吹吹打打过了中牟，进了郑州城东的沈家。 那时沈家落户郑州十年了，虽是独门独户，没什么亲戚，但街里街坊都敬他德高望重，纷纷有钱出钱有力出力，把个婚事张罗得热热闹闹。 礼成次日，王氏绾了发髻，戴上围裙，开始操持家务。 这王氏生得粗壮魁梧，走路带风，有把子力气，干活生孩子都是把好手。同治九年圣衍出生那会儿，王氏连产婆都没让找，拍胸脯说花那个钱干什么，打从她八岁起，她妈再生弟弟妹妹就没麻烦过外人，全是娘俩自己弄的，头天生完，不耽误第二天下地。 只是秉耀身子骨差些，前些年吃了卤肉还能播播种，后来吃了卤肉也播不动了，王氏生下圣衍之后，没能再生养。 几年间王氏平常除了看孩子持家，还做些针头线脑、缝补洗涮的零活儿，没少贴补家用，尚得对这个半路捡来的儿媳妇甚为满意。 可叹去年一春无雨，赤地千里，郑州、中牟、荥泽大旱，王氏娘家人死了好几口，她回去奔丧染了瘟疫，就没能再回来，疫情过后，整个王家只剩下老三义一人。 秉耀宿疾在身，多年下来药用了无数，最好的药却是猪头肉，见圣衍手里托着"豫盛和"的卤猪头，甩开腮帮毫不客气吃了个痛快，随后便饭碗一推，出门遛弯去了，他一天到头也就这会儿接接地气。 见儿子走了，尚得少不了又是一番嘱咐。 圣衍虽小，被尚得调教久了，也懂得"大车无輗，小车无軏，其何以行之哉"，竟是牢记了尚得的话，一字都没跟秉耀提起。

又过数天，尚得一早起来，带圣衍出门，秉耀依旧是在家熬病，见父亲带了儿子离开，连句话也懒得讲，自顾自躺下养神。 祖孙二人离家，一路无话，圣衍见尚得并不朝学堂走，也不敢问，低眉顺眼跟在他后头。 不多时两人来到衙前街，早有人里三层外三层围着，衙门口水泄不通，一队衙役各执刀棍旗牌，呵斥围观众人。 郑州城小，大事也少，一年到头没什么热闹可看，无非是年头灯会、秋后杀人，时值六月，离这两样热闹都还远，所以显得稀罕。 尚得和圣衍挤在人群中，刚刚站定，只听得旁边有人道："自打长毛之后，立决的犯人，倒还不多见。”

“你还真说着了，今天立决这位，就是老长毛。”

“广西的老长毛？”

“广西？ 非也，非也。 你猜是哪儿的？”

“那谁知道啊！”

“我先露个底——就咱们河南的。”

众人都来了兴致，七嘴八舌猜了起来，正嬉笑间，一个学究样的老汉挤了过来，前心湿透，顾不上一头一脸的汗，嚷着：“出告示了，出告示了——密县的！ 挖煤的出身，咸丰三年的老长毛！”

圣衍身子一哆嗦，忽觉一只手被尚得紧紧握住，刚想说的话生生哽在喉头。 尚得低头看了他一眼，目光中弥漫着一层明亮的雾，像是洒上油的宣纸。 不多时，衙门口三声炮响，衙役开始驱散看热闹的人，为首的衙役鸣锣开道，接着是一辆马车，载着高高的木囚笼，里面一人长枷重锁，上着脚镣，昂头看着天际。 圣衍个子低，视线转瞬便被前边的人挡住，再也看不到了。 乱纷纷的议论声又起来，原来按清制，斩立决的重犯须先游街再行刑，但若情势危急可立即行刑，以防同党作乱。 这天的死囚理应游街后再砍头，不料刚刚衙役传话，不再游街直接砍头，这就少了半日的热闹可看，难怪众人都一片唏嘘。 当时正值咸同中兴之世，太平军早已绝迹，自捻军被平后，中原一带十年来没有什么大乱子，哪里会有同党作乱？ 就算有，还不是自投罗网吗？ 衙门如临大敌到这般地步，确实有些小题大做了。

郑州刑场在十字大街，按风水，西南方位是死门，砍头就在此处。 既然没了游街，看热闹的人群便潮水般涌向刑场，尚得和圣衍被人流裹着，不由自主朝前走了几步。 尚得猛然停住了脚，钉子般站在那里，任两旁看客擦肩而过，甚至撞得他歪来歪去，却不肯挪动脚步。 圣衍早被这场面并得脸色煞白，紧紧抱住尚得的腿，一双眼惊恐不定。 衙前街到十字街不到二百步，街面上，房顶上，墙头树上，竟密密麻麻蝗虫般全是人。 黑压压的人群忽地安静下来。 见过行刑的都知道，此刻犯人已被按跪于地，刽子手正拿着烧酒擦刀拭刃，所有人都在等着锋芒一掠，血光四溅，随即是身首异处。 人群里，忽而有人扯喉咙叫起来："好汉爷，给一嗓子哇！"

旁边顿时笑骂声四起，有叱责的，有叫好的，立刻有衙役鸣锣示警，不许看客们再喧哗。 可就在锣声中，一个明显的密县口音响起，是尚得再熟悉不过的靠山吼：

> 刀劈三关，
> 刀劈三关我这威名大，
> ············

苍凉高锐的靠山吼戛然而止。 人群一下子静谧无声。 圣衍早吓得闭了眼，死死地抓着尚得。 他当然看不见，尚得也是老目紧合，纹路深深的眼角处，两行热泪已然夺眶而出。

到了光绪十六年，圣衍刚满二十岁，祖父尚得已辞世。 圣衍的夫人周氏年方十七，两人有了第一个孩子，即是老沈沈徽茹。 许是因为年纪轻，周氏生徽茹时难产，鬼门关口滚了几遭，险些要了命去，从此伤了身子，没能再有子嗣。 待徽茹这根独苗长到十五岁，正值光绪三十一年，圣衍已经几次院试不第，连个秀才都没考中，本想着愈挫愈奋，早晚拼下个功名，可八月初四这天，朝廷忽地下旨废了科举，几天后消息传到郑州，全城读书人无不如丧考妣。 眼看半生所学一朝全废，圣衍整个人如同行尸走肉，动辄水米不进，家人也不敢劝。 郑州文庙每月初一、十五有祭孔会文之制，到了八月十五中秋节，他挣扎着起来，勉强喝碗粥，摇摇晃晃出得门去。 刚来到文庙大门外，就听见里面哭声震天，进进出出的人无不颜色枯槁，形容慌张，他呆呆地立于门外，两脚万难再动。 不多时，里面惊呼声大起，随即脚步声纷乱，几个生员士子抬着一人，仓皇奔出大门，旁边有人失声痛哭，有人呼天抢地，更多的是沉默。 自废科举的上谕颁下，仅郑州投河自缢的就有数十人，然而死了也就死了，皇上不会管，太后也不会管，各省督抚大吏更不会管。 上谕里头是说了"其以前之举、贡、生员分别量予出路"，可实际上呢？ 全国上百万读书人里，有功名在身的举人、贡生、秀才能有多少？ 一半都不到，就算举、贡、生员的生计前途都有了着落，那剩下的几十万名童生怎么办？ 年纪小的，家里有钱的，可以转入新式学堂，那些年纪大的，一贫如洗的呢？ 可叹百岁童生者，搁在以往都是盛世之相，而今却俨然成了笑柄。 想到此处，圣衍已是万念俱灰，黯然转身，跟跄着碎步离去。

在街上游荡了整整一日，圣衍失魂落魄，心中依旧是天崩地裂般痛楚，直到天已浑黑，他不知不觉来到熊耳河边。 月盈如轮，水纹波动，一圈圈亮痕次第荡开，却像是一层层细索套住了脖颈，呼吸愈发艰涩。 想到祖父尚得公去世之际，连一个字都说不出了，仍是拼了最后一把力，把一根秃笔按在他手心；又想到父亲秉耀浪荡一生无所作为，凡事得过且过，但为了他幼时念书，能忍住半年不吃肉，临死前老泪纵横，说自己不是读书的料，实在愧对祖宗……往事洋洋洒洒，此刻全上心头，而以后呢？ 科举已废，读书进取之路已绝，祖宗父亲遗命已断，他活着还有何必要？ 思绪到此，圣衍凄然一笑，再无他念，奋力一跃跳进了熊儿河。

待圣衍醒来，已是次日正午，昨夜之事恍如隔世。 他勉强支起身子，却见旁边一位长衫马褂、士人打扮的高大汉子，正背对他伏案读书。 圣衍刚想言语，却是一连串撕心扯肺的咳嗽。 那汉子转过身来，一脸的微笑，道："兄台死去活来一番，这再世为人的滋味若何？"

圣衍瞠目结舌地坐着。 那汉子碧眼黄发，眼窝深陷，鼻梁高起，两撇胡子打理得整整齐齐，一左一右竟有腾空之感，除了一身长衫马褂，全无一丝华夏相貌，却一口流利的汉话。 见他一脸错愕之情，那汉子便抱拳笑道："敝人姓孔，单名方，表字森涛，比国人，在郑州黄河人桥工地做事——还没请教您呢。"

这是圣衍第一次见孔方，似乎也是他第一次见洋人。 他当时并未回话，目光落在旁边衣架上——鹈鹕的补服，素金蓝翎的顶戴，这是本朝七品官的朝

省府前街

服，主人竟是个洋夷。 多少读书人穷其一生钻在八股文里，不就是奔着仕途而去的吗？ 多少年寒窗苦读，不就是这个念想吗？ 可怜一朝皆化为乌有。

圣衍轻声一叹，道："原来是比国的洋大人，学生沈圣衍，本地人。"

孔方道："若是小弟没猜错，沈兄也是因为朝廷废科举吧？"

圣衍一愣，微微点了点头，孔方含笑站起，给他倒了杯茶水，道："上谕已下，再苦恼也无用，倒不如想想今后的出路。"

圣衍接了杯子，杯中之物浑黑如药汤，闻起来却另有异香，一时有些踟蹰，孔方见状笑道："这是敝国人——也就是你们说的洋夷——常喝的茶水，名曰咖啡。 放心，无毒的。"说着，孔方自己倒了一杯，喝了一口，又道："自上谕下来，小弟倒也颇为关注，总想着跟贵国士人切磋一二，不想昨晚在河边遛弯儿，见兄台嬉戏于水，就——"

圣衍脸色涨红，低声道："孔方兄见笑了——出路，不就是死路吗？"

孔方却一脸正色，摇头道："非也，非也。 以小弟来看，沈兄出路还真不少。 小弟监工之余，亦给报馆写稿，正写到此处，不妨跟沈兄商榷。"他放下杯子，拿起信笺，朗声道："其一，曰从政。 敢问兄台可有功名？"

圣衍长叹一声，艰涩地摇了摇头，孔方满脸憾意道："这就难了，且不说他。 其二，曰从幕，兄可有意乎？"见圣衍还是摇头，孔方继续道："其三，曰从军。 眼下朝廷编练新军，亟需兄台这样的读书人充任军官，俸禄还是相当优厚的。 还是不愿吗？ 其四，曰从教。 科举废了，学堂还是要建的，兄若是熟读历代典籍，谋个教职也属分内之事。 其五，曰从文。 当前新式报馆风行于世，沈兄可作文售卖，也不失为读书人之举。 其六，曰从商——不过若没我这孔方兄，实在是件难事。"

圣衍虚弱地苦笑，没有回答他，却道："敢问孔兄，何以取了这个名号？"

孔方一愣，随即大笑道："还不是交友不慎！ 当年初到贵国，央一位同僚取汉名，润笔被索去不少，却给我取了这个名字，表字还是阿堵！ 小弟一开始还不知，逢人就说在下姓孔名方，字阿堵——后来实在觉得不雅，才将表字改为森涛。"

省府前街

圣衍知道他是在有意说笑，心中泛起一丝暖意，话到嘴边却成一叹，道："孔兄好意，在下心领了，不过兄台适才所言出路六条者，对在下而言，却无一是处。从政就不说了，在下惭愧，连生员都未考下，哪里轮得到三十多岁的童生从政？从幕也好，从军也罢，有违家训祖命，也行不通。从教看似正经，但新式学堂里教的都是西洋之学，在下驽钝，只懂得圣人之道，怎敢误人子弟？至于从文，在下倒是看过几份江南传来的报纸，那些公案淫狎的文章，在下实在是做不来，就算做得来也不屑做——"

"正好，那就索性从商了吧！"孔方拊掌笑道，"贵国四民中商为末流，小弟一直认为，这实在是不可思议。兄若有心经商，小弟倒是颇有些拙见，可以资斟酌。"

说实话，圣衍昨晚跳河之前，从未有过一丝商贾之念，不然但凡有一丁点出路，也不至心死。经眼前这位金发碧眼的洋大人一提，祖父尚得当年在密县开窑的事情，竟一股脑全上心头。圣衍便心酸一笑，道："孔兄错爱，不知有何主意教我？"

孔方眼睛一亮，道："卢汉铁路，沈兄可听说过？"见圣衍茫然，孔方哑然笑道："朝廷自乙未年筹办卢汉铁路，从卢沟桥到汉口，以黄河为界，由湖广和直隶南北各自兴建，于中点交会——沈兄可知这中点在何处？"

圣衍皱眉，喃喃道："卢沟桥，汉口，黄河——难道是在郑州？"

"不错！就是你我脚下这郑州。"

圣衍难以置信道："郑州？为何不是开封？开封才是豫省省治所在啊！"

"这个——"孔方略一皱眉，笑道，"其中牵涉太多，一时也讲不清楚。卢汉铁路并不只到汉口，还有粤汉铁路，待建成之日，京师到广东一路可达，郑州是重要一站。不只是卢汉、粤汉，汴洛铁路也修建在即，同是与敝国共建，第一期是开封到洛阳，将来往东修到徐州、海州，往西修到西安、兰州。未来的大清，两条铁路一条南北、一条东西，就在郑州交会——按照我们洋夷之人的说法，这就是一个震古烁今的十字架！这是天主的恩典！"

孔方越说越激动，竟情不自禁地站起，在胸前画了个十字。圣衍似懂非懂

省府前街

地看着他，一时间不知道说什么才好。 孔方平静了一下，道："小弟适才所言，沈兄或许明白，或许不明白，这都无关紧要。 沈兄只消知道，不出十年，郑州绝非今日之貌！ 若沈兄有意从商，小弟愿助一臂之力。"

圣衍呆了半晌，方才道："孔兄错爱——以兄之见解，做些什么生意好？"

孔方笑道："这得看两条。 一个是本钱，一个是手段。 沈兄若是信得过在下，就请直言相告，府上能用来经商的本钱，究竟有多少？"

孔方话音刚落，圣衍就毫不犹豫道："黄金二十两。"

孔方一愣，不由得重新打量一下圣衍，笑道："不想沈兄还是富家翁啊！"

交谈多时，圣衍神态渐渐平和，听孔方这么讲，微微一声苦笑。 的确，光绪年间金贵银贱，大清又是以银为主币，二十两黄金，以官银价可兑库平银近三百两，若是黑市还能更高。 而在郑州十字街盘下一个临街铺面，也就用银五六十两而已。 如此一笔巨款，也难怪孔方会意外。 圣衍知道此言既出，再无丝毫踌躇之处，便慢悠悠道："本钱，或许已够，不知孔兄所言手段，是何意指？"

从孔方那里出来，已是未时。 圣衍回到城东罗家胡同，叫上儿子徽茹，顾不上跟周氏交代什么，父子俩便直奔关帝庙骡马行，破天荒选了头健骡，套上车，出东门直奔中牟方向而去。 东门外就是汴郑官道，宽约一丈，碎石铺路，几年前两宫经此回銮，特意拓宽整修过。 出城不久，两边就是漫天地，密密麻麻种的都是夏玉米，正是收割季节，不时能见玉米地里有人出入。 徽茹那年虚岁十六，个头跟圣衍差不多了，只是眉梢眼角还是一派青涩之气。 圣衍催骡赶车，徽茹坐在父亲身边，一只手紧紧攥着他的衣角。 昨晚圣衍一宿未归，徽茹和周氏吓得一夜没合眼，鸡叫头遍，徽茹就出门满城地寻父，寻到晌午忽地心里一抖，掉头奔到家里。 推门进去之际，周氏眉目呆滞，正往房梁上抛绳子，已是必死的心境。 徽茹救下周氏，娘俩抱头痛哭一番，正哭着，圣衍倒自己回来了。 他原本一肚子话想问，圣衍却根本不停脚，拉着他就出门上路。 徽茹此刻困饿交加，路上又颠簸，可怜他半大小伙，坐车赶路竟是头一遭，没跑出十里地，便头晕眼花，腹中翻滚如沸水，再也忍不住，软绵绵叫了一声"爹"，便一头栽倒在车下。

等徵茹缓过劲来，已经又是十里地过去了。圣衍还在赶着车，想来方才未停下片刻。见儿子慢悠悠坐了起来，圣衍松了口气，从怀里掏出两个烤玉米，递给他道："路边跟人寻的，先垫垫。"

徵茹接过玉米，捡了条命般朵颐大嚼，圣衍又道："见了你太姥爷，好好请安。"

徵茹啃着玉米，脱口而出道："那我二叔、三叔呢？"

圣衍的脸色忽然沉了下来。他侧对徵茹，看不清表情，只是隐约居然有了些狰狞的意味。徵茹的心剧烈跳动，不敢再问。于是一路无话。到了官渡镇，天也擦黑了。快到三义家时，圣衍突然拉紧缰绳，徵茹身子一歪，没等他坐稳，却听见圣衍从未有过的冰冷的声音道："要是你二叔犯混，动手的时候，帮你爹一把。"

徵茹吃惊道："动手？"

这时已经到了三义家门口，圣衍沉着脸，再不言语。父子下了车，把车和牲口赶进院子。老三义早听见动静，拖着残腿迎出来，见是圣衍爷俩，也是一脸的惊愕。圣衍扑通跪下，道："给姥爷请安！"

老三义七十多岁了，那年中牟大疫，全家人死得只剩他一人，若不是秉耀陆续把老二圣承、老三圣传送来，交给他抚养，还真就剩他一个孤老熬日子等死。圣承生在光绪十二年，十九岁了，圣传才刚十三，还是个孩子。此刻听见院子里有响动，圣承、圣传也出了门，见长兄侄儿跪倒在地，都吃惊地面面相觑。圣衍父子一直跪着，也不肯站起来，唬得圣承、圣传忙也跪下，也不敢问所跪为何。老三义似乎明白了什么，脸色蓦地庄重起来，朝圣衍点了点头，简短地道："堂屋说话。"

老二义说的堂屋，其实也就是寻常农家的厅堂，正中靠墙八仙桌上，规规矩矩摆着祖先牌位画像，从早到晚敬着香火；两侧各有一间卧房，分别住着老三义和圣承、圣传兄弟。堂屋本就不大，一下子拥进五个男丁，顿时显得局促起来。老三义瘸着条腿，由圣衍搀扶着落座，却也不说话，朝圣承指了指抽屉，圣承忙过来取出线香，凑在火烛边点了，恭恭敬敬插在香炉里。 老三义扭脸看着香火，半晌没动静。 烛火摇曳不定，香烟袅袅，不知何时，老三义眼里绽开泪花。 他长叹一声，对着圣承和圣传道：

"跪下。"

圣承、圣传慌忙跪倒，一句话也不敢问。 老三义看了看圣衍，道："你爷爷交代的事，今天就办了？"圣衍从容跪下，叩头道："全凭姥爷做主。"

老三义沧桑一笑道："不是老汉我熬着不肯死，是那阎王爷知道我有事没办，不要我。 我那老亲家是读书人，心眼多，抢在光绪七年先死了，倒把事情撇了个干净。"

圣承一肚子不解，道："爷爷，您有事就吩咐，我们都听您的。"

老三义微微一笑，道："你们俩叫我爷爷，他却叫我姥爷，个中缘由，你们知道吗？"

圣承、圣传互相一瞥，都觉奇怪。 两人过继到中牟王家的事，打小就没瞒过他们，就连小一辈的徽茹都心知肚明，老三义冷不丁旧事重提，实在不知他葫芦里到底装着什么药。 只听老三义慢悠悠道："光绪三年，中牟大旱，大灾之后又是大疫，我身边子女八个，死绝了。 圣衍他妈也死在瘟疫上，临了连孩子都没见上。 我那女婿秉耀，后来又有了你们俩，按照我尚得哥生前的意思，过继到我死去的俩儿子名下，改姓了王，算是我的孙子。 这些事情，你们是知道的。"

圣承、圣传磕头如捣蒜，圣承年纪大些，又触动心事，不知不觉间泪流满面。 他虚岁已是弱冠之年，自打三岁就被秉耀送到中牟，改姓了王，过继给了老三义死去的大儿子。 这是尚得在世时定下来的，他的本意是老三义不该无后，两家又是亲家，两人还是结拜的兄弟，孩子是谁家的后人都一样。 秉耀的续弦夫人杨氏，自然为此闹得天翻地覆，但也于事无济。 说来也怪，以秉耀的脾气性子，尚得在世时也没见他有多听话；偏偏尚得驾鹤西游了，他倒成了不违父命的孝顺儿子，送走一个还不够，几年后圣传出生，依旧是送到中牟王家。 两兄弟年纪相仿，经历相似，从小一起长大，关系本就亲近；而圣衍年纪

省府前街

大他们不少，又远在郑州，往来不多，便日渐疏离。 光绪二十五年秉耀去世，圣承、圣传到郑州奔丧，竟不得以沈家后人的身份参与，气得杨氏当场吐血，一年后也撒手人寰。 往事如此，圣承兄弟难免心有块垒。 圣传生性孱弱，倒还好说，而圣承却颇肖乃父，心思活泛得多。 四年前两宫回銮，路过中牟，自是倾全县之力迎驾，县衙出榜征召民夫修缮官道馆阁。 圣承那年才刚十五，偷跑去了工地，每天出工收工挣工钱不提，手上也没闲着，顺回家不少零碎，时间一长，胆子越来越大。 也合该出事，那天知县视察工地，丢了颗珠子，阴差阳错被圣承捡了。 知县丢东西不是小事，衙役们如临大敌，把整个工地翻了个底朝天，逐一搜身清查。 圣承也是狡黠，把珠子塞到肛门里，竟逃过一劫。坏就坏在他到底年少，不懂避风头，悄悄到县城当铺换钱，被衙役守株待兔捉了个正着，人赃并获，当即押入大牢。 老三义听了噩耗，倒也不慌，托人捎信叫来圣衍，祖孙两合计一番，花钱买通了知县的师爷，上上下下打点之后，时隔小半年才算把圣承捞了出来。 经此劫难，圣承老实不少，却也暗中有气，尤其对圣衍越发不满。 都是秉耀的儿子，凭什么圣衍就能在郑州读书考功名，他就只能在官渡乡下种地？ 嘴上说是救人，却又让他在牢里待那么久，受尽殴打屈辱，说到底还是没把他当成亲兄弟。

　　圣承心里乱成一团麻，只听见老三义话锋一转道："可有些事，你们俩是不知道的。"说着，他扶桌角站起，一瘸一拐来到门边，把墙角的笤帚簸箕踢开，转身朝圣衍点点头，指了指墙角。 圣衍膝行过去，手指插进地面青砖的缝隙，用力抠动，将青砖一块块拿起来，再将其下浮土抓开，露出一块黑黝黝的板子；掀开盖板，下面小穴中赫然是一个不大的布包裹。 年长日久，包裹已有些腐朽败烂。 圣衍颤着手拿起包裹，举过头顶，呈给老三义。 这一连串的动作一气呵成，不但是圣承、圣传兄弟，就连徽茹也是瞠目结舌。 老三义朝半空拱了拱手，道："尚得老哥，咱俩亲家一场，又是结拜的异姓兄弟——你交代的事，今天，就办了吧。"说完，他才接了包裹，夹在腋下，又是一瘸一拐地回到桌边，将包裹放在香炉边，毫不迟疑地打开。 在场人中，只有老三义和圣衍清楚，那是京师益昌号同治年间特制的千足金条，黄油纸封，一共四块，每块五两，整整齐齐码在包袱里。老三义叹口气："这点家当，是尚得哥留下的。黄金二十两。"

圣传早看傻了眼，跪在地上同泥人无异，圣承心头猛跳，顾不得旁边还跪着圣衍父子，当即叩头道："爷爷，怎么分，我们都听您的。"

微茹听见这话，总觉似有不妥，却又说不真切，而圣衍的脸色立刻严峻起来，一双眼目光灼灼，看了看圣承，又看着老三义。圣承分明是话里有话。在他心里，圣衍跟他虽不算路人，却也情分寡淡，没什么担待。以前大家都穷，大不了互不来往，如今平地冒出一笔大富贵，圣承看在眼里，不由得不怦然心动。按理说，老三义也讲到金子是尚得留下的，也就是沈家的，他只是保管；而圣承和圣传名分上姓王，是王家人，说破天也分不到手。圣承之所以想也不想，脱口而出由老三义分金子，就是提醒老三义，他和圣传既是王家之后，也是沈家儿孙，这笔钱自然不能全归了圣衍。

老三义听圣承这么说，只是微微一笑，道："你让我分，我倒是有个说法。钱是尚得哥的，是沈家的。圣衍当然没的说，但圣承和圣传现在是王家人，名不正言不顺，怎么分？不然就从今天起，你们俩认祖归宗，还回沈家去吧。"

圣承一怔，还没来得及答话，圣传却痴痴地看着老三义，忽然哽咽道："爷爷，我爹我娘不要我，您也不要我了吗？"

圣传岁数还小，声音也尖，一边哭一边磕头，翻来覆去就是那句"您也不要我了吗"，声声都敲打在众人心头。老三义表情一变，长叹摇头。圣衍闻言皱紧了眉头，两拳紧紧攥着。微茹心跳得轰隆作响，紧紧地盯着圣衍的后背。圣承知道这个节骨眼上心软不得，便一咬牙，朝圣传一耳光扫了过去，大声道："混账东西！爷爷对咱们这么好，咱们就算姓了沈，还能不要爷爷了？"

岂料圣传毕竟是孩童的底色，冷不防被打了一巴掌，蓦地撒起泼来，哭嚷道："要姓沈你去姓，我就是要姓王！我不要钱，我就是跟爷爷在一处！"

圣承又羞又急，急促地道："我是说——"

"够了！"圣衍冷冷地道，"一切都听长辈的！你欺负兄弟，算什么？"

圣承转脸看着圣衍，眼眶都要睁裂了，道："我欺负兄弟？你摸摸良心，你有没有欺负过兄弟？"说着撩开上衣，露出胸前密密麻麻铜钱般黑黝黝的伤疤，嘶哑了嗓子道："在牢里五个多月，你知道那是什么日子？制钱烧得通红，拿铁筷子夹了一个个放我身上，那滋味你明白吗？"

"四年前的事，难为你还记恨着。"圣衍冷笑道，"可你忘了，是谁卖了郑州一间房子，打点官府救的你！"

圣承此刻已是撕破了脸，寸步不让道："那是爹留下的产业，我也有份！你这个人情我不认！"

徽茹不知哪里来的胆子，叫了一声道："太姥爷，您说句话，别让我爹和我二叔再争了！"话一出口，连他自己都吃惊不小，涨红了脸，忙低下头去。圣承并不示弱，厉声道："你们爷俩在，我就怕了不成？大不了从今往后就是仇人，欺负我老实，没门！"

"都少说两句吧。"老三义淡淡地道，"今天的事，说到天上去，也成不了仇人。"他缓缓地摇摇头，又道："圣传，不枉爷爷疼你这十几年。你不愿回沈家，这是你的孝心，爷爷记在心里了。至于圣承，你是愿意回沈家的吧？"圣承脸上肌肉抽搐，也不说话，狠狠地点了点头，嗯了一声。老三义点头道："也好。我那不争气的女婿死得早，圣人说长兄若父，圣衍身为沈家独子长孙，又正当壮年，当然是你们沈家一家之主，你既然回去了，凡事都要听你大哥的。如有顶撞，就是大逆不道，我老汉就是拼了命，也要替我尚得哥做这个主！"

圣承脑子里"嗡"地一响，脸上青里泛白，屋里死一般的沉默。过了良久，圣承才咬着牙，从齿缝里道："爷爷，我从三岁到中牟，在您身边也快二十年了，我就是这么个结果吗？"他摇摇晃晃地站起来，或许是刚才跪得久了，身子竟是一歪，差点摔倒，他勉强才站住，在众人的目光里凄然一笑，冲圣衍道："沈圣衍，你真是好手段，明明都是一个爹的种，可怎么就只是我不受待见？三岁就被亲爹抛弃，你在城里读书科考，我在乡下种地！要是我有机会念书识字，不会比你差！罢了，我再叫你一声大哥，从此之后，咱们一刀两断，各过各的吧。"他跟跄着走到门口，又回身，朝老三义深深一揖，道："爷爷在上，孩儿这就走了，往后不能在跟前孝顺了，孩儿愿您长命百岁！"

门外，正是深沉莫测的秋夜。圣承的背影一点点消失在夜色之中。圣衍快步来到院门口，朝外大声喊道："老二，但凡有了难处，别撑着，家里有人等你！"

可惜久未有人声回应。圣承已然走远，或者他就在不远处，躲在黑夜的混沌中，无声地反击着他所有的遭遇。圣衍呆呆地站了一阵子，怅然转身进屋。而圣承从此下落不明，再次得到他的消息，已是大清宣统三年，农历辛亥年了。

手　　段

开封城里老街不少。千年的有，像南北土街，宋代叫土市子街，据孟元老《东京梦华录》所载，千年之前已是繁华鼎盛的去处，至明代始简称土街，民国肇始，为彰显共和，一度改叫共和中街、共和路，又以西侧教育厅街、东侧理事厅街从中分为南北两段，市井细民仍是叫南土街和北土街，图的还是个旧念想。百年的就更多。像省府前街，原来叫行宫角，乾隆十五年这里是行宫，接待了巡视黄河河务的乾隆皇帝；两百多年后，这里又成了行宫，光绪二十七年太后皇帝两宫回銮，从西安到京师，一路上走了九十多天，在开封就待了一个多月，就住在省府前街，老太后住得高兴，还在这儿过了六十六岁大寿；到了民国，行宫则成了豫省省府所在地，从民国十六年到二十五年，从冯焕章到商起予，十年里换了五任省主席，时间长的三五年，短的寥寥数月而已，在省府前街走马灯似的轮番登场。开封人倒也不稀罕，好歹是千年帝都打下的底子，改朝换代见得多了，换个省主席当然是稀松平常的事。

清末民初西风日盛，七日一周的说法也渐入人心。每周一、三、五，早上七点，一辆扒克牌小卧车准时停在省府前街沈宅外，接上老沈，一路向东经寺

省府前街

后街、鼓楼街到南土街①河南农商银行总行外停下。门口早站满了恭候行长视事的本行职员。老沈下了车，一脸微笑，两手抱拳，跟四周同僚寒暄道"辛苦辛苦"，在众人簇拥中大步走进院内。这里曾是闻名华北的"同和裕"银号，民国二十二年银号倒闭，省农商银行盘下了地面，扩建为四面楼群的天井院，清一色中西合璧的三层楼房，定为总行本部。自民国十七年老沈当上行长时算起，十年已过，省主席都换了五个，行长却一直姓沈。行长老沈之下设有协理二人、襄理三人，总行有文书、会计、营业、出纳、金库五科，调查、信托、铜圆三部，各地分支行、办事处还有二十多处。每周三天老沈到行视事，总行协理、襄理，各科各部汇报自不待言，各地机构来总行办事的也络绎不绝，一时间北土街三九四号竟是人头攒动，热闹非常。

老沈沈徽茹，前清光绪十六年生人，祖籍河南密县。他宣统元年赴美留学时，通关护照背面写的却是"籍贯，河南省开归陈许郑道郑州直隶州"。待民国五年徽茹学成回国，道、州已不复存，早在民国二年全国废州改县，郑州就成了如今的郑县。徽茹做了行长，发迹之后，传闻也就多了。最邪乎的一个，说徽茹的曾祖尚得当年在密县挖煤，咸丰年间做过长毛，杀过知县，带兵屠过县城，抢下不少带血的银子，后来隐姓埋名在郑州落脚，竟得善终，但一生不敢露富，也不敢露出祖籍在密县的底细；徽茹祖父秉耀、父亲圣衍两代韬光养晦，前清将亡之际，才敢把银子拿出来，办实业，做买卖，一步步发达起来，不然哪里来的钱送徽茹留洋，直到拿了经济学硕士才回的国？传闻林林总总，多少也风传到了徽茹那里，听到这些传闻，他往往是鼻孔里喷出一声轻响，不予置评。大清已经亡了多年，连国父中山先生都自称"洪秀全第二"，祖上做过长毛、杀过知县又如何？才不是丢人的事。

徽茹在美利坚国哥伦比亚大学留学七年，学的是银行金融，回国后，一边在河南预校②任教，一边在豫泉官银钱局兼职顾问，平日里在学校教教英文、经

---

① 现解放路土街段北土街 10 号，"刘少奇在开封陈列馆"所在地。
② 即"河南留学欧美预备学校"，1912 年成立，今河南大学前身。

省府前街

25

济等科，在银钱局开开会，也算是学以致用。 虽然安稳，但也着实无趣。 徵茹那时二十来岁，留洋英才，一腔抱负也好，年轻气盛也好，总之不愿长此以往，琢磨着离开这内陆闭塞之地。 跟他同期留洋又回国的诸同学中，不乏在财政部、外交部、农商部谋得美差的，屡屡来信催他北上当官；而那些在上海、香港商界风生水起的，也不断来信让他南下发财。 徵茹一时间颇为心动，又有些举棋不定，脑子一热，居然去信征求父亲的意见。 圣衍果然很快便回信，却根本不提建议，而是通篇痛骂道："汝奉吾命，万里负笈，求学于洋夷之邦，不意汝竟德薄能鲜，不克蒙其泽，不克绍箕裘，入无道之俗，弃大人之恩，身负族望，定为世人所贱。 呜呼！ 念吾祖积世耕读之命者，今于汝无为矣！ 图汝盛德纯明宜业齐家者，而吾终抱无涯之戚矣！ 吾年近五旬，而目茫茫，而鬓苍苍，而齿牙动摇者，孰非汝材朽行秽之使然者欤？ 汝无吾，无以至今日；吾无汝，或可终余年乎？"徵茹正经学过文言，留洋七年虽忘其大半，之乎者也还是看得懂的。 一看圣衍要跟他断绝父子关系，吓得立刻气短，顾不得南下北上之愁，当即坐火车到郑县请罪。

圣衍夫妇一直住在郑县，兼营着货栈、旅馆，在郑县本埠也算是不大不小的财主。 徵茹出国之前，圣衍捐了个正四品的道员，钱也不多，纹银四千两。 时值各省摊派庚子赔款，河南巡抚吴重熹实在筹不足银两，便仿效邻省做法，凡捐道员者，加捐纹银三千两，可得二品衔，明码标价童叟无欺。 清制，二品以上顶戴为红色，即民间俗称的红顶子。 圣衍好事成双，索性又花三千两，换了个二品涅红的顶戴。 于是在沈家家祠里，前清的二品顶戴，美利坚国的硕士文凭，并排放在祖宗牌位之前，用圣衍的话说，一中一西，都是功名。 徵茹回到家，见了父亲也不敢吭声，圣衍铁青着脸，领徵茹进了家祠，命他跪下，劈头盖脸怒斥一番，这才解了心中之气。 在圣衍看来，经商做得再大，也是世之末流，哪里能跟传道授业相比？ 从政更为不堪，民国才五六年，大总统换了好几个，中间还改过一次皇帝，所谓一朝天子一朝臣，天子都不稳当，臣能有什么好日子过？ 跟错了派系，轻者官位不保，重者丧了性命，真是何苦来也，何况千里为官只为钱，反正家里又不缺钱，何必铤而走险？ 所以北上也好，南下

省府前卫

也罢，都不如在开封做个教书先生，平平安安，受人尊重。　徽茹老老实实跪着，一句也不敢反驳，次日一早灰溜溜回到开封。　圣衍虽见儿子被训得服帖，但终究还是放心不下，又想到这根独苗毕竟是被洋人教唆过的，唯恐他阳奉阴违，万一哪天连断绝父子关系都制不住他了，难免坏事。　经周氏提醒，圣衍终于定下一个万全之策，给儿子寻一门亲事。　而周氏心中也早有人选，便是尉氏县文家长房大小姐，文惠葳。

　　周氏老家在杞县，原本是个贫寒度日的读书人家，跟当年的沈家也算门当户对。　圣衍经商之后，沈家日渐兴旺，没少帮衬周家，在杞县置办下不少田产，俨然成了杞县望族。　周家跟尉氏县文家有些远亲，但平素往来不多，一来是这亲戚着实太远，二来周家历代寒门，而文家又实在太富，没来由去自取其辱。　直到民国元年文家重修家庙家谱，周家竟也得了请柬，这才续上了亲戚。文家"千顷牌"不知有多少块，产业遍及整个河南，钱庄、典当、棉花、教育、公益无所不包，堪称豫省首富，士绅都称文家乃"素封"①之家，百姓细民干脆叫文家"文半县"。　周氏心思缜密，有意结交，圣衍也颇以为然，便备下一份厚礼前往。　这份厚礼在诸多来宾中太显眼，圣衍递上的名帖里又有"前清二品顶戴"的名号，文家老太爷破例亲自接待，双方叙了辈分，圣衍以子侄辈行礼，跟文家大公子文继忠认为兄弟之谊。　文沈两家在生意上本就多有交集，眼下又是亲戚，相与起来自是彼此照应，两下欢喜。　不过说到底，文家还是远胜于沈家，圣衍这番结亲的念头，除了有留住徽茹的盘算，多少也有高攀的意思。　徽茹那年已经二十八岁，按理说早该结婚成家，因为留洋耽误了几年工夫，归国后逢人就讲国事如此无心结婚，又说什么匈奴未灭何以家为，实则全是在说谎。　徽茹有个留洋女同学，姓金，粤省广州府番禺县人氏，两情甚悦，早就私自订了终身，一直有书信来往。　沈家家教严，徽茹不敢露出马脚来，处心积虑瞒着圣衍夫妇，只等女同学早日回国相聚。　他听说父母要去富甲一省的文家提亲，顿时头摇得像风吹柳，又好气又好笑，觉得圣衍简直是胡闹，根本

---

　　① 　指无官爵封邑而富比封君的人，语出《史记·货殖列传》。

不想去丢这个人。不料圣衍雷厉风行，早就一封信寄到文家，约了继忠在开封又一村饭庄见面，叫徵茹先行伺候。

继忠贵为文家长房，膝下两子一女，惠葳是长姐，比徵茹小九岁，下面还有惠蕤、惠茗两个弟弟。徵茹留学多年，洋派里浸润得久了，万般瞧不上国内女子，什么大家闺秀也好，小家碧玉也罢，一个个小脚如莲，扭捏摇摆，怎比得留洋女学生风采？怎奈父命难违，他又是孝顺儿子，心里一百个不情愿，还是早早地去了又一村，酌定下时间菜式、果点酒馔。到了见面那天，徵茹故意换了件笔挺的西装，皮鞋擦得溜光水滑，临出门时又戴上金丝眼镜，俨然一副归国学者的派头，为的就是让文家小姐自惭形秽。到了又一村，在包间里坐下，一壶茶沏上，徵茹一边等，一边痛感礼教吃人，这都民国七年了啊，堂堂的留美硕士，河南预校高级教员，婚姻大事自己居然做不得主，越想越悲愤难抑，只想仰天长啸一番。正胡思乱想中，堂头①殷勤着推开门，腰躬得跟只虾米似的，随之进来的却是个十多岁的少年，马褂长衫，皮底布鞋，个头倒跟徵茹相仿。少年看了看徵茹，脸上看不出表情，紧跟着他的一个仆从早挪过椅子，拿袖角擦拭干净，请少年落座。少年飘然坐下，笑道："在下文惠蕤，沈先生吧？"

徵茹一笑，不卑不亢道："正是。文少爷久仰了。"

惠蕤左右打量了一下徵茹，道："家姐已在隔壁包房相候，还望沈先生移步。"惠蕤语气平缓，却也不许徵茹犹豫，朝旁边一个眼色，仆从便过来笑容可掬地哈腰伸手，请徵茹过去。徵茹气得脚心直痒，恨不能一脚把这个不知天高地厚的小崽子踢出窗外，但还是彬彬有礼道："尊姐不羁礼数，颇有巾帼不让须眉的意思了。"

惠蕤喷地一笑，道："沈先生这是不愿见吗？"

惠蕤充其量不过十六七岁，底气如此丰沛，不还是借着文家的财力势力吗？徵茹本不想跟他计较，但见他一脸举重若轻的样子，心中火气腾地升起，

---

① 清末民初，开封饭庄里负责迎来送往之人，类似于今天的大堂经理。

便冷笑道："见与不见，似乎跟足下并无干系。"

惠蕤蓦地沉下脸，仆从会意地上前一步，提高了声道："沈先生，请移步。"

仆从一边说，一边躬身抬手，徽茹似笑非笑地看看他，冷不丁一记耳光扫过，正打在仆从脸颊，他低声叱道："劣仆如此，便是文家的家教吗？"

这一个耳光下去，不但是仆从自己，就连惠蕤也是一惊，脸色灰白僵硬，比打在他脸上都难看。徽茹神清气爽地端起茶杯，慢悠悠喝上一口。惠蕤霍地站起，刚想出声发作，却听见门外有人道："还嫌不够丢人吗？都给我滚一边儿去。"

话音刚落，但见一个妙龄女子已在屋中，女子生得珠圆玉润，中等身材，两弯细眉，双眼黑而亮，皮肤在本国人中算是白的，却也衬得脸颊几点雀斑有些醒目。徽茹明白，这便是文家大小姐惠葳了。惠蕤显然不敢抵牾姐姐，哼了一声，和仆从出去，房间里只剩下惠葳和徽茹。

民国初年，前清遗风尚烈，大凡青年男女见面，总还有些授受不亲的忌讳，尤其是文家这样的大户人家，讲究就更多。惠葳却仿佛全无羁绊，不慌不忙坐下，一双眼始终盯着徽茹，两人相视片刻，惠葳忽地一笑，道："广州番禺的那位金小姐，还有一年才回国吧？"

徽茹蓦地一怔，满头满身都像被冰水浇过，一肚子火苗转瞬即灭，张口结舌道："文——文小姐这是何意？"惠葳并不回话，而是淡淡一笑，掏出一封信来，拍在桌上，抽出信纸，展开读道：

"Ah! Let me blameless gaze upon, features that seem at heart my own;nor fear those watchful sentinels, who charm the more their glance forbids,chaste-glowing, underneath their lids, with fire that draws while it repels." ①

读完，惠葳又是淡淡一笑道："看来，那位金小姐的洋名，就是叫 Eva

---

① 选自美国诗人拉尔夫·沃尔多·爱默生(Ralph Waldo Emerson，1803—1882，美国散文家、诗人)的《致伊娃》。译文：啊！我要大大方面对心中的恋人，我要堂堂正正凝视你迷人的面庞；不畏惧你永远警觉的神色，不害怕你处子抗拒的目光。你的神色愈是警觉，愈是具有诱惑的力量；你的目光越是抗拒，越是让我心醉神往。

了。"

这封信是徽茹几天前写好，送到自由路上的邮务局，亲手付的邮资。 明明是发往海外的，可怎就到了惠葳手里？ 这还不算骇人？ 惠葳好歹是大家闺秀，按说也大门不出二门不迈的，怎就能读得出英文？ 而且这首沃尔多·爱默生的情诗并不如作者本人有名，徽茹特意引来赠给金小姐的，也有些许炫耀之意，诗名的确就叫 *To Eva*。 惠葳不但能读，还知道出处，简直是白日撞鬼。徽茹连上去夺信的念头都没了，心中慌作一团。 这可如何是好？ 圣衍和继忠说到就到。 明知儿子有相好的，圣衍还死皮赖脸去文家提亲，还约了继忠见面，这要是传出去，圣衍自是辩无可辩，整个沈家的面子就粉粉碎了——不但沈家，文家更是无端被人羞辱。 豪门大户的脸面比什么都金贵，惹怒了文家上下，以文家的势力硬扫过来，沈家还真是以卵击石，落叶般被扫得干干净净。想到这里，徽茹不觉颓然落座，嘴唇翕张，全然不知如何自处。

惠葳又扫了一眼信笺，折好了放回信封，道："沈先生留过洋，是明白人，后果怎样，不消我小女子啰唆了吧。"说着，又咯咯一笑："一会儿家严和令尊就到了，沈先生如何打算呢？"

徽茹脑子里混沌不堪，哪里还有"打算"，惠葳嘴角一抽，刚想说什么，却听见门外一行人等脚步纷纷，楼板被踩得咯吱作响，当下站起疾走两步，来到徽茹面前，不假思索地将信封塞给他，低声道："不要慌，听我的。"

两人刚刚分头站好，门便开了，圣衍和继忠谦让着进来，后边跟着各家的仆从，涨潮般涌进包间。 沈家两人，文家三人，各分主次落座，堂头知道两家都是贵客，使尽浑身解数招待逢迎。 圣衍和继忠兄弟相称，政商两界天南地北地聊着，倒也是谈笑风生。 惠葳心里有火，赌气埋头吃着，并不说话。 惠葳和徽茹正好相邻，惠葳见他很少动筷子，便含笑用英文问道："心里有事，就吃不下了吧？"

徽茹苦笑，低声也用英文回道："心乱如麻，文小姐又何必明知故问。"

惠葳喝了口茶，轻轻朝他推了推杯子，徽茹好歹是留过洋的人，本能地抄起茶壶，往杯子里续水。 唬得堂头脸色都变了，连声叫着"使不得"，过来就

省府前街

要抢茶壶。 徽茹勉强一笑，朝他摆摆手。 继忠便笑道："这是洋人的规矩，都是男的招呼女的——圣衍兄，咱俩都是前朝的人，还是聊咱们的吧。"圣衍莞尔一笑，朝徽茹点了点头。 徽茹倒着水，手都在颤抖。 惠葳带着笑，仍低声用英文说道："要想不乱，也容易，娶了我就是。"

徽茹不由得皱眉，赔笑道："你弟弟，听得懂英文吗？"

惠葳脸上笑意更盛，轻声摇头道："他若听得懂，我还会说吗？ 不过你倒是心细得很，这个时候还不忘问这些——说吧，愿不愿意？"

徽茹一咬牙，点头道："文小姐莫再取笑，我自然是没什么退路的。"

惠葳脸色微变，一边啜着茶，一边感慨道："那就——有些委屈你的 Eva 了。"又微微冷笑，道："这就不要她了吗？ 也罢，男人都是这么无耻。"说完，她便沉默起来，直到散场再也没有开口。

过不两天，圣衍打电报给徽茹，电文曰：婚事谈毕，速回。 徽茹看过电文，又低头看着桌上的信，一时间百感交集。 信是给金小姐的，几易其稿，刚刚写完。 信上措辞斟酌良久，哀婉而有分寸，决绝又不薄情。 纵然再被惠葳看到，也不至于让她瞧不起。 多年之后，徽茹偶然读到一首诗，其中有"曾因酒醉鞭名马，生怕情多累美人"一句，当年给金小姐写诀别信的场景便油然浮现在眼前。 又过两月，正是沈、文两家议定的吉日，徽茹和惠葳在郑县完婚。婚礼那天，婚宴办了两场，中午一场是旧式的，来的是沈家的亲友故交；晚上一场是西式的，特意从开封的美美番菜馆请来了意籍大厨，喜宴就设在沈宅，招待徽茹和惠葳遍及全国的同学同年们。 也幸亏郑县守着平汉、陇海两条铁路，不然往来还真不便利。 惠葳是在上海读的女中，同学自然都是女的，此番或是呼朋引伴，或是携家带口，来了不少。 西式婚礼本就热闹，在场的又都是年轻人，比起中午礼节烦琐要轻松很多。 惠葳时年十九岁，虽不是同学里第一个结婚的，却也是靠前的几个，而且年纪算小的，所以好几个女同学都拿她起哄，怂恿她和徽茹报告恋爱经过。 徽茹一肚子苦水哪里能讲，便笑着打哈哈，恨不能立刻宣布婚礼结束，惠葳倒是大大方方坐着，任女伴们揶揄嚷嚷，一会儿是笑眯眯看着她们，一会儿是笑眯眯看着徽茹，惹得女伴们不依不饶，非要她讲。到最后惠葳见实在躲不过，便站起来，笑道："你们就这么不给人家沈先生面子吗？真要如此的话，我就诵一首诗好了。是沈先生特意引 Ralph Waldo Emerson 的，名字叫作 *To Eva*。"

席间一片惊愕唏嘘之声，一个圆脸的女孩子便嚷道："这也是奇了，是 Emerson 事先知道你叫 Eva，还是你家沈先生特意找到的这一首？"

满座笑语不绝，掌声丛起，徵茹惊得差点跌在地上。只见惠葳款款站起，看着众人，开始了朗诵，最后把目光定在徵茹身上，只听得她清声朗朗道：

"Ah! Let me blameless gaze upon, features that seem at heart my own; nor fear those watchful sentinels, who charm the more their glance forbids, chaste-glowing, underneath their lids, with fire that draws while it repels."

夜半尽欢客散，早有沈家雇下的汽车马车候在门外，将客人一一送到旅馆去——旅馆是沈家自己的产业，特意停业三天，专门接待少东家少奶奶的客人。宾客们甫一离开，圣衍和周氏就差人传了话来，说天时太晚，不必过去请安了。惠葳觉得不妥，坚持跟徵茹去问安已毕，这才躬身退了出去。圣衍自是志得意满，忍不住道，毕竟是大家闺秀，尽管喝了些洋墨水，礼数还是懂的。周氏是儿子婚事的始作俑者，心中也是喜不自胜。徵茹和惠葳离开后宅正房，朝自己的新房走去。月色正好，两人一路上走得很慢，过一簇冬青之际，徵茹到底还是捉了惠葳的手，扣在掌心里。惠葳倒也不躲，任由他牵着，并排踟蹰向前。说来也怪，分明是院子里人少了，却比刚才宾客林立时还显得拥挤。夜穹也低得吓人，明月就在头上，仿佛伸手可触的样子。到处的树影花草间，似乎有数不清的小眼睛，一眨一眨，看着两人，而且视线越来越近，像是生生地把他们挤在一处。行了数步，徵茹停下来，道："今天那个女子，就是戴一副眼镜，脸圆圆的，跟你说什么来着？见你笑得很舒心。"

惠葳想了想，道："说起一个人，那人也是可笑得很，为了一个所谓买办的女儿，伤了另一个痴心的女子，到头来东床快婿也没做上，只好灰溜溜回原籍去了。"

"这倒真是可发一笑了。"徵茹微笑道，"我见你那些女同学，穿戴发式，大约都是京沪间最时兴的，确是比中原腹地得风气之先——你若是喜欢，不妨订些画报周刊的，平时解解闷也好。"

惠葳笑起来，道："这个我自然有门路，那些东西都是走火车的，陇海铁路上有文家租的厢位，每月两次走津浦路、沪宁路运货，捎点画报之类很方便。"

"文家的花生棉花里，放上几册画报周刊的，倒也是一景了。"

两人不觉都笑了起来，便继续前行。惠葳忽然道："开封往海外发邮件邮包，走的也是这班车。不然，我怎么能知道什么 *To Eva* 呢？"徵茹心里一动，便道："你洋名叫 Eva 吗？怎么从没听你说过。"惠葳狡點一笑道："我刚看见的时候，也是要惊掉下巴的，世间哪有这么巧的事？难道她的洋名也是这个？"徵茹尴尬摇头道："自然不是——不过也难为你背得那么好。"惠葳低头喃喃道："能不背得好吗？翻来覆去看了那么多遍的。"说着，惠葳停下来，像在斟酌着什么，徵茹也停下，耐心地看着她，等她说出来。所谓楼上看山，城头看雪，灯前看花，舟中看霞，月下看人。夜月之下，惠葳静静地立着，缓缓仰了脸，看着月亮，看得一双眼里月色撩人，却也不知不觉荡漾起了水痕。徵茹一怔，分明看见有两行泪，就那么从她眼里的月色中淌了下来，顺脸颊缓缓坠下，融入了更深的月色里。好半晌，惠葳方才扭过头，见他脸上又是认真，又是关切，不由得脱口而出道："怎么办？其实你不爱我，其实我也不爱你，偏偏你我就这样了。往后日子那么多，怎么办呢？你告诉我，怎么办呢？"

徵茹一时无语。他也不知道该怎么办。他用尽手段瞒着金小姐的事，自以为得计，却被惠葳拿一封信拆穿了。而惠葳也用尽手段，又是截下他的信，又是逼他跟金小姐分手，到头却不得不嫁给他，做了沈太太。两人心里都有另一个人，或者说，都曾有另一个人，也都不知道这个人会留在心里多久。他们唯一知道的是，只有这个人走了，才会容得下面前的人。夜色正长，路却到了尽头。一阵挂着清凉月辉的夜风吹过，两人身子都是悚然一晃，不约而同地抬起头时，却发现已然站在了新房门口。

省府前街

新　　年

到了民国，过年就有了两个，西历和农历。 民国十七年国民革命军北伐成功，国民政府在全国推行"国历"，将农历视为"废历"，下令不许民间过农历新年，政府机关在春节也得照常办公。 偏巧这时莅汴主豫的，是有名的基督将军冯玉祥，更是只让过洋人的元旦，不让过本土的春节，谁家贴个春联包顿饺子都不行，放鞭炮的更是见一个抓一个。 以至于春节那几天，冯玉祥的手枪队提着洋铁皮喇叭，一边吆喝新政，一边循着鞭炮声满城找人，一旦抓到便绑起来游街。 等到中原大战过去，冯玉祥下了野，省主席又换了好几届，也就没人再管怎么过年的事了，碰到某任省主席心情好，也会下个布告，倡导一下过新年不过旧年。 开封人被折腾久了，图个省事，管西历新年叫阳历年，农历新年叫阴历年。 一阴一阳，一中一西，倒也算是中庸之道。

自从进了腊月，开封人便张罗着过春节了，从腊八忙到正月十五，欢天喜地热闹一个多月，这个习俗据说自北宋就有，算来也有千把年了。 说来也有趣，民国二十七年西历的元旦，正好是农历的十一月三十，西历元月第二天就进了农历腊月。 这年开封城冷得比常年厉害，有识之士都说是兵戈之象。 其实这根本用不着夜观天象的异能，是人都知道去年华北出事，中日两国在卢沟桥开战，不到半年平、津、沪、宁皆丢，国民政府都迁到了重庆。 见战事吃紧，省农商银行慌忙撤回了天津、南京和徐州三地的办事处，到了去年年底，战火烧进了河南，安阳沦陷，豫北各县分行也只得相继撤离。 一时间北土街总行里人头攒动，留守交接、账目清点、人员安置，种种事务层出不穷，须臾离不开行长决断，徵茹不得已，改了每周三天视事的规矩，天天守在办公室里，随时处理本行要务，有时忙起来还彻夜不归。 夫人冯氏担心他操劳过度，不时做了夜宵补品之类的送来，顺便看看炉炭铺盖，省得徵茹晚上冻着。

徽茹和冯氏成亲两年，两人相敬如宾，见面客客气气，彼此嘘寒问暖，九分像宾客，只剩一分像夫妻。 以前冯氏住在双龙巷偏宅，徽茹只能隔三岔五去一趟，虽然偷偷摸摸，却也别有情致，两人毕竟还有事可做，有话可说。 如今成了亲，光明正大了，反而一天到晚说不了几句话。 徽茹偶尔在家吃顿饭，也是只顾着跟女儿奕雯说话，同桌的冯氏简直是个人形摆设，无人理睬。 何况平时公事不忙，徽茹也是懒得在家，每日早早便出门，找个地方跟人喝喝茶，打打牌，时不时到牲口市街的一处公馆消遣。 这公馆倒是大有来头，是原来豫省督军赵倜的产业，民国十一年赵倜兵败逃离开封，来不及带走的金银房产颇多，收缴的收缴，拍卖的拍卖，经省议会投票表决，一多半拨给了河南预校，用于筹建中州大学①之需。 赵倜的这栋公馆几经转手，后被开封书寓业公会主席尹耀祖买去，改建后命名为"曲觞会馆"，取"曲水流觞"的雅集之意。 所谓书寓，名号源自最早开埠的上海，跟书籍经卷毫无干系，乃一城之中最高级的妓院所在。 开封城书寓云集之地，原本在中第四巷，九座书寓错落有致，着实红火过多年，只是在冯玉祥主豫时被禁两年，刘峙刘经扶主政时又恢复起来，所谓物极必反，倒比以前更加热闹。 每到夜晚时分，城中高官显贵纷至沓来，端的是巷前车水马龙，巷内亮如白昼。 不过也有诸多不便之处。 像是徽茹这样的身份，来的次数多了，难免遇到同样冶游的僚属，平时高高在上的长官，指不定就在隔壁搂着姑娘、吃着花酒，实在是尴尬。 耀祖号称汴梁第一大鳖头②，深谙这帮当官的人的心态，便不吝巨金盘下牲口市街的赵倜公馆，改造成"曲觞会馆"，装饰得极尽奢靡，姑娘们也都从扬州请来专人训练过，只供城中顶级官员富商享用。 若不是前方战事吃紧，稍有不慎就是巨额亏空，徽茹情愿夜夜流连于此。

到了腊月初八这天，开封城一大早就飘了雪花，纷纷扬扬一日未停，到了晚上，城里一片皎洁，几条干道路灯昏黄，车疏人稀，雪花却毫无倦意，愈下愈大。 那雪在白天还像是羽毛蹁跹，入了夜便成漫天灰鸟，乱纷纷、扑棱棱，

---

① 1923 年成立，现河南大学前身。
② 旧中国开封市井百姓对妓院男老板的俗称。

直砸得人不敢出门，都躲在家里喝腊八粥、泡腊八蒜去了。　冯氏从中午开始在厨房忙活，以上等糯米做主料，掺入红枣、花生、豇豆，把柿饼、银耳撕得碎碎的，一起盛进砂锅，拿银丝炭文火熬上，直熬到香糯绵软，再一勺勺倒在暖瓶里，预备着给徽茹送去。　冯氏忙，沈家的厨娘厨子一个个见怪不怪，乐得在一旁清闲，也不上去搭把手。　冯氏倒不是体恤下人，她是真的无聊，在家除了熬熬粥，实在无事可做。　而且就算有事做，也无非出门看看戏，叫裁缝到家里做身衣服。　按理说，以沈夫人的名头组个牌局，约个饭场，本来也不是难事；但前头的沈夫人文惠葳过于耀眼，冯氏出身又太低，姨太太好歹也是太太，她这多年的外室倒连姨太太都不如，虽然阴差阳错扶了正，难免残存自惭形秽的心思。　动于心而发诸外，与人相处就欠了底气。　而别家夫人们都是惠葳多年交好的，尉氏县文家富甲一省，惠葳自小耳濡目染场面上的规矩，出手阔绰，广结善缘，是夫人们圈子里公认的领袖，如今冷不丁冒出个冯氏僭越了"沈夫人"名号，一旦交往起来自然是方枘圆凿，冯氏不自在，别家夫人也不自在。夫人们的圈子进不去，跟姨太太们交往又自贬了身价，一来二去，能往来相与的女伴就近乎绝迹。　亏得沈家大小姐奕雯刚刚进了中学，白天不在家，冯氏总算有个地方能待。　一到周末，奕雯回了省府前街沈宅，冯氏便是脑筋迸裂，战战兢兢，自觉找个由头出门转悠上一天，天黑了才提心吊胆地回家。　民国二十七年腊八这天，偏巧又是周日，女中放假，好在奕雯跟几个同学到南土街"平安电影院"看电影，冯氏这才讨了半日安宁。

冯氏一边守着炭炉熬粥，一边想着这两年来的日子，越想越心酸，越怅惘，越替自己难过。　正愁肠百转之际，眼前炭盆中忽地噼啪几声碎响，股股细烟腾起，随即弥散开来。　冯氏眉峰一挑，便道："今冬的炭谁买的？"旁边几个人面面相觑，沉默了片刻，一个年长的厨子斗胆道："回夫人，是杞县老夫人家的。"

冯氏冷笑一声，道："我是个苦出身，这里头的弯弯绕绕，原本也瞒不过我，睁只眼闭只眼就是了。　都知道老爷喝粥不喜欢烟味，辛辛苦苦熬了一个下午，沾了烟还能喝吗？　平日里怎么花的钱，我向来是问也不问的，就是图个省

省府前街

心罢了。可买回家受潮的炭，噼噼啪啪跟放鞭炮似的，这也叫省心？"

几个厨子厨娘噤不敢言，冯氏继续道："这话我不便当面说，你们有谁嘴牙伶俐，给那位老夫人家的捎句话，再有这事儿，就没什么面子可讲了。"

门口却有人拍手笑道："姨娘说得好，您放心，这话我一定给我环妗子捎过去。"

随着说话声，一个少女飘然而至，朝年长的厨子道："没听见夫人发火了？反正也喝不得了，端出去倒了吧，眼不见为净。"

厨子赔着笑，却比哭都难看，也不敢应声，低头看着脚背。冯氏叹气，一脸苦笑道："小姐这是影戏看完了？今天倒回得早。"

奕雯笑道："我自然还想看的，可人家只给放一场，想看也没有呀！这日本人也真捣乱，占了上海，美国的电影进不来，国片也都是老的，不是《夜半歌声》就是《马路天使》，翻来覆去看多少遍了。还有那些大学生，这么大的雪也不嫌冷，围在影院门口又是游行又是撒传单的，比里头的声音都大。"

本来一屋子压抑的气氛，被奕雯一串连珠炮似的话给轰散了，大家心头都是一松，一个年长的厨娘壮了胆子道："小姐是不知道，日本人离开封可不远了，说是黄河北全是日本兵。"

冯氏皱眉道："说这些干吗？小姐忙了一天，累了，先服侍小姐更衣——晚饭好了吗？"

厨子厨娘见冯氏不再提炭的事，暗中都松了口气，正要簇拥着奕雯离去，但见她摆手一笑，道："我也是好几天没见父亲了，姨娘，您这是要给父亲送粥吗？带我一道吧。"

冯氏倒是一愣。平心而论，她是不愿奕雯去的，这姑娘生就是她的对头，刚嫁进门就被打了一枪，削去了一个耳垂，这两年里奕雯人前人后、开口闭口都叫她"姨娘"，这本是宅门里称呼侧室偏房的，奕雯这么叫显然是存心挤对，时时提醒她出身不正。冯氏不敢当面教训，背地里找徽茹哭了一场，弄得徽茹也觉得礼数不够周全，当即答应下来，要找奕雯说清楚。冯氏还担心徽茹话重，把小姑娘说狠了，惴惴不安了一夜。不料第二天晚上，徽茹兴高采烈来报，说找奕雯谈过了，真是个懂事孩子，叫冯氏"姨娘"根本不是说她出身如何，而是把她和惠葳视为姐妹，惠葳是母亲，冯氏自然就是姨娘，母亲不在身边，姨娘就是最亲近的。 冯氏笑得释然，心却凉透，脸上还要装出一副欢天喜地的模样。 其实她何尝不知，小姑娘那些说辞显然太可笑，徵茹当然是不信的，不过可笑与否、信与不信都不重要，他所要的只是一个说法，能自圆其说便好。 既然徵茹都故意装糊涂，做和事佬，她再强势去争，又能争到什么？膝下连个一儿半女都没有，往后有的可能性也不大了，即便争来又能给谁呢？反正奕雯早晚是要嫁人的，再难也就这几年了。 冯氏抱定主意，凡事处处忍让，不跟奕雯计较。 既然奕雯要去看徵茹，那就让她去，不然回头落个不让父女见面的名声，更不好听了。 冯氏想到这里便是一笑，道："也好，我刚让人叫了车回来，风大雪大，千万别着了凉。"又扭头对厨子厨娘道："还愣着干吗？ 快收拾起来——再弄一个酸辣肚丝汤，一个姜汤，把第一点心馆的灌汤包馏上两笼，随便再弄两个小菜，让小姐先垫垫肚子。"

于是厨房里一阵忙乱，奕雯背着手，笑嘻嘻看着众人。 不多时汤菜包子端上，奕雯也不客气，吃了个满嘴流油，嚷着要去看徵茹，冯氏倒是满腹的心事，只略微吃了个包子，便再也吃不得了。 这时仆从来报，说车已经到了门口，冯氏差人打电话给中兴楼饭庄，叫了夜宵送到北土街三九四号，这才亲手提了暖瓶，跟奕雯一前一后出门上车。 车是美国的扒克牌，后座宽而长，冯氏和奕雯各坐一端，中间像是隔着汪洋大海。 从上车起，两人就一直沉默，谁都不发一语。 好一阵沉默之后，车停了，原来前边有士兵立了栅栏路障，正挨个检查车辆。 冯氏皱眉道："腊八节还查车？ 这帮兵什么做的，也真不嫌冷。"

司机老石并不答话，默默地排队等着。 奕雯却笑道："要开会呢！ 听同学说是好大的会，好多大官都来了，从今天起晚上还要戒严呢——对不对，老石？"老石也不回头，梗起脖子，往后视镜里一笑，露出一嘴熏得焦黑的牙。奕雯就咯咯地笑起来，得意地看了冯氏一眼。 冯氏早已习惯，并不跟她置气，无所谓地看着窗外，抱紧了怀里的暖瓶。 对冯氏而言，现在任何事情都不重要，她只盼早点见到徵茹。

省府前街

老石四十来岁。民国七年惠葳嫁到沈家，陪嫁中有一辆美国产的捷母西汽车，老石当年还是小石，作为司机也一道进了沈家，专职给徽茹夫妇开车。一开就是二十年，车换了好几辆，司机却一直是老石。老石跟徽茹年纪相仿，相处日久，情分自然非同寻常，虽是司机的名头，也跟正经秘书、管家没什么区别，徽茹尚且礼遇有加，沈家上下无人敢稍有怠慢，总行的协理、襄理也是笑脸以待。惠葳出国后，老石百般瞧不起冯氏，便向徽茹辞工，要回山东曹州老家。徽茹自然不肯放他走，慰留了半天，好说歹说才没走成。老石个子不高，有些驼背，开车时神情庄严，脖子总是伸得老长，从背后只看得见肩膀。奕雯打趣，说是位 Headless Horseman① 在开车。徽茹有次听到了，笑得打跌，老石当然不知所云，徽茹怕他忌讳，哄他说 Headless Horseman 是位洋人好汉，跟中国的水泊梁山一百单八将类似。老石虽喜，但还有些遗憾，说他是山东人，素来只景仰武松武二郎。奕雯便忙安慰他说 Horseman 是"行者"的意思，讲的正是武松。老石这才喜不自胜，见人就夸奕雯聪慧、懂得多。奕雯一时兴起，还特意考据了一番，竟跟老石说武松是清河县人，打虎、做官在阳谷县，前头一个在河北省，后一个才是山东省，所以武松根本不是山东人。老石听了目瞪口呆，好几天闷闷不乐。徽茹听说后大为不满，责怪她无事生非，为了安慰老石，他放下公事不办，也好生考据了数日，兴冲冲找老石澄清，说此清河县非彼清河县，武松的清河县在山东、河北和河南三省交界处，归山东东昌府管辖，跟他确是老乡无疑。老石这才转忧为喜。

老石开着车，雪还在下，一点没有要停的意思。老石开得也慢，马达轰轰地叫着，车轮缓慢地轧在积雪上，发出嘎吱的声响。前头路障边，车已排成长队，士兵们早成了雪人，却还是没有丝毫懈怠，查过一辆放行一辆。冯氏等得心焦，忍不住道："老石，能去说说吗？好歹通融一下——天冷，粥该凉了。"

老石半天没吭气，好一阵才闷声道："夫人，您没看清楚番号，这不是三十

---

① 中文意指"无头骑士"，英国、爱尔兰、美国等国均有"无头骑士"的传说。

五师^①王师长的人，是第一战区^②司令长官部的直属特务旅，刚从郑县坐专列调过来的。"

冯氏当然不懂这些，便苦笑道："这个师那个旅的，不都是蒋委员长的部队吗？"

老石哼了一声，道："夫人说得对。就是因为蒋委员长要来，才这么大的阵仗。从昨天起，整个开封就被特务旅接防了，下午六点之后宵禁。若是没有战区司令长官部的通行证，见一个抓一个。"

"蒋委员长到开封了？"冯氏蓦地一惊，当即紧张道，"那咱们有通行证吗？"

老石抬起头，瞥了后视镜一眼，点头道："这个自然有。夫人也太小看老爷了——全省官员、驻军的薪俸军饷都是从省库支取，省库就由咱们农商银行代管，谁不给财神爷面子？"

说着话，车已到了路障前，一个军官来在车窗边，接过老石递出去的证件，仔细看了，又朝车里打量，见坐的是女眷，便一口陕西口音道："这么晚了，沈行长是有公事吗？"

老石笑道："我们沈行长的事，老总说是公事呢，还是私事？"一边说，一边把两个现大洋顺进军官手里，那军官也是一笑，把证件还给老石，又道："明天起三天全城戒严，女眷们就别出门了，省得麻烦。"说罢便挥手放行。车里又是一阵寂然。冯氏想了想，问道："小姐明天要上学吧？"奕雯歪头道："是啊，明天礼拜一，这一周是盖夏姆姆给大家讲道理。"冯氏不以为然道："咱们中国人，还用得着洋人讲道理？"奕雯笑道："讲的就是洋人的道理。每天早上五点半到六点半，学校礼拜堂有弥撒，做完弥撒，姆姆们给学生讲《圣经》。"冯氏皱眉道："不信教的也得听吗？"奕雯道："这倒是自愿的，不过不听的也得早早地起来，别人在礼拜堂做弥撒，她还得出早操——大冷天的，还是做弥撒

---

① 国民革命军新编第三十五师，隶属第二集团军，时驻地开封，师长王劲哉兼开封区警备司令。
② 1937年8月至1938年1月间，国民革命军战斗序列中，第一战区司令长官为蒋中正兼任，后由军事委员会总参谋长程潜代理，当时河南驻军指挥官为战区副司令长官、第二集团军总司令刘峙。

省府前街

好受些，教堂里暖和得很，而且可以打打瞌睡。"老石便接话道："夫人起得晚，小姐每天早上五点就出门了，静宜女中本不许学生回家住，本埠的也不行，小姐住校住家都可以，算是例外的。"

三人说着闲话，路上又有两个流动岗查车，老石规规矩矩停下，照旧是证件加大洋，军官也都爽快地放行，不多时车子已经到了北土街三九四号。 虽是夜深了，省农商银行总行仍是灯火通明，看得见人影晃动，门口垒起了简易工事，两挺捷克式机枪枪口朝天，一队士兵个个背着枪，一副枕戈待旦的模样。 见冯氏和奕雯都一脸惊诧，老石解释道："今天下午添的岗哨，全城的要害部门，除了省府、警备司令部、三十五师师部，像铁路、银行、邮局都有特务旅的人站岗。"

车上有特别通行证，岗哨略微扫了一眼，便让冯氏等进去了。 行长夫人和千金莅临，早有门房传进话去，值班的协理老谢慌不迭地迎出来，将冯氏和奕雯请进行长办公室。 壁炉正旺，炭火红得烫眼，跟外面的鹅毛大雪相映成趣，推门进来，只觉热浪扑面，熏腾得人几乎站不住脚。 什么都好，只是徽茹却不在，冯氏皱眉问老谢，老谢支支吾吾，也说不清楚去向。 冯氏见他心虚脸热，当下心里已是雪亮，不由声音也抬高了，冷冷道："你们行长在哪儿公干，我不知道，小姐也不知道，你却不能不知。 烦请你给他打个电话，说他家眷就在这儿等着，他不来，我们就不走了。"说着，冯氏走到窗边，看也不看老谢，急得老谢秃头顶上全是汗珠。 奕雯笑眯眯看着他，调皮地眨眨眼，道："谢伯伯，我姨娘说的，你还不明白吗？"

老谢苦笑，擦汗离去。 桌上是刚送来的果盘，冬枣、苹果、荸荠之类的，还有甘蔗，削皮切节，码得整整齐齐。 奕雯背手看了看，挑了节粗硕的拿起，一边吃，一边对冯氏道："姨娘，你放心，就算老谢他找不到我爹，我也知道他在哪儿——他敢不回来见咱俩，我领你找他去。"

冯氏猛地转身，难以置信地看着奕雯，道："小姑娘家，胡说什么！ 你知道他在哪儿？"

"曲觞会馆呗。"奕雯笑嘻嘻道，"有啥胡说的，我爹还领我去过呢！ 有个叫红月季的，能喝酒，能唱戏，还能唱电影歌曲，人称'开封小周璇'呢！ 眼下正跟我爹打得火热，我请她看过电影，她《天涯歌女》唱得真好——姨娘你想见她吗？ 对了，她也会打枪，我爹还领我们俩去过靶场呢。"

奕雯靠着宽大厚实的办公桌，一边说，一边嚼着甘蔗，又把残渣吐在垃圾桶里，一双眼却牢牢地盯着冯氏，眼角眉梢都是肆无忌惮的挑衅。 冯氏脸上落满了雪，又冰又白，只觉周身寒彻，也不知是因为气还是因为冷；地面涌动如沸水，一波又一波起伏不定，让她根本站立不稳。 奕雯一脸的关切，起身离开了桌子，道："怎么了姨娘，你冷吗？"

奕雯说着，手上却加了动作，一把捎带到了暖瓶，铝壳的暖瓶应声掉在地上，两人都听见又清脆又沉闷的一声响，瓶塞弹开，热粥汩汩流出，淌了一地。 奕雯惊讶道："怎么办？ 一会儿爹来了，这粥可就喝不到嘴里了，白费了姨娘一下午的心思呀。"

饶是冯氏再能隐忍，也已然被逼到了底线之后。 刹那间，两年来的百般讨好，十年来的唯唯诺诺，还有新婚之夜被一枪打掉的那个耳垂，一幕幕凄凉心碎，如同电闪雷鸣，如同片片飘雪，撕裂了夜空又覆盖了大地。 冯氏踉跄一步，两手支着窗台，这才没有倒下去，好半天，她才极为虚弱地一叹，道：

"孩子，你才十四啊。"

"那姨娘是嫌我小呢，还是嫌我不小呢？"奕雯笑盈盈道，"不过姨娘你放心，我离嫁人还早呢，家里有我爹，有姨娘你，我才舍不得离开，还想多陪姨娘几年呢。"

冯氏静静地听着，站在原地，脸色在无尽的苍白中，微微露出一抹浅红，她终于淡淡地一笑，语气倒是逼人的冷冽，道："小姐说哪里话。 只是小姐，你得知道，如果你不喜欢我，我不会一辈子碍你的眼；如果你不喜欢这个家，你也不会永远待在这里；可是孩子，你虚岁才十四，不该这样的。 心里装着这么多事，这么多脏东西，这是能跟你一辈子的，一辈子都折磨你，让你没有半天的好日子过。 你一个孩子，天天算计，挖空心思害人，你自己想过没有，你妈要是知道了，她该有多难过呢？ 你再想念她，她还会回来吗？ 你就算要害人，能把我害死吗？ 你别忘了，我跟你这么大的时候给人做丫鬟，大家子里什么事没见过，什么委屈没受过，又有什么不懂呢？"

冯氏的声音又柔软，又轻忽，飘落在奕雯耳畔，落在心头，却是每个字都沉甸甸的，很有分量，不亚于枪林弹雨。 这大概也是冯氏嫁进省府前街沈宅之后，跟继女奕雯说得最多的一番话。 奕雯到底是年少，显然没有足够的防备，在这一场言语的较量之中，被压得说不出话来。 冯氏也没有再言语，上前几步，弯腰蹲下去，细细收拾了一地狼藉。 壁炉里炭火升腾，房内燥热，两人进门之际都脱去了大衣，冯氏只穿着一件旗袍，月牙白底缀满青花，贴身得跟长在身上似的。 连奕雯都不得不承认，不管从哪个方向来看冯氏，她无疑都是个美人。 或许正因为这样，奕雯深植于心的恨意才分外浓郁。 冯氏一手支腰直起身，长长地喘了口气，道："小姐怎么不说话了？ 一会儿你父亲要是还不回来，你还真带我去找他，还有那个什么'小周璇'吗？"

奕雯想了想，不甘示弱道："你要想去，我就带你去。"

冯氏看了她片刻，忽地笑起来，叹道："到底还是孩子。 你记住，咱们这样的人家，那种婊子贱人，不值当咱们去——就像我，你父亲让我在双龙巷住了十年，连个姨太太都不算，你母亲她明明知道，却是绝不会去的，你知道为什么吗？ 我知道。 在她眼里，我又何尝不是一个婊子、贱人呢？"

冯氏说完，若无其事地冲奕雯一笑，拿起衣架上的大衣，又道："你父亲是没口福喝一碗腊八粥了，你明天一早要上学，还是早点回家吧。"奕雯鬼使神差地走过去，接过她递来的大衣，有点麻木地套在身上，又跟着她出门。 其实在接过大衣的那一刹那，她就知道，这一次你来我往，她是彻底输了。

出得门，奕雯像是想起什么，便道："姨娘，我娘走之前，你一直住在双龙巷吗？"冯氏点头道："当然，那房子也是沈家产业。 怎么，小姐今天想去那里？"奕雯便道："明天一早还得听道理，不然今天去双龙巷也好，学校就在隔壁，也省得再折腾。"冯氏一笑，点头应允了。 老石不在行里，兴许是接徽茹去了。 老谢急赤白脸地拦住两人，说行长一会儿就回来，夫人和小姐务必再等等。 冯氏和奕雯各自看向一边，谁都没有说话，老谢急得快下跪了，冯氏到底是不忍，便让他老实待着，回头跟徽茹说她们去双龙巷住下了。 老谢又急又窘，也不敢再拦着，赶紧安排车辆送行。 其实从北土街三九四号到双龙巷的沈宅，也就一里多，步行须臾可至。 奕雯趾高气扬了一天，处处挤对冯氏，不料想晚上却是一败涂地，被冯氏一番话说得片甲不留，心里很不痛快，也不肯坐车，非拉着冯氏踩雪。 冯氏拗不过她，只好跟她并肩出了银行大院，司机也不敢不从，隔了一丈来地，慢吞吞驾车跟在两人身后。

时近子夜，雪总算小了，路面积雪渐渐上冻，不再松软，变得硬而滑，奕雯又是满腹心事，几次差点跌倒，幸好有冯氏在一旁扶住了，才不至于狼狈。 冯氏是小脚，走不得远路，深一脚浅一脚过了财政厅东街，就喘得厉害起来。 奕雯忽地笑道："姨娘歇歇，看我给姨娘跳个舞。"

南北土街当时叫共和路，算是开封城里最主要的南北大道之一，每隔三十米有路灯。 黑夜，黄灯，白雪，一个少女在雪地上跳着舞，一个少妇揣着手，在一旁含笑看着。 舞是老师教的土风舞，曲子是美国民歌《快乐水手》，奕雯一边哼唱，一边跳得欢快调皮，跳到兴奋处，她解开大衣扔下，里面是黑裙白褂、黑鞋白袜，正是静宜女中学生的制服，冯氏担心她穿得单薄，忙让她停下，奕雯却笑着不听，继续嘴里哼唱，舞步不歇，直到最后脚底一滑，结结实实地摔倒在地。 奕雯也不起来，就坐在雪地上，两手插在雪里，仰头看着冯氏，笑了起来。 冯氏也笑，一边笑一边擦着眼角的泪花。

第二天，奕雯到底没有听到盖夏姆姆讲道理。 冯氏五点起来，叫奕雯起床，却怎么也叫不醒，一摸额头才发现烫如火炭，嘴里念叨的都是胡话，慌得赶紧叫人来帮忙。 可这里不是省府前街，拢共只有一个老妈子带着个小丫鬟，见夫人慌了神，这一老一小也都蒙了，老妈子一个劲画十字，小丫鬟吓得直哭。 以前冯氏在这儿住时，倒是装的有电话，这两年住在省府前街了，电话就没人动过，也不知道哪儿出了问题，根本打不出去。 冯氏急得一头汗，一边收拾衣服出门，一边让老妈子打来温水，拿毛巾蘸了给奕雯擦拭。 腊月里天亮得晚，五点来钟天还黑着，冯氏顾不得许多，三步并作一步，晃着小脚朝省农商

省府前街

44

银行奔去。 雪早停了，路上了冻，镜面儿似的溜滑，冯氏出门就是一跤，下巴撞在地上，咬破了舌尖，血沫子顺着嘴角直流。 冯氏不知道疼，也不知路上跌了多少次，只是哆嗦着踉跄前行；等她穿过双龙巷，来到共和路上，却见一路有当兵的荷枪实弹地站岗，隔不远就戳着一个，还有军官坐着车来回巡视。 冯氏又冷，又怕，又着急，处处躲着当兵的，挨着沿街店铺的门脸走。 过财政厅东街时，冯氏终于被拦下，一个军官从车里探出身子，皱眉盯着她，不等他开口，冯氏早放声大哭起来，一边哭，一边从兜里掏出徽茹的名片递上。 军官看了一愣，再看冯氏一身雪泥，一脸血迹，打扮倒像是贵妇模样，也搞不清她到底什么身份，客客气气请她上了车，一脚油门就到了北土街三九四号。

徽茹忙了一夜，刚回办公室不久，原准备眯上几个钟头，中午还要去省府，精神头得养足。 蒋委员长亲临开封，开的是第一、五战区师以上军官会议，研究当前抗日军事部署；而眼下河南已经是对日作战的最前线，蒋委员长便顺道在下午接见慰勉省府要员，鼓舞诸君同心抗战。 徽茹执掌豫省金融之牛耳，也在要员名单之中，自是极大的恩荣。 不料才躺下即被老谢吵醒。 老谢话都说不囫囵了，倒也不用他再说什么，徽茹一眼看见了难民般的冯氏，吃惊得勃然变色。 等问清缘由，徽茹忙让人给军官士兵封了红包致谢，又赶紧打电话给南关的福音医院，请大夫护士到双龙巷给奕雯看病，再安排老石马上去南关接人。 处置停当之后，徽茹方才想起冯氏，行里倒是可以洗浴更衣，但冯氏衣服都脏了，也没可换的，她又刚刚受了惊吓，只好亲自开车送她回双龙巷去，毕竟奕雯还病着，徽茹也实在放心不下。

天色已经大亮，从北土街到双龙巷，一路上行人稀少，放眼看去全是当兵的。 徽茹开着车，短短一里多地竟被拦下两次，身份证明、通行证明查了又查。 当兵的都是本省驻军，见了徽茹的名头都是客客气气，却也公事公办，毫不通融。 徽茹心里焦躁，气得差点要骂人。 冯氏平生最怕拿枪的，在一旁不住地劝徽茹。 等车子晃晃悠悠到了双龙巷口，又被拦下，徽茹气急，便不再理论，也不再掏什么证明，直接下了车，对领头的军官道："找你们第二集团军军需处于处长，问问他，认识不认识一个叫沈徽茹的！"

省府前街

军官年纪不大，一张黑脸，两眼眯缝着看了看徽茹，不以为然地一笑道："沈先生搞错了吧？ 我们三路军①军需处长不姓于。"徽茹即是一怔，不解道："三路军？ 不是在济南吗？ 来开会的？"

"开会的事，沈先生也知道吗？"黑脸军官促狭一笑，不客气地揶揄道，"不知沈先生还认识谁？ 不妨说来听听，看有没有管用的。"

此刻冯氏已下了车，自然听见了黑脸军官这句话，她深知徽茹做行长这十年里，处处顺风顺水，受人尊敬，何尝如此憋屈过？ 心里急得冒火，几步上去拉住了徽茹，低声道："老爷，咱给他看证明嘛，何必争执？ 又不是没有。"

徽茹脸上本来红一阵白一阵的，被冯氏这一劝，反倒是微笑起来，脸色狰狞道："三路军吗？ 那我认识的还真不多了。"说着，徽茹甩开冯氏，背了手道："也就三五个人吧，不知道这次开会都来了没有，更不知道管不管用。 我记得韩向方②韩总指挥，是你们三路军的吧，管用吗？ 孙荫亭孙师长，他的二十师是三路军的吧？ 还有李荫轩李参谋长，曹乐山曹师长，管用吗？ 对了，吴绍周还是你们手枪旅的旅长？ 当上少将了没有？ 当年三路军驻地在开封，他买五百支毛瑟二十响③的钱，可是我亲自送到他手上的——合同上是每支枪配弹一千发，他私自多订了五百发，这钱是他讹我的，到今天他也不敢不认账。"

徽茹这么说，其实也是半真半假。 韩复榘、孙桐萱、李树春三人，是第三集团军灵魂般的人物，徽茹当然也认识，但没那么熟悉，而且都是民国十八年的事了。 民国十九年中原大战后，韩复榘率三路军调防济南，接触的机会就更少了。 不过吴化文他还是很熟悉的，当年扩编手枪旅采买军火，也的确是奉当时省主席韩复榘之命，从省农商银行提的款。 黑脸军官腰里挎着两把驳壳枪，旁边的士兵也都人手两把，身后背着大刀，腰间挂着弹匣，装备堪称精良——韩复榘身为第五战区副司令长官，是来开封开军事会议的，这帮当兵的显然是

① 1929 年 7 月，蒋桂战争后，原西北军重要将领韩复榘率部脱离西北军投蒋，所部原西北军、豫军各部整编为国民革命军第三路军，军部驻地开封，总指挥为时任河南省主席韩复榘；1937 年，抗日战争全面爆发后，国民革命军原"路军"建制废除，改编后的战斗序列中，第三路军改为第三集团军，军部驻地济南，总司令为时任山东省主席韩复榘，隶属第五战区。

② 韩复榘字向方，孙桐萱字荫亭，李树春字荫轩，曹福林字乐山，吴化文字绍周，均为三路军高级将领。

③ 德国毛瑟兵工厂产 M1896 式全自动连发手枪，可使用二十发弹匣，民间俗称"驳壳枪""二十响"等。

长官贴身卫队，归手枪旅建制。 这个当口，徽茹连他们旅长都搬出来了，黑脸军官若是再纠缠，就是真的自讨没趣了。 冯氏见他神情窘迫，大有惶恐之色，唯恐徽茹再火上浇油，忙从他兜里掏出名片，递给军官。 军官本就是蒙的，看了名片立时一愣，毕恭毕敬双手递还，道："韩总司令就住在巷子里黄委会孔委员长家。 孙军长在省府西街共和宾馆，吴旅长没来，我们雷团长在，一大早陪着韩总司令拜访袍泽去了。"见徽茹脸色依旧难看，军官只得上前一步，低声道："沈行长是我们手枪旅的恩人，在下有眼无珠，得罪沈行长了，罪过！ 还望沈行长海涵，若有机会，在下一定效犬马之劳！"说罢便是立正敬礼，眼巴巴看着徽茹。

从清末到民国年间，开封是四战之地，几乎每年都有仗打，端着枪的就是王。 徽茹多少也有投鼠忌器的心思，便不再纠缠，哼了一声，转身上车，冯氏倒是笑容满面地朝军官一笑，忽然又想起什么，忙道："待会儿有车接了大夫护士过来，是给我家小姐看病的，还望老总关照一二。"军官满口应承下来，又是立正敬礼，送二人离去。

沈家在双龙巷的宅院是偏宅，自然不能同省府前街的比，跟周围其他高官巨贾的宅院相比，也是多有逊色。 冯氏搬到省府前街之后，并不常回来住，空了一年多，去年奕雯上了静宜女中，有时偷懒不愿折腾，就在这里住上一晚，这才安排了一个老妈子伺候。 奕雯这次生病，说到底还是着了凉，冯氏也不便说是雪地里跳舞惹的祸，只道是天冷的缘故。 徽茹惦记着中午还要到省府，等候蒋委员长下午召见，又心疼在病中的女儿，有点坐立不安。 冯氏何等聪明，就劝他先回，说奕雯好歹退了些烧，也不说胡话了，睡得正熟，有她看着不会有事。 徽茹皱眉道："真是误事，偏赶上戒严，从南关到这儿，就是坐地上挪也挪到了。"

冯氏就打岔道："昨天是腊八，老爷忙，不知吃了腊八粥没有？"

徽茹看了她一眼，苦笑道："知道你要问。 我也不瞒你，昨晚是在曲觭会馆应酬，那里本就是吃喝的去处，还能喝不到粥？"

冯氏一笑，眼圈却微微见红，低声道："是那个红月季，会唱《天涯歌女》

省府前街

47

的吗？"

徽茹一怔，忽地喷笑起来，拍着膝盖道："原来是因为这个！ 是谁告诉你的？ 罢了罢了，本来不想告诉你，行里的事，说多了你也不懂——昨晚是跟山东民生银行的老孙应酬。 这次鬼子打山东，他们吃了不少亏，跟逃难似的，印钞机都没拉出来。 都是同行，安慰一下也是情理之中的事。 至于什么红月季，你就当成一股烟，一声炮，过去也就过去了，你这沈夫人是独一份的。"

徽茹这番话倒是推心置腹，说的也都是实情。 不过，更大的实情他还是瞒在了肚子里。 昨晚他的确是去了曲筋会馆，也的确是见了鲁民生行的董事长老孙，不过在场的还有一人，他就不便说了。 那人是个女的，曾是名伶出身，后来做了韩复榘的二姨太，有名的"外交夫人"。 自日军攻进山东，韩复榘在德县、商河、济阳跟日军恶战数役，济阳一战他亲临前线督战，途中被日军包围，贴身手枪队几乎全军覆没，他本人也差点做了俘虏，此后一退再退，省府一迁再迁，都快迁到河南境内了。 韩复榘为留后路，秘密安排官佐眷属向后方撤退，韩家几位太太已经撤到了河南郾城县的漯河镇。 这次老孙约见徽茹，韩家二姨太亲自作陪，说的正是鲁民生行资产、库存金银和韩家私产的处置。 其实这些天徽茹朝夕在忙的，也正是这些。 眼看日军占了豫北，豫西也是大兵压境，徽茹接到密令，将豫农商行及省库资产盘点清理，可转售的产业一律秘密套现，一旦开封危急，随时准备跟省府迁往宛西镇平县。 当着老孙和韩家二姨太的面，徽茹拍胸脯应其所请，鲁民生行的资产是公家的，自不待言，又答应将韩家私产兑成法币，就地存入豫农商行，按最高利息计算，跟省库一起转移，以确保安全无虞，并允诺不管时局如何，一律随到随取。 韩家二姨太喜出望外，连连道谢，临走之际，除了寻常礼赞，还特意交代一个盒子是送给沈夫人的。 等二姨太离去，徽茹又跟老孙天南地北聊了一阵，直到老石来找他，说夫人小姐都在办公室等着，徽茹这才安排老孙找了姑娘睡下，自己洗了把脸，回到北土街总行。 等到了办公室，才得知两人回双龙巷了，徽茹自觉无趣，打发走众人，躺在沙发上假寐。 忽地又想起那个盒子，便起身打开，里面只有一张提货单，交割一方是美商大通商行汉口分行，货品是斯蒂庞克轿车一辆，车价及运费法币一万七千元足额已付，凭单取车。 徽茹捏着单子看罢，疲惫地一笑，收了起来。

冯氏只道是徽茹又去了曲舫会馆，跟那个叫红月季的贱人姘宿一夜，哪里想得到会有这般故事。 不过听徽茹的意思，一时半会儿也不会再娶，况且日本人说到就到，兵荒马乱的年月，徽茹又位高权重，身负重任，谅他也无暇顾及这事儿。 思绪及此，冯氏也就心安下来，低声道："你要是不急，就等我收拾一下，一会儿大夫护士来了，就不方便了。"徽茹这才想起她忙到现在，一身脏衣服还没换，忙让她去洗漱更衣，他也正好打个盹。 过不一会儿，徽茹迷迷糊糊中闻见一阵香风，睁开眼看时，却见冯氏新浴之后，还没换上见人的衣服，只穿了居家的裤褂，她刚刚三十出头，正是少妇轻熟的年纪，分外诱人。 那香味倒是似曾相识，原来是广生行的艳容霜，两人成亲之际用过的。 徽茹一时兴起，勾手让她过来，一把拽进怀里，隔着丝绸褂子抚摸起来。 冯氏久旷之躯，如何经得起这般动静，嘴里蚊蚋般呢喃道："奕雯还病着——老石他们也快来了——"徽茹哪里顾得上这些，兀自上下撩弄。 两人正情浓间，忽听外边汽车喇叭响起，不由都是一怔，唬得冯氏赶紧下地，抓过大衣披上，忙不迭地系着扣子。 徽茹一边取笑她狼狈，一边朝门外走去。

小丫头早开了门，老石领着大夫护士进来，刚才那位黑脸军官毕恭毕敬站在门口，朝徽茹敬礼，目光里似有话要讲。 徽茹微微皱眉，走过去点了点头，又朝院里看了看。 军官局促道："一点小意思，沈行长见笑了。"说着，从怀里掏出一个红绸包裹之物，打开看时，却是一把精致的小手枪，两支弹匣，枪握把是象牙护板，上下分别有一个"COLT"（柯尔特）和一匹前蹄跃起的马的标志。 军官将手枪包好，呈给徽茹，道："世道不太平，送给府上女眷防身，行长万勿推辞——上午的事，行长切莫对我们长官提及，在下感激不尽。"言罢，又是一个挺胸敬礼，这才退下离去。 徽茹是懂枪的，也爱玩枪，当然知道这把手枪绰号"掌心雷"[①]，是美国柯尔特公司所产，型号 M1908，一枪六弹，多为

① Colt Model 1908 Vest Pocket,简称 M1908,著名的口袋型袖珍手枪。

高级军官和政要显贵的随身配枪，也最受名媛贵妇的青睐。掌心雷并不罕见，握把护板是象牙质地的就不多了，价格要高出不少。其实他连那个军官的名字都不知道，何来跟他们长官告状呢？无非是当时徽茹心情不好，军官又被人抬举惯了，两下里寸劲碰在一起而已，却难为军官把这等好物都舍了出来。徽茹不解地摇头一笑，转身进了院子。

奕雯经福音医院的英国大夫看过，打了退烧针，呼吸也平稳了，明显好了许多。冯氏催徽茹赶紧回行里，不要耽误了正经事。奕雯靠在床上，听说徽茹要走，不乐意道："开会开会，天天都是开会。会开得再多，不也是没拦住日本兵？"给她看病的英国大夫叫乔治，听了她的话，笑道："小姐知道蒋方震吗？"奕雯摇头，徽茹却一愣，道："乔治大夫中文这么好，中文书也看得吗？"乔治笑道："在北平为教会和信徒服务多年，多少有点底子。"又转向奕雯道："蒋方震先生写过一本书，去年刚刚出版，名为《国防论》，扉页上有一句话，说'万语千言，只是告诉大家一句话，中国是有办法的'。这位蒋先生可是大大地有名，日本陆军士官学校第一名毕业，对日本了解颇深。他都这么讲，小姐就放心吧。"奕雯道："我才不管他方震如何，圆震如何，日本人如何，我只是两天没见我父亲了，想让他多陪陪我。"

奕雯这话一说，房内的人都笑起来。乔治留下药，和护士告辞出去，冯氏少不得又是封红包，又是送出门。徽茹见女儿撒娇，只得苦笑着又坐了一阵，这才跟老石离去。奕雯见他走了，呆呆地靠在床上，好半天没言语，忽然想起了什么，对老妈子道："糟了，还没请假呢！这都几点了？"老妈子便道："小姐放心，我这就去静宜女中给小姐请假去。盖夏姆姆人好得很，见人就说'可怜的孩子'，我没事就去礼拜堂听她讲道理。"冯氏让她赶紧去，奕雯又让她带点猪肉鸡鸭的，交给管伙的校工老楚，老妈子连连画十字，感谢了一番天主，便带着小丫头去了。奕雯吃了药，不多时就觉得困意侵扰，昏昏沉沉睡去。间或醒来，却见冯氏支着头，斜签在椅子上打盹，她本想说什么，却连自己也记不得要说什么了，眼皮一耷拉竟是又睡了过去。过了不知多久，奕雯觉得身上松软异常，又是温热，又是凉爽，惬意得无法言说。恍惚之间睁开眼，却见冯氏就坐在床边，正给她擦身子，旁边椅子背上搭着发汗湿透的贴身衣物。 她虽有被子盖着，却也被脱去亵衣，软绵绵任冯氏擦拭，干毛巾刚好擦过了双乳，正在肚腹上盘桓。 奕雯就是再顽劣不羁，总已是个十三四的少女了，蓦地一醒来，发觉是这般光景，自然是羞得脸红不已。 冯氏见她醒了，身子却僵硬起来，便笑着轻声道："发了一身的汗，腻腻的难受，姨娘给你擦擦。"说着继续轻轻擦拭，毛巾滑到肚脐边缘，奕雯本能地用手去挡，发现亵裤也没有，更是羞涩难耐，急道："不劳姨娘，我自己来！"冯氏笑着拍了拍她，道："翻个身，姨娘给你擦擦背。"

等冯氏给奕雯擦完了身子，毛巾已经濡湿了，奕雯躲在被子底下，乖乖地一动不动。 冯氏拿来干爽衣服，又要给奕雯穿上，吓得她赶紧坐起来，拿被子护住胸口，道："姨娘歇歇，我自己穿。"冯氏笑道："既然叫我姨娘，不是你娘也差不多了，自己孩子有什么害羞的？"说着坐过来，帮她系上丝质亵衣，披上外褂，奕雯脸红如血，一把抓过亵裤，再不让冯氏帮忙，自顾自穿上了。 冯氏只是笑，扶她舒舒服服地靠在床头，痴痴地看着她，半天才道："我见过你娘的，她身上的好，你可是都承传了。"

奕雯早被她看得心慌意乱，顺着话头道："什么时候见的？"

"十年前吧。"冯氏幽幽道，"那年我小产，你参有心待在这儿陪我，偏又赶上他竞选行长，需要你姥爷家出力，你参就不便——"奕雯笑着插话道："是不敢吧？"冯氏也笑，点头道："反正小月子里就没见过他，等他当了行长，晚上酒会，我偷偷去看了，就见了你娘。"冯氏的眼光渐渐游散，像是又回到了那个夜晚，喃喃道："你娘，她真是个美人，我是女人，都忍不住要喜欢她，真的。"奕雯心里一动，不知她为何要说这些，为何要在这里说。 难道因为她在这里住了十年，连个姨太太都不如吗？ 换作是冯氏生病，她才不会颠颠地跑去报信，势必要抓一把瓜子，一边嗑着，一边看笑话的。

冯氏和奕雯一时都沉默了。 只听得自鸣钟响，原来已是九点了。 奕雯忽觉不对劲，问道："段妈去哪儿了？ 小珠呢？"冯氏道："今天晚上教会需要义工照顾从豫北撤回来的伤兵，段妈跟我说了，带小珠去教堂帮忙，晚上就住那儿了。"奕雯呆呆地想了想，道："我天天听神父、姆姆们讲道理，还没领洗呢！ 段妈一个用人，字都不识，竟也入了教。"冯氏笑道："自打去年北平那边打仗，信教的人多起来了。 都说日本鬼子的飞机来扔炸弹，偏就不炸教堂，是有天主保佑着。"奕雯笑起来，道："姨娘这就不知道了——日本跟德国和意国是盟国，教堂上面都挂着德国意国的国旗，日本人见了当然就——"

两人正聊着闲话，忽地都是一愣，屋里的电灯灭了。 双龙巷一带住的都是有头有脸的人家，平日里很少停电，除非是全城的电都停了。 黑暗中，冯氏笑道："刚说日本鬼子呢，这就停电了，真是晦气。"说着站起来，摸摸索索地找蜡烛洋火。 奕雯靠在床头，也不说话，兀自胡思乱想着。 很快屋里点了蜡，昏黄的光跳跃摇曳，像受惊的小兔一般。 冯氏罩上玻璃罩子，端着烛台过来，放在床头小柜上，影影绰绰中，冯氏一张俏脸油润如画，奕雯看得要呆了。 冯氏笑起来，竟有些绯红攀上了脸颊，道："你这眼神，怎么跟你爹当年似的——"

冯氏这句话还没说完，只听得房前屋后，忽地响起一阵噼噼啪啪的声响。冯氏还愣着，奕雯却脸色骤变，叫道："打枪了！"随即是另一阵枪声，比刚才的更密集，节奏也更快。 冯氏早傻了眼，声音都变了腔调："打枪？ 哪儿打枪？ 是过土匪还是日本人来了？"

奕雯掀被子下床，全然看不出是个病人，当下对冯氏道："日本人没这么快——快把门堵住——我爹说过，寻常土匪抢劫，只要不让进门，撑不了多久他们就——你干什么去？"

冯氏根本不听她的话，疯了般夺门而出，奕雯惊得目瞪口呆，气得直跺脚，只得跟着跑出去。 这时枪声更炽，显然是两拨人在交火，声音近在咫尺。奕雯跌跌撞撞追到院子里，冯氏刚好从柴房出来，手里捧着一个红布包裹，她是小脚，心里又慌，步伐也乱了，遽然摔倒在地，小巧的勃朗宁手枪、弹匣和子弹掉落散开。 冯氏急得说不出话，连连捶打着地面。 奕雯冲上去捡起枪弹，扶了她朝卧室奔去，此间枪声一直没停，也听不见人声。 刚到廊下，忽听院门擂响如鼓，两人面面相觑，都是惨无人色。 奕雯顾不上问枪弹的来历，卸出弹匣看了看，又推进去，打开保险，低声道："姨娘别怕，大不了跟土匪们拼了。"冯氏握着她的胳膊，颤声道："你不怕，我就不怕——要是土匪进来，先给我一枪，我是你爹的女人，不能——"

话音刚落，大门后沉重的门闩被撞下，几个黑衣汉子各持枪械，闯进院里，黑洞洞的长短枪口立时对准了冯氏和奕雯。为首的一个黑衣汉子打量两人，他身后一个人上前，低声对他说了句什么，那人皱眉思索，目光又落在奕雯身上。奕雯褂子袖长，垂下来时正好挡住了手枪，她紧张地悄悄转动枪口，暗中瞄准了来人，冯氏却忽然向前一步，护住了奕雯，声音又发抖，又尖厉，像只老麻雀般嚷道："别动我家小姐！要钱要物，我都给！"

冯氏一边说着，一边朝后探出一只手，握紧了奕雯拿枪的手，把枪口紧紧地抵在自己腰间。来人互相看了一眼，顾不上跟她们废话，直接掉转枪口，冲到院墙边，利索地叠成罗汉梯，接二连三上了墙。奕雯和冯氏紧紧抓住彼此，一时间竟忘了躲避。就在这时，又是一阵枪响，刚刚上了墙头的黑衣汉子应声掉下两个，躺倒在地，领头的那个痛苦挣扎，把身边的雪地染得深红，很快便咽了气。冯氏不敢再看，死命地拉着奕雯躲进房里。两人吃力地挪过梳妆台，堵住了房门，又把大衣柜移开，结结实实挡住了窗口，也挡住了最后一线月光。屋子里黑暗至极，真真的伸手不见五指，两人一人顶住一处，只听得见对面的人剧烈的喘息，甚至心跳。好一阵子，奕雯才缓过劲来，低声道："姨娘，你怎么样？"

黑暗中，冯氏颤抖的声音道："我还是那句话，真要有人进来，你先打死我。"

时间一秒一秒过去，枪声一直未停。奕雯笑起来，低声道："姨娘，你听得出来吗？声音嗒嗒嗒的，是马牌撸子，连成线儿的，是二十响——我都打过。"

"可不。"冯氏的声音传来："你不光打过枪，你还打过我呢！"奕雯一愣。冯氏又叹道："你若是再偏一寸，今天可就没人陪你了。"奕雯想了想，实在不知道该怎么回她，只好道："姨娘放心，今天不会打偏了。"冯氏便悠悠道："那你就摸着黑，给我脑袋上来一枪吧。"奕雯急道："姨娘！ 我不是这个意思，我绝不会让你死！"

奕雯真是急了，不然也不会口不择言，把心里话都讲了出来，话一出口又后悔，幸好屋里黑，冯氏定然瞧不见她烫得发红的脸。 冯氏也没说话，好像刚才那句她根本没听见，又好像她分明是听见了，有点不敢相信。 又过一阵，枪声渐渐稀疏。 两人这才慢慢恢复了些许平静。 奕雯道："姨娘，好像没人打枪了，要不，咱们把蜡烛点上？"冯氏道："不行，万一再有人——"

也真是撞邪。 冯氏刚说完这句，就听见院子里有人声，脚步匆乱，竟是直奔卧房而来。 两人又屏住了呼吸，来人到了门口，又轻又急地敲了敲门，短促的声音道："沈夫人，我知道您和小姐在里面，我是快死的人了，有封信麻烦您寄到我家，您也不用开门，我从门缝里塞进去。"窸窸窣窣的声音，来人果然往门里塞了什么东西，又道："拜托夫人了，我这就走。"随之是更多的脚步声响起，接着是枪声、人声，再接着，仿佛整个世界都陷入了死一般的寂然。

民国二十七年阳历元月二十四日，是丁丑年腊月二十三，农历的小年，开封城家家户户祭灶官、吃灶糖。 十几天前的那场风波早已散尽，没人再提起了。 报上说，第五战区副司令长官、第三集团军总司令韩复榘，因不听指挥、擅自撤退，致使国土沦丧，已被解往武汉，交由高等军事法庭审判。 至于民间传说就更离谱，有说是在军事会议现场被抓的，就在开封南关袁家花园；有说是开完了会，回城里的路上被军统特务劫走的；有说是连会都没参加，一到开封车站便被拿下的；更有甚者，说韩复榘韩大帅手握双枪好生了得，跟军统的人大战三百回合，毫无惧色，蒋委员长怜他是条好汉，半空中念了一声咒，韩大帅的枪忽然哑火，特务们这才蜂拥而上，捆了起来。 林林总总，不一而足。不过传言再多，也是一阵风、一场雪，风过雪化，地还是地，城还是城，省府前街还是省府前街。 小年这天，徽茹特意打电话来，说是晚上回家，要一起吃顿饭，慌得冯氏带着一帮厨子厨娘折腾了一天，又派司机去静宜女中接了奕雯，只等徽茹回家就开席。 不料这一等就等到八点，徽茹匆匆回到家，三人总算是坐在桌前。 别的宅门里早已是热热闹闹，几世同堂，孙男娣女穿梭膝下，沈家就显得冷清许多。 三人吃着饭，说些闲话，冯氏见徽茹一直打不起精神来，便道："老爷是累了吗？ 行里事情多，老爷再拼命也干不完的，自己的身子最要紧。"奕雯笑起来，打趣道："我爹忙得很，却也不见得都是行里的事呢，像是什么——"

徽茹脸色一变，目光犀利地扫过奕雯。 他平日里对女儿固然放纵不管，也不是没有边际，只是极少发作罢了。 奕雯常拿曲筋会馆、红月季之类的打趣，冯氏就当听个笑话，徽茹总是板起脸，瞪上一眼，说句"放肆"而已。 今天他却是真的变了脸色，让冯氏和奕雯都吓了一跳。 冯氏惴惴地道："老爷别生气，小姐也只是句玩笑话。"

徽茹长长地叹了口气，道："你们不知道，就在今天，武汉，韩向方被枪毙了。"冯氏和奕雯顷刻间一脸骇然，徽茹喟然道："二级上将，一省主席，麾下十几万人枪，说毙就毙了，被捉的时候你们都听得清清楚楚的，就在咱家隔壁——这叫什么？ 人生无常啊！"奕雯惊道："那张汉卿丢了整个东三省，还抓了蒋委员长，不也只被关起来了吗？ 韩主席怎么就被枪毙了呢？"徽茹却不回答，像是忽然想起了什么，道："对了，开封眼瞅着也要丢了，省政府要搬到镇平去，夫人早点做准备吧。 这些日子战事紧，少不了鬼子的飞机来扔炸弹，省府前街这边就别住了，你和奕雯都住到双龙巷去，那里离静宜女中近，女中里不是有个礼拜堂吗？ 飞机来了，就到那儿躲起来。 不过省府要撤离的事，谁都不要讲——奕雯你别看我，这话就是跟你说的，记住没有？"

奕雯不敢再造次，老老实实地点头。 徽茹摇了摇头，默默地吃了起来。一桌三人，就这么沉默着。 过了一阵，冯氏忽然道："小姐，想要受洗入教，是怎么个章程？ 盖夏姆姆那儿就行吗？"奕雯想了想，道："盖夏姆姆是修女，当然是可以的，不过受洗的话，还是去理事厅街的大教堂，找神父最好。"徽茹放下筷子，道："我跟河南教区谭维新主教有一面之缘，这事我来安排。 今天二十三，年前就给办了吧。 要入教，咱们一家人都入。 乱世如此，命如蝼蚁，也算给自己找个安心的地方。"

省府前街

55

奕雯还想再说什么，却实在不敢了。　冯氏一左一右，只顾给徽茹和奕雯夹菜添汤。　这时厨娘端着饺子灶糖上来，放在桌上，又下去了。　饺子热腾，灶糖粘牙，总算给冷清的沈宅加了些过年的气息。　开封人过了腊月二十三的小年，就算是正经到了年关。　所谓年关难过年年过，处处无家处处家。　年关难过，也是年年要过的。　再过几天，便是民国二十八年的新年。

省府前街

第二章

那　　人

　　郑县失守那天，是民国三十年农历八月十四，第二天就是中秋节。 二十二师和日军在祭城交战已有数天，伤亡甚巨。 正午时分，赵贻海带了两个参谋，回郑县给长官部发报，仗着一辆摩托没命地跑，二十里的路，几次被日军飞机低空扫射，几乎就交待了。 总算到了郑县城外，又遇到一队日军骑兵，仓促间交上了火。 对方人多，火力也猛，遭遇之后只一次对射，两个参谋便一死一重伤，摩托也翻了，差点把贻海扣在下面。 贻海随身只带了把马牌撸子，子弹很快打光，来不及换弹匣，瞥见旁边参谋尸体手里的中正式步枪，刚抓起来，便有一个鬼子骑兵挥刀奔至。 亏是贻海躲得快，又拿步枪格挡了一下，只被马刀扫到左肩，错身之际，贻海的枪响了，鬼子兵应声落马。 鬼子是五人组侦察骑兵，死了两个之后，剩下的三个野兽般冲向贻海。 大概鬼子兵看到了贻海的肩章，有意活捉这个会开摩托的中国上校，竟是都挂上军刀，平端了马枪冲刺。鬼子骑兵砍人用刀，抓人才用枪，手攥着马枪护木，将枪抡圆了使枪托砸人。贻海手里的中正式打完了剩下的两颗子弹，撂倒了一个鬼子，另两个已经冲到面前。 贻海在军校受训时，学的是步兵科，术科教官讲过对付骑兵的战术，单兵遇到骑兵，所谓策略说到底就一个字，跑。 不过这跑当然也是有讲究的，有口诀道"面对面，伤一线；背对敌，命休矣"，诀窍就是一旦遭遇骑兵冲刺，万不可惊惶之下以背示敌，而是要面朝敌人奔去。 贻海根本来不及思索，本能地骤然加速，疾跑中给步枪上了刺刀，鬼子骑兵一左一右冲来，贻海朝两人中间跑了几步，距离十几米时，遽然变向，朝右边的骑兵猛冲，接近时一个侧身举枪突刺。 鬼子右手持枪，速度又快，距离也近，而贻海变向之后，突然换位在他左边，鬼子想再换手已经来不及了，马枪本就比标准步枪短，想抢起来打中贻海并不容易，而贻海的中正式加上刺刀后超过了一米半，所谓"一寸长一寸强"，这一个突刺正中鬼子腰部。 但鬼子速度太快，刺刀插入之后很难及时拔出，步枪随即脱手，鬼子号叫着堕马。 突变之下，另一个鬼子来不及拨马掉头，冲出去老远才得以回过身，血红了眼睛冲过来，也顾不上再抓活口，举枪就打。 贻海早趁机摸出最后一个弹匣，给马牌撸子上了子弹，刚要扣动扳机，鬼子一枪打过来，正中贻海左臂。 三八式马枪是栓动的，不等鬼子拉枪栓再次射击，贻海咬牙攒眉忍住剧痛，一口气打光了弹匣，尽管手抖得厉害，准头全失，却总算有一两颗击中了鬼子。 回头再看那个重伤的参谋，已是成仁了。整个过程不过三五分钟，敌我八人，一口气活到最后的只有贻海。

贻海是一战区司令长官部参谋处一科上校科长。 参谋处一共四科，一科作战，二科情报，三科电务，四科后勤。 自前几天日军强渡黄泛区，分三路进攻郑县起，贻海就奉命到前线督战，一天三次，向长官部电告最新战况。 驻防老黄河一线的是第四集团军，刚从中条山战场调防到河南；驻防郑县的是第三集团军二十、二十二师，原来韩复榘的旧部。 自打韩大帅出事，第三集团军拆的拆，并的并，原来的十几万人枪七零八落，说是集团军，其实仅下辖一军三师①，兵饷械皆奇缺，与当年相比寒酸至极。 贻海九死一生脱险，抢了匹日军战马，一路晃晃悠悠直奔郑县火车站南侧的陇海花园，第三集团军总司令部就

① 1941年，第三集团军归第一战区序列，下辖第十二军二十师、二十二师、八十一师，集团军总司令部驻地郑县，负责新黄河郑县花园口至商水周家口段防务，总司令为孙桐萱。

设于此。 陇海花园是陇秦豫海铁路总公司苗圃，本是郑县最繁华的游玩去处，可惜自民国二十七年正月十五，日军飞机头一次轰炸郑县开始，火车站一带被祸害得不轻，在之后历次轰炸中都是首当其冲，好端端的陇海花园面目全非，早就是断壁颓垣了。 贻海到的时候，总司令孙桐萱刚刚离开，司令部正要撤到郑县西南的黄岗寺。 司令部一撤，郑县城里再无中国军队，失守即在旦夕之间。 贻海站在院中，四周军官士兵都是面色匆匆，各自忙碌。 一个相熟的参谋军官见他发呆，迎上来道："赵科长还不走吗？ 是去洛阳长官部还是跟着到黄岗寺？ ——胳膊怎么了？"

"三八大盖打的，贯穿伤，无碍的。"贻海皱眉道，"撤退的事，孙总司令电告长官部了吗？"

其实贻海也知道，撤退是早晚的事。 郑县以东一马平川，全靠民国二十七年扒开花园口，形成了黄泛区以阻挡日军。 如今两倍于己的日军渡河来犯，上有飞机，下有坦克，炮火又强，仅凭三个师的兵力固守据点打野战，能撑下来数日已是勉为其难。 何况第三集团军的底子是西北军旧部，并非中央军嫡系，若无长官部批准，谁也不敢擅自撤离，当年韩复榘被杀便是一条"不遵军令"的罪名。 贻海故意这么问，一来是职责所在，不得不问，二来也是黄埔出身带来的优越感。 果然，对方马上一愣，忙道："赵科长这是哪里话？ 没有长官部的命令，谁敢走？ 死在军法处手里，还不如跟鬼子拼了呢！"

贻海一笑，拍了拍他的肩膀，问了撤离的安排，又去找医务兵处理了左臂的伤，拿了些治伤药品，便翻身上马离去。 按照计划，今晚子夜前，第三集团军将撤出所有部队，明日一早，日军就将占领郑县。 留给贻海的时间不多了。他出了陇海花园，并未去西南方向的黄岗寺，而是纵马跑向城东罗家胡同。 一路上经过大同路、德化街、长春路，到处房倒屋塌，街道堵塞，被炸断的电线杆子，街头横死的百姓尸首，建了一半的街垒路障，放眼四望，满城凄凉。 贻海此行回郑县，本是要给长官部发报，但第三集团军总司令部已然撤离，直属电务科、无线中队和通信营也跟着撤了，想发报只能跟着去黄岗寺。 贻海之所以没去，是因为他还有件重要的事未做；或者说，这件事在他人看来固然荒谬

省府前街

至极，但贻海却是甘之若饴。 在他心里，见那人，与向长官部发报，全然没有任何轻重缓急之分。

那人叫小周，本埠《大华晨报》的记者，毕业于河南大学。 贻海是宣统二年出生，如今刚过而立之年，小周大他三岁，有些姿容在，却也算不得异常貌美，只是笑起来两眼弯弯，便泄出一派风情。 民国二十八年卫立煌将军赴豫，任第一战区司令长官兼豫省主席，省内记者组团采访，小周也在其中。 接待新闻记者是长官部侍从室的事，贻海临时被叫去帮忙，也是机缘使然，才跟小周结识。 小周是记者，自然想采访到独家新闻，主动联系了贻海几次。 贻海身在作战科，这方面也没少关照她。 一次，小周到巩县采访游击第一纵队魏凤楼部，回到洛阳，加班加点写了稿子，送到长官部侍从室新闻科，却怎么也通不过审查，眼看报纸要开天窗，急得小周跟审查专员大吵一架，负气扔下稿子，拂袖离去。 当时贻海就在隔壁作战科，听说后不由暗笑，问同僚要来稿子，到东关大街嵩茂客店找到小周，敲门进去。 小周身上穿的不是出门的衣服，显然是刚从床上下来，两眼哭得通红，见贻海拿着稿子，一句话也不说，便两手抚在他胸口，脸贴在他胸前。 小周个子不高，头顶正好冲着贻海，一股发油的清气袅袅起伏。 贻海自然笑着安慰，好生劝了一阵，小周方才抬起了头，却也不看他，微微垂着眉眼，径直走到门口盥洗处，洗了把脸，拿起牙缸漱了漱口，轻轻吐在一旁垃圾桶里。

贻海笑道："好点了？"小周闻声回头，这才是自他进门后，她第一眼看过来。 小周继续赌气道："本来就没什么不好的。"贻海便道："那就好，稿子在这里，我先走了。"小周看着他，忽地扑哧一声笑道："难为赵科长肯屈尊，亲自过来送稿子——来都来了，索性就帮小女子改改吧。"贻海想了想，道："那便替你改改。"

贻海改着稿子，小周拿了本周刊，舒舒服服靠在床上，一会儿看杂志，一会儿抬头看贻海。 他写了一阵，回头去看小周，她正好也在看他，一双笑眼弯如新月。 贻海便笑道："心不正，眸子眊焉。 看来你心里定是没想着好事。"小周回道："赵科长倒是说错了，我心里正想着好事，却不会对你讲。"贻海一笑，回身继续改稿子。 又过一会儿，稿子改完，贻海再回身去看，但见小周身子都藏在被下，只露出葱白般的肩膀和两条胳膊，刚才的衣服不知何时悄然都脱下了，搭在一旁的小桌上，而她脸上照旧是笑眼似月。 贻海却也不慌，合上自来水笔，搁在稿子上，起身慢悠悠走到床边坐下，握了她的手，微笑着道："这便是你想的好事吗？"

小周笑，也不答他话，轻轻挣开他的手，掀了被子一角，但也仅仅是一角，身子还遮着。 她口齿清晰地命令道："进来。"

云收雨住。 两人身子贴在一处，说着私房话。 小周嫌他方才粗鲁，嗔道："你们当兵的，是不是常年见不到太太？"贻海知道她意，故意岔开道："你是说我大姐吗？"小周奇道："如何会是你大姐？"贻海道："她比我大七岁，自小长在我家，待我成年就嫁给我做太太，小时候叫习惯了，现在还是叫她大姐。"小周笑道："你倒是好福气，小的时候、大的时候都有姐姐疼着，还不耽误你再娶姨太太——我就不许我家先生动这个心思。"贻海心里一晃，便道："还没请教你家先生名号呢！"

小周咯咯一笑，拿手指点了点贻海的额头，娇声道："你这人好没趣的，这会子竟还要说起他。"贻海动手挠她，道："分明是你故意起的话头，还要赖我吗？"架不住贻海手里轻狂，小周实在抵挡不过，只好笑喘道："我家老贾是宛西人，整日也没个正经营生，帮人做些牙商买办的生意，有时在家好久，有时出门好久——好了吧？"贻海不解道："为何叫他老贾？ 你们私下也这样称呼吗？"小周笑道："他大了我整整十五岁，怎么不是老贾？ 我在开封上学的时候，被他盯上，纠缠了几年，毕业不久便娶了我。"贻海顿了顿，道："你们俩——过得好吗？"小周道："什么算好，什么又算不好呢？ 世道这样乱，有个人搭伴过日子罢了。 你结婚时间也不短了，可有孩子？"贻海摇头道："说来惭愧，婚后一直在外，在北平念了两年大学，赶上'九一八'，便脑子一热，弃学进了南京的中央军校①，三年后毕了业，就一直在部队上，整天东奔西跑打共

---

① 即中央陆军军官学校。

省府前街

党，打鬼子，顾不得回家，大姐都快四十岁了，哪里会有孩子？ ——你是在河南大学读书吗？ 那我老家你该熟悉的，在开封，行宫角。"小周便掩了嘴笑道："你看你，还真是实在人，我就随口问你有没有孩子，你却唠叨出这么多呢。"

聊了半天，贻海年轻，缓过劲来，见小周笑得风情，忽然想起什么，笑道："刚才我一进门，你是不是就盘算好了？"小周笑道："那你说呢？"贻海正色道："我想是自然，不然你好端端的，拿水漱口做什么？"小周便娇羞地笑，两臂舒展过来，环住了他的脖子，唇吻凑上，不许他再说下去。

那是民国二十八年的贻海。 他在洛阳东关大街嵩茂客店畅享欢愉时，自然不会想到两年之后，他为了见同一个女人，会艰难地穿过废墟般的城市，不顾头顶飞机的轰炸扫射，来到郑县罗家胡同，站在挂着"贾宅"木牌的门口。 罗家胡同在县城东门里，城门外就是日军，时不时示威般打来几炮。 贾家门口便是一个弹坑，"贾宅"木牌被震得头朝下挂着，更显了疮痍之意，却也有几分戏谑。 不但门牌是歪的，门也虚掩未锁，贻海敲了几下，无人应答，便推开进去。 贾家独门独院，房子只有几间，院子也小，山墙被炸塌了一半，看得见隔壁的人家。 贻海站在院子里，心情一片黯然。 他答应过小周，若是郑县守不住，他会来带她走，如果老贾在，就带他们夫妻一起走。 这话当然是两人欢爱之际说的，小周或许只是听了一笑，当时有些感动罢了，而他却觉得既然说了，还是在那个气氛下，就不能不去做。 记得父亲墨庭公跟他说，男人一辈子两种债不能欠，一种是赌债，一种是情债；赌债能要命，情债可诛心。 贻海动情的次数不多，能花钱了断的，自然花钱就是，小周却是他动了情的。 贻海抬头看了看天色，日头已经偏西，他等不了太久，天黑之前必须离开。 城外日军尚不知守军正在撤离，还在构筑攻城工事、炮兵阵地，随时可以破门而入的。最迟明天，郑县就陷入敌手了。 明天是中秋节，今晚应该有个将满未满的月亮吧。

贻海见房门落着锁，便来到断墙边坐下，掏出马牌撸子，卸了弹匣，仔细检查了一番，重新装上，把两个备用弹匣压满子弹。 他算是老兵了，知道战场上生死只是一瞬，这三个弹匣打完，躺下的要么是他，要么是敌人，所以带再多子弹也无用。 做完这些，还不见小周回来，贻海有些心焦，打定主意再多留两刻钟，如果她还不回，那就是天意如此了。 贻海刚收拾好枪弹，忽然听见背后有走动之声，警觉地回身拔枪，却见一个中年女子带着一个少女，刚刚进了隔壁的院子，少女手里还提着个小包裹。 见贻海枪口转过来，中年女子忙道："长官且慢，我们是良民。"少女却毫无惊惧之情，皱眉看着贻海，不发一语。贻海闻言便收了枪，道："得罪了——敢问夫人，这里住着的贾先生贾太太，这两日还在吗？"

少女冷笑道："贾太太只有一个，贾先生倒多了，不知道哪个是正牌的？"

中年女子忙拉了她一把，推她进屋去，又朝贻海抱歉地一笑，也不说话，匆匆跟着进屋去了，随即是落门闩的声音。 贻海苦笑，复又坐下。 小周的情人当然并非只有他一个。 老贾年纪大，且常年不在家，小周又身在名利场中，时不时独守空房，难免孤枕寂寞。 她是容易动情的人，只要是能让她心有好感、萌生钦敬的，半推半就也好，自荐枕席也罢，一晌贪欢在她看来绝不是可耻之事。 小周自己就跟他讲过，除了他和当年还算书生风流的老贾，她报社的主笔，采访过的大学教授、诗人画家，大学时的同窗，都跟她有过一份缠绵绮旎。 乱世如此，为人不易，老贾自己都不说破，又有谁会在意，会去苛求她什么？ 贻海恍惚间看了看表，时间又过去一刻钟。 看来是等不到小周了。 这样也好。 情债无形无态，无缘无由，却有尽头。 今天过去，怕是两人再见也难。 相见时难别亦难。 既然分别如此之难，索性见也不要再见了，就此别过吧，何必非要在乎一刻钟呢？

贻海想到这里，含笑摇头，起身朝门口走去。 然而门外响起脚步声，他一愣之际，小周便出现在他面前了。 岁在中秋，天气已寒，小周围着红黑条纹的大披肩，穿了件驼黄色开司米薄衫，下面是条黑底碎绿花的马面褶裙，手中提着行李。 一见贻海，小周立刻红了眼圈，快走两步，扔下行李，扑进他怀里。贻海顾不得缠绵，低声道："快走，现在不是讲话的时候。"说着便弯腰提起行李，朝门外走去，可刚刚走到门口，忽然感到有些异样，没等他停下，只觉脑

省府前街

后一声钝响，就再也没有意识了。

等贻海醒来，周遭一片寂静，眼帘沉重如锤，脑后隐约还有阵阵的痛楚。他勉力睁开一线眼，打量着四周。 这是在屋里了，他坐在椅子上，手脚都被绑住，动弹不得。 电早就停了，屋子里点着几支蜡烛。 小周当然也在，正收拾着行李。 贻海的枪、弹匣，都在床上放着。 贻海轻轻合了眼，心里翻江倒海般涌动起了思绪。 那一记重击，显然就是小周所为。 从两人见面，到他被击昏倒，甚至不到一分钟。 她是绝不会想到他能赴约的，而就在这么白驹过隙般的瞬间，她竟然做出了如此的决定。 城破就在旦夕之间，那么她是不愿走，还是不能走？ 而不管怎样，她已经成功地把他留了下来，留在一座即将倾覆的城池里。

小周收拾着行李，像是不经意间道："醒了吗？"

贻海想了想，还是睁开了眼，苦笑道："早醒了，只是心里很惶惑。"

"还在恨我吧？"小周合上行李箱，坐在床边，一如既往地弯着笑眼，道，"的确是我辜负了你。"

贻海叹道："恨倒不至于。 既然说过来接你，就一定要来的。"

小周眼里波光一抖，道："我看错你了。 没想到你真的动了情。"

"是为了老贾吗？"贻海一笑，道，"他是在日本人手里？"

小周一愣，笑道："对我而言，他的确是不一般的男人——一个丈夫，能容忍妻子这么乱来，去哪儿再找一个呢？ 何况，我连个一儿半女都没有给他生出来。 不过你却错了，不是为了他，才留了你。"

贻海点头道："这我就明白了。 你只消告诉我，你究竟是姓日，还是姓汪？"

"姓汪。"小周不假思索地坦然道，"城里守军都撤了，今晚日军就会进城，和平建国军正需要你这样的人才，如果你——"

"不用说了。"贻海淡淡地道，"一死而已，我是绝不会投降的。"

"如果是为了我呢？"

贻海摇头叹息，道："为了女人，我当然可以死，这个不丢人。 但是做汉

 省府前街

64

奸，还不如去死。　我家的事，看来你是清楚的，不然也不会一步步接近我，当年嵩茂客店那篇稿子，也是你故意的吧？　看来那位贾先生，应该也是你们特工总部①的人吧？　怪不得你贾太太到处交男朋友，贾先生却不闻不问。"

小周看着贻海，眼光慢慢变得哀怜起来，道："我现在很犹豫。　你知道的。"

贻海静静地道："日本人的手段，怕是想痛痛快快一死，也不容易。　枪在那里，你若是还多少有些眷爱于我，就给我个了断。　身为军人，只当是死在沙场了，我不怪你。"

"你就这么想死吗？　跟我在一起，活着，不比死了的好？"

"红杏枝头花几许？　啼痕止恨清明雨。　雨打风吹过，红杏还能有几朵？我不恨你，你也不要恨我，要恨便恨清明之雨好了——"贻海叹了口气，道，"这滚滚红尘，我实在太爱了，死于你手，便是死于红尘。　鬼子都不解风情，好端端一条命，受尽了屈辱再死，岂不是糟蹋了。"

小周噗地一笑，缓缓伸出手，拿起了床上的手枪。　贻海闭上眼，等着她扣动扳机。　但许久也没有等来那一声响动。　他又睁开眼，原来枪口冲着他，而拿枪的小周，却是泪流满面，哭得悄无声息。　他忽然发现，她哭的时候，两眼也是弯弯的，跟笑的时候一样妖娆。　两人就这么安静地对峙着。　太匆匆。　好时匆匆，恨时匆匆，情欲也是匆匆。　一切匆匆而过，而现在，他只想死在她手里。　忽地一声巨响，城外开炮了。　贻海明白这是攻城的前奏。　城内已经没有守军了，郑县很快就会落入敌手。　他忽然感到阵阵倦意袭来，也不想再说什么了。　那就随了她吧。　可能在她看来，一个战区长官部的上校参谋，活着的话，要比死了更有价值。　外边炮声隆隆，比刚才更紧了几分。　他闭上了眼，视线却慢慢脱离眼球，在屋里盘旋一阵，又飞了出去。　漫天炮火竟动听起来，红光映透了天边，像是无数的烟花起起落落，盈盈脉脉，在为他送行。

而枪声，到底如期而至。

---

①　1939年9月，汪伪国民党六届一中全会决定成立"中国国民党中央执行委员会特务委员会"，下设特工总部，专职暗杀、策反、情报、间谍等特务行动。

省府前街

那　城

　　小周身上有两处伤，一处在右臂，一处在胸口，胸口上的是致命伤。　她死的时候，胸口伤处的血浸透了衣服，把开司米的薄衫染得又浓重又黏稠。　这件开司米，贻海是熟悉的。　准确地说，因为它，贻海还置过一回气。　一年前，第四集团军从中条山撤下来，调防河南老黄河防线①，小周给一战区长官部新闻科递了申请，要去采访第四集团军孙蔚如总司令，托贻海帮忙。　贻海帮她次数实在不少，新闻科的同僚们总拿他打趣，贻海脸皮厚，也不管这些。　不料那次跟小周一起去的，还有一个别家报社记者，长发长须，油头粉面，活像是戏台上下来的。　贻海到宾馆接她出发，推门进去时，发现那长须记者也在，正帮她试衣服，试的就是那件开司米。　见贻海进来，长须记者倒也镇定，不慌不忙，把两只手从小周乳房上移开。　小周倒是神情自若，贻海更没当回事，三人还一起有说有笑吃了顿饭。　饭后，贻海让司机送两人到偃师县，自己托词不去了。　到了办公室，贻海越想越气，抓起电话打给第四集团军总部谍情科，说去采访的男记者有汪党嫌疑，暗中处置一下。　当天晚上，贻海睡得有滋有味，值班的勤务兵得了嘱咐，凡是从偃师打来的电话一律不传，尤其是女人打的。　第二天，勤务兵呵欠连天，说一晚上七八个电话，都是女人从偃师打的，火急火燎要找赵科长。　贻海装模作样给小周回过去，小周在电话那头哭得稀里哗啦，说常老师莫名其妙就被抓走了，生死不明。　贻海当然装作大吃一惊，安慰她几句，说了解一下情况再说，让她只管安心采访。　接她回洛阳时，贻海告诉她，常记者涉嫌通敌，被军统的人抓了，不过有他打招呼，性命无虞。　吓得小周花

---

　　① 1938年6月9日，花园口决堤，黄河从花园口南下，花园口以西的河南境内黄河为老黄河防线，即广武、荥阳、汜水、巩县、偃师一线的防务和对日作战。1940—1944年，该段防务由第四集团军负责，总司令为孙蔚如，总司令部驻地初为偃师县南蔡庄，后为巩县和义沟。

容失色，半天没言语。　当晚，在两人欢好之际，小周总是跑神，看得出有些敷衍，贻海也不放在心上。　直到又过两个月，贻海早把这事忘得干干净净，还是第四集团军的同僚打电话来，说那个常记者快不行了，问他人还留不留了，他这才想起那件开司米。　几天之后，常记者被放出来，全然没了人模样，两条腿也给打折了，还染了要命的肺病。　今年春节，贻海到郑县公干，顺便跟小周幽会，小周面有戚容，说常老师出狱后，被报社辞退失业，潦倒不堪，整天酗酒度日，宛如废人，前两天熬不过，竟然自杀了。　贻海陪着叹了几声，问她有没有去看过他。　小周说相识一场，看过几次，很替他心酸。　小周说这话的时候，也穿着那件开司米，贻海怅惘地默哀已毕，不容分说就上前推她伏在床边，不许她脱完衣服，便直接运动起来。　贻海一边运动，一边想，以小周的性子，以姓常的落魄，看望的时候她必然心软，心软了就难免要献身，只是姓常的大病在身，又断了两条腿，还能行人道吗？　贻海这么想着，忍不住暗自冷笑，故意把她身上的开司米弄得褶皱凌乱。

　　而现在，民国三十年的中秋节前夜，小周身上还是那件开司米。　第一声枪响后，子弹打在她右臂，她手里的枪掉在地上，第二颗子弹穿过薄衫，钻进右胸口。　其实枪响之际，贻海的大拇指已经挣脱出来，这是军统教官教过的。当时通知集体受训，长官部同僚们私下里都不以为意，可真到了学的时候，一个比一个上心。　贻海够幸运。　小周显然不是个专业特工，捆绑的手法很简单，用的也是常见的麻绳，弹性很小，这是最容易脱险的情况。　贻海装作肩膀酸痛，偶尔吃力地活动躯体，实际是按照教官所授，将两手用力握拳，尽量虎口相对，最大限度扩张绳扣。　他刚才一直缓缓讲话，固然是有话要说，也是要干扰小周。　贻海的计划是，两手脱困后，尽管腿还被绑着，至少可以突然站起前扑，他有足够的把握一击制伏小周——然而命运的吊诡正在于此。　这个时候，枪响了。

　　开枪的人就在门口。　枪枪打在小周身上，一枪还是致命伤，断然不会是生手。　小周应声倒在床上，左手下意识地护住胸前伤处，于是鲜血就慢慢地溢出了指缝。　那么多，那么红，像是身上蓦然挤出来一树红花。　这次，贻海是真

省府前街

的骇然了。 只见两个人影一前一后进来，前边那个是白天见过的隔壁少女，手里拿着把掌心雷，后边跟着的是个中年女子。 少女拿起掉在地上的马牌撸子，哼了一声，随手扔在墙边。 中年女子慌乱地给贻海松了绑。 少女见他仍呆呆地坐着，讥讽道："哎呀，人家贾太太都快不行了，你也不听她再骗你几句吗？"

贻海猛醒过来，忙上去搀住小周，连声唤她，小周已是弥留之际，气若游丝道："你真笨，我捆得那么松，怎么才解开？"贻海泪水夺眶而出，道："你这又是何必？"小周道："我打昏了你，又后悔——就算我下得了手杀你，你也不会杀我，我知道的。 其实，我是想你带我走——"

"这便奇了。"少女冷笑道，"反正要走，多此一举做什么？"

中年女子拉紧了少女，使劲晃了一下她，不让她再多舌。 但贻海哪有心思跟她计较，用力摇着小周，语无伦次道："我正是要带你走的，你是怕放了我，我却信不过你，不跟你好了，我都知道——"

少女忍不住又道："那是我多管闲事了？"

中年女子吓得直哆嗦，忙拉着她朝门口走，少女兀自回头嚷道："为了一个汉奸女特务，你至于吗？ 我告诉你，鬼子就要进城了，还是先想想你自己吧！"

贻海见小周声音越来越低，顾不得理会少女，把耳朵贴近了小周，果然，她呢喃着道："以前，那些男人，都是骗你的——除了老贾，我就只有一个……"

小周注定无法把话说完了。 贻海伏在她胸口，感觉着怀里的生命一丝丝地消失殆尽。 他脸上的泪，和她胸前的血，清澈和含混凝结在一处，变成一种奇特的液体，腥而甜的气息充斥了他的鼻孔。 不知何时，隆隆的炮声已经停了。此刻的郑县正如这间小屋，沉浸于巨变之前难以言说的一片静谧之中。 贻海抱着小周的尸体，来到小院子里。 子夜已过，当空满月如轮。 中年女子和少女站在断墙边，神情各异地看着他。 周围隐约响起坦克和汽车的轰鸣，忽远忽近，时有时无。 大概日军已经进城了。 不过这一切都不重要。 因为对三十一

省府前街

岁的贻海而言，民国三十年的中秋节，没有风雪，没有拒绝，只有一轮圆月，一次离别。

断墙推倒之后，贻海仍是不放心，借着越来越亮的天光，细细查看了一番。 小周的尸体就埋在断墙之下，为了不引人注意，墓穴挖得很小，尸体甚至无法平展，只能蜷缩在其间。 填回土后，地面居然没有什么凸起，仿佛下面没有埋着一个女人，而是埋了一粒种子。 贻海捡了块砖，拂去上面的尘土，立在残砖碎瓦上，方方正正的，倒像个墓碑。 贻海轻轻一叹，在胸前画了个十字。中年女子和少女不由都是一怔，互相看了一眼，也都是默默地画了个十字。 贻海并不信教，但他知道小周是天主教徒，也算是为她临终祈祷。 中年女子道："长官，人已不在了，还是节哀吧。"少女哼了一声，道："亏你还是当兵的——我若是你，就赶紧换了这身带血的衣服，洗把脸，好好想想怎么对付鬼子，这才是正经事。"

贻海转过身来，月光若水，照着他的泪眼愁眉。 贻海躬身道："多谢方才救命之恩——在下赵贻海，一战区长官部参谋处作战科上校科长，赵某祖籍开封，世居行宫角。 听二位口音，算是老乡了。"

少女奇道："我杀了你的情人，你不恨我，还要谢我吗？"

贻海看了看她，又看着断墙后隔壁的房间，怅然苦笑道："她是汪逆的人，我是国军上校，我们刚才的对话换作是谁听见了，只要是中国人，都会这么做的——不过小姐你小小年纪，枪法倒是，不瓢。"

"不瓢"是句开封土话，意思是不错、很好。 贻海嘴里突然冒出这么一句，中年女子和少女都忍俊不禁。 中年女子道："长官说的行宫角，就在我们住的省府前街旁边。"

"那就是越说越近了。"贻海冲她一笑，道，"日本鬼子说到就到了，不知二位有何打算——是逃，还是留？"

少女抢着道："你呢？"

贻海道："两位若是信得过赵某，就不要急着走，城池易手之际，最是混乱

省府前街

69

不堪，发生什么事情都有可能。 以赵某愚见，不如静观其变，等局面稳定了再做计较。"

中年女子和少女相视一眼，中年女子画了个十字，道："我们商量一下，长官也先去换换衣服吧，天主保佑。"贻海一怔，也跟着画十字，说了句"天主保佑"。 见她们俩要跨过断墙，贻海想起了什么，忙道："敢问二位府上怎么称呼？"中年女子欠身一礼，道："长官客气，在下沈冯氏，这是我家小姐奕雯。我家老爷姓沈，在本省农商银行做事。"说罢又是一礼，拉着少女过去了。

贻海努力回忆着，他当然知道河南农商银行，似乎的确有个姓沈的，职位应该还不低，具体的就不清楚了。 他恍惚摇头，朝一旁的杂物间走去。 罗家胡同贾家，贻海并不陌生，可以说还很熟悉。 战时经济凋敝，百业俱废，原先的几个旅馆毁的毁，停的停，贻海每次到郑县跟小周相会，居然找不到合适之所，又不能野合，索性就在贾家。 这半年来老贾常住西安，贻海来得也勤，小周甚至给他备的有换洗衣服，平时收在一个藤箱中，搁在杂物间里。 贻海找到衣服换上，又顺便翻了一阵，的确再无其他男人的衣服，又想起小周临终的话，一时间心潮跌宕，好久才平缓下来，这才给左臂的伤口换了药。 伤不重，可若是偏上几公分，也能要命的。 而过去的这半天，细细想来，他竟是几次在鬼门关荡来荡去。 从军校算起，行伍间有近十年了，生死也看得淡了，可这半天来种种惊心动魄、生离死别，着实耗尽了他的精气神。 不知不觉中，他好像睡着了，但无梦；也好像醒着，却体察不到任何动静，就连枪炮声也渐渐远去。 直到一股烟火气弥漫开来，贻海才疲怠地睁开眼。

杂物间门口，冯氏生着个火盆，他的军服军帽都在火盆里，火苗发暗，看来已经烧了一阵子。 冯氏见贻海过来，忙站起道："长官醒了？"贻海一笑，目光落在火盆里，不由得一皱眉。 冯氏不慌不忙道："跟我家小姐商量了，长官既是同乡故旧，又是教会教友，如今一道被困孤城，还望长官多照应。 像这样容易出事的东西，藏也没处藏，反会惹祸，不留也罢。"

此言一出，贻海虽心里不快，却不禁对冯氏刮目相看。 冯氏话不多，声音也不高，但语气很庄重，根本不容贻海有异议。 一席话说来，进退有余，步步为营，贻海思忖片刻，竟找不到丝毫破绽。 冯氏见他不语，笑着站起来，递给他一张名片，又道："我家老爷管着本省农商银行①，也在洛阳，跟一战区的长官们常来常往，也是熟的，说不定还跟长官你见过呢。"

贻海终于一笑，忙道："夫人说得是，就算夫人不说，赵某也是要烧军服的。"

名片上写得再清楚不过：沈徵茹，河南农商银行总行行长。 徵茹作为一行之长，豫省财神，当然少不了跟军界来往，贻海一时也搞不清到底见过沈行长没有。 不过无论见过与否，面子总是要给的。 冯氏说得对，困守孤城，落单总是最为危险。 贻海便道："夫人和小姐为何会在郑县？ 不是该在洛阳吗？"

"本来是在洛阳。"冯氏苦笑道，"沈家在郑县有些产业，老爷让处理一下。谁知道第二天就赶上鬼子攻城，铁路一断，想回也回不去了。"

贻海道："府上的事，赵某本不该多问，还望夫人见谅。 不过既然要共克时艰，也不知得熬多久，夫人想必是有章程了吧？"冯氏笑道："我是女流之辈，不像长官见过大世面的。 该怎么办，还得长官你拿主意。"贻海刚要谦辞，不料冯氏抢先一步，道："要说章程，我倒是有一个，长官看行不行。 我家这座宅子，现在没什么人住了，我和小姐是女眷，不宜抛头露面的。 家里有藏身的地下室，我和小姐就住那里，长官委屈一下子，就算是我家的杂工，主家跑反留下你照看门户，面上的事都交给长官支应——长官是场面上的人，自然知道该怎么应付的。"

贻海心里又好气又好笑，这女人真是要强，嘴里说什么"女流之辈"如何，做事却毫不拖泥带水，哪里有半分请他"拿主意"的意思，分明是早把一切都归置妥当，无非通知他一下而已。 可她所说的，细细想来倒也挑不出太大毛病。 不过贻海素来是吃软不吃硬的，被一个女人指挥得团团转，心里总是不痛快，当下便笑道："大人这么安排，当真是无懈可击了。 只是有 点，赵某

---

① 1941 年，重庆国民政府通令统一全国财政，原来的省库划归国库，统称公库，由中央银行代理。但鉴于战时交通不便，经费调拨殊为困难，央行又与各省银行签了代理国库支库契约，实际上还是由各省银行代央行维持驻军开支和机关经费。即本省田赋、营业税、厘税等原归省库的，均归国库，由各省银行代为收支，各省银行的权限从仅负责省库部分，扩展到了本省整个公库。

省府前街

也吃不大准，还请夫人有所准备。"冯氏便道："长官尽管说。"贻海肃然道："此番郑县失守，国军何时能打回来，还说不好。夫人的法子，应付一阵子尚可，但若是时间长了，又该如何？像开封，沦陷已有三年多了，万一郑县也是如此，夫人和小姐总不能一直在地下室里住吧？这是其一。其二，府上宅子规整阔气，又靠近城门，来往交通便利，最适宜屯兵驻扎，一旦鬼子看上了，非要征用了去，又该怎么办？地下室还躲得住吗？"

冯氏哑口无言，一时愣在当场。旁边却有一个声音道："这也不行，那也不行，难道就活该投降做汉奸吗？"贻海循着声音看去，只见奕雯背着手，慢悠悠晃了过来，搀住冯氏的胳膊，道："姨娘，我听说这次鬼子攻郑县，是为了策应在湖南的长沙会战，待不了多久。长沙那边战事一完，鬼子也该撤了。"贻海笑道："不知小姐从哪里听说这等高论？"奕雯冷了脸，道："父亲跟你们长官部的人吃饭，我在一旁听见的。"贻海道："看来，小姐倒是巾帼英雄，颇关心国家大事了。"奕雯不甘道："你就说，到底有没有这回事？"贻海微笑道："事关军事，恕无可奉告。"见两人越说越僵，冯氏赶忙打圆场道："赵长官是抗日好汉，咱们还是听听他的意思吧。"奕雯抢着道："依我看，趁鬼子刚刚入城，咱们只管往外冲，反正手里有枪，真要碰见鬼子纠缠，杀一个够本，杀两个还赚了呢！"

冯氏着实吓了一跳，赶紧道："小姐别说这不吉利的，打鬼子，自然有当兵的，你一个大姑娘家的，逞什么能呢？"贻海笑道："想必小姐一定要说'国家兴亡匹夫有责'了吧？"奕雯恨恨地看着贻海，道："那你这当兵的说，怎么办？"贻海想了想，苦笑道："夫人，只怕我的话说出来，小姐又该发火了。"

冯氏转向奕雯，抓住她的手，低声道："小姐，现在不是赌气的时候。如果不能带你回家，或者你身上少了一根毫毛——小姐，我就不活了。"又对贻海道："长官尽管讲就是。"

贻海正色道："其实刚才小姐说的不假，鬼子进攻的确是为了策应长沙会战——"奕雯嚷道："我就说嘛！鬼子待不久的。"贻海又道："不过，鬼子占了郑县，等于扼住了平汉和陇海两条铁路的咽喉，南下可到武汉，东西可到海州、西安，如此战略枢纽之地，怕是夺下来便舍不得丢的。"冯氏惊道："那可如何是好？ 难道洛阳也守不住吗？"贻海微微一笑，道："兵者，国之大事也。我们三个再讲上一天，也说不出个所以然来。 赵某的意思，是万不可轻举妄动，一切等局面安稳下来，交通也恢复了，赵某再护送二位离开。 不过，贵府的宅子万万住不得，还是搬到这里的好些。"冯氏皱眉不语，一副心事重重的样子，贻海继续道："日本人若常驻郑县，势必重新登记户籍簿子，贾太太是汪逆特工，定是有档案的，赵某斗胆，请夫人冒充贾太太的表姐，赵某呢，就是夫人的弟弟，至于小姐——"

奕雯见贻海欲言又止，冷笑起来，道："我？ 难不成要我做你未婚妻吗？"

贻海窘迫一笑，道："如有更妥帖的身份，自然再好不过——只是赵某驽钝，一时想不起来。"

奕雯气得脸色涨红，手一扬，小巧的勃朗宁直挺挺地冲着贻海，怒道："姨娘，他这轻薄的秉性……我绝不答应他！"

"收起来！"冯氏突然变了脸色，厉声道，"你父亲不在眼前，我就是你长辈，还懂不懂礼数了？ 赵长官的安排，我看正是万全之策。"说着，她转向贻海，躬身道："一切就拜托赵长官了。"奕雯不由得又羞又气，一跺脚转身走了。 贻海尴尬道："夫人，若是——"冯氏笑道："弟弟莫要见怪，女孩子的事，就交给姐姐我吧——对了，这贾太太姓什么？"

"姓周。"

贻海心里蓦地一动，情不自禁地回头，看着不远处那片推倒的断墙，一块灰砖直立在狼藉之上，倒像是个玲珑的墓碑了。 贻海苦涩一笑，道："我平时，都叫她小周的。"

别　离

　　小周头七那天，贻海不顾"姐姐"冯氏的劝阻，到底还是去街上转悠了一阵，想买回点祭奠之物。　毕竟是相好一场，也有过透骨及心的欢愉，尸体连个棺材都没有，再不祭奠一下，实在是于心不忍。　贻海出门之际，冯氏提心吊胆嘱咐了半天，奕雯依旧是冷言冷语地嘲笑。　郑县失守已经好几天了，"郑县各界临时联合会"是日军进城的第二天，也就是农历八月十六成立的，以之前的卍字会为主体，联系了十几个机构一道发起，名为保境安民、以全通县百姓。日军的卡车地老鼠一般，架着机枪、喇叭满大街地跑，有联合会的人卖力地吆喝，宣扬什么中日亲善、东亚共荣，号召城里百姓安心、商户营业。　但几天过去，收效甚微，街面上依旧兵荒马乱，行人寥寥无几，开业的买卖也很少，以纸马香烛的生意最好。　刚打过仗，郑县城里死人无数，走到哪儿都有人烧纸祭奠。　城东关帝庙街有个李记棺材铺，老板猪油蒙了心，冒险开张迎客，一口薄皮棺材竟要二十个现大洋，而且各类纸钞一律不认，见钱交货童叟无欺，一时引起公愤，被百姓抢了店铺，老板更是给打得半死。　日军也不客气，不多时卡车便呼啸而至，机枪对准人群就是一通扫射，放倒了一大片百姓。　贻海当时正在棺材铺里，本想趁乱顺点东西，刚往怀里揣了一把纸钱、几束线香，就听见外边机枪声响起，接着就是潮水般的人拥进铺子。　贻海心说坏了，日军正全城搜捕残留国军，青壮年男子见一个抓一个，被查出军人身份的就地枪毙，其余的被当成壮丁送到前线做苦力。　贻海个子又高，在人群里很扎眼，若是被日军抓住，即便能瞒住身份，也得被抓去做炮灰。　正焦灼之际，旁边一个矮瘦汉子一把抓住他，低声叫了句："赵科长。"

　　汉子一边说，一边伸出了三根手指。　抗战年月，军人间习惯拿数字做暗语，"三"即代指第三集团军番号。　汉子指了指外边，贻海顾不得许多，跟着汉子推开人群，跃过柜台直奔后院。 日军已冲进铺子，挥着枪叽里呱啦大叫。郑县店铺通常是前店后坊的布局，两人进了作坊，回身堵死通道门户，又翻屋跳窗，来到后院墙外的小胡同。 也不知奔出去多远，直到耳中枪声渐弱，两人这才放慢脚步，靠墙坐下，大口地喘息。 汉子自报家门，果然是第三集团军总部谍情科的，姓牛，是个少校，总部撤离时奉命带了一干兄弟潜伏在城里，伺机刺探敌情，搞搞破坏，跟城外的国军主力一直有联络。 两人于沦陷区相认，自是一番乱中求生的感慨，牛少校道："我们一共十几个弟兄，职下算是个小头目，每隔一天，在原来的大金台旅馆碰个头。"顿了顿，又道："鬼子现在拼命地抓壮丁往前线送，赵科长没事儿还是别出门了。"贻海便问道："城里鬼子情况如何？"牛少校道："驻守县城的只有鬼子两个中队，主力全都摆在城外，继续进攻我军三个师阵地，二十师在十八里河，二十二师在西张庄，八十一师在黄岗寺和须水。 城里的鬼子人少，也就是个诈唬，主要看守军需仓库和营房驻地，白天还敢出来转转，到了晚上，街头要道连站岗的都没有。"贻海又道："总部呢？ 可有什么打算？"牛少校得意地一笑，道："昨天，跟总部直属特务营商量好了，打算今天晚上悄悄进城，给鬼子送个大礼。"

贻海点点头，从裤筒里掏出一把大洋，也没数，便一股脑都塞给他，道："我现在暂住罗家胡同，需要照应的时候，只管来找我。"牛少校一开始坚辞不要，架不住贻海坚持，总算收下了，两人挥手告别。 贻海虽然常来郑县，对街角胡同却是不熟，又不敢走大路，一路低头含胸，弯腰疾走，走错了好几条巷子，终于回到罗家胡同。 贾宅门扇紧锁，贻海低声叫了一阵，里面方有动静。开门的是冯氏，一脸的惊惶不安，见了贻海多少平静了些。 贻海忙进了院子，上了门闩，冯氏捂着胸口，想说什么，却紧张得说不出话来，只是手指着杂物间。 贻海情知有变，刚要进屋，却见奕雯出来，脸色也是惨白如雪，倒一脸强撑的满不在乎，道："姨娘，人也杀了，事也做了，怕也没用的。 你要是担心有小鬼敲门，一会儿我跟他说，要索命只管找我就是。"

冯氏又急又气，低声道："谁要你这么大声？ 当心隔墙有耳！"

冯氏一边说，一边迈着小脚朝屋里走，走到门口，一手扶了墙，再也抬不动腿了。　贻海大步过来，奕雯哼了一声，闪开一条路。　屋里直挺挺躺着一个男人，头上盖着布，血早流干了，洇在地上，黑红的一片。　贻海上去，伸手撩开布。　男人脑门有个弹孔，一看即是掌心雷的小口径子弹打的，且是近距离一枪致命，身上再无其他伤处。　男人中枪时毫无防备，眼睛半睁半闭，两唇微张，看上去分外恐怖骇人。　贻海惊道："这是谁？　怎么就一枪打死了？"

"自然是坏人。"奕雯冷冷道，"我就这么几颗子弹，还舍不得用呢。"

冯氏关了门，低声道："赵科长走后不久，就有人来了，喊'小周'开门。我和奕雯商量，既然是认识的，自然就不能再装了，便从隔壁出门，说这几天一直没见人来，不知去哪里了，又问他是谁。　那人说姓贾，是此家户主——"

奕雯抢道："这还不该杀吗？　那天我明明听见，你和那贱人说过，姓贾的也是汪逆的特工。"

贻海默默点头，又问道："那是怎么杀的他？"

奕雯又要说话，被冯氏拉住，只得哼了一声扭向一旁，冯氏道："我和奕雯就回了隔壁，那人开门进了院子，直奔这间屋子，翻来翻去，我和奕雯想，不知他要搞什么名堂，万一是取什么情报之类，岂不是对国家有害？　奕雯就拿了枪，我装作帮忙的样子过来，站在门口，喊了一声'贾先生'，那人一回头的工夫，奕雯就——"

冯氏说到这里，不敢再言语，一个劲地画十字。　奕雯道："姨娘，杀这样的汉奸，有什么错？　他害了多少好人？　你放心，天主也不会怪罪的。"

贻海叹口气，道："你也是心急——我说回就回来了，等我回来再下手，不是更万无一失吗？　就算他是取了什么东西要走，来不及等我，也可以先不打要害，留住他，有个活口，也好问些情况。"

奕雯登时勃然怒道："你还好意思说？　你冒险上街，去买东西祭奠女汉奸，还不许我为国除害，杀一个男汉奸吗？　亏你还是个国军的上校，跟个女汉奸相好也就算了，难道还要放过这个男汉奸？　原来民族大义对你来说，却也是跟鸡毛蒜皮一般！"

奕雯说着，把怀里一把枪拿出来，扔给贻海，道："这是从他身上搜出来

省府前街

76

的，正宗的南部九四式枪，鬼子汪逆特工专用的，还会有假吗？"说完，便转身推门出去。 贻海本就随口一说，并无多少责备之意，还有些出于关心，却被她一番话夹枪带棒，挤对得张口结舌。 冯氏见奕雯出去，也不拦着，叹口气道："话是这么讲，可总归也是条人命啊！ 小小年纪，虚岁才十七！ 几天工夫，杀了两个大活人——"

冯氏一边说，一边连连摇头，画十字，嘴里头念念有词。 贻海苦笑，岔开了话头，道："尸体也不能总放在这里，夫人若是同意，就把他们夫妻埋在一处吧。"冯氏便叹气点头，转身走开了。

等一切收拾停当，已是入夜时分。 贻海点火烧了把纸钱，点上几炷线香，双手合十默念。 冯氏在一旁画十字，奕雯揣了手，又是冷笑道："我说这位赵教友，你到底是信天主呢，还是信玉皇大帝？ 明明见过你画十字的，怎么还拜上了？"

贻海跟"未婚妻"奕雯相处两天，早听惯了她讥讽揶揄，当下也不答话，只是静静地站着。 奕雯继续口无遮拦道："我还真有点佩服你了，果然是心胸宽广，竟还能给这俩汉奸挖坑埋在一起，一只是狼，一只是狈，这就叫狼狈为奸吗？"

冯氏一直皱眉听着，实在忍不住了，道："住口！ 死者为大，不管她以前如何，不许再说了！"

奕雯却笑嘻嘻道："姨娘，你猜我想起了什么？ 那年我爹领我游西湖，见了风波亭边的秦桧夫妇，跟这坑里埋着的两个，大有异曲同工之妙呀。"

冯氏顾不得再搭理奕雯，紧走两步，来在贻海身边，低声抱歉道："赵科长，我们家小姐年幼，嘴里没个把门的，不够得体之处，还望长官别跟她计较。 等脱离险境，我一定要她父亲好好责罚她！"

贻海慢慢转过身，眼里脸上都是亮晶晶的，看了看冯氏，又看了眼奕雯，苦笑道："夫人说得好，死者为大——死都已然死了，就算挫骨扬灰，又有什么用呢？ 奕雯小姐，你还小，男女之情对你来说，还遥远得很，我知道她是个汉奸，可我跟她两情相悦之际，我便只晓得她是个女人，抗日如何？ 汉奸又如何？ 眼下乱世如此，命如同蝼蚁般可怜，能有一个相爱的人，能在一时半刻中彼此慰藉、只言片语间相互取暖，什么民族大义、同仇敌忾的话，谁又能想得起来呢？"

"赵长官！"冯氏涨红了脸，蹙眉道，"奕雯还小，赵长官斟酌言辞！"说着又转向奕雯，厉声道："小姐，怕是该回房歇息了吧？"

奕雯虽性子泼辣无赖，看似奔放无羁，却总归是大家闺秀的路子，自幼家教谨严，上学是在教会的女中，年纪又小，哪里听过这么长篇大论男女之情的？ 一时听得入神，心中正撞鹿似的不安，被冯氏蓦地一说，登时脸红滴血，遽然转身，快步逃也似的走开。 冯氏叹气，又屈腰对贻海行了个礼，歉意地一笑，也跟着奕雯去了。 贻海又无声地站了好久，直到天色彻底黑了，整个县城都安静下来。

晚饭是冯氏做的，给贻海端了过来。 说是晚饭，不过是一粥一饼，菜蔬皆无。 郑县失守之后，粮店米铺都是闭门谢客，即便开张的也都虚晃一枪，拿些陈粮烂谷充数，而且营业半个钟点就关门，而囤积下来的粮米物资，全都流入黑市高价售卖。 抗战已有数年，鬼子占了不少城市，对这些自然是了如指掌，竟派了士兵给奸商黑市维持秩序，从中抽水，获利甚多。 冯氏和奕雯这次来郑县时，根本没想过久待，那小周更是不食烟火的摩登女子，家里连做饭之物都不全，更别提存粮了。 冯氏不甘心，晃着小脚，把沈家里里外外翻了个遍，总算找到些残粮剩米、饼干罐头之类，这些天便全靠它们维持。 贻海食不甘味，只喝了那碗粥，饼子却是一点也没动。 冯氏见了便劝道："赵长官，这么大个子，不吃点硬食怎么行？ 我和小姐都是女眷，说来还靠赵长官照应呢！"

贻海苦笑摇头，道："夫人说笑了，奕雯小姐还需要人照应吗？"

冯氏一笑，也不离去，寻了个箱子，拂去浮尘，款款坐下。 贻海把饼子搁在碗上，有些诧异道："夫人是有什么吩咐吗？"

冯氏道："想了又想——我虽不是奕雯亲母，但她毕竟叫我声姨娘，她父亲又不在身边，今天言语冲撞了长官，长官自然不会和她一般见识，不过还是当

省府前街

面道个歉才好。"

贻海微微一笑，短促地看了眼冯氏，便低下头去。 他本来还想说句"夫人言重了"，话到嘴角又生生咽了下去。 从冯氏坐下开始，贻海就看出她有话要说，所谓替奕雯道歉，无非是个幌子，算个由头，关键之处还在后头。 既然看出来了，就不能让她继续下去。 跟隔壁这两个女人相处几天下来，贻海堪称度日如年，一件顺心事都没有。 奕雯唇舌如枪，自不必多说了，这位冯氏也是精于世故，一句话从她嘴里说出来，正着讲是她的道理，反过去讲竟还是她的道理，就像她刚才说奕雯"今天言语冲撞了长官"，这简直是胡扯。 几天来，哪天奕雯没冲撞过？ 言语讥讽还是轻的，好几次枪口都冲他了。 眼下冯氏稳稳当当坐在对面，口口声声说道歉，他当然要客气一下，客气过后，冯氏就该说正经事了。 这是冯氏早盘算好的流程。 不过贻海打定主意，这次绝不按她的节奏走，便连客气都省了，就那么看她一眼，然后低下头不再言语。 冯氏倒是一怔，平添了一丝局促，不得不干巴巴笑道："她总归还小，赵长官若是跟她一样，不成笑话了？"

贻海仍是不吭声，默默地拿起饼子，撕了一块，放进嘴里嚼着。 饼子很硬，馏过之后疲软难嚼，很费牙口。 冯氏顿了顿，试探道："长官出门一趟，可探听到什么消息？ 国军还会不会打回来？"

这才是她真正想要问的。 贻海心里暗笑，终究还是女人，到底沉不住气。他叹了一声，继续沉默，只是轻轻摇摇头。 冯氏明显地不安起来，追问道："长官这是有什么难处吗？ 既然大家都在一处，不妨说来一道商量。"

贻海慢吞吞道："说来惭愧得很。 赵某身为军人，有心杀贼却被困此地，今天见了一位袍泽，苦劝我随他一起潜逃出去，跟城外主力会合。 夫人，您是知道的，赵某要想做到这一点，也不是难事，只是若赵某一走了之，夫人和小姐怎么办？"

冯氏愈发局促，如坐针毡地欠了欠身子，却说不出话来。 冯氏最担心的正是这个。 传说鬼子们每到一地，头一件事便是四处找花姑娘，奕雯是断然不能上街去的。 她自己三十来岁，正是女人熟透妖娆无边的时候，抛头露面也危险。　如果国军迟迟不反攻回来，贻海又不辞而别，她和奕雯两个女眷，一个妙龄一个风情，如何在郑县生活？　存物早晚吃尽，连个出门买粮的人都没有，岂不是要活活饿死？　何况院子里埋着贾氏夫妇，虽说是死人，可这两位都横死在奕雯手里，就算是为国除害，整日里跟他们为伴，心里始终是忐忑恐惧。　所以说到底，贻海是万万不能放走的。　但贻海是个大活人，又整天受奕雯的挤对，即便有徽茹的名头压着，也难保他不会拂袖而去。　乱世艰难，有枪便是王，人家堂堂一战区长官部上校，何曾受过这般欺负，万一一气之下走了……想到这里，冯氏再也坐不安稳，竟是一冲动站起来道："赵长官，我们母女的性命，可都在你手里！"

　　贻海为难地看着冯氏，心里却是孩子气地舒坦无比。　冯氏不知从哪里听来的偏方，白天躲在家里，也是硬拉着奕雯一道，故意弄得蓬头垢面，装扮得跟寻常厨娘一般，晚上入睡前，才细细梳过头发、洗干净了脸。　冯氏本来就是美人，情急之下脸上飞红，跟擦了胭脂似的，自是别有一番动人之处。　贻海不敢失礼，只看了两眼，便忙低下头道："夫人言重了——不是赵某推托，洛阳郑县近在咫尺，沈行长贵为一省财神，不会不管家人的。"

　　贻海说的倒也是实情。　徽茹身边就这么俩亲人，以他的秉性，想必早就动用了所有关系来营救，可眼下郑县周边都是战场，战事正酣，交通断绝，进出都难比登天。　冯氏苦笑道："远水救不得近火，眼下郑县城里，能指望上的只有赵长官了。"

　　贻海抬头，冯氏就站在他面前，杂物间里狭窄，两人距离很近，冯氏焦灼的喘息声分外清晰。　贻海知道她是真的急了。　其实他也没打算就此离开，只是不想再被老女人摆布、小女人刁难，困坐孤城又着实无聊，便有意捉弄一下她们。　贻海心里是有数的。　这次日军攻城略地，实际上还是为了策应在九战区的长沙会战，不然仅凭这三万来人，想一口吞下河南全境也非易事。　自民国二十七年花园口决堤，黄泛区汪洋一片，敌我两军隔河对峙三年多了，如今日军渡河来攻，枪弹补给都是问题，而国军尽管弃城，但并未远去，且背靠大后方，从三面包围郑县，反倒是占着上风。　等南方的长沙会战有了结果，日军就

省府前街

算不想退，国军反攻也有七成把握。 这番敌我内情，在战前就经长官部上上下下反复沙盘推演过了，不然贻海也不会深涉险境而不逃走。 然而冯氏一个养尊处优的官太太，自然是完全不懂这些的，她就像汪洋里即将沉溺之人，任何一丝求生可能都不会放过。 在她眼里，贻海岂止是一根救命稻草，分明就是挪亚方舟。 见他始终不肯吐口，冯氏只得牙关一咬，道："以赵长官的身份，说什么金银珠宝，必是贬了您的身价——不过赵长官，只要您能设法保全我们母女，我家老爷定会不吝巨资以为报答。"

"民不为财，奈何以金诱之？"贻海哑然一笑，缓缓站起道，"既然知道赵某不是贪念钱物的人，夫人又何必多此一举呢？"

两人距离很近，贻海身躯又魁梧，像是在她面前忽地长起一棵树，结结实实地罩下来；她本能地想往后退，脚却被箱子所阻，退也退不得，只得跟贻海面对面站着。 贻海本就不是坐怀不乱的人，而冯氏仓皇之余，脸色愈发红润，倒让贻海看得呆了，四目相对，一时间两人都是屏住呼吸，沉默不语。 贻海紧盯着她，像是刚刚发现面前站着个美妇。 片刻，又宛若经年。 冯氏终于压抑住急促的喘息，低声道："奕雯就在隔壁的，我不能待太久。 赵科长，只要你能保全奕雯——"

贻海却蓦地抬起手，伸向冯氏的脸，她紧张地一抖。 他的手指从她脸颊掠过，停在耳边鬓角处，轻轻捻下一线灰，举给她看，表情却又忽地一怔，不由道："你的——"冯氏身子连忙朝右边一欠，须臾不敢再恋栈，连个告辞都没有，转身便出门走了。 贻海看看指尖那线灰，一脸吃惊的样子，好像刚才捻的不是一线灰，而是一个耳垂。

冯氏刚才的话只说了一半，另一半还在她肚子里，她一走，把这后半句也给带走了。 贻海不无惋惜地摇头一笑，复又回身，舒舒服服地靠墙躺下。 倒也奇了，冯氏分明是洗过了头脸过来的，怎么鬓角还沾了灰？ 还有那个耳朵，不注意也就罢了，仔细看去，却也有几分触目惊心。 冯氏那后半句话，其实讲与不讲都无关紧要。 说到男女之事，贻海固然算不得什么君子，但也不是来者不拒。 所谓花不堪开人易老。 花不经开，人生易老，他并非不爱花，而是冯氏这朵花，他无意去赏撷罢了。 今天跟牛少校意外遭遇，打听到不少军情，更加证实了他的判断——国军主力并未远撤，三面围着郑县，另一面就是黄泛区，日军反倒是处在合围之中。 只要老老实实待着，要么是日军自己撤走，要么是国军反攻回来，就算两军长期对峙下去，等交通恢复了，也总有脱困之机，犯不着再跟女人有什么瓜葛。 一旦有了瓜葛，他又是情种，反给自己添了累赘。 小周还在院子里埋着。 他对小周确实动了情，一方香魂袅袅，已经散尽，剩下他空留一腔怅惘，仓促间也很难对冯氏再有情动。 何况这位沈太太冯氏跟康氏一样，也是小脚——康氏是贻海的太太，现在重庆，伺候贻海的老母。

正思绪弥漫间，忽地隔壁传来一声响动，似有人在争执。 贻海枕着两手，不觉一笑。 隔壁这两个女人虽说是母女身份，奕雯却只叫冯氏"姨娘"，显然冯氏不是正妻出身，大家子里庶母和小姐，自是有无穷无尽的故事，贻海身在宅门中长大，这些事见得多了，实在懒得去管，倒有几分幸灾乐祸的意思。 不料争执声愈来愈大，到最后竟像是有人跟跄跌倒，动静隔墙传来。 贻海猛地想起奕雯是有枪的，又是那般脾气，万一一时间控制不住——眼下正值风不定、人初静，一声枪响，引来鬼子伪军也未可知。

贻海不敢再袖手看笑话，当即鱼跃而起，直奔向门口，不料刚到门边，就有人一头闯进来，正跟他撞个满怀。 贻海刚扶住来人，黑暗中听来人嚷道："救命！"声音分明是奕雯，没等贻海明白过来，又见冯氏跟着来到门边，手里竟拿着那把掌心雷，气吁吁扶了墙站定，喘道："你给我回来！"

奕雯继续嚷着："就不回！ 我又没做错事！"

冯氏气得咬牙切齿，却说不出话来，只是剧烈地喘息着，奕雯躲在贻海身后，急切又道："我这里有份簿子，是贾汉奸平日里写的，里面——"

冯氏身体僵住，蓦地把手枪举起，贻海和奕雯都是一愣，贻海脱口而出道："夫人你——"冯氏不等他说完，掉转枪口抵住下巴，对奕雯道："把那东西给我，不然，我就死在你面前。"

奕雯瞠目结舌地看着她，贻海哭笑不得，道："两位女英雄，别闹了行吗?

省府前街

枪声一响，鬼子汉奸循着声儿就来了，到时候一勺烩，谁都跑不了！"

冯氏充耳不闻，道："我只数三下，一，二——"

奕雯一脸的不服气，嘟嚷着什么，万般不愿地从怀里掏出一个蓝布封皮的小簿子，走过去递上。冯氏这才松了口气，刚放下枪，不料贻海突然箭步上前，一把攥住她的手腕，略一用力，就卸下枪来；又趁着奕雯愣神，另一只手一把拽过她手里的小簿子。整个动作行云流水，冯氏和奕雯根本来不及反应，贻海已经闪到一旁，笑眯眯一手握枪，一手拿着簿子，看着两个女人，道："都是一家人，别弄得生分了。"

奕雯和冯氏面面相觑，冯氏脸色大变，奕雯倒是如释重负，朝贻海挤了挤眼。冯氏凄然一笑，道："赵长官，看来这也是天意——东西在你手里，我的命，小姐的命，老爷的命，沈家三房上下几十口人的命，也都在你手里了。"贻海不解道："在下可是糊涂了，夫人何出此言？"奕雯抢着道："东西你拿着呢，你自己看看不就得了？"

冯氏苦笑摇头，看了看奕雯，道："小姐，你也真是——我怎么说你呢？要是被你父亲知道了，真真的要被你气死的。"奕雯便笑，一脸撒娇道："姨娘别这么说我嘛。这里面有名字地址，保不齐就是潜伏汉奸的，送到国军手里不正好为民除害吗？再说了，现在是国共合作，怕什么？"说着，她走过去挽了冯氏的胳膊，亲昵地摇晃，而冯氏却板着脸，根本不看她，更不去看贻海。而贻海刚才还自以为露了一手，相当得意，现在却感觉被当猴耍了，又可笑又可怜，心里气得天雷地火，反而一笑，上去把两手摊开，道："夫人和小姐不争执就好，这两样东西，还是完璧归赵吧。"

冯氏和奕雯都吃惊不已，冯氏毕竟老到，上去夺过那本簿子，揣在怀里。奕雯急道："你，你怎么又——"见她语无伦次，贻海暗笑，却正色道："赵某最见不得女士为难，奕雯小姐，夫人是你的长辈，听她的总无坏处。"贻海一边说，一边把枪还给奕雯，自己转身进了杂物间，砰地关了门，留下两个女人在门外瞠目结舌。

躺下不久，敲门声响起，贻海故意不理睬。可门外人相当执着，也不走，

省府前街

继续敲着。 饶是贻海再有涵养也忍不住了，皱眉喊道："已经睡了，有事天亮再说吧！"敲门声总归不停，窸窸窣窣，像是夜半小鼠逡巡。 贻海索性大声嚷道："折腾大半夜了，还有完没完？"话音刚落，门却被推开，黑暗之中，冯氏和奕雯一前一后，游魂般飘了进来。 贻海不由得两眼蹿火，死死盯着两人。奕雯若无其事地过来，把手里的东西递给贻海，道："这两页东西，倒是能给你看的。"冯氏那边已经擦洋火点上蜡烛，室内一时昏光浮动。 贻海黑着脸，借着烛焰，端详手里的两页纸。 纸是从簿子上撕下的，字迹也很潦草，一望可知是由两人间或写成，这两人自然便是小周和贾先生了。 那贾先生回来，大概正是为了取此物。 贻海看罢折好，拈在手里，看着两人道："东西我看过了，两位请回吧。"

奕雯愕然道："就这么看过，便完了？"

"小姐以为呢？"贻海冷笑道，"赵某在长官部作战科，那些捉间谍特工的差事，自会有谍情科和军统随军组来管，我只能转过去而已。"奕雯气得跺脚："名单就在上面，为何不现在就抓人去？ 还要等他们逃走吗？"贻海嘿嘿一笑，道："小姐真是豪气干云，在下佩服！ 不过现在郑县在鬼子手里，你我都是亡命于此，到底是谁抓谁呢？ 还有，这些文字也不能全信——比如这煤场巷十五号的马先生，就一定是汉奸吗？ 若是个好人呢？ 是国军的特工呢？ 即便是坏人，说不定大鱼在十六号，贸然抓了十五号的，不正是给人家通风报信了吗？奕雯小姐，不是在下信不过你和夫人，人命关天，总得先有个甄别吧？ 万一这份名单是伪造的，是诱饵，是鬼子和汉奸的障眼法，两位的好心不就办了坏事吗？"一席话连珠炮似的，说得奕雯张口结舌，冯氏也是甚觉无趣，上来拉着奕雯，没好气地道："东西给他了，你这抗日英雄也做了，就走吧。"

贻海一场好睡被搅得稀烂，心里正憋火，见冯氏一脸冷若冰霜的样子，恨意不觉充塞起来，微笑着站起来，道："且慢。 事不止此。"

冯氏蹙眉道："长官，天色已经晚了——"

"就一个意思。"贻海淡淡道，"只是想请两位放心，府上通共的事，赵某不会检举的。 不过此番脱险之后，还望转告沈行长，切勿再与共党勾连，否则躲过初一，怕是躲不过十五。"

贻海语气很平静，但在冯氏和奕雯听来，不啻霹雳滚雷。奕雯口不择言道："这关我爹什么事？明明是我——"冯氏厉声道："住口！"随着话声，竟是一个耳光打在奕雯脸上。贻海心里一紧，忙偷眼看着奕雯，却见她面目呆滞，一动不动地站着，眼睛里噙满泪水，脸颊已经红肿起来。贻海莫名有些心疼，对冯氏无奈一笑，道："这一巴掌，小姐着实有点冤枉。事情明摆着，贾氏夫妇住在这里，时间并不短了，这我是知道的。既然他们是汪逆特工，便不会平白无故选在这里，定有目的。那目的究竟为何？因为隔壁即是府上，他俩名为邻居，实为监视。而跟汪逆对着干的，除了国军，还会有谁呢？自然是共党。如此大费周章，看来府上这来头不小啊！"

贻海一边说，一边观察着两人，奕雯听得入神，眼泪掉下都忘了擦，冯氏的脸色却越来越难以捉摸，目光时而波转时而混浊，他便继续道："不瞒夫人讲，这几天我到隔壁看过，三进的院子，后宅门加了道门闩，门窗也都封死了，若是寻常住家户，费这事做什么？定然是经常聚众开个会，议个事，彻夜灯火通明的，当然多有不便，索性封起来也好。还有，后宅院墙明显动过手脚，如果我没有猜错，做了夹壁墙吧？藏人藏物，颇为好用的。"

冯氏微微叹息，道："赵长官真是有心了。"

贻海笑道："在下是否有心，实在是无关紧要。不过夫人和小姐不顾兵荒马乱的，还执意在这个节骨眼来郑县，怕不是仅仅处理家产吧？或许沈先生已经得到什么消息，对沈家殊为不利，别人又信不过，这才让夫人小姐走这一趟——也不知事情办妥了没有？"

奕雯倒吸了一口冷气，眉眼间全是难以置信之态。贻海朝冯氏一躬身，道："夫人，如果您这次以身涉险，就是为了这个蓝皮簿子，您已经拿到了。我对此毫无兴趣，您大可放心。接下来的日子，如果您还想继续做我的姐姐，我当然求之不得；如果您执意冒险出城，我也可以助您一臂之力。不过，我还是建议您留下。要是我判断无误，长则一月，短则半月，国军一定能打回来的——"说着，贻海转向奕雯，又道："至于小姐，还是多听你姨娘的话，收敛一些脾气。 大人的事，远远不是你能想得到、想得通的。 固然是国家兴亡匹夫有责，但我们军人还没死绝呢，轮不到你这样的学生孩子去送死。"

冯氏微微一笑，表情已然恢复如常，叹道："赵长官果然是目光如炬。 既然都讲到这个份儿上了，我也答应长官一件事——你跟汪逆女特工的事，我也是毫无兴趣的。 至于是走是留，就听长官的意思吧。"她朝贻海欠身一礼，拉着奕雯道："时间不早了，早些歇息——"

就在这时，忽地不知何处一声剧烈的炸响，紧接着是一连串的爆炸声，像是地面上荡起涟漪，一波波传递在脚下，所经之处墙抖屋摇，房顶尘土扑簌簌落下。 三人来到院子里，四方打量，只见城南已是火光冲天，枪声此起彼伏。奕雯惊道："是国军吗？ 打回来了？"贻海平静地一笑，道："是国军不假，但仅是小部队偷袭，烧了个把仓库而已。"冯氏下意识地拉紧了奕雯，道："什么都别说了，赶紧回房去——"说着，拉了奕雯便走。 两人走到门口，冯氏推着奕雯进去，转身看着院子里的贻海，而贻海也正两目灼灼看着她。 夜空又黑又蓝，星辰绝迹，只有南边天地交接处，红色的弧光层层叠叠。 冯氏在檐下，那红光似乎就在她背后。 冯氏本能地低下头，避开了男人的视线，但停不过两秒钟，她竟是仰起脸，循着他的目光看过来，撞在一起。 贻海得体地含笑颔首。两人四目对望了片刻，冯氏终于粲然一笑，脸皮也渲染上几多绯红，这才收了眼神，转身进去了。 剩下贻海站在院中，咀嚼着她那一笑间难以言说的意蕴，过了良久，他才猛醒过来，下意识看着一旁——小周就在那里躺着，他是为她动过情也动过心的。

次日一早，奕雯便兴冲冲来敲门，要贻海上街打听消息，看看"我军战果如何"。 贻海和冯氏左右苦劝良久，才算把她的念头打消掉。 过了中午，三人吃了饭，冯氏忧心忡忡，说存粮不过数日所用，再买不到粮食就得挨饿了。 奕雯眼睛一转，便一个劲催贻海买粮，顺便到城南转转。 贻海和冯氏面面相觑，都是哭笑不得。 贻海出门之前，再三叮嘱两人老老实实守在家里，谁敲门都不许开，即便有人报了他的名号，也只当没听到。 安排妥当，贻海这才离去。等到了城南，果然是断壁颓垣，狼藉一片，仓库房顶都没了，卡车、油桶的残

省府前街

骸到处皆是。 听看热闹的百姓讲，第三集团军总部特务营趁着天黑潜入城里，端了鬼子一个军需仓库，看守仓库的是两个鬼子分队，几乎全被击毙，其中有一半是在睡梦中被打死的。 贻海见天色渐晚，不敢多停，心里又牵挂着罗家胡同那两个女人，匆忙买了些粮食，便直奔城东罗家胡同而去。 进了胡同，快走到贾宅门口时，忽地听见有人低声喊："赵科长？"

贻海装作没听见一般，加快了脚步，径直略过贾宅继续前行，却听见那人又道："继续永守。"贻海这才回身，答了句："亲爱精诚。"

这是黄埔军校校歌中的两句，也是那日贻海和牛少校分别时，约定好的联络暗号。 本来是"亲爱精诚"在前，"继续永守"在后，后边还有一句"发扬吾校精神"。 这首校歌流传颇广，为了防止汉奸叛徒讹诈，故意颠倒过来，即讲出"继续永守"之后，若对方回答"发扬吾校精神"，直接开枪便是了，万无一错。 贻海话音刚落，便看见牛少校从巷口一个破院子里走出，身后还有五六个伤兵，身着便衣，手拿枪械，显然是昨夜交战负伤，来不及撤出城的自己人。 贻海略微点头，大步来到"贾宅"门外，一边叫门，一边招呼众人过来。

门开处，奕雯兴高采烈地站着，冯氏远远地站在檐下，不停地画十字张望。 贻海不敢拖延，也顾不上解释，忙招呼牛少校等人进来，又马上关好门，上门闩，还拿根木桩子顶住。 院子不大，一下子拥进来七八个人，个个身上都带着血，唬得冯氏花容失色，奕雯却激动得声音都抖了，跑前跑后帮忙救治伤员。 伤兵中只有两个伤势较重，其余都是轻伤。 牛少校抽空拉了贻海到一旁，略微讲了经过，倒也跟民间传闻七七八八。 第三集团军不是嫡系部队，枪械粮饷自然比不上中央军，不过总部特务营还能说得过去，每个班都配了一挺仿捷克式轻机枪，这次偷袭又是志在必得，全部家底都用上了。 该军在郑县驻防经年，街道地形熟悉，又有人做内应，顺利从日军阵地间隙中穿过，直扑南关军需仓库；得手之后，撤退时遭到围堵，撤出去了绝大部分，｜几个伤兵不愿拖累大部队，重新进城散开，各自找地方潜伏养伤。 其中有五六个就跟了牛少校。 而他一时也没地方安置这么多人，猛地想起了贻海，便趁天没亮，直接带人摸到罗家胡同，找了个没人的院子躲起来。 整个白天，城里鬼子伪军蝗虫般到处搜捕，他们也不敢出门，直到天又落黑了，才打算出来找贻海，却正好见他从外边回来。

说完经过，牛少校压低声音道："赵科长，职下还有句话，不知当不当讲——"见贻海点头，他便接着道："其实职下一听您在罗家胡同，就猜到是这一户了。"他顿了顿，又道："这里住的贾家夫妇，是汪逆的特工，职下是谍情科的，盯他们时间不短了，您跟贾太太来往之后，职下不敢怠慢，特意跟长官部和军统随军组确认过，才知道您是奉命行事。"贻海听他一口气说完，倒也没有什么意外，只是略一颔首，看了眼旁边忙个不停的冯氏和奕雯，不动声色道："隔壁这家，有货没有？"

牛少校点头道："有的。隔壁这家户主姓沈，名圣承，兄弟三人中排行老二，父子都是共党，中共密县地委①的骨干分子。新四军事件②之后，地委活动基本停了，区委以上干部陆续撤走，有的去了豫西，有的去了延安，沈圣承父子算是走得晚的。"贻海又道："省农商银行的沈行长，涉案没有？"牛少校一笑，摇头道："他是沈圣承的侄子，长房沈圣衍的独子，位高权重，当然是甄别重点，我们谍情科和军统随军组都查过了，还不止一次，结论是并无涉案迹象。"贻海这才松了口气，道："这便好。这便好。"

说话间天色已经彻底暗下来，牛少校他们整整一天没吃没喝，冯氏烙了一篮饼子，还把鸡子儿一股脑全煮了，给伤兵们端过来补养。冯氏见他们狼吞虎咽，直后悔做得少，还要回去再做，被牛少校拦住，说已经过了饭点，再生火做饭就是反常，炊烟一起，容易引来鬼子注意。昨晚上刚打过仗，今天鬼子肯定要加强巡逻的。冯氏吓了一跳，也不敢再提做饭的事，倒是奕雯灵机一动，兴冲冲把剩下的罐头都翻出来打开，一人发了一盒。吃喝还好说，药品却是难办。治枪伤自然是西药好使，但市面上药铺全关了，西药比黄金都贵，而且黑市被日军控制着，敢去买西药的见一个抓一个，无异于自投罗网。第三集团军

---

① 1938年年底，根据中共六届六中全会"巩固华北，发展华中"的路线方针，决定撤销中共河南省委，成立豫西、豫南、豫皖苏、鄂豫皖省委，原中共密县中心县委撤销，成立中共密县地委，下辖密县、郑县、荥阳、登封、汜水、广武等县县委。
② 指皖南事变，国民党官方及文献中的常见说法。

总部撤离时，牛少校领了些急救药品，藏在长春路孙家巷他的住处，不过深夜无法去取，只能等到天亮再说。 贻海跟他合计了一阵，牛少校坚持道："鬼子昨天吃了亏，肯定要全城大搜捕，待在这里是给您添麻烦。 职下白天看过，巷口那家院子够大，没人，估计是举家跑反了，我们吃也吃了，喝也喝了，一口气总算喘回来了，现在还是趁黑回去的好。"两人争执一番，贻海实在拗不过他，只得先出去探了探路，借着夜深人静，将牛少校他们送回到那个空院子。

等一切安排停当，冯氏和奕雯也回房睡去，早已过了子夜。 贻海在杂物间躺下，只觉筋疲力尽，浑身上下无一处不酸痛，伴随倦怠袭来的，还有漫无边际的心事。 适才牛少校所言，重又把他心底的伤处翻开来，血痂还没长好，丝丝渗红，疼得锥心。 平心而论，小周做特工不如做记者，露出的破绽太多，两人几次接触之后，他就有些警觉，却又舍不得她笑时的一双弯弯眼，不忍就此了断；不久，战区长官部军统随军组的老薛找到他，直言小周是汪逆特工，证据若干，已经坐实，让他继续保持接触，伺机把她的上线下线，乃至整个汪逆特工总部河南区打探清楚。 贻海正统军校步兵科出身，学的是攻守野战，对谍报反间毫无兴趣，本想拒绝，但又想光明正大跟小周厮混，这才答应了。 说来也怪，两人就此长则两月、短则旬余，总要见上一面，而幽会相处之际，贻海从来眼中只有风情万种的女子，根本记不得老薛的谆谆嘱咐，故而你侬我侬的悄悄话虽多，却从未涉及过党政军情，他不问她，她也不问他，两人就这么跟寻常恋爱偷情的男女一般。 时间长了，老薛郑重其事约谈，责怪他经费领了许多，却一直没什么进展，对上峰不好交代。 贻海也一本正经，说经费给得太少，那女人心气高得很，一般利诱根本无效，他自己不但体累心累，还为党国倒贴了不少津贴，不发个勋章是说不过去的。 两人忧国忧民地讲来讲去，最后都忍不住一通狂笑。 老薛到底够意思，又特批了一笔费用，贻海私下返给他一半，另一半带着小周游山玩水，全都给花了。 如今斯人已逝，永不能见，还是跟另一个男人同穴长眠。 想到这里，贻海不由睡意全消，鬼使神差地披衣起来，想再去看看小周。

门一开，赫然可见院子里站着个人。 暗月无色，风淡星稀，看不清是人是

省府前街

鬼，是魂是妖。 贻海倒也不怕，就靠在门口，抱起胳膊，微微眯着眼睛打量。那人背对贻海，站了良久，最后画了个十字，双手合十微微弯腰，这才转过身来。 贻海分明看见是冯氏，恍然间又像是小周，不然何以两只眼睛笑得弯弯如月？ 他一时神志模糊，仿佛在做梦，也好像醉了酒，眼前的一切都不真实了，只见那女人径直向他走来，越走越近，几步便到了跟前。 女人的容貌是冯氏的，浑身的气息却无疑是小周的。 贻海再也顾不得太多，一把拉住女人的手，拥她入怀。 女人两手抚在他胸口，脸贴在他胸前，声若蚊蚋，喃喃道："我与你只此一晚，过后，便忘了吧。"

贻海醒来时，冯氏已经在做饭了。 天光微弱，到处黑黢黢的，四周一切都只有轮廓而已。 灶房挨着杂物间，白蓝色的炊烟钻出灶房，弥漫在院子上空。奕雯也早早醒了，笨手笨脚，给冯氏帮忙。 贻海记得听冯氏说过，她以前做丫鬟，有过苦日子，家务事自是熟稔。 她一边麻利地摊煎饼，一边打趣奕雯"十指不沾阳春水"。 搁在以往，奕雯定会回怼过去，但看来今天她心情颇佳，根本没生气，还笑道在静宜女中学过做西餐，可现在战时，找不到材料，这不能怪她。 贻海见两人笑语不绝，便揣了手，慢悠悠来在灶房门口，笑道："夫人起得早，小姐呢，起得也早。"

"姨娘才是早呢。"奕雯抢道，"我起来的时候，天还黑着，姨娘就摊上煎饼了——姨娘，难不成你一夜没睡吗？"

冯氏回看了她一眼，揶揄道："我倒是想睡来着，可有位小姐拼命抢被子、磨牙、打呼噜，听动静，还以为身边睡着位鲁智深——"

奕雯笑起来，拍着手道："姨娘说得真好没羞，这才离开洛阳几天，就想我爹了吗？ 还说身边睡着花和尚呢！"

此言一出，冯氏和贻海都是一愣。 冯氏立时粉脸变色，佯怒道："再胡说，缝了你的嘴！"

饶是奕雯性子再泼辣，也马上意识到所言有失，刚才只顾斗嘴抖机灵，却忘了旁边还站着贻海。 她毕竟年少，一刻半会儿也不知怎么圆场，只得讪讪一

省府前街

笑，转身溜了出去，剩下冯氏和贻海一坐一站，留在灶房里。两人沉默一阵，谁都不愿先开口。最后还是贻海道："夫人，若是信得过赵某，可否把府上和共党的事，略微讲一讲？赵某行伍经年，多少知道些应对之策，或可出出主意的。"

冯氏沉默片刻，像在思忖，终于轻轻一叹，下定决心道："我家老爷不在跟前，我就替他做个主——即便赵长官不问，我也要向您请教的。"贻海忙道："夫人客气了，赵某自当知无不言，只是夫人千万不要见外就好。"冯氏顿了顿，抬头看看他，正色道："赵长官是沈家的恩人，礼数还是要有的。沈家一共三房，长房圣衍公，是我家老爷的父亲，民国九年去世了。二房圣承公、三房圣传公是一母同胞，如今还健在。跟共党有来往的，是圣承公父子。不瞒您讲，沈家三房中，长房、三房走得近一些，与二房有些不睦。圣衍公临终前，把沈家产业一分为三，三房各继承一份，郑县的产业多半归了圣承公，中牟的全给了圣传公。我家老爷生性豁达，不喜欢被家务琐事所累，常住在开封，长房在郑县的产业都交给二房打理，时间长了，慢慢就都到了圣承公父子手中——可惜圣承公父子都做了共产党，把产业卖了，南下参加革命，只有隔壁的这所宅子，因是祖宅，便留着没卖。"

贻海便道："这么说，二房父子的事，沈行长是不知道了？"

冯氏叹息道："本来相与就不多，他们父子南下前，只有在祭祖扫墓时才见得一面，他们做的事情，如果自己不说，谁会知道呢？日军没来的时候，我家老爷公务忙得不可开交，鬼子打过来了，又跟着省府迁离开封，先是去了南阳镇平，又到洛阳，哪里顾得上这些？"

"那这位贾先生，是什么时候的事？"

"去年。"冯氏蹙眉道，"这人倒也不掖掖藏藏，见面就说是南京汪先生的特工，跟圣承公一家隔壁住着，查到他们父子通共，逼着我家老爷使钱消灾。钱嘛，都是身外之物，花了也就花了，但这贾先生一来再来，钱讨去了不少，竟是没个尽头。这一次是八月节前，贾先生又到洛阳，说要跟他太太出洋远走高飞，还需一笔款子。老爷索性就把这院子给了他。家里本来是有信得过的人，是老爷的司机老石，可惜刚要出发，却在鬼子飞机轰炸时受伤，其他人又实在没办法托付这样的事——"

贻海点头道："看来他被小姐一枪致命，情形不是夫人上次讲的了。"

冯氏一怔，低声道："我和奕雯到郑县多日，也过了约定的日子，始终不见他来。那天他突然来了，见面就说要房契，我便给了他，索要他监视的记录，就是那个蓝皮簿子，他却不给，还动手动脚，非要轻薄——奕雯看不下去了，趁他不备，便一枪打死了他。"

贻海闻言面露窘色，冯氏也是尴尬不已，低头道："你也真是好奇，非要问这个。"贻海岔开道："除了他，还有别人到府上提过此事吗？"冯氏摇头苦笑，道："有一个还不够吗？"

冯氏说着，又把一张刚摊好的煎饼夹起，放进篮子。贻海被那油香迷住，不露声色地上去，伸手就掀开上面的笼布，拿将起来，不料煎饼正热着，烫得他哎哟一声，差点儿扔了。冯氏先是愕然一怔，接着见他左手倒右手，轮换提着煎饼，一边吸溜嘴一边吃，忍不住笑着嗔道："多大的人了，没吃过煎饼吗？"

贻海顾不得热，三五口便吃完了，也笑道："你做的，可不是头一次吃吗？"

之前贻海跟冯氏交谈也好，争执也好，总归是用的敬辞，你一个"长官"，我一个"夫人"，可不知不觉间，异口同声地换了语气，倒像若有若无的默契。冯氏又将笼布盖上，嗔道："这是给他们吃的，你的再等等吧——你刚才，好像话没说完？"

其实贻海脑子一直没停。冯氏对他还是有保留的，圣承父子岂止是"通共"，爷俩本身就是中共密县地委的要员。不过她这么遮遮掩掩，自是有其苦衷。沈徽茹是省府高官，本省赵公元帅，嫡亲的二叔和堂弟却是共党骨干，怎么说都是不足为人道的。虽然眼下是国共合作，一致抗日，保不齐哪天鬼子被赶走了，两党又要接着打——民国十六年北伐刚成功，国共不就闹了分裂，你死我生一直打了十年，直到西安事变吗？沈徽茹有钱，便一心想用钱消灾，已是心虚在前，故而处处被动，以至于为人所控，也是厄于形势，无可奈何了。照昨晚牛少校的说法，沈徽茹这点儿事，不但是第三集团军总部谍情科，连军统的人也知道，其上级更是了若指掌，盖是盖不住的，也多亏他的确是跟共党无涉，不然即便是把家产全给了姓贾的，到头来也是无济于事。想到这里，贻海微微一笑，道："是吗？不过刚才想说的话，全被煎饼给噎回去了，怎么办？"

冯氏是何等精于察言观色的人，见贻海表情松快，便知他心里有数，当下脸色也活泛起来，道："既如此，那便不要再吃了。"贻海笑道："这却使不得——我想起来了，还不行吗？"冯氏知道他打趣，故意不去看他，没好气道："想起来了，就说吧。"贻海便道："如今姓贾的已经死了，那本记录簿子也在你手里，人证物证均无，沈行长只要一口咬定从来不知此事，想必现在已然无碍了。"冯氏手一抖，斟油的小勺差点掉在锅里，抬眼看他，急切道："果真如此？"

贻海本不愿多说，只想安慰冯氏一番，消解眼前愁情罢了，至于今后如何——世势纷然无端，谁又能料得到今后呢？可冯氏一眼望过来，目光里嘈杂芜乱，竟有三分可怜，三分期冀，四分哀求，合在一处，倒是十分动人。贻海忍不住道："当下固然是无妨，不过以后的事，还得请沈行长留心。恕我直言，汪逆都知道在隔壁常住监视，那国军呢？战区长官部和各集团军有谍情科，军统局有河南站，还有各级随军组，沈行长这点事，想来也早就不是秘密了。之所以不动沈行长，一来国共在合作，师出无名，二来沈行长确不知情，就算知情也没有参与——国共合作是眼前大势，但将来赶走了鬼子，两党必有一战的。到时候一旦撕破了脸，便是寇仇一般，既成寇仇，谁又能保证沈行长还能高枕无忧呢？"

冯氏本已平复如常，闻言后脸上顿时波澜骤现，难以名状。她摇摇摆摆地站起来，宛如平地冒起一股孤烟，四周无依无靠。贻海没料到她会如此失态，见她竟有些站立不稳，本能地上去一搀，却被冯氏一把抓住手腕，颤声道："那，怎么办？"

贻海扶着冯氏坐下，帮她捡起碰在地上的碗，剩下的小半碗面糊流了一地，冯氏浑然不顾，兀自抓着他。 贻海轻声一咳，冯氏算是明白过来，失神地缓缓松手，道："见笑了，赵长官。"贻海道："夫人也不必心焦。 在下有一言，还望转告沈行长。 待抗日成功、内战未起时，沈行长最好急流勇退，举家迁到国外，即便不愿出洋，去香港也是好的，不管两党打成什么样子，香港总归是法外之地，有什么前情原罪的，也可以忽略不计。 这是上策。"顿了顿，又道："若沈行长自觉一时无法脱身，不妨索性写个报告，呈给省府主席，将来龙去脉做一澄清，甘愿接受调查甄别。 请夫人放心，抗战之后势必截乱，且战后正是用人之际，沈行长又无大错，再舍些钱财，可保无虞。 只是千万不可再有侥幸。 一个姓贾的就折腾成这样，一群狼闻着腥过来，可怎么得了？"

贻海言辞恳切，说得又丝丝在理，即便是冯氏这样不问世事的贵妇，也听得清轻重缓急，当即便点头道："你说的全对。 等我回到洛阳，一字不漏都会讲给老爷的。"

冯氏刚才情急之际，眼里星光点点，绽的都是泪花，这时才意识到忘情，忙顾向他处，悄悄拭去了。 这本也是常见之态，在贻海看来，却是别有一低头的风韵，便笑道："我姑妄言之，你就姑妄听之好了，不过我的几个煎饼，看来都祭了土地奶奶——"

冯氏见他说得调皮，刚要回他一句，却冷不丁传来一阵枪响，接着是急促的对射。 冯氏和贻海都是勃然色变。 枪声是从胡同口传来的，正是牛少校和伤兵们藏身之地，大清早的就有枪声，不用想，是鬼子伪军的搜捕队到了。 冯氏猛地叫起来："小姐！ 奕雯！"外边却无人答应。 贻海惊道："糟糕，难道小姐去了他们那里？"

冯氏脸色苍白惨淡，不顾一切地冲出灶房，直奔院门而去。 贻海摸出腰间的马牌撸子，一边跟上一边打开保险，又探了探兜里，两个备用弹匣硬硬的还在。 冯氏已经来到门口，正待出门，贻海死死拉住，拽她回来，低声道："别添乱，有我。"冯氏急道："小姐不在家，肯定就在那里！"贻海示意她别作声，轻手轻脚开门，探身出去。 门外便是巷子，巷口果然站了三五个日伪军，正举枪朝里射击。贻海略一定神,朝冯氏看了一眼,也不吭声,即刻推门出去,冯氏慌慌张张伏在门口张望。但见贻海两手高举,叽里呱啦说了几句日语,枪声稍停,贻海走上前去,蓦地掏枪便射,鬼子伪军猝不及防,当场被撂倒两个,剩下的要逃,也被贻海击毙。奕雯提枪出来,刚想跟贻海说什么,冯氏早跑过来,一把抓住她,扭头就朝贾宅那里跑去。奕雯挣也挣不脱,只得随她跑,却又回头望着贻海,眼里面都是话。冯氏在前,奕雯在后,像是拖着一叶在沉没的小舟。

贻海进院,院子里外倒着七八具尸体,多半是鬼子伪军,国军伤兵也有牺牲的。牛少校却不在,一早出门取药了。贻海心知鬼子顷刻就到,不敢再拖延,让他们赶紧到贾宅,先躲起来再说。不料伤兵们都摇头,异口同声说牛少校临走时交代了,若是不幸碰到鬼子搜捕,战死也罢,逃脱也罢,不可牵连赵长官。伤兵里两个重伤的,只剩一口气了,看样子熬不过今天,也挣扎着让轻伤的先走,他们自会跟鬼子拼命了断。贻海急得一头火星子,伤兵们二话不说,拥着他出门,正一脚门里一脚门外时,远处卡车声已经近了。一个伤兵一把推开他,砰地关上了门。贻海站在门口,身边脚旁都是尸体,其中一个鬼子还在哼哼着,贻海顺手补了一枪,转身朝贾宅跑去。门是半掩的,奕雯和冯氏分立门里两侧,见他进来,立时关住,落闩顶门。三人来不及喘口气,脚步声、叫嚷声大作,更加密集的枪声响起。伤兵们所携弹药本就不多,抵抗了片刻便消耗殆尽,枪声渐渐稀疏下来。有汉奸扯着嗓子吆喝,让伤兵们投降,回应的是一番叫骂。再过一阵,几声手雷炸响,接着便再无枪声了。

直到天黑人定,冯氏和奕雯才放贻海出去。其间鬼子来砸过门,汉奸虚张声势嚷了一阵,三人躲在屋里,靠墙席地而坐,奕雯拿着掌心雷,贻海拿着马牌撸子和南部九四,只等鬼子进来就舍命拼了。冯氏寻了半天,觅到一把剪刀,拿块砖石磨了又磨,揣在怀里,说要扎死一个鬼子再自尽,想了想,又说怕打不过鬼子,还是拜托贻海和奕雯多打死一个,替她先抵了命。奕雯嫌自己的子弹太少,缠着贻海要那把南部九四,被他断然拒绝,气得半天不语。说来也怪,鬼子伪军砸了一阵子门,见无人响应,居然就离开了,也不进院搜查。

省府前街

贻海琢磨好半天，分析说是鬼子人少，已经折了一队人马，无心再自找麻烦。讲到这里，贻海不由精神一振，说看来鬼子是不打算久待了，若是长期驻守，怎会放过任何可疑之处呢？ 冯氏和奕雯虽听不太懂，但闻之也有欣然之情。夜至戌末亥初，四面再听不见任何动静，正是灯半昏、月半明。 三人收好枪械，来到院子里。 郑县失守时正值中秋，转眼一周有余，头顶一轮下弦月，曲曲弯弯，勾勾连连，光亮无多。 贻海悄然推门出去了，不多时回来，又关上门，表情凝滞沉重，良久无语。 冯氏和奕雯情知为何，也都不问，各自朝着胡同口那院子的方向，默默地画十字。

经此大变，三人唯有深居简出，终日苦熬，盼日军撤退，盼国军归来。 城里一切还是老样子，商旅绝迹，百业俱废，天天都在死人。 牛少校曾说他住在长春路上的孙家巷，贻海去过两次，不料两次都是门户紧锁，他也不敢去叩门，只能远远地打量一眼。 跟牛少校断了联络，城外的事情也就彻底没了消息，贻海不免进退失据，心里越来越焦灼，脸上还得佯作若无其事。 时间一长，奕雯最先耐不住，嚷嚷着要走。 冯氏在一旁恩威并举，又是哄劝又是施压，好歹稳住了她。 既然走不了，奕雯便整天将自己关在屋里，一把掌心雷拆了又装、装了又拆，聊为打发时间。 冯氏担心不已，想去陪她聊天解闷，也被她拦在门外，不得而入。 贻海暗自苦笑，不知这样的日子何时是个尽头。 每到夜晚，奕雯跟冯氏做了晚课，祈祷之后，便关门闭户，熄灯睡下。 贻海满腹满腔的事体，如何能说睡就睡得着，躺在杂物间的地铺上，车辘辘般辗转反侧，一夕安眠竟成奢求。 从天黑到天亮，不会多一分钟，也不会少一分钟，对倒头就睡的人来说，当然是太短，而对失眠的倒霉蛋而言，几乎就是一生一世。 在北平念大学的时候，一个同学翻译英文诗，偶得佳句，得意扬扬跟他炫耀，说"深夜难眠的心里，或是有故事，或是有故人"。 贻海夜夜都难眠，可见是既有故事，也有故人。

贻海失眠缘起于伤兵们就义那一日。 不知是因为生死来得太猛烈，还是前一晚的性事来得太突然，无数次回忆和反刍时，他都怀疑那些事情根本没有发生，只是一场春梦如雨。 雨来地皮湿了，雨过复又干硬。 他试图寻到一两点蛛丝马迹，但不管是房间里，抑或是自己身上，竟是任何头绪都没有。 也可能真的有，却早已隐于不言，细入无间，不堪寻觅了。 即便是白日里奕雯躲在房中，只有他跟冯氏在一处，几回想问她，偏又不知如何开口。 冯氏倒泰然如常，做什么都是端端庄庄，浑身的拒人千里，让他密密麻麻的话凝聚成团，挤在喉头说不得。 而贻海偏又是吃软不吃硬的性子，她越是如此，他越是百爪挠心，非要弄个清楚不可。 冯氏如何看不懂贻海心中所思所想，但他心里有鬼，冯氏便是照妖镜，照得他那点心思无处遁形。 几次尝试之余，贻海心灰不已，这女人实在难以捉摸。 在他看来，女人被占了便宜，往往男人不认账，而那晚明明是她主动过来的，也明明有过蚀骨销魂，如今不认账的却是冯氏；不但她不认账，还想捎带着让他也不认。 贻海本不是喜欢纠缠的人，但天天大门不出，实在是百无聊赖，奕雯跟炮仗似的一点就着，他也无心去招惹她，那就只剩下一个冯氏，还能说说话、逗逗趣，以解无聊。 冯氏倒也坦然，说话也行，逗趣也行，就是不准他撩拨，一听他话锋不对，便闭上眼，摸出念珠来诵经，而且念出声来：

　　天主耶稣，基利斯督，我重罪人，得罪于天主，而今为天主，又为爱天主在万有之上，一心痛悔我之罪过，一心痛悔我之罪过，一心痛悔我之罪过，定心再不敢得罪于天主，望天主全赦我之罪，阿门。

　　贻海也是信天主的人，当然知道这是忏悔经，一时哭笑不得。 如果冯氏矢口否认，又何必忏悔？ 既然在忏悔，自然是有可兹忏悔的过错。 贻海便饶有兴致地听她念完，又想撩拨，不料冯氏一手抓着念珠，一手探怀，掏出一物握于手中，明晃晃赫然是那把剪刀。 贻海再不敢轻狂，讪讪又坐了会儿，起身逃开。 于是又过旬余，奕雯每日折枪擦枪，冯氏每日诵经磨刀，贻海左右不敢靠近，索性终日躲在房里睡大觉。 到了九月初九，正是重阳佳节，早上吃过冯氏烙的热饼，贻海起身又要回屋，却被奕雯叫住，道："我说赵长官，今天是重阳，好歹弄点菊花酒来喝，可好？"

贻海一愣，还未来得及回话，冯氏笑道："小姐那酒量，一两杯就要倒的，怎么自己上赶着要喝酒？"

奕雯苦笑道："姨娘别笑话我了，年年重阳，我爹都要把一家人聚起来，喝酒赏菊吃蟹的——如今困在这里，生不生，死不死，再没两口酒喝，真是没什么盼头了。"又朝贻海道："赵长官是在北平念过大学的，读没读过马东篱的《夜行船》？里面有讲重阳节的。"

贻海便笑道："那曲子太长，谁能背得下来？重阳节那几句还依稀记得——和露摘黄花，带霜烹紫蟹，煮酒烧红叶。想人生有限杯，浑几个重阳节？——是这几句吗？"奕雯点头道："这倒让我刮目相看了。这首曲比他的《天净沙》名气小很多，你居然也读过。"冯氏道："我不识字，倒也听得有些酒意了。小姐，你若能再讲几句，我便给你弄酒来。"奕雯便道："这有何难？马东篱还有一首《行香子》——过了重阳九月九，叶落归秋，残菊胡蝶强风流——"贻海拊掌笑道："劝酒，劝酒。"奕雯一怔，随即大笑起来。冯氏在旁奇道："我还没拿酒，你们怎么就跟喝上了似的？"随即明白过来，笑道："我晓得了，这后两句就是'劝酒，劝酒'吧？"奕雯含笑颔首，于是三人一起笑在当场。

原来沈宅后院的夹壁墙里，着实藏了几坛酒，也不知什么年份，冯氏让贻海取来，趁着炉火尚温，又炒了一盘豆芽一盘蒜苗，权作下酒之物。苦于市面凋零，买不来什么新鲜菜蔬，豆芽蒜苗都是冯氏这几天自己生的，虽长得参差不齐，却也是生机盎然。三人围坐一桌，边喝边聊，不知不觉已是中午，冯氏说干脆连午饭一起吃了，便开火添煤，使尽浑身解数，又弄出点红薯、面食之类的佐酒。奕雯的确不善饮，却又抢着喝，一边喝一边拿着掌心雷舞来舞去，吓得冯氏花容失色。贻海自是懂行，见三重保险都关着，无论如何也不会走火，便自斟自饮，看着她们微笑。奕雯又饮了几杯，直到面如绯霞，她喃喃讲着什么，忽地推桌站起，也不言语，摇摇摆摆便朝外走，跟风过柳条相似。贻海和冯氏都看得呆了。就这么一愣神之际，奕雯手扶门框，软绵绵晃着倒下。冯氏惊呼一声，忙上去搀她起来，又走没两步，奕雯哇一声吐了冯氏一身，贻海赶紧上去帮忙，奕雯已是醉得七荤八素，顺便也弄了他一手一袖的秽物。 贻海和冯氏顾不得许多，把奕雯搀扶进房间，放倒在床上，冯氏给奕雯解了外衣，盖上被子。 贻海早退了出去，站在门口，看着身上黏腻腻的脏东西，哭笑不得。 好端端地喝场酒，刚喝到心里痒痒，便喝倒了一个，确是有些扫兴。贻海呆了片刻，起身到杂物间，脱了脏衣服，翻来倒去找不到替换的，这才想起军装被冯氏烧了，衣服都是捡的人家贾先生的，也就两三件能穿，昨天还都被冯氏给洗了，眼下竟是无衣可穿。 贻海不由苦笑，秋高已凉，他只得披了条毯子，赤着上身，到院里盛了盆水洗衣。 贻海自幼生活优渥，没做过洗涮缝补的活计，年长游学从军，多少会了一些，总归是笨手笨脚，盆边水洒了一地。正狼狈间，却听见有人笑，回头看去，却是冯氏站在檐下，一手捂了口，一手垂在腰际，笑得身子颤颤巍巍。 贻海皱眉道："被你家小姐弄成这个样子，你做姨娘的，还笑？"

冯氏笑道："你这么坐着，倒像个披了袈裟的老僧。"

"我佛慈悲。"贻海摇头道，"赶紧让国军打回来，让贫僧脱离苦海吧。"

冯氏笑得更厉害，轻摇小脚，来在贻海身边，挽袖推了推他，道："这点事，还是我来。 天凉，你去房里待着便好。"

贻海站起，让给冯氏去洗，却也不走，裹紧了毯子，在一旁看。 冯氏刚刚换了衣服，好像还用洋胰子洗了手脸，一股暖香袅袅婷婷，弥散在两人之间。贻海悄悄用力吸了一口，竟如烟花三月的浓浓春意。 冯氏一边垂头洗着衣服，一边笑着不语。 两人一站一坐，谁都不言声，只有盆里水声沙沙。 就在此刻，院外忽然有人敲了下门，声音不大不小，传进来分明是："继续永守。"

贻海一怔，明白外边是牛少校。 他身子一抖，顾不上跟冯氏说什么，径直快步跑到门边，低声回了句："亲爱精诚。"话音刚落，他便打开了门。 门口站的果然是牛少校， 身长衫，戴着礼帽，寻常买卖牙商的打扮，门开一线就闪身进来，贻海忙关门上闩，急切道："好多日不见，你怎么样？"

牛少校机警地四下扫了一眼。 冯氏早吃惊地站起来，两手还湿淋淋的。贻海这时才觉出不雅，他赤身披着毯子，冯氏洗的又是男人的衣服，怎么说都难掩春情。 冯氏自然也想到这些，急匆匆朝牛少校道个福，转身朝房间里跑去。 冯氏小脚慌乱，转身时还踢到了小板凳，一副心虚至极的窘态。 贻海本能地追着她的背影，直到进了屋子才收回视线。 旁边牛少校想笑又不敢，尴尬地嗯了一声，道："赵科长，这几天也还好吧？"

贻海猛醒过来，怎么想他的话，都觉得别有深意，只得苦笑着一叹，道："算是好吧，整日苦熬，只是没死而已——你这是从哪儿来？"

牛少校低声道："城外。"

贻海忙道："有何消息？"

牛少校伸出两个指头，道："最快明天，最迟后天，就要反攻了。"

"鬼子有援军吗？ 此役胜算几分？"

牛少校一笑，道："鬼子的援军只能从河对岸过来，不是那么容易，城里几乎没有日军了，军需仓库也腾空了，枪炮弹都发到了前线——明后天，鬼子会有一次大的攻势，不过咱们也准备好了。"

贻海是作战科长，熟知军情，牛少校这么一讲，他心里已是雪亮。 两军僵持日久，打的不再是仗，而是物资后援，谁的后勤供给跟得上，谁的胜算就大。 日军跟大本营隔着一条新黄河，战车重炮渡河不易，国军又一直在干扰破坏，鬼子的兵员补给大成问题，本来也坚持不了多久。 第三集团军只要能扛住这一波攻势，趁鬼子撤退时大军压上掩杀，胜算的确很大。 牛少校见贻海沉思，又低声道："职下这次来，是有事当面告诉赵科长——这次出城，在黄岗寺集团军总部，见到了沈行长的人——听说花了不少钱，孙总司令答应下来，城破后特派一个班来接人。 我知道赵科长跟她们住在一处，就没吭声，只当没听见。"说及此处，牛少校不无尴尬地一笑，又道："可能是职下想多了，请赵科长自己斟酌。"

贻海苦笑，拍了拍他的肩膀，牛少校龇牙一乐，道："要是这场仗打完，职下能侥幸不死，长官部军统随军组那里，还得您费心，给薛主任打打招呼。 要是死了，就算屁了。"贻海也不说话，用力捏了把他的胳膊，牛少校会意，戴上礼帽转身走了。 听见门响，冯氏从房中出来，一手捂着胸口，快步过来道：

省府前街

"牛长官说什么了？ 可有什么消息？"

贻海松了口气道："明后这两天，国军差不多就能反攻回来了。"冯氏一怔，下意识地画起了十字，激动得说不成话。 贻海又想了想，道："沈行长派人到了黄岗寺，见了第三集团军的孙总司令，说好一旦进了城，就安排人来接。"冯氏的动作忽而一停，眼睛睁得很大，看着贻海，似有难以置信之意。贻海弛然一笑，点了点头道："熬了这许久，总算有盼头了。 将来见了沈行长，我定要讨他一杯酒喝——挨了沈家大小姐这么多挤对，不能便宜了本省的财神爷。"冯氏嫣然道："何必非让他请，今天你喝的，不作数吗？"贻海裹紧了毯子，笑道："那是你的——我该叫你姐姐是吧？ 弟弟喝点姐姐的酒，再正常不过的。"冯氏便笑起来，道："还有半坛呢，不妨再喝点吧，权作提前庆祝了。"

经牛少校这么一折腾，菜饭早凉了，奕雯却还在呼呼睡着，果真是磨牙阵阵，忙得不亦乐乎。 两人相视一笑，回到灶房，冯氏热了菜，贻海斟上酒，各自对面落座。 冯氏的确有酒量，喝酒很腼腆，动作也轻柔，但从不作假，每喝一杯必亮给他看。 一杯杯对饮下来，贻海不占上风，而冯氏依旧微笑端庄。也不知喝了多少，贻海只记得最后那一杯，是他勉强端起来的，至于喝下与否，竟是完全没有了记忆。

贻海一觉醒来，天都黑了。 周遭万籁俱寂。 他只觉头痛口干，想起身时，竟坐不起来，这才骇然发现冯氏枕着他的胳膊，两只眼忽忽闪闪，正看过来。 见他慌张，冯氏笑着抬起头，让他把手抽开，又拿毯子遮住了胸口。 贻海本是盖世界浪子班头，蓦地撞上这个场面，全然没了风月领袖的泰然，又惊又惧，脱口而出道："小姐呢？ 你不怕她——"冯氏哧哧一笑，两指掐了个指花，道："你的胆子，竟跟芥菜籽儿这般大小。"说着，朝隔壁方向努了努嘴，道："你听，还睡着呢。"贻海静心屏息去听，果然隐隐约约有呼噜的声音。 冯氏撑身坐起，一手还掩着胸，低声道："你且出去吧。"贻海心神俱乱到极点，不由自主被她支使着，忙不迭趿上鞋，抓了衣服出门，在门口檐下胡乱套上衣服，心惊胆战地一会儿看看奕雯那里，一会儿看看冯氏那里。 刚穿戴停当，却听脑后轻微的响动，回头看时，冯氏一身衣服周正，脚步跟猫儿一般，已经在他身后了；不但如此，还拿手指轻轻点了点他的胸口，一脸促狭的笑。贻海只好苦着脸，讪讪道："夫人，这又是哪样？"冯氏举起手在唇边，示意他不要作声，又伸手指了指旁边的灶房，轻步过去。贻海便硬着头皮跟上。

灶房里杯盘狼藉，一切如旧。两人还是面对面坐下，继续之前那场酒，仿佛刚刚发生的林林总总，不过两人不约而同打了个盹儿，跑了会儿神，其实谁都没有离开。贻海始终想不明白，索性也不去想了，端起杯子便是结结实实一大口。冯氏倒是不喝，凝望他片刻，叹气道："你什么也不要问，我也不会说，你忘了便好。"贻海道："上次，似乎你也是这么说的。我想忘，但忘不了，你也该是一直没忘的。"冯氏忽地羞红了脸，道："哪里有上次？我才不记得，你是喝多了吧。"贻海从来都是撩拨别人，如今却是一再被人撩拨，处处为人所控，心里又惭愧又不服，却又发作不得。想到明后天国军入城，困局得解，自然是开心之事，即便此后与冯氏形同陌路，毕竟曾有过刻骨欢愉，不枉在这倾城之中苦熬近月，何况女人都能放得下，他还有何放不下的？总归不是吃亏。好在此事天知地知，她知他知，不过四知而已。冯氏宛如猜到了贻海的心思，也不再说话，贻海举起坛子还要斟酒，却发现一坛老酒所剩不多了。两人相视一笑，都明白所谓天长地久有时尽，天地尚且如此，酒亦然，人也亦然。

牛少校所言不虚。次日一早，便听得城南城西炮声不绝，城中倒是安静。时至中午，城里乱作一团，既无国军，又无日军，郑县各界联合会早作鸟兽散，大批流氓无赖纷纷上街，抢劫店铺袭扰百姓，抢到什么算什么。贻海和奕雯各自拿着枪，守在院门口，有无赖想撞门而入时，便朝天开一枪示警。无赖们向来欺软怕硬，听见枪响便抱头鼠窜，并不敢真的进来抢掠。饶是如此，三人仍心乱如麻，苦等第三集团军的人来营救。到了晚上，枪炮声更紧，远远望去，城南城西都是红光耀天，彻夜不断。城南是火车站和陇海花园，城西是黄岗寺和须水，都是两军激战之地。三人一夜不眠，熬得眼睛通红，谁也不肯睡。又是晨光大亮时，枪炮声渐渐稀疏下来，贻海知道，日军最后一波攻势已

省府前街

停，第三集团军进城在即了。 回想郑县失守，正是八月节前一天，眼下已是九月十一，差不多一月过去。 失守那天小周死了，就埋在旁边墙根，跟她同穴长眠的是贾先生，两人都死在奕雯枪下，而这位沈小姐现在精神抖擞，正站在他身边。 想来人在乱世，命如蝼蚁，江山兴亡成毁，浮云白衣苍狗，全在瞬间起，瞬间灭，根本没有道理可言。 又是中午，冯氏做好了饭食，叫贻海和奕雯来吃，两人谁都吃不下，被冯氏逼着坐下来。 一顿饭还没怎么动，只听见城中枪声大作，一阵紧似一阵。 冯氏和奕雯直勾勾看着贻海。 贻海长长一声叹，道："不错，这是国军追击鬼子进城，最迟到傍晚，郑县就回到自己人手里了。"

三人匆匆扒了几口饭，各自收拾好东西，移到隔壁沈宅中候着，只等人来接。 枪声渐渐淡了，偶尔有此起彼伏的枪响，交火程度明显低了很多。 将近黄昏时分，门外响起嘈杂的脚步声，有人高声叫着："沈夫人在吗？ 我们是孙总司令派来的，接您和小姐回洛阳。"

奕雯闻声喜不自禁，跑上去便开了门，冯氏想拦也拦她不得，只好无奈地摇头苦笑。 门开处，站着一队国军，都是荷枪实弹满身灰土，领头的中士班长进院，上下打量了院里三人，对冯氏敬了个礼，道："沈夫人吗？"冯氏忙点头，又从包袱里拿出大洋，分给来人。 中士班长看着贻海，疑惑道："这位先生好面善，在哪里见过吗？"贻海含笑道："是集团军总部直属特务营的吧？ 我姓赵，在长官部参谋处作战科，你扈从孙总司令到洛阳开会，兴许是见过面的。"中士班长闻言肃然立正，敬了个军礼，道："原来是赵科长！"接着絮絮叨叨，跟老婆婆似的讲了半天，大意是赵科长为国亡命，不惜深涉险境潜伏在郑县，堪为军人楷模，三军无不景仰，上自战区长官部卫司令长官，下至集团军总部各长官，都反复交代务必找到本人，妥善护送回军。 中士班长最后道："现在郑县刚刚收复，鬼子残军还没清理十净，零星战斗随时都有，请跟职下尽快到陇海花园总部去，那里最安全。"

抗战军兴之后，装备最好的仍是中央军嫡系，第三集团军的底子是当年西北军韩复榘部，自然归为杂牌军，最能拿得出手的，无非是总部直属部队，如特务营、重炮营之类。 这次来的是特务营的一个班，人手一支美制冲锋枪，另有一支巩县兵工厂仿制的驳壳枪，装备火力都算精良，可见孙桐萱总司令受沈行长之托，的确是上了心的。 中士班长见人已接到，一刻不敢耽搁，马上安排了尖兵在前，自己陪贻海等走在中间，趁着天没黑透，一行人离开罗家胡同，朝城南陇海花园方向行进。 路程并不长，但因为有女眷，队伍走得并不快，奕雯还好，可怜冯氏一双小脚，刚行不远便走不动了，咬牙攒眉勉力坚持。 中士班长不免心焦，让士兵背冯氏和奕雯。 冯氏犹豫之际，奕雯毫不迟疑，趴在一个士兵背上，而冯氏见她下裙掀开，大腿结结实实地被士兵揽着，衬裙亵裤若隐若现，不由心中一颤，两手下意识攥紧了裙带，再不肯挪动，急得奕雯嚷道："姨娘，都什么时候了，还讲授受不亲吗？"中士班长知道冯氏身份高贵，是孙总司令亲自吩咐要保护的人，心里有火却发作不得，只得焦躁地看着四周。 夜色劈头盖脸地罩下来，尖兵已经打起火把，冯氏看着中士班长，很为难也很坚决地摇头。 整个队伍停下，士兵们都盯着冯氏。 贻海是老行伍，深知底层官兵最讨厌的就是官太太少奶奶，忙上前对冯氏道："夫人若不嫌弃，赵某背您吧。"冯氏咬着牙眼睛一闭，似乎不再矜持，贻海不容分说便背上冯氏，朝中士班长点点头，一行人等这才继续向前。

　　耽误了这一会儿，天色黑得更厉害，四处黑洞洞的。 罗家胡同靠近郑县东门，往城南陇海花园去，还得经过东大街，转关岳庙后街再一路向西，由主事胡同、书院街再上南大街，这才能从南门出城。 好在特务营长期驻防郑县，地形还算熟悉，倒也没走冤枉路。 走到书院街，离南门只有一步之遥了，眼看城门在望，众人心里都松弛不少，尖兵举着火把在前，步伐最快，刚过一个转角，忽地一声脆响，尖兵应声倒下，手中火把落地。 接着便是一阵点射，伏击的鬼子准头极高，一排枪过去，两三个特务营士兵就不声不响地倒下了。 中士班长血红了眼睛指挥反击，但敌暗我明，仓促间根本找不到鬼子，只能盲目地放空枪，而冲锋枪枪焰又太烈，黑暗中分外显眼，反成了被瞄准的靶子，夜战中很吃亏。 贻海情知不妙，背着冯氏就近拐入一个胡同，走到胡同中段，把冯氏放下，掏出马牌撸子和南部九四，握着双枪护住了她，警觉地四下张望。 冯

省府前街

氏急得语无伦次道："小姐——奕雯——"

前方交火还在继续，贻海略一沉思，将南部九四打开保险，递给冯氏，道："这枪指向好，你记住，枪口指着谁，扣扳机就是，子弹一共六发，省着点——我这就去找小姐。"冯氏两手握枪，紧张地冲他点头。贻海猫着腰，朝巷口慢慢摸去。头顶一轮凸月亮辉如水，照着地上几具尸体，中士班长也负了伤，靠在墙边剧烈地喘，吃力地抬起驳壳枪还击，每一次击发好像都拼尽了气力。贻海一手举枪，一手抓着弹匣，借着月光观察四周。三八大盖的隐匿性极好，枪口几乎没有闪焰，但声音很好辨认——三八大盖是栓动枪，每打一发要手动退膛上膛，难免会有枪机碰撞的金属响动，久经战阵的老兵一听便知。贻海很快锁定了一个黑暗处，试探地打了一枪过去，紧接着把剩下的子弹一口气打光，又换上新弹匣。还活着的特务营士兵也各自还击。隐约中听见几声轻微的日语，之后脚步响起，继而枪声渐息，看来伏击的鬼子并不恋战，已经撤离战场，不知往何处去了。贻海暗自松口气，低声唤道："小姐！沈小姐！"奕雯匍匐于地，刚才背她的士兵倒在旁边，正大口地咳着血，喃喃道："给我姐——寄钱——"奕雯不顾一切道："你姐？你姐在哪里，你告诉我！"那士兵却再也说不出话，两眼还睁着，呼吸已然停止。贻海见她无恙，松了口气，站起朝她走去。奕雯抱着那个士兵的头，任他嘴里身上的血沾满了衣服，表情呆滞黯然。贻海蹲下，轻轻叫了她几声，竟然毫无反应。经此骤变，一个十人的步兵班损失大半，中士班长拖了条伤腿，挣扎着归拢手下残兵。贻海猛地想起冯氏，转身朝胡同口跑去，叫着："夫人？是我！没事了！"

贻海站在胡同口，却没看见冯氏，不由心里一急，又道："夫人，你在哪儿？"

话音刚落，只见冯氏从黑暗中走出来，手里还牢牢地攥着那把南部九四，贻海放下心来，微笑着止要上前，却愕然一惊，冯氏脸上的表情看不真切，但枪口黑洞洞的，分明冲着他。没有任何间隙迟疑，枪便响了。一颗子弹射入他的左胸，紧接着是第二颗，打进了下腹，第三颗、第四颗都打空，第五颗子弹打在他的右腿上。马牌撸子脱手，掉在一旁。贻海残留的意识很顽强，虽然感觉不到痛，但他分明知道已经倒在地上，冯氏正朝他走过来，她的身躯显得那么的瘦削颀长。 冯氏就站在他面前，像是一根标枪，劈空而来，无牵无挂，就这么斜着扎在地面上。 冯氏的表情依旧看不真切，而黑洞洞的枪口瞬间变得很大，狰狞地朝他一笑。 贻海的意识至此变得混沌了，他疲惫地闭上了眼。 他的确是有些话想跟她说，可惜再也没有机会了。 因为很快，又是一声枪响。

省府前街

第三章

先先：

见字如面。

我到此间，竟是一月有余了。时至今日才得暇提笔，写下这封信，却也不知能否寄出，寄出去了，也不知你能否收得到。我再三对自己说，不要想这些。因为一旦想，字就难看了——我的字是很好的，你也是知道的，我说难看，是怕字里行间太沉重，你看了要伤心。而于我而言，你的伤心远比我自己的伤心更让我惨楚，这你也是知道的吧。

我住的地方名曰沙田。房东姓柳，世居于此，几代人丁耕种货殖，锱铢积累，终至富足，建了十几间大屋，房前屋后植有大树，辟有菜园，四季绿意盎然，菜蔬亦不缺了。房东柳先生应允，每月酌情再补些小钱，日常的果蔬菜品便可随意摘采，此亦意外之收获。我与小秀租了其中靠山一间，日杂器具皆备，倒不消另行购置，省了往本岛或九龙奔波，你知我素来不喜这类事，只觉是浪费光阴。国变之后，仿佛再世为人，之前种种遭遇，竟像前世所有，一刀截去，两下分明，无一丝拖泥带水的怅惘了。然我亦明白，万事可断，恩怨可斛，唯独你，先先，前世现世，以至来世，我与你终是斩亦斩不断，磨亦磨不平的。

现在是晚上，先先，我提笔给你写信。小秀已经睡了。你我初识时，你不过十七八岁，小秀亦是这般年纪，活泼调皮，像个孩子。她有一点倒不像你，睡容很安静,磨牙、抢被子、打呼皆是没有的,一个姿态总能睡到天明。我记得成婚之前,你告诉我,你睡觉不老实,总要霸了被子去,我就暗笑不语。你只道自己如此,殊不知我亦是此道中人呢。有了夫妇之好,你方才恍然大悟,又争不过我,便每晚睡前,预先把被子抢走大半。我是行伍出身,便笑称这是"军事缓冲区",原来世间女子接人待物,以至恋爱婚姻,皆是天生的军事家,不曾当过兵、上过战场,却亦是知道两军对峙攻伐,竟跟抢被子一个道理。

今天是农历十二日,再有三天便是月圆。推开窗,外边即是山,山后即是海,海中有船,船上有人,人来人往,一边是岛,一边是陆。先先,如今我在岛中,你在陆上,相隔或有千里,或仅一眼。头顶一片月,你在月下,我亦在月下。我知在同此月光之下,我在无尽藏地思念你,而你在无尽藏地怨毒我。月光无尽藏,思念无尽藏,怨毒亦无尽藏。月儿实在可怜,从初照人那刻起,该是看到了多少思念和怨毒。《圣经》里说,"一代过去,一代又来,地却永远长存;日头出来,日头落下,急归所出之地"。当年我俩一起读经,你脱口而出说这句好。我却觉得最艳的不是这句,而是"已有的事,后必再有。已行的事,后必再行。日光之下并无新事"——先先,日光之下,自是没有新事可言的,而月光之下,更是没有的。因为月光温良,日光明烈,多少欢会恣情应在月光下,而不在日光里的。

此时此刻,小秀在旁边睡着,她的肚腹凸着,也如这轮凸月。现在你或许已经知道,我是如何做出的选择了吧?这是我一人的过失,而这过失亦只是对你;这是我一人的失败,而这失败亦未能让你有胜利的喜色。现在我写这样的话,必要关上窗,暗了灯,像是刻意躲在黑暗处给你写信。不是为了背人,而是为了不让月儿看到,不让灯盏看到,这些话,这些事,如何能让你我之外任何第三者、第三物看到,抑或感知到呢?这只属于你和我的。

在此间月余,人地两生,足不出户,每日所做之事,无非或照顾小秀,或独处冥神而已,即便偶有出门,亦是陪她去采办生活物品,最多至九龙深水埗便回。一路要走三四个钟点,多半都在山上。山名曰狮子山,但这山实在是低,据说不及五百公尺,我常见此地的孩童鼓噪起势,顺山径上下往复,往往发令犹在耳边,欢声已到山顶了。山路幽折宛转,有时石阶,有时泥面,途中间或遇到人,皆挑担负重,却亦如履平地。小秀孕期五月,走路蹒跚,我亦不得疾行,每半个钟点便要停下歇歇。自从民国三十年在郑县挨了那几枪,香烟便抽得少了,每日只三五支,到港后更是减量,如今一日两三支足矣。抽的牌子还是大英牌,时间久了,不愿再换。我不善持家,小秀亦是不善,前日在深水埗闲逛,觅得一梳妆台,小秀一见倾心,便问老板价格,老板见我抽大英牌,回道你们北方朋友阔绰,几包烟钱而已。我方才知道,平日里的确是太过挥金如土。此后再想抽香烟,总要告诫自己,这一支,便是一条桌腿,再一支,便是一面西洋镜子了。

说到旧伤,似乎好了些,亦不常发烧了,但咳血和哮喘的痼疾并未缓解,或许待在乡下山间,呼吸不到市井尘嚣,会好些吧。在南京的时候,我去中央医院拍埃克斯光照片,大夫指着照片说,弹头嵌在肋骨和肺叶间,手术风险过大,建议保持现状为要。殊不知此言太谬。如要维持现状,何必避难到港?既已逃港,又何来维持现状?我的现状你岂能不知?

《十九首》里头有一句,道"浮云蔽白日,游子不顾返"。我年少时人皆称浪子,稍长后皆称荡子,如今人皆不识我,人地两生,可谓游子吧。倏忽间,做游子已月余,无时无刻不念着返乡,越难返,想得越厉害。先先,文字凄惨,莫过于眼前了。

意不能及,余不一一。

二哥

三十七,十二,三

先先:

见字如面。

前番的信,不知是否收到。我是去深水埗邮政局寄出的。其实本地村口便有邮筒,形容甚巨,通体朱红,顶若皇冠。英人治港日久,据言此物与英伦本土之邮筒一致,每周一、三、五各开启一次。我却不甚信它,总觉不如亲手送进邮局放心。且早送去一日，或许你便能早看到一日。

你若收到前信，该知道我住在沙田，从沙田到那深水埗去，须过一座山，其状如伏狮，面西尾东，狮头下即是九龙。港人称"埠"为"埗"，所谓深水埗，我疑心是深水埠之意，即为深水港。但我去过几遭，俨然市井巷陌，毫无大港之象。有心问问当地人士，无奈白话竟是字字句句皆不可解，只有悻悻而归。幸有房东柳家，是前清由桂省迁来的客家人，世代耕读，亦行商贾，故说得几句官话。听柳先生讲，民国肇始后，港人圈地填海，生造出不少地来，此皆前闻所未闻之事，叹为观止而已。

深水埗有一邮局，在南昌街上。此间很多街巷，皆以内地市县为名，有桂林街、通州街、钦州街，还有一处曰汝州街，即豫省的汝州。汝州原来是豫省直辖的直隶州，民国二年全国变州为县，改为临汝县。不知你是否记得，我隐约想起那里有座风穴寺，我们去游历过，你还挑了套汝瓷的茶具，欢天喜地带回了开封，可惜没用几次，便再寻不到了。汝瓷是宋官窑之首，与钧、官、哥、定并称的，若是带到香港来，或许能有个好价钱。

我们同游的次数很少，想来你该是有印象的。民国三十四年开封光复，三十五年年底我们成婚，婚后我又奉命北上南下作战，算起来两人相处的日子，确是屈指可数。这是我有负于你。战时颠沛流离，行军居无定处，通信亦难。偶有几次回开封，又是家务诸事芜杂，想抛却一旁亦不可得。我久不在家，家事全由大姐。大姐对你、对春玉，固是严苛，这是对内来讲，在自己家里而已，于外则绝不会有丝毫妥协。我与大姐自小在一起，她的脾气秉性，我是再熟稔不过的。

大姐虽姓康，但生在赵家，长在赵家，算是家生子。其实大姐出生时，赵家已经着实败落了，原先的仆从或是逃匿，或是请辞，走了个干干净净，只有大姐一家留下，不离不弃。大姐是光绪二十九年出生，我生在宣统二年，大姐正好大我七岁。开封有民谣说，"女大一，不是妻；女大三，抱金砖；女大五，赛他母；女大七，笑眯眯"。我十五岁成亲，是为了给父亲冲喜，我那时刚上省立一中，每到放学，大姐就在校门口等我，接我回家。同学们看见，便笑我有个

省府前街

"小脚媳妇"。省立一中在大纸坊街，家在行宫角，两下里步行不过一刻钟，但大姐每天都要接我，风雨无阻。我跟着大姐回家，一前一后，大姐昂着头，我低着头，像是做了见不得人的事。有同学顽皮，故意拦住我，要我唱"天高高，海滔滔"①，大姐不懂，还以为是学校作业，众皆如此，便站在前边等我唱完。我告诉大姐，这是前清国歌，封建余孽，同学要我唱，是嘲笑我年纪轻轻，娶了个小脚太太。大姐听后大怒。次日，那几个同学又要促狭，被大姐劈头盖脸一顿巴掌，叫道，"脚是小，巴掌却大!"打得同学们四散奔逃。从此再无人敢取笑我了。大姐便是这般艳烈的女子。

到了民国三十年，我在郑县受伤，肺上中弹，十余日中昼夜咳血，高烧不退，生死之间来回不知多少次。送到洛阳，无人能医，又到西安，亦是无治，皆言可备后事了。大姐收到电报，不敢跟母亲明言，私下求见了冯焕章先生，请他安排飞赴西安，又接我到了重庆，在中央大学医学院做手术，两颗弹头只取出一颗，又在家歇息百日，才算恢复如常。若无大姐在身边，可能就没有我的命了。

啰唆了这许多，大概你也看得厌了。想来是一定的，因为连我都要厌倦了，只恨全无大姐和你的半分果敢。我提笔给你写这封信，本意也不是上面这些废话。自狼狈到港，已知时日无多，苟延残喘者，因有事未做，有话未说。自上封信寄出后，我便痛悔。前日又咳血数升，虚弱至甚，想及前信未能表者，此时再不写出，深恐一朝撒手，再无人知晓这些。唯愿你能阅信及此，而非一见书信发自我手，便毁之、焚之、弃之，使我一番苦心，化为乌有矣。

若我记得无差，那是民国三十年，重阳节之后。第三集团军总部直属的特务营，由孙荫亭总司令亲自安排，派出一个班至郑县罗家胡同，来接被困于此的我等三人，其中便有你。我中枪即在那晚，这你都知道的。而打我那几枪的，并不是日本人，而是你的姨娘冯氏，用的是那把南部九四手枪，从汪逆

---

① 清政府于宣统三年农历八月十三日(1911年10月4日，即武昌起义前六天)颁布大清帝国国歌，名为《巩金瓯》，严复作词，爱新觉罗·溥侗作曲，全文为:巩金瓯，承天帱，民物欣凫藻，喜同袍，清时幸遭。真熙皞，帝国苍穹保，天高高，海滔滔。

特工贾先生处所得,你应是有记忆的吧。南部九四一共六发子弹,其中三发打进我身上,两发打空,最后那一发是哑弹。打死你姨娘的,你应当亦有记忆,便是那位牛姓少校,时服役于第三集团军总部谍情科。牛少校是杞县人氏,家里贫寒,从军后曾做了些私售军火之事,以贴补家用,这本亦属国军中不宣之秘,人皆为之,无甚大碍,但其中一笔,不知为何落入共党游击队手中,被军统随军组侦得,犯了大忌。我与战区长官部军统随军组薛主任是黄埔同学,多年契好,交情甚笃,又怜牛少校平素对日作战也算忠勇之战士,答应一旦脱险,便游说薛主任,帮他转圜。牛少校有事相求,一直暗中保护我等。特务营官兵一路护送,至书院街后,与日军残敌遭遇,被伏击后伤亡惨重,而你姨娘趁我不备,突然开枪,牛少校亦猝不及防,幸好她最后一发是哑弹,才给了牛少校开枪之机。事后,因投鼠忌器故,皆曰是小鬼子所为。直至我病愈归队,牛少校亦被拘押审讯,多亏我从中调停,薛主任上下打点,方得以脱身。这些秘事,是牛少校亲口相告,他与你姨娘素昧平生,想来不至于诬陷,而她对我开枪,我亦是亲眼看到的。

时至今日,我始觉这些事,可以说给你了。时隔多年,经我之手的军情纪要、伤亡编纂、战役检讨不计其数,一个个死去的魂灵,皆变成一个个数目字,本以为心肠已如铁石般硬冷,但如今提笔落笔,仍是心绪跌宕,难以自持。数年间,我曾无数次回到那个夜晚,从我看到你姨娘朝我举枪,到她即将射出最后一发子弹,不过区区数秒钟而已。我始终不得而知,她为何要下此毒手。我与她虽仅有月余相处,亦有过夫妇之好,就在罗家胡同贾宅。当其时,你或是熟睡,或是醉酒,自然是不知道的。但我亦不知她为何委身于我。前日夜半吐血,小秀惊醒,吓得掩面大哭,直叫"若你故去,我如何是好"。我羸弱如蚁虫,蜷缩在榻上,忽地又想到你姨娘——先先,我本可将此事深埋于心,死后深埋于地,不对任何人讲。然则今生今世,本亦是无甚道理可言的。做了便是道理。正如你姨娘委身于我在前、枪击于我在后,也正如我讲这个秘密给你。她如何做,你如何做,我总是又欢喜又惘然,因为在我心里,女人做的都是对的,都是好的。先先,我是深负于你,也确是深负于你姨娘。死于她手,我并无遗憾,现在想想,反倒是未能死于她手,以至其后的林林总总,却是憾意杂糅了。

与她好,我是不悔的。被她枪击,亦是不悔。因为不悔,便没了是非分明,亦无黑白爱憎。我的这副性子,数年来,你也该晓得了。人固有一死,也难免会有秘密。而秘密之谓,或鸡毛蒜皮,或江山社稷,却是一般的沉重。我自知命在旦夕之间。我不怕死,唯独不愿带着沉重死去。故斟酌再三,扯来扯去,还是给你写下了上面的文字。

李太白有篇《三五七言》,你必是读过的。"相思相见知何日?此时此夜难为情。"为情之难,不在此时此夜,亦不在相思相见,而在不知何日。

就此搁笔,余不一一。

二哥

三十七,十二,十一

先先:

见字如面。

这是给你的第三封信了。连写两信,精力为之大衰,竟有难以为继之感。小秀不许再写。即便要写,亦不许写得那么长了。

今天是耶诞节。据说本岛维湾有烟火,教堂有礼仪。我说的教堂,是此地的主教座堂,在本岛上。我是去不得了。唯有开扇窗,看着窗外,遥想而已。遥想的还有你。

余不一一。

二哥

三十七,十二,廿五

省府前街

第四章

姐　妹

时隔一月，奕雯再见到徵茹的时候，她已不像一月之前的她，徵茹也不再是一月之前的徵茹。父女两人自春节前绝交，彼此音讯不通，消息俱无，弄得跟仇人相仿，甚至连仇人都不如。即便是寇仇，还会偷偷摸摸打听点仇人的动静，而沈家父女则是一刀两断。用静姝的话来说，像是罗马与迦太基为敌，破了人家的城，杀了人家的人，还在人家田地里撒上盐，好让人家寸草不生。

静姝说这话的时候，正靠在床头，手里捧着本商务印书馆的《汉译世界史纲》[①]，懒洋洋地看着奕雯，道："我敢打赌，如今迦太基还是长庄稼的，至少能长草。所以，这一次绝交无非时间长些罢了。至于结束在何时，取决于两点。一个是你父亲的恋情何时结束，一个是你的恋情何时结束。这两者只要有其一，便是你们父女重归于好之时。"言罢，静姝端肃地看看奕雯，不容置疑地点点头，又埋头读书；过片刻，却又实在忍不住了，拿书掩住了嘴，笑得

_____

① 英国作家、学者赫伯特·乔治·韦尔斯著，以地球形成开篇，一战结束为止。商务印书馆于1927年引进出版，由梁思成、向达等翻译，梁启超、竺可桢等校订，为民国时期最为通行的大学世界史教材。

花枝乱颤。 奕雯一边听，一边冷笑，一边把手里的信折成飞机，对准静姝扔了过去。 静姝故作惊慌地躲开，又捡起展开，笑着念道："你悄悄地占去我的梦，又静静地关上我的灯。 ——我说沈小姐，这情诗还打不动你吗？"

奕雯毫不客气道："这诗是偷来的！ 连求爱的诗都要偷，还算个男人吗？"

写诗的人姓裴，是《河南民报》①的记者，追求奕雯已有数月。 奕雯一直瞧他不起，之所以没跟他了断，全是为了气徽茹，至少她认为徽茹一旦知道，必然会怒不可遏；只要徽茹生气，她就有一种异乎寻常的快活。 静姝摇摇头道："这个也不行，那个也不行，你是想要什么样的呢？"

奕雯好一阵不语，托着下巴，像是认真想过，才道："我需要一个青年的、漂亮的、多情的男人，夜夜偎着我并头睡在床上，不必多谈，彼此都能心心相印，灵魂与灵魂，肉体与肉体，永远融合，拥抱在一起。"②说完，奕雯扭头看着静姝。 两人就这么互相看着，忽然不约而同地一阵笑。 笑毕，静姝道："这书去年才出的吧？ 难为你背得这么熟，竟跟你自己写的似的，原来都是你自己的心里话。"说着话，把手里的情书团成一团，又叹道："看来这位姓裴的记者，果真不是你要的男人了。 那你便行行好，早点打发了人家——你不喜欢，说不定倒是有人喜欢呢。"

奕雯拿起桌上那本《结婚十年》，其中一页上勾画圈点，像爬满了歪歪扭扭的蚯蚓，她自失地一笑，将一枚红叶书签夹进去，放进箱子，扣上锁，抬头一笑道："打发他倒也简单，不过还是等到了朱阳关再说吧。 不然，你我这些坛坛罐罐的，谁给搬上车呢？"静姝皱眉道："还以为跟着你住，能占不少便宜，起码你父亲能派辆车来——这可倒好，从丹水到朱阳关，二百多里地，得走上两天一夜呢！"奕雯笑道："你还说我？ 你那位许先生，怎么没来接你？ 我是知道你有个爱你的未婚夫，脏活累活有人干的，这才一咬牙跟我爹绝交。 现在才知道，不管是未婚夫，还是父亲，这男人统统是靠不住的。"于是两人又一起

---

① 《河南民报》创刊于1927年，为国民党河南省党部和省政府的机关报。
② 原文出自苏青代表作《结婚十年》第四章《爱的饥渴》，该书于1943年在上海《风雨谈》杂志连载，后出版单行本。因此书的风行，苏青得以成为与张爱玲齐名的海派著名女作家。

大笑，互相拿着枕头衣物抛来掷去，嬉闹良久，斗室中一派鸟语花香。

奕雯和静姝认识，还是在去年，也就是民国三十三年的夏天。去年四五月间，河南在平静了两年多之后，战事骤起。日军为了打通"大陆交通线"，调集华北方面军十五万精锐，由冈村宁次①亲自指挥来犯，不到一个月，洛阳、郑县、许昌等地沦陷，河南境内四十万国军溃散，躲进豫西山区与鬼子对峙。省府驻地鲁山县也没能保住，整个省府一部四厅八处②狼狈迁往内乡县。豫省农商银行是一省金融枢纽，总行还兼管公库，负担全省驻军、党政机关的薪俸拨付，所以省府在哪儿，总行就得跟到哪儿，徽茹身为行长，自然责无旁贷，便带着奕雯从鲁山到内乡，在丹水镇落了脚，总算安顿下来。自从撤离开封，奕雯就没再正经上过学，一路向西，跟着徽茹四处流离，先是到镇平，又到洛阳，再迁鲁山，现在是内乡。本来家里还有冯氏，一家三口也算团圆，可惜民国三十年冯氏客死郑县，家里竟是连个主妇都没了。算起来，沈家一前一后两位夫人，一个出洋离婚，一个突遭横死，徽茹身为一家之主，难免伤心怅惘，加之身在公门，战事吃紧，也断了再娶的念头，但求跟女儿相依为命。而几年颠沛下来，奕雯虚岁已到二十，正是身大袖长，按开封老话儿讲，就是女大不中留，留来留去结怨仇。徽茹着实动过招婿之念，不料消息刚放出去，便引来一帮纨绔膏粱浮浪子弟，非但是奕雯大为光火，就连徽茹也自觉无趣，远在英国的惠葳更发来电报，痛骂徽茹误女，天理昭昭，必遭报应，气得徽茹暴跳如雷，却也无言以对。

在丹水镇住下不久，奕雯某日闲极无聊，忽发奇想要去山里打猎，便趁徽茹在外公干，偷偷开了他的车进山。徽茹的车是捷母西牌小卧车，车体甚是宽大，底盘也低，奕雯刚学会开车不久，仗着胆子大，不管一路上磕磕碰碰，一口气把车开到半山腰，实在没路可走了才停下。奕雯没有猎枪，惯使的还是那把掌心雷，这枪固是名枪，但其长处在玲珑小巧，缺点是射程短，威力也有

---

① 冈村宁次时任中国派遣军华北方面军司令官，因指挥豫中会战之功，升任中国派遣军总司令官。

② 当时河南省政府下属一部、四厅、八处，一部即省保安司令部，四厅即财政厅、教育厅、民政厅、建设厅，八处即秘书处、会计处、田粮处、文教处、人事处、交通处、卫生处、警务处。

限，根本不适合打猎。 她掂着枪噼噼啪啪打了一阵，连一只野鸡野兔都没打着，却惊动了一对在此幽会的野鸳鸯。 男的是个军人，穿着一身空军地勤的制服，女的便是静姝了。 奕雯当时正追赶一只野鸡，眼睁睁看着那野鸡钻进坡地林子里，她哪里追得上，又急又气间，不慎一脚踩空，整个人顺坡滑下，裙衫迸裂，狼狈不已。 不料她刚气急败坏地站起，旁边小林子里，一男一女也是衣衫不整，探头探脑地朝她这里看过来，跟她正好面对面。 奕雯便没好气地道："我什么都没看见，这就走了。"说着，她负气攀爬而上。 等到了车里，奕雯却傻了眼，车子怎么都打不着火，车尾黑烟茂盛，跟着了火相似。 眼看天要落黑，奕雯急得猛按喇叭，心里一个劲地发慌。 就在这时，车窗外来了静姝，笑眯眯地看着她，敲了敲玻璃，道："要帮忙吗？"

奕雯皱眉道："你懂修车？"

静姝得意地朝后一指，笑道："许先生，是空军地勤工程师。"

这便是奕雯第一次跟静姝和丛海见面。 丛海也不客套，冲奕雯一笑，把后备箱中的工具包取出，时而拆开这里看看，时而敲打那里听听，不多时便确定了问题所在，胸有成竹道："修回原样不敢说，因为设备不全，但凑合着开回镇上是有把握的。"

奕雯见他开始忙碌，没话找话道："你是空军的？ 在老河口还是卢氏县？"

在民国三十三年，河南、湖北是对日作战最前线，两处军用机场一个在豫西卢氏县，一个在鄂北老河口，距离丹水镇差不多都是一百公里。 丛海既是地勤，便不出这两处机场。 奕雯这么随口一问，自然是对军情颇为了解，又开着辆捷母西的小卧车，身份可见一斑。 而丛海只顾埋头修车，并没答话，倒是静姝在一旁代他答道："在老河口基地，是三大队[①]的。"

奕雯遗憾道："老河口还真没去过，卢氏机场去过两次。 你也在镇上住吗？ 就这么大点的地方，怎么从来没见过你？"

---

① 即中美空军混合联队第三大队，基地为老河口机场。

省府前街

静姝笑道："我是今天刚到的，工作在新运促进会妇指会①，准备明天去报到呢。你在哪里做事？"

奕雯皱眉道："非得有事可做吗？我便是无所事事的人，有事忙的人，也不见得多有趣。"

丛海和静姝互相看一眼，不约而同都笑了。眼看天色已晚，丛海加紧忙活，一脸的汗。奕雯和静姝见帮不上忙，便凑在一起聊着。静姝显然是心疼丛海，不时问他累不累，要不要歇歇，丛海只是老实地看她一笑，也不答话，仍是在忙着。奕雯只觉好笑，说她是"相思树底说相思，思郎恨郎郎不知"。静姝闻言一怔，笑道："这诗是梁任公的吧？他老人家情诗不多，这一首很难得，我听许先生读过。"见奕雯一脸的讶异，又笑道："人家许先生，是梁任公地地道道的旁听生，在清华学的是机械工程，后来考到笕桥中央航空学校，毕了业做教官，淞沪会战时受了伤，不能再飞了，转做的地勤。"丛海这才说道："说来惭愧，只听了一年的讲座，梁先生就病重了，只给国学研究院做通信导师，再无缘聆听教诲，殊为平生憾事。"

三人就这么你言我语，不觉夜色已深。山里昼夜温差大，日头一落山，寒气便潮水般涌起。丛海还好些，奕雯和静姝都是抱着胳膊，冷得直打哆嗦。奕雯灵机一动，四处捡来枯枝树干，又找到火柴报纸，生出一堆火，两个女子席地而坐，围火欢笑不绝。不多时丛海也忙完了，到底是清华机械系出身，发动机一点火即着，奕雯和静姝顿时欢呼起来。夜渐深，三人已然饥肠辘辘，奕雯嫌镇上家里冷清，不愿回去，嚷着在山上野餐。静姝笑道："大小姐，就算要野餐，你这个猎手也没能打下什么猎物，难道喝山风吗？"奕雯得意道："吃的自然有，我父亲常出门，车上总备着些吃喝的。"说着，奕雯便翻腾起来，竟翻出一箱罐头、一包饼干，甚至还有一瓶威士忌。罐头是美制的军用口粮，丛海在中美空混联队服役，自是再熟不过，一边熟练地开罐加热，一边介绍道：

---

① 即新生活运动促进会河南分会，下设河南妇女工作指导委员会。全国新生活运动促进会会长由蒋介石亲自兼任，全国妇女工作指导委员会指导长由宋美龄担任。该机构为国民政府官方承认，并给予经费拨付的官方妇女组织。

"这是美军的 K 式口粮，K Rations，专供陆军航空队和空降兵的，一日三餐齐全，有砂糖、奶酪、果酱、咖啡、黄油，还有火腿罐头、午餐肉罐头，餐后还有火柴和香烟——好彩牌的香烟，市面上很贵的。"顿了顿，又笑道："这种 K 式口粮是新研发的，我们基地也是刚刚列装，令尊的门路倒是真广。"

山里的天，说黑便瞬间黑透了，好在天上有月，地上有火，三人虽是狭路相逢，不期而遇有时却也妙趣无比。丛海是清华的高才生，却不善谈，脸上总是带着笑，一声不吭张罗吃喝，听奕雯和静姝天南海北地聊。原来静姝籍贯在通许县，通许在民国以前归开封府管辖，说来也算是奕雯的老乡。她是民国八年出生，大了奕雯六岁，原先在武汉读大学，又辗转西迁至四川乐山继续学业，毕业之后在重庆新运总会做秘书，如今请调回了老家。奕雯听了便笑，举起酒杯抿上一口，揶揄道："说实话，我倒不觉得你是想为家乡效力，还不是去年中美空混联队成立，你的许先生到了老河口，你这才动了回老家的心思——"

静姝被她说中，却也不尴尬，笑道："自然，这也是原因之一，且是很重要的原因。"

奕雯一愕，没想到静姝会这样干脆，倒显得自己无趣了，没等她回话，静姝早回击过来，一脸的戏谑道："那你呢？都快二十岁了，别跟我说你连男朋友都没有。"

奕雯想了想，叹口气，道："要说有，那是对不住自己的心，要说没有，却又对不住自己的面子——你说，我该说是有好呢，还是没有好呢？"

奕雯说着，两只眼睛亮晶晶的，看着静姝。两人相视片刻，奕雯又举起杯子，呷了一口。徽茹车上的酒，向来都不差，带着浓烈的烟熏味，一口入肠，浑身都是酒香。她也不知道为何，虽与丛海和静姝初次相会，却是一见如故，竟仿佛天地开辟之际，三人就在这里相识相聚了，一直喝酒闲谈到现在，也不知过去了几千几万年。静姝见她脸颊绯然，笑道："换作是我，宁可顺从自己的心。至于面子呢，我记得有人说过，'有美的身体，以身体悦人；有美的思想，以思想悦人，其实也没有多大分别'①，你说是吧？"

奕雯连连饮了几口，一时间有些微醺，懒洋洋的，四肢百骸也都乏了，听了静姝的话，仿佛一双柔手滑过身子，所经之处松软异常，又是温热，又是凉爽，惬意得无法言说。她恍惚间想起，曾经有过这样的感觉，好像那时鬼子还没打过来，她还上着静宜女中，发了高烧，在双龙巷住了一夜，起了一身的腻汗之后，冯氏给她擦身子。不知不觉地，六年多过去了，冯氏也死了快三年。

丛海见两人都不吭声，便不动神色，从口袋里摸出一只口琴，静悄悄吹起来。曲子是美国人约翰·庞德·奥德威所作《梦见家和母亲》，弘一大师在俗时填了词作《送别》，一时传诵大江南北。静姝和奕雯对词曲都很熟悉，情不自禁地跟着唱起来，直到最后一句"人生难得是欢聚，唯有别离多"。两人唱完，也还是沉默，轻微地吸了口气，又慢慢地呼出，无不小心翼翼，生怕扰乱了余音。半山腰处很安静，只有身边小溪清浅，虫儿飞鸣，两人的呼吸像被放大无数倍，竟有了铿然的质感，仿佛一件重物掉在地上。丛海笑起来，难得地开口道："这是我的不对，这曲子有些悲情了。——你俩可否知道，这山叫何名？"

奕雯刚来不足一月，静姝更是不到一天，两人都茫然摇头，丛海便笑道："我倒是做过功课的。这山名曰菊潭山，古时有菊花，有深潭。有一人在此地做过县令，这人却是大大的有名。你俩若不知山名尚可原谅，若不知此公，着实是该打手心了。"

两人依旧懵懂，静姝笑着搡了丛海一拳，道："说你胖，还喘上了——快说吧。"

丛海也笑，道："这人我且不说破，却是要考考你们两位才女。他有首《摸鱼儿》的词，开篇第一句便是传了千年的，'问世间，情为何物，直教生死相许'②。"静姝和奕雯闻言都是一怔，静姝不由得接道："欢乐趣，离别苦，就中更有痴儿女。"奕雯再道："渺万里层云，千山暮雪，只影向谁去？"于是

_____

① 原文出自张爱玲的散文《谈女人》，1944 年发表于《天地》杂志第六期，后收入散文集《传奇》。
② 元好问所作，其人历任镇平县、内乡县、南阳县县令，曾在菊潭山闲居多年。

三人好半天不作声，脸上都荡着思接千载的静静的笑，而周遭只有群山回唱。

奕雯到底沉不住气，摇摇摆摆站起来，对丛海道："你这是大大的不好，刚才的曲子是悲情，这首《摸鱼儿》简直是凄惨了。该怎么罚你呢？"

丛海和静姝都笑了，静姝道："人家许先生除了开飞机、修飞机，便再无其他长处了。你若要罚他，恐怕也得从这个上头找。"

奕雯却一把抓住静姝，冲着丛海嚷道："我偏不要看你的手艺，我想罚你的是，把你这位漂亮的女朋友借我一用。"说着，奕雯手上着力，静姝无奈地一笑，跟她站起来。奕雯比静姝高出不少，她抓着静姝两只手，两两掌心相对，道："《快乐水手》，会吗？"静姝仰脸看着她，笑道："我是自然会的，就是不知人家许先生会不会呢？"丛海微笑着凑上口琴，吹起《快乐水手》。这是美国民歌，曲风欢快，舞姿调皮，单人双人均可舞，多人也可群舞，抗战前于国内大中学间颇为流行。丛海吹了一遍又一遍，两个女孩子便跳了一遍又一遍，宛如山间的风，停了又起，起了复停，接踵相连，永无疲倦。

奕雯和静姝、丛海一夜欢会，结为至交。次日丛海回老河口基地，告别时郑重其事将静姝托付给奕雯。静姝不免娇嗔道："她算我小妹妹，哪儿有把大的托付给小的？"不等丛海说话，奕雯抢着道："这个你还不懂吗？他才不是让我照顾你，是让我监视你。这丹水镇上男多女少，别说你这么一个花似的美人，就是孙二娘来，也是奇货可居的，他怎么能不担心？"又对丛海道："你尽管放心修你的飞机去，就冲我的掌心雷在，谁敢来撩拨静姝，我先打他个马蜂窝再说话。"静姝又羞又乐，道："打成马蜂窝，便不用再说什么了，正好你去抵命。"奕雯笑道："我替许先生杀人，自然是人家许先生抵命的，是不是？"丛海朗声一笑，挥手跟两人告别。

自冯氏死后，奕雯身边就只有父亲徽茹，连个能说话的女伴都没有；这次心血来潮去山中打猎，鸟兽无有所获，女朋友倒找到一位，却比打了猎物更让她欢心。送走丛海，静姝要去新运促进会报到，奕雯自告奋勇陪她去，静姝拗不过，只好答应下来。丹水镇不大，整个省府机关将其塞得满满当当，到处都是挂牌子的衙门单位。 新运促进会和三青团、河南民报社同在一处祠堂里，这三家是名副其实的冷衙门，打仗帮不上大忙，小忙又可有可无，帮忙不成，只得帮闲，养了不少白拿薪俸无所事事者。 两个女孩子一进门，立即惹得众目睽睽。 奕雯一向趾高气扬惯了，便寻了把椅子，坐在廊下等静姝，旁边间或有人经过，有认识她的，便壮了胆子来碰运气，有请她参加舞会的，有请她下馆子打牙祭的，奕雯一律嘿嘿笑笑，连句话也不答。 不多时静姝办好手续，两人手拉手离开。 路上，静姝告诉她，宿舍已经分配下来，要先去客栈取行李，奕雯却大不乐意，道："去住什么宿舍？ 我住的地方大，条件比宿舍好太多，又不收你房租，跟我一起住吧。"说着，就拉了她朝家里走去。

静姝有些为难，道："我是刚来的，不跟同事们一道住，怕是不好。 再说还未拜见过沈伯父，贸然住进府上，也是诸多不便。"奕雯气道："你说这样的话，便是没把我当作姐妹了。 新运促进会的宿舍跟其他几个单位挤在一起，又小又脏，连洗澡的地方都没有，你能受得了？ 再说，你在总会干过的，又不是刚毕业的大学生，怕什么？ 至于我爹，更不用管，他巴不得有个女伴陪我呢！"

静姝见她振振有词说了半天，始终只笑，也不反驳，却坚持要等徽茹回来，跟他正式行过礼数，再住进沈家。 奕雯无奈，送她到了宿舍区，傍晚又送来吃喝日用之物，对同屋的另两个室友视而不见，弄得她们乌眼鸡般，都是一脸的冰霜。 等奕雯走了之后，静姝少不得好言好语一番，再将奕雯送来之物分些给她们，这才算勉强一团和气。

新运促进会所在之处叫段家祠堂，一正两厢的布局，三家单位里三青团势力最大，占了正堂，左右分别是新运促进会和河南民报社。 静姝到新运促进会报了到，正式在妇指会总务组上班。 新运促进会一共有四部一会，这一会即为妇指会。 妇指会虽为新运促进会隶属机构，但一直独立运行，行政、人事、经费均不受其干预。 静姝在新运总会妇指会做过秘书干事，对工作并不陌生，一到任便成了顶梁柱，总务组本来就是管着各类杂事，加之战时人手奇缺，又有好多领着薪水不在岗的，静姝一个人干了好几个人的活，就算她再能干利索，也是整天忙得不可开交。 奕雯来找她玩,竟连说句闲话的空都没有,心里很不痛快。 静姝见她沉着脸,一边写着公文,一边笑道:"你要我早点下班,就帮帮忙,把这几份文书整整。"奕雯嚷起来道:"这个万难办到——我告诉你,公事是忙不完的。 她们就是瞧你能干,才一个个都躲得远远的。 你没来的时候,也没见河南全省的妇女工作有什么乱子。 我才不会长她们这种骄横之气。"静姝便苦笑道:"那你就等着吧。 我这人就这个毛病,今天的事情不做完,是睡也睡不着的。"奕雯实在无法,只好气鼓鼓过来帮她整理文书,砰砰啪啪弄得山响,又警告她道:"只此一次,下不为例。 我父亲今天回家,晚上一起吃顿饭,就算是见过面了,你今天就搬到家里去。"

静姝已经在宿舍住了多日,深受其苦,百般不自在。 她是从重庆来的,又是正经的大学生,而同住的两位女士一姓曹一姓郑,年龄大她许多,说话做事都拢不到一处。 新运总会妇指会的指导长是蒋夫人美龄女士,自上而下都是洋派作风,称女士都是"密司某"。 曹、郑两位身上没有半点洋气,能撑场面的只是被人叫作密司曹、密司郑。 两位密司为人热情,经常问这问那,不是盘问静姝为何离开陪都花花世界,跑到这山沟里吃苦,就是问她结婚没有,有孩子没有。 这倒也罢了,两位密司记性似乎也不好。 前天问过的事,今天一定要再问一遍;昨天问过的,明天肯定还要问。 可几次问下来,静姝发现她们不是记性不好,而是记性太好。 如果某个细节上次说了,这次没讲,她们都要委婉地明示暗示,好诱导她把细节补齐,才算圆满;若是补充了新的细节,两位密司便异口同声反对,说上次没有,为何这次多出来了? 如此循环反复。 静姝真担心她们俩精神上有问题,一次故意说错了某个细节,立刻被纠正,密司曹大声道:"不对,前天你不是这么讲的。"密司郑也帮腔道:"我们不会记错的,定然是你说错了。"静姝这才知道两位密司问她话,不是关心,而是挑衅。 她就像实验室里培植的一株细菌,被两位密司隔着玻璃瓶端详,菌丝都看得明明白白,真可谓一丝不苟。

意识到这个,静姝便学乖巧了,每次回答都如同论文答辩,不多说一字,不浪费一句,不给两位密司挑刺的机会。 时间一长,两位密司从兴致勃勃到意

省府前街

兴阑珊，在她身上再也找不到新乐子，也懒得再找。 不过女人扎堆的地方，历来都是火山口，不喷发不代表没有故事。 原来曹郑两位密司虽结识在前，其实也不是很融洽，互相瞧不上，静姝没来的时候，便时不时搞点摩擦、走个火之类，静姝来了才暂弃前嫌，临时统战在一起。 一次晚上就寝，密司郑不知去哪儿了，宿舍里只有静姝和密司曹，静姝抱了本书当盾牌，把脸遮得严丝合缝，一句话也不说。 密司曹却毫不介意，大大咧咧地道："密司郑去做什么了，你知道吗小崔？"

房间不大，密司曹说话声不小，静姝无论如何也装不出没有听到，只得放下书，客气道："我怎么知道呢，密司曹。"

不料密司曹冷笑一声，鄙夷道："她还能去干什么？ 跟人约会呢！ 三十多岁了，丈夫附了汪逆，她登报离了婚，你以为是她深明大义吗？ 错了！ 她这是自己先解放了自己，今天跟这个好，明天跟那个约，民国新女性的脸面都被她丢尽了！"

静姝噤若寒蝉，根本不敢搭话，堆出一脸的惊愕，算是回应了她。 密司曹继续讨伐道："你不信吗？ 我可是亲眼所见的。 这些天跟河南民报社一个秃顶编辑约会，人家可是有太太有孩子的！ 呸！ 真是一对狗男女！ 要想人不知，除非己莫为。 就这么大个镇子，人比老鼠都多，什么事情能瞒得住？ 亏得我还出于公心，怕她给咱们妇指会的名声抹黑，处处帮她打圆场。 小崔，这事你自己知道便可，烂在肚子里也不能跟旁人讲的。"

静姝当然是一个劲地点头，表示自己的肚子就是保险柜，谁都打不开。 隔了两天，又到了就寝前，这次轮到密司曹不在。 静姝依旧是拿书当盾牌盔甲，但这副装备瞬间便被瓦解。 密司郑的攻势很简单，也很有效。 她烧了壶开水，在盆中兑好了热度，就在屋子里坐下，撩起白背心，哗啦啦蘸了满毛巾的水，呼哧哧地擦洗上身，又嫌乳房碍事，不耐烦地把这个扒到一旁，又把那个扒到一旁。 水声沙沙不绝，静姝听着像是热油浇心，两只手直抖，书都捧不住了。 密司郑一边擦洗，一边冷笑道："小崔你到底是年轻，不懂得人心险恶。密司曹请假说是探亲，呸，她去哪儿探亲？ 她先生远在云南昆明呢！ 我看她探亲是假，探奸倒是真的。 做了人家太太，不管先生不管孩子，张口闭口说是职业新女性，真是丢尽了新女性的脸面。"静姝心里堵得要死，被扒来扒去的乳房弄得眼花缭乱，恨不得上去给她披件衣服，而密司郑浑然不觉，继续冷笑道："说是表弟来了，你且问她，是姑表还是姨表？ 你放心，她断然是答不出的。 我且问你，若是你家表弟千里迢迢来看你，你会如何？ 肯定要介绍给同事，领到大家面前吧。 她倒好，跟掩护逃犯似的，捂着盖着就是不让人见，若是心里无鬼，会这样做吗？"

静姝一边听，一边替密司郑着急。 她自己口无遮拦，将密司曹说得这么不堪，难道不怕密司曹突然回来，破门而入吗？ 那边密司郑洗完了上身，并无结束之意，又蹲下去，哗哗地洗了下身，复又坐好，再加上热水，舒舒服服地泡脚；一边泡脚，一边嘴里吸吸溜溜，惬意得像在吃热红薯。 静姝直挺挺躺在床上，一时间万念俱灰，绝望之下连死的心都有了。 这一夜密司曹没回，密司郑自然滔滔不绝，把密司曹的履历过往事无巨细，一一讲来。 静姝这才确认，密司们之间是绝没有秘密可言的，即便有，也可以添油加醋地描摹，反正本尊不在场，无人训诂勘误。 密司郑说着说着，时而咬牙切齿，时而开怀大笑，她就是在笑声中忽然疲惫了，想也不想便蓦地睡去。 笑声和鼾声之间没有任何间奏。 静姝简直不能确定，她刚才听到的是不是梦话。

几天宿舍生活，弄得静姝苦不堪言。 奕雯又提搬去跟她合住时，静姝再也没有犹豫。 何况徽茹也回来了，静姝跟徽茹见过面，行了礼，就是礼数不亏，住进沈家便是名正言顺。 徽茹是从重庆公干回豫，自洛阳失守，河南境内的机场只剩卢氏县西关这一座，徽茹的飞机飞到半途，发生故障，不得已降在了老河口机场抢修，徽茹此行算是有惊无险。 奕雯听他讲到这里，忍不住大笑，静姝也是含羞笑着。 徽茹莫名其妙，等奕雯解释后才明白所笑何故，也不觉莞尔道："这么讲来，倒是有缘了。 可惜当时太仓促，没有跟许先生见面。 不过机会多得很，以后再去重庆，我就只从老河口起飞，到时崔小姐正好顺路去走走。"静姝忙道了谢。 奕雯见她搬来合住，心满意足，当晚两人睡前聊了好久，说到曹郑两位密司的事，奕雯笑得差点从床上翻下来。

奕雯有静姝为伴，在丹水镇的日子也觉得松泛起来，不那么干巴了。静姝住进沈家，不大不小也是个新闻，很快传开。徽茹是银行行长，又是丧偶鳏居，一举一动本就很显眼，冷不丁有个二十来岁的女大学生住进去，难免让人遐想联翩。有人想，便有人说；有人说，便有人传；传来传去，故事就丰满了。徽茹在省府官场里混着，自然听到了这些演义，却也不便发作，打个哈哈说那是干女儿，跟奕雯是结拜的姐妹。不料有此作料，故事更加味道十足，竟变成奕雯孝顺，心疼父亲做了多年的鳏夫，主动介绍女伴给父亲暖床，所谓干姐妹全是幌子而已；又有说法，讲徽茹在重庆认识静姝在前，静姝放弃陪都的繁华来豫在后，奕雯被逼无奈，只得同意徽茹以收干女儿为名，与静姝公然姘居。奕雯听到的，便是后个版本。以她的脾气，若不是静姝在旁拦着，那把掌心雷怕是又要响了。静姝一面稳住奕雯，一面给丛海去了信，如实解释镇上发生的一切，请丛海想办法妥善处理。奕雯哪里肯等，但枪已被静姝藏起来了，翻箱倒柜也找不到，心里又气不过，只能去求老石帮忙。老石是山东人，素以武二郎自诩，这种偷偷摸摸往人身上泼脏水的事，最是容忍不得，何况说的是自家人。老石当即便行动起来，上上下下布置一番，明里暗里一查，很快便查出造谣的源头。这源头也着实是熟人，竟是曾跟静姝合住的曹、郑二密司。

这边有了结果，那边丛海也发来消息，说五天后到丹水镇，让静姝万事无虑，一切听他安排。到了约定的日子，丛海果然到了丹水镇。但这一次不光他来，中美空混联队第三大队来了十多辆车，每辆车都架着俗称"老四"的M1919A4重机枪，车身涂着"CACW"（中美空军混合联队），车头绑着红绸，领队的是美方大队长班乃德上校。班上校坐在头车，一身打扮异常醒目，没穿美国空军的A2飞行夹克，而是长袍马褂，还戴了顶礼帽，胸口却别了枝玫瑰花，嘴里叼着根又粗又长的雪茄，当真是中西合璧。其余众人都是制服，胸前是空混联队的队徽：左虎右龙，上云下山，中间是被撕扯成碎片的日本国旗。十几辆美式威利斯吉普车浩浩荡荡，在省府大院外一字排开，来人也不客气，十几挺机枪对空放了一阵，镇上看热闹的小孩跑过来疯抢一地黄澄澄的弹壳，

省府前街

127

围观的更是人山人海。徵茹兼着省府副秘书长，此时正在省府院内办公，得了消息，早从省府中方步而出，来在车队之前。徵茹也换了身长袍马褂的打扮，按民国十八年国民政府颁布的《服制条例》，这种袍外罩褂是国民礼服之制，在场的人都明白这是有大事了。

果然，那班上校远远地看见徵茹，忙下了车，一本正经地抱拳行礼，结结巴巴说了几句谁都听不懂的中文。徵茹和颜悦色，用英文跟他寒暄。周围的人都是傻了眼看着。有位美国军官，看样子会说中文，拿了喇叭，跳上车顶，大声道："中美空军混合联队第三大队地勤中队许丛海少校中队长，与河南省新生活运动促进会妇女工作指导委员会崔静姝小姐，今日举行订婚仪式。男方代表为敝大队大队长班乃德上校，女方代表为崔静姝小姐义父、河南农商银行总行行长、省府副秘书长沈徵茹先生。仪式地点在三里外菊潭山下，欢迎各界贤达、父老乡亲莅临。"

周围先是静悄悄的，接着是叫好声四起。徵茹朝四周拱拱手，上了头车，一行人又到了沈家，静姝一身桃红旗袍，由奕雯陪着出来，两人坐了丛海的车，车队这才长龙般开到菊潭山下。野战帐篷已经搭好，老河口基地来的炊事班正忙着准备冷盘，一箱箱巧克力、肉罐头、饼干全都打开，任来宾自取，几个美军士兵弹吉他、拉提琴，在一旁助兴。礼成已是下午。车队返程回老河口，丛海和静姝相拥一吻后分别。热闹了一天的山脚潭边这才安静了下来。

胜　　利

静姝和丛海订婚时，相约抗战胜利再完婚。而订婚仪式过后，丹水镇上的谣言也消弭于无形。造谣传谣者倒不是害怕徵茹，而是害怕美国人。如今蒋委员长都得靠人家接济，谁敢跟美国人较劲？那老河口基地距此不过一百公里，开车说到就到了，车上的"老四"重机枪也不是开玩笑的。真惹恼了老

省府前街

美，谁的肉身子能跟机枪子弹比硬头？ 说人坏话，不过一时之爽，相比之下，还是命贵重。 妇指会很快有了动作，找借口把曹、郑两位密司打发到前线去了，两位密司自然百般不愿，哭哭啼啼，却也得遵命而行。 经过这番风波，奕雯和静姝在镇上、在省府声名大噪，无人不知沈家双璧。 静姝本来上班还挺积极，不料订婚后再去妇指会，同事们个个如临大敌，敬神般前前后后伺候着，唯恐怠慢了抗日军属，弄得人家不自在，她也不自在。 再加上奕雯整天撺掇，静姝索性开始隔天去一次，又隔两天去一次，最后一周去一次。 到最后，静姝竟想不起上次上班是在何时了，不免又羞愧，又懊恼，对奕雯道："都是你，终日缠着我不许去上班——现在倒好，连我自己也不想去上班了，这可怎么办？"奕雯听了就是笑，跳过来挠她痒痒。

说话间小半年过去，已是民国三十三年年底。 忽然来了情报，说日军计划来年开春后起兵，大举进攻豫西和鄂北。 原来豫湘桂会战之后，鬼子虽然打通了平汉铁路，与粤汉铁路连成一线，但中国空军的实力已今非昔比，芷江、老河口等空军基地不断有战机升空，将所谓的"大陆交通线"炸得一片狼藉，日军花了几十万兵力、耗时近一年的战果徒有其表。 鬼子这次用兵豫西、鄂北，意在消除对平汉铁路的威胁。 消息传来，丹水镇上的河南省府顿时哗然，人心惶惶，无不自危。 丹水镇地处伏牛山脉南麓，居于豫西和鄂北之间，正是鬼子进攻的重点方向。 省府迁到丹水镇不过半年，刚刚安顿下来，也只得忙不迭再度选址迁移。 这时重庆最高统帅部来电，命令河南省府迁至陕西丹凤县，以避战事。 省府主席刘书霖①是行伍出身，北伐时便是师长，民国三十年中条山会战时是第十四集团军总司令，无论如何也不肯将省府迁至河南境外，与统帅部几经电报往返，最终将省府新驻地定在了卢氏县朱阳关镇。 朱阳关在丹水西北一百公里，地处伏牛山深处，四面环山，易守难攻，数千民工在此忙活了一个冬天，总算把临时省府建得初具规模。 临近春节，省府便开始张罗从丹水迁往

---

① 刘茂恩，字书霖，河南巩县人。少年从军，毕业于保定陆军军官学校，曾任第十四集团军总司令。1944年豫中会战后，第十四集团军番号撤销，同年 7 月至 1948 年 8 月转任河南省政府主席，兼任河南省保安司令部司令。

朱阳关。 兵燹之年，寻常百姓举家跑反尚且是伤筋动骨，何况偌大一个省府。不但省府所属的一部四厅八处，还有省党部、三青团、报社、医院、银行、金库、邮政、印钞厂等五花八门各类机关，统统要随着省府搬迁。 谁家都有坛坛罐罐，好多还是从开封带出来的，仗打了七八年也不舍得扔，没一两个月根本折腾不完。 搬家就得花钱，建房垒舍要用钱，整修公路要用钱，车辆民夫也得用钱。 钱都要从省公库里出，公库又归省农商银行管，徽茹身为一行之主，又兼着省府副秘书长，在丹水根本待不住，频频往返于丹水和朱阳关，有时竟然一天之内往返两次，就算人能受得了，车也受不了，一次在半路抛锚过夜，冻得徽茹大病一场。 朱阳关大兴土木之后，头绪更多，徽茹索性就住在了朱阳关。 反正奕雯有静姝陪，他也放心。 不料就是这么一走，却生出一场乱子来。

　　说到底，还是徽茹自己先有的事。 徽茹是光绪十六年生人，这年五十四岁，年纪不小，却也不算大。 认为他年纪不大的，是一个叫杜仲文的人，供职于省农商银行任襄理，换句话说，也就是徽茹的高级秘书。 仲文小徽茹二十岁，是豫北彰德府汤阴人氏，河南大学经济系毕业生，战前便被徽茹相中，招至麾下，一开始在经济调查室，一年间跑遍全省，写了几篇关于烟叶、猪鬃、桐油、面粉等大宗商品的报告，得徽茹激赏。 民国二十四年，开封德广面粉厂因资金难以为继而歇业，经仲文建议，徽茹同意将其收购，更名为德广农商面粉厂，一直经营到民国二十七年，年年获利颇丰，开封沦陷前又转手卖出，净赚了不少。 仲文因历年贡献甚大，年纪轻轻便被破格提拔为襄理，在行里算是风头一时无二。 徽茹曾隐隐有招他为婿的意思，奕雯听他念叨几次，便上了心。 某次行里聚会，奕雯陪徽茹出席，见到了仲文真人，还应邀跟他共舞一曲。 会散归家，徽茹小心翼翼，迂回着问她有何见解。 奕雯也不答话，找出掌心雷来给徽茹看。 徽茹顿时吓了一跳，酒也醒了，问她是什么意思。 奕雯冷笑，说要么爹你一枪打死我，要么我现在去一枪打死他——想要我跟他恋爱结婚，必得先死一个。 徽茹哭笑不得，此事方才作罢。 其实仲文不得奕雯中意，原因有好几个，最显而易见的，还是因为他头发少；他本来头发也不少，因为剃了光头，看着就少了。 前线战士剃光头，是打仗方便；庙里和尚剃光头，是佛法戒律；仲文剃光头，却是响应领袖号召，自觉在搞新生活运动。 这是在两人跳舞的时候，仲文告诉奕雯的，态度肃然，颇为自豪。 奕雯对他剃光头没什么反感，对他剃光头的原因很厌恶，对他讲原因时的神情更厌恶，回到家越想越厌恶，觉得两只手被他握过，洗都洗不干净。

　　徵茹尽管无法招仲文为婿，却不妨碍他重用仲文。 反过来说，正因为无法成为翁婿，徵茹心里觉得遗憾，所以更要重用仲文。 仲文也投桃报李，甘效犬马之劳。 徵茹年方五十四岁，在仲文看来还年轻，鳏居实在太不人道，便自作主张，私下给他物色夫人。 仲文觉得是想徵茹之所想，急徵茹之所急，事情办得雷厉风行，很快就有了人选。 其实徵茹虽然鳏居，女人是不缺的，不过毕竟还在战时，他年纪确实也摆在那里，并不急于找个女人娶进家来过日子。 但这位人选有些沉不住气，跟徵茹接触几次，有了两回欢好，就以为婚事在即，有意无意便把消息散了出去，弄得徵茹骑虎难下。 人选姓白，三十来岁，守寡在家，有个儿子，是仲文的豫北老乡。 抗战刚开始，白小姐的丈夫便死于日军轰炸，无奈携子投靠兄嫂。 白兄于河南大学训导处做职员，一人工作养活全家近十口，日子过得自然拮据，白小姐因此也经常受白嫂欺负。 开封沦陷之后，白家跟着河南大学一路西迁，先是镇平，又到嵩县，如今住在荆紫关。 白嫂一贯嫌弃白小姐是累赘，没少给她张罗相亲，几年下来也见过几个，要么是人家嫌弃她有婚史、有儿子，要么是白小姐嫌弃人家无权无势，与其再嫁个男人吃苦，还不如赖在兄嫂家受欺负。 所以徵茹在白小姐眼里，简直是件量身定制的旗袍，跟长在她身上似的贴合，连喘气都得匀着呼吸。 可惜白小姐没有想到，衣服过于贴身，穿上就跟没穿一样，身材好的地方、不好的地方，都会被人一览无遗。 而徵茹与白小姐交往，跟他与其他女子交往并无太大区别，不合则去，合亦不留。 白小姐跟徵茹在朱阳关春风一晚，徵茹照例没让她空手离开。白小姐回到荆紫关，立刻跟得胜还朝的女将相仿，气势汹汹，把一摞银圆拍在桌上，白嫂往日气焰顿时被扑灭。 等问清楚缘由，白嫂又惊又喜，倒比白小姐还要激动。 正好白嫂有亲戚在省府某机关做事，白嫂干脆利落，便把喜讯讲给

省府前街

了亲戚。 女人之间传话，好比山顶滚下雪球，越滚越大，越滚越硬，真相被牢牢裹在里头，谁都看不见。 等消息传到丹水镇，竟成了徽茹因独身日久，所以看上了倾城倾国的白小姐；又因膝下无子，所以看上了白小姐聪慧过人的儿子；二人两情相悦，男非女不娶，女非男不嫁，已然说好了年后就结婚。 徽茹在朱阳关处理公务，得到消息比奕雯晚了几天，一听这事就急了，叫来仲文劈头盖脸一顿骂。 仲文也是瞠目结舌，无论如何想不到白小姐竟会如此行事。徽茹自觉颜面扫地，不愿回去见奕雯，便打电话回家，想问问静姝，打听奕雯有何动静。 不料家里一直无人接电话，徽茹跟老石合计，还是旁观者清，老石提醒徽茹，以奕雯的性子，保不齐是直奔荆紫关，去找"倾城倾国"的白小姐和她那个"聪慧过人"的儿子去了。 徽茹愣了半晌，这才想起给总行打电话，回复说小姐一大早要了辆车出门，也没人敢问是去哪里。 徽茹七窍生烟，让老石赶紧去趟荆紫关，无论如何别闹出笑话来。

　　老石的话不假。 奕雯听到传闻，一开始自然是不信的。 怎奈传闻都能自我繁殖，自我完善，随时增补合理性，其魅力就在于此。 眼见这传闻越来越真，奕雯便拉上静姝，亲自开车离开丹水镇。 两人一大早出发，车熄火在半道，拖延到晚上才进了荆紫关。 也幸好是车坏了，老石得以赶在前头，让司机先回，自己悄悄去了白家，窥见一切照常，一家人欢天喜地等着年后的喜事。老石心里也是好笑，便转身出来，就在进镇路边候着，果然等到了奕雯和静姝。 次日一早，奕雯和静姝装作河大的学生，暗中一睹了白小姐和她宝贝儿子的风采，奕雯当下气得暴跳如雷，若不是静姝拉着，非冲上去动手不可。 三人上了车，老石开车往丹水去，一路上奕雯不停发火，老石和静姝再三苦劝。 其实三人都知道，徽茹绝不会娶白小姐，就像奕雯绝不会喜欢仲文一般。 奕雯之所以发火，是觉得徽茹糊涂，丢了他的面子，也丢了她的面子。 等到了丹水镇，徽茹已经在家等着，父女见面，都没什么好脸色，一开口便往谈崩的方向去了。 父女俩话不投机，一顿饭也没吃完，徽茹带老石回了朱阳关。 奕雯也没闲着，呆了一阵子，从床上一跃而起，在墙角字纸篓里扒出来几封情书，翻翻拣拣，挑中了河南民报社的一位记者。 静姝又好气又好笑，警告她道："这位姓裘的记者我可是见过的，跟那个杜襄理一样，也是没头发的。"

"就是要他。"奕雯冷笑道，"你今天晚上就给老沈打电话，说我交了个没头发的男朋友。"

静姝苦笑道："你们父女这么折腾，不更是让人嚼舌头吗？依我看，还是和好吧。"

奕雯想了想，决然地摇头道："不行，我一想起那个蠢女人，还有她那个蠢儿子，我心里就不痛快——老沈让我这么不痛快，我也得让他恶心恶心。"

徽茹的确是被恶心到了，而且恶心得够呛。那位裘记者，徽茹是认识的。徽茹认识他，是因为他曾得罪过徽茹。民国三十一年河南大旱，夏秋两季绝收，数百万人饿死，灾情之惨经美国记者曝光，顿时震动全国。重庆国民政府迫于各界压力，拨下来一笔救济款，省府交由省农商行平粜救灾。裘记者不知从哪儿听到的消息，说农商行并未将救济款全用在平粜，而是挪用了不少购买黄金美元，投机以求牟利。裘记者便偷偷摸摸展开调查。这种事从来保不了密的，徽茹很快便知道了。查农商行，就是查徽茹；跟农商行过不去，就是跟徽茹过不去。徽茹仗着掌管全省机关公职人员的薪俸支取，略施小计，断了河南民报社上下的工资，一时间全社皆怒。众编辑记者不敢怒徽茹，都在怒裘记者。此事很快不了了之。裘记者在社里人人喊打，灰头土脸了好一阵子。好在徽茹宽宏大量，没跟他计较，不然裘记者卷铺盖滚蛋都有可能。如今奕雯把裘记者搬出来谈恋爱，徽茹这个恶心，真真是恶心到家了。

奕雯和徽茹你来我往，从春节前闹到春节后，一直没有停火的迹象。直到豫西、鄂北会战骤起，整个省府搬迁到朱阳关，已是民国三十四年阳历四月初了。虽然住在一起，徽茹依旧不搭理奕雯，奕雯也不搭理徽茹，父女俩全靠静姝从中传话。那时老河口已经失守，三大队撤往陕西安康五里机场，丛海给静姝发来电报，告诉她一切平安。静姝自然欣喜，徽茹和奕雯也替她高兴，还特意从镇上馆子里叫了几个菜，在家里庆祝一番。徽茹喝了几杯，兴致一来，便给静姝讲新闻，说美军轰炸了东京，一次便炸死了十万人；美国总统罗斯福去世，一个叫杜鲁门的继任总统；苏军包围了柏林，纳粹首都陷落也就在旦夕之间了。 徽茹嘴里说是讲给静姝，可奕雯也在座，脸上冷冷的，虽不理他，都还是听得见的，心里自然也快活，便忍不住对静姝道："意大利早投降了，德国也差不多了，就剩下日本鬼子——等苏联人回过头来打日本，我就能喝你的喜酒了吧？"静姝一脸羞笑，徽茹皱眉，却也是笑着抿了一口酒。

五月的一天，静姝和奕雯待在家里看书闲聊。 前几天镇上大游行，庆祝德国无条件投降，她俩都去游行了，喊口号喊得嗓子喑哑。 静姝便煮了锅莲子冰糖水，说要给两人去去心火。 水刚烧开，妇指会忽地打电话过来，说是有件紧急公文，几次报到新运总会都过不了，实在是没办法了，想烦请静姝过去帮帮忙。 静姝接着电话，脸臊得通红——她天天拿着人家妇指会的薪水，从来不去上班，人家让写个公文还得求着，实在是于心不忍，当下收拾了一下，便要出门去。 奕雯还取笑她，说她刚刚是"想做奴隶而不得的时代"，现在则是"暂时做稳了奴隶的时代"①。 静姝顾不上跟她斗嘴，提着包走了。 她这一走，奕雯顿觉无聊，手里的书也不想看，随便扔在一旁，枕了两手打盹。 眼睛虽然合上，却是睡不着，心头蓦地突突直跳。 奕雯以为是旁边锅里的水声聒噪，便起身封了火，复又躺下，却依旧是心慌。 奕雯正纳闷间，听得门声一响，睁开眼时，徽茹铁青着一张脸，已经坐在她面前了。

奕雯想也不想，便哼了一声，转过身去，背对徽茹。 而徽茹良久无语，也不见他离开，屋子里一时静谧异常。 奕雯忍不住坐起来，嚷道："你来做什么？"

话一出口，奕雯就呆住了。 徽茹苍老地坐着，眼里、脸上全是泪，他也没有去擦拭，就那么让泪水安然地落下，仿佛刹那间年华已逝。 奕雯脱口而出道："怎么了？"

徽茹轻轻地摇头叹气，半天才道："你说，好好的人，如何说没就没了？"

奕雯惊得周身寒彻，脸上血色皆无。 她当然听得出来，是丛海出事了。父女俩面对面坐着，都不知道该说什么，只听得见对方的心跳。 徽茹默默地掏

---

① 原文出自鲁迅杂文《灯下漫笔》，收入杂文集《坟》。

出一封电报，放在桌上，低声道："前几天，一大队的轰炸机远征上海，三大队护航，回到安康时一架飞机受损严重，引起爆炸，丛诲当时正在抢修——"

屋子里又陷入沉寂。死一般的静谧中，奕雯慢慢地下了床，拿起那份电报，却一个字也不认识了。静姝就在镇上，她俩前天还参加了游行，欢呼德国鬼子完蛋了，日本鬼子也撑不了多久。狂欢的场面尚在眼前，可丛诲的死讯就在她手里。德国人投降是真的，而丛诲的死，看来也是真的了。如果可以选择，她情愿两件事都是假的。德国离她那么远，离静姝也那么远，她宁可德国人没有投降，还会继续打下去，也不愿丛诲就这样死了。徽茹见她恍惚，又叹了口气，轻声道："静姝该回来了吧——我怎么跟她开口？"奕雯茫然地看着他，摇摇头，只听见眼泪扑啦啦掉在电报上的声响。

静姝是在天擦黑才回来的。妇指会的人让她去帮忙写公文，也是徽茹的意思，等公文写好，又有同事留她，故意说这说那，弄得静姝也莫名其妙。等她回到沈家，徽茹父女仍在犯难。静姝站在门口，笑容还挂在眼角，冷不丁跟他们目光撞在一处。那个场面，奕雯一生都不会忘掉的。奕雯能清楚地记得，她穿着件二蓝竹布旗袍，立在檐下门边，两手拎着小包，松松地附在小腹上。再往她身后看，是初起的月光，清辉打得她浑身湿透，旗袍紧紧地裹住了她的身子。她看着门里的两人，看着灶上冷透的汤锅，看着奕雯手里捏着的电报稿。她的呼吸渐渐急促起来，身子的曲线也跟着律动，此时此刻的静姝，周身皆是佗寂的美丽。但她的脸，在刹那间变得青而黑。奕雯和徽茹不由自主地都站起来了，因为他们分明听到，静姝正在清晰地问道：

"他是不是死了？"

从安康回到朱阳关，要经过陕西洵阳县、白河县，湖北郧阳县，由荆紫关进入河南。所经之处差不多都是山区，路况很差，车不多。老石开车，奕雯陪着静姝坐在后边，三人一路都是无话。静姝一直抓着丛诲的制服，就是一年前在菊潭山上，奕雯第一次见到他们时，丛诲身上穿的那件。制服洗过了，但一些血迹没有洗掉，一块块淡淡的黑色，周围都搓得发白，或许是洗不掉了。

静姝来回抚摸那些黑块，一遍又一遍，抓住，攥紧了，松开，再抚摸，再抓住。 一共三百多公里的路，三人天不亮就出发，整整走了一天，黑透了才到朱阳关。 到了家，静姝还是不说话，就抱着那件制服，和衣而眠。 奕雯一开始还担心她伤心过度，可过了子夜时分，奕雯悄悄来在她床前，稍一凑近，便听见了她鼻孔中细微而有节奏的呼吸。 她就那么安静地睡着，像个无邪的、甜美的，而又陌生的小女孩。

一晃就是八月了。 奕雯这才相信，任何剧烈的社会公共事件，在一个失去了爱人的女人眼里，都与己无关。 抗战胜利那天，整个朱阳关都沸腾了。 镇街西口，搭起了一个巨大的牌坊，上面是省府主席刘书霖的亲笔"古镇报捷"，书体是汉隶，有几分苍劲。 白天集会游行，晚上省府广场彻夜狂欢，据说邻近几个县城的鞭炮、红纸都卖空了。 静姝一整天都没有出门，就在家里坐着，面前摆着丛诲的制服。 静姝的手指摊在制服上，从扣子、衣襟、领章，再到肩章、臂章、袖口，一路抚摸，往返不停。 奕雯就坐在旁边看着她。 这几个月里，静姝迅速地清癯下去，一具丰盈的肉体不断瘦削，像被拧干了水的毛巾。 奕雯把旁边的碗筷朝她推了推，低声道："好歹也是胜利了，吃点吧。"

静姝停下了手，转脸对奕雯一笑，道："吃倒是吃不下，你若是没事，陪我出去走走。"

两人出了门，镇上全是醉了酒似的人们，一个个迎面而来，擦肩而过，还有人塞给她俩国旗。 奕雯拉着静姝的手，道："你想去哪儿，我陪你。"静姝想了想，道："去山上吧。"走出没有几步，静姝又自失地一笑，道："是我糊涂了，我只想着还在丹水——这里怕是没有菊潭山的。 你还记得吗，我跟丛诲，就是在那里第一次见到你。 我们唱什么来着？ 对，《送别》——人生难得是欢聚，唯有别离多——是吧？"

奕雯眼里缀着泪花，也不去擦，也不接话，就那么挽着静姝的胳膊，两人慢慢地在街上走。 朱阳关向来闭塞，人烟不多，就这么一条街，由西北向东南，两侧都是山。 两人信步朝一个山坡上去，也没登多高，便转身回看，整个镇子差不多都在眼里了。 那天是农历初九，月亮一半微凸，规规矩矩，天地自有它的道理，不因人间的悲喜而稍有改变。 离人远了，喧闹尘嚣也都远了，隐隐约约只看得见灯火通明处，有人来回奔走。 静姝站得久了，又很久不出门，没走过这么远的路，一时有些疲惫，便拉着奕雯席地而坐。 两人各自抱着膝盖，看着人群之后的远山。 千山暮色，天穹微蓝。 两人都在想着心事，没有说话。 不知过了多久，静姝忽然轻声一笑，道："这些日子，难为你了。"

奕雯一怔，便道："你这是何意？"

静姝笑道："我伤心，是因为我爱的人死了。 你陪我伤心，还要体谅我的坏脾气——你的脾气，原本也是不怎么好的，可不是难为你了吗？"

奕雯故意皱眉，作色道："你还真是见外——你我姐妹之间，说这些做什么！"

静姝深深地吸了口气，道："现在胜利了——八年啦，总归是胜利了——你有什么打算？"

"先回开封吧。"奕雯一面想，一面沉吟道，"学还是得上的，也不知双龙巷那边，静宜女中什么时候复课？ 还会不会复课？ 不过咱俩可说好了，等回了开封，你还跟我住，省府前街那边地方大，想跟我住也好，给你收拾出一个房间，你自己单住也好，总之你不许离开我的视线。 ——对了，你有什么打算？"

静姝笑了笑，道："有件事，我得告诉你了，不过你不能告诉你父亲，这也是为你们好。"

奕雯点头道："我听你的就是。"说着，她忽然笑起来："这么神秘兮兮的，难道你是共产党？"

静姝看着奕雯，她的眼神从未如此清澈而冷静，奕雯分明听见她在说：

"是的，我就是共产党，丛海也是。"

省府前街

相　　逢

省府回迁开封，是在民国三十四年阳历八月底。 回迁的也不只是省府机关和公务人员，诸多家眷跟着省府颠沛流离了七八年，都是归心似箭，恨不能眨眨眼便回到开封。 不过走也得有个先后，还得安排沿途接待、住宿就食，徽茹兼任省府副秘书长，领着省府秘书处事无巨细、没日没夜筹划了两三天，总算拿出个章程，呈报给省府主席批准，将启程之日定在阳历八月二十六日、农历七月十九。 开封话说"三六九，出门走"，取的就是个吉利。 回迁人马共分两路，一路携带档案、辎重、机器，由车队送到灵宝县，走陇海铁路经洛阳、郑县回开封；另一路主要是家眷，南下辗转西峡、南召、鲁山三县，从漯河上火车，走平汉铁路到郑县，再转陇海铁路到开封。 徽茹本想跟奕雯和静姝一起走，但身在公门不由己，只好让两个女孩子结伴而行；临行前千叮咛万嘱咐，又悄悄塞给静姝一包大洋应急——相较于亲女儿奕雯，徽茹倒是对干女儿静姝更信得过。

南下这一路全是家眷，拖儿带女，走得就快不了，拖拖拉拉走了十几天，才算到了漯河。 漯河是个镇子，归郾城县管辖，因沙、澧二河于镇西北汇流，形似田螺，故名螺湾河镇，也叫螺湾镇。 光绪年间修铁路，在此设了一站，取名"螺湾河车站"，水旱码头，渐成繁华。 后来一则觉得"螺"字入地名不雅，二则做车站名太长，不易书写称呼，索性简略为漯河车站，镇名也改为漯河镇，仍属郾城县。 该镇仗着水陆两便，抗战时成了交通枢纽，国统区和沦陷区物资由此集散转运，一直到民国三十三年才陷于日军之手，成了日军第一一五师团指挥部驻地，附近十几个县的日军都是该师团所部。 按照战区序列，漯河属于第五战区，过不几天，整个第五战区的受降仪式就要在此举行，三万多鬼子正在陆续集中，故而沿途随处可见徒手步行的鬼子兵。

一到漯河，便可以上火车直达开封，十几天舟车劳顿下来，南路的家眷们早已叫苦连天，都嚷嚷着休整两日。　领头带队的，是省府秘书处一个干事，姓何，大家都叫他老何。　老何其实并不老，吃亏在面相老，着急了还有点结巴；鼻梁上一副眼镜厚而宽，脸部从颧骨而下急剧收缩，在下巴处聚于一点，又向外挺出，从侧脸看，宛如英文字母的 J。　老何一开口便是"兄、兄弟我，也、也不易哇"，要么就是"对、对不住哇"，接着是又急又慌的眼神，可怜巴巴看着对方。　南下这路人，以太太少爷小姐为主，都是有脾气的，区别在于大小而已，而最没有脾气的，便是领队的老何。　漯河虽是个大镇，猛地住进这么多省府家眷，难免按下葫芦浮起瓢，讨好各方也是殊为不易。　天又热，老何前后心都湿透了，像是前清官员穿的补服。　老何再忙，徽茹总是他的顶头上司，沈家两女是万万得罪不得的。　老何想来想去，把奕雯和静姝安排在车站调度室。月台一侧有栋两层小楼，二楼中间便是调度室。　房间不大，临时撤去了办公桌椅，摆了两张行军床，安排已毕，老何照例是捶胸顿足一通道歉，这才躬身退步离开。　奕雯见他走远了，过去关上门，反扣住，朝行军床上四仰八叉躺下，笑起来，道："快讲快讲，故事还没听完呢！"

　　静姝欠身坐在床上，笑道："讲了好几遍了，还没听够啊？"

　　奕雯道："有一点我觉得不对——你说那次跟踪你的，到底是 CC① 的人，还是 BIS② 的人？"

　　静姝想了想，道："你若让我说清楚——可人家脸上也没有贴纸条，这种事怎么说得清？　我跟丛诲打咖啡厅里出来，他只说有人跟着，叫我别怕，让我去巷子里躲着，枪响了之后，我赶紧跑出来看，那人已经躺在地上了。"

　　奕雯追问道："你杀过人吗？"

　　静姝摇摇头，哭笑不得道："你也是好奇，做隐蔽工作，就一定要杀人不成？　我知道你杀过人，还是一对汪逆的特工，对吧？"

————————————

　　①　指中统，即中国国民党中央执行委员会调查统计局，1947 年 4 月更名为国民党中央执行委员会党员通讯局。

　　②　指军统，即国民政府军事委员会调查统计局，1946 年 7 月更名为国防部保密局。

省府前街

奕雯得意地一笑，把怀里的掌心雷掏出来，晃了晃，道："就是用的它！"

静姝苦笑道："你这块铁疙瘩，还是收起来的好。义父说过好几次，要我代为保管，你总不听。"

奕雯忽地一跃而起，吓了静姝一跳，奕雯神秘道："下次你有任务，让我去，好不好？不用你们共产党发薪水，出了事算我的，反正也没人敢抓我。"

静姝又好气又好笑，道："越说越不像话了，你以为这是游戏啊？国共两党这么多年的恩怨，死在这上头的人还少吗？"

奕雯皱眉，看着静姝道："那你既然知道危险，怎么还要做共党？"

静姝微微收起了笑，瞥了奕雯一眼，又越过她的肩膀，看着她身后的窗户——车站调度室的窗户没有窗帘，天气又热，窗是开着的，里外都毫无遮拦，却没有一丝风进来。静姝慢慢道："奕雯，这世界上的事，不是只有好玩、不好玩这两种。有些事，是危险的、不好玩的，但有它的价值在。如果说有一种力量，能够让我面对死亡没有后退，我想就是这样的价值。"

奕雯低下头，好半天才抬起来，茫然道："我不懂。你教教我。"

静姝一笑，站起来走到窗前，倚住了窗台，道："抗战八年了。如果从'九一八'算起，那就是整整十四年了。从八国联军算起，四十五年了。那么从甲午战争呢？从鸦片战争呢？一百年了。你是念过书的，这些应该知道。现在，重庆，我党毛泽东主席，正在同蒋中正委员长会谈——为什么两党能捐弃前嫌，坐下来谈判呢？这就是人心所向。中国遭受了太多的苦难。所有中国人，都在想着和平，建国，建立一个新中国。"

奕雯出神地看着她，好半天才道："那什么是新中国？你告诉我，新中国是什么样的？"

静姝看看奕雯，笑起来，道："你可把我问住了。不过有个人，在十五年前写过一篇文章，或许可以回答你这个问题。"静姝顿了顿，背诵道："它是站在海岸遥望海中已经看得见桅杆尖头了的一只航船，它是立于高山之巅远看东方已见光芒四射喷薄欲出的一轮朝日，它是躁动于母腹中的快要成熟了的一个

省府前街

婴儿①——奕雯，新中国无论如何都会到来的，我们都会看到这一天。 每当我想到这一天，我就有一种感觉，我的工作，将会被写在人类的历史上。 真的，奕雯，相信我。"

奕雯上一次见到这样的眼神，是在朱阳关的山坡上。 那个夜晚，全镇的人都在庆祝日本投降、抗战胜利，都在高呼领袖万岁、蒋委员长万岁，而静姝却告诉奕雯，她是个共产党员。 奕雯不是第一次听到这个字眼，但她从未距离这个字眼、这个群体如此之近。 在沈家，奕雯什么都可以说，什么都可以做，唯独不能提的，就是"共产党"。 民国三十年，她跟冯氏在郑县几陷绝境，正是因为沈家二房圣承父子，他们也是共产党。 奕雯就是再顽劣、再粗心，也知道徽茹的心病就在于此。 冯氏死之前，跟奕雯交代过，一旦她俩有人遭遇不测，另一个人必须给徽茹带话，要他如实向省府呈报圣承父子的事，千万不要心存侥幸，以为可以瞒得住。 后来冯氏死在郑县，奕雯得以脱险回到洛阳，也的确将话带给了徽茹。 至于徽茹是不是照办，她就不得而知了。 其实在奕雯的印象里，圣承父子很模糊，只有幼时记忆中的一些轮廓而已，而这些轮廓，也因为郑县那场变故，平添了些血腥和狰狞。 以至于当静姝直言以对时，奕雯竟完全没有意识到，她和二爷爷圣承公竟同属一个组织。

静姝见她良久不语，便微微一笑，道："好了，这些话，你一时也解不开的。 不过也无妨，我不是要你现在就跟我一样，我只想当新中国到来的时候，我们能在一起，为建设新中国出力。"

奕雯喃喃道："你说的，都是大事，我是做不来的。 可能你讲的新中国，的确是个好世界，但我现在的生活，会不会就没有了？ 还有我爹，他是国民党的高官，共产党还会用他吗？ 他是剥削阶级，那么我是否也是剥削阶级了？ 不过我家里也有共产党的，我二爷爷就是共产党，他应该能照顾我们——可是，我们两房，关系　直不大好的。"

---

① 原文出自毛泽东写给林彪的一封复信,毛泽东时任红四军党代表、前敌委员会书记,林彪时任红四军第一纵队司令员。该信写于 1930 年 1 月 5 日,原标题为《时局估量和红军行动问题》,曾以油印形式下发给红四军各党支部,并广泛流传于各革命根据地和国民党统治区,后以《星星之火,可以燎原》为名,收入 1951 年版《毛泽东选集》第一卷。

省府前街

奕雯说着说着，声音低了下去，大概她也意识到有些语无伦次了，便叹了口气，摇头不再说话。 静姝过来，握了她的手。 楼下月台一直是喧嚣的，只不过两人刚才你言我语，谁都没有留意。 当沉默泛起时，呼噪便涌了进来，提醒她们这里是车站，到处是市井烟火，到处是纷扰忙乱。 许久，静姝轻声道："山一程，水一程，风一更，雪一更。 风鬟一丝红，红丝一鬟风。① 万事万情，红线春风，总会有一条路的——奕雯，相信我。"奕雯轻轻一叹，苦笑道："共产党里，除了你，我是谁都不信的——不过因为信你，或许也可以信一信旁的共产党吧。"静姝闻言，便扑哧一声笑了。

从漯河到郑县，火车经过临颍、鄢陵境内，即是黄泛区了。 自民国二十七年花园口决堤，这里便是一片泽国，平汉铁路在黄泛区一段，铁轨无处可架，只能从水底支起木墩，连成一片，再将铁轨搭在木墩之上，哪里活络不稳当了，再添新木墩支上，跟缝补旧衣服相似。 故而车速极慢，摇摇晃晃，从车厢里朝外看，白花花的都是水面，火车就在水面上行驶。 一车厢的人都不敢说话，也不敢活动，全是苍白了脸念佛诵经，只求赶紧通过。 过了鄢陵，到了长葛，满车厢都在骂老何，骂他草菅人命，比日本鬼子还心狠，可怜老何结结巴巴，挨个作揖道歉。 等到了郑县车站，老何满头满脸的汗，跑前跑后，嗓子都嚷哑了，张罗所有人下车，又上了汴郑铁路上的车厢，然后一路东行。 火车在中牟境内，又是一段黄泛区，唬得众女眷一个个恨不能下车徒步回开封，老何见胜利在望，也索性蜷成一团，一语不发，蹲在车厢角落，任由太太小姐们骂来骂去，骂去骂来。 等最后停靠在开封车站，已是九月二十日的傍晚。

奕雯和静姝下了车，月台上跟赶集一般，妇人叫嚷，孩童哭闹，来接人的司机、仆人、亲属挤得月台水泄不通。 奕雯和静姝被撞得东倒西歪，幸好两人一直拉着手，不然眨眼就被挤开了。 维持秩序的士兵们知道这些都是官太太官少爷官小姐，也懒得上前，都凑在一旁，若无其事地抽烟闲聊。 两人正不知所措之际，老何隔着人群，拼命地向她们招手，两人便奋力挤过去。 老何的眼镜

① 以上诗词，分别出自纳兰性德《长相思·山一程》及《菩萨蛮·雾窗寒对遥天暮》。

省府前街

裂了一个镜片，头发跟刚洗过一样，一绺绺贴在脑门上。 老何上气不接下气，道："两、两、两位小姐，请、请、请随我来、来、来。"两人也顾不得好笑，跟他到了月台尽头一个小栅栏门边，老何跟守门的士兵敬烟点火，瞟了静姝一眼，静姝会意，忙上前一人一个银圆，两个士兵这才开了门。 再走出去不远，老石笑眯眯在等着，车灯闪闪，射出一片漏斗般的光亮。 老石上前，接过了两人的包裹，笑道："走吧，回家了。"

开封车站在城外南关区，进城走的是中山路，过了大南门，再行不远便到省府前街，整个路程不过六七里。 一路上都是人、车，老石开得很慢，也有意让奕雯和静姝到处看看。 从跑反那年算起，奕雯与开封阔别七年有余。 不但一家一户，整条省府前街，整个开封城，都跟记忆中的大不一样，像是一件大褂，洗了洗，改了改，染了染，再穿在身上，眼熟固然还是眼熟，但也不同了。 静姝对开封还算陌生，奕雯却是生于斯、长于斯，马路上一块砖、街边一根电线杆子，都是有印象的。 奕雯趴在车窗边，看着外边黑压压的城，不知不觉眼里湿润起来。 老石一边开车，一边絮絮叨叨，道："省府刚刚回迁，市政还在交接，水电供应都不正常，大半个城都黑着，也就省府附近几条街还亮着路灯——行长忙着公干，今天估计也回不了家了，房子收拾了一下，被小鬼子祸害得不轻，先凑合几天吧。"见两人都不接话，又道："开封沦陷七八年，老字号也不多了，晋阳豫和包耀记还在，行长特意让我买了晋阳豫的老酥皮月饼、包耀记的广式月饼，都放在家里了。"

奕雯和静姝都是一愣，静姝道："月饼？ 快中秋了吗？"

老石从后视镜里瞅了眼静姝，呵呵笑道："静姝小姐说笑吧？ 不早不晚，今天便是八月节啊！"

静姝愕然地看着奕雯，奕雯也是一脸的懵懂。 静姝自失地一笑，道："走了这么多天的路，竟连中秋都给忘掉了。"奕雯从车窗里探出头，看着黑漆漆的天空，道："天阴成这样子，难怪月亮也看不见。"

说话间已经到了沈宅。 院子门口挂着"沈宅"的木牌，字迹还是新的，门框门楣也都刚刚油漆过。 进了院，一角堆满了木料砖瓦，看样子是打算花力气

省府前街

整修一番。　也难怪，原本宽敞亮堂的院子，被布置成了日式庭院，碎石遍地，残木突起，青苔如茵，院中一尊石灯笼，廊外蹲踞上，还有一段竹制水管和水勺，廊下是茶庭茶具。　四周都是灰砂墙，两面糊纸的拉窗、隔扇。　放眼望去，全是日本和式之风，难怪徽茹看不惯，要一切推倒重来。　屋内比院子更甚，全是蔺草榻榻米，连个床铺桌椅都没有，奕雯和静姝相互看了一眼，都摇头苦笑。　老石帮着找出被褥，挠头道："鬼子住了七八年，一时半会儿也改不过来，先将就将就吧。　行长安排了，厨子、用人、工匠明后天就到。　总行的食堂昨天才开伙，明天两位小姐可以到北土街去吃饭，或者我让人送过来。"

奕雯跟老石是极熟的，也不接话，四下里打量。　静姝则一笑，道："辛苦石先生了，天不早了，您也早点休息。"老石点头笑道："我还得回行里——电话刚刚接通，有事往行里打，家里行里的号码都换了，就贴在电话机上。　对面省府里住着军队，安全还是没有问题的。"奕雯哼了一声，道："没有军队也不怕，我还有枪呢——老石，让你搞的子弹弄到了吗？"老石笑着点头，从怀里掏出一盒子弹，交给奕雯，这才告辞出去。　奕雯见没了旁人，立刻四仰八叉地往榻榻米上一躺，舒舒服服伸了个懒腰，笑道："可算到家了，先睡一觉再说。　静姝，走了快一个月，你不累吗？　我是乏透了。　你还吃得动月饼吗？　我是吃不动了，也不洗了，明天再说……"

奕雯的确是累了。　从朱阳关回开封，一路上卡车、驴车、船、火车，风餐露宿这些天，奕雯处处挡在静姝前边，坐车争座位，打饭起争执，没让静姝吃过一点亏，甚至徒步时，奕雯也是把行李都抢去自己背着。　静姝看不过去了，奕雯就挺起胸，显得高她一头，说"能者多劳"。　一个自小娇生惯养的大小姐，能做到这些，的确也是真心要对静姝好。　静姝看着奕雯，眼里头全是心疼，道："你快睡吧，我倒是累过了头，反而一时不困了。"

"那你去吃点月饼吧，我最爱老酥皮的，就是晋阳豫的那种，给我留点儿，别一口气吃完了。"静姝见她张口闭口就是月饼、就是吃，不禁笑起来，道，"你只惦记着吃呢。"

"一个吃，一个睡，我这辈子是改不掉了。"奕雯翻了个身，又笑道，"这榻榻米,也有一点好处——不怕跟人抢地方,可着屋子都是床……"

　　静姝一笑,给奕雯搭上一条薄被,道:"天气转凉,寒气慢慢上来了,还是盖上的好。"奕雯嘴里咕哝了几句,迷迷糊糊便睡着了,很快就有了轻微的鼾声。 静姝侧卧在她旁边,母亲般轻轻唱着童谣:

> 一一,哎哎,杏花先开;
>
> 两两,长长,对门学庠;
>
> 三三,麻秆,头戴菊环;
>
> 四青,四红,四个喇叭配铜;
>
> 五月五,敲大鼓,大鼓咚咚吓老虎;
>
> 六月六,蒸馍头,老鸹叼了打提溜;
>
> 七月七,小燕飞,打正南,落正西;
>
> 八月高,月明照,红缎小鞋隔墙撂;
>
> …………

　　这是流传于豫东民间的小调,哄孩子睡觉时常见的,用豫东方言唱起来,别有一番味道。 静姝哼着唱着,一只手轻轻拍打,继而是抚摸,最后停在奕雯肩头。 不知不觉间,静姝已是泪流满面。

　　次日日上三竿时分,奕雯才算醒来。 她是被电话铃声吵醒的。 虽然醒了,奕雯却懒劲上来不想起,拿被子裹住头,等静姝去接。 不料过了好久,电话还是执着地响,奕雯便叫了静姝几声,还是不见人,想必是出门买早点了。奕雯实在没办法,那铃声跟猫爪挠心似的,弄得她再也睡不下,只得万般不愿,起来循着声音去找电话。 线路是临时扯过来的,距离卧室很远,也不显眼,奕雯懵懂着跌跌撞撞,总算在隔壁房间找到了。 等电话拿起,连问几句,却听不见人声,奕雯怒不可遏地嚷出句粗话,便重重地砸下话筒。 就在这一个瞬间,她意外地看见,电话下压着一本书,里面夹着张纸,露出一条边来。 书很厚,是商务印书馆的《吉诃德先生传》,列入"新中学文库"的,不管到哪里，静姝总带在身边。 奕雯见的次数多了，自然好奇，几次要来看，都是翻了几页就嫌太厚，总读不下去。 纸上寥寥数语，一望便知是静姝的笔迹：

亲爱的姊妹：

　　我要讲的话，都在书里了。一番相逢经年，如今分别亦难，然再会毕竟可期。

静姝字，匆匆

那页纸是夹在书里的，果然有一段话旁画了线：

　　我的这番丰功伟绩，值得铭之于金，刻之于石，图之于画，流芳千古。当我的故事广为流传之时，那便是幸运的时间，幸运的年代。哦，还有你，杰出的魔法家，这伟大的一切，亦将由你来书写。①

双十节②前后，国民政府国庆叙勋，嘉奖抗战有功之士。 全面抗战八年，河南战场也整整打了八年。 全面抗战第一年，豫北各地沦陷，第八个年头上豫西、鄂北会战结束，日本鬼子投降，八年里河南境内始终是主战场。 全省一百一十一个县，只有沈丘、新蔡两县未遭兵燹，其余一百零九个县都曾是最前线。 鏖战日久，战事又激烈，立功的将士就多，第一、五战区按照指令，联合在开封举行叙勋典礼，地点就选在了省府礼堂。 典礼结束之后，还为授勋将士、观礼嘉宾安排了酒会舞会。 典礼筹备举办，是河南省府秘书处的差事，徽茹既是银行行长，又是省府副秘书长，出钱用钱的都是他，自然责无旁贷。 礼堂是现成的，挂上领袖像、贴了条幅就能用，难处在于接待。 开封光复不到俩月，省府回迁不到一个月，仓促之间接待各路将校高官并友邦人士，着实让徽

---

　　① 原文出自《吉诃德先生传》第二章，商务印书馆1939年版，傅东华先生译。所引用部分文字有改动，参考了《堂吉诃德》人民文学出版社1978年版（杨绛先生译）和中央编译出版社2010年版（刘京胜先生译）。
　　② 1911年10月10日，武昌起义爆发，是为辛亥革命的开端，1949年新中国成立前，10月10日为国民政府法定的国庆节。

省府前街

茹费了一番脑筋。 沦陷七年多，开封能用的宾馆旅栈屈指可数，也就是行宫角中央旅社、寺后街河南大旅社、鼓楼街大金台旅馆、马道街群贤旅馆，徽茹安排工匠日夜赶工，把四大宾馆翻修一遍，将日伪所留痕迹统统抹去，日籍经理员工一律清退，总算抢在双十节前收拾停当。 十月十日前，各地来宾或是乘飞机，或是坐火车，陆续到了开封，入住四大宾馆。 典礼那天，省府礼堂塞得结结实实，因授勋的人太多，排队在礼堂门外候着，等里面叫了名字再鱼贯而入。 好在接受勋赏的除了部分社会贤达、外邦友人，其余大多是军人，秩序井然，不少已是伤残的军人更是一出门便手捧勋章，放声痛哭，场面殊为可叹。

当晚酒会舞会，定在了行宫角的中央旅社。 这旅社本是行宫的一部分，前清慈禧太后和光绪皇帝回銮北京时住过，民国肇始，特意辟出一片楼宇院落，做了省府秘书处礼宾科的直属旅栈，专门接待来豫的贵宾要员。 沦陷的七年多里，这里改名为帝国旅社，归伪河南省公署秘书处管理，幸而未有大变，如今稍加改造即可。 正值双十国庆节，重庆国共谈判又刚刚传来消息，两党签了"双十协定"，社会舆论一片"和平、民主、建国"之声，酒会舞会自然也就分外应景，热闹无比。 奕雯穿着一件香云纱的旗袍，外罩了件开司米的薄衫，端着杯红酒，冷冷地站在舞池边上。 她本是不想来的，徽茹好说歹说，才让她改变了主意，勉强来散散心。 其实奕雯也知道，自静姝离开后，徽茹便一直提心吊胆，担心女儿一时想不开，做什么傻事，故而千方百计分她的心，给她找事情做。 奕雯原先也是爱热闹的人，静姝在时，丹水也好，朱阳关也好，虽是条件简劣，但只要有什么集会活动，她便拉着静姝参加，用她的话说，"至少能热闹热闹"。 如今省府回迁，各类条件好得多，她却对什么都失去了兴致，整天闭门不出，埋头看那本《吉诃德先生传》，连热闹都无所谓了。 说到底，还是因为静姝。 奕雯幼时，亲母惠葳决意出洋，算是不辞而别；长大后，渐渐跟继母冯氏契好，不料冯氏突遭横死，也是不辞而别；成年后，跟静姝拜了姐妹，一片真心待她，本以为能相知为伴，而静姝竟也不辞而别。 算起来除了父亲徽茹，能跟她不离不弃的居然再无旁人。 奕雯此刻身在欢乐场中，看着觥筹交错，看着宾客如云，看着对对人影翩翩起舞，心境却是落寞凄凉。 她低头看着手中的红酒，色醇如血，在薄薄的玻璃杯中摇曳轻摆。 她自己都奇怪，静姝走后，她一次都没有哭过。 她不是不想哭，而是明明有泪却哭不出来，在心里堰塞成湖、成江、成海，而所哭之人早已远在天外。

其实奕雯此来，一则是不愿徽茹担心，二则是想见盖夏姆姆。 在日据期间，盖夏姆姆率领修女和学生们施医舍药，照顾难民，深得民望，作为外邦友人也受了嘉奖。 不料盖夏姆姆虽然受奖，却没参加聚会，直接回双龙巷的静宜女中了，让奕雯扑了空。 而徽茹自有一摊子事要前后张罗，也无法总陪着奕雯；跃跃欲试想来陪她的，她又看不在眼里。 于是乎这么大的场面，她竟是落了单，真是来也无聊，去也无聊，醒也无聊，醉也无聊。 想到这里，奕雯只觉再无待下去的必要了，眼前一切统统变成黑白，一丝色彩都不复有，她便苦笑一声，将杯中的红酒一饮而尽，放在旁边冷餐桌上，转身要走。 然而就在转身之际，奕雯好像被人扯了一把，但身边分明又没有他人；奕雯微微皱眉，继续走了两步，始终觉得不远不近的，有人拽着她、拉着她，让她走不开。 奕雯索性停下，四周细细看过去。 人不少，没有几个认识的，即便是认识，也都是各自在跟人聊天喝酒，并没人看她。 真是咄咄怪事了。 奕雯意兴阑珊，也不再寻找那人，或是那个视线，径直走了出去。

时值农历的初五，一轮上弦月弯弯如钩，半躺着悬于天边。 奕雯从行宫角的中央旅社出来，朝西走上片刻，便能到家了。 所经之路，即是省府前街。民国后开封街道名称改过好几次，如今这条街官方叫省府路，也叫省政府街，自中山路分为东西两段，可老百姓私下里还是管东段叫寺后街、鼓楼街，管西段叫省府前街。 省府前街约有一里长，全部沥青的地面，路灯很饱满，照得路上星星点点的亮。 正当双十节，路灯杆和电线杆都贴着标语，挂着灯笼，满地的鞭炮屑。 街边不时有年轻人唱着歌、喊着口号，欢天喜地地跑过去；街上不时有军人开了车，喇叭按得震天价响，跟年轻人呼应；而几个日本侨民则苦巴着脸，低眉顺眼扫着街道，见人就惶惶不安地鞠躬。 但这一切，都与奕雯无关。 快乐跟她无关，惶恐跟她也无关。 她现在两脚行在街上，影子打在街上，跟她相关的，大概就是这条省府前街了。 自出生起，奕雯看见的第一条

省府前街

路，便是这条街。 从蹒跚学步，到亭亭玉立，二十年过去了，街还是那条街，月还是那轮月。 省会西迁的这几年，虽不在开封，也多少回在梦里又站在街边，靠在树上。 树是刺槐，也叫洋槐，二十年前冯焕章督豫，号召绿化省会，将洋槐种遍全城，省府前后的几条街尤甚。 每年阳历四五月间，槐树开花，其香可嗅，其朵可食。 临近年底，早无槐花，但奕雯觉得四面八方都是花香。她微微闭目，便已似沉浸在这铺天盖地的花香之中了。 良久，奕雯才慢慢睁开眼睛，一颗泪珠也顺势落下。 她终于说服了自己。 静姝的离去，就像这路两旁的刺槐，花开过，便再也找不到了；而这花开花落，又是谁都挡不住的。 也就是在这一睁眼的时候，她发现自己已经站在了沈宅门外。

奕雯刚掏出钥匙，旁边却忽然闪过来两丛光，正打在她身上，接着便是一声喇叭响起。 省会乃一省之心脏，官宦巨贾云集，少爷衙内自然也不少，像这样冒冒失失挑逗搭讪的，奕雯早见怪不怪了。 她也不慌张，手在汴绣小包里一摸索，便取出掌心雷来，转身二话不说，举手便是一枪，一盏车灯顿时熄灭。沈宅斜对过便是省府大门，门口值勤的士兵听见枪响，立刻吹起哨子，很快有一队士兵飞奔而出，手电筒的光远远地照射过来。 黑暗中，一个声音笑道："当兵的要来，我若是你，便不会再举枪了。"

奕雯冷笑一声，把枪放回汴绣小包，若无其事地站在原地，道："我才不傻，用得着你提醒吗？"

奕雯的确不傻，她打这一枪，看着如同儿戏，实则是有意为之。 这么晚了，拿车灯晃人，分明就是个不知天高地厚的浮浪子弟，一枪过去，打的虽是车灯，却也能吓他个半死。 就算来人胆子泼天般大，还想动粗，省府保安大队就在对面，这一枪也能把他们招来，以她的身份背景，总归不会吃亏。 果然，等士兵们跑到沈宅门口，一个眼尖的见是奕雯，立即赔笑道："这不是沈小姐吗？ 刚才那一枪，是您打的？"

这一阵子，徽茹在省府和北土街总行两处办公，奕雯常报了他的名号进进出出，一来二去，跟省府守卫值班的都混了个眼熟。 奕雯便笑道："谁打枪？我可不知道，你去问问那人吧。"

奕雯话音刚落，却见七八个保安大队的士兵全都立正、敬礼，领头的班长叫道："赵副司令好！"

黑暗中，一人慢慢踱步出来，站在奕雯对面。 来人穿着国军少将军礼服，领章上一颗将星，胸前并排三五个勋章亮闪闪的，像是刚从酒会上出来。 来人冲奕雯含笑点了点头，又对班长皱眉道："不好好执勤，跑到这儿做什么？ 不怕是有人调虎离山，冲到省府闹事？"

班长一愣，支支吾吾道："刚才，有人打枪——"

贻海看了看奕雯，笑道："奕雯小姐，你听到有人打枪吗？"

奕雯当然认出了贻海，忍住笑，摇头道："没有啊！ 真有人打枪，我不会听不到的。"

士兵们面面相觑，班长一时没明白过来，脱口而出道："有啊！ 明明听见有一声——"

贻海沉下脸，严肃道："明明听见？ 谁是明明？ 让他站出来！"

奕雯听见这话，已是再也忍不住，不由笑出了声。 班长和几个士兵大眼瞪小眼，都不敢再言语，敬了礼便赶紧收队回防。 沈宅门口，只剩下贻海和奕雯。 贻海见他们离开，笑道："还是那把掌心雷？ 声音倒是像。"奕雯便作势要掏枪，贻海忙摆手道："罢了罢了，这枪下是真死过人的，今天双十节，举国同庆，讨个吉利也好。"

奕雯认真地打量一下贻海，笑道："几年未见，升官了呢！ 该叫你赵将军了——勋章还有好几个，你身上挂这么多东西，不累吗？"

贻海自民国二十年九一八事变后，中断了在北平的学业，赴南京报考中央军校，行伍十几年来都在前线，官至少将并不稀奇。 这次叙勋，贻海获授胜利、云麾、忠勤勋章，加上之前的光华、干城奖章，胸前着实沉甸甸的。 贻海坦然一笑，道："无非是生生死死而已，身上的伤，比勋章只多不少。"

奕雯一怔，她本想打趣两句，倒不料他会毫不谦逊，顿觉无趣了，便撇嘴道："好了赵将军，知道你是民族英雄，小女子这厢有礼了。"说着，她便摸出钥匙，开锁推门进院，又转身道："时候不早，就不请赵将军、赵副司令到家里一叙了，改天我——"

贻海看了看表，道："去给沈行长打个电话，说你到家了。我就在这里等你，要带你去个地方——天亮前送小姐回来。"

贻海说这话时，奕雯两手搭在门边，正要关门，听见他的话，不由微微一笑，道："等不等的，自然是你的事，去不去，便由不得你了。"

贻海脸上还是那副表情，波澜不现，又不容置疑，慢悠悠道："只怕这一次，奕雯小姐还非去不可。再晚就不方便了。"

奕雯毫无掩饰地笑起来，揶揄道："可我觉得，依着赵副司令的意思，越晚才越方便吧？"

贻海耸了耸肩膀，道："打一个电话，五分钟足够，十分钟后我出发——去与不去，奕雯小姐自己斟酌好了。"

贻海说完，转身靠在车头，点了支烟。烟头明明昧昧，淡蓝的烟气蒙住了贻海的脸。奕雯鼻子里哼了一声，关上了门。差不多十分钟后，门又开了，奕雯出来，径自来到车边。贻海已经在车上了，依旧是面无表情，看着前面。车是军队里常见的威利斯吉普，底盘很高，没有车门，女士上下殊为不易。奕雯不假思索撩起旗袍，团在手心里，跨坐了进去。贻海扫见她的大腿白花花的，在眼前一晃，终于忍不住嘴角一挑，微笑着摇摇头，发动了车子。奕雯当然知道他笑了，放好旗袍，也冷笑一声，从汴绣小包里掏出掌心雷来，握在手里。两人一车，一路无话，从省府前街至省府西街，再从西门大街出城。天早黑了，车在西门被拦下，贻海也不下车，探头出去，瞥了执勤的士兵一眼，旁边立即有识相的军官上来呵斥，指挥着士兵们拉走拒马，打开城门，列队敬礼，目送贻海和奕雯扬长而去。

开封城在黄河南岸二十里，西门外沙阜绵亘，风起则黄沙遮日，下雨则泥泞难行。是夜倒是晴空万里，星斗密密麻麻，散布在天穹之昂。西门外便是官道，自古即有的，四十多年前两宫回銮，官道重修过一次，民国之后战事频仍，豫省公路大多破败，晴雨天都能畅通的屈指可数。眼前这条公路，以郑县为中心，向东到开封，向西到洛阳，与汴洛铁路平行修筑，算是全省最体面的

省府前街

一条公路了。 路面由石子砖碴儿铺成，石灰砂浆灌缝压实，虽不比省城里的沥青路，车跑上去也还稳当。 车开了一个钟头，已到中牟地界。 打了多年的仗，大量军械枪弹流落民间，匪盗丛生，世面上并不太平。 贻海手边就放着把M3冲锋枪，腰里还挂着马牌撸子，即便如此，他还是一脸的凝重，隐约看得出有些紧张。 奕雯多少知道些利害，明白这大半夜的，在荒郊野地里穿行并不安全，心里一阵后悔，情不自禁地抓紧了枪。

又前行一段，贻海放慢车速，低声道："你打过冲锋枪吗？"奕雯故意满不在乎道："M3黄油枪①嘛，在朱阳关的时候玩过，一搂火就是一梭子。"贻海把枪递给奕雯，又低声道："一会儿听我招呼，该搂火的时候，别犯软。"奕雯皱眉，有点赌气地接过去，抬手就打开了保险盖。 M3的保险盖和抛壳口一体，枪机保险也只有这一处，打开就能射击了。 贻海见她这么行事，顿时吓了一跳，苦笑着摇头叹气。

车停了，车灯也灭了。 贻海和奕雯坐在车里，四周除了风，什么都是静悄悄的。 静坐了片刻，奕雯再也忍不住了，道："这是等人吗？ 要去哪里？"

"等一个朋友。"贻海点了支烟，道，"一会儿去郑县。 今天晚上可能没办法睡了，你抓紧时间休息一下吧。 人到了，我会喊你。"

奕雯气道："叫我拿枪的是你，叫我休息的也是你，到底要我怎样？"

贻海笑起来："我现在后悔把枪给你了，你还是休息的好，多少能安全一些。"

话音刚落，对面四五十米的地方，有人晃动手电，明灭了几下，贻海探手打开车灯，呼应着明灭数次。 奕雯未来得及出声，周围两侧忽地亮起火把、车灯，眨眼间附近一片明亮。 贻海低声道："没事了，保险还是关了吧。"奕雯关了保险，对面已经来了一个人，穿着中将制服，站在车前，冲贻海笑道："你这车是害了眼病吗？ 怎么成独眼龙了？"

贻海苦笑道："薛兄不要取笑了。 这就走吧。"

---

① M3冲锋枪，美国通用汽车公司于二战期间大量生产的造价低廉的美军制式武器，曾以援助形式大量进入中国战场，因其外形类似汽车灌注润滑油的油枪，故被昵称为黄油枪。

省府前街

来人看了看奕雯，微笑道："这位便是沈小姐了？"

奕雯一时不知如何回答，本能地点点头，来人也不再说话，挥了挥手，另一辆车过来，来人上了车，掉头朝前开去。贻海开车跟上，对奕雯道："现在安全了，你先眯一会儿，到郑县了，我会喊你。"

奕雯被叫醒时，车已经进了郑县县城。与省会开封相比，郑县明显要冷清许多，城门口把守的士兵也都是懒洋洋的，不如开封守军的精神头足。车进东门，行驶不远，在一处巷口停下。贻海推醒奕雯，示意她下车，又在唇角指了指。奕雯也觉那里凉凉的，下意识去摸，原来是刚才睡着时流下的口涎，不由得脸一红，狠狠剜了他一眼。贻海装作没看见，轻咳一声，道："等会儿不管发生什么，都不要冲动，也不要轻易说话，一切听我的便好。"奕雯却赌气道："那也要看你说的是什么。"贻海一怔，苦笑着点头。两人进了巷子，两旁都是便衣，手里提着驳壳枪，还有人牵着狼狗。巷中一处宅子门口，生着一堆篝火，刚才见的那个中将正站在火堆前，搓着两只手，旁边有人在低声跟他说着什么。两人来到那人跟前，贻海道："有劳薛兄了，正式介绍一下，这位是沈行长的千金，沈奕雯小姐。"

薛中将朝奕雯点点头，简短地一笑道："幸会。"说完，便转身朝宅子里走去。奕雯有些蒙，也有些不服气，贻海拉了她一下，低声道："这是薛长官，郑州绥靖公署调查处中将处长，就是以前长官部军统随军组的薛主任。"奕雯似懂非懂，仓促间也顾不得问，便跟着贻海进了院子。来到院中，奕雯才猛醒过来，骇然停下脚步。贻海转身，皱眉看着她道："怎么了？"奕雯话都说不出来了，张口结舌，两腿再也迈不动。贻海过来，低声道："这的确是罗家胡同，你家的宅子——快来，时间不多了。"奕雯还是呆在原地，贻海不得已，抓住她的胳膊，连搀带拽，朝左手一间厢房走去。厢房里灯火通明，薛中将已经在座，心平气和等着，有个副官立在一旁。见贻海和奕雯进来，薛中将点点头，对副官道："带上来吧。"副官应声下去，不多时门外押进来两人，一男一女，脸上挂伤，身上衣服不整，都有血迹，显然是用过刑的，甫一站定，便被强按跪倒在地。那男的面生，女的倒是熟人，正是曾跟奕雯朝夕相处、亲似姐妹，

省府前街

却于上月不辞而别的静姝。

奕雯刚刚稳住心神，突然与静姝四目相遇，心尖顿时剧烈颤抖起来。 静姝两手被反绑在背后，鼻下、嘴边都是血迹，暗红成痂，发髻散开凌乱，墨蓝旗袍领口被扯坏了，盘扣一角耷拉下来。 男的形容更惨，两只眼被打得红肿凸起，勉强露出一丝缝隙，全然看不出模样。 静姝当然看见了奕雯，目光里闪过一线飘忽的温暖。 薛中将看了看奕雯，又跟贻海相视点头，然后摆了摆手。 静姝没能说一句话，又被拖了出去。 整个过程不到一分钟。 就在这么短暂的时间里，奕雯身心都沉没了，只觉天地正在迅速地离她远去，没有任何征兆，也不容她有丝毫的挽留。 不知过了多久，她隐约听见贻海轻轻咳嗽一声，道："奕雯小姐？"

奕雯木然看向贻海。 她毕竟才二十岁，自幼养尊处优，在如此猝然而惨烈的现实面前，平生所有的经历还不足以让她泰然处之。 贻海微微一叹，道："奕雯小姐，事已至此，先听听薛长官的意思吧。"

薛中将并不客气，劈头盖脸便问道："这两个共党——沈小姐认识吗？"

奕雯方寸全失，身子一哆嗦，求救似的看着贻海，贻海安慰道："这里只有我们三人，薛长官是信得过的，奕雯小姐如实讲便好。"顿了顿，又道："深夜请沈小姐来，不是为了找沈小姐的麻烦，说句不该说的话，是为了帮你。"

奕雯稍稍平静了一下，道："男的不认识，女的姓崔，叫静姝，是我在丹水镇认识的，我们是结拜的姐妹，不过上个月刚回开封，她悄悄走了，此后再无她的消息。"

薛中将平静地继续问道："她是共党，你知道吗？"

奕雯又迟疑了片刻，点头道："知道的，抗战胜利那天晚上，她亲口告诉我的。"

"你是不是共党？"

奕雯身子抖得更厉害，贻海坐在她旁边，抬臂握住了她的手，只觉是握住了一块冰，不由又心疼，又想笑，便朝薛中将挤了挤眼睛，对她低声道："是便是，不是便不是。"说"不是"二字之际，他的手故意用了用力。

奕雯感激地看了他一眼，语气稍稍平静了些，道："我不是共产党。"

两人的小动作，薛中将当然全都看在眼里，他继续问道："那为何不检举？"

奕雯又哆嗦了一下，求饶似的看着贻海。 他只得笑着打圆场道："薛兄，现在人家毛先生还在重庆呢，两党合作，检举什么？ 咱们蒋总裁跟人家毛主席天天见面，也没检举吧？"说着，抽出一支烟，递给薛中将，低声道："还是孩子，没经过什么事，别吓着她。"薛中将瞪了他一眼，道："你这消息太落伍，毛泽东由张文白陪着，今天下午的飞机，已经回延安了。"贻海接着笑道："那周恩来总还在重庆吧？ 共产党在重庆还有办事处呢！"

薛中将接过烟卷，凑上去点燃，深深吸了一口，慢悠悠吐出，索性道："那你问。"

贻海便朝着奕雯道："那个男的，你认识吗？"

奕雯皱眉道："说过了，不认识。"

"他姓沈，"贻海给自己点上烟，道，"叫沈徽慕，三五九旅南下支队的——沈小姐就算不认识，至少也该听说过吧。"

民国三十四年十月十一日，农历九月初六，天微微亮，正是寅末卯初时分，郑县东关外刑场上两声枪响。 奕雯远远地站着，虽然一手扶着车，仍是两腿松软，根本站不住，幸好贻海在一旁早有准备，一把搀住了她。 两人立于一方土岗上，前方即是刑场，借着晨光，能看见几个蚂蚁般的人忙碌着——法医上前验尸，有人举火把照亮，有人给尸体拍照，等所有程序完毕，两具尸体上浇了汽油，一个火把扔上去，顿时火光腾起，逼得众人都远远地让开。 奕雯再也忍耐不住，转过身，剧烈地呕吐起来，好一阵子才捂着胸口，慢慢直起了身子。 贻海递过手帕，担心道："好些没有？"

奕雯苦笑，靠住了车头，道："他们走了吗？"

省府前街

贻海点头道："沈徵慕去了宣化店①，崔静姝去了涉县②，都有军统的人送，在军事缓冲区放人——薛兄是信得过的，答应过的事情一定不会有差错。"

奕雯扭头看了看那片火光。悄然泛起的晨雾中，火光也蒙上了一层乳色。奕雯喃喃道："那么——这两个人呢？就这么死了？"

贻海平静道："这都是命。你要想他们两个活下去，就得有人替他们死。这两个都是从柳园口抓来的船民，你记住，女的姓肖，男的姓方——年年清明时，心里默念几声，烧两个纸钱过去吧。"

奕雯无声地画了个十字，轻声诵经。贻海耐心地等她念完经，又道："天快亮了，还有一段路要走，我说过天亮前送你回家的。"

奕雯看着他，眼里一片薄雾，不知是感激还是惭愧，还是晨雾由外及里渗入她的眼睛深处，随即又弥漫开来，贻海只听见她低声道："我该怎么谢你呢？你知道的，我父亲是有些钱，但我是没有的。"

贻海笑起来，点了支烟，道："除了钱，你也可以给我别的。"

奕雯蓦地破颜一笑，神态总算恢复如常，没好气道："原来你真的是不怀好意——我就说，哪会那么好心？不过是跟那些浮浪子弟一样的。"

贻海噗地笑了，道："我这年纪，浮浪或许有，子弟却是早过了岁数——你不妨给我立个字据，我帮你救了两个人，你就写'沈奕雯欠赵贻海两次'吧。"

奕雯笑容还在，语气却冰冷起来："欠你两次？两次什么？"

贻海见她又要摸枪，便莞尔道："两次什么不好？可以是两次郊游，两次看戏，两次吃饭，两次喝茶，两次打猎……"

奕雯似乎松了口气，贻海便取出便笺和钢笔，递了过去。奕雯见便笺抬头是"河南全省保安司令部"③，便笑道："只听人家叫你赵副司令，原来是这个。"她也不拖泥带水，半是当真半是玩笑，挥笔写下"沈奕雯立此据为信，欠

---

① 时为中原军区司令部驻地。
② 时为晋冀鲁豫军区司令部驻地。
③ 抗战后期，国民党当局积极准备内战，整顿各战区、省地方武装，统编为保安部队，河南省保安部队共六团，后扩充为两旅八团，司令为省主席兼任，副司令、参谋长为国民政府军事委员会（后为国防部）委任，司令部设在开封。

省府前街

赵贻海先生两次",写到这里,她停下笔,抬头看着贻海,笑道:"我就写两次看戏吧,或者郊游?"可不等她说完,贻海早上去一把扯过了便笺,看了看,折好了放回兜里,笑道:"或许不止这两样,说不定我想到了更有趣的事呢!"

奕雯盯着他,又气又恨道:"老舍先生说过一段话,我送给你吧:想写一本戏,名曰最悲剧的悲剧,里面充满了无耻的笑声。① 这就是说你的。 无耻。"

贻海见她转身上了车,故意又点了支烟,不去看她。 眼前的雾气越发浓了。 刑场上空空荡荡,人都撤了,只有火堆还在燃烧着,火光和薄雾交织杂糅,将那一团湿气涂成晕黄,而火光也被染得湿漉漉的,像是一把抓得出水。 贻海在一片潮糊糊的思绪中,想到了小周,想到了冯氏,以及曾经出现过又消失了的那些女人。 郑县县城就在一旁,蹲踞在日出前的晨雾中。 小周死在那里,冯氏也死在那里。

车子喇叭响了。 贻海不用回头,也知道是奕雯在催他。 贻海一时还不想走。 他需要静一静。 军统这套做法,诨名叫"拉马骡",跟前清刑名弊政"宰白鸭"相似,意即那些犯了人命官司又不想抵命的富商大户,出钱买替身代为受死。 而军统的"拉马骡"则更骇人,不管是高官权贵,还是豪商巨贾,一旦探明犯了事,也不声张,客客气气请到某处吃个饭、喝个茶,把事情的来龙去脉讲清楚,若是愿意出钱消灾,连替死的人都不用主家找,一切都交给军统去办便是。 大凡遇到这种事,只要拿得出钱,主家倾家荡产都是在所不惜的,但求保住一条命。 所谓"拉马骡",取的正是马、骡不易辨识之意。 前几日,郑州绥署破获了一个共产党地下交通站,在此中转的沈徽慕、崔静姝被抓,虽然两个共党用的都是化名,但军统很快便查出两人的真实身份。 徽慕自不必说,仅从名字看,就跟本省省府副秘书长、农商银行行长沈徽茹大有瓜葛;静姝则是徽茹的干女儿,去年在丹水镇,徽茹还风风光光给她办了场订婚仪式,轰动一时,亲历者不在少数。 两个共党尽管相互不识,与徽茹的关系确实无论如何也撇不清。 好在当年第一战区司令长官部在洛阳,省府临时驻地也在洛阳,徽

---

① 原文标题为《未成熟的谷粒》,陆续刊登于 1940 年 2 月 5、9、14 日《新蜀报》(社址位于重庆,1921 年 2 月创刊,1950 年 1 月停刊)。

省府前街

茹生性喜欢交友，花钱又方便，跟长官部上下混得很熟。 当时老薛是军统随军组的主任，与徽茹有过交往，受过徽茹不少好处，多年下来关系一直不错。 如今发现徽茹的亲属犯事，老薛自然是左右为难——秉公办事固然下不去手，也犯不着跟风头正旺的徽茹撕破脸；可若是就此把人放了，上峰那里倒能瞒得过，手下一帮磨刀霍霍的弟兄却是不好交代。 老薛正坐蜡之际，恰逢贻海衣锦还乡，到开封上任，老薛跟他是军校同学，接风时无意中说了难处，贻海当即大包大揽，应承了下来。 眼下人已经放了，沈家大小姐是见证者；下一步，便是由贻海出面，问徽茹索要"拉马骡"的"粮草钱"。 老薛也开出了价目，美金五万，而且只要美金。

贻海思忖得入了神，竟未发觉烟已烧到尽头，两指一阵灼痛。 刚刚扔了烟蒂，却听见一阵马达的轰鸣声，他愕然转身看去，威利斯吉普已经在倒车，奕雯抓着方向盘，朝他耸了耸肩膀，又一把将车掉头，朝土岗下坡直冲而去。 贻海顿时傻了眼，他怎么也想不到，奕雯居然会开车——可转念一想，她连枪都会用、人都敢杀，开车算个屁。 贻海又好气又好笑，也顾不得体面，一路狂奔追赶。奕雯也着实调皮，车速拿捏得很准，每次贻海近在咫尺时便一踩油门，蹿了出去，隔了数十米又停下，竟跟做游戏一般。 苦得贻海跑了足有三五里地，这才见车停住，奕雯飘然下了车，笑嘻嘻跟他招手。 这时天光已然大亮了。

贻海那身少将军礼服早脱了，搭在胳膊弯里，汗水湿透了前后心，衬衣从腰带里钻出来，皮鞋上全是尘土，看不见一丝本色。 奕雯见他到了跟前，便冲他一笑，故作不解道："你们当兵的，每天早上不都跑操吗？ 怎么累成这个样子？"贻海哭笑不得，扶着两膝大喘，好容易才恢复如初，道："那年在郑县，腿上受过伤——"奕雯脸色一变，脱口而出道："是在郑县书院街那回吗？"贻海苦笑道："一回便差点没命，还能有几回？"奕雯露出愧色，语气却还硬硬的，道："算我原谅你了。 接下来，是你开，还是我开？"贻海喘够了，直起腰，叹道："堂堂一个国军少将，胸口挂满了勋章，被小女子你折腾成这样——只求千万不要对人讲，丢不了那个脸。"奕雯终于笑起来，径自来到车门边，依旧是撩起旗袍，跳上车，两条白生生的大腿又晃得贻海心旌荡漾起来。

一宿没睡，奕雯不久便歪头睡着了，直到车停在省府前街沈宅门外。贻海正想推醒她，却见她嘴角明晃晃的，还是睡觉时滴下的口涎。贻海的手停下，掏出手帕，替她揩了干净，手指却忍不住轻轻凑上，碰了碰她的嘴唇。奕雯就是这时睁开眼的，她懵懂地眨了眨眼，问："到了吗？"

贻海若无其事，将手指移到自己鼻孔下面，微微蹭了蹭，笑道："可不是到了，见你睡得香，就没忍心喊醒你。"

奕雯伸了个懒腰，跳下车，回身对贻海道："昨天晚上的事，还真得多谢你了。我父亲那边，我会告诉他的，想必他也会当面感谢你，还有薛将军。"

贻海含笑点点头，既没有拒绝，也没有应承，只说了一句"奕雯小姐多休息"，便开车离去。奕雯一夜奔波，又经了生离死别，身和心都倦怠到了极限，正似元夜时的万响长鞭，轰轰烈烈过后，只剩下一地花花绿绿冷却的纸屑。这一觉睡得天昏地暗，直到日头偏西。奕雯朦朦胧胧中，先是闻见一股肉香，间或还有酒香，等她懒洋洋睁开眼坐起，却见房里梳妆台上，摆着两三个盘子，一瓶酒，徽茹正慢慢悠悠自斟自饮。奕雯揉着眼睛，问："几点了？"

"下午五点了。"徽茹看了她一眼，道，"先先，一天没吃东西了吧？过来吃点吧。"

听得"先先"二字，奕雯蓦地全醒了。这是她的乳名，自惠葳出洋之后，便再无人叫起，一晃十几年了。徽茹见她一怔，笑道："你若不喜欢，我还是不叫了。"奕雯一乐，也笑道："嘴在您自个儿身上，我做闺女的，哪儿管得住呢？"尽管二十周岁已过，奕雯在父亲面前，仍旧是一身的孩子气。她大大咧咧地在徽茹身边坐下，端起了酒瓶，看了看牌子，又嗅了嗅，道："酒不错呢！"

"酩悦香槟，法商兰德里洋行代理进口的。"徽茹微微呷了一口，道，"在上海的霞飞路——我带你去过的。这一批是伪河南省公署购置的，放在仓库里也有几年了。"他夹了一筷子肘花，细细嚼着，忽而笑道："拿香槟就着肘花，倒也是中西合璧。"

奕雯心里有事，正琢磨着怎么开口，听徽茹这么讲，便笑道："这肘花，还有酱汁肉，还是陆稿荐的？我记得抗战前是在北书店街，前几天还去找，人家

省府前街

159

挪地方了，改在教育厅街上了，幸好离得不远，一问就问着了，人还是那么多。"

徽茹放下筷子，端酒杯慢慢摇晃，看着里面淡金色的酒液，缓缓道："你太爷爷秉耀公，生了一辈子的病，咳嗽时腰都直不起来，只要一吃陆稿荐家的酱肉卤肉，立时百病全消——我是亲眼见过的。"

"我听奶奶讲过，还讲过他怎么背地里骂爷爷，当面又不承认，被您揭穿了之后，气得满院子撵着您要打。"奕雯学着徽茹的样，也轻晃酒杯，笑道，"我这位太爷爷，倒是给沈家留了不少的笑话，不然逢年过节的，多没趣。"

徽茹将视线从酒杯挪开，看着奕雯，淡淡道："你太爷爷留的不只是笑话。还有三个儿子。老大是圣衍公，你的爷爷，我的父亲；老二圣承公，老三圣传公。三房下来，一共有四个儿子，大排行我是长兄，按辈分是个'徽'字，四兄弟取了'如沐春风'之意。昨天晚上，你在郑县见的那个半死不活的沈徽慕，便是二房的，大排行的老二，我的叔伯兄弟了。"

徽茹娓娓而谈，声音并不高，仿佛是父女俩闲时拉家常，可字字句句在奕雯听来，像是枪林弹雨一般，她顿时惊道："父亲！"

"先先——"徽茹摆了摆手，道，"你到底还是个孩子，没有经过这样的事，当然，你做的也都对。姓赵的突然找你去，而不是直接找我，你知道因为何故？"

奕雯已是心绪大乱，如何还能有话回徽茹。见她一副木胎泥塑的样子，徽茹怜爱地一笑，道："你有什么好怕的？有父亲在，万无一虑。你二叔和静姝，是被军统抓的，而且被抓不是一天两天了。之所以一直没动静，是因为我，所谓投鼠忌器罢了。那个赵贻海，是新上任的全省保安副司令，本来跟军统没什么瓜葛，但军统河南站的长官——就是你见的那个薛将军，跟赵贻海是军校同班同学。两人一定是商量过，这才冷不丁找了你去，当着你的面放了徽慕和静姝，又当着你的面枪毙了两个替死鬼，一切都做完了，再由赵贻海出面，找我摊牌。无非是钱而已，五万美金。不过赵贻海倒是念旧，和我提起了当年在郑县，跟你和你姨娘共患难的往事，把他该得的一万美金退给了

省府前街

我——我自然不会收的。奕雯，我说了这么些话，你该都明白吧？"

奕雯听得脑袋嗡嗡直响，好半天才道："父亲，那姓赵的，为什么不直接找您呢？"

"我说过了，投鼠忌器而已。"徽茹轻呷了一口香槟，微笑道，"如今河南省主席兼全省保安司令，是刘书霖先生；而管着刘主席的，是郑州绥署刘经扶主任①。赵贻海六个团的保安部队也好，薛将军的绥署调查处也罢，都归刘主任管。而我跟刘主任一直有些渊源——这些话，这些事，都是大人圈子里的，本来也不想讲给你听。不过你毕竟是长大了，为父我也是奔六十去的人了，弃文从政二十多年，黑发熬成了白发，不知还有几年好活——你早晚要自立的，也早晚会遇到这些事情，我不教你，还有谁能这么教你呢？"

徽茹说到最后，脸上还是微笑，眼里却是亮闪闪的，而奕雯早已泪流满面了。其实徽茹这么讲，还是有很多瞒了奕雯。比如徽茹跟刘峙的关系，牵涉的内情太多，不能也不便跟奕雯讲透彻。远在民国十九年，徽茹刚当行长不久，位置还不算稳当，正好刘峙来豫做了省主席，而且一干就是五年，是迄今为止历任省主席中年头最长的一个。五年中，徽茹自然是倾全力逢迎，跟刘峙相处极为融洽，以至刘峙后来转任重庆卫戍总司令，徽茹立即开设了重庆分行，继续鞍前马后效力。也是徽茹命中该有此运，抗战胜利前夕，刘峙回到河南，出任第五战区司令长官，受降后又升任郑州绥靖公署主任，统辖原来第一、五战区所有军事民政，省主席都得听他招呼。徽茹就算有亲戚是共党，一个是叔伯兄弟，一个是干女儿，搁在别人身上要命的事，但徽茹还真不怕查，而且军统早几年前就暗查过，也没查出什么子丑寅卯来。以徽茹的身份地位，军统直接找过去，很容易就弄得两下里尴尬。薛中将是既不想撕破脸，又不愿白忙活，跟贻海一合计，先不找徽茹，却把奕雯弄到郑县，做了个见证人，回头再找徽茹和盘托出——以他们对徽茹的了

---

① 刘峙，字经扶，国民党首批陆军二级上将。抗战前曾任河南省政府主席；抗战期间先后任第一战区第二集团军总司令、重庆卫戍总司令、第五战区司令长官；解放战争期间先后任国民党郑州绥靖公署主任、徐州"剿总"司令。

解，绝不会让他们空手而归。

微茹抬起手，替奕雯擦了眼泪，叹道："这在旁人来看，也算是天大的面子了。不用我出头，人家悄没声就帮我把事情办好，可不是有面子吗？但我恨的是，他们竟打你的主意。先先，他们深更半夜把你带到郑县，百十里的路，黑灯瞎火的，万一路上出事了怎么办？碰见劫路的怎么办？你还是个孩子，没经过什么事，当着你的面，又是用刑，又是枪决犯人，吓着你了怎么办？煞费苦心，不就是为财吗？干脆冲我来便是，何必把你当成棋子？先先，我膝前只有你这么一个闺女，现在平安无事还好，万一有个好歹，我一个年过半百的人，还有什么活头？"

微茹一边絮絮叨叨，一边自斟自饮，奕雯拦也拦不住，一瓶酩悦香槟很快便见了底子。他酒量其实平平，心里又有积郁，很快便把自己喝倒了，趴在桌上沉沉睡去。奕雯看着他，忽然发现他两鬓处被眼镜压出了一道褶子，周围花白一片，白的似乎比黑的还多。毫无疑问，微茹正在迅速地苍老，甚至脸上已经隐隐有了深褐色的斑块。奕雯心中一阵凄楚。自她有记忆开始，家里头就没一天安生日子，微茹和惠葳不是冷嘲热讽，就是摔东摔西；后来惠葳出国、离婚，微茹赌气娶了冯氏进门，喜宴上奕雯也赌气，冷不丁打了冯氏一枪，削了她一个耳垂，于是后母与继女势同水火，天天叮叮当当，微茹懒得在家审案断案，常常是夜不归宿，有时一两周也见不得一面；再往后抗战了，微茹带着一家人跑反，辗转豫西、豫南，冯氏又不幸暴死于郑县，父女俩之间话便更少，相互置气的时候居多。仔细想想，刚才这番话，竟是微茹跟奕雯说话最多的一回。而这仅有的一次推心置腹的谈话，代价却是两条人命，以及五万美金。不过，静姝毕竟脱险了，去了她朝思暮想的解放区。可她这一去，不知何年何月才能再见。记得那本《吉诃德先生传》里面，静姝特意摘给她的那段话说，"当我的故事广为流传之时，那便是幸运的时间，幸运的年代"，或许再见面时，已是静姝的时间、静姝的年代了，也就是她说的"新中国"了吧——只是那时，她会是什么样？父亲又会是什么样？

想到这里，奕雯垂头看着微茹，泪水夺眶而出。

第五章

夜　　奔

省府前街东起中山路，西到大坑沿街，被这两条南北路夹在当中。自民国二十一年起，河南全省保安司令部便设在大坑沿街上，正门冲西，内里跟省府相连。历任保安司令都由省府主席兼任，如此布置也是方便省主席两处办公视事。不过在省府官场混的人都知道，抗战胜利之后，省主席名义上管着一个省，实则就跟摆设似的，真正管着全省军事民政的，是郑州绥署主任，而且绥署就在郑县，距离省府不到一百五十里，豫省大事小情根本不容省府置喙，往往直接一道命令下来，省府无非是盖章照发而已。至于豫省保安部队，大多是原来的民团、保甲，甚至是土匪流寇，抗战胜利后，政府急于扩军剿共，只要肯归顺中央的就给番号、给军衔，一时鱼龙混杂，原先的土匪摇身一变，就能混个军官做做，民间有云"上校不如狗，少将满地走"。豫省的保安部队先是编了六个团，后来扩为两旅八团，也是名义上归省主席管，实际管事的是重庆派来的副司令，也就是贻海。保安司令部人事繁杂，机构臃肿，一部一处七科

省府前街

163

四室两所①，十几个部门、二百多号人一股脑儿挤在司令部里，每天热热闹闹，跟赶集一般，一天下来也没多少正经事可干，倒有不少吃白食的，大多是省府各厅各处长官们的亲戚朋友。

贻海虽是祖籍在开封，少年时代便随长辈离汴宦游，在外近二十年，一朝回到故地，只觉人物两非，竟毫无游子归来的心境。 开封官场欺生，贻海刚来不久，人人都拿他当外来户，面子上还算尊敬，背地里谁都不把他当回事。 有时候，贻海在办公室里待上一天，除了偶尔送开水送报纸的，竟无一人登门汇报工作、请示任务。 上次他的车坏了要修，秘书室推给总务科，总务科推给经理科，经理科推给修械所，修械所所长推给工头，工头推给小工。 这小工是省府某处科长的小舅子，除了修车的手艺不行，其余样样都是好手，因为他真不会修，也便真把这事忘了，结果贻海那辆车在修械所停了三天，还是老样子，根本无人想起。 贻海是个性情散淡的人，本来打算在省里待上两年，再回国防部谋个职位，便万事不放心上，可也被这帮手下弄得恶心不已，反正闲着无事，索性也恶心恶心他们，便自己溜达到南关修械所，要了工服围裙，拿了扳手榔头，钻在车下敲敲打打，自力更生。 旁边有人瞧见了，纷纷暗中嘲笑他混成这个样子，真是丢了国防部下派干部的脸。

其实贻海才不是省油的灯，他挑这时候亲自修车，当然是有意为之。 就在那天，国防部第一厅、保安局、保密局联合到豫，专项督察本省保安部队整编和预算执行事宜，来的督察大员都是老熟人。 贻海曾供职于国防部青年军复员管理处，处长是陈诚，副处长是蒋经国，对这位燕京大学、陆军军官学校双料高才生很是赏识；后来复员管理处改组为预备干部局，陈诚去做了参谋总长，把持了国防部实权，蒋经国亲任局长，贻海回老家开封任职，蒋经国也是寄予厚望。 这事国防部里知道的人不少。 贻海在车底下忙活，那些千里迢迢来开封的督察大员找不到人，也没人敢汇报说贻海在修车，于是一个个的脸色都不好看。 他们脸色不好看，省保安司令部、郑州绥署的陪同人员就都慌了。 国

---

① 根据南京国民政府《省保安司令部组织条例》，河南全省保安司令部下设政治部，保安处，绥靖、训练、经理、总务、军法、防空、情报七科，秘书、视察、医务、会计四室，看守、修械两所。

省府前街

防部第一厅管人事，全国军人铨选叙勋升迁，都归第一厅管；保密局便是原来的军统，人人闻之色变的；至于保安局，正是全国各省保安部队的顶头上司，每年的中央拨款、司令部人事编制，都是保安局制定——总之一句话，若是得罪了这帮大员，钱粮、官位便是危如累卵。消息很快便传到省府，刘主席何等精明的人，一听就全明白了，所谓冤有头债有主，根节儿就在贻海身上。他打听出贻海在南关，直接让人开车载他过去，修械所里已经乱成一团，小工跪在车边磕头抹眼泪，全然不管用，众人都眼巴巴地等刘主席来解围。刘主席十七岁跟着袁世凯当兵，转文职前已经官至中将加上将衔，三十年的军龄下来，看谁都是新兵蛋子。他谁也不搭理，径直来到车前，中气十足地喊了一声："全体都有，立正！"

贻海自然听得出是刘主席的声音，当下二话不说，从车底下爬出来，规规矩矩立正站好，敬礼道："报告！职下赵贻海，正在此检修车辆，督察所属修械所工作，请刘司令训示！"

刘主席还了个军礼，用浓重的豫西口音道："这帮杂鱼，我去处理，你现在立即回司令部，向国防部联合督察组汇报工作，不得有误！"

贻海毫不含糊，麻利地敬礼，道："是！"

刘主席见他二话不说，抬腿就往外跑，顿时哭笑不得，道："谁叫你跑步去的？坐我的车去！还有，把衣服换了！"一边说，一边瞅着旁边黑压压一片肃然立正的人，冷笑道："赵副司令这辆车，一个小时内修不好，所长、机械长就地枪毙，其余人全上前线，给我剿共去！"

刘主席后边这话，一半是说给修械所的人，一半是说给贻海，也算是替他出了气。这一点贻海当然明白，在场的人也都明白。此事过后，开封官场无人不知保安司令部的赵副司令贻海，太子蒋经国是人家的靠山，国防部是人家的娘家，绥署是人家的客厅，刘司令刘主席是人家的结拜大哥。反正真真假假，议论纷纷。贻海如同转世重生，办公室里天天人头攒动，下了班也不得安生，饭局吃请得排到一月之后，出入都是众星捧月一般。到了民国三十五年清明节，贻海瞒着所有人悄悄办了件大事，将母亲的灵柩从重庆迁回开封，跟父

省府前街

165

亲合葬在一处。 其实这事想瞒也瞒不住的，好多人听说后主动要来帮忙，都被贻海一一婉拒。 事情虽然办得并不张扬，却还是在保安司令部、省府引起一片哗然。 大家哗然的原因有二：一是葬的地方，二是葬礼上的人。 都知道贻海祖籍开封，可他家祖坟地并不在开封，而是在巩县①；随贻海祭祀的家眷，只有一个上了年纪的女人，也无子嗣在场。 开封官场最不缺的便是好事之徒，皆为无事生非的行家里手，何况这里头还真有大文章可做。 有人实在闲得无聊，居然专程跑了一趟巩县，抄来了贻海祭祖碑文，赫然发现那女人竟是贻海的太太，名为"赵康氏"，两人也的确没有子嗣。 经众位行家再三分析，赵副司令是北宋赵氏皇族的嫡系后裔，这已是断然无误的了；那个女人虽是赵太太，却比贻海年纪大了不少，也是断然无误的；碑文还说，贻海深感"不能事亲、不能从兄、不能守身"这"三大不孝"之痛，祈祷父母兄长在天之灵庇佑，能延续一门血脉，不至于千年香火断在他这一代。 这三点分析结果一出来，保安司令部、省府更为哗然。 于是在一片哗然声中，贻海悄悄买下省府前街旁行宫角附近的一处宅子，安顿太太赵康氏住下，便更是烈火烹油的新闻了。

赵宅在行宫角对面，选在此处，贻海也是费了心思的。 赵家当年还在开封时，便住在这里，贻海也出生在这里，如今做了副司令，算是衣锦还乡，仍住在这里，当然是有克绳祖武、牖启后人之意。 赵宅规制不大，但在省府前街行宫角这寸土寸金的地方，还算是体面。 开封人给人庆贺乔迁，俗语叫"燎锅底"，意为新家第一顿饭，要招呼街坊四邻亲友故旧来聚餐，赵家算是开封老户，少不了这道程序。 农历初九这天，赵宅里外焕然一新，大门敞开迎客。条件再一般的人家赴宴，也不会提着两只空拳头来，总会带上诸如红包、对联、盆花等喜庆物，再不济也得提一篮子油条、炸糕，或是烟酒活鸡活鱼之类。 何况能够受邀登赵家门、给贻海燎锅底的，并无一个白丁，故而门外车水马龙，送的礼物摆满了院子，大到屏风牌匾电器，小到茶具炊器文玩摆件，端的是琳琅满目、应接不暇。 不过最显眼的，是两位刘长官的亲笔贺仪，都是四

---

① 今巩义市，北宋皇陵所在地，共八帝九陵，帝陵群外，亦有众多宗室、功臣、勋贵的陵墓。

省府前街

字立轴，左右分列，挂在上房正中，一幅写的是"燕贺德邻"，落款"经扶手书"；另一幅写的是"兰阶添喜"，落款"书霖手泐"。两长官一为郑州绥署长官，一为本省主席，下属搬个家，两人便联袂送了贺仪过来，这等荣耀岂是寻常人可得的？何况代表刘峙送来贺仪的，是绥署调查处中将处长老薛，车牌为"郑署0001"的军车停在路边，顿时把周围的车辆都比了下去。

除了礼、字、车，当晚最受瞩目的，还是赵太太康氏。康氏身材不高，只到贻海的下巴，身子浑圆结实，头上抹了发油，一丝不苟，精心梳向脑后，显得脑门格外饱满。据几位来赴宴的太太观察研判，这位康氏年纪约莫在四十岁露头，而贻海是三十六岁，两下里相差并不太多；但康氏刻意往老成上打扮，穿戴都不鲜亮，一身皂底暗花的棉布旗袍，一双珍珠耳坠、一对玉手镯，也是朴素至极的样式。贻海则是一袭长衫，皮鞋锃亮，夫妻二人站在门口迎来送往。从日落掌灯开席，到月上三竿送客，足足折腾了好几个钟头。康氏是在开封长大的，一口流利的开封话，又爽朗又熟络，待人接物滴水不漏，让几位太太挑不出任何瑕疵。更让太太们惊诧的是，整个赵宅找不到一个丫鬟婆子，这么大的场面，竟全是康氏一个人在张罗。某位太太实在忍不住，悄悄问她要不要叫人来帮忙，康氏稳稳地一笑，道："当家的叫了不少下属来，足够使唤了。"

某太太不甘心，继续道："那往后呢？也不打算招几个用人厨子？"

"谢谢魏太太好心，不用的。"康氏微笑摇头，道，"我家里就俩人。我自己便是丫鬟出身，家常饭菜都能做，当家的是军人，一年四季就那么几身衣服，又不用自己做，我一个人忙得过来。"

魏太太目瞪口呆，不等她说话，康氏便抓了她的手，亲热道："妹子，姐看你是靠得住的，你若真心给我家寻个人来，就给当家的说门亲事吧。"

魏太太倒吸一口冷气，连连点头应承下来。离开赵宅，魏太太强按住心头突突乱跳，朝几位女伴使了个眼色，太太们各自向丈夫告假，说是相约在魏太太家里打牌。丈夫们乐得没人管束，也结伴去了牲口市街的曲觞新馆取乐。自开封光复之后，百废俱兴，最先兴起来的便是书寓业。曲觞新馆的老板还是尹耀祖，此公在沦陷时逃到西安，曲觞会馆稍加改造，便成了伪河南省公署接待处，继续红火。 日本投降，曲觞会馆作为逆产充公，耀祖立马回了开封，凭借旧时人脉关系，继续当他的开封书寓业公会主席，盘回曲觞会馆，改名为"曲觞新馆"，取的就是个"新"字。 书寓业是耀祖的老本行，做起来熟门熟路，生意一时间火得烫手。 丈夫们爱去的地方，太太们一般都恨得咬牙切齿。不过这天晚上，几位太太着实顾不得追究，齐刷刷聚在一处，互通有无之后，竟然发现康氏并不只托付了一位，而是一晚上工夫，托了好几位太太给贻海做媒，能这么讲话做事，看来康氏绝不是开玩笑。

几位太太支了两桌麻将，一边兴致勃勃打麻将，一边搜肠刮肚，将眼下开封城里那些待字闺中的、寡居守节的、年龄相近的、能拿得出手的众位女子一一盘点个遍，有好事者一旁随笔记录，打算姐妹们齐心协力，定要给贻海寻到个姨太太。 省府开会或叽叽喳喳，或大打出手，省府的太太们达成一致意见也不容易。 有人说黄花闺女最合适，但立即有人反对，说像省府前街沈宅的大小姐沈奕雯，倒是正值妙龄，尚未出阁，家世又好，可人家肯嫁吗？ 沈徽茹既是行长，又是副秘书长，跟两位刘长官都是好交情，自然不舍得让宝贝闺女做妾——有康氏在，赵副司令已经有了正妻，再嫁进来的便只能是妾。 太太们纷纷点头称是。 又有人提议财政厅东街焦宅的大儿媳，年方二十五岁，姿色是不消说的，有一个女儿，因焦家大少爷肺痨早亡，一直守寡在婆家。 既然是寡妇，想必也没太多可挑的，做妾也就做了。 但马上又有人反对，说焦家大儿媳拖着个女儿，若是儿子，焦家肯定不会放，一个女儿怎么办？ 留在焦家势必受苦，跟着焦家大儿媳又怕贻海嫌弃，何况焦家一直不待见大儿媳，认为大少爷早亡全是她克夫所致，焦家不待见，赵家会不会也不待见？ 也有人表示不同意，说赵家急着纳妾，是为了生儿子延续香火，焦家大儿媳生过一个，还是跟肺痨秧子生的，这就证明人家能生，种虽不是好种，地却是好地，这就足够了，保不齐赵家就看中人家地好能生，不在乎有拖油瓶，不在乎什么克夫的名声呢？ 俗话说三个女人一台戏，眼前两桌麻将八个女人，还有一旁挥笔记录的，你来我往，互相辩驳，竟比唱戏打擂台还热闹，一直讨论到半夜两三点还

省府前街

没个完，众太太索性决定打个通宵，也议个通宵。 屋外廊下伺候的丫鬟婆子们气得咬牙切齿，实在搞不懂这帮太太大半夜的不睡，替别人张罗姨太太，到底图的是什么。

其实那天晚上，贻海也没有闲着。 送完客人，司令部的勤务兵、伙夫们各司其职，将赵宅里里外外打扫干净，东西归位，向贻海汇报已毕，康氏含笑给了头领一撂银圆，众人齐声道谢，便列队走了。 偌大个赵宅只剩下贻海和康氏。 关上门，康氏回头看看院里站着的贻海，笑道："少爷忙了一天，是休息，还是出去走走？"

贻海想了想。 他原本是要出去走走的，但康氏这么一说，他反而有些踌躇了，便斟酌着一笑，道："大姐是想我出去呢，还是在家？"

贻海比康氏小七岁，打小是她抱着长大的，在她面前从不掩饰什么，因为什么也掩饰不了。 他今天晚上约了人的，不去怕是不好，而去了，就得把康氏一个人扔在家里——刚刚燎过锅底，照老话说算是新宅头一夜，总是有些不妥。 所以他故意不答，让康氏自己选。 他熟悉康氏，就如康氏熟悉他一般，他当然知道康氏一定不会让他为难。 果然，康氏轻轻一笑，走过来，仰脸看着贻海，道："照理说，这第一天少爷得留在家里的——可是，你知道的，我何时为难过你？"原来在人后，她都是喊他"少爷"。

贻海似笑非笑地抬起手，指甲从康氏鬓角滑下，到脸颊，到下颌，再到脖颈，一直到旗袍的盘扣，微微皱眉，有些责怪道："你总爱穿这么老气的衣服，我就没见过你穿鲜亮点的。"

"鲜亮的，招眼的，我也有。"康氏并不躲，任他轻薄，只是笑道，"等新娘子进门，我就穿一回，也好受她一拜。"

"拜什么拜？ 你是我太太，是我大姐，不是我娘！"贻海哭笑不得，正色道，"今天晚上我哪儿都不去，就在家陪你。"康氏抓住了他的手，一笑道："我都快四十四岁了，少爷。 你陪我，陪不出儿子的。 我今天托了好几位太太帮忙，给你物色一门亲事，开封城这么大，人这么多，找个合适的女子怕是不难——你若是已经有了，也赶紧告诉我才好。"

省府前街

贻海平素里最吃不得软，见康氏这么说，心绪为之一乱，趁着刚刚的酒劲，手上一用力，竟拦腰将她抱起，转身大步朝屋里走去，边走边道："年纪越大越啰唆，先办完了正经事再说。"康氏虽然结实，但在贻海怀里也跟轻柳细枝相似，软绵绵，松塌塌，几步便被抱进了卧房。 云收雨住，康氏躺在床上，两眼雾蒙蒙看着天花板，讲不出一句话，只是喘个不停。 贻海在一旁笑道："大姐，这是得有多久了？ 母亲迁坟的事不办完，你是死活都不肯的，迁过坟又是一个月，你忙着搬家收拾屋子，也不肯——不过看你刚才的样子，倒是也并不讨嫌。"

康氏拉过毯子，盖住了半身，揉他一把，柔声道："快走吧，还说我啰唆呢。"贻海嘿嘿一笑，下床穿衣已毕，回头看见康氏两眼微微合上，也不再说什么，径直推门出去了。 康氏独自躺在床上，慢慢地睁开眼，蜷起了身子。 两人成婚已有二十年，一多半时间都不在一起，康氏是当家媳妇，陆续送走赵家所有老的人，以及不算老的人，于是身边只有贻海。 现在贻海也走了。 深更半夜的，想必是去找女人。 这也是康氏心里最放不下的。 贻海的性子，康氏再熟悉不过，这么多年他身边女人不少，可就是从来没听说有人怀孕。 如果有，贻海绝不会瞒她，也知道她一定不会生气，或许还要替他开心。 但一直没有。 民国三十年贻海受伤，昏迷住院的时候，康氏多了个心眼，请大夫给他检查过，说是一切正常。 贻海伤愈后这两三年，他们一直住在陪都重庆，仅她知道的，即有两三个女人跟他来往，年纪有大有小，却也是毫无结果。 贻海母亲多好的一个老太太，说句不中听的，便是活活给愁死的。 临死前，她拉着康氏的手，说话的气力都没有，只是一个劲地攥着，直到手一松，人没了。 老太太走的时候，贻海在外地公干，身边就康氏一个人，虽然没留下话，但老太太的心意明明白白，康氏全都知道。 也是，她从小跟着老太太，一跟就是四十年，情分跟母女一样，哪有她不知道的？ 记得结婚那年，她二十二岁，算是大姑娘了。 也是在那一年，贻海的大哥贻天留日归国，进了北洋政府外交部做佥事，后来屡有晋升，多地为官，赵家才算中兴起来。 因在赵家衰败时，康氏一家不离不弃，始终以仆从身份随侍左右，赵家刚缓过劲来，便由老太太主持，收了康氏做二儿媳。 其实家里人都清楚，二十二岁的大姑娘，早该嫁出去了，老太太一直不许也不提，大家都是心照不宣，早晚康氏都是赵家的人——想到这里，康氏心中一阵凄清。 正好一只蚊子嘤嘤嗡嗡，飞得近了，被康氏一巴掌打死，屋内顿时静了下来。 她凑近了看去，只见掌心里黏糊糊一团蚊子血，不由道："真是地邪，还没到五月节呢，竟生蚊子了！"

　　贻海出了门，左右看看，路灯都亮着。 省府前街和中山路交叉之处，便是老开封俗称的行宫角，向西行不远，便是省府大门，再走几步，路南即是沈宅。 他和奕雯约好了，晚上要见面的，而且奕雯说了，毕竟是乔迁之喜，还是做了邻居，所以不管多晚，她都等他。 前几天，贻海斟酌了再三，到底给徵茹下了请帖，邀他来赴宴，不过他也知道，徵茹是肯定不会来的。 果然，勤务兵送了帖子回来，脸色张皇，怎么问也不吭声，见贻海最后真急了，才吞吞吐吐说沈行长连封套都没打开，随手便扔在字纸篓里，从头到尾只说了一个字：滚。 贻海苦笑摇头，摆手让他下去。 徵茹不接帖子，自然不会来，而长辈不来，奕雯一个未嫁的大小姐，当然更不会来，也不便来。 既然她来不了，那便只有他过去了。

　　从赵宅到沈宅，要走上几分钟。 街两边路灯很亮，让贻海的影子忽长忽短，忽左忽右，像是个孩子在身边淘气。 刚才跟康氏在一起时，他差点便说出奕雯来，可他转念一想，还是忍下了。 他还没有想好，到底要不要说；不但他没想好，大约奕雯也没想好。 他甚至无法让自己确信，奕雯是真的动了情，而不是像平素里解闷寻乐子似的，像闲了无聊了打个猎似的，像一阵风似的，说来便来，说走便走了，来时没有迹象，去也没有征兆。 何况还有个沈行长徵茹呢！ 自军统"拉马骡"的事情过后，沈徵茹虽未明言，却也是摆明了要跟贻海和老薛割席断义，老死不相往来。 春节时正好老薛过生日，便跟往常一样，下了帖子请徵茹赴宴，他也担心徵茹不来，特意好说歹说，说动了贻海去送帖子。 贻海推不掉，硬着头皮送了，徵茹果然理都不理，连个回话都没有。 到老薛做寿那天，徵茹人没去，礼也没去。 礼没去并不重要，人没去，让老薛心

省府前街

里很不自在，他不自在，便不肯放过贻海，非得让他也不自在。那天晚上，宾客们都散了，老薛却不放贻海走，只剩他们两人，在郑州绥署的接待处对饮，直喝到酩酊大醉。老薛道："我跟姓沈的，无非是官场上的朋友，各取所需罢了。你却是救过他老婆和闺女的，中了鬼子的枪，差点没命——到现在走了远路，腿还是要疼吧？他不理我，算是人之常情，他也不理你，有点不像话。"贻海苦笑道："我当初劝过你，几万美元哪里弄不到，非要从他身上扒。从他身上扒也就算了，还非要在他宝贝闺女身上打主意，这又是何必？以我对他的了解，只要找着他，把事情一讲，他是多么通透的人，能不明白吗？无非是钱而已。他最不缺的就是钱。可你呢？瞻前顾后，想来想去，既想拿钱，又不想做不成朋友——现在倒好，为了几万美金，财神爷给丢了！"老薛叹气道："狗屁的几万美金，我没有几个手下？那两个共党，跟我亲二舅似的，专车护送，一个送到宣化店，一个送到涉县，案底还得抹得干干净净的，上上下下多少双眼睛盯着？我得打点多少人？跟你老弟说实话，就到手了一万五千美金，其余的全分了！早知道这样，还不如神不知鬼不觉把两个共党给毙了，倒也省事，也不至于得罪了姓沈的。"两人跌足长叹，后悔得肠子都青了。

老薛后悔，主要是为了钱；贻海后悔，却是因为奕雯。那晚郑县之行后，奕雯便再也没有见过他。又过两个月，到民国三十四年年底，即将元旦，天也渐渐冷起来。天一冷，最火的生意就是澡堂子了。中秋节过后，到来年春末清明节，是一年里浴池业的旺季，城里新华楼、宝董泉、华阳池几个大场子昼夜迎客不歇，每天烧煤都要几百上千斤。整个开封城，女宾浴池不多，最大最好的，当数洪河沿街的坤铭池。坤铭池是全城第一家女宾浴池，民国二十一年便有了，抗战胜利后重新装修，场内不设大池，只有西洋瓷的盆塘，一人一池，一次一换，洗了之后有扬州手艺的松骨捶背，还有各色糕点香茗以及牌桌包间，走的就是夫人小姐的生意，平民百姓哪儿舍得花上家里一个月的开支，到这里洗个澡？坤铭池只接待女宾，生意又红火，门口两旁全停了汽车，车多时常常排到鼓楼街。那天晚上合该有事，贻海开了车从鼓楼街路过，忽见一辆斯蒂庞克车迎头过来，拐进了洪河沿街，错车之际，看得见驾驶座上坐的是个

省府前街

女子。 开封城里，会开车的女人不多，抛头露面上路的更少，除了沈家大小姐，还会有谁？ 贻海正闲得无聊，嘴角不知不觉间便挑了起来。 他停住车，在路边抽了支烟，很快拟好方案——他曾做过一战区司令长官部参谋处一科上校科长，千军万马的作战方案都是他写的，眼下的对手，无非是个脾气大了些的女人。 打定主意，贻海发动车子，也拐进洪河沿街，找到奕雯的车，不假思索便一脚油门撞上。 旁边的看车汉子当然不干，上来拉住他不让走。 贻海本也没想走，便笑眯眯让他请车主来，汉子不敢离开，让同伴去里头叫人，自己一步不离，两只眼死死盯着贻海。 开封城里开车的非富即贵，神仙打架最好看，看热闹的立时围上来，指点议论，等着好戏。 贻海也不作声，掏出马牌撸子，拿手帕擦来擦去。 看热闹的面面相觑，哗啦啦一哄而散。 不多时，奕雯披着大衣横眉竖目出来，刚到车前，便嚷道："哪个不长眼的，撞了我的车？"

贻海故意背对着坤铭池大门，这时慢慢转过身，看着奕雯，惊讶道："是沈小姐？"

奕雯皱眉，上下打量了他，冷笑道："赵副司令——是来接人？"

"非也。"贻海一笑，道，"正好路过罢了。"

"那你是怎么个意思？"

"修车，这个是自然的。"贻海笑道，"保安司令部有修械所，奕雯小姐哪天有空，我陪你去。"

奕雯瞅着他，似笑非笑道："你们保安司令部的手艺，我倒是还看不上。"

贻海故意皱了皱眉，道："那奕雯小姐的意思，是赔钱了？"

奕雯点头，道："又只怕太贵了，赵副司令出不起这个钱。"

贻海笑道："打个欠条，慢慢还也好——奕雯小姐，这里也不是说话的地方，不如我们——"

奕雯又是一声冷笑，不假思索道："那便少要 些 万美元吧。 你掏得起，我知道。"

贻海一怔，蓦地笑起来，点头道："也好，何时给你送过去？"

奕雯倒是有些意外，略一迟疑，道："我再有一个钟点便好，你带着钱，在

省府前街

这儿等我。"说着,也不等他回话,转身便进了坤铭池。 贻海看着她的背影,慢慢抽出一支烟,点上。 看车汉子点头哈腰地过来,试探道:"长官,刚才您二位——价钱谈好了吧?"

贻海笑着点头,道:"我去取件东西,稍等便会回来。"

汉子听了,也不敢再问,只是扶着引擎盖,不肯撒手。 贻海明白他担心有诈,觉得滑稽,便又掏出枪来,递给他道:"不然,拿这个做抵押?"汉子吓得立刻松手,躲在一旁。 贻海上车,一把方向盘,离开洪河沿街。 差不多一个小时,贻海返回,却是徒步来的,远远见那汉子坐在马路牙子上,哭得正伤心,贻海走过去,坐在他身边,倒把他吓了一跳,带着哭腔道:"长官,您真回来了?"

贻海拍拍他肩膀,道:"你哭什么? 真怕我不回吗?"

汉子擦了擦泪,笑道:"能不怕吗? 万一您不回,我可赔不起啊! 娘的嘞,一万银圆,我祖宗十八代都没听过这么多钱啊!"贻海知道他错把美元当成银圆,也不去纠正,顺手摸出一块大洋,递给他道:"去叫一下姓沈的小姐,就说我在这里等她。"汉子惊喜交集,攥着大洋忙不迭跑进坤铭池。 不多时,奕雯穿戴齐整,出了大门,依旧是似笑非笑,看着贻海,道:"赵副司令倒是个朗利的人。 带来了吗?"

贻海从兜里取出一张存单,向奕雯晃了晃,笑道:"存在令尊的银行了,取不取得出来,我可就不知道了。"

奕雯想也不想便上前要接,不料贻海手一躲,将存单放回原处,又笑眯眯掏出另一张纸,道:"还有一份存单,奕雯小姐自己便说了算——今天,我要取一次了。"

奕雯皱眉看去,那是一张"河南全省保安司令部"抬头的便笺,上面写着"沈奕雯立此据为信,欠赵贻海先生两次"的字样。 奕雯不由得脸色涨红,低声道:"你想要做什么?"

"没什么。"贻海神态自若,道,"夜色正好,想请奕雯小姐一起兜兜风,不知可否?"

省府前街

174

奕雯冷笑道："不知今天又抓了谁，还是要去郑县吗？"

"今天不抓人，也不去郑县。"贻海笑道，"去哪里，奕雯小姐说了算。"

"我要是非去郑县呢？"奕雯毫不示弱，盯着贻海道，"要去，便去郑县东关外——账是在那里欠的，我还在那里还。"见贻海不知不觉皱眉，便笑道："怎么，赵副司令为难了？"

贻海摇头，苦笑道："我是没什么好为难的，只是怕令尊知道了，怪罪下来——上次的事，我已经把令尊得罪了。都在一个院子里做事，抬头不见低头见的——"

话音未落，奕雯咮咮一笑，两指掐了个指花，又是得意又是揶揄道："你的胆子，竟跟芥菜籽儿这般大小。"

贻海心中遽然一抖。斯人斯景，竟好似轮回一般，几年前在郑县罗家胡同，冯氏一手掩着胸乳，一手掐了指花，眯眯笑着，对他说过同样的话。一刹那间，冯氏宛如又站在贻海面前，而声音神态，又分明是奕雯。恍恍惚惚中，贻海听见车子响动，奕雯已经打着了车子，从驾驶座上探出头来，冲着他道："再问一次，你去不去？"

车出西门，周遭顿时黑下来，黑暗无边无际，压在斯蒂庞克车上。前几天下过透地雨，路基泡得松烂，路面坑坑洼洼，车灯光亮有限，奕雯开车的技术更有限，颠得贻海连磕了两次头。开了不远，贻海便苦不堪言，再也忍不住了，叫她停下换人，奕雯却是赌气不肯，两人互不示弱，争执间只听铿然一声响，显然撞到了车子底盘，奕雯顿时手忙脚乱，方向盘再也握不住了，车子朝路边沟里冲去，幸好贻海一把抓住她的手，死命往回拽，叫道："刹车！"奕雯本能地踩死了刹车，但还是慢了一拍，半个车身已经蹿出路面，车头向下扎进沟里。奕雯来不及叫出声，额头便撞在方向盘上，顿时什么都不知道了。

等奕雯悠悠然醒来，不知已经过去多久，大黑得瘆人，月辉星光无影无踪，天地间宛如一个方方正正的铸铁盒子，一丝光亮都透不进来。奕雯强忍住头痛欲裂，勉强支起身子，发现自己靠在一棵树上，身上还搭着条毯子，朝远处望，黑乎乎一个人影过来，好像还拿着东西，不由嚷道："是谁？"

"你醒了？"

距离虽然尚远，奕雯却一下子听出来是贻海的声音，心中蓦然安静了许多。细细想来，倒也真是有趣。她跟贻海几年前第一次相遇，生与死一起经历过；上次自开封夜奔郑县，也算是目睹了生生死死；这一次又是夜奔，又是从开封到郑县，又是生死之间走了一遭。

随着脚步声，贻海已来到奕雯身边，放下怀中树枝柴火，掏出打火机点燃。奕雯眼前像是有盆花，从骨朵蓦地便到盛开，一下子照得四周亮堂起来。贻海叹口气，一屁股坐下，叹气道："前几天下过雨，什么都是潮的，好歹有个亮吧。"

奕雯裹紧了毯子。那火不大，温吞吞的，冒着湿气，刚才瞬间耀眼的明亮，也随着弥漫的湿气，变得氤氲起来，暧昧起来。贻海掏出马牌撸子，检查了一下弹匣，重新装好，声音很低，道："这里是保安一团的防区，天一亮，保安一团的人例行出城巡逻，到时候便有救了，——你冷吗？"

奕雯摇了摇头，道："冷倒是不冷——你打上几枪，会不会引来他们？"

"我想过，怕是不成。"贻海皱眉道，"没想到会出城，只带了两个弹匣。"说着，他悄悄打开一道保险。马牌撸子有两道保险，打开一道，即是时刻准备击发。贻海动作很轻，但也被奕雯瞧见了。她是懂枪的，不由心里也是一紧。此处离城门远，一两声枪响根本没用，可一共就两个弹匣、十几发子弹，能引来救兵倒好，万一来的是土匪怎么办？周围伸手不见五指，根本没办法瞄准，就算贻海一枪撂倒一个，也架不住土匪人多势众。记得上次从开封到郑县，走的也是夜路，但两人都带着枪，还有把 M3 冲锋枪，半路也有人接应。想到这里，奕雯脱口而出道："那还点火做什么？不怕招来歹人吗？"

贻海搓了搓手，像是欲言又止，奕雯便道："我不冷，还是灭了火吧。"

火灭了，眼前又是一片漆黑。两人一时都没有说话，而呼吸声、心跳声，却在静谧中无限放大起来，又跟风声杂糅一处，耳边全是呼呼的声响，像小兽的嘶吼。彻骨的黑暗里，贻海忽然道："元人无名氏所著《拊掌录》，你读过吗？"

奕雯的心思哪里在读书上，便随口低声道："没有。"

"《拊掌录》里所记载的，皆一时可笑之事。其中有一则讲到欧阳修，当真是可笑之极——反正闲着无聊，我讲来给你听听。"贻海也不待奕雯回答，便自顾自道，"某日，欧阳修跟几个朋友会饮行令，每人必须作两句诗，诗中内容必须触犯刑律，而且必须罪在徒刑以上。一人说'持刀哄寡妇，下海劫人船'，一人说'月黑杀人夜，风高放火天'。轮到欧阳修，他说'酒粘衫袖重，花压帽檐偏'，众人皆不懂，欧阳修解释说，'酒喝成这个样子，岂止是徒刑，还有什么罪做不得'！"

奕雯一直没有说话。贻海说的掌故，她自然是知道的。沈家是累世读书之家，本来严整有据，到了奕雯这里，却变得五花八门。这也怨不得她。奕雯三岁时，由爷爷圣衍公亲自授学开蒙，入门读的即是三、百、千、千①；圣衍公去世时，奕雯年方五岁，已经读到《古文观止》和《笠翁对韵》。爷爷去世后，奕雯从郑县回到开封，父亲徵茹是留美金融硕士，母亲惠葳读过上海的洋学校，两人又都是家塾出身，新学旧学都不算差，故而奕雯的旧学底子也还扎实。等年纪稍长，她又去了静宜女中，上课作业全是英文。而自从惠葳出国不归，徵茹公事繁忙，家里便无人管她读书，偌大个书房，竟被奕雯翻了个遍。像刚才贻海说的《拊掌录》，还有什么《笑林广记》《笑赞》《笑府》《笑倒》《笑得好》②，不知被拿来消遣了多少回。奕雯不语，是她实在不知该说什么。自从认识了这位赵副司令，不，当时他还是赵上校，每次相遇，总有一些海雨天风般的波澜。对一个大家闺秀来讲，真可谓离经叛道到了极点，也激扬到了极点。奕雯盘算之后，发现她平生所遇的全部惊心动魄之事，竟都是跟这个男人一起，而眼前这一晚，又会——

贻海当然不知道奕雯绵邈的思绪。陪她沉默了片刻，他还是忍不住了，道："刚才那个笑话，想必有些太古板，我还有新鲜的——"

---

① 即《三字经》《百家姓》《千字文》《千家诗》等入门读物。
② 《笑林广记》,清代游戏主人编撰;《笑赞》,明代赵南星著;《笑府》,明代冯梦龙著;《笑倒》,清代陈皋谟著;《笑得好》,清代石成金著,均为明清两代文言笑话集。

省府前街

"《拊掌录》并不是无名氏所写。"奕雯的声音幽幽传来，"宋人元怀写的，他自号輨然子，著此书是想补吕居仁先生《轩渠录》之遗，序里写得很清楚——还有烟吗？给我一支。"

打火机铰链响动，打火轮和火石摩擦之后，轻微而清晰的声音里，一簇火光亮起，慢慢移动到奕雯眼前，一支烟夹在手指和打火机中间，奕雯拿过烟，凑上去点燃，深深地吸了一口。红通通有一点光，明明昧昧，绽开在黑暗里，一股淡蓝色的烟雾升腾，瞬间便消散了。贻海在一旁也点了支烟，默默地吸着，忽而笑道："看来是我班门弄斧了——但是奕雯小姐，你不觉得这笑话可乐吗？"

奕雯缓缓地抽着烟，轻叹一声，道："好一个'酒粘衫袖重'！我车里有酒，你去取点来吧。既然不能生火，喝点酒，热乎热乎也好。"贻海显然未料到她会这样，而她也看不到他的表情，只是感觉他沉默了片刻，便站起离开了。不多时脚步声又近，贻海回坐在奕雯身边，将酒递过去。奕雯却没接，道："你先喝吧。'持刀哄寡妇，下海劫人船'，是说男人；'月黑杀人夜，风高放火天'，也是说男人；'酒粘衫袖重，花压帽檐偏'，更是说男人的。所以，你先喝。"

"酒当真是不错。"贻海喝了一口，笑道，"不过这夜黑风高，正适合杀人放火。你把我灌醉了，无人保护你，就不怕有歹人吗？"

奕雯扑哧一笑，道："'酒粘衫袖重'，是酒喝多了；'花压帽檐偏'，是色心动了。歹人，我是不怕的。我只怕一个酒已喝多、色心已动的男人。"

贻海心头一凛，便接道："这是自然。当此际，就算是徒刑重罪，也顾不得了。"

迷离的漆黑之中，贻海拼命地寻找奕雯的眼睛，却怎么也寻不到。黑色的眼睛，隐匿在黑色的夜中，宛如一串雨滴落入荷塘。贻海心跳得厉害。他当然不是正人君子，身边也从未缺过女人，但这个融化在黑而纯的静谧中的女人，却是他从未经历过的。贻海抬起手，清脆的铰链开合声后，那簇光又亮了，被无尽的黑暗挤成小小的一团，不过这已经足够。原来奕雯靠在树上，双眼紧紧闭着，上齿啮咬着下唇，眼角一绺亮晶晶的泪。贻海轻声道："怪不得找不到你的眼睛，原来闭得这样紧。"说着，慢慢凑过了脸去。正要吻上，却见奕雯忽地睁开眼，清清楚楚地道："你先告诉我，爱是什么？"

贻海蓦地一愣，打火机也灭了，两人又沉入墨汁般的黑夜里。奕雯轻轻道："是不是那些女人，从来没有问过你这些？"

"所以，你与她们不同。"

"这个回答我很喜欢。"奕雯笑道，"可惜还不够太喜欢。不急的，你可以慢慢想，想好了告诉我。"

贻海听她这么讲，便真的不急了，但他也没有离开。他和她从未如此接近，近到能感触对面轻促的呼吸。贻海的脑海忽然澄明起来，极似到了化外仙岛，满眼的珍禽异卉，美是够美了，却叫不出名字，自然也无法言说。又过良久，他仍是找不到一句话，又不能总这样沉默，只得斟酌道："我见你的次数屈指可数。第一次见面，便差点丢了命，第二次见面，得罪了你父亲，而且这两次，都死了人。现在是第三次了。其实每次见过之后，恨不能再也不见，可一想到你，又忍不住要见你——今天撞你的车，也是我故意的——奕雯，我不知这是不是爱，也不知如果这便是爱，你是不是够喜欢。"奕雯想了想，微微笑道："现在，你可以来吻我了。"说着，她伸出清凉凉的两只手，捧住了贻海的脸，笑道："傻瓜，你还真的想了这么久。难道你不懂，在这个气氛，这个场合，不管你说什么都是爱吗？"

天蒙蒙亮时，保安一团的人终于到了，领头的是个班长，带着几个呵欠连天的士兵。班长见了顶头上司，自是殷勤至极，忙招呼了一干手下，伺候贻海和奕雯回城。贻海心细，特意给奕雯找来轻纱遮面，谁也没看清楚脸，其实就算看清了，也没人敢说出去。自此事之后，贻海便上了心，总能打听出徽茹何时不在开封，好去找奕雯幽会。奕雯家里有个老仆妇，姓土，是徽茹从尉氏县文家找来的，跟奕雯生母惠葳沾亲带故，算是远房的亲戚。王妈在文家干过多年，前几年辞工回家，伺候走了公公婆婆，这才重新出来做事。王妈家务女红都好，照顾奕雯无微不至，没事便在家里唱戏念佛，大半辈子攒下一肚子的戏词佛经，全拿来教诲奕雯。　奕雯也听话，王妈说王妈的，她想她的，一明一暗，两下里并不冲突。　王妈毕竟上了年纪，白天说话做事，嘴不得闲，手也不得闲，所以一到晚饭后，便累得赶紧上床休息，一夜黑甜，直到次日天亮才醒。　王妈睡得香，一者是的确辛苦，二者是吃了安眠药。　药是奕雯悄悄化在了茶水里，专门让王妈喝的。　而且一到民国三十五年，国共两党箭在弦上，谁都看得出又要打仗了，打仗便是打钱粮，徽茹经常被叫到郑州绥署开会，或者到十二个行政督察区巡视金融是否稳定，他一走，王妈一睡，奕雯便如离笼之雀，做什么都方便得多。　赵家"燎锅底"这天，贻海打听到徽茹到第五区①诸县巡视，王妈想必也喝了药，已早早睡下了。　贻海这才陪过了康氏，慢悠悠出门，到沈家去。　短短几分钟的路，贻海边走边想，两人定情以来的林林总总，在脑海中一一闪过。　等他不知不觉停下脚步之际，蓦然发现，已经站在了沈家门口。

大约一刻钟前，贻海还在康氏身边，他身上还带着康氏发油的味道。　而此刻，他就要敲响沈宅的门，另一个更为年轻的女人会小兔子般扑进他怀里，告诉他，她有多么想他——

可就在这时，两束车灯骤然亮起，直挺挺地打在贻海身上，像是两条粗而硬的皮鞭。　贻海的瞳孔急剧收缩，下意识地摸枪——马牌撸子没带，跟情人幽会的时候，枪总有些煞风景。　贻海本能地抬手遮眼，等适应了强烈的光线后，才将手放下。　而在他眼前站着的，是一个他万分不愿见到的人。

徽茹的目光像是开水，淋了贻海一头一脸，水流下，牵带着皮肉，贻海刹那间觉得自己血肉模糊。　徽茹苍然道："她不会再见你了，请回吧。"

---

① 按当时河南省行政区划，第五行政督察区辖许昌、临颍、襄城、鄢陵、郾城、临汝、鲁山、郏县、宝丰等九县，专员公署驻地许昌县。

新　　妇

　　贻海婚礼的日子，选得不太好。　民国三十五年阳历六月二十五日，农历五月二十六，正是丙戌年、甲午月、庚午日，康氏请了好几位先生算来算去，算定了这个"好"日子。　不过说这日子不好，也有道理。　国共双方经军调部[1]调停，签订了《汉口协议》，国民党下达了"六月停战令"，一直停战到六月二十六日。　说是停战，两方部队也没闲着，国民党郑州绥署三十多万军队，把共产党中原解放区四万多人马围得滴水不漏，一方想要围剿，一方决意突围，在停战期内各自调兵部署，等着停战期一过便开打。　贻海是新郎官，又是全省保安部队副司令，二十五日娶媳妇结婚，二十六日上前线打仗，这日子的确算不得好。　但康氏一再坚持，说千挑万选，只有这一天办事，才跟新娘子八字相当，才能保住新娘子肚里这一胎，反正什么事都不用他管，由她来张罗便是，而且一切都张罗完了，才正式知会了贻海。　接到康氏的电话时，贻海正在郑州绥署指挥部草拟作战方案，听过她的全盘计划，只觉又好气又好笑，却又不敢跟她争辩。　老薛早在一旁听得目瞪口呆，等贻海放下电话，脱口而出道："你家大姐是疯了吗？　临阵收妻，你是薛丁山？　杨宗保？[2]　她当这是戏呢？　我可告诉你，你是上峰特意抽调过来参赞军机的，小心怪罪下来，谁都顶不住！"

　　贻海已是方寸大乱，便道："以老兄之见，我该如何是好？"

　　老薛皱眉道："你先回过去，说军情紧急，这两天绥署指挥部要南下，你得跟着，二十五日根本就不在郑县——"

　　贻海不由一愣，道："那跟她说在哪儿？"

　　① 　全称为军事调处执行部，由国民党代表张治中、共产党代表周恩来、美方代表马歇尔组成的"三人委员会"为其领导机关，1945年12月初成立于北平，办公地点在协和医院，下设三十八个执行小组，分赴各地执行停止内战、禁止双方军队战斗接触、妥善处理双方军队相处与整编等事宜。

　　② 　薛丁山、杨宗保为当时豫剧舞台上常见的戏剧人物，均有"临阵收妻"的经历。

老薛冷笑道："在哪儿？　在哪儿是军事机密，不能告诉她，一切等仗打完了再说。"

贻海想了想，确实也别无良策，便硬着头皮拿起电话，和颜悦色地跟康氏解释一番，说计划赶不上变化，变化赶不上电话，他刚刚接到上峰电话，明天开拔南下，实在等不到二十五日。　不料在康氏眼里，军国大事算个屁，再大的事也比不上赵家添丁，她冷笑一声，说既如此，她即刻便带新娘子到郑县，一路跟着贻海，直到二十五"好日子"这天办完了婚事，她带着新娘子原路回开封。　贻海听得心如死灰，默默拿着话筒，一语不发。　康氏是给他换过尿布的人，见他不吭声，早看出他在耍花腔，什么计划变化上峰电话全是胡扯，便又是威胁又是安慰道："少爷，我不让你为难，你也别让我为难——阳历二十五那天，我带春玉去郑县，天亮便出发，中午到，绝不让你多说一句话、多看春玉一眼，不让你接，不让你送，我只要你跟春玉喝一杯合卺酒，然后立马带她回行宫角，你该打仗就打仗去，反正她怀着孕，也不能圆房——延续香火是老赵家的大事，便是蒋委员长生气，我也顾不得了！"

贻海又放下电话，脸色苍白如纸。　老薛忙端杯茶过来，递给他，提心吊胆道："如何？"贻海哭的心思都有了，长叹一声，一屁股瘫在椅子上。　老薛一时无语，好半天才苦笑道："老赵，你了不起！　你家大姐更了不起，真是女权健将，将来准做妇女部长！　我看这一仗够呛了——给三十万国军做方案的少将，连家里的女人都斗不过，还想跟共军斗？"

两人相对而坐，木然良久，一支接一支抽烟，直到烟缸都盛不下了，贻海才满嘴焦枯，喃喃道："惭愧，惭愧。"老薛道："你不要对我惭愧，你该对人家沈小姐惭愧——现在还关在官渡镇吗？"贻海呆呆地看他一眼，道："兴许是吧——我也好久没她的消息了。"老薛恨铁不成钢道："你这杂鱼，燕京大学学过文，中央军校学过武，全学到狗肚子里了，竟分不清大小头，为了一个戏子，居然把沈家千金给丢了。　那女人什么来历出身，你不知道吗？　就算她有了孩子，那沈家小姐正年轻，还怕生不出孩子来吗？"贻海握着打火机，翻来覆去打开，又合上，噼噼啪啪像是敲木鱼，闻言又是一声叹，道："我哪里能想

省府前街

到，她竟然怀了孕？她怀了孕，却不跟我说，直接找到大姐——我还没想好对策，大姐把婚事都定好了！又拿祖宗家法要挟，你说我怎么办？"正说着，又有电话过来，让两人去指挥部机要会议室，参加贻海草拟的作战方案讨论，老薛苦笑道："兵马未动，做方案的已经输了一场，还是输给了女人。还有比这个更晦气的吗？我看你这方案执行下去，且等着我军一败涂地吧。"

到了阳历二十五、农历二十六这天，康氏果然带着新娘子来了。这天也是绥署司令部开拔的日子，整个县城兵荒马乱，到处杀气腾腾。喜宴在万年春饭店，大同路德化街交叉口，距离火车站不远，说走就走了。酒席只设了一桌，宾客也只有老薛一个，又是证婚，又是主婚，又是司仪，还得有红包送上。老薛本不想来，而贻海却不想再让别人知道，死拉活拽才把他弄到雅间里。老薛心里有气，早等得心烦意乱。门开处，康氏扶着新娘子进来，新娘子顶着红盖头，而贻海垂头丧气，行尸走肉般跟在后面。老薛看了看表，闷声道："见过嫂夫人。"

康氏笑意盈盈，道："这年月，有薛长官来捧场，这场面就撑得住了。"说着，对盖头下的人道："春玉，见过薛长官——咱当家的最过命的朋友。"新娘子便躬身道福，嘤嘤了一句："见过薛长官。"

两个女人，三句话，对老薛又捧又拉，弄得他一点脾气都没有。老薛只得一边寒暄，一边频频看表，康氏目光也落在他的表上，笑道："刚才当家的说了，下午一点，指挥部开拔南下，我问他去哪儿，他也不肯说，又是军事机密吧？"

"第八区，遂平，前进指挥部就设在遂平。"老薛一笑道，"前哨上午出发，指挥部马上就开拔，已经不是机密了。"

康氏闻言点头道："省的，省的。当家的，虽然是娶妇的大事，你军务在身，也只好一切从简，这便开始吧。"

贻海半天没说话了，便暗哑了嗓子，道："听夫人安排。"

康氏含笑颔首，不知何时，手里多了一对金镶玉的镯子，上前几步，稳稳当当坐在上首椅子上，轻轻咳嗽了一声。春玉顺着声音，摇着小碎步，从盖头

省府前街

下寻着路，来到康氏面前，袅袅跪倒，两手捧上。 康氏将金镶玉的镯子放在她手里，道："这个镯子，我是代老夫人传给你的。 今天起，你便是赵家媳妇了。"春玉口齿清朗，道："媳妇遵命，谢过婆婆。"康氏站起身，扶春玉起来，亲手替她戴上镯子，却欠身复又坐下，春玉再次跪倒。 康氏朝贻海点点头，贻海万般不愿地上来，抬手撩起了红盖头。

　　老薛当然见过春玉。 台子上的春玉，他见过；饭桌上的春玉，他也见过。本以为今天是她成亲，算得志满意足了，却也并不比平时更妩媚生姿，甚至还有些孕妇常见的浮肿。 老薛心中暗自苦笑，真不知贻海中了哪门子的邪，鬼迷了心窍，竟看上了她。 只见春玉抬起脸，朝康氏拜了一拜，道："妹子春玉，给姐姐请安。"康氏一脸笑，眼圈却蓦地红起来，忙用手帕掩了口鼻，止住了悲声。 贻海求助似的瞄了眼老薛，老薛想起他的嘱咐，便忙道："夫人，今天大喜的事，有何难过的？ 贻海军务缠身，还是快点行礼吧。"说着，他亲手端起两个酒杯，杯足由红绳相连，中间挽着个同心结，他将杯子交给贻海，转脸对康氏道："国事为重，今天的确简单了些，我老薛身兼证婚、主婚、知客三职，也是战战兢兢——夫人，就让他们喝了合卺酒吧？"

　　康氏拭了泪，微笑点头。 贻海上前，拿脚尖踢了踢春玉的脚，示意她站起来，又将一杯酒递给她，两人相互对望一眼，贻海仰脖饮了酒，春玉则是低眉顺眼抿了一口，康氏便在一旁笑嗔道："合卺酒，是不能剩的。"春玉脸一红，又将酒杯端在唇边，一口饮完。 她伸手接了贻海手中的酒杯，连同自己手里的收在一处。 康氏长长地松了口气，道："这就算礼成了。 今日有劳薛长官，等日后得暇，还请到家里坐坐，我和春玉略备薄酒，做几个小菜，好生答谢薛长官才是。"老薛忙客气几句，康氏继续道："当家的，你跟薛长官走吧——我坐了一上午汽车，有点晕，不急着回开封，这里有春玉陪我，你放心就是。"贻海如蒙大赦，答应了一声，又看了眼春玉，冲她点点头，便转身出门。 老薛倒有些尴尬，却也说不得什么，只是朝两个女人看了一看。 康氏还好，春玉眼里已然全是泪了，扑簌簌正往下滴落。 老薛不敢再逗留，随贻海离去。 直到出了万年春，甚至坐上了南下的火车，老薛眼前还不时闪现春玉落泪的样子。 而旁

省府前街

边的贻海，则像老僧入定般端坐，两眼紧闭，不知在琢磨什么。 后来老薛实在忍不住，推了他一把，道："车都过漯河了，你一句话没有——这是想谁呢？"

本来，老薛还想打趣，说贻海临阵收妻，该带着新娘子一起上前线的，却冷不丁见他睁开眼，眼白里全是红丝，不由得吓了一跳，道："你害眼了吗？"

贻海艰涩地一笑，看着车窗外慢吞吞后退的景物，喃喃道："三个女人，都被我害得够苦。 我这孽，作得没个边了——老哥，这回不到前线倒也罢了，真要是上了战场，你一定离我远些，子弹炮弹不长眼的，我该死，老天爷要收我，千万别连累了你。"

行宫角赵宅是个三进的四合院，正房住的自然是贻海和康氏，春玉是新妇，又怀着孕，康氏便让她住进了正房，自己朝夕伺候着。 春玉嫁过来之前，身边有个姓张的老仆妇，经康氏过了过眼，客客气气地给照付了工钱，还多封了一个红包，打发回老家了。 康氏的意思，家里快二十年没请过用人了，冷不丁来个生人，怕冲了春玉的胎气，先缓一缓，一边慢慢找人，一边熬过这前三个月再说。 春玉如何敢有异议，当然是服服帖帖。 康氏虽然从未生养，懂的路数却着实不少，灵符神像如何摆放，一日几餐如何搭配，何时卧床静息，何时吐纳地气，安排得细致入微，春玉连脑子都不消动，只需听康氏招呼便可。需要什么果蔬鱼肉、日常用品，康氏打电话给保安司令部总务科，便有人专门采买购置，按点送到赵家，开销顺便从司令部公帑列支，不用康氏多走一步路。 康氏虽是小脚，又生长在大户人家，却自幼喜欢走路，开封话叫"地儿奔"，平时出门一律步行，尤其不喜坐车，一闻见汽油味儿便恶心头晕。 民国三十五年阳历六月二十五日那天，从开封到郑县，康氏胸间提着一口气，倒还挺过去了；可从郑县礼成回汴，一口气散了，整个人顿时萎靡起来，一路上几次让司机停下，在路边吐得天昏地暗，春玉正在害喜，见她吐个不休，自己也忍不住呕了几遭。 两人你方吐罢我登场，一路走走停停，司机也不敢开快，到开封城西门外，已经是掌灯时分了。

进了赵宅，康氏和春玉谁都不想吃饭，也懒得洗漱，便相互搀着穿门过院，来到正房卧室。 康氏招呼春玉躺下，春玉也是乏透了，说着话儿就合上了眼。 康氏松了口气，刚要休息，猛地想起当晚的燕窝还没炖，只得强打精神，到厨房里忙活起来。 幸得燕窝是发好的，热水也是现成的，康氏便将燕窝细细撕条，摆放进炖盅，倒了热水进去，再拿纱布封上，搁在蒸锅中，开大火炖将起来。 开封地处内陆中原，燕窝非本地所产，贵在不易得，火候又要求得严苛，康氏索性也不离开，搬来小板凳，一边看着火苗，一边摇着蒲扇。 天气渐热，康氏不知不觉恍惚起来，似睡非睡间，闻着蒸锅边沿溢出来的气息，熟悉得像是自己的手，脸上不禁微微一笑。 她伺候贻海母亲三十多年，早说不清楚是儿媳妇还是用人了。 赵母去世前这几年，身子虚极，天天拿燕窝、野参、海参吊着，老太太也有趣，是不是康氏亲手做的，根本不用尝，看都不用看，鼻子一嗅便知道了。 康氏有些机械地晃着蒲扇。 若是老太太活着，看见儿子又有了儿子，该是多好的事——

朦胧中隐约有人进来，步子很轻，跟飘进来似的。 康氏一睁眼，竟看见春玉正弯了腰，去封炉子的风门，唬得康氏站起，一把抓住她，急道："你怎么就起来了？ 好好回去躺着，这仨月，不许你出半点差池，你可明白？"

春玉羞道："姐姐太见外了——女人生孩子，天经地义的，不用这么金贵。"

康氏扶她坐下，笑道："旁人家金不金贵，我是不管的。 既然到了赵家，听我的便是。 起来了，也好，在这儿吃了吧。"

等一碗燕窝吃完，春玉额尖鬓角都冒了汗，脸颊被热气熏得红扑扑的，她放下碗勺，直了身子，竟不由自主打了个嗝。 康氏笑着递给她手帕，道："都说你扮相好，可惜我没见过；说你唱得好，可惜我也没听过——但你肤色是真好，白里透着红——这红，跟从肉里头长出来的似的。"

春玉擦了嘴角，道："姐姐休要再取笑了，扮相再好，唱得再好，也都是快十年前的事了，何况那时候就比不上三鼎甲①，现在更上不得台面。 不过姐姐

---

① 指抗战全面爆发前，陈素真、司凤英、常香玉三位著名豫剧旦角演员，被开封观众称为"三鼎甲"。

若是喜欢听戏，回头我就拣几段简单的，给姐姐解解闷。"康氏听了便笑，两人抢着收拾了厨房，又携了手回到卧室。 康氏亲手收拾了床铺，让春玉躺下，笑道："上了年纪，晚上打呼噜咳嗽，你怀着孕，睡得浅，我去隔壁耳房睡吧。"春玉自是不许，两人又争了一阵，康氏到底还是离开，临走时特意关了窗，说是开封老话儿讲"避风如避箭"，万不可贪睡时被风邪侵扰。 门一关，卧室便只剩下春玉。 门关的那一刻，春玉和康氏的脸都变了，跟门关之前判若两人。隔着门板，两人都看不见对方怨毒之至的样子，这倒也好，不然两人都要骇然，都要不知所措。

春玉姓葛，十年前也算是开封梆剧①名伶，戏院外贴出印了"葛春玉"三字的戏单，虽不像三鼎甲那般万人空巷，也颇有批拥趸。 可惜花无百日红，民国二十七年开封沦陷，春玉的父亲急火攻心，一口气没缓过来，撒手西去了。 春玉的母亲不识字，没见过世面，舍不得裴场公胡同新买的大宅子，迟迟不肯走，只想先出了手再说，可兵荒马乱的哪还有人买房子置地？ 这一耽搁就是半年多，开封城里诸多名角都奔西安、洛阳去了，纷纷登报声明"誓不与倭寇共居一城"，这时春玉娘俩明白过来，再想走，却已是走不掉了。 盯上春玉的人姓全，单名一个淮字，原本是开封城里游街串巷、替人讨债收息的混混。 鬼子没来之前，他便被日特暗中收买，仗着地头熟悉，没少给鬼子通风报信、传递消息；开封沦陷之后，全淮立刻公开投敌，做了伪开封市政公署警察局长，后来又任伪河南省会警察局长，还兼着伪河南省公署警务厅的副厅长，在开封沦陷期间嚣张一时。 全淮虽是公认的汉奸混混，却是个懂戏之人，早就对春玉上了心，她几次筹划要走，都被全淮暗中做了手脚，别说出城，就连裴场公胡同都走不出去。 全淮见她去意已决，不能再傻等了，便授意几个混混日夜骚扰葛家，吓得春玉娘整日里哭哭啼啼，春玉不得已，跟全淮打了电话求救。 接下来，一切按照全淮的设计——小混混们被打得鼻青脸肿，一个个跪在春玉娘面

---

① 新中国成立前，豫剧被称为"河南梆子""梆子戏""梆戏""河南讴"等；新中国成立后，豫剧作为我国重要剧种之一，始得以正式命名并流传至今。

前磕头赔罪；春玉送钱给全局长答谢，当然被拒，心里又感激，又惴惴不安。 刚安生没几天，日本住井洋行又下了帖子，请春玉去一趟，给洋行揭幕贺喜献艺。 春玉不敢去，也不敢不去，只得推辞说病重伤了嗓子，不料日本人说可以不唱，但人必须到。 春玉急得走投无路，又是全淮主动出手，不知用了什么法子，竟使日本人不再来纠缠。 几次雪中送炭，不问一丝回报，春玉母女自然是感恩戴德，以为靠山。 过不几日，全淮借口在家给长辈祝寿，请春玉去唱个堂会。 长者做寿是善事，人家又是恩人，春玉不假思索收拾一番便去了。 可到了全家一看，只有全淮一人在家。 春玉那年不过是个刚满二十的女子，自小坐科学艺，出师后跟班主走码头唱戏，事无巨细都有人张罗，不用她操心，除了唱戏，别的她一概不知，一概不懂，岂是全淮这样的江湖油子的对手？ 几杯酒下肚，全淮兴起，当场便要跟春玉唱《春秋配》中《捡柴》一折。《春秋配》是当时开封梆戏最叫座的一出，《捡柴》又是戏中最叫好的一折，讲的是李春华和姜秋莲荒郊相遇，青年男女一见钟情，相互试探，步步深入之事。 这折戏，春玉唱过不知多少回，台上唱，堂会也唱，熟悉是够熟悉，但从未跟陌生男子唱过，满腹的委屈惶惑间，却见全淮已经折了根枝条做马鞭，扬了几扬，唱起来：

> 送仁兄送至在柳林之下
> 荒郊外风光好叫人爱煞
> 来到了山涧坡用目细撒
> 见一老和一少在捡芦花
> 老妈妈她不过六十上下
> 观大姐也不过二九年华
> 看穿戴非出自小户家下
> 却为何在荒郊眼里发麻①

---

① 河南方言，指悲伤落泪之意。

省府前街

全淮虽未曾正经学过艺，但听得多了，皮毛还算有些，腔调也有板有眼，春玉见他一本正经，心里蓦地有了些许弛然，想到事已至此，又想到曾得他诸多好处，今后应付各种难处还得指望他，万万不能拒绝的，便心一横，惯性地接着唱道：

遇君子在荒郊前来问话

虽然是男女别不得不答

我居住罗郡庄魁星楼下

门儿外有两棵槐柳娇芽

我的父名姜绍字表德化

每日里贩细米常不在家

在家中我受不尽继母拷打

被她罚我到荒郊来捡芦花

唱着唱着，春玉不由想起这半年多来困守开封，老母亲贫寒落魄一辈子，好容易攒下些家业，眼里只有宅子、大洋，一听要走，不是大哭便是大骂，以至于现在去留两难、进退失据，若是像其他名伶那般，早早地离开这是非之地，扎扎实实排几出抗日新戏，不也是风风光光、受人尊重吗？又怎会被小混混欺负，被日本人威胁，弄得现在人不是人、鬼不像鬼？不唱戏无从糊口，唱了戏便是汉奸，失了气节，而所谓饿死事小失节事大，往后怎么在开封城立足？戏里姜秋莲被继母虐待，大家闺秀还要到荒郊捡柴，而春玉虽是苦出身，毕竟做了几年的名角，沦陷前后境况有天壤之别——她唱着唱着，也渐渐人戏不分了，戏里的苦跟戏外的苦杂糅一处，故而唱得分外动情。春玉一动情，仝淮在旁静静听着，居然红了眼圈，道："春玉姑娘，别再难过了，有小生在此，无人敢欺负你的。"

春玉一怔，多少日来受尽委屈，叫天不应叫地不灵，正不知将来如何自处，蓦地听见有人说这些体己话，如何不让她心旌飘摇？见仝淮伸手过来，春

省府前街

189

玉想躲，却连动的力气都没有了，他拦腰一抱，便将春玉平地里抱起，再不多言一声，直接到了后房卧室内。　好事已毕，春玉嘤嘤泣泣，又是羞，又是悔，仝淮施展平生口舌功夫，好说歹说一番，把她说得沉默不语，终于明白除了将身家性命托付给他，再无别的选择。　仝淮也是说到做到，休了在老家乡下的原配，八抬大轿吹吹打打，将春玉娶进家门。　春玉答应婚事的几个条件中，头一件是不做姨太太，其次便是不给日本人唱戏。　殊不知仝淮费尽心思娶她到手，自然是如获至宝，像私家豢养了爱犬宠猫，哪里舍得让外人瞧瞧抱抱？　不但不让她出门唱戏，连仝家大门都不许迈出一步。　春玉娘俩就守在仝家深宅中，天天锦衣玉食，凡事有人伺候，真是神仙般的日子。　仝淮和春玉新婚宴尔，最大的消遣，便是男人忙完公务回家，和女人唱几段戏，妇唱夫随，也是人生乐事。

　　不过日子一长，哪能天天都如新婚时蜜里调油？　仝淮毕竟是警察局长，今天去地方巡查，明天到南京开会；留在开封时，也是十天中七八天都在外应酬，要么夜不归宿，要么醉得不省人事，被人抬回家里。　春玉本不是水性杨花的浮浪女子，怎奈刚识了闺房之趣，便被冷置起来，见丈夫一面都难，更别提鱼水之欢。　她在台上唱遍了少女怀春、越墙淫奔的故事，旷日久了，春心火炭似的，却无处寄托，也想着能有个年貌相当者厮守为伴。　可巧常到仝家拉弦的一个乐师，正值二十来岁风花雪月的年纪，跟春玉一拉一唱，便熟了起来；既然相熟，便难免眉来眼去，借着拉弦对谱的由头，钻进厢房里半天不出。　春玉娘活了几十年，偌大年纪还没享过这样的福，生怕女儿一时管不住自己，做下不检点的事，便留心盯着动静。　一次两人又去厢房对谱，弦子声忽高忽低、忽起忽落，后来好一阵鸦雀无声，春玉娘心说坏了，迈着小脚便闯将进去，正好撞见两人搂抱亲热在一处，弦子乐谱早扔在一边，春玉衣裙都解开散下，亵衣扒下扔在一旁，春玉娘不敢声张，只是连连跺脚低声咒骂。　春玉倒还镇静，乐师吓得忙穿上衣服，逃也似的跑了。　春玉娘苦劝女儿一夜，只见她不住地冷笑，并无一丝悔意，便狠下心，趁着一天仝淮在家，旁敲侧击跟他讲了，不但讲了，还给他出了主意——教春玉吸大烟。　其实仝淮也有此虑，他经常外出公干，而春玉毕竟年轻，难免耐不住寂寞，当下便答应了春玉娘。反正他有的是钱，号称"王中之王"的云南迤南土，"半里闻香味，三口顶一钱"的陕西渭南土，一律要多少有多少。开封老话儿说"学好万分难，学坏一刺溜"，春玉娘俩一吸上便离不开了，离不开烟土，也便离不开全淮，春玉从此老老实实，整天沉湎在烟霞癖里不可自拔，哪儿还顾得上跟人私会？春玉娘过了几年好日子，一天吸得舒坦了，便舒坦了过去，再没从烟榻上起来。春玉给老母亲体体面面办了丧事，再无人管教她，她也不需要人来管，也不去管全淮在外面花天酒地，只要他管够了烟土便好。几年下来，春玉嗜好越来越重，每天竟要吸食二三十次之多，戏也不再唱了，偶尔被全淮逼着唱几句，也全然没有了昔日的风采，弄得全淮意兴阑珊，更是有家不回。

开封沦陷之后，全淮死心塌地给日本人做事，以捕杀抗日分子为荣，有时候抓不到抗日分子，便捉来平民百姓充数。到了民国三十三年，也就是抗战胜利前一年，日本人败象已显，全淮却变本加厉，手段更为残忍，惹得全城百姓对他咬牙切齿，民怨沸然。这年八月节夜里，他在西山会馆请客，招待来汴的几个华北五省特务机关高层人员，被中共地下党刺杀，横死当场。全淮一死，原先从不露面的几个远房侄子忽然冒出来，打群架似的占了全家宅子，想方设法抢财产，赶春玉出门。而这时的春玉，已然不是当年的黄毛丫头了，几年来跟老母亲斗心眼，跟全淮斗心眼，跟那些妄图取而代之的莺莺燕燕斗心眼，手段高明了许多。这几个人说是侄子，其实也跟春玉差不多大小，她仗着姿色尚在，屈尊跟这个打打情，再跟那个骂骂俏，引得他们也一个个吸上了烟土。几个侄子都是乡下人，受人挑唆才来抢家产的，哪里享受过云土西土，一下子全都栽进去了。春玉当机立断，卷了不少细软，也不留恋全家那座宅子，悄悄回到裴场公胡同的老宅里，闭门不出了好一阵子。又过俩月，听说全淮那几个侄子咬得一嘴毛，到底是分了家，各自返回原籍，春玉这才敢出门。

跟春玉通风报信的人是个戏迷，裴场公胡同的老街坊。戏迷姓段，早年留学日本，识文断字，都叫他段先生。段先生独身，全淮一死，春玉成了寡妇，无依无靠，段先生有意，春玉有难，两下里心照不宣，便做了夫妻。春玉吸大

省府前街

191

烟，又吸惯了上等烟土，花钱跟流水一般，好在她有积蓄，段先生也有薪金，还能勉强凑合。 段先生在日本医院做事，借工作之便，弄到一些戒烟药丸，苦口婆心劝春玉戒烟，说等她身子复原，两人也好生个孩子。 春玉明白，如今没了全淮，若是还照以前的样子，她和段先生早晚坐吃山空，一咬牙答应下来。等春玉烟也戒了，孩子也怀上了，这段姻缘却也到了头。 日本投降，省府回汴，大肆缉拿沦陷期间的通日分子。 段先生长期给日本人做事，虽然只是翻译，未曾害过人，也难逃干系，很快被抓进大牢，春玉顿时慌了手脚。 她一时心急，托捎客打点关系，不料使钱无数，段先生却不见放出来。 春玉挺着大肚子，冒死去监狱探访，才知道钱财全被中间人骗走，根本没花在要紧处，便一咬牙，将仅剩的值钱之物统统变卖，甚至把房子都抵了出去，总算是把段先生救出了牢房。 可怜段先生文弱书生，又迟迟没人来疏通狱卒，早被酷刑折磨得奄奄一息，回家没出一个礼拜，两脚一蹬死了。 春玉安葬了段先生，伤心过度也流了产。 这时的春玉无家无财，无夫无子，流产后身子又虚，还背着两任丈夫都是汉奸的恶名——连她自己都清楚，怕是没几天好活的了。 不过天无绝人之路，还真有人出手相救，这人就是尹耀祖。

耀祖是开封书寓业公会主席，手里的曲觞新馆生意正红火，得知昔日的名伶、现在的汉奸太太葛春玉落魄无所，便让人寻到春玉，接进了曲觞新馆。 其实春玉住进曲觞新馆时，就知道会是什么遭遇了。 所谓书寓业，无非是高级妓院，曲觞新馆是其中最顶尖的，可再顶尖的妓院也是妓院，一入娼门深似海，无非是苟延残喘，续命而已。 耀祖对春玉倒是照顾有加，绝口不提让她挂牌子接客，又是请大夫看病，又是名贵药材进补。 直到春玉身子骨复原，耀祖请来几个乐师，让春玉试着唱几段。 都说拳不离手曲不离口，而春玉自民国二十七年便再未登台，到民国三十四年，已是整整七年没公开唱过，其间烟酒不忌，故而一开口就倒了嗓子，耀祖连连摇头，不过也没太在意。 他的打算并不复杂，如果春玉还能唱，就当个长期驻场的旦角，贵宾们雅集会饮，让她在一旁唱戏助兴；如果唱不成了，好歹还有些姿色，再加上往日的名声，挂牌子接客也有噱头。 简单地讲，要么卖艺，要么卖身，曲觞新馆可不是养活良家妇女的

省府前衔

地界儿。 春玉当然不愿沦为一般娼妇，要救自己，只有赶紧恢复登台。 她也是下了死功夫，把当年坐科学艺的劲捡起来，拼了命地吊嗓子练身段，耀祖自然大力配合，搞了不少偏方秘方给她，其中有一味穿山甲血，最是阴寒无比，春玉为了嗓子，一咬牙也喝了。 一月之后，春玉在曲觞新馆登台亮相，功力已然恢复了六七成，即便如此也已是技惊四座，把之前那些垫场充数的压了一头。 这一场戏，贻海偏巧就在台下，跟春玉对上了眼。 贻海当时刚刚在南关修械所出了风头，人人侧目，耀祖当然不敢得罪，唯有听之任之，提供方便而已。 贻海和春玉几番云雨欢愉，居然还真就播下了种。 春玉瞒着贻海，跟耀宗摊牌。 她本来并没什么底牌，自赎自身的钱她没有，贻海跟她也是逢场作戏，根本当不得真，但戏不是真的，孩子却是真的。 有这个孩子，耀祖就不敢不听她的。 春玉问他要了辆车，径直去了行宫角赵家，敲开门见到康氏，一见面便双膝跪地，放声大哭，一直把快十年的委屈不堪全都哭在泪里了，康氏听她讲完，又上下瞅了瞅她，猛然一拍大腿，道："妹子别害怕，有姐姐给你做主呢。"

这是春玉第一次见康氏。 其实她没想要嫁进赵家，只想借着贻海的地位权势，离开曲觞新馆这个魔窟，顺顺当当生下孩子，赵家认她也好，不认也罢，往后也能清清亮亮做个人，不再是曲觞新馆的高级婊子。 不料康氏雷厉风行，当下便答应收她进家，做贻海的姨太太。 这是春玉万难预料的。 康氏说到做到，不让春玉再回去，下了帖子给耀祖，说在又一新饭庄设宴请他。 赵家在行宫角，又一新在中山中路，两下里距离不远，康氏带着春玉到时，耀祖大老远地已经到了，毕恭毕敬将两人迎进了雅间。 耀祖是何等江湖的人，打眼一看，便判断出康氏的意思，不等她开口，抢着道："春玉姑娘是谁？ 那是我的亲妹子，赵夫人若是瞧得上，那是再好不过的事——我便来个长兄嫁妹，您定好了日子，我把嫁妆备好，风风光光把妹子嫁过去！"康氏本想请他吃个饭，客客气气谈了条件，花些钱把春玉赎出来，不承想这耀祖竟会如此顺水推舟，便笑起来，道："如此说，今后两家便是亲家，多走动才是。"耀祖连连点头，快活得不像是赔了笔钱，而是捡了个大元宝。 只有春玉在一旁听得目瞪口呆。

时值国共内战前夕，河南是主战场，双方几十万大军云集豫省，军务骤然繁忙。 贻海抗战时做过战区长官部作战科长，临时被郑州绥署抽调去参赞军务，住在郑县已经多日了，并不在开封。 康氏也不跟他讲，安排春玉当晚便住在赵家。 春玉躺在行宫角赵家的床上，一切恍如做梦。 算上跟贻海这一回，春玉是第三回嫁为人妇了。 不到三十岁，换了三个夫家，这是春玉做闺女时，无论如何想不到的；而前两任丈夫都是汉奸，第三个丈夫却是抗日功臣，这也是她想不到的；而更让她想不到的，是康氏对她的态度。 气量再大的女人，丈夫在书寓的姘头找上门，也不至于亲热成这个样子。 这些年好人她没见过几个，坏人见得太多，越阴险的人越不是青面獠牙，而像是失散多年的亲眷。 这个谜到底还是有人帮她解了，这个人是耀祖。 那天康氏请人算婚礼日子，春玉到曲觞新馆收拾搬家，耀祖跑前跑后帮着张罗。 一切拾掇妥当，两人在房内坐下，耀祖屏退左右，亲手沏了茶，给春玉斟上，笑道："先恭喜妹子，真是日出云彩散，否极则泰来，为兄我也是高兴得很。 不过妹子，为兄我还有句知心话，不知妹子有没有兴趣听？"

搁在几天前，春玉是汉奸太太，耀祖是商界闻人，两人地位一高一低，耀祖说这些话，春玉除了唯唯诺诺地接着，再不敢有别的神情；不过春玉此番回来，身份已是迥异，至少感觉不比他低一头，便不卑不亢道："尹先生既然认了我这个妹子，你当哥的，当然要说几句嘱咐的话了。"

春玉这样讲话，心里多少还是有气的，更多的还是自喜。 眼前这个"开封第一大鳖头"，前几天还琢磨着怎么把她卖个好价钱，现在居然要倒贴嫁妆，还主动认了亲戚——这一切，不都是她自己挣的吗？ 她又想起全局长、段先生，每当落难时，总有男人这么不顾一切地施以援手，当然是图她的身子，不过也得有副好身子让人有所图才行。 而耀祖听她这么讲，反倒有些踌躇了，便斟酌着道："妹子说笑话呢，这回妹子喜鹊登枝，享不尽的荣华富贵了，今后得妹子多嘱咐我才好。"

这当然不是耀祖本意要讲的"知心话"，是他话到嘴边，不愿再说了。 春玉自然看得出来，也懒得跟他废话。 曲觞新馆毕竟是书寓，是妓院，再过几天，她便是河南全省保安司令部副司令的姨太太了，这种地方她是一分钟都不愿多待的。 想到这儿，春玉便扶着桌子站起，笑道："尹先生客气了，承蒙这几个月的照顾，我这辈子忘不掉的。 可尹先生也知道，赵家规矩大，尹先生做这样的买卖，怕是往后想见面，却也不容易呢。"

正是这一句话，让耀祖蓦地火起，让他忽地改变了主意——他本来也是好心，想提醒她几句，抱的是多个朋友多条路的心思；后来见春玉不咸不淡地回他，自觉无趣，便想着客客气气把人送走，不结仇不结怨也就罢了；可春玉这几句话，分明是咔嚓一刀划清界限，摆明了瞧他不起，多少还有些拿赵家威胁他的意思。 这就让耀祖不快了。 开封书寓业公会，管的是上中下三等的妓院，腌臜事腌臜人数不胜数，都被耀祖摆布得服服帖帖，平安无事，这春玉无非是个曾经的戏子，如今的姨太太，还在他手里当过一阵子高级婊子，不过是瞧着她还能唱几句，没让她立即挂牌接客罢了——这么个娘们儿，一口一个尹先生，哪儿把他当作"哥"了？ 戏子也好婊子也好，一个下九流，也敢跟他斗嘴皮子？ 耀祖见她站起来，已是要走的架势，却也不送不留，只是端起了茶杯，慢悠悠道："听妹子的意思，即是不想再见了？ 妹子放心，我是不会去叨扰的，只是妹子就不怕往后万一有了难处，还用得着我尹耀祖了吗？"

没等春玉接话，耀祖又把茶杯重重地蹾在桌上，茶水四溅出来，滚烫的水洒在耀祖手背，登时便是红肿一片，他也毫不在意，劈头盖脸道："赵家是皇族后裔，千年延续下来的血脉，你以为族规门风是纸糊的吗？ 你以为一个下九流的戏子，一个嫁过两个男人的寡妇，一个汉奸太太，一个在窑子里待过的婊子，靠着肚子里有个孩子，就能平平安安，在赵家当一辈子姨太太了？"说着，他冷笑出了声："可笑！ 可怜！ 你别忘了，拔了毛的凤凰可不如一只鸡！ 历朝历代亡国之后，太后皇后妃子公主，管你是什么出身，都得进我这窑子接客，十人骑万人×的——妹子，我是好心，愿你这辈子从此顺顺利利，再不回来。 可命呢？ 命你能管得了吗？ 日本鬼子进开封，多少名角早早地都走了，你为什么不走，这不是命吗？ 全淮那么大的汉奸，若非走投无路，你能名节都不要，嫁给了他？ 这不也是命吗？ 谁都知道吸大烟能要命，你不还是吸上了？ 若不是你跟个拉弦的通奸苟且，全淮和你亲娘会教你吸大烟？ 这不也是命吗？ 还有那个姓段的，放在人堆里根本不起眼，你好歹曾是个名角呢，怎么就饥不择食跟他上了床，连孩子都有了？ 这不也是命吗？ 你是民国六年生人，今年虚岁整三十了吧？ 这三十年里头，哪次不是刚有些起色，便被迎头一刀，砍得头破血流的？ 我告诉你吧，这便是命！ 你认命也好，不认命也罢，跟我有鸟毛关系！ 可我把话搁在这儿，若你就这么赤手空拳进赵家，不出一年，保管你被赶出家门。 那康氏是好对付的？ 你会干什么？ 唱戏吗？ 嗓子不行了吧？ 肩扛手提的活儿，你干得来吗？ 识文断字能写会算，是女学生的事，你干得来吗？ 到时你还得求着我，求着我让你回来，再进这个窑子！ 不信咱们便等着瞧吧！"

耀祖一口气说完，端茶呷了一口，朝上拱了拱，道："妹子，不送了！"

春玉站在原地，跟刚从瓢泼大雨里出来一般，浑身从毛孔到骨缝，无处不是冰冷。 她虽看着也是江湖场面上过来的人，但其实一直躲在人群之后，养在深宅大院，社会上的血雨腥风知之甚少，有些经历也是这几年的事，耀祖却是自小在市井青楼中泡大的，什么没经历？ 什么没见过？ 以春玉的道行，如何能经得住这番唇枪舌剑？ 耀祖见她脸色死白，眼神都散了，心里暗自冷笑，明白她距离土崩瓦解也就一步之遥了，便忽地厉声道："坐。"

春玉呆呆地看着他，手扶桌面，刚想坐下，却听耀祖猛地一拍桌子，叫道："谁让你坐那儿的？ 过来，坐这儿。"说着，他指了指自己的大腿，道："想让哥帮你，不好好求求哥，有那么便宜的事儿吗？"

春玉身心仿佛都被他控住了，竟不由自主地走过去，万般艰难地一欠身，坐在他腿上。 耀祖哈哈大笑，顺手揽住她的腰，又把她一条玉臂拉过来，搭在自己肩头，这才点头道："早这样，不就没事了？ 妹子你放心，哥不要你的身子，你只消让哥舒坦了——从今往后，哥就是你娘家人，好赖算是你的靠山；至于那个老婆子康氏，她便是有一身的本事，有哥指点着你，也管保你稳稳当当，做你的姨太太。 弄得好了，保不齐还能做个赵夫人呢！ 妹子，跟我这个大鳖头好，也不亏你——这便是你的命！"

省府前街

家　变

　　中牟县官渡镇，向西到郑县，向东到开封，是往来两城的必经之路。　沈家历代都在密县耕读，到尚得公这一辈，耕读之外又做了煤窑生意，咸同年间太平天国之后，沈家在密县待不住了，尚得公带着独苗儿子秉耀，逃亡到郑县落户。　后来在中牟县官渡镇，尚得公与老三义结拜兄弟，秉耀娶王家大妞为妻，生下长子圣衍。　再后来，王家大妞死于瘟疫，秉耀的续弦夫人杨氏又生下二子圣承、三子圣传，都被秉耀送到了官渡镇老三义膝下，算是过继给了王家，延续的是王家香火。　光绪三十一年废科举，圣衍悲愤之余跳了熊儿河，被比利时工程师孔方救起，从此弃文经商，趁着京汉、汴洛铁路兴建，在郑县经营货栈、旅店，成了富甲一方的财主；二房圣承不满老三义分家之举，愤而出走，参加了同盟会，辛亥之后回到中牟，当时老三义已故去多年，圣衍早将沈家在郑县所有房产财物登记于册，见二弟归来，立刻分出一半，一把手交给了圣承，多少弥补了些兄弟罅隙。　三房圣传年纪最小，甚至比侄子徵茹还要小两岁，生性胆小懦弱，只愿在中牟务农，圣衍便将沈家、王家的田产交给三弟。圣衍在郑县生下的独子徵茹，留美七年回国，先是在河南预校任教，后供职在河南农商银行，不久做了行长，是为长房长子。　圣承一心革命，既不愿经商，也不愿守财，将一半的沈家股份卖给大哥圣衍，换成了现大洋，不顾圣衍的强烈反对，带幼子徵慕南下，辗转广州、上海读书，待徵慕长大成人，参加了共产党，正值国共分裂，他便跟在国民党的圣承一刀两断，非要到江西苏区闹革命去。　圣承听到消息后勃然大怒，追上儿子，父子俩一路辩论势同水火，等到了白区苏区交界处，圣承竟被徵慕说服，与儿子一道进了苏区，加入了共产党，那时圣承已经四十露头了。　不久圣衍在郑县去世，从此沈家长房二房一北一南，一国一共，联系便渐渐少了，以至后来音讯全无，而二房父子是共产党的事，在沈家长房、三房也是无人敢提及的心病。　三房圣传在中牟也是大户人家了，家业虽大，仍不改务农本色，圣传带着俩儿子徽莼、徽莳日出而作日入而息，爷儿仨每天按点儿下地干活，对佃户长工也是客气得很，免租免息都是常事，灾年还舍粥舍饭，深得民望，人称"两代良士绅，父子三善人"。　到了民国三十五年，圣传已是五十有四，徽莼三十，徽莳二十八，都成婚生子，也没分家，大人孩子十几口，聚居在官渡镇。　一大早天刚蒙蒙亮，圣传老婆袁氏便起来，叫醒了两个儿媳妇刘氏、黄氏，三个女人各自梳洗，开始烧锅做饭。圣传自小在老三义家长大，过惯了勤俭日子，任凭后院仓房满满当当，也不许家人只吃细粮，须得粗细搭配，而且一天三顿，农忙时两干一稀，农闲时两稀一干，这是圣传自老三义学来的铁规矩，不容任何人有违。　不过沈家日子毕竟好过些，袁氏、刘氏、黄氏多少动了手脚，像稀饭是拿细粮搅的稠面汤，里面还打个鸡蛋穗子；馒头是粗细搭配，细粮多、粗粮少且将近于无，跟好面馍也差不多少。　圣传过了五十岁后，也知了天命，这方面管得也松起来——自己吃多吃少，吃好吃坏，没什么打紧的，几个孙子孙女正在长个子，明明家里有，为何不能让娃儿们吃点细粮？　也便睁只眼闭只眼，对老婆和儿媳妇们做的手脚不管不问了。　三个女人做手脚也是有底线的，像是开荤吃肉，就得有客人来了才行，平常荤腥少之又少。　来客也分远近亲疏，女眷的娘家，也就是袁家、刘家、黄家来了亲戚，顶多是到镇上割点肉、杀只鸡而已；若是开封大房徽茹家来人了，那便隆重得多，得镇上最好的馆子来"外作"，一盆八碗四大件齐整，一个厨师带着俩徒弟，忙活上半天，才能张罗好这一顿迎客的酒宴。

　　民国三十五年阴历四月二十二，节气小满，这算是农家里比较重要的日子。　因为小满一过，小麦开始灌浆，将熟未熟，农事便要忙了。　袁氏等女眷就这个由头，蒸了两大锅包子，荤素各半，荤的是大肉大葱，素的是豆腐韭菜，都加了粉条鲜姜提味。　三个女人从早饭过了开始盘馅擀皮，豆腐经荤油炸黄了切碎，满院子都是油香，忙活了一上午，午饭的时候开锅拾包子，盛筐上桌。　徽莼家三个孩子，徽莳家四个孩子，都正是满世界打劫造反的年纪，走马灯似的全院子跑来跑去，被热包子的香味迷得癫狂，拴都拴不住。　所有人都坐

省府前街

198

下了，孩子们眼巴巴等着圣传过来——老辈不发话，没人敢动筷子。圣传这两天腰疼，镇上给人和牲口看病的老朱给他熬了帖膏药，早饭过刚贴上的，可能膏涂得满，土布兜不住，顺着腰往下流。圣传便跟老婆袁氏打趣，笑道："老朱这手艺越来越差，站着流到屁股缝，趴着流到肚脐眼，腰疼没见轻，痔疮好多了。"袁氏跟他少年夫妻，感情甚笃，打了他一巴掌，骂道："孙子们都等急了，非要我来喊你过去，你就快点吧。"

十几口人塞得小院满满当当，老两口刚到，门外便是汽车喇叭声大作，圣传耳朵不背，驻足听了两声，笑道："看来这包子蒸得是香，开封城里都闻见了——老三，愣着干什么，快去接你大哥。"

徽莼在三房是老大，在沈家"茹慕莼莳"大排行里却是第三，而圣传从来都是按大排行叫他。听见父亲吩咐，徽莼憨笑点头，站起来就朝外走。几个孩子盯着热气腾腾的包子，急得都快哭了，个个抓耳挠腮。袁氏朝俩儿媳使个眼色，刘氏、黄氏会意，添上两副碗筷还有椅子。圣传皱眉道："怎么就两副？还有人家车把式呢？都是干掏力活儿的人，不能亏待了人家。"

徽莳笑起来，道："爹，人家不叫车把式，赶车的才叫车把式，人家是开车的，叫司机。"

圣传听了脸一黑，心情却好，拉长了声音道："噫——就你能！你咋不上天呢？"

刘氏、黄氏忙又添了碗筷椅子，相互看着，忍不住地偷笑。几个孩子伸长了脖子，朝院门口看去，鼻涕哈喇子流了一下巴。院门开处，进来三个人，领头的是徽莼，刚才的憨笑全然不见了，一脸的慌张无措，徽茹跟在他后边，手里还拉着一个人，那人戴一顶洋人用的大檐儿遮阳帽，低头挡住脸，被徽茹死死地拽着一只手，另一只手不耐烦地晃来晃去。三人进了院，徽茹对徽莼道："关门。"徽莼忙应了一声，把院门关严了，还上了门闩。

院子里的人都愣了。袁氏反应最快，对两个儿媳妇道："老三家的，带孩子们到厨房去；老四家的，把这筐包子端过去，给孩子们吃——不叫你们，谁都别出来！"说着，又转脸对徽莳厉声道："傻戳着干吗，快把正房收拾出来，你爹跟你大哥有事要说！"

圣传家正房并不大，是原来老三义家改的，一下子进来五六个人，顿时拥挤起来。等进了屋，袁氏顺手关了门，徵茹这才松开手，对奕雯道："跟你三奶奶，到旁边屋里去。"奕雯摘下遮阳帽，原来还戴着副黑眼镜，在场的人都是一愣，她脸上明显地有巴掌印子，两只眼哭得跟桃儿似的，哪儿还有往日大小姐的骄娇二气？其实众人里，就算是徵莼、徵莳性子驽钝，也早看出来跟徵茹进门的，正是大房的小姐奕雯，只是没想到她竟是这般模样。袁氏听徵茹这么说，马上笑脸过去，抓了奕雯的手，道："城里的小姐，细皮嫩肉就是怕晒——来，咱不跟他们掺和，跟三奶奶去隔壁，吃点心馃子去。"

袁氏说是三奶奶，也只比奕雯的生母惠葳大三岁，奕雯打小跟袁氏便是母女的情分，见袁氏这么说话，奕雯眼圈蓦地又红了，低头不语，跟着袁氏到了隔壁陪房，正房里剩下的全是姓沈的。徵茹看了看圣传父子三人，颓然摇了摇头，叹气落座，道："让三叔见笑了——老四，弄碗水来。"

沈家圣字辈、徵字辈里，老大都大兄弟许多，徵茹叫圣传"三叔"，其实他比圣传还大着两岁，比同辈的徵莼、徵莳都大了二十多岁，加之徵茹在省府做官，圣传父子在官渡务农，经历见识上差距天渊之别，这几个姓沈的里面，徵茹是当之无愧的主心骨，徵莼、徵莳嘴里喊他"大哥"，却从不敢真当成平辈的人相处。圣传看着徵茹将一碗水一饮而尽，试探道："老大，是有什么事吗？先让老三、老四他们出去一会儿？"

徵莼、徵莳心地纯良，最怕的便是给人添麻烦，听圣传这么讲，两人互相看了一眼，立刻转身就要走，不料徵茹苦笑一声，道："三叔见外了，一家人，没什么碍事不碍事的——三叔，我今天把奕雯留下，至于为何，你们都不要问，我也不方便讲。总之没有我来接，她一步都不许出去，不管是谁来找她，都一概不让见。这是关系到沈家门楣的大事，再往深处，我就不讲了。"说到此处，徵茹竟是带了哽咽，擦了擦眼角，道："每次坐到这儿，我就想起了太爷爷——四十来年前，我才十五六，就在这个屋子里，太爷爷给您三位父辈做主分了家，历历在目啊——三叔，我真的想回到那时候，跟我爹说，咱不要那二十两黄金，不开货栈，不开旅店，咱就这么读读书、种种地的，也蛮好。 都说当官好，有钱好，可当官的难处，有钱的心酸，谁又明白呢？"

一席话说得圣传父子面面相觑，都是听了个一知半解，也不敢贸然接话。 徽茹沉默了片刻，似乎有话想说，最终又咽了回去，站起道："三叔，老三、老四，奕雯我就托付在这里了。 一、不出门。 二、不见人。 就这两条，六个字，三叔你们一定要记住。"

这话倒是简明之极，圣传当然听懂了，郑重点头道："老大你放心，三叔也把话给你搁在这儿，从今天起，吃也好，住也好，你三婶寸步不离她左右，我也不下地了，就在家里守着。 你给我的那杆快枪，我擦亮堂了，子弹上膛，就坐在门口，谁敢往里闯，我照头就是一枪——三叔是种地的，大道理不懂，可谁要为难、要害咱沈家，我这条老命就跟他拼了！"

徽茹苦笑道："三叔言重了，这不是无端引得好事之徒猜测吗？ 您在家守着便是，老三、老四，该怎么干活儿还怎么干活儿，谁问起来都说一切正常，别让人看出异样才好。"圣传点头称是，又见徽莼、徽莳一脸懵懂，傻乎乎杵在原地，便骂道："没眼色的东西，你们大哥的话，听不懂吗？"徽莼、徽莳这才明白过来，赶紧点头答应下来。 徽茹深深地点了点头，转身快步出去，一脚门里一脚门外的当儿，圣传忽地站起，叫道："老大留步！"

徽茹一怔，回头看着圣传，道："三叔？"

圣传上前两步，站在徽茹面前，枯手一把抓住他胳膊，颤巍巍道："老大，你是省府的大官，是银行的行长，事情多，麻烦也就多，难处也就多。 老大，你太爷爷常说，'鱼生火，肉生痰，萝卜白菜保平安'。 一家人平平安安，萝卜白菜也比大鱼大肉强啊！ 我不识字，可有段戏词儿，或许就是唱给你的——"说着，他苍凉地唱道：

> 乌纱帽好比是量人的斗
> 白玉带正似那捆人的绳
> 做一天官我又赚一天怕

省府前街

吃一天皇粮我担一天惊

我不做高官我不接俸

我不吃俸禄我不受惊

老祖宗老话儿教得好

官大有的是险哪，树大招的是风①

　　圣传唱着唱着，蓦地已是老泪纵横。 徽茹朝他点点头，手抚在他的手背上，勉强道："三叔，我都懂。"说完这句，他便再也说不下去了，又拍拍圣传的手，轻轻挪开了，转身出门而去，竟连奕雯也没去再见一面。 圣传在房里兀自呆了一阵，徽莼、徽莳也不敢言语，就在一旁陪着。 圣传站久了，忽然觉得腰里一阵疼痛，强忍住了，道："刚才老大的交代，你们都听明白没有？"

　　徽莳多少机灵些，忙试探道："不出门、不见人吗？"

　　圣传点头，叹道："总算有个灵光的，老大交代的事情，不能打任何折扣，回头跟你们两个的媳妇说清楚——算了，你们俩也说不清楚，还是让你妈去说吧。"徽莼、徽莳本就讷于言辞，一听不用跟老婆费口舌了，个个如蒙大赦，答应着离去了。 圣传又站了片刻，关上房门，来到墙角处蹲下来，手指插进地面青砖的缝隙，一块块砖抠活络了，逐一拿起来，拂去下面的浮土，露出黑黝黝的木板，盖板下面，是一个油布包裹，里面便是那把快枪了。 圣传取出枪来，手指轻轻抚拭，那枪口沁了太久的地气，冰凉瘆人。

　　奕雯东窗事发，吃亏还是在王妈身上。 过了抗战胜利后的第一个春节，徽茹公务明显忙起来了。 省里各地分行要恢复，省外办事处也要重建，郑州绥署几十万大军即将围攻中原解放区，所有国军的军饷调拨军粮购置，都得从省库支取，忙得徽茹脚不沾地，有家回不得。 所幸家里有王妈，又是沾亲带故，徽茹将奕雯托付给她，心里多少是踏实的。 这王妈也着实尽心尽力。 每天晚上

---

① 当时流行于河南豫东的梆剧小戏中的唱词。

吃了奕雯的安眠药，睡得跟死人相仿，晚上睡得好，白天精神头十足，跟小老虎一般，能干活，也能吃饭。 王妈在乡下粗粮都吃不饱，一到沈家，天天跟过年似的包饺子，而且只包饺子不做别的，还都是肉馅儿，弄得家里一天到晚，飘的全是大葱姜末五香粉的味儿。 奕雯受不了，跟她抗议了好几次，才改了路数，鸡鸭鱼肉四大件天天轮换，想吃顿素的都难。 开封老话儿说"做人三件好事，能睡能喝能吃"，王妈吃得好，睡得香，又正是妇人长膘的岁数，来沈家不久，原先的衣服全都穿不上了，以前像只鸭梨，只有屁股大，现在活像个苹果，胖得比较平均。 徵茹偶尔回家吃顿饭，也瞧出了变化，不觉莞尔一笑。 一次徵茹临时取消了公差，要回家住，竟是奕雯开的门，而王妈在倒座房里睡得震天响，呼噜声跟打雷似的。 徵茹深夜回来，腹内空空，想吃碗热汤面，奕雯去叫王妈起来，足足叫了好半天，又是推又是拉，王妈这才迷迷糊糊坐起来；在厨房里擀面烧水，好几次差点睡着；面条下了锅，等锅开的工夫，竟是站着又睡着了，呼噜声都传到院里了。 徵茹当然看出了端倪，却也不吭声，一笑置之。 奕雯慌乱之极，心都提到嗓子眼，幸好见徵茹毫无察觉。 又过几天，徵茹问朋友借了辆车，停在省府门外，看着对面自家大门。 果不其然，十二点一过，有个男人幽灵般过来敲门，开门的是奕雯，两人瞬间相拥之后，男人便消失在门里。 徵茹在车里抽着烟，静静地等到凌晨三点，男人穿戴齐整出门，迎着路灯看去，脸庞看得清清楚楚。 徵茹没吭声，也没有下车，默默又点了支烟，盘算好了主意，约莫奕雯也清扫干净了，这才下了车，走过省府前街，来到自家门口。

省府前街宽二十来米，平整的沥青路面，路灯照上去，亮晶晶像是打了一层霜。 徵茹走过这条街，步子很稳，或者说很慢，仿佛从青春走到了苍老，仿佛走了一年，走了一个世纪。 进了门，他没有去看奕雯惊恐万状的脸，只是低声叹口气，径直走向书房。

徵茹不常在家，书房很少用，靠墙摆了张床，他偶尔在家过夜，便睡在这里。 徵茹在书桌后坐下，奕雯跟着进来，关上门。 徵茹点了支烟，道："先先，你每次给王妈吃多少安眠药？ 会死人的，上海滩阮玲玉的事，你不知道吗？"奕雯咬着嘴唇，只是低头不语。 徵茹又道："照理说，你的婚姻大事，是该你母亲操心。 但她远在重洋之外，而你继母又死在了郑县，我整日忙于公务，疏忽了此事——说到底，这是我的过失。"徵茹说着，把烟架在烟灰缸上，静静地看着它燃烧，继续道："你是经你爷爷圣衍公开的蒙，早早便读了《诗经》的。 十五《国风》里头，《郑风》二十一首，里面有一篇《将仲子》，倒是正好说了今天的事——将仲子兮，无逾我里，无折我树杞；将仲子兮，无逾我墙，无折我树桑；将仲子兮，无逾我园，无折我树檀。"

奕雯忍不住道："父亲，这事我本来也没想瞒您——"

"我刚才只背了前边几句，后边的，你记得吧？"徵茹并不接话，兀自道，"我告诉你吧——父母之言，亦可畏也；诸兄之言，亦可畏也；人之多言，亦可畏也！ 那阮玲玉死之前，留下了哪四个字？'人言可畏'！"徵茹说着，手指重重地点了点桌面。 奕雯不服气地看了他一眼，脸扭向一边。 徵茹见她这副模样，恨铁不成钢道："省府前街沈家，说起来也算开封城的大宅子了，可现在呢？ 门户被人砸了，墙头被人翻了，菜园子被人闯了，房前屋后的树被人折了——奕雯，你爹我是快六十岁的人了，你让我这个年纪，还要遭受这么大的羞辱吗？ 我跟赵贻海已经是水火不容了，你为何偏偏喜欢的是他？ 那赵贻海是个什么东西，你真不知道吗？ 顶着个皇族后裔的名头，开封城里寻花问柳的勾当，哪样少得了他？ 这种货色，便是你千挑万选、要托付终身的人吗？"

奕雯抬起头，看着徵茹，道："您说的，是之前的贻海，以后，他就只有我一个了。"

徵茹摇头道："他这样的人，说这些话，就跟放屁一样轻松，你也当得真？"

奕雯想了想，道："父亲，我信他。 他是爱我的。"

"他当然是爱你的。"徵茹凄凉一笑，道，"这个我毫不怀疑。 不过先先，爱你的人会有很多，这个不奇怪。 问题在于，他爱的不止你一个啊！ 他今天爱你，明天或许也爱你，可这也不能保证，他明天就不会爱上别的女人了，他会既爱着你，也爱着别人——"

省府前街

奕雯斩钉截铁道："不，父亲，他爱的只有我。 别的女人那里，不是爱。"

徽茹呆呆地看着奕雯，声音带着绝望道："你爹我难道是不开明的人吗？中国还有皇帝，年号还是宣统呢，我便去美国留学了，在那里待了整整七年，什么欧风美雨的洋玩意儿没见过？ 看来我说什么，你是都听不进去的了。 也罢。 先先，我只问你，就算我能不计前嫌，跟他化解了仇意——他家里是有一个太太的，你若真跟他成亲，便是妾！ 可怜我抚养你长大成人，你要做什么，便随你去做，什么好的，都随你去用，二十多年到头来，便是为了送你给仇人，去做个小老婆？ 这便是我沈家长房大小姐的归宿吗？"

这番话，才是奕雯最无法回应的。 她当然知道贻海已经有了康氏，也问过他将来如何跟康氏相处。 可每到这时，贻海总是闷声不语。 让奕雯去做妾做小，这话他是说不出口的。 可真要跟康氏离异，贻海也是万万做不出来的。定情已有数月，两人相会次数其实不多，匆匆开始匆匆结束，柔情蜜意尚且说不完道不尽，根本顾不得讲这些煞风景的、关于未来的话题；可是两人都不讲的事，并不是不存在的。 最近的几次，两人改在沈家幽会，王妈在倒座房呼呼大睡，两人相处的时间宽裕了些，欢悦之后难免提到未来。 而一提到这个，贻海便会沉默。 奕雯看得心疼，便主动敛了口，不再继续了，让他靠在自己胸前，轻轻揉着他的两鬓，让他不那么焦灼。 凌晨时分送走贻海，奕雯只能一个人承担这无边无际的冥想了。 她想过私奔。 既然要走，索性走得远些，母亲惠葳、舅舅惠茗都在英国，去那里是有人接应的——但是贻海呢？ 他现在是炙手可热的人物，未必抛得下这一切。 男人冲锋打仗，生生死死这么多年，开花结果之际要他放弃，也太残忍，男人立于天地间，怎么能没个安身立命的事业呢？ 她也想过效仿赵四小姐一获，不要什么名分，难也罢苦也罢，颠沛流离也罢，只要厮守在一处便好。 但她静下来又想，她愿意做赵四小姐，可贻海是张汉卿般痴情吗？ 康氏是于凤至般大度吗？ 她现在可以不要名分，二十年后呢？ 四十年后呢？ 若是她比康氏死得早，怕是墓碑都没办法铭文的——总不能写"赵氏贻海之终生女友"吧？ 刚刚徽茹敲门之际，奕雯正孤零零躺在床上，呼吸着贻海存留的气息，胡思乱想鸡零狗碎的未来。 贻海告诉她，他特意把新宅买在行宫角，步行过来十分钟即可，以后再来相会方便了许多。 奕雯也是心头欢喜，约好等贻海"燎锅底"的家宴罢了，再来沈家，她会给他再庆祝一番的。 想到这里，奕雯又开始琢磨送什么礼物好。 想来想去，决定把心爱的掌心雷送给他，当然，也要把他那把马牌撸子要了来。 这两把枪是他俩各自的爱物，乱世之中须臾不离身的，平日里随手拿出来，摩挲片刻，大概也会想到爱人的体温吧——而在这时，敲门声响起。 奕雯没有想到，门口站着的竟会是父亲徵茹。

徵茹见奕雯沉默良久，知道她的心病正在于此，便苦笑一声，道："先先，我再退一步，我现在不说让你跟他分开，也不说答应你跟他相好——眼下国共两党都是厉兵秣马，不日即有大战，赵贻海是军人，就让他忙他分内的事去。我会把你送到你三爷爷家，你且在那里待着，我自会跟赵贻海见面，替你讨个说法。"

奕雯猛然抬头，道："不行！ 我跟他的事，不用旁人替！"

"旁人？"徵茹惨淡地点点头，道，"看来我养育你二十年，到头来换了个'旁人'。 先先，我这么告诉你好了——抽屉里有把枪，你十一岁那年，打你继母冯氏那一枪，用的便是这把。 你若是听我的话，一切好说。 你若是不听，也用不着你来动手，我这个'旁人'，现在就可以替你打我自己一枪。 扣一下扳机的事，方便得很。"

徵茹说着，从抽屉里拿出枪来，打开了保险，放在桌上。 奕雯看看枪，又看看徵茹，忽地笑道："父亲，您这样逼我，就不怕我自己打自己吗？"

"那便不是真的爱上了他。"徵茹淡淡地一笑，道，"死，其实并不难。 先先，你要明白，一个女人倘若真死心塌地爱了一个男人，不是只想着为他去死，而是千方百计跟他在一起。 你死在这里，赵贻海当然也会悲伤，跟他以往的那些女人相比，他对你的悲伤或许会长些，可他很快便会有新的女人相伴，同样会两情相悦，继而把你忘得干干净净。 而我，你的父亲，此生此世，却再也没有女儿了。 而先先你，若是眼睁睁地看着我死在你面前，即便你能跟他厮守了，你心里一点点难过都没有吗？ 你和他的爱，一点点瑕疵都没有吗？ 便

省府前街

是纯洁而高尚的爱情了吗？"

从小到大，奕雯跟徽茹斗嘴，徽茹从来没有占过上风，每次结局都是奕雯得胜，只是因为她是他的女儿，他让着她不跟她计较而已。虽然有些事情，甚至是绝大部分的事，徽茹是可以不计较的，但偏偏是那极少数的事，徽茹绝不会让步，这便是世人口中的底线。奕雯很清楚，她和徽茹所谈的，正是他的底线，而底线是不容挑战的。父女二人相望良久，徽茹缓缓道："先先，你看可否这样——你对他是够情深灼热了，可他对你呢？怕是你也不敢笃定吧？你且跟我去官渡，在你三爷爷家住一阵子，你看他如何自处？是拼了命地找我，问我要人，还是怅惘一阵，又有了新欢？你我都听其言，也观其行，待有了结果，再商议怎么办。在城里住久了，只当是去乡下散散心也好，你看行吗？"

徽茹说到这里，表情依旧平静，但语气已然是哀求了。奕雯看着眨眼间便苍老许多的父亲，那些坚硬冰冷的话拥挤在喉头，互相撞得砰然作响，却再也说不出口，她唯有木然地点点头，呆呆道："什么时候走？"

徽茹晃了晃僵硬的脖子，把桌上的枪上了保险，收回抽屉，道："等天亮了，我跟王妈交代几句，便出发吧。"

奕雯吃惊道："今天就走吗？我还约了他——他过几天搬新家，还得——"

徽茹苦笑道："先先，你真把你爹当成卖菜老汉了吗？你不妨想一想，以我现在的地位、权力，如果我跟赵贻海公开撕破了脸，他这个新家，还能住进去吗？还想燎锅底？不怕我把锅给他砸了吗？"

奕雯便是在这一天，也就是民国三十五年的小满，阳历的五月二十二日，被徽茹强行押到官渡镇圣传家的。圣传两口是老实人，说到做到。袁氏寸步不离奕雯，睡觉都在一张床上，也亏得两人自奕雯小时便是母女的情分，奕雯也找不到什么可挑礼的地方。圣传怀里揣了快枪，搬了把板凳，坐在院门里，什么都不做，只是坐着，两只老眼瞪得溜圆，吓得刘氏、黄氏带着孩子们不敢近前，都知道他怀里有枪，生怕他一时迷糊，枪走了火。奕雯一开始还行，不出三天就烦了，再也受不住这监牢般的日子。一天上午，奕雯跟袁氏说要去镇

省府前街

207

上走走，袁氏当然不肯，奕雯又是撒娇又是耍赖，袁氏奈何不得她，只好说问问你三爷爷。 奕雯便拉了袁氏来到院门口，圣传正在板凳上打坐运气，袁氏壮了胆子说明来意，圣传也不吭声，把快枪从怀里掏出来，唬得袁氏连连跺脚，抓着圣传的胳膊，却说不出话来。 圣传皱眉瞪了她一眼，对奕雯笑道："大丫头，你三爷爷是种地的，不怎么玩枪，我知道你会——我答应过你爹，只要你出了这门，我便绝不会再活着见他。 你出去可以，先一枪打死我，不然我自己打，万一一枪没打死，不是白受罪吗？ 大丫头你行行好，只当帮你三爷爷个忙吧。"说着，把枪朝奕雯递过去。 奕雯顿时哭笑不得，道："三爷爷，我愿您长命百岁！ 不过您也得告诉我，我什么时候能走呢？"圣传便收了快枪，笑眯眯道："你爹啥时候来接你，你啥时候走。 一天不接，你便一天不走。 一年不接，便一年不走。 你放心，你不出这门，三爷爷、三奶奶陪着你，也不出门。"

小满过后是端午，端午过后是芒种，芒种一到，即是农家一年中最繁忙的日子。 搁往年，圣传吃住都得在地里场里，今年他硬是活生生扼住性子，整日揣了快枪守在门口。 只是苦了徽莼、徽莳兄弟俩，往常收麦打麦，都是全家上阵的；今年倒好，圣传两口不用说了，还得留着俩儿媳妇在家带孩子做饭，地里的活儿全靠兄弟俩，累得两人一进家门，先抬哪只脚都犯迷糊。 刘氏、黄氏心疼丈夫，在袁氏面前哭了两回；袁氏心疼儿子，在圣传面前也哭了两回；圣传皱眉抽了两袋烟，终于发了话，破天荒出钱请麦客帮忙收麦。 农历五月二十三，节气夏至，地里的活儿告一段落。 这年虽小灾不断，沈家仗着地多，收成也还可以，至少比民国三十一年"水旱蝗汤"①的年景强些。 圣传全家都松了口气。 中牟民俗讲"冬至的饺子夏至的面"，又说"吃了夏至面，一日短一线"，故而夏至这几天，圣传家天天都吃面。 这天晚上，一家人拿新麦蒸了好面馍，擀了细粮面条，小满时下的新蒜捣了一大碗蒜泥，全家老幼欢天喜地，

---

① 即1942年河南大饥荒。"水旱蝗汤"之说，原为"河南四荒，水旱蝗蹚"，指河南在民国时期遭受的水灾、旱灾、蝗灾、匪祸等，因当时驻军河南的汤恩伯部军纪败坏，较之土匪尤甚，百姓深受其害，故称为"水旱蝗汤"。

省府前街

在院里吃新馍和蒜面条。 圣传担心奕雯吃不惯农家饭，还特意让徽莽到镇上肉铺割了肉，做了一锅肉浇头，家里孩子们高兴得满院子飞奔。 掌灯时分，饭菜上桌，众人刚吃了一阵，听门外一阵喇叭声响，都是一愣。 奕雯第一个站起来，朝门口冲了过去。 袁氏一惊，赶紧迈着小脚要追上，圣传倒是异常镇静，笑道："老太婆耳朵就是不好使，你就听不出，那是老大的车吗——老三家的，添碗筷。"

进院的果然是徽茹，也没带司机，是他自己开车过来的。 奕雯被囚禁在官渡月余，这还是他头一回来看望，奕雯只道是来接她回开封，当着众人的面又不便问，好好的蒜面条也没吃出多少味道来。 徽茹倒是心满意足，吃了两大碗蒜面条，蒜汁竟不够使，忙得刘氏、黄氏赶紧现剥现捣，端上了桌。 徽茹又浇了不少在碗里，辣得他鼻涕眼泪糊涂一片，哪里还有行长的矜持劲儿，惹得两个弟媳妇偷笑。 圣传和袁氏见他心情蛮好，自然也是眉头一展，尽扫了连日来的阴霾。

吃罢夏至面，喝罢面汤，圣传夫妇和徽茹父女到了正房，关上门，沏了壶茶，坐下来说正事。 奕雯一肚子话憋得脸都红了，本想当面跟徽茹说，不料三爷爷三奶奶也在，弄得她心慌意乱。 徽茹和圣传各自落座，徽茹点上烟卷，圣传烧起烟袋，屋子里顿时烟雾缭绕。 淡蓝的烟雾后边，徽茹慢悠悠道："我这次来，是接奕雯回去——回去两天，看看情况，回头说不定还得再送过来。"

奕雯一颗心遽然跳起来，又遽然沉下去。 圣传和袁氏也是面面相觑，不解徽茹是什么意思。 徽茹对奕雯道："明天一早，咱们便走。 你跟你三奶奶早点睡吧。"袁氏会意，起来拉了奕雯下去，奕雯当然是百般不情愿，却也拗不过袁氏，只得出了门。 奕雯这夜睡得极不安稳，深夜时分悄悄开门，还看得见正房里灯火通明，徽茹和圣传还在聊着。

第二天一早，袁氏便起了床，跟往常一样叫醒了刘氏、黄氏，使出一身本事做了一大桌饭，徽茹和奕雯吃过早饭，出门离去。 奕雯心里怦怦直跳，等上了车，才对徽茹道："父亲，您——"

徽茹咳嗽了一声，道："什么都不要说，也不要问，跟我走便是。"

省府前街

徵茹将车开到公路边，远远地停下，既不上路，也不回头，像是在等人。奕雯再也忍不住了，道："父亲，您若是再不吭声，我就下车了。 这路我认识，走也走回去了。"

徵茹点上一支烟，笑道："你自然是熟悉的，这条路一头是郑县，一头是开封，你晚上走过，白天也走过，上次你和姓赵的走夜路翻了车，也离这儿不远吧？"

奕雯瞠目道："父亲！"

徵茹却不再说话，看着外边路上。 夏至一过，日头越发毒烈，不多时车里便跟蒸笼相似，可远近一马平川都是田野，连个遮阴挡日的地方都没有。 奕雯心里跟猫抓似的。 刚才徵茹说的，正是她跟贻海极为私密之事，那么他是如何知道的？ 难道是贻海告诉他的？ 这么讲来，难道他跟贻海已经见过面了？ 既然面都见过了，那事情是怎么个说法，是否有了结果？ 这结果又是什么？ 看着徵茹坐在一边，气定神闲的样子，奕雯头顶一热，推门便要下车，却被徵茹一把抓住了手，道："你不要急。 先先，我知道你有很多话要问，但现在不是讲这些的时候，等我们办完了事，回到开封家里，我一定一字不落，全告诉你。"

奕雯左手被徵茹牢牢抓住，动也动不得，又羞又急道："父亲，男女有别，您别这样好不好？"

徵茹却笑道："你不是嫌我不开明，不懂青年男女爱来爱去吗？ 我告诉你，美国人结婚，新娘子都是由父亲拉着手，亲手交给新郎官的。"话虽这么讲，他还是松了手，奕雯抽回手来，活动着腕子，不服气道："您跟文家大小姐见面，也是这样抓住她的手吗？"

徵茹心里一动。 差不多三十年前，他跟惠葳在开封又一村饭庄见面，惠葳用尽手段逼他就范，还把广东番禺的那位金小姐抖搂出来，为的却是嫁给他。而他在新婚喜宴上，也得知了惠葳在上海念书时，有过一个两情相悦的男朋友，可惜那人竟不去打听文家的底细，因贪图富贵，弃了惠葳去追求一个买办的女儿，弄得惠葳万念俱灰，赌气接受了父母之命、媒妁之言。 以至于两人新婚之夜，在郑县罗家胡同沈宅，惠葳对徽茹说道："怎么办？ 其实你不爱我，其实我也不爱你，偏偏你我就这样了。 往后日子那么多，怎么办呢？ 你告诉我，怎么办呢？"惠葳这些话是由衷而发，徽茹一辈子都忘不掉的，就像掌上指尖的纹理，并不那么深，也不那么显，可有便是有了，从生至死也抹不平。 徽茹和惠葳的婚姻是彻头彻尾失败了的，跟冯氏也谈不上圆满，他只有奕雯这一个女儿，所以不希望奕雯也是如此。 可是这一切，奕雯都知道吗？ 即便她知道了，她会明白吗——

就在这个时候，徽茹的表情忽地变了，刚才充斥于脑海的遐思瞬间消散不见，他屏住呼吸，目光死死地盯住前方。 奕雯还想再说什么，见他这个样子，也诧异起来，顺势看过去，却见一辆车从东向西，从眼前倏尔过去。 徽茹扔掉手里的烟头，稍停片刻，打着车子跟上。 奕雯问是谁，徽茹也不答话，只是默默开车。 前车一路向西，直走到郑县东关外才停下来，徽茹的车停在其后一两百米开外，奕雯显然猜到了什么，脸色一阵灰一阵白的。 果然，东关外候着的一辆车里，下来一个人，一身国军少将军礼服，快步来到前车边，那车里下来两个人，都是女的，一个年纪大些，一个看不清样子，因为穿着一身新娘子的衣裳，还搭着红盖头。 年纪大的女人笑容满面，把新娘子的手拉起，亲热地放在男人的手里，又推着他俩上了车。 接着前边两辆车一起开动，朝郑县城里驶去。 接下来，奕雯就完全在恍惚之间了。 她恍恍惚惚地坐着车，停在万年春饭店门外，看着贻海和新娘子一起进门；不知过了多久，恍恍惚惚地看着贻海从里面出来，上了车疾驰而去；接着，又恍恍惚惚地看着刚才那两个女人出门——那老女人还是笑容满面，新娘子却去掉了盖头，眉眼看得清楚了。 圆脸，浅眉，细眼，眼泡还有点肉肉的，走不出几步，便弯腰欲吐，老女人在旁扶着她，轻轻捶着背，低语了些什么，后来她俩上了车，朝另一个方向去了。奕雯目不转睛地看着，不知自己究竟看到了什么。 一切都是梦幻般的恍恍惚惚。 像是打碎了一面镜子之后，一地锋利的、不规则的、明快而鲜亮的痛楚。

徽茹并没有打断奕雯。 他下了车，靠着车门，抽了支烟——或者抽了很多支烟。 直到太阳偏西了，奕雯感觉胸口憋闷得喘不出气来，不得不到车外缓一缓，这才看到地上蚂蚁般的烟头。 徵茹看着她，平静地道："要不要抽一支？"

奕雯点点头，接过了烟，点上。 徵茹想了想，道："那年纪大些的，是赵贻海的太太，康氏；年轻一些的，也就是新娘子，名叫葛春玉——你或许听说过，以前是唱戏的，后来跟一个大汉奸结了婚，大汉奸死了之后，又跟一个小汉奸结了婚，后来小汉奸也死了，便到了曲觞新馆尹耀祖那里——赵贻海便是在那里跟她好上的，差不多和他跟你一个时间。"

"您是想说，他宁可娶一个嫁过两次的寡妇，一个曲觞新馆的妓女，也不会娶我？"

"我说过，听其言，观其行。"徵茹转身看着奕雯，道，"你离开他这一个月，他可曾做过一丝一毫挽留你的事吗？ 他可曾念过你们的海誓山盟吗？ 先先，没有的。 他所做的，只是继续花天酒地，他甚至又娶了一房姨太太——"

奕雯扔掉了烟头。 她抽得很慢，像徵茹那样缓缓地吸入，吸进肺里，让淡蓝色烟雾充满肺部的每一个角落，再缓缓地吐出来，一直到呼吸的尽头。 她挽了徵茹的胳膊，道："父亲，我饿了。"

徵茹微微叹了口气，道："你想吃什么？"

奕雯抬头看了看前边的招牌，笑道："这不就是饭店吗？ 就这一家吧。"

徵茹父女走进万年春，自有堂头迎上来，殷勤道："两位贵客进门见喜——老爷小姐，今天是堂吃还是雅间？ 点菜还是包桌？"

徵茹并未答话，奕雯依旧挽着他，笑道："堂头儿，我打听个事儿——刚刚那位国军的长官，是不是刚办了喜宴？"

堂头满脸堆笑，道："可不是嘛！ 要不是打仗，准得热闹热闹！ 听长官说是急着开拔南下，只办了一桌酒席……"

没等堂头说完，奕雯接过去道："我便要在他那个雅间，同样的菜式酒品，再来一桌。"

堂头一怔，马上又点头哈腰，高声道："您两位这边儿请——二楼雅字一号，金玉良缘喜宴包桌一套，老爷小姐这边儿步步高升喽！"

徵茹和奕雯进了雅间，随意聊了些闲事，奕雯绘声绘色，讲了袁氏寸步不

省府前街

212

离，圣传揣枪守门，徽茹终于忍不住了，笑得连连摇头。奕雯又问打什么仗，徽茹便说起美国人马歇尔拉偏架，明里一碗水端平，暗中向着国军，以致国共两党始终谈不拢，内战就在旦夕之间云云。奕雯听他讲了几句，便觉得兴味索然，摇头不愿再听。这时门开，堂头领着一干人进来，眨眼间一桌酒宴摆上。奕雯冲着堂头道："刚才那位长官，还有新娘子，是在这个雅间吗？"

堂头连连点头道："正是正是——"

"吃的喝的，也都跟刚才一模一样吗？"

堂头有点冒汗了，忙道："正是正是——"

徽茹给堂头使了个眼色，堂头本就捉摸不透两人来意，忙会意点头，带人出去了。雅间里酒馔满眼，父女俩却谁都没有动筷子。沉默良久，奕雯给自己斟了杯酒，举起来，看着酒杯里圆圆浅浅的光亮，慢悠悠对徽茹道："父亲——"话刚出口，却一时泪流满面，除了叹息，竟是只言片语也说不出了。

河南地处中原腹地，承东启西，通南达北，自古便是用兵之地。从民国肇始，到抗战胜利，三十多年里没断过兵燹。日本投降不到一年，国民党便撕毁了"双十协定"，打起内战。民国三十五年六月底，贻海跟着绥署前进指挥部到了豫南，被中原军区一纵的皮旅①打得晕头转向，四处围追堵截不成，贻海自己也在交火中受了伤，幸亏皮旅并不恋战，这才侥幸捡了一命。伤还没好，豫东陇海线战事又起，贻海又被抽调到民权，率领保安二团增援整编第三师，不料刚出发便中了埋伏，保安二团一战即溃，向考城撤退时落在后边，又被追兵赶上，差点遭全歼。若不是贻海经验老到，一见情形不妙，早早地抛下部队溜了，当俘虏怕是免不了的。打了两个多月的仗，河南省保安部队损失惨重，不得不撤到兰封休整。

从兰封到开封，不到一百里，开车两个小时便到。贻海在兰封住了月余，

---

① 正式番号为中原军区第一纵队第一旅，在中原突围中担任掩护军区主力突围的重任。该旅在国民党军围追堵截之下，历时二十四天，大小二十余仗，行程一千余里，胜利到达苏皖解放区。当时的旅长为皮定均，该旅故被称为"皮旅"。

却一次也没回去，只是给康氏打电话报了平安。　战局糜烂如此，康氏却毫不关心，一个劲地催贻海回家。　他知道康氏这么着急，是想让他回去看看春玉。据康氏电话里说，春玉害喜害得厉害，饭也好，药也好，随吃随吐，中医西医都给看了，始终没什么效果，都说若是贻海能回来几天，安抚一下，或许有好处。　贻海当时正心乱如麻——他已经得到消息，国防部勒令郑州绥署检讨作战经过，电报中点了他的名字，要追究他擅离部队之责。　老薛替他挡了一阵，国防部那边寸步不让，非要绥署有个交代不可。　贻海原本在国防部朋友不少，按理说不至于此，但这回状况不同。　因为保安二团增援不力，整三师被共军一举全歼，中将师长赵锡田成了俘虏，而整三师是中央军嫡系，赵锡田更是陆军总司令顾祝同的亲外甥，顾总司令怒不可遏，从国防部到郑州绥署，竟没人再敢替贻海说话求情。　情形严峻，生死只在一线，贻海哪里还有心思家长里短？还是老薛够仗义，特意从郑县到兰封，跟他密谈了整整一夜，两人绞尽脑汁，总算想出个路子。　其实还是军统瞒天过海的那一套——保安二团增援不力是因为误中埋伏，误中埋伏是因为情报有假，情报有假是因为保安二团有人临阵投了共军、里外勾结所致。　两人主意已定，老薛回绥署上下打点，贻海向国防部熟人求助，两下里一起使劲，花钱无数，勉强让贻海过了关。

不管贻海在兰封心境如何，康氏依旧电话不断，见他始终没有回家的意思，也动了脾气，电话里暴风骤雨一通抢白，根本不容他解释，最后还摔了电话。　贻海拿着话筒，好半天了，头还是蒙的。　在康氏看来，天翻地覆算个屁，鹿死谁手算个屁，春玉肚子里的孩子才是天大的事，其余都是扯淡。　贻海见康氏发了火，更不愿回去。　他实在不知该如何面对春玉，更不知该如何面对奕雯。　赵家"燎锅底"那天夜里，徽茹跟贻海说得清楚，若是他再见奕雯，那就是沈、赵两家彻底撕破了脸；贻海并不怕跟徽茹撕破脸，他是担心奕雯。　徽茹毕竟是老了，但父亲愈老，维护子女的心念愈强——他和徽茹撕得血淋淋的，到头来最难堪的还是奕雯。　他本想等战事缓和下来，请几位长官、朋友帮忙说说话，转转圜。　他跟老薛合计过，徽茹态度如此强硬，一则是担心奕雯年轻受骗，二则是一旦两人成其好事，奕雯只能算私奔，也只能做姨太太，沈家万万丢不起这个人。 老薛想了一阵，给他出主意道："当年赵四小姐跟张学良相好，其父赵庆华送女于人后，再绝情于人前，既成全了一对年轻人，也未使家族蒙羞。 索性你也效仿一回，让沈小姐给你当秘书，再让沈徽茹登报声明跟沈小姐脱离父女关系，如此一来，你和沈小姐名正言顺在一起，沈徽茹也没有丢面子，不是两全其美吗？"贻海听了哭笑不得，道："人家张汉卿是少帅，是陆海空军副总司令，是陆军一级上将，我算什么，还要秘书？ 再说人家赵次长[1]六子四女十个孩子，少了一个还有九个呢，沈徽茹没有老婆，只这么一个闺女，真要断绝了关系，可成孤老头一个了，换作是你，你会同意吗？"于是两人唯有相顾苦笑。 他们说这些时，战事还未起，贻海刚刚被抽调到郑州绥署，以为一切尚有可为，不料接下来情势急转直下。 先是春玉不请自来，找到康氏哭诉一通，康氏竟同意收她进赵家为妾，逼着贻海跟她在万年春办了喜宴，还非拉着老薛作陪；再往后便是共军中原突围，整三师惨遭全歼，贻海两次死里逃生，又侥幸躲过了军法严惩，短短两三个月，鬼门关几进几出，竟有恍若隔世之感。

待一切风平浪静，已是十月份了。 这天贻海接到康氏电话，立即从兰封驻地往开封赶，一路狂奔，从东门进了城，沿曹门大街、财政厅街西行，在中山路转而向南，过一个路口便是行宫角。 赵家院子里站着几个军医护士，都是惴惴不安的模样，贻海顾不上招呼他们，直奔正房而去，康氏闻声出来，两人一个门里一个门外站定，康氏手扶着门框，喃喃地哽咽道："少爷，春玉还没醒——孩子，没了。"

春玉出事，是在中午饭后。 春玉孕期喜酸，开封老话儿说"酸儿辣女"，康氏高兴得不得了，只要春玉提出来，想方设法也给她弄到。 中午时春玉吃了碗酸汤面叶，又要了酸梅汤喝下，不料这一热一凉，便闹了肚子，一连上了好几次茅房，大概是腿脚麻了，下台阶时一个没留神摔倒在地，立刻便见了红。康氏还算临危不乱，赶紧给保安司令部打电话，留守处的军医赶过来时，春玉

---

[1] 指赵四小姐之父赵庆华,曾任北洋政府交通部次长(副部长)、参议院议员。

省府前街

215

已经肚子疼得不省人事。 医生护士忙了半天，一个个面如土色，谁都不敢跟康氏搭话，康氏这才慌了，颤声通知了贻海。 可怜贻海年近不惑，总算有了骨血，却又这么没了。 贻海进了屋，看着床上昏迷着的春玉，头顶一热，差点摔倒，幸好被康氏扶住。 饶是康氏再强项，也终于忍不住了，抓着贻海的胳膊放声痛哭。 当晚军医护士都没走，守在春玉床前照顾。 康氏和贻海在偏房相对而坐，也是一夜不眠。 这是自贻海喜宴之后，跟康氏头一次见面，他断断续续，将三个月来的林林总总，择要紧的讲给康氏。 康氏听到惊险处，连连双手合十，诵着佛号。 等他讲到侥幸过了国防部这一关，康氏更是吃惊得脱口而出道："你在国防部那么多朋友兄弟，替你打个圆场还这般难吗？"贻海苦笑道："被俘的是陆军总司令的亲外甥，谁敢在这个节骨眼上引火烧身？ 即便是想要帮我说话，也得等风口过去。"康氏不由得追问道："那现在算是平息了吗？"贻海点头，缓缓地道："也算是命好吧。 天塌下来个大的顶。 这次个大的是刘峙刘经扶主任，豫南一战，他指挥国军围攻中原军区，三十多万国军，一半是美械装备，跟四万多断粮的共军打了快两个月，竟让共军主力分路突围成功，一路北上到了陕南，一路东进到了苏皖。 正焦头烂额之际，晋冀鲁豫共军又南下陇海线作战，在郑州绥署防区内全歼了整编第三师，中将师长赵锡田成了俘虏。 这回刘主任再无可推脱之词，被免去了本兼各职，到南京当战略顾问去了——幸亏有他顶着，不然还真不好说。"康氏呆了半晌，忽而叹息一声，道："我明白了，明白了。 少爷你命里该有此劫，春玉肚子里这孩子，是代你受了这次劫难，可怜他未出娘胎，便有此孝心。"言罢，康氏忍不住又是一阵泪雨滂沱。 贻海坐在一旁，陪着落了把泪，一颗心却不知不觉间早飞到沈宅——省府前街沈家，沈家和行宫角赵家近在咫尺，贻海甚至觉得他大声喊一嗓子"奕雯"，那边一定会听得到的。

春玉昏迷了一天一夜，直到第二天晚上，才悠悠醒来，头一件事便是摸肚子，等她察觉出有异，顿时一个愣神，两眼空空荡荡的。 旁边的护士赶忙请来贻海和康氏，房内夫妇三人默默相对，一时间谁都没有吭声。 春玉眼里深不见底，也不见泪，大概无尽的哀伤是块海绵，早把泪全都收去，藏在心底了。 贻

省府前街

海见她慢慢地抬起手，像是在唤他，便过去坐在床头，拉住她，苦笑道："别难过，你还年轻，下回注意了便是。"贻海对待春玉，既无对康氏那样的敬重，也无对奕雯那样的倾心，只是碰巧有过几宿春情，春玉碰巧怀了他的孩子，仅此而已；如今孩子也没了，春玉在他心里更是无足轻重。 昨晚，他跟康氏商量过，日后若是春玉愿意走，便由她走，若是愿意留下，便让她继续做妾，跟康氏也算个伴当。 其实贻海也明白，春玉不会走的，过了气的戏子，死了两个丈夫的汉奸太太，她能去哪儿？ 离开赵家，要么饥寒而死，要么回曲舫新馆卖身，而在赵家，即便当个用人厨娘，也还是个正经人家，何况还是当姨太太呢！ 贻海想到这里，又安慰她道："日子还长，你便好生休息，听大姐的话——"

不料话音刚落，贻海便感觉手背一阵剧痛，遽然低头去看，春玉尖尖的指甲深入他手背的皮肤腠理，血水渗出来，顺着汗毛流下。 贻海当兵十几年，负伤无算，子弹都挨过，这点疼痛当不得什么，只是未料到她会有这般反应。 贻海忍住了疼，也没有收回手，只是叹口气道："春玉，你还是——"

"是她弄死了我的孩子。"春玉咬牙切齿道，"就是大姐，姓康的，是她弄死了我的孩子。"

康氏就坐在旁边，本来还陪着擦泪，也没留意到贻海手背的伤，蓦地听见春玉的声音，不由腾地站起来，难以置信道："春玉你说什么？ 少爷你——"

贻海轻轻抓起春玉的手，放在一旁，她指尖全是红彤彤的血色。 康氏看见，骤然又惊又怒道："你！ 你怎么……"便再也说不出话。 春玉眉眼间全是怨毒，嚷道："我知道，就是你害死的宝儿！ 你故意让我吃了热的，又吃凉的，你故意把坐便的椅子弄坏，害我腿脚都蹲麻了——好歹毒的女人！"

贻海暗自叹气，带了几分绝望摇了摇头。 他算是大家子里长大的，自幼便耳闻目睹母亲和几个姨娘明争暗斗，相互使绊，打打嘴皮官司还是小事，动起手来满地滚着殴斗也是经常，每到这时，父亲便是喝闷酒、生闷气，无可奈何。 他有时真的搞不懂，母亲已经给赵家生了两个少爷，父亲怎么还有心思娶姨太太？ 母亲又不是小气的女人，在外头花天酒地不好吗，非娶进家里做什么？ 大哥贻天和他成人后，都只娶了一位太太，说什么也不愿家里女人太多。贻天早逝，母亲催他多娶几房延续香火，他却百般推诿，后来母亲火了，骂他不孝，他也火了，说家里女人多了阴气重，父亲便是这么被克死的，气得母亲半天没言语，罚他跪了整整一夜。 几个月前，康氏逼他娶春玉，他一听便头疼欲裂，幼年的经历又如噩梦般闪过。 春玉这才嫁过来几天，却跟康氏结下这么大的仇了，往后这日子可该如何是好？ 思绪及此，贻海苦笑道："春玉，你是刚有丧子之痛，一时糊涂了——大姐是什么秉性，我能不知道吗？ 她对你的好，谁都挑不出礼来的。 你莫要再胡说——"

"当家的，你被她骗了！"春玉胳膊肘顶住床，勉强支起身子，眼望贻海道，"不信，你问问她，是不是见过一个姓沈的小姐？ 她定是跟沈小姐串通好了，要害我，害我的孩子——"

贻海本来拿出手帕，正在擦拭手背的血，闻听春玉的话立时呆住，浑身像是被水泥浇过，硬邦邦的再也活动不得。 他看着康氏，慢慢站起来，一字一顿道："大姐，你见过奕雯吗？"

不等康氏答话，春玉便不顾一切道："沈小姐说有要命的事，想见当家的，被她拦下了，沈小姐苦苦哀求，说要是见不到当家的，她就要跟别人成亲了——我听得清清楚楚，当家的要是不信，你让她发誓赌咒——"

"住口！"贻海暴然叫道，"你给我住口！ 大姐，她说的是真的吗？"

康氏犀利地剜了春玉一眼，抬头看着贻海，简短地道："是真的。"

"何时的事？"

"前天晚上。"

"昨晚为何不说？"

"赵家的规矩，不招惹有夫之妇。"

贻海浑身的血都涌到头顶，想也不想便挥手一个耳光，康氏见他抬手，却也不躲闪，这一巴掌结结实实打在她脸上。 贻海是行伍出身，下手本就没个轻重，此时又是完全失控，直打得康氏侧着趔趄了好几步，一手扶墙一手掩面，这才没有跌倒在地。 康氏放下手，嘴角慢慢流出血来，凄然一笑道："少爷，

省府前街

你这是做什么呢？"

贻海根本不愿再多待片刻，抬脚便冲出了屋子，又冲出了院门，来到街上。 马上便是双十节，跟去年相比，今年可谓惨淡至极。 国军接连惨败，连绥署主任都撤了职，再无人搞什么酒会舞会之类。 但完全无声无息，又实在不够体面，到头来还是由省府出面，在开封主要街道上张贴标语，悬挂彩旗，几辆卡车不分昼夜，满城转着吆喝"戡乱大计"。 省府前街是全城的门面，布置得颇下功夫，多少有了些过节的味道。 不过这味道丝毫没有影响到贻海。 他一路疾跑，原本十几分钟的路，眨眼间便跑完了。 他气喘吁吁在沈宅门口站定，借着路灯的光亮，赫然看见门上新贴的大红"囍"字，宛如一颗炮弹在眼前落下，又爆炸开来，让他猝然间心神俱碎。 去年的双十节这天，他跟奕雯郑县一别数年后重逢，两人自开封夜奔郑县，还像是昨天刚刚发生的事情。 可眼前这血般灿然的红字，分明在告诉他，奕雯已嫁为人妇，将永远不再是他的女人——只是，奕雯是情愿的吗？ 若是情愿，又何必不顾颜面名声，去找康氏打听他的消息？ 若不是情愿，又该是多大的难处，能让一个泼辣飒爽的女子低头服输？ 她可是见过生死、亲手杀过人的啊！ 贻海站在沈宅门口，凝视着那笔力苍遒的血红，那血红也在凝视着他。 渐渐地，好像他的眼也变得血红，脸也变得血红，整个身子都血红了起来……

就在这时，贻海隐约听见沈宅内一阵争吵，继而是东西打碎的声响。 他原本还在犹豫，此刻再也顾不得许多，上前用力捶响了门——这门他是熟悉的。 多少次轻轻叩击之后，听着里面窸窸窣窣的、轻盈的脚步，接着便是门轴转动，然后一股香味幽然钻入鼻孔，还有绽放中少女的娇躯和微喘。 但是这一次，他不知道将会面对怎样的一切。

门终于开了条缝，一个五十来岁、膘肥体壮的妇人站在门里，铁青了脸道："哪位？"

贻海勉强一笑，道："敝人姓赵——是王妈吧？ 我是奕雯小姐的朋友，今天——"

没等贻海说完，王妈早一把打开门，攥住了他的手，二话不说便往院子里

省府前街

拉，一边走一边道："来来来，刚才还说你呢！ 你个王八蛋遭千刀的卖 × 孙，死哪儿去了？"

王妈说的，全是开封地界儿最脏的骂人话，贻海再不济也是保安部队副司令、国军的少将，何尝被人指着鼻子骂山门？ 贻海本想一把推开她，但他一进院子，便心虚到极点，王妈力气又大，没等他缓过神来，两人已经来到了新房门外。 王妈兀自不松手，扯喉咙嚷道："小姐，姑爷，你俩吵吵半夜了，现在正主也来了，你们便把话敞开了说个亮堂吧！"贻海被她弄得进退失据，刚想说话，王妈又转脸对他低声道："姓赵的，你若还是个长着 ×× 的爷们儿，便一枪把那姓杜的赖孙打死，官府要来抓人，你就说是我王婆子杀的，千刀万剐掉脑袋都算我的，我去偿命！"

此时此景此人，贻海已经完全理不清头绪了。 可不容许他多想，新房门开，一个光头瘦高的男人出现在门口。 男人一身茛绸的睡衣睡裤，光脚蹬着双皮拖鞋，脸上带着抓痕，手里还抓着个酒瓶子。 他上下打量了一眼贻海，蓦地冷笑道："我道是谁，原来是赵副司令！ 大驾光临，寒舍蓬荜生辉呢！"说着，转头冲房里道："贱人，你相好的来了，不打算见见吗？ 再跟他喝两杯？ 是不是喝完了酒，你们俩也睡一回？"

贻海本能地朝门里看，却不见奕雯，也听不见任何动静。 此刻他什么想法都不复有，任何辱骂挑衅都可以不管，他只想见到奕雯，看看她是不是安好。但他又不知该怎么办。 眼前这个男人，显然便是奕雯的新婚丈夫，王妈刚才也喊他"姑爷"，好像是姓杜——男人见他不语，冷笑道："赵副司令不请自来，本来想请你进屋坐坐的，不过我刚跟贱人睡了一回，她还光着屁股呢！ 虽然赵副司令是熟客了，不过她现在好歹是我的女人，还是多有不便……"

男人的话没说完，王妈早在一旁大骂起来："姓杜的，老娘我跟你赖孙拼了！"说着便冲上去要动手，贻海刚要拦她，却见男人不慌不忙，从睡衣兜里掏出一支枪来，黑洞洞的枪口指来指去，笑道："死老婆子，连你也要跟我斗吗？信不信我一枪打死你？"王妈再彪悍，也是一介农妇，撒泼撕打还行，一见着真家伙便胆怯了，不敢上前，只是跺脚大骂。

省府前街

也多亏王妈这么一搅和，贻海反倒平静下来。他记起跟奕雯厮磨间，曾聊起各自的趣事，奕雯提到过一个光头、姓杜、在徽茹手下做事的襄理曾经追求过她，请她跳过几次舞——难道这男人便是他？贻海想到这里，便淡淡道："敢问这位先生，是杜襄理吗？"

王妈叫道："就是他！杜仲文！呸，你爹妈是茅房里有的你吗？"

仲文气急败坏，举枪对准了王妈，怒道："死婆娘真要寻死，老子成全你！"

贻海刚才便瞧出他拿的是把南部九四，当年冯氏开枪，用的也是南部九四。看他拿枪的架势，已知他不是老手，虚张声势而已。贻海掏出烟来，点上了一支，冲仲文笑了笑，道："你不敢开枪的。从这里到省府大门，只隔着条省府前街，现在正是戡乱时期，昼夜都有保安团的人巡逻，你一枪下去，未必能把人打死，却一定能引来当兵的，他们可都是我的手下，而你只有一把枪——杜襄理新婚宴尔，前途似锦，便都不顾了吗？"

仲文皱眉略一思忖，狞笑道："那你来做什么？"

贻海一笑，道："我跟沈行长是至交好友，听说府上有喜事，特来看看沈行长，当面道个喜。"

王妈愕然看着贻海，仲文也是一脸的不解，忽地狂笑起来，道："原来你是真不知道了！我这便告诉你吧，我岳丈沈行长，现在绥署军警宪联合稽查处关着呢！你若是想当面道喜，去郑县找他即可。不过我忠告你一句，要去便早点去，晚了，可能人就押送南京军法从事喽。"

王妈骇然道："你个王八蛋的赖孙，你不是说，只要跟小姐成亲，便不再告了吗？"

"你一个农妇，你能知道什么？"仲文嘿嘿一笑，道，"我当然是说话算话的，可是我不告，总有人要告的。就像报社那个裴记者，跟沈行长相好过的寡妇白小姐，都是恨行长恨得牙根痒痒的，巴不得行长早点挨了枪子儿……"

贻海听到这里，大致已经明白了来龙去脉，心里也有了数。这个把月他困顿在兰封，一门心思都用在了国防部，哪儿能料到沈家会有如此巨变？只是奕雯如此烈性的女子，竟为了救父甘愿从了仇人，虽是意料之外却也在情理之中。贻海见仲文张狂之至，便笑道："杜襄理真是良苦用心了——绥署就在郑县，赵某多少认识些人，或许也能帮帮忙的。"

"帮忙？"仲文冷笑道，"怕是这个忙，无人能帮了——我老实告诉你，还有屋里那个贱人，沈徵茹这次算是完蛋了。前前后后几起案子，金额大得吓人，要么是无期，要么是枪毙，想活着出来难比登天！"说着，他故意侧过身，提高了声音，借着酒意嚷道："贱人你听好了！你爹的命，现在我的手里，我若是把那些证据交给稽查处，我那个岳丈立马便是枪毙！奶奶的，被搞过不知多少回的女人，还装什么贞节烈妇？床上跟个死鱼似的，连个妓女都不如！现在你相好的情夫在此，你若想救沈徵茹，便当着赵贻海的面，好好伺候为夫一次，把你伺候他的本事都拿出来，哄得老子舒坦了，一切还好说，不然，就等着给沈徵茹收尸吧！"

贻海不急不怒，静静地任凭他叫嚷，只等他再露出些破绽。两人距离三米至四米，贻海必须冲到跟前，当距离缩短至一米以内，便可以下了他的枪，至少奋力一扑，也能让他失去准头。南部九四样子丑，易走火，最大的优势在于指向好，一二十米内指哪儿打哪儿，因此所有的危险都在这冲上去的一瞬。贻海并不怕死。即便他死在这里，枪声也会引来一街之隔的保安团，仲文杀了他们的长官，想不死都不行。这样一来，奕雯便不会再被他欺负，至于徵茹，此时此刻已经顾不上了——就在这时，贻海期待中的刹那终于出现。仲文大约叫嚷了一阵，有些口干，抬起左手的酒瓶欲饮，而且身子侧得更厉害，左脸几乎朝着门口。贻海本能地右腿发力，一个箭步冲了上去。电光火石之间，一声枪响，贻海只觉眼前黑压压的，像是一堵墙倒了下来，想再收住身子已不可能，只得生生地撞过去。仲文被他扑倒在地，酒瓶跌得粉粉碎，南部九四却还牢牢抓在手里。贻海抬眼看时，仲文两眼睁着，嘴巴半张，左前额一个小小的弹孔，脑后的鲜血蔓延开来，黑乎乎的像是打翻了酱油缸子。贻海只听王妈惨然叫了声："小姐！"待他转身去看时，奕雯正站在门口，手里握着那把掌心雷，不见了一头长发，短发凌乱地垂在耳边。两人四目相视，在贻海的视线

省府前街

中，奕雯如同一截枯木，孤零零戳在那里，没有一丝血气、一点鲜活。但贻海顾不得多想，就势抓起仲文的右手，将枪口对准自己左臂，不假思索便是一枪。子弹撕裂了军装和皮肉，鲜血顿时染得一片殷红。贻海忍住痛，站起来冲到奕雯身边，一把夺过了掌心雷，低声道："回房去，万事有我。"奕雯却石像般站着不动，眼睛里一派寸草不生的死寂。贻海急得只有回头，对王妈道："扶小姐进去——不管谁来，怎么说话，都不要出门，一切听我的招呼。"王妈到底是年纪大，经的事多，总算听懂了他的话，跟跄着过来连推带搡，将奕雯推到了内室。

这时院门外哨子声、锣声响彻，有人用力敲着门。贻海捂住伤处，深吸了两口气，大步走到门口，开门让来人进院。果然是保安一团留守司令部的人，为首的是个连长，一见他便吃惊地张大了嘴，连敬礼都忘了，结结巴巴道："赵，赵长官，您不是在兰封——"贻海淡淡一笑，道："沈行长嫁女是大喜事，我特意来给他道喜，偏偏发现新郎官竟是共党，被他冷不丁打了一枪。"说着，指了指地上仲文的尸体，道："人已经被我打死了，你们赶紧收拾一下，动静小点儿，别惊了沈行长的家眷。"几个当兵的早就噤若寒蝉，一动不敢动，见长官吩咐下来，忙不迭上去清理。连长凑近两步，低声道："赵长官，这案子——怎么个结法儿？还请您示下。"

贻海把手从伤口上移开，掌心黏糊糊的全是血，连长一愣，马上立正敬礼，道："是！长官！"贻海点点头，道："那你且说说看吧。"连长大声道："长官是沈行长的好友，得知沈家大喜，专程从兰封回省城祝贺，在——在省府前街上，发现一人鬼鬼祟祟，甚是可疑，长官一心为党国戡乱，上前盘问，察觉此人果有共党之嫌，行将捉拿之际，该疑犯竟开枪偷袭，长官受伤之后仍牢记军人天职，一举将其击毙。我保安一团三连一排正在省府战备执勤，闻声赶来时，均目睹长官击毙疑犯之壮举，全排官兵不胜感佩……"

贻海皱眉听他讲完，笑道："你念过书吧？"

连长赔笑道："长官您是贵人，职下姓常，以前在司令部政治部当文书，您看我认识几个字，便安排我在士兵识字班当教员，这不干了半年，您见我干得还行，又提拔我当了连长，留守司令部，您的大恩大德我都记着呢——"

这常连长是属猴的，外号便叫皮猴儿，极是伶牙俐齿的一个人。贻海当然早就认出了他是谁，所以才故意这么问；这连长也懂得察言观色，句句挠在上峰的痒处。贻海正色道："这么写案子报告，还不够准确。我记得疑犯开了第一枪，你们不就闻声过来了？疑犯在我等围追堵截之下沿街逃窜，自知难逃天罗地网，心慌意乱，才被我一枪击毙。"皮猴儿略一思索，便笑道："正是如此，长官提醒得对，这么一来，一排的弟兄都有功了——都听见没？长官大公无私，不贪功，还赏了咱们功劳呢！"一干当兵的没皮猴儿会来事，一直是云里雾里，不过最后这句倒是听明白了，一起朝贻海敬礼。贻海点头道："你们都上过常连长的识字班吗？"当兵的一起应答"是"。贻海又道："《士兵识字课本》第一课是什么？谁能答出来，本副司令还有赏。"

皮猴儿笑道："赵长官，他们都会——赶紧的，给长官回话！第一课，委员长！"

十几个当兵的一起立正，背诵道："委员长蒋中正，从前叫作总司令，他是总理的信徒，他是革命的先进，他统一了中国，他完成了北伐的使命——"

"行了行了。"贻海一笑，摆手让他们停下，道，"各位弟兄能文能武，都是好样的，当下戡乱救国，正是用人之际。省府是一省的心脏中枢，必须有各位这样的党国精英守卫才行。回头我请示一下刘司令长官，保安一团暂不换防了，继续留守省府。"

贻海此言，连皮猴儿都惊得愣在当场。河南全省保安部队两旅八团，只有保安一团留守开封城内、保安六团留守开封四郊，其余都上了前线，共军中原突围、定陶战役两场仗下来，另外六个团元气大伤，早有人提议将保安一团、保安六团换防，派到前线去。跟共军作战，中央军都得扒层皮，地方部队跟炮灰无异，谁都不想上前线白白送死。贻海答应让他们继续留守，就跟喂他们吃了仙丹续命一般，这才是救苦救难的活菩萨。至于地上躺的这位倒霉蛋，管他是死在街上还是死在院里，管他是不是共产党，活菩萨说什么便是什么。皮猴儿带着一干士兵齐刷刷敬礼，抬了仲文的尸体，感恩戴德而去。贻海送他们出

省府前街

了院门，将门扇关好上了闩，方才感觉到伤口剧痛，前后心都被汗湿透了。 王妈应该一直在里面偷听，这时推门出来，又跟刚才一样，一把拉上贻海，便朝正房里走。 来到门口，王妈道："小姐在里面等你——外边还得收拾收拾，这是我的活儿。"说着，一使劲推他进去，随手关上了门。 奕雯正站在里间门内，两眼汪汪如水，穿过所有看见看不见的东西，大雨般毫无保留，倾洒在贻海身上。 见贻海也看过来，奕雯头一低，放下帘子，转身进去了。 贻海当然不能再驻足不动，快步挑帘进去。 里间是新人洞房，到处是热热闹闹的大红色。 奕雯坐在床边，侧脸看着里面，剪短了的头发正好遮住脸颊。 贻海知道她现在万难开口。 这里是新房，她是新娘，新郎却不是他。 婚床上被褥整整齐齐地叠好了，堆在一侧，床单也扫得平平整整，她当然不愿给他看见床上的凌乱。 这是她和仲文新婚的第二天，再不和睦的新婚夫妇也是新婚夫妇，何况徽茹还在郑县监狱里关着，生死未卜，奕雯正有求于仲文，不管他要做什么都是不能拒绝的。 贻海心里一阵凄楚。 真的。 这都是他的错。

两人沉默良久，都不知如何打破这荒芜的静谧。 贻海忽地抬起手，手指在左臂伤口处一抠，本能地叫了一声痛，奕雯也本能地转过头来，看到他手指上的血，顿时惊叫一声，不假思索便冲了过去，连声叫道："还疼吗？ 你也真是傻，做做样子便够了，还这么结结实实地——"

奕雯说到这里，却也明白过来，又羞又急道："你！"贻海反手扣住她的手腕，奕雯便是转身要躲，也躲不开了。 贻海顺势搂住她，把她装进怀里，低声道："都怪我，是我的错。 明天我便去郑县，无论如何也要把你父亲救出来——对了，他到底犯了什么事？ 得罪了什么人？"

奕雯数月不见贻海，其间又恰逢家变，命运起伏跌宕，满腹的甘苦无人可诉，正所谓"玲珑骰子安红豆，入骨相思知不知"。 她伏在贻海怀中，身子从冰冷到温热，语气绵绵道："我也不是很清楚，父亲的事从来也不曾对我提过，只是听——听姓杜的讲，民国三十一年赈灾平粜的款子，似乎有些问题；还有重庆的分行，账目也有些不清不白的；河南民报社的裴记者以前便跟父亲有过节，这回又旧账重提了。 本来还有刘峙刘经扶主任罩着，几次有人要动父亲，都被刘主任压住，这次刘主任被撤职回京，多年来的仇人一下子全冒了出来——"

寥寥数语，贻海心里已是雪亮了。奕雯是大家闺秀，自幼锦衣玉食无忧无虑，未曾经历过江湖宦海，当然不懂人心险恶，万物凉薄。想徽茹三十多岁便成了一省财神，近二十年屹立不倒，得罪的人不在少数。徽茹之所以不怕，是因为有刘峙做靠山，只要刘峙不倒，哪怕他不在豫省为官，徽茹也没事。如今刘峙实权一撸到底，那些徽茹得罪过的人再无忌惮，迫不及待动了手。不过也并非到了不可收拾的地步。如今党国最大的敌人是共产党，只要不是通共，万事皆有余地。郑州绥署军警宪联合稽查处的处长刘子敬跟老薛是同乡，只要一个电话过去，放人虽做不到，但在牢里不至于受刑吃苦。以后的事，总有办法，慢慢盘算便是了。想到这里，贻海一笑道："我还是那句话，别怕，万事有我——沈小姐，我好歹也是负伤的人，不知能否赐个座？"

奕雯一怔，脸色飞红道："腿在你身上，椅子便在那里，你自己去好了。"说着，她想挣开，不料贻海搂得更紧，笑道："有你，还要什么椅子？"奕雯呼吸急促起来，悄声道："王妈在外边——"贻海哪里还顾得上王妈，手上刚要用力将她抱起，忽听王妈叫道："小姐！有人来了！"唬得奕雯赶忙推开贻海，大声道："是谁？"王妈又道："是个女的，说是赵夫人，还有保安团的兵。"

贻海和奕雯相顾茫然，两人谁都没有想到，康氏会在这个时候突然过来。贻海沉吟片刻，轻抚一下奕雯的脸颊，笑道："大姐来了，没事的——我正好要跟她讲你的事。"奕雯一脸愕然道："我？"贻海不再说话，转身迎了出去。奕雯想了想，匆匆理了理衣裳头发，刚走到门口，又念及一身睡裙不雅观，随手取了件薄衫套在外边，这才发现一颗心儿快要跳出胸膛，忙用力按在胸口，又猛喘了几下，勉强定住了心神，跟着出去。

康氏是听见枪响，担心贻海出事，实在放心不下才来的。皮猴儿心细，刚才留了几个士兵在沈宅外巡逻，冷不丁见个女人过来，马上围住盘问。康氏见是保安团的人，也和颜悦色应答，没把副司令太太的脾气摆出来。士兵们担心有诈，又跑去请来了皮猴儿。皮猴儿是认识康氏的，见几个士兵如临大敌，气

省府前街

得上去好一通骂，又亲自送康氏到了沈宅门外。 康氏问他哪里打枪，皮猴儿多么机灵的人，早看出贻海跟奕雯有说不清的瓜葛，不然人家刚刚成亲，怎么就巴巴地扔下部队从兰封跑回来，怎么就非得半夜登门道喜，还一枪把新郎官给打死了？ 于是支支吾吾，不肯说句瓷实话。 康氏倒也不为难他，客客气气打发他们回去。 等康氏进了门，由王妈领着来到正房外，贻海已经出来了。 夫妻俩相望一眼，都是一肚子的斑驳嘈杂，理不清个头绪。 贻海瞧见康氏脸上分明还有指头印子，虽然出门时拿粉遮了，却是盖不住的，心里便是一阵慌乱内疚，叹气道："大姐，屋里说话吧。"

康氏一笑，道："沈小姐呢？ 没什么事吧？"

奕雯这时也来到门口，下意识地拉住贻海的手，又意识到不妥，赶紧要松开，不料贻海却一把拽牢她，再不许她挪动，康氏看得清清楚楚，抿嘴一笑道："没事便好——少爷，咱们便屋里说。"王妈见他们三人进去，担心奕雯吃亏，左看右看，寻到一把小板凳，悄悄在门口靠墙坐下了。

沈家正房布局很规整，当中是一张八仙桌，桌上一钟、一瓶、一镜，取的是"钟声瓶镜"之意；靠墙两把椅子，左右也各有两把。 开封老规矩是面朝大门、左主右客，三人站在门厅里，一时尴尬起来。 按道理讲，奕雯是主，贻海和康氏是客；但贻海一直手拉着奕雯，显得他俩是主，康氏才是客；可贻海和康氏是正经夫妻，奕雯不折不扣是个外人。 所以三人脸上都带着笑，却谁都没先坐下，一坐便分出了主客亲疏，而在这三人之中，要分出主客亲疏是一件太不易的事情。 贻海忽地笑起来，一手拉康氏一手拉奕雯，让她们俩坐在左边主位上，自己挪了把椅子，坐在两人对面。 康氏见他这么安排，心里也是又感慨又羡慕，而奕雯则是涨红着一张脸，低头一句话也不说。 贻海道："大姐，其实也没什么事——沈小姐的父亲遇到点事，我正好回开封，帮她出出主意。"

康氏便笑道："人命关天，这是大事，要帮便要帮到底的。 少爷，等沈行长平平安安回来，就跟他商量一下，择期把你跟沈小姐的婚事定了吧。"

此语一出，贻海和奕雯都不吭声。 这倒让康氏有些奇怪，看了看这个，又看了看那个，忽而明白了，便笑道："若是我没猜错，大概是为了名分的事吧？"

奕雯紧紧抓住了衣角，攥得出水来。 她不说话，当然是因为名分的事。放在几天前，她还是沈家大小姐，待字闺中，自然不甘心嫁到赵家做个妾；可如今她婚也结了，丈夫也死了，说句不中听的，她现在是刚刚守寡的杜太太，再醮即是不肯守节，即是德行有亏，再想让康氏让贤，便是难上加难、近乎无望了。 何况现在还指着赵家来救人，这个节骨眼上，康氏是占了上风的，哪里有她讨价还价的余地？ 可一旦这么应了，往后树叶儿般稠密的日子，便时时处处都得在康氏，甚至在那个叫春玉的妓女之下——对奕雯来讲，这比一刀砍在脖子上更为致命。 奕雯进退失据，贻海也着实心乱如麻。 他的本意是跟康氏摊牌，先让她接受奕雯，至于成亲、名分的事可以暂且不议，即便议了，也不会立时便有结果，不如慢慢想办法——若是奕雯肚子争气，一年半载生下个儿子，什么都好说。 不料康氏上来便将这事挑在明面上，看来她早就拿定了主意，定要压奕雯一头。 康氏倒还算了，虽然是丫鬟用人出身，却早早地便是赵太太，跟他又是二十年的夫妻情分，但春玉怎么算？ 出身还不如康氏，名声也相去甚远，不过是母凭子贵，可孩子没了，难道她也要压奕雯一头吗？ 奕雯即便是现在厄于形势，无可奈何，心中必是不服的，共产党的名言说"哪里有压迫，哪里就有反抗"，她受了压迫，一旦反抗起来，这以后怎么过日子？

康氏问完刚才那一句，并未见贻海和奕雯答话，也没有再说什么，三人这么静静地又坐了片刻。 这样的沉默虽然无声，却跟水烧开了没人管一样，三人心里都在沸腾，仿佛只有到水烧干了，壶烧穿了，才能停得下来。 康氏苦笑摇头，正想开口，却见门外晃晃悠悠进来一人，是王妈，她手里端着个食盒，大步来到三人跟前，道："前几日过重阳节，还有重阳糕、菊花酒，两位贵客不嫌弃，便当了夜宵吧。"王妈说着，把食盒放在桌上，对奕雯道："小姐，别怪我多嘴，老爷他可还在郑县牢里呢！ 杜仲文那个卖 × 孙，不就是拿着老爷的事要挟，你才跟他成的亲吗？ 戏里头舍身救父的事历朝历代都有，这也不是丑事，小姐犯不着自己瞧不起自己。"转过身来，又对贻海和康氏道："我家小姐是什么出身，父亲家什么样子，母亲家什么样子，两位都该是知道的。 沈家便

省府前街

不提了，尉氏县文家，文半县的名声也不是白叫的——小姐便是再难，便是沈家败了，还有舅舅家能投靠，总有个去处有个退路，不说到哪儿都是大富大贵，起码是受不了欺负——两位慢用，要想吃热的，便招呼一声，我去给两位擀面条。"

王妈不识字，不读书，平时也就好听个戏，不料在桹节儿上还能讲出这么一通话，细细想来，其间有进有退，有攻有守，有礼有节，有示好有威胁，竟是密不透风溜光水滑，各方各面都照顾到了。 贻海和康氏不免面面相觑，都不曾想到沈家居然还藏着这么个高人。 康氏本就要开口，被王妈这么一搅和，如同上墙有人搬梯子，反倒是更顺溜了，便笑道："这位大姐好牙口，说得我都没词儿了——不知你这碗热面条，我得做点什么，才能吃到嘴里呢？ 这么着吧，奕雯小姐，名分不名分的事，其实也不打紧。 你若是嫁到赵家来，你便是赵太太，正室夫人，不知行吗？"

贻海和奕雯都是吃惊不小，也都想问，却是万难开口，王妈则毫无忌讳，嘴一撇，道："赵太太，您这不是拿我们小姐开心吗？ 您已经是正妻了，小姐再嫁过去便是妾——就算您情愿让位出来，便不想想这么一来，外头的人怎么看我家小姐？ 又怎么看赵先生？"

王妈说的，其实也正是贻海和奕雯愁肠百结之处，所谓关心则乱，两人听王妈一讲，也顾不得矜持，齐刷刷看向康氏。 而康氏却是笑道："这位大姐怎么称呼呢？"

"姓王，都叫我王妈。"

"那我也叫王妈好了——王妈，刚才你讲了小姐的出身，我也跟你讲讲我的出身。 我跟你一样，也是用人丫鬟，而且生下来便是，家生的丫头，少爷小时候换尿布洗澡，都是我来干的。 你刚才讲的那些，明里的意思我听明白了，暗里的意思呢，我也听明白了。 不过你说我拿沈小姐开心，我却是不敢承认。 婚姻大事，可不是随便拿来开心的——少爷，老太太临终之际，你不在身边，老太太有句交代，我倒是没跟你提起过。"

贻海一愣，不解地道："母亲什么交代？"

"老太太说了，将来遇到合适的女子，由我代她做主，娶进赵家为妻。"

王妈摇头道："这便奇了，赵太太再给赵先生娶一位赵太太，这成什么话？难道一个赵家，能有两个赵夫人吗？"

"怎么不行？"康氏稳稳地道，"少爷排行第二，大少爷贻天夫妇去世得早，生前膝下无子，老太太不忍长房无后，留下了话，让少爷兼祧两房，我算是二房的太太，奕雯小姐嫁进来，算是长房的太太，于情于理都是不成问题的——王妈在尉氏县，便没经历过这种事吗？"

"两头大嘛。"王妈一拍大腿，眉花眼笑道，"民间这事儿多了——小姐，的确有此一说的。"

奕雯听得心头扑通乱跳，山一样大的难事，被康氏这么红口白牙地一讲，竟给云淡风轻地抹平了。 看来康氏的确是想让她进门的，不然早不提晚不提，偏偏这时候，把什么"兼祧两房"的话给讲了出来？ 奕雯一边想，一边偷眼看了看贻海。 贻海倒是脸色平静，眉头还微微皱着。 他的心思却迥异于奕雯。康氏来之前，赵家发生了什么，在场的只有他和康氏知道。 康氏和春玉，想必从此势同水火了，春玉的孩子到底是怎么没的，究竟是春玉自己不慎，还是康氏有心加害，永远是一笔糊涂账，贻海管不了也懒得去管。 而他刚才情急之下打了康氏一个耳光，那指头印子现在还看得见。 康氏跟他成亲二十年，他从来都是毕恭毕敬的，因为奕雯居然动手打了她，难道她就一点都不放在心上？ 可她不但不恨奕雯，在这个节骨眼上还要他兼祧两房，还说是老太太的意思，当然是话里有话。 话外之意便是由此立了规矩，她才是老太太认定的贻海的太太，奕雯进得来赵家，是康氏代老太太做主一手促成，往后不管说到哪儿去，奕雯都得领这个情——奕雯虽嫁进来得晚，名义上又是寡妇再醮，可身份是太太，比春玉这个妾高得多。 康氏比春玉大了十几岁，跟奕雯更是近乎两代人了，焉知她不是想多个帮手，一起压春玉一头呢？ 康氏的算盘打得自然是天衣无缝，但她毕竟不了解奕雯。 康氏再心机深邃，见识终究只是在一介夫人太太中打转转，何曾见过奕雯是谁？ 父亲婚礼上差点开枪打死继母，十六岁便动手杀过人，一个小时前亲手杀了丈夫的狠角色，岂会一直听凭康氏差遣摆布——

罢了，贻海越想越乱，实在不愿再想。 康氏是借刀杀人也好，是真心以待也好，是君子报仇也罢，反正都是将来的事了。 人在乱世，命如蝼蚁，将来又在哪里？ 无论如何，奕雯可以名正言顺进赵家了，他跟奕雯真的能两相厮守了，还有什么好顾虑的？ 难道就因为怕三个老婆起了纷争，便不让奕雯嫁过来了？贻海刚要说话，却听见康氏笑道："我说王妈，我这么安排，怕是可以吃到那碗热面条了吧？ 我还好说，少爷可是个嘴刁的人，日后你跟着沈小姐到了赵家，还得指望你多露两手，搞点新花样出来才好呢。"

王妈嘿嘿一笑，转身挽起袖子出门去了。 奕雯心儿一颤，看了看贻海，又看了看康氏，见他俩一个肃然，一个含笑，霎时眼里一热，看什么都模糊起来。

省府前街

第六章

先先：

见字如面。

昨夜又是大醉。醉后想提笔给你写信,写着写着,却伏案睡了,一直到今日上午。你知道的,我一醉便会睡,一睡便不醒,须睡饱了方好。今天是小秀叫醒我的,我茫然起来,只觉头疼欲裂。宿醉是天底下最难受的。在开封时,宿醉醒来,大姐会给我沏蜂蜜水,你会陪我去寺门喝羊肉汤,春玉会给我唱段戏醒醒酒,王妈嘴里啰唆不停,却也会给我弄碗热汤面,她好像只会做热汤面,不然便是包饺子。记得王妈总讲,宿醉次日一早再喝一回,用豫东方言讲叫"投一投",名曰"还魂酒",喝下便好。我听她说了多次,便有心一试,不料喝过"还魂酒",整个人如同已死,我在战场上负伤濒死时,也未曾如此万念俱灰,这才明白她是打趣的。

小秀喊我起来,见了我却又笑,笑得真是像你。我不知她所笑何故,取镜一览,方知是睡时流汗,汗水洇了纸笺,蘸了墨水,把几排字印在面皮上了。我见了便笑。若是你能一睹,亦是要笑的。笑过,忽见两鬓星星点点,已是白发蓬蓬。记得辛稼轩有首《玉楼春》,说"镜中已觉星星误,人不负春春自负",李太白亦讲"自笑镜中人,白发如霜草。扪心空叹息,问影何枯槁",大约说的便是此意吧。小秀孕期八月了,记得四月前到港,初次写信给你,据邮局人讲,若邮路通畅,一个月即可送至开封。不知前信可否收到?先后寄去三封,算来你是该见到的。若你见信即复,回函也该到港了。不过始终未曾见到。小秀跟我言,或是你未见去信,或是你不肯回信,抑或是你回了信,路上遗失了。其实我亦明白,状况无非这三种。但小秀不知,我给你写信时,并不将你是否收到、是否回信视为顶顶重要之事,我顶在乎的,是提笔怅然,落笔无端,封函有念,大约便是这个过程了。

先先,一别近一年了,我每每一想到你,便想给你写信。而一握笔,又觉得无从说起。不是满腹心事不愿讲,而是心事太多太重,笔力不逮吧。前些日子清明,我携了小秀,带了祭祀之物,步行至狮子山上,北向遥望,祭奠众位故去的亲人。那时便想,由此开篇,或可给你写一封信的。

今天是四月二十日,农历的三月廿三,也是岳丈徽茹公两周年忌日。民国三十五年年底,我与你在郑县成婚,喜宴地点在火车站边德化街上的万年春,你非要定在这里,其实我是不愿在此的。当时你问我所为何故,我顾左右而言他,大姐亦不吭声,只是笑。现在可以告诉你了,我之所以不愿,是因为在万年春还办过一次喜宴,是我娶春玉那次。房间亦是在二楼雅字一号,包桌的菜品酒品亦是叫金玉良缘。当时你说出这两样事,我惊得心都要掉在地上了。事后问大姐,她也是思之骇然。世间果真有如此冥冥中注定的事吗?你我商议后,毕竟岳丈脱险已属万幸,还有甚多麻烦未曾了断,无法遍请亲朋好友来聚。于是喜宴只此一桌,家人便是岳丈、大姐、你和我,宾朋只有薛、刘二兄了。

不知你是否记得,岳丈那时刚刚出狱,身子虚,精力亏,元气消损甚多,全然不复当年执一省金融业牛耳者之风采。记得岳丈平素里或西服革履,或马褂长衫,眼镜怀表,烟斗扳指,皆是须臾不离之物。婚礼那日我接他出狱时,却只布衣芒鞋,别无长物了。刘兄子敬再三叮嘱我,切莫张扬,不可招摇,毕竟仇家尚在,舆论汹汹,大意不得;又言岳丈在狱中虽已受尽优待,刑不上身,衣食具足,奈何岳丈少年得志,脾性高孤,往往一人独处室中,或怅惘落泪,或长卧不起,看守说深夜常厉啸恸哭,劝之不止,唯索服安眠药片方得一夕之安。我在行伍中日久,不知刑名狱事之酷烈,却亦可想岳丈囹圄两月,日日如此，夜夜如此，身体固然毫发无损，但心魂必受大痛苦、大摧残。子敬兄时任郑州绥署军警宪联合稽查处处长，兼绥署总务处长，是继任绥署主任顾墨三的心腹之人，若不是他此番不计有引火烧身之危，鼎力相助，真不知岳丈何以脱险。

　　子敬兄的嘱咐，我深以为是。故而喜宴前，我再三嘱你不要哭，坚强如你，竟是一滴泪未落。但喜宴之后，要送岳丈远行，你仍是哭了，且哭泣不止。岳丈一边责怪你哭亦无用，一边自己咬牙忍泣。泪别挥手，自兹去矣。老薛开车送你和大姐回汴，我送岳丈到漯河，从那里上船，转水路到蚌埠，再由蚌埠上火车，走津浦线到南京，乘京沪线到上海。我原打算一路陪岳丈到上海，因战事不断，送到南京后，不得不返回开封，只能托了一位在国防部预备干部局的至交，妥善送岳丈到沪。我在沪已有安排，岳丈住进广慈医院诊治疗养，本想一切应无大碍。不料数月之后，却从上海传来噩耗，岳丈心脏病突发，竟一朝故去了。我匆忙赴沪，方得知岳丈虽有心脏痼疾，但一直住院，随时有医师护士照顾，便是骤然发作亦是无忧的，且他在医院数月，并无发作征兆。奈何那晚岳丈自觉疗养以来，身心渐佳，便应邀与一友人在外相聚，聚会后从饭店离开，行至外滩边，心脏病突作，竟失足落水，待救起时人已去矣。我到广慈医院后，查阅了会客记录，询问当时值班护士，得知邀请岳丈一聚者，是一位操粤省口音的金姓女士，会客记录上也仅写了"金女士"，此外再无其他笔墨了。

　　我陪岳丈赴沪，一路船车辗转，相处十余日。出发前，你一直担心我与他素来不睦，一路上难免磕磕绊绊，但除了我，你又再无信得过之人。而在我观之、度之，此行亦非我莫属。既有翁婿之谊，便无前蜓之虑。何况岳丈久历宦海沉浮，遍识红尘，亦是豁达之人，对我等小辈不会不宽仁的。果然，我身为岳丈半子，与岳丈同车而行，同船而渡，自漯河齐车乘船后，不出两日，便相处渐好，当真是有情若父子之感。岳丈与我天南海北，讲史谈道，评物论人，一路上倒也不寂寞。这位金女士，岳丈跟我提起过，是他在美国哥伦比亚大学的同学，广东番禺人氏，小他数届，归国后嫁给财政部某官员。据我揣测，岳父当与金女士有过情分，远非普通同学。但岳丈只讲了寥寥几句，叮嘱一二，便不肯再说，我作为晚辈，自然不可追问。待岳丈身后来看，金女士与他见这一面，是耶？非耶？福耶？祸耶？难以述评了。

护送岳丈灵柩离沪返汴之前，那位值班护士忽然告知我，她记起金女士来登记时，曾随口说起住外滩华懋饭店①，但毕竟过去多时，不敢确定。我念及归期尚有两日，此番离沪不知何时复来，便决意到外滩一去。外滩我是知道的，便问华懋饭店在外滩何处，几个护士皆掩嘴而笑，我当时甚为不解，等到了外滩才知，华懋饭店正在外滩最耀眼之处。进了饭店，找到相关人等详询，得知当晚住宿者确有一位广东番禺籍的金女士，但据饭店服务之侍者、送行之司机讲，金女士那晚一别后，已于次日登船赴美，不知音讯了。我闻之怅然，却觉心意已到，自不遗憾。临去时，一美籍大堂经理忽地叫住我，问我为何打听金女士。我便说是奉岳丈沈先生之命来看望。经理又问沈先生可否能来一趟？我便叹息回他，岳丈大人已于数日前仙逝。经理大惊，忙问沈先生是否住在广慈医院？我亦大惊，唯有连连点头，更不知言何所出。经理嘱我稍等，回客房仓库取出一个小匣子，并有金女士亲笔便笺一张，大意云：若她离沪赴美后一月内，沈先生来寻，即将此物交给沈先生；若一月之内未来，则随意销毁即可。我看了便笺，又拿出军官证件证明了身份，在寄存单上郑重签下名字，这才取了匣子，回到住处。

当夜，我开匣一观，里面有书信数十封，按日期排序，则有三类，一类为民国六年、七年间所写，由开封发往美国，以此类为最多；一类为民国二十六年、二十七年所写，由开封、洛阳等地，发往南京、重庆，想来是岳丈于战时辗转豫西各地，戎马倥偬间写就寄出；一类为民国三十三年至三十五年，即最近两年所写，发往重庆、南京，以此类最少——我揣测是这两年电话更为迅捷，故而写信日渐少了——收件人皆是"金梅姗"女士。我一时踌躇不安，亦不知是否该看。想起岳丈在船上跟我讲过，若他在上海治病之际，有该女士的信到家

---

① 即今上海外滩和平饭店。

省府前衔

里,切莫让你知道,我或拆或毁,可以自行处理。我又想到与岳丈已然天人永隔,遵他遗命自行处置,阅之,毁之,皆不为过,此其一也。金女士将此匣留于华懋饭店,如无人取,亦是被毁之结局,今我得之偶然,岂非天意乎?此其二也。故我深思再三,依旧是拆阅了匣中诸信。是夜一宿不眠,通宵达旦,始得看完。其间或汗流浃背,或溘然长叹,不觉泪落,心绪驳杂难以明言。如是方知岳丈因何不愿再娶,因何敛财无数,因何身陷囹圄,又因何心脏病突发,猝然故去了。

岳丈于宣统元年,西元 1909 年赴美;金女士于民国三年,西元 1914 年赴美,与岳丈相识于哥伦比亚大学,异国他乡,知音不易,岳丈与金女士渐生情愫,私订终身,相约回国后结婚。岳丈先于民国五年回国,金女士三年后回国,而当时岳丈已奉父母之命,与岳母在郑县成亲。岳丈在信中自责甚重,亦有今世不可得、期冀来世重逢之语,但两人从此音信皆无。民国二十六年,岳丈到南京开会,偶然与金女士重逢,时隔已二十年矣。金女士亦早已嫁为人妇,一子一女俱在国外留学,丈夫是财政部某司官员。据信中提及,两人于南京中央饭店重温旧日鸳梦,后洒泪惜别。不久日寇进犯南京,金女士随夫西迁陪都重庆,在武汉遭日寇轰炸,金女士丈夫不幸重伤瘫痪,幸亏金女士不离不弃,一直在身边照顾。战事僵持之后,岳丈处心积虑在重庆开设分行,一者是为巩固与时任陪都卫戌总司令刘峙的关系,二者便是可以与金女士见面。我记得你亦提起过,抗战期间岳丈常常由老河口机场、卢氏县机场往来陪都,大约亦有此缘故吧。金女士丈夫瘫痪在床,仅有一些抚恤金,收入菲薄,一子一女留学花费甚巨,所有开销供给,全赖岳丈一人。抗战胜利后,金女士之女在美国遭人绑架,所需巨款,亦是岳丈所出。想起岳丈在船中对我所言,他与杜仲文交恶,以至于关系破裂,亦是因这笔巨款。这是另一段公案了,若今日精力够用,再详述给你听。

岳丈入狱之变事发突然,来不及告知金女士,而岳丈之所以坚持到上海治疗,原是两人曾约好,在民国三十六年五月,于上海见面。金女士如约而至,住在华懋饭店,却等不到岳丈。岳丈给华懋饭店打电话留了口信,金女士

省府前街

闻讯赶到广慈医院探望,两人复在华懋饭店相会,这才知道岳丈半年来的变故。岳丈即是从华懋饭店回广慈医院的路上,犯病在外滩边。匣中最后一封信却未曾拆过,即金女士于分别后当晚所写,大约亦是她写给岳丈的最后一封吧。金女士信中告诉岳丈,她丈夫已于不久前去世,而通过信中只言片语,可知金女士与岳丈之事,她丈夫是知道的,金女士亦对丈夫直言不讳。但金女士丈夫深知世事艰难,谋生不易,而他又瘫痪在床,还有一子一女在国外读书生活,如无岳丈支应,一切无从谈起,便对两人之情事视而不见了。金女士即将于次日启程赴美,照顾新生之孙,本欲当面告知,但目睹岳丈痼疾缠身,非须臾间可痊愈;且心中牵挂之事甚多,未曾一一托付周全,故忍下未能明言。金女士与岳丈相约,如他能看到此信,便是缘分未尽,可待来日岳丈妥善安排一切,便赴美与她团聚,厮守余生。惜乎岳丈对金女士痴情如斯,却终不得见此信,亦终不得见此人矣。

看完匣中所有信,窗外已是天色大亮。我虑之再三,仍遵岳丈之意,尽数毁去。岳丈已在天国,他写给金女士的信,从此再无人能见到,但是他能看到了;金女士写给他的绝笔,亦从此再无人能看到,但他亦能看到了。或许你会怨我,怪我,但我亦是不悔。

先先,我与岳丈从漯河上船后,朝夕相处数日,所聊之事渐深。我是军人,既有在沙场上率部冲锋之过往,亦有在指挥中枢参赞军机之经历,每每于战前拟定作战方案,于战后总结检讨。护送岳丈赴沪诊疗时,多次与岳丈审视反省此番囹圄之灾。你是天真烂漫的女子,父族母族均为一时簪缨鼎食之家,岳丈自小便将你层层护了起来,你只知要有便有,一帆风顺,何曾明白岳丈人前人后的艰辛沥血?此番劫难,经我翁婿二人复盘,仇人一共有三:

其一是杜仲文。他曾为岳丈心腹,豫北人氏,毕业于河大经济系,在农商行多年,见识文章都属上乘,岳丈对他亦有简拔提携之恩,抗战前后屡屡将极其隐秘重要之事交付与他,譬如收购、出手德广农商面粉厂,重庆分行开办经营,民国三十一年救灾平粜款项挪用,接收伪河南联合准备银行、伪河南实业银行各类资产,等等。岳丈身居高位,交友广博,又急公好义,屡屡仗义疏财,还有金女士一家几口要供给，日常薪金虽厚，也难以一一顾及，不免做出一些不足为人道的事。如今我亦不瞒你，正如当时岳丈并不瞒我。如收购德广面粉厂时，出价银圆三万元，实际落入原主手中只有两万二千，其余八千由岳丈与杜仲文私分；开封沦陷前，岳丈经杜仲文介绍，与伪豫北政府之汉奸联络，将该厂贱价售出，从中又赚取一笔。又如民国三十一年平粜款一事，杜仲文力主分期分批购置平粜粮，从中挪用款项用于黄金投机，虽获利颇丰，却亦犯全省之怒，为后来墙倒众人推埋下祸根。开封光复，岳丈奉命接收在开封的伪联合、实业、朝鲜三大银行，委托杜仲文办理具体事宜，不意此时杜仲文已是利令智昏，借接收实权在握，肆无忌惮，贪婪敛财。岳丈得知后，见一再规劝提醒已无济于事，深恐事发，便命他离汴暂避，到南京任办事处主任。杜仲文不愿离开经营多年之地，百般推诿不肯赴任。岳丈亦怒，便冻结了他在银行的秘密账户，本意警示提醒于他。恰此时，金女士之女在美国遭绑票，急需巨额赎金。岳丈不得已，从杜仲文被冻结之账户中，提取了赎金款项。杜仲文知悉后恼羞成怒，但亦无可奈何，悻悻到南京就任。

其二是白小姐。记得你亦跟我提起过。岳丈曾与她有过一段纠葛，白小姐全家生活窘困，自岳丈处获利颇多，指望岳丈能收她为续弦太太。后因种种难以言述之故，白家希望全数落空，对岳丈怨恨不已，视之为寇仇，一再伺机报复。岳丈曾对我言，杜仲文挪用救灾平粜款项时，他正与白小姐交往，杜仲文和他的往来电报、电话，白小姐获知一二，尤为重要的一点，是他曾经收到杜仲文电报一封，内有黄金投机的交易情形，后遍寻不到，应是落入白小姐之手，足以为证据了。

其三是裘记者。该记者曾调查过平粜款项挪用之事，收集到一些秘密消息，所幸岳丈想方设法，将此事弹压下去。而该记者亦因得罪了岳丈，在报社无法立足，被排挤到前线采访，差点做了炮灰，故而对岳丈恨之入骨，一直等待时机再出手。

及至民国三十五年内战爆发，国军一败再败，刘峙刘主任免职回京，岳丈失去靠山，就此一蹶不振。杜仲文蛰伏多时，闻讯立即秘密返汴，要挟岳丈，索要巨款。数额之巨,令人咋舌,岳丈此时亦无法立时拿出,杜仲文便联合其他仇人,必欲使岳丈深陷囹圄。该案由裘记者率先发起,写成长文,拟在报上刊出,不意岳丈余威犹在,报社不愿得罪,将稿子压了下来。裘记者随即赶赴郑县,向绥署军警宪联合稽查处检举,当时处长刘兄子敬并不知我与沈家的关系,只道是送上门的财神爷,便将岳丈锁拿下狱。杜仲文横死那晚,我始得知所有经过,立即拜托薛兄上下转圜,刘兄方知你我之关系,不免跌足长叹,但悔之已晚。此时报社风闻岳丈已下狱,立刻将所压稿件发出,加之白小姐受裘记者操纵指使,向各路记者哭诉往事,被添油加醋为花边新闻、桃色事件,一时间真真假假,舆论大哗。刘兄颇费周折,一面弹压舆论,一面暗通关节,这才以押解武汉为名,将岳丈提出监牢,又于路上制造车祸,对外宣称岳丈车毁人亡。我等均以为世事混乱,战事频仍,亦无人再追究岳丈。不料裘记者、白小姐勾结多日,有了私情,姘居在一处,终日登报发文,要求政府通缉岳丈。我与薛、刘二兄商议先礼后兵,不料派去说和的人回报,裘、白二人开出了天价,不但要美金十万元,还要护送他们到上海出国。薛兄听了勃然大怒,让我和刘兄不必再管。过不几日,裘、白二人在开封的姘居之处失火,两人葬身火海。加之杜仲文已死,至此仇人皆已亡故,便再无人追究岳丈了。怎料世事无常,命运难料,这边刚刚平息所有隐患,那边岳丈却忽然撒手西去,世间已无徵茹公矣。

现在想来,岳丈似已料到与你郑县一别后,再见亦难,便对我多有嘱咐。岳丈说你冲动顽劣,无拘无束,喜为惊世骇俗之事,常做随心所欲之举,嘱我切勿因此嫌你厌你,要处处担待,对你如一。且赵家已有一妻一妾,你虽是我兼祧的太太,名分上不亏,年纪在三个女人中却是最小,我又人在行伍,身不由己,家中常住的便是你们姐妹三人,当处处时时善待于你,不使你受委屈。岳丈言说至此,两目时而空寂,时而热烈,拳拳舐犊之情、殷殷离别之苦溢于言表,我亦不得不动容。于今思之,历历在目,而我平生所负之人,你为最甚者。当时便是如此,现在更是如此。我今因守在此化外之境,而岳丈所嘱所托,竟全成泡影。我自知罪孽之深,命势不能长久,只愿效仿吴王阖闾间死前葛

省府前街

布蒙面,无颜去见岳丈于九泉之下矣。

那日清明,我在狮子山上,隔着河海江山,遥祭中原。而中原不可见,乡音不忍闻。港岛湿潮,腿上旧伤频作,久立不得,小秀孕腹满满,亦是稍站片刻,便要嚷累歇息的。我们并肩坐在山顶一大石上。因去得早,又过一阵子,人才渐渐多了。只听山头山坡间,正可谓南腔北调,各地方言都听得到,大多是逃港的内地客,拖家携口,到山上祭奠。不久,便见祀馔尚飨,烟火缭绕,小童们兀自奔逐嬉闹。再过不久,便有隐隐哀泣之声、戚戚之色,我与小秀亦不能自持,纷纷然泪落如雨。不多时,整个山,以及山顶的云,云外的天,都浸泡在哭声之中了。徐蚌、平津两次会战后,共军直逼长江,不断有人逃港,沙田一带竟今非昔比,人烟稠茂起来。据前两日新来的人讲,国共两党正在北平和谈,而共军百万之师已沿江布阵,只待一朝南下。战局糜烂至此,身为逃兵,羞耻难当,唯掬一把热泪而已。

先先,从天亮时提笔,现在已是日落了。房东柳家大嫂已经叫过一遍,言晚饭已备,暂即此搁笔,待饭后若有余力,便再续之吧。

先先。先先。先先。

刚从房东家返回,现在已是民国三十八年四月二十一日了。先先,我的先先,还会有民国三十九年吗?我不知道。马上便要改朝换代了。

房东柳先生做生意,家里有一台大明洋行的收音机,可收听中央社、新华社和本港电台的消息,新近又装得一台有线广播,名曰"丽的呼声",播放新闻至深夜。这一晚,附近村社百余人,皆内地逃港之同胞,亦有不少军中同袍,虽素昧平生,却亦齐聚在柳家大屋,收听新闻,纵论时局,而电台亦不曾停播,随时插播最新战况。四月二十日,是国共和平谈判最后修正案签署之日,但国民政府最终拒绝签字。当晚,共军百万大军强渡长江,以共军三大会战全胜之师,对阵连战连败之国军,以我之从军经历来看,摧枯拉朽亦不是不可能之势了。果如是,则京沪杭三地长则两月,短则一月,必沦陷于敌手。自古以来,易姓改号,谓之亡国。今首都不保,国土不保,人民不保,军队不保,正是亡国之征兆。同样自古以来,有划江而治,有南朝北朝,但长江天险一旦失守,江南再无可守之屏障,亦无守之必要。隋灭陈,元灭宋,清灭明,无一不是渡江后横扫江南岭南,文文山、史道邻①虽一时之英杰,振臂一呼,应者云集,又岂能抵挡?何况如今政府之官员无人不贪腐,国军之将士无人不惜命,民心尽丧,世人思变,即便有一二文、史之流,亦皆被共党招致麾下,无险可守,无人可依,无处可逃。先先,民国将要亡了。即便校长退守台湾,亦不再是大一统之中国,而是偏安一岛之流亡割据政权矣。

先先,我赴港之初,本想国家大势,起起伏伏,东北丢了,尚有华北,华北丢了,尚有江淮,江淮丢了,尚有江南,仍有可为之基本盘。如今连江南也要丢了。先先,我还有回中原的那一日可期吗?若我连这一日都没有了,岂非终生不得再与你相会?思绪及此,身不复我身,心亦不复我心。然我亦深知,我所经历之痛楚惨然,比不得你之万一。民国亡了,亡的不止一国,连同我见你一面,也一并亡掉了。

先先,李后主有词说,"梦里不知身是客,一晌贪欢"。后主还有梦,可贪一晌之欢。自此,终于,我连这梦都不再有了,欢亦不会再有了。余生只求在这天海之尽头,多受些苦,多受些难,将本该与你的磨砺都从命运那里抢来,替你去承受,唯愿你远在中原,能得一夕之梦、一晌之欢。

先先,刚刚写下上段,再不能提笔。又有许多言语,想一并写给你知。胸中淤塞得厉害,只得暂时搁笔,出门走走。后院是菜园,园外是土路。岛上潮润,尘土都是黏答答的。我逡巡于土路上,忽觉像在夜里,亦像在白天,像在春夏,亦像在秋冬。不知多久,小秀唤我回去,我又坐在桌边,始见桌上的信厚厚一沓,竟都是昨天今天所写。而正在昨天今天之间,已成天翻地覆之局面了。先先,若你能见到此信,或你能感知我心,必念多年契好,予以成全:

你我夫妻,于今日缘尽,不复存婚姻之好;

你二十四岁,正值青春之年,当另寻良人同伴,只求你岁月无恙,前路清吉;

---

① 即文天祥、史可法。文天祥,号文山;史可法,号道邻。

我负你在前,所有罪愆均归我一人,天若惩戒,亦只归我一人。我如早死,则转世为奴仆,为牛马;如晚死,则多受一日凄楚、一日磨难,赎轻今生今世之罪。

先先:另有信两封,分别给大姐和春玉。如能见此信,望念她两人识字无多,读给她们听。

二哥

三十八,四,廿一

大姐:

国事骤变,万难一见。大姐待我如弟,如子,如夫,凡卅年矣。弟今唯求一事,日后清明,求大姐勿忘赵家先祖,或于家中焚香,或至巩县祭扫,有生之日,终不绝赵家香火。是嘱。

弟,贻海

三十八,四,廿一

春玉:

你嫁入赵家,固迫于无奈,亦冥冥有意乎? 夫妻数年,相处有恩,亦有罪,有情,亦有恨。今睹此信,当以我已死,你势不能守,亦不必守。如再嫁,可凭此信,在大姐处讨得嫁资一份,自生欢喜。是嘱。

贻海

三十八,四,廿一

省府前街

第七章

孤　　城

　　民国三十七年的双十节，农历是九月初八，重阳节的前一天。 自六月被解放军攻占过一次①，开封城里便有三样事多了起来，算卦的多，搬家的多，造谣的多。 而这三多最集中之处，便是省府前街和省府后街。 两条街中间即是省府大院和全省保安司令部，这两条街上住的多是省府各厅各处的官员家眷。 六月里，守城的整编六十六师被歼，师长李仲辛被击毙，参谋长被活捉，保安第一、二旅和几个保安团也损失殆尽，再无战斗力可言。 省府主席刘书霖侥幸逃出，一再上书坚请辞职，终得允准。 八月，新主席张翼三上任后，便将省府迁往豫南信阳县。 到中秋节时，豫北、豫西、豫中、豫西南，差不多都成了共产党的解放区，仅有郑县、开封、菏泽、徐州一线几个城市，还在国民党手里。谣言顿起，说白北宋靖康以后，开封便一年不如一年，只要一打仗，开封即是孤城困守，为啥呢？ 城池被"封"，都是从这里"开"始的，好容易逃出去，

---

　　①　1948 年 6 月，中国人民解放军华东野战军第三、第八纵队于 6 月 17 日进攻开封，6 月 22 日占领开封全城，6 月 26 日主动撤离，是为开封第一次解放。

往北是封丘，挡住了；往东是兰封，拦住了；往西是登封，更惨，一脚给蹬回来了。 所以困在这孤城之中，逃命都逃不出去。 说得有鼻子有眼。 开封此刻仍是名义上的省府，但人心惶惶，再愚钝的人也知道未来穷塞。 南关火车站天天挤死人，一车车的枪炮弹药、物资设备，昼夜不停沿陇海线朝徐州开去。 于是谣言再起，说徐州剿总已决意放弃开封，要走便赶紧走，要么去解放区投奔共产党，要么去徐州、江南继续效忠党国。 可走也不易。 徒步走不了多远，一路上全是战场，枪子儿炮弹可不长眼睛。 大小汽车早被国军征用，汽油又是管制军资，车没油，跟废铁无异。 剩下的便只是两样，一个是火车，一个是飞机。 火车要开起来，得有火车头，而开封火车站的火车头越来越少。 洛阳已经解放，郑县被解放军围三阙一，半条陇海线都在共产党手里，开封站的火车头开到徐州，十有八九回不来，被国军扣下往南方开了；能开回开封的，又十有八九是重兵荷枪实弹守卫，只拉物资不拉人。 能买通关节坐上火车逃命的，非富即贵，平民百姓想偷扒火车，跟自己寻死差不多。 至于飞机，则更凤毛麟角，隔天才一班，没有第四绥靖区刘汝明司令官的亲笔手令，机场大门都进不去。

此时接替整编六十六师驻防开封的，是第四绥靖区五十五师、六十八师。城里驻军寥寥无几，大部撤到了城外军营里，一天六次点卯查人头，即便如此，仍免不了天天有人开小差。 城里中共地下党的活动已经半公开化，不少进步青年大白天上街贴标语、撒传单，"全城百姓迎解放""热烈欢迎解放军"的口号随处可见，都贴到了省府前街上；被零散的军警瞧见，也不用慌张，快步走开便是，而军警比他们还心虚，一个个装作没看见，连撕都不去撕，任凭标语传单满世界地贴着，大不了远远地嚷一声：

"现在还是民国呢！"

"解放军还没进城呢！"

奕雯和王妈便是这时出的门，想趁着天亮，到街上转转，看能否买到些日常用品。 城里的商铺全关了，满大街寻常市民不多，不是饥民难民，便是抢劫的地痞无赖，没有商铺敢再开门营业，临街门窗一律拿砖头堵上，只在后院胡同巷子里辟个小门进出。 两人从行宫角赵家走到又一新饭庄，奕雯还想往前走，王妈死活不让，非拉着她往回走。 奕雯便低声道："怕什么，带着掌心雷呢。"

王妈赶紧两手合十，念佛道："阿弥陀佛，大慈大悲观世音菩萨。"

奕雯笑道："你有佛，我有枪，要文的你上，要武的我来，咱俩还怕什么？"

王妈扤紧了臂弯里的篮子，笑道："小姐，你不懂，人敬有钱，狗咬扤篮，咱娘俩一人扤着个破篮子，一会儿狗就围过来了——你枪里子弹再多，能有狗多？"

王妈嘴里说笑，手上却用了力，拽着奕雯不许再往前走。 往北不远，便是潘杨二湖和龙亭。 龙亭是六月战事中的核心阵地之一，六十六师师部便是在龙亭被解放军歼灭的，死人无数。 王妈嫌那里阴气重，当然不愿过去。 奕雯听了便叹气，道："要说死人，开封城里外两三万国军和保安部队，不都被解放军一锅端了？ 哪里没死人呢？ 龙亭是死的人多，省府大院里死的人也不少，足有两个保安团吧？ 跟行宫角和省府前街不也都紧挨着吗？"

王妈唬得连连念佛，道："再这么讲，可是哪儿都不敢去了——小姐，不如回尉氏吧。 便是不去尉氏，中牟也行啊！ 何必非困在这儿呢？ 我听人讲，现在官府手里的地盘丢完了，只剩下些大县城还守着，乡下全是共产党的解放区，两家打起来，一准是在城里打，乡下包围县城嘛。"

"是农村包围城市吧？"奕雯笑起来，道，"是静姝——崔小姐讲的吧？ 她倒是真行，统战都统到你这儿了。 你老实说，是不是帮她送过信、贴过告示？别以为我不知道。"

"我又不识字，抓着了便说有人雇我，我只是个图小便宜的乡下娘们儿，谁还能把我咋地？"王妈正色道，"崔小姐那可是好人！ 人长得耐看，又有学问，说话柔声细气的，跟我这样的用人也客气得很，我就爱听她说话——虽然一多半都听不大懂。"说着，朝两旁看了看，又低声道："可她毕竟是共产党啊！ 咱们家在城里是国民党，在乡下是大地主，跟人家不一个台阶儿——"奕雯听了便笑道："不是台阶儿，是阶级。"王妈便点头道："对对，阶级——人家的阶级，能饶了咱们这个阶级吗？咱家这姑爷呢，几个月不见人了，家里连个主事的男人都没有，是留呢，还是逃呢，得赶紧拿个主意喽。"

奕雯皱眉道："那你说，是走还是留？"

王妈叹气道："一辈子在这儿，谁想走？走便是去南方，吃喝都不习惯，折寿呢！可留下来——崔小姐整天价念叨'新中国'，要是真成立了，人家便是主人，是开国元勋。小姐你想想，咱们老百姓过新年搬新家，也得扫扫地、掸掸墙、擦擦房梁窗台蜘蛛网啥的，不让有老灰腌臢看着碍眼，人家可不是盖新房，是'新中国'呢！咱这样的人家，会不会就成了老灰腌臢？要把咱打扫了，咋办？"

两人说着话，已经从中山路由南向西，拐上了省府前街，离沈家不远了。两人都是一手挎篮，一手挽着对方，篮里头一个放着掌心雷，一个放着剪刀。两人走到省府大院门外，不由得停下，朝里张望。大门早没了，只见断壁颓垣，满眼残破，不过毕竟是省府，多少收拾过，一地的碎砖断瓦是没有了，孤零零地杵着些建筑，像是没牙老太太刚啃的玉米棒子，这里缺一块，那里少一截。再往深处的大礼堂，六月里是保安部队的军火仓库，引爆后轰塌了半个房顶，剩下的一半躺在那里奄奄一息。两人在门口站了片刻，仅剩的一个立柱上，贴着一张告示：

困守开封的国民党军全体官兵注意：国民党省县市政府机关全体人员注意：开封城内一切公私商店、工厂、银行、仓库、邮电、交通等经济机关注意：河南大学和其他学校、医院、教堂、图书馆、博物馆等文化机关注意：全开封各阶级各行业的市民注意：现在开封城外的人民解放军前线司令部、政治部特向你们讲话。

王妈装模作样，眯缝着眼看了一阵，道："小姐，讲什么呢？是官府的告示，还是解放军的？"奕雯道："是解放军的——六月攻城的时候，向城里喊话的材料。我给你念两句：凡不持枪抵抗的一切官员警察，本军一律优待。其他学校、教堂、医院和一切私人工厂、商店、住宅，本军一律保护，不准侵犯。 希望所有热心公益的社会团体和公正人士，在本军进城后与本军合作，共同维持全城秩序，免遭破坏，希望全体市民一律安居乐业，切勿自相惊扰……这个能听懂吧？"

王妈苦笑点头，道："小姐，说着容易，嘴说谁不会？ 大人的阶级哄孩子的阶级，不都这么哄吗？ 说只要孩子你听话，不惹事，不打架，许给你什么什么。 许下来的东西，有几样是真的、能兑现的？ 小姐，实话跟你讲，若不是有个活生生的共产党在家里，你能相信共产党不是青面獠牙，不是共产共妻，不是吃人不吐骨头？ 你没见过共产党的时候，官府不都这么贴告示宣传吗？ 我是打前清过来的，凡是掌了权的阶级，都不能信。 国民党的兵还叫革命军呢，革的不都是老百姓的命吗？ 国家还叫中华民国呢，祸国殃民的事还办得少吗？ 见解放军打到城里了，竟然派了飞机来轰炸，母鸡下蛋似的扔炸弹，白白炸死了多少老百姓？ 上一回飞机轰炸汴梁，那可是日本鬼子！"

奕雯听了，半晌不语。 不知过了多久，两人方才各自一叹，转身朝斜对面的沈宅走去。 敲了一阵门，却无人来开，按理说静姝该在家的。 她不在家，老夏也该在的。 王妈掏了钥匙出来，把门锁打开，两人推门进去。 静姝和老夏果然都不在，屋里屋外倒是一如既往，一副居家过日子的情形，看不出这里住着俩共产党。 两人来到厨房，王妈翻箱倒柜看了看，没剩下多少吃的了，便得意道："幸好我带了，不然这俩共产党准得饿肚子——不过也不对，这不像是俩多能吃的人啊，怎么米面都下得这么快？"

奕雯笑道："你知道是两个人吃，还是几个人吃？ 现在城里头能吃上米面的，也没几家了，静姝还不是拿了吃的，接济她那些同志去了。"

王妈便点头道："也是。 我看那些共产党，都是半大小子，好多还是学生，正能吃的时候。 小姐，咱俩这么做，是不是也算是给共产党帮忙了？ 用崔小姐的话说，是不是也参加革命工作了？"她一边说，一边从篮子里取出米、面、罐头，放进面缸里，转身对奕雯道："小姐，等不等？ 要等，我可和面擀面条了。"见她不吭声，便道："别回去了，那俩娘们儿我也着实不喜欢，跟欠她们八吊大钱似的，尤其那个唱戏的，说话阴阳怪气，动不动抖威风，抖什么抖？ 她那个出身，开封城里谁不知道？ 我要是她，还有脸当姨太太？ 给我打下手都得是低眉顺眼的，大气不敢喘一口，敢有点不服气，老婆子我大耳刮早过去了。 小姐，我说的你听见了吗？"

奕雯靠门框站着，一笑，道："你这嗓门，搁门外省府前街上都听得见。"

"我是说，你听到心里头没有？"

"听到了如何，听不到又如何？"奕雯笑着摇摇头，道，"两年了，你还没吃透葛春玉的脾气吗？ 就像贻海说的，只当她是个人形的物件，说几句怪话，撒撒泼而已，能有什么作用？ 为了她生气，才不值当呢。"

王妈添水和面，抽空扭头看了看奕雯，目光落在她的肚子上，叹气道："要说也两年了，你怎么就不见开怀呢？ 按说二十出头，正是生儿育女的时节，姑爷也还年轻，再过几年，男人一上四十便过了好时候了，没听人说'男过四十往下衰，英雄一去不回来'吗？"见她不语，又道："不过也未必是小姐的事，那俩女的不也没怀过？ 对，葛春玉怀过，没保住——小姐你说，那是康氏做的手脚，还是葛春玉她自己没这福气？ 两年前的事，说了八百遍了，恨不能见人便说。"

奕雯苦笑道："王妈，咱还能聊点别的不能？ 这点儿家长里短的破事儿，你能从清早讲到半夜，一天到晚真的不烦吗？"

搁平常，王妈肯定半拉脸黑起来，继续絮絮叨叨，念经般说什么"这是为了你好""母凭子贵，多子多福"之类的话。 奕雯早听得吃不消，只觉头皮发麻，头发都要打结成缕儿了，却不料王妈这回倒是镇静，摇头道："梆剧戏文里唱，'无官一身轻，俺偏偏是有官的人；有子万事足，俺恰恰是无子的命'，我看这便是唱给姑爷的。 他是一点儿都不着急，要说急，他也急，急着当官呢！ 小姐你说，从六月打完仗开始，他回来过一次吗？ 人家的男人现在都忙着，要么举家逃难，要么出城投共，他可倒好，待在吴县①不回来了！"

---

① 即今江苏省苏州市吴中区。

省府前街

奕雯皱眉道："他是奉命保护河南大学南迁①的，还没开学复课呢，怎么回来？"

王妈提高声音道："没这个道理！他是保护学生去的，学生都到地方了，他怎么还不肯回开封？那里是家，还是这里是家？小姐，别说我不提醒你，现在的大学生都精着呢！离乡背井，亲人又不在身边，要吃没吃要喝没喝，咱姑爷呢？人长得俊，当官，又有钱，对女人有的是办法——"

奕雯不满道："王妈！"

王妈兀自道："好好好，便是他对女人没办法，女人对他有办法，不更是麻烦吗？三千多学生，女学生没有一千，也有八百吧？你敢说没有对姑爷起了贼心的？一百个里头出一个，还有七八个呢！这男人总放在外头，不是好事！咱们文家的男人，以前出门做生意，一走便是半年一年，在外头有个相好的，照顾日常起居，那叫平妻，啥叫平妻？便是跟家里的正妻大太太平起平坐的。家里的太太也不能生气，谁叫你不能跟着呢？"奕雯板起脸，道："王妈，你要再说下去，我可真走了！"王妈瞄了她一眼，这才不讲了；虽是不讲了，嘴却没闲着，倒唱了起来：

> 油菜花开一片黄，
> 兄送妹妹回家乡，
> 兄长好比张君瑞，
> 妹妹俺好比莺莺女红妆，
> 中间缺一个小红娘。

奕雯哭笑不得，道："王妈，你这是哪出戏？"王妈笑眯眯道："梆剧《千里送》，又叫《送京娘》呀，多好的戏，你没听我唱过吗？"奕雯笑道："这出戏

---

① 1948年6月,南京国民政府教育部令国立河南大学南迁苏州吴县,时任校长姚从吾组织文法理工农医六个学院十六个系、三千余名师生南迁,并于1948年10月开学复课。

省府前街

讲的什么？"王妈不解道："小姐读过那么多书，还不知道赵匡胤千里送京娘的典故吗？"奕雯便道："赵匡胤是什么朝代的呢？"王妈更是愣道："小姐，你是不是想姑爷想傻了——太祖皇帝赵匡胤啊，自然是大宋朝的了。"

"那便是大有问题了。"奕雯狡黠地一笑，不客气道，"你唱的崔莺莺、张君瑞、小红娘，出自元代王实甫的杂剧《崔莺莺待月西厢记》，比赵匡胤可晚几百年呢，京娘怎么知道的崔莺莺呢？"

奕雯本以为此语一出，王妈立刻得哑口无言，不料她嘿嘿一笑，道："这有啥稀奇？唱戏而已！你看那唱大将的，一挥鞭便是千军万马，你能较真吗？包公戏里，又是砍头又是铡人的，还真得死人吗？便没人敢演陈世美了！小姐你还是年轻，不懂。我老婆子从小看梆子剧，看了几十年了，别的不敢说，字儿不认识，词儿却熟，葛春玉都得佩服我这个。"说着，王妈还来了劲，继续唱道：

> 走过了一山又一山，
> 吕纯阳调戏过白牡丹，
> 神仙们还有思凡的意，
> 我的兄长啊，
> 何况咱结拜的女和男？
> 哎呀呀——
> 走过了一河又一河，
> 河里面有一对大白鹅，
> 公鹅在前边它游得快，
> 我的兄长啊，
> 母鹅在后边它叫哥哥。
> 哎呀呀——
> 走过了一岗又一岗，
> 昔日里还有位老姜尚，

省府前街

252

八十三娶了个女娇娘，

黄河水没有那回头浪，

我的兄长啊，

错过机会可要空悲伤。①

奕雯终于忍不住了，嚷道："王妈你再唱，我可真走了！"

王妈回过头来，笑道："人家是千里送京娘，姑爷那是千里送学生，还是女学生。 女人要浪起来都是一样的，男的不知像不像赵匡胤那样正经。"奕雯腾地站起来，怒道："他若是敢，我先一枪打死他！ 反正再杀一个也便杀了，又不是没杀过！ 两年前在这院子里，不是杀过一个吗？"王妈便哈哈一笑，道："这点子气势，倒跟你娘亲一样了。 文家的长房继忠老爷有那么两三个姨太太，见了大小姐惠葳，跟老鼠见了猫一样，屁都不敢放。"

两人说笑间，外头有人开门进院。 来人有两个，前头的是静姝，后边跟着的便是老夏。 静姝跟三年前不辞而别时一样，依旧是笑如青莲，腴而不多肉，削而不露骨，清清飒飒一个女子。 老夏则颀长瘦挺，一袭长衫，一副玳瑁厚框的眼镜，遇人先是嘴角一扬，再点点头，除了微笑，没见过他别的模样。 奕雯见了他们，笑道："夏先生好，这是又出门开会吗？ 都说共产党的会多，若再开会，便在这里开多好，省得出门了，街面上毕竟不太平。"

老夏为人和蔼，话却不多，只是点头一笑，道："让沈小姐操心了，不当紧。"说着，便跟静姝眼神一对，径直去了厢房。 静姝过来，拉了奕雯的手，道："毕竟还是蒋管区，小心点好——你能收留我们住下，便够给你添麻烦了，再把组织活动放在这儿，我更过意不去。"又朝厨房里一看，笑道："王妈，今天擀面条吗？"

"想吃饺子也没有啊！"王妈擀面，笑道，"你给我说个卖肉的地儿，我去割二斤来，连葱姜都不放，纯肉的，包你吃个肚圆！"三人便都笑了。 奕雯故意

---

① 郴剧《千里送》中京娘的唱词，不同版本唱词有细微差异。

撇了嘴道："城里乱成这个样子，哪里找得到买肉的去处？ 你分明是不愿做。"王妈举起擀面杖，作势要打，奕雯笑着拉了静姝跑开。 王妈笑了笑，低头继续忙活不提。 两人到正房里间，奕雯一头倒在床上，四仰八叉地躺下，嚷道："累死我了，想出门给你买点东西，转了半天，什么都买不到，——你们真去开会了？"

"传达上级的精神。"静姝坐在床头，脸上掠过一丝光亮，道，"华东野战军打下了济南，徐州的敌军准备收缩兵力，郑县、开封快要解放了。"

短短几句话，不啻轰然山崩，奕雯腾地坐起，愕然道："真的吗？"

静姝点头道："现在是十月份，汴郑两地解放，应不出这个月了——奕雯，你做好打算了吗？"

奕雯呆呆地看着她，茫然摇头道："我在等他的消息，可怎么也等不到。"

"快回来了吧？ 我托人打听了，河南大学要在吴县复课，日期定在了十月十号，国民党的双十国庆节。 当然，辛亥革命是中山先生领导的，我们共产党人也要纪念的。"

奕雯心烦意乱，倏尔又想起王妈唠叨一个上午的女学生、赵京娘，脸色顿时难看起来。 静姝见状，便挪了挪身子，握了她的手，细声道："河大有我们的人，消息断然没有错。 你是担心他吗？ 这个你放心，一路都是蒋管区，说回便回了，火车很便利，飞机更快些。"

从苏州吴县，坐京沪线到南京浦口，再由津浦线到徐州，转陇海线到开封，一路上火车还通着。 这条路，奕雯脑子里不知过了多少回了。 每过一回，便觉得贻海已在车上，已在眼前，伸手便能触到他的侧脸。 可是，每每她真的伸出手去，都落了空。 贻海在哪里？ 分明还远在千里之外的江南。 奕雯苦笑道："你这么盼他回来吗？ 万一他要接我走，怎么办？"

静姝一笑，平静道："这也无妨的。 他接你到徐州，我们便在徐州见；接你到南京，便在南京见；接你到了广州、台湾，我们便在广州、台湾见。 总之，不管你们到哪里，我们都要打过去的。"

奕雯想了想，道："若是出国了呢？"

"这个——"静姝略微一皱眉，又笑道，"这个倒是有些不好办了。不过欢迎你们常回来，看看咱们的祖国，看看新中国会是什么样子。"

"新中国。"奕雯出神地看着静姝，缓缓地道，"三年前，我问你，什么是新中国？你告诉我，有一篇文章已经回答过了——它是站在海岸遥望海中已经看得见桅杆尖头了的一只航船，它是立于高山之巅远看东方已见光芒四射喷薄欲出的一轮朝日，它是躁动于母腹中的快要成熟了的一个婴儿——你那日不辞而别后，我便到处找这段话，找来找去，竟真的找到了，原来是贵党毛泽东主席的手笔。"

静姝略带惊讶地一笑，点头道："现在，我们距离新中国如此之近。航船在眼前，朝日在眼前，婴儿，也在眼前了。奕雯，你真的还要走吗？为什么不能留下来，和我们一起建设新中国呢？"

奕雯低下头，缓缓道："静姝，你说的我都明白。可是你也知道，赵先生是国军的少将，我父亲生前是河南省府的高官，我三爷爷在中牟是地主……静姝，这不正是你们说的剥削阶级吗？我留下来，说着简单，我能留在哪儿呢？监狱？感化院？我又能做点什么呢？我今年二十三岁，父亲已经去世了，和我最亲近的便是赵先生，我的丈夫。我不是说嫁鸡随鸡、嫁狗随狗之类的混账话，但他在哪里，我的家便在哪里，你说是不是？"

"你的家，为什么不能在这里，在开封呢？这里是你出生的地方，是你长大的地方，你能做到'挥一挥衣袖，不带走一片云彩'吗？"

"可他是——你们说的反动派啊！他跟你们打过仗，杀过你们的人。"

"此一时，彼一时。他不是也打过日本鬼子吗？算是殊途同归吧。那么多原来国民党军的将领，不都起义了吗？济南战役时，吴化文将军率领两万多人起义，为解放济南立了大功。我党的政策，是不问其过去行为如何，只要能够在人民解放战争的紧要关头，幡然觉悟，脱离国民党政府的反动领导，加入人民解放军的阵营，我们即是热烈欢迎的——"

"静姝，我想问你，你这次到开封，是要统战赵先生吗？"

"是，也不是。"静姝一笑，稳稳地道，"我的上级是中共中央豫皖苏分局城工部，我这次到开封，当然是为了做统战工作，最大限度地争取所有进步人士、社会贤达和一切爱国者，一起为了新中国的建设奋斗。 比如河南大学的一些进步师生没有南迁，已经到了豫西解放区，成立了中原大学①。 还有普通市民，劳动群众，知识分子，民族资产阶级，赵先生只是其中之一，你也是，王妈也是，你们都是我们统一战线工作的对象。 我这么说，你能明白吗？"

奕雯苦笑着点点头，道："你的意思是，如果他能留下来，不往南边去的话，我们便不是剥削阶级了？ 你说的新中国里，还能有我们立足之地？"

"做一个自食其力的劳动者，不也很好吗？"静姝道，"当然，无论是去是留，都是你和赵先生的决定，你只要记住，我党随时欢迎所有新中国的建设者。"

奕雯凄然一笑，想说什么，却没讲出声。 静姝感觉到她的手越来越凉，不由一阵心疼，慢慢摩挲，把掌中、心中的暖意交给她。 两人便这么安安静静地坐着，良久，静姝方才道："奕雯，我的妹妹。 刚才我说的，是共产党员崔静姝的话。 现在，是你的姐姐，被你救过的一个女人，想对你说的话。"

奕雯空空荡荡的眼里，忽地闪出一丝亮，尽管只有瞬间的光芒，却也实实在在地让静姝心里一颤，手上的力道更大了，她缓缓道："我和你的二叔徵慕在郑县被抓、命悬一线的时候，是你救了我们。 不管你是出于什么立场，这是历史，历史是不容改写的。 奕雯，国民党政权就要败了，这次他们是彻底失败。不要说他们还有几百万军队，还有大片的蒋管区，这些都挽救不了他们。 你的丈夫，你的家庭，不能绑在这样一艘行将沉没的船上，成为他们的殉葬品。 在新中国，没有压迫，没有剥削，每个人都是自食其力的劳动者，你们俩都有文化，新中国需要你们这样的人。 奕雯，勇敢一点，跟过去的自己告别，不要沉浸在官太太、大小姐的幻影里，生活不只是拥有了爱情、爱人才是完美的，不要把自己的幸福、未来完全寄托在一个男人身上。 奕雯，我的妹妹，做一个新中国的建设者，我们姐妹在一起，永远在一起，像现在这样，不好吗？"

---

① 1948 年 7 月筹备成立，时任中共中央中原局第二书记的陈毅任筹委会主任，并亲自确定校名，1948 年 8 月 1 日正式成立于中原军区宝丰县，范文澜为首任校长。

奕雯上一次听她说这么长的话，还是在三年前的朱阳关，抗战胜利的那天晚上。静姝亲口告诉奕雯，她是共产党。不但她是共产党，那个总是穿 A2 飞行夹克，会吹口琴，会开飞机，会唱英文歌，懂红酒的许丛诲，她年轻的未婚夫，也是共产党。那是奕雯第一次距离一个共产党如此之近，近到可以感觉她的鼻息。这次静姝突然回到开封，还是八月间的事，两个月来静姝总是忙，两人竟没有时间坐下来，好好地说说私房话。奕雯实在有太多的哀伤、幽思、怅惘和不甘，想要跟静姝讲，但一来她总是跟老夏在一处，不是开会便是活动，二来毕竟三年中音讯皆断，不知她是不是变了——世道都在变，静姝会不会变呢？静姝还是不是当年那个陪她哭，听她笑，看她闹，忍她的坏脾气，一本正经跟她结拜的姐姐呢？共产党员的崔静姝，跟她的姐姐崔静姝，到底有什么不同呢？若是静姝真的变了，那她如许黏稠绵邈的心思，如许积于忽微、困于所溺的情绪，又如何开得了口向静姝倾诉呢？

奕雯沉吟良久，刚要说话，门外传来老夏的声音："两位女同志，抱歉打扰一下，王妈刚说要开饭了。"奕雯眼里不知何时噙了泪，却低声笑道："吃饭吧，面条搁久了，便不好吃了。"静姝见她分明是有话想讲，便大声道："老夏同志，你先去吃，我们这就来。"说着，替奕雯擦了眼角的泪珠，笑道："我又不是法西斯，没跟你动刑呢，怎么就吓哭了？我们共产党的统一战线，便是这么可怕吗？"

奕雯想了想，道："静姝，你只需告诉我，你们共产党员，都是你这个样子吗？"

"傻孩子，这天底下，怎么可能有完全一样的人呢？"静姝笑起来，道，"即便是国民党里，也有一心为国为民的人，我们共产党员也不是完人，都是在不断的挫折和教训之中，一点点地成长壮大起来的。我党建党二十七年，说长不长，说短，也不短了。一大召开的时候，全国党员才五十多个人，现在，我们已经有了百万雄师。这么讲吧，只要是真正的共产党员，你是能看得出来的，都一心一意为了老百姓，为了无产阶级，为了新中国，不惜牺牲自己的一切。奕雯，你还记不记得我给你的那本《吉诃德先生传》？"

省府前街

奕雯点头道："当然记得。 里面有一段话，你特意标注了给我看的。"

静姝轻轻地一笑，又正色道："'我的这番丰功伟绩，值得铭之于金，刻之于石，图之于画，流芳千古。 当我的故事广为流传之时，那便是幸运的时间，幸运的年代。 哦，还有你，杰出的魔法家，这伟大的一切，亦将由你来书写。'奕雯，这个时间，还有这个时代，即将到来了。 留下来吧，或者成为我们的一员，或者，便做这个魔法家，书写你看到的，有关我们，有关新中国的一切。 好吗？"

王妈的热汤面，在沈家、赵家都是有口皆碑，如同灵丹妙药一般。 往日在沈家，徽茹办公熬夜，必要碗热汤面；奕雯头疼脑热，骨酸筋沉，也要一碗热汤面。 后来王妈随奕雯到了赵家，贻海应酬后宿醉难受，点名要吃热汤面；康氏胃寒体虚，百无一味，偏偏喜欢这碗热汤面；而春玉即便是跟王妈乌眼鸡般刚吵过嘴，一旦动了馋虫，也会拉下架子，央她做碗热汤面来吃。 其实王妈做面，功夫只在三处：一是和面，只加蛋清不用蛋黄，和面时手上要抹些荤油；二是炝锅，姜蒜切碎，葱用兴化小香葱，热油起烟时下锅，精髓便在这一炝里；三是面汤分下，湿面条不能直接在炝锅里下，得另寻一锅，烧至水沸，面条汆了六分熟，再捞起放在炝锅里，一落滚便可盛碗上桌。 至于搭配，素的配时令菜蔬，小荤便卧个鸡蛋，大荤则是里脊五花，有什么上什么，在王妈看来，她的热汤面实属国色天香，配上什么都是天赐良缘。 不过正值战时，作料食材不全乎，王妈这顿饭着实忙活了好一阵子。

奕雯和静姝出了门来，老夏早在当院摆了小桌，王妈分碗盛好面，又开了两个罐头，一碟咸菜，一碟咸鸭蛋，端上来满满一桌。 王妈习惯了不跟主人、客人一桌吃饭，非要单独在厨房吃，被静姝生生拉了出来，王妈这才万般拘束跟三人坐在一桌。 老夏和静姝吃了面，自然是赞不绝口，将王妈夸得心花怒放。 等大家吃完落筷，静姝又抢着收拾，根本不让王妈动手，两人争执不下时，老夏早不吭声过来，麻利地捡了碗筷，进厨房洗刷去了。 王妈瞠目结舌道："崔小姐，这位夏先生，不是你的长官吗？ 他也要动手干活儿？"静姝笑道："我们共产党的革命队伍里，没有长官，讲究官兵一致。 老夏同志是留学生，英文好，还自学了俄文，抗战前便去了延安，是老同志了，觉悟高得很。"奕雯低声道："他也是你们城工部的吗？"静姝看了看她，笑道："这个，怕是不能告诉你，我们有纪律的。"奕雯忙摆手道："知道你们共产党的规矩多，我不打听了便是。"王妈却叹气道："前清衙门里的官儿，我见过。 国民党的官儿，我也见过。 今天共产党的长官，我也见过了。 我一个伺候人的老妈子，这位夏长官竟然跟我抢着干粗活儿——"说着，连连摇头，又拍胸脯道："行宫角那边，还有一箱美国的肉糜罐头，回头我都拿过来，全给你们吃，不给剥削阶级吃。"奕雯和静姝听了，便都笑起来。

不多时老夏出来，提着茶壶拿着茶碗，放在小桌上，道："明天便是重阳节，今天正好聚在一处，算是提前过了吧。 只是没什么准备，沈小姐不要见怪。"王妈见状又要起身回避，静姝一把拉住她，嗔怪道："刚说过官兵一致，王妈你怎么忘了？ 革命只有分工不同，没有贵贱之别的。"王妈闻言只得坐下。 壶盖未开，奕雯已经嗅到茶香，惊愕道："是红茶吗？"

静姝笑道："这茶是正宗的俄罗斯红茶，春天时一个苏联记者采访解放区，老夏做的翻译，临别时记者特意送给他的，他一直跟宝贝似的藏着——今天也不知怎么回事，竟舍得拿出来。 还是沈小姐面子大。"老夏微微皱眉，有些歉意道："没有这么夸张，只是俄罗斯红茶讲究多，要掺上蜂蜜、果酱、柠檬之类，还要有甜点配着，今天只喝茶而已，算不得正宗。"

老夏提壶给三人倒茶，顿时茶香四溢，浓郁得不可言说。 奕雯端起茶碗，忽地一笑，道："我在静宜女中读书时，见盖夏姆姆喝红茶，用的是一套骨瓷的茶具。 我们今天也喝红茶，却是用粗瓷大碗。"王妈便道："咱家有一套汝瓷的茶具，是你跟姑爷在临汝买的，回头我给崔小姐送来。"静姝和老夏相视一眼，静姝笑道："我可不夺人心爱之物。 这粗瓷的茶碗便蛮好，我和老夏在解放区时，人手一个行军水壶，有时来不及烧水，就着井边河边，也能痛饮一番。"老夏却道："话也不能这样讲。 新中国成立了，革命成功了，我们工作之余，也可以就着骨瓷茶具，喝喝茶，聊聊天。 今天既然是提前过重阳节，那咱们便以茶代酒，互相祝愿吧。"说着，老夏话锋一转，笑道："我经常听静姝同志说，沈小姐从小熟读诗书，我们不妨学古人雅集，每人饮茶前，先诵一首重阳的诗词，不知沈小姐可否赐教？"静姝和奕雯都笑起来，奕雯道："看来不说的话，便是喝不得这红茶了。"静姝笑道："只怕你肚子里会得多，这壶茶还不够呢。"两人一起又笑。 老夏便第一个端起茶碗，慢慢道：

人生易老天难老，岁岁重阳，今又重阳，战地黄花分外香。 一年一度秋风劲，不似春光，胜似春光，寥廓江天万里霜。①

吟罢，老夏笑道："可以喝一杯了吗？"奕雯却呆呆道："真是惭愧，我居然从未听过这词——听格律用韵，是《采桑子》吗？ 写的是秋天，却毫无悲秋之气，'人生易老天难老''寥廓江天万里霜'，这两句一头一尾，着实气度了得。请问作者是谁？"

老夏并不答，只是笑着抿了口茶，道："下一个，该静姝同志了。"静姝便不假思索道："独在异乡为异客——"不料刚诵及此，老夏和奕雯都笑起来，王妈莫名其妙地看着他们，道："你们笑什么？ 错了吗？"奕雯笑道："这一首太常见，不作数的，该罚该罚。"静姝也笑道："这才是法西斯呢！ 不作数也便罢了，竟还要罚！"她微微蹙了眉，缓缓道：

九日龙山饮，
黄花笑逐臣。
醉看风落帽，
舞爱月留人。②

奕雯抢先护住静姝面前的茶碗，又笑道："这个也不作数的，太短。"静姝

---

① 毛泽东《采桑子·重阳》，创作于 1929 年。
② 李白《九日龙山饮》。

省府前街

看她顽皮，只好又想了想，才道：

> 深秋绝塞谁相忆，木叶萧萧。乡路迢迢。六曲屏山和梦遥。　　佳时倍惜风光别，不为登高。只觉魂销。南雁归时更寂寥。①

王妈听静姝诵毕，一把拉开奕雯的手，道："这个蛮长的，我说句公道话，崔小姐可以喝了。"而奕雯却脸色一变，慢慢收回手，喃喃道："又是一首《采桑子》——'乡路迢迢'，'只觉魂销'。　纳兰这词写得不诚实，他只道重阳佳节自己远离爱人，却不想爱人离他也远吗？　他固然魂销，可千里迢迢之外，爱人的魂销不销呢？　谁又知道呢？"静姝和老夏都是一怔，老夏有些责怪地看了眼静姝，刚想说话，奕雯却凄然惨笑道："你们二人都是《采桑子》，我得换个别的了——"说着，吟道：

> 薄雾浓云愁永昼，瑞脑消金兽。佳节又重阳，玉枕纱橱，半夜凉初透。
> 东篱把酒黄昏后，有暗香盈袖。莫道不销魂，帘卷西风，人比黄花瘦。②

吟完，奕雯苦笑道："王妈，这个也够长了吧？"说着，伸手拿起静姝面前的茶碗，一饮而尽，又道："李易安这首词，写于婚后两年，赵德甫负笈远游，李易安深闺寂寞，恰时至重九，便做了这首《醉花阴》，寄给了丈夫，而赵德甫接信后，便立即返回开封，与妻子团聚——静姝你知道的，如今也有一个赵先生，在外远游不归，他的妻子也在开封，也是深闺寂寞，也是愁永昼、凉初透，也是销魂、西风、人瘦，也是书信不迭地寄给他，却始终不见他回来，是不是？"

静姝一时不知怎么答她，老夏一笑，打圆场道："不止有李清照，我记得宋词里还有——"

---

① 纳兰性德《采桑子·九日》。
② 李清照《醉花阴·薄雾浓云愁永昼》。

"当然有。"奕雯不容分说道，"何必在其他宋词里找，李清照便有的。 那是靖康之后，宋室南渡，李清照夫妇流落江南，后来赵明诚病故，又是一年重九，李易安便写了这阕《行香子》。"她又端了自己的茶碗，却没喝，盯着那渐渐冷却的、酡红厚实的茶汤，一字一顿道：

天与秋光，转转情伤，探金英知近重阳。薄衣初试，绿蚁新尝，渐一番风、一番雨、一番凉。 黄昏院落，凄凄惶惶，酒醒时往事愁肠。那堪永夜，明月空床。闻砧声捣、蛩声细、漏声长。[1]

一阕词诵得静姝和老夏黯然神伤，默默间无语以对。 王妈虽听不太明了，却也是一声叹息，眼圈悄悄红了。 奕雯继续苦笑，道："一风，一雨，一凉；永夜，明月，空床。 这不又是在说我吗？ 静姝，你告诉我，这是茶还是酒？红茶绿蚁，或许本来便分不清的。'伤身事莫做，伤心话莫说'，这是《增广贤文》里的吧？ 今天我伤身事也做了，伤心话也说了，或许我本来便是个被伤之人罢了。"说着，她垂头一叹，眼角晶晶莹莹的一颗泪，跌在茶碗之中，跟那深深的红色浑然一处，荡起微微一圈涟漪。

送走奕雯和王妈，已是下午五点来钟。 一个下午，奕雯跟醉了酒一般，时而哭笑，时而呆坐，唬得王妈束手无策，只能央静姝陪她、开导她。 静姝本来要陪老夏出门办事，见状心知断然走不开，便留下来，跟王妈一个屋里一个屋外，斟酌着语句劝解奕雯。 静姝柔声细语，从丹水镇讲到朱阳关，又从开封讲到郑县，再讲到一别三年中，她在解放区的趣闻逸事种种，直讲得奕雯破颜一笑。 伤神之人最易疲惫，奕雯笑过，便周身散了架，昏昏然倒在了静姝怀里，眼一合，竟睡着了。 中间老夏和王妈都来看过，见奕雯酣睡，也便放了心，唯有暗自唏嘘不已。

---

① 李清照《行香子·天与秋光》。

一入秋，天黑得早，全城路灯照明、公私用电，全靠南门外火车站边的普丰电厂。六月战事里，电厂是国军的据点，两组发电机受损严重，再供不起全城用电，过不一会儿，整个开封便要一片漆黑了。王妈眼瞅天光将尽，这才叫醒奕雯，一起回行宫角去。老夏和静姝还是担心，两人一路送到赵家门口，远远看她们进门，方转身回省府前街。在转身的一刻，静姝自然地挽了老夏的胳膊，而老夏略微一顿，也不作声，两人便并肩走在了省府前街上。

"双十"好歹是个节，省会的面子总还是要有的，城里驻军增加了人手，沿街巡逻也比前一阵子严上许多。区区十几分钟脚程，碰到两拨巡逻查证的。静姝泰然自若，一脸微笑，让老夏跟当兵的招呼周旋。两人打扮做派，跟寻常衙门机关里的夫妇无异，证件路引也齐备，当兵的挑不出毛病，更担心真挑出毛病了，是抓还是不抓？这两人身上有枪没有？解放军一个个跟小老虎似的，一旦动起手来，还指不定谁吃亏谁占便宜。本来这巡逻便是做做样子，没人真心抓共产党——长官们都忙着往南方运财物、送家眷，解放军都在眼跟前了，谁还想效忠党国，继续"戡乱"？当兵的不愿多事，又接了老夏递上来的香烟，便都咧嘴一笑，挥手放行。等两人进了沈宅，静姝松开手，捂着胸口道了声"好险"。老夏关门落闩，也是长出了一口气，回头笑道："害怕了？你不是在白区潜伏过吗？怎么，这几个小兵便吓着你了？"

静姝笑着摇头，道："我个人没什么怕的，不过咱们住在沈家，万一出了岔子，奕雯那里不就难办了吗？她正是愁肠百结之际，还是不给她添乱的好。"老夏不由叹气道："今天的事，是我的问题。我不该提什么重阳、雅集的事。我也着实没想到，沈小姐竟是如此一个性情女子。"静姝道："她跟赵贻海新婚两年，在一起的时间其实不长，她又是把爱情、婚姻看得极重，难免触景伤情——你跟她交往不多，时间长了便知道了。"老夏道："赵贻海的事，想必没有告诉她吧？"见她摇头，便一笑点头道："换作是我，也很难讲出口的。但是，不知你想过没有，沈小姐迟早是要面对的。长痛不如短痛。"

静姝听了，默然低头，良久才轻叹道："老夏，你说什么是长痛，什么又是短痛？都是痛，短痛便一定好过长痛吗？还有，痛真的有长短之分吗？那种

省府前街

263

很短暂的、随时可以忘记的痛，真的还是痛吗？ 我倒以为，痛都是长的，因为真的痛，不可能很快忘却的。"她抬起了头，看着老夏，忽而笑道："你又该批评我了——小布尔乔亚情调，对不对？ 我记得你说过，这跟无产阶级革命者是格格不入的。"

老夏笑着摇头，道："今天不打算批评你了。 从解放区到开封，已经批评了一路，这么说吧，崔静姝同志，我已经不知道该怎么批评你了。"

静姝愕然看他一眼，不由得气得一笑，又正色道："我党的三大作风，是理论联系实际、密切联系群众、批评和自我批评——夏昶达同志，你是支部书记，作为你的下级和党小组成员，我请求今天召开组织生活会，主题是交流思想，总结经验教训，开展批评与自我批评。"老夏便也正色道："崔静姝同志，按照有关规定，党小组组织生活会，每季度到半年召开一次，我记得上次是在一个月前。 当然，你的请求和建议，组织会考虑的。"静姝道："有关规定还说，支部书记要主动联系党员同志，现在党员同志提出向组织汇报思想，支部书记却拒绝，这可是违反规定的。"老夏无奈地看了看她，笑道："崔静姝同志，我接受你的批评，不过即便要谈话，也不必在院子里吧？ 我们进屋谈好不好？"

中午的红茶，因为奕雯忽然失态，并没有喝掉多少，老夏实在有些心疼，续了水重新煮好，热腾腾端进了厢房，却见静姝已把里外收拾利索，蜡烛也点上了。 老夏在桌边坐下，倒出两碗茶，对她道："忙完了吗？ 辛苦了。"静姝擦擦额角的汗，笑道："我本来又找到一处可批评的地方，可现在一想，也不算错。"老夏不免赧颜道："是说我的房间乱吗？"静姝笑道："乱是够乱的，不过你这么摆放，估计你自己也找不到东西在何处，若是特务军警来了，更找不到，反倒是够安全。 请问书记同志，这是兵法上讲的'鱼目混珠'吗？"老夏苦笑摇头，道："好了好了，过来喝茶吧，今天好好让你批评。"

静姝白天是官员家眷的身份，头发自是规规矩矩盘起，刚才为了干活儿方便，松下发髻，随意扎在脑后，倒显得白天庄重得过头，有些呆板的意味。 静姝在老夏面前坐下，端起碗喝了一口，好奇道："你是在美国留学的，怎么又学

省府前街

的俄文？"

老夏刚摊开本子，提笔要记录，却蓦地听她这么问，一时哭笑不得，道："静姝同志，是你请求过组织生活的，怎么问这些？ 跟组织生活有关吗？"

"当然有。"静姝一本正经道，"你曾经教育过我，越是快到革命胜利的时刻，越是要百倍地警觉和谨慎——组织安排我跟你到开封工作，可我对你的了解太少，也不利于工作的开展，你说是吧？"

老夏叹口气，拧上了笔帽，道："你提醒得对。 我们是在敌占区做地下工作，今天的组织生活不做记录了。 你刚才的问题，其实很简单。 我从南京到延安之后，在马列学院工作，后来马列学院改为中央研究院，再后来是中央党校第三部，需要大量翻译俄文文件、资料和著作，相关翻译人员奇缺，我便找了资料边学边用，当然，也请教了不少前辈。 这个回答，你还满意吧？"

静姝好奇道："那后来呢？ 为什么到地方工作呢？"

"组织需要，也是我个人要求。"老夏耐心道，"你可能不知道，我在大学学的是水利，具体说，是水电工程，我希望等新中国成立了，能在专业上做一些事。"见她听得专注，老夏索性又道："我是 1903 年出生的，老家在豫南固始县，归当时的光州直隶州管辖，我记事的时候，上私塾还留过辫子。 后来考到河南预校，毕业后赴美留学，回国后在南京全国经济委员会工作，抗战前到的延安。 静姝同志，这便是我的简单履历了，还有要问的吗？"

静姝没料到他会这么回答，想了想才道："有。 第一个，你为什么到延安？"

"四二年整风的时候，这个问题交代过无数次，张嘴便来的。 你真想听吗？ 说起来也像个故事了。"老夏说着，摸出一支烟，凑在烛焰上点着，深深地吸了口，静静道，"当时我在全国经济委员会水利委员会，做规划研究工作。 有一次，我奉命到大校场机场接机，那架飞机是从美国来的，托运的是各大学和研究机构订购的仪器设备，都是国内研究和建设最急需的物资。 那时候，航班延误再正常不过，我在大校场等了好几个钟点，飞机总算降落了，机组告知我舱位紧张，所有设备物资只能延后起运。 这也正常。 可是我在停机坪上，看见飞机肚子里，一批批下来的全是紧俏的美货：西药，香水，香烟，衣服，甚至还有婴儿车和奶粉——你能想象吗？ 在停机坪上，来自各大学、研究机构的人，目瞪口呆地看着一车车美货被堂而皇之地拉走，甚至有国民政府高官的太太们亲自来提货，等到第二天，这些东西便会出现在南京的黑市上，给他们带来十倍、几十倍的暴利。 而我们这些知识分子，只能就那么看着，毫无办法。 我们愤怒、绝望、诅咒，毫无用处。"

"你便是那个时候，下定决心到延安的？"

"差不多过了两个月，我奉命到泾洛工程局公干，中途开了小差，几经辗转，最终到达延安。 之后的事，刚才已经讲了。"

"我还有一个问题——你可以回答，也可以不回答。 你说你是固始县人，在河南预校读过书，那你是不是认识……"

"沈小姐的父亲沈徵茹，对吗？"老夏淡淡一笑，点头道，"我当然认识他。我在河南预校读书的时候，沈先生是学校的风云人物，那时他刚留学回国，二十多岁，风度翩翩，家里也有钱，经常请学生下馆子，去美美番菜馆吃西餐，我的英文便是跟他学的。 后来到美国读书，他也给我写了推荐信的——可惜我没有学金融，当时一心要实业救国，便去衣阿华州立大学学了水利。"说着，他把烟头拧灭，掏出了怀表，放在桌上，道："这块怀表，是我出国时，沈先生送给我的。 他说美国人较真，说好几点便是几点，迟到了便是了不得的大事，而我生性懒散，必时时注意。 送我怀表时，表匣里还藏着五百大洋的银行本票。他知道我又穷又要面子，没有当面给我。 等我到了衣阿华，他写信过来，打趣说一定要买西装、衬衣、皮鞋，在哪里都要体体面面，否则不许对人讲我是他的学生——可惜，沈先生已经不在了。 他死得太早，新中国成立之后，正需要这样懂金融的人才。"

静姝不解地看着他，好一阵才道："可是根据我们掌握的情报，他是个大贪官啊！ 1942年河南大饥荒，多少人等着救命，可他竟然从平粜款上打主意——"

老夏摇头叹道："橘生淮南则为橘，橘生淮北则为枳，这个典故你没有听说过吗？ 沈先生从美国留学回来，在河南预校做教员的时候，我正在他身边念书，我知道他当时也是满腔报国之志的。 可惜，他进入了国民党的官僚系统，被同化了。 出淤泥而不染，能做到的人何其之少！ 文官爱财，武将怕死，国民党政权的败亡，不正是由此而来的吗？ 在这样的组织里，容不得想有所作为的人，要么跟组织一起沉沦，就像沈先生；要么决然地离开，就像我。"

静姝道："那你说，奕雯会留下来吗？"

"你希望呢？"老夏一笑，道，"我跟你一样，任何拥护我党的爱国者，任何愿意为新中国的建设出力的劳动者，我都希望能留下来，一起生活、工作在一个崭新的国家里。 何况沈小姐有知识、有文化，为什么不能留下来呢？ 至于她的家庭，我想这并不是她能够选择的，只要她能够跟过去的阶级决裂，投入到新中国的建设之中，一切都不是问题，也不应该是问题。"

静姝点头道："这些，我翻来覆去想过很多回。 沈徽茹已经死了两年，而且是死在国民党自己人手里，除了两处院子，其余财产也都抄去充了公，所谓罪不及孥，奕雯不该受牵连的。 至于赵贻海，他肯定不会回来了，奕雯若知道他在吴县又有了情人，还怀了孕，也断然不会再跟他好下去，这样一来，她父亲已死，又跟丈夫决裂，历史便清白了很多。 何况当年她救过我，救过徽慕同志，更早的时候，在朱阳关也配合我做过一些党的工作。 虽然她一直在党外，至少是同情我党的，对我党没有敌意，更没有做过损害我党利益的事情。 老夏同志，这一点，我完全可以用生命来保证。"

老夏一笑，点了点头道："静姝同志，你说的我都明白——"不料静姝忽地伸出手来，抓住他的手，急促地道："老夏同志，你答应我一件事，现在能为奕雯证明这些的，只有我和徽慕同志，但徽慕同志跟奕雯有亲属关系，我没有，所以我说的话组织会相信的。 如果我牺牲了，恳请你代我为奕雯做证，证明她不是反动阶级，可以改造成为新中国的建设者，她也有资格生活在新中国的阳光下。 老夏同志，你一定要答应我。"

静姝的手温润微凉，指尖抵在老夏的手背上，也将她内心深处的一丝战栗、一线寄托，毫无保留地交给了他。 老夏磐石般的肌肤倏尔风化，一点点剥落下来，当坚硬消散之后，显露出来的便只是柔软。 老夏用一种从未有过的、满是怜意的口吻，对静姝道："我答应你，你放心。"

静姝眼里晶莹剔透，认真地点点头，声音却低了下去，道："我——还有一个问题，不知道能不能问问你。"

老夏笑起来，道："我真的不知道你到底有多少问题等着我，问吧，只要不违反纪律，我一定如实告诉你。"

"你在四二年整风的时候，是不是被审查过？ 我听说——"静姝一边说，一边小心翼翼地看着他，道，"你是因为……"

"追求一个鲁艺的女学生，喝醉了酒跟情敌打架，还说了些不该说的话，是吧？"见静姝一脸的难堪，老夏苦笑摇头，道，"这种事的确是有的，不过不是我。 我离开南京后，便再也不碰酒了。"他显然是想抽烟，抬手之际，两人才蓦地发现，一大一小两只手还搭在一起，慌忙分开了。 老夏掩饰地取了烟，又在蜡烛边点上，默默吸了一口，叹道："其实，我倒真希望是这样。"

静姝愕然道："你——为何这么讲？"

"因为我碰上的问题，要比这个严重得多。"

烛苗摇曳跳跃，老夏的眼神追逐着它，以至于从他的瞳孔中，可以清晰地看到任何一点轻微的摆动。 静姝不敢再问，心里又实在好奇，正欲言又止的当口，老夏忽然开口道：

"Natasha has just come up to the window from the courtyard and opened it wider so that the air may enter more freely into my room. I can see the bright green strip of grass beneath the wall, and the clear blue sky above the wall, and sunlight everywhere. Life is beautiful. Let the future generations cleanse it of all evil, oppression and violence, and enjoy it to the full."

说完，老夏自失地一笑，道："那是四〇年，我在一次组织生活会上，说了这段话。 当然，在座的都是懂英文的——这段话，你也听得懂吧？"见静姝点头，他继续道："这是一个人的遗嘱。 当时他刚刚去世，消息通过各种渠道传到了延安。 按研究室的分工，我负责翻译有关此人的资料和最新消息，便在组

省府前街

织生活会上，向研究室的同事们通报了这个情况。 不料两年后，1942 年的四五月份，整风运动开始不久，有人想起了这件事，组织便找我谈话，让我解释在组织生活会上讲这段话的用意。 之后的事，你应该听说过了，我接受了审查，向组织做了澄清和交代——所幸当年的分工是有文件的，可以证明我是在做研究，所以过了差不多大半年时间，组织决定恢复我的工作。"

静姝微微皱眉道："不管写遗嘱的是谁，你们中央研究院做学术研究，也要担责任吗？ 国民党里也有翻译马克思恩格斯著作的，难道便都是马列主义者？ 我党的研究人员翻译希特勒、东条英机的资料、新闻，难道便是法西斯了吗？"

"惩前毖后，治病救人，这是整风的宗旨。"老夏坦然道，"毛主席说过，'既不含糊敷衍，又不损害同志，这是我党兴旺发达的标志之一'。"

"可我还是想知道，你到底是说了谁的遗嘱。"

"静姝同志，你真的想知道吗？"

静姝认真地点头，老夏一笑，缓缓道："此刻，娜塔莎正从院中走到窗前，她把窗户开得更大，让更多的空气自由地来到我的房间里。 我看见墙下有一片嫩绿的草地，墙的上面，蓝天晴朗，阳光无处不在。 生活是美好的。 让我们的后人清除掉生活中的罪恶、压迫和暴力吧，尽情地享受生活本身所有的快乐。 列夫·托洛茨基，1940 年 2 月 27 日，于科亚坎。"

去　留

1948 年 10 月 23 日这天，农历是九月二十一，节气霜降。 老薛进门之际，行宫角赵家一片狼藉。 物件狼藉，人也狼藉，或许人比物件还更狼藉一些。 春玉和王妈坐在院里空地上，王妈一只眼乌青，春玉鼻下嘴角的血干结成块，两人俱是衣裳散乱，头发蓬杂，脸上手背上全是血条条，仍各自红了眼睛，恶

省府前街

狠狠攮着对方。 康氏在正房里端坐，似笑非笑，目光穿过房门，打进院子，扫在两个妇人身上。 奕雯站在厢房门下，背着手默然不语，也是似笑非笑。 两人既不劝架，也不叫好，没事人似的看戏。 赵家的门是虚掩的，老薛心里又急，也没敲门便闯将进来，不料觑见的却是这般场面，只得讪讪一笑，朝正房里的康氏大声道："大姐——忙着呢？"

老薛跟贻海是同学，交情莫逆，一向随贻海叫康氏大姐。 话音刚落，康氏也早看见他进来，忙快步来到正房门口，笑道："快来屋里说话，奕雯妹子也过来陪着嘛——家里乱糟糟的，薛长官见笑喽。"老薛见她神态自若，想开口，却不知说什么，康氏又朝王妈道："王妈，来客了，薛长官虽不是外人，也多少弄点吃的喝的来。"王妈恨恨地剜了春玉一眼，站起来，一副若无其事的样子，简单收拾下衣服头发，径直到厨房去了。 春玉则依旧呆坐于地，见老薛从她面前经过，像是缓过神来，有些害羞地一笑，垂下了头，两手在腰间匆匆一理，不知嘟囔句什么，手一撑地站起来，也不管目瞪口呆的老薛，转身捡起地上的包裹，朝另一侧厢房走过去。 老薛逃难般一步不停，匆匆穿过院子走到正房檐下，仿佛刚才走的不是砖铺的平地，而是蛇蝎遍地的丛林，心里一再感叹，难怪贻海待在吴县不肯回，家里三个，不，四个女人，整天跟斗鸡似的一地鸡毛，鬼才敢回；可老薛又一想，一地鸡毛也好，滚地撕打也好，在这几个女人看来，竟是稀松平常，无非青一只眼睛、吐几口血，脸上、手上多几道血条条，仿佛渴了要喝水，饿了吃饭，从来便是如此，便该如此，谁都不觉得异样——鬼的家当然是阴曹地府，可或许即便是鬼，进这个门之前，也要痛下决心才好。

赵家几个女人打起来，是两个小时之前的事。 起因也简单，中午饭前，春玉跟康氏说要出门一趟，她前些日子放了两件首饰在弘盛典当铺，只收了两成定钱，担心当铺趁乱跑了，想再去看看，实在不行便退了定钱，把首饰赎回来。 康氏对她向来是不闻不问，悉听尊便，连句"注意安全、早去早回"都懒得说，便点头允她出门了。 春玉离开行宫角，一路小脚生风，顺鼓楼街走到鼓楼，往北是南书店街，往南是马道街，弘盛典当铺便在马道街上，大门朝西，门口的幌子门牌全都没了，门板上还有弹孔，严丝合缝，没一点开张的动静。春玉也不见怪，来到门口敲着门，低声道："快开门，是我。"

好半天，门里头才有动静，急得春玉一脖子的汗。里面有声音道："前门堵死了，走后院。"

春玉气得细牙紧咬，顾不得跟门后那人斗嘴，转身又往鼓楼方向走，转过弯走进商场后街。这条街也是老街，北宋时已见诸记载，名曰小甜水巷，明代叫第五甜水巷，也叫第五巷，到了清代乾隆年间，因巷子南口建了黄大王庙，改叫黄大王庙胡同。清末民初，马道街南头建了俗称东商场的"河南省第二商场"，黄大王庙胡同恰在商场之后，便更名为商场后街。说是街，其实也跟寻常胡同一样宽窄。弘盛典大门在马道街上，后门在商场后街，六月份打仗时，省府通令全城店铺关门闭户，沿街门窗一律拿砖块木料封死，不许放一个解放军进屋，店家自己进出都得走背街小巷。这天是霜降，天气有点冷，春玉却走得一身腻汗，脸蛋儿红扑扑的，像擦了胭脂。商场后街是南北向，跟东西向的第四巷、中第四巷、前第四巷都连着，这几条巷子是书寓云集之处，不远处的牲口市街上，有大名鼎鼎的曲觞新馆，搁在往日，不管是国民党还是日本人，或是汪伪盘踞开封，这里都是烟花鼎盛的地界儿。不过自六月打仗之后，各书寓的"先生相公"①们再没了生意，一个个惶惶不可终日，有的躲在屋里吸老海②，有的搬了板凳，在巷子里晒暖聊天。弘盛典的后门，斜对过冲着第四巷的巷口，几个妓女正聚在一处嗑瓜子儿，都闲得无聊，远远地见春玉一路小跑过来，便齐刷刷看了过去。春玉毕竟在曲觞新馆待过一阵子，身上的脏衣服脱起来容易，心里的脏衣服脱起来便难了，她见妓女们一个个瞧着自己，不免心里又发虚又委屈，只能低着头，站在弘盛典的后门，用力敲了几下，既是心里有气，又是给自己壮胆。身后一片唧唧嘈嘈的议论，有个妓女大声叫道："这娘们儿看着眼熟呢，哪个鳖头家的？来嗑把瓜子儿不？"春玉最听不得的便是这个，慌得眼泪都要出来了，而那妓

---

① 开封旧社会对娼妓的别称。
② 当时吸大烟的别称。

省府前街

女声音却更大，道："别不好意思，都是干这个的，有啥磨不开脸面的？ 转过来，让姐瞅瞅。 有生意相互照应照应哇。"

幸好这时门开了，尹耀祖的脸躲在门板后边，下巴拧了拧，春玉眼里噙着泪，一个跨步进去。 门板忽地又合上，也把那几个妓女的声音关在了外边。

后门里是弘盛典的库房和地窖，院子本就不大，又堆满了各类箱柜筐包，简直没个下脚之处。 春玉软绵绵坐在个箱子上，抹泪道："干吗不开门？ 你不知道市面多乱——"

正说着，春玉的表情遽变，骇然道："你，你怎么了？"

耀祖半张脸肿得发亮，一只眼眯成了线，血一绺绺凝固在头发上，嘴和鼻子都有些歪，五官像是一副打散的麻雀牌，乱纷纷看不出原样。 春玉忙站起，上去扶住他，急切道："怎么了这是？"

耀祖哼了一声，口齿含混不清道："国民党这回真是要亡了——几个刚从郑县撤下来的兵，竟敢闯到曲觔新馆去，光天化日动手打人！"说着，不住地冷笑，连春玉也一把推开，道："你也不必这样，老子没死，这点儿伤也要不了老子的命！ 长话短说，我告诉你，明后天，解放军便要进开封了，眼下我给你两条路，要么跟我跑反，现在便走，一刻钟都不能耽搁；要么拿上咱俩那点情分银子，你还回你的行宫角赵家，往后见了面谁也不认得谁——嘻，能不能见，也是两说。 我租的车一会儿到，时间不多，你现在便拿个主意吧。"

春玉跟摸了电门似的，呆呆地站在原地。 耀祖知道她心里沸油烈火般煎熬着，却也不宽慰，只是狞笑着道："我若是你，也难办。 我老实跟你讲，西边、北边，都是共产党的解放区，要跑只能往南边和东边去，我先去徐州看看风声，再往南边跑，国民党再窝囊废，首都总还要吧？ 国南共北划江而治，总办得到吧？ 上海滩是外国人的天下，解放军多少得掂量掂量的。 再不济还有台湾、香港，台湾隔着海，香港是英国人占着的，解放军再能打，一时半刻，也不敢打过去吧？"

春玉喃喃道："那——若是真打过去了呢？"

"那便是命！ 谁都得认命！ 这共产党的命是真硬，去年，人家把延安都丢

省府前街

272

了，可这才一年多点，西北、华北、东北，遍地全是解放军。 春玉，你若是跟着我，固然难保一定安全，不过留在开封，也未必就能逃过这一劫——你可别忘了，你前头的两个男人，都是汉奸；你现在的男人，是国民党的军官，跟共产党都是死对头。 等解放军进了城，能饶得了你吗？"耀祖说了好长一阵子，也疲惫到了极点，一屁股坐在箱子上，呼哧呼哧喘着粗气，又道："不过，我跟你也不同。 你毕竟是个女人，当戏子也好，当婊子也好，用共产党的说法，是被压迫被剥削的，我姓尹的呢？ 书寓业公会主席，开封第一大鳖头，手下妓女无数，我是剥削阶级！ 解放军一旦进了城，头一个镇压的便是我。 我是一定要跑的，留下便是等着枪毙。 你跟我跑也好，留下来也罢，两边都是好赖各一半，这便是命！ 你自己选，一旦选了，再别埋怨旁人！"

耀祖的话毛茸茸的，血淋淋的，没有丝毫的遮掩，一字一句，都跟钉子似的，一根根搂在春玉脑子里。 可细细想过，他的话倒也无错。 她可不正是曾经的戏子、后来的婊子吗？ 可不是既做过汉奸夫人，也做过国军军官的姨太太吗？ 他给她指了两条路，要么走，要么留。 春玉当然想走，但不是跟着他尹耀祖。 且不说能否逃得掉，即便逃到了南边，逃到了台湾、香港，她跟去算什么身份？ 丫鬟不是丫鬟，小妾不是小妾，到头来不仍是个不知廉耻的婊子吗？ 如果贻海愿带她走，便是刀山火海，便是油锅悬崖，她也不会犹豫半分，可贻海又在何处？ 家里三个女人，他到底会带走谁？ 又会带走几个？ 思绪及此，春玉惨笑一声，带了梆剧的念白韵，悠然道："尹相公，你可知我现在想什么？"不待他答话，便颤巍巍拂袖摇身，水步轻晃，在弘盛典后院崎岖的过道里周旋，像是一瓣花在水沟里，漂来漂去，漂去又漂来，而她两眼中扑簌簌掉着泪，几个身段之后，终于开口唱道：

此时间俺挡个住心猿意马呀，
若真有那好心的人，
咿呀咳，哪呀咳，那个咿呀咳，
俺该何时能遇呀，

省府前街

俺该何时能遇呀，

俺到底何时能遇呀，

哎呀，哎呀，

俺到底何时才能遇着他呀！

春玉兜兜转转，一唱三叹，唱得层层叠叠，叹得密如针脚；耀祖仰脸在听她唱。 他一只眼睛肿得睁不开，另一只上下眼皮不停抽搐，模样虽怪异，却也分明有两行泪垂下。 他自民国初年发迹，除了冯焕章督豫和开封沦陷的那几年，一直是开封城内黑白两道通吃的流氓豪客，挥金如土，害人如麻，叫他"师父"的门徒何止成百上千？ 一朝世道变了，随便一个逃兵便能耀武扬威闯到家里，把人打得面目全非。 耀祖听春玉唱完，拊掌大笑道："戏不赖，人也不赖，当年睡了你几回，我这辈子算是没白活喽——我明白了，你不是不想走，是不想跟我这个坏人流亡四海，还想遇到个好人。 这个世道，你是甭想了。 等共产党坐了天下，他们那新中国成立了，你再找找看吧。"说着，他脱下一只鞋，从鞋垫下面掏出一把钥匙，道："这把钥匙，能打开七十四号箱子，里面有一百块大洋，还有点金银首饰，你都拿去，算是相好一场，给你留的念想——但愿今后再不能见面，再见面，不是监狱大牢便是砍头的刑场，我这辈子害人无数，不会有什么好结局。"

"那你还跑什么？"春玉拭了泪，苦笑道，"上次解放军进城，不是贴告示说，只要认了罪，都能既往不咎吗？ 就算没有好下场，也强过在异国他乡做个孤魂野鬼吧？"

耀祖凄然一笑，狡黠道："万一跑得掉呢？ 反正最不济也是个枪毙，好死不如赖活着，多活一天算是赚了一天，有得赚，还不是好事吗？ 你管我做什么，快去拿了钱，回家吧。 只可惜国民党不争气，这么快便败了，不然再多给我两年，一准儿能帮你灭了那个康氏，让你当大太太。 你别笑，你还不信老子的手段吗？"

春玉破涕一笑，看着耀祖，道："我信还不成吗？ 可惜你是个男的，若是

274

女人，恐怕做个皇后，三宫六院七十二妃的，也能被你管得服服帖帖。"

耀祖哈哈笑道："可见你还是小瞧了我——做皇后有什么乐子？ 老子做男人的手段，你又不是没经历过。 也罢，自此一别，再见也无缘了，便让你再领教一回老子的本事！"说着便摇摇晃晃站起，张开了两条胳膊，像是一只巨大的蝙蝠，朝春玉落了下来。 云雨已毕，耀祖颓然一倒，连说话的力气都没了，只是摆手让她走。 春玉悄悄抹了把泪，看了他最后一眼，便出门离开。 拐出商场后街，往行宫角方向走，春玉一路上心都提到了嗓子眼儿：走快了担心引人注意，走慢了又担心包被坏人抢去，越走心越慌，等到了行宫角赵家门口，声都发不出来了；想用力叩门，可手打在门板上面软绵绵的，根本没什么响动。 春玉定了定神，刚想再叫门，只听得门轴吱呀呀转动，朝里看时，康氏站在中间，一左一右是奕雯和王妈，三人都是面带微笑，两手揣在身前，直勾勾地盯着她。 春玉心里一咯噔，情知有变，但也不解是何缘由，便冷笑一声，硬着头皮朝里走，边走边嚷道："出趟门而已，这么大的架势，又不是偷东西去了，便是偷东西，也是里迷不外迷，往自己家里偷呢——"

春玉嫁进赵家之前，固然在全淮家当过太太，却只有她一个女人；后来跟段先生搭伙过日子，也是独份的夫人，大家子里妻妾女眷暗争明斗的事，也都是听说而已，自己从来没经历过。 直到进了曲觥新馆，认识了耀祖，才算开了蒙。 耀祖自幼在烟花柳巷长大，见惯了女人之间相互倾轧陷害的事，稍稍点拨春玉几次，便让她受益不浅。 耀祖曾说过，冷不丁遇人挑衅，不管有理没理，不问青红皂白，要紧的是声儿一定得大，砸过来的话再硬也不怕，硬上十倍，再硬邦邦地砸回去。 就像戏台上武将一旦要动手，先得喝令众将"压住阵脚"，之后才是武生的套路行货。 春玉拿这套路应付过多次，从未落过下风，这回自然张口便来，不料王妈早有准备，哼了一声，笑道："往家里偷东西算是你本事，在外边偷人呢？"

春玉倒也不慌，上下瞅了瞅王妈，见她裤腿鞋袜都有些松，袖子也是挽着，心里已是雪亮，想必是王妈一路跟踪，又抄近路回来报信，也是刚到家不久，便一笑道："偷人不偷人的，不好平白无故泼人家脏水，可这像条狗似的，一路跟着，却是得下番不要脸的功夫。"春玉这句也是话里有话，你王妈红口白牙说偷人了，又没有捉奸在床，凭什么理直气壮的？ 倒是不吭不响地偷摸跟着，跟做贼般登不得台面。 果然，王妈一听便火了，厉声道："别以为死不承认管用，我告诉你姓葛的，你跑到商场后街，在弘盛典的后院里，又是哭又是唱的，你当我没听见吗？ 你包里装的什么，敢亮出来吗？ 若不是你跟尹耀祖那个大鳖头有奸情，他凭什么给你钱？"

王妈的话固然是犀利，却奈何不得春玉，只听她不慌不忙道："说你像条狗，你还真不光鼻子灵，耳朵也灵。 可你不知道，我出门时特意跟大姐招呼过，是去弘盛典取首饰，不瞒你讲，这包里的确是有钱，那也是当了首饰换来的。 大姐，你便这么偏向着她，任凭她给我身上泼大粪吗？ 还有奕雯妹子，王妈是你带来的人，你也是读过书识得字的，这样的恶仆刁妇，你竟也不管管吗？"

春玉这么三翻四抖，把局面竟是倒过来了，反而是王妈不守规矩、不懂脸面了，气得王妈泼劲儿顿起，叫道："太太，小姐，你们俩今天都甭管我，老婆子我不把这贱人的嘴撕叉了，我不姓王！"

春玉见王妈动气，心里暗喜，更从容起来，冷笑道："你无非仗着有人撑腰，有些蛮力罢了，你姑奶奶我可是坐科学艺出身，真动了手，你能有什么好果子吃？"

康氏见状，情知两人已经顶上牛，各自都退无可退，今天势必分个高低的，便笑道："我说你们两个，一个是姨太太，一个年纪也不小了，怎么还较起真来了？ 奕雯妹子，你说好笑不好笑？"

奕雯一直没吭声。 不吭声不是害怕，也不是高孤，而是绝望。 刚才，奕雯和王妈一起出的门。 王妈出门是兴致勃勃，一心要跟踪春玉；奕雯却是在家里憋了太久，想出门透透气。 于是王妈跟吸饱了老海似的亢奋，奕雯却一路心事重重，有心事，脚下便慢，走不一会儿，居然看不见王妈了，更别提春玉。奕雯意兴阑珊，刚想转身回去，却被一个陌生人叫了声"同学留步"，她愕然转身，但见有两个青年，一人骑着自行车，一人坐在后座，怀里满满地抱着传

省府前街

单，已经来到她身边，不容分说便塞了一份到她手里，叫道："毛主席亲笔！最新战况！ 开封要解放了！"骑车的青年并不停，两人一边叫着，一边朝前而去。 奕雯手里捧着传单，宛如捧着一块火炭，又像捧着她自己的心脏，灼烧得她浑身战栗。 传单显然是新的，油墨还未干透，只见上写：

> 新华社郑州前线廿二日廿四时急电。我中原人民解放军于今日占领郑州。守敌向北面逃窜，被我军包围于郑州以北黄河铁桥以南地区，正歼击中。郑州为平汉、陇海两大铁路的交点，历来为军事重镇。蒋介石因徐州告急，被迫将驻郑兵团孙元良部三个军（国民党军从十月起整编师均改称为军，整编旅均改称为师）东调，郑州守兵薄弱，我军一到，拼命奔逃。现郑州东面之中牟县、北面之黄河桥均被我军切断，逃敌将迅速被歼。①

奕雯看完消息，站了良久，才缓过神，轻轻吹了吹纸面，小心地折好，贴了身收起来。 昨天晚上的事，半天工夫便传到开封，还是在战时，这便是说开封城里有共产党的电台——怎么会没有电台呢？ 静姝和老夏他们，已经在开封城里工作两个多月，前天还见他们在省府前街沈宅，可昨天门关了，人也不见了，只有一张纸条，上面留的还是"航船""朝日""婴儿"那段话，跟传单上的消息一样，也是出自他们的毛泽东主席之笔。 奕雯忽然对一切都失去了兴趣。 郑州解放了，中牟也解放了，下一个，毫无悬念便是开封。 可她的贻海呢？ 他在哪里？ 好几天没他的消息了，他到底怎么打算的，怎么安排？ 究竟是接她走，还是他回开封团聚？ 城倾在即，一切都像是个玩笑。 之前，她听静姝讲新中国，讲什么"航船""朝日""婴儿"，觉得那太虚无缥缈，简直是笑话。 可现在呢？ 静姝的"笑话"变成了近在咫尺的现实，而贻海那么多深情绵邈的许诺，却真的成了笑话，成了泡影。从接到传单的那一刻起，奕雯便再没有说过话。 她几乎是行尸走肉一般，被

---

① 原文出自 1948 年 10 月 23 日晨，毛泽东为新华社撰写的新闻消息《我军解放郑州》。

省府前街

满脸油汗的王妈拉回行宫角，听她跟康氏眉飞色舞地说着什么，计划着什么，她连一个字都没有听见，只是在心里不住地冷笑，又不住地悲凉。 开封都要解放了，中国都要改朝换代了，而眼前这几个女人，还为着家长里短的事情兴奋，因为嫉妒而发疯——是的，她们都疯了。 就连王妈和春玉枪林弹雨地斗嘴，康氏笑眯眯跟她说话，她也全然没有任何的反应。 她该说什么呢？ 说开封要解放了，说她们都疯了吗？

康氏见奕雯站在原地不语，以为她是心气高，不愿降了身份，便有些不满；可转而一想，王妈是她带进赵家的，两人算是一伙儿，反正有王妈冲在前边，原本也用不着她亲自动手。 康氏便转脸朝向王妈，继续笑道："王妈，我看你也别那么大的脾气，都讲捉贼捉赃、捉奸捉双，你可有真凭实据吗？"

春玉闻声，毫不客气道："大姐总算说了句在理的话，真凭实据呢？"

王妈脸色涨红，狞然一笑道："太太，你这么讲，我便不要脸了，反正是她不要脸在前。 你不是要真凭实据吗？ 我告诉你太太，她跟尹耀祖的丑事，我全听见了！ 大白天的叽哇乱叫，隔着门板，整条商场后街都听得见！ 姓葛的，老婆子我这就把你裤子扒了，让太太看看真凭实据！"

春玉方才口舌犀利，全仗着一份能奈我何的底气，这是她的铠甲，也是她的软肋。 大洋也好，首饰也好，去了当铺也好，反正跟康氏报备过，只要她自己阵脚不乱，王妈便是一蹦三尺高，也治不了她。 可两下里真的撕破了脸，什么都不讲了，口舌再犀利也是无用。 王妈真要上来扒了她的裤子，斯文扫地倒在其次，脸面无存也在其次——在场的都是结过婚的妇人，还能瞧不明白裆里头那点腌臜事？ 春玉是强悍，可在不顾一切的王妈面前，却也跟遇到兵的秀才相仿，只是张口结舌，没有道理可言，更找不出硬邦邦的话来砸回去。 而王妈趁她一愣神，早已弯腰冲上，两手拽住她的裤带，用力撕扯开。 春玉猝不及防间，两手本能地死死护住，急于反击之际，居然一头撞向王妈的脸，王妈只顾扯她的裤带，仓促间躲闪不及，被她一头正中左眼，登时青紫起来；王妈也是真能熬住痛，叫也不叫一声，想也不想，便也一头撞过来，狠狠撞在春玉鼻子上，顷刻间血流如注。 两人斗到这里，再没有退路可言。 王妈强在体力，春

省府前街

玉胜在口舌，两人打累了便席地歇一阵子，接着继续打，一边厮打，一边不忘斗嘴，你一言我一语，相互辱骂，又相互补充，竟将两年来所有恩怨情仇一概捋得清清楚楚，分毫不爽。 康氏见她俩斗来斗去，一时也分不出胜负，站得腿脚也麻了，索性转身回到正房，悠悠然坐下，喝茶看戏。 奕雯也后退了两步，眼前的一切，对她已经没有任何的意义。 在她的整个身心之间，只有两个字：贻海，贻海，贻海……

老薛便是在这个时候，门也不敲闯进来的。 等他进了正房，在客人位置上坐下，奕雯也跟了进来，坐在康氏一侧。 康氏笑道："什么风儿，把薛长官——"

老薛苦笑道："大姐，废话不说了。 明天共军进城，今天必须走。 贻海在吴县等着——"

奕雯心中霍地一派晴朗，却见康氏笑起来，瞥了她一眼，又朝着老薛道："少爷怎么安排的，想必都跟薛长官交代了吧？ 按他的意思办便是。 不过，我是不会走的。 半截身子入了土的人，受不了这个折腾了。 再说，赵家在开封，总得有个人守着吧？ 你们能回来当然好，若是不回来了，每年清明，也总得有个人烧炷香、上上坟的。 奕雯妹子，你跟我不同，赶紧收拾收拾，这便跟着薛长官走。"

老薛这才一颗心掉进肚子里。 他身上的确带着机票，但机票只有一张，而这一张，也是他差点跟第四绥靖区刘汝明司令官翻了脸，枪都拍在桌子上了，才要到手的。 来之前，他千般不愿蹚这池子浑水，三个女人，一张机票，谁走谁留？ 万一争起来怎么办？ 贻海在电话里都急了，捶胸顿足跟他说，大姐是肯定不走的，春玉倒是一心要走，若是机票富余也无妨，可只有一张，便得紧着奕雯。 一切都由大姐康氏做主，他只管带奕雯走便是。 可这些话，如何能当着三个女人讲出来？ 倒是康氏人包人揽，替他都说了。 老薛当下站起来，对康氏一抱拳，道："都听大姐的安排——奕雯妹子，机票只一张，我这便送你到南关飞机场去。 拣要紧的东西带上几件，其实也不必拿，苏州那边什么都有的。"

省府前街

279

话音刚落，奕雯还没答话，却听见院子里有人咯咯一笑，道："什么都有？怕是一个怀了孕的女大学生也有吧？也真难为贻海了，想得真是周全。"

康氏腾地站起，勃然怒道："葛春玉！你这是要造反吗？"

春玉枯藤般立在院中，冷笑道："说他想得周全，是到底也没有让你去，你去能做什么？趁着苏州那个小婊子胎没稳当，再让她摔一跤，弄得她流产吗？"她一边说，一边朝前走了几步，恶狠狠道："姓康的我告诉你，两年了，你别以为这一篇儿能翻过去，今天你哪儿都去不了，给我那孩子偿命！"

康氏脸色狰狞，对奕雯道："这里没你的事，你跟薛长官先走，这个婊子交给我便是。"说着，转向老薛，道："薛老弟，我不叫你长官了，奕雯妹子便交给你了，你也得答应我，好端端把她交给少爷。"老薛等的便是这句，也顾不得男女有别，上来扯住奕雯便道："快跟我走！"

奕雯看看康氏，又看看春玉，最后目光落在老薛身上，半天没言语。她不吭声，正房里的康氏和老薛，院子里的春玉，还有刚刚闻声出来的王妈，也都沉默了，一齐看着她。奕雯缓缓扫视众人，她眼里有高山大海，压得老薛无话可说，也压得康氏她们都无话可说。良久，奕雯才淡淡道："你告诉我，女大学生——是真的吗？"

老薛苦笑道："妹子，你不要多想，也不要多问，这便跟我走。"

奕雯轻轻甩开他的手，看着房里院里的人，点头道："想必你们是都知道的，只瞒着我一个，对吧？别人我便不说了，王妈，你是我带进赵家的，以你我的情分，我何曾当你是用人？我爹去世之前，跟你也是有过嘱咐的，如今连你都知道了，怎么会瞒我瞒得这么紧呢？"

奕雯说得娓娓轻缓，王妈却再也忍不住，哭道："小姐，你听太太的，走了便是，好吗？"

奕雯摇头道："你们都这样讲，我偏偏不会走的；我若真走了，还是沈奕雯吗？赵贻海能做出这样的事，便是心里不再有我。我心里自然也不会再有他。两人到这般田地，去了有什么意义呢？王妈，收拾一下，跟我回家。"王妈一怔，急道："这不是家吗？"奕雯一笑，道："从现在起，我跟赵贻海任何关

省府前街

系都没有了。 这里自然也不再是家。 咱们还回省府前街。"王妈哪里肯依，对康氏嚷道："太太，你说句话啊！"康氏皱眉道："奕雯妹子，你既然如此恨少爷，不妨先到吴县去，当面跟他说个清楚——"

"赵夫人，不必了。"奕雯朝康氏摇摇头，道，"我的性子，你也是知道的。你便不怕我到了吴县，一枪打死他吗？"

老薛本来还想附和康氏，听奕雯这么讲，情知再无转圜之机，情急之下掏出那张机票，道："全开封最后一架飞机，一小时后起飞，今天晚上机场便要炸毁了。 是走是留，妹子你自己定吧。 我还有任务在身，现在便得走，你现在走，我还可送你到机场——你若再耽搁片刻，飞机一起飞，怕是想走也走不掉的。"

奕雯接过去，打量了一番，折好收起，点头道："夫妻一场，也算是个念想了。 薛兄，城破在即，前路保重吧，我便不送你了。"

老薛默然皱眉，像是犹豫了一下，又掏出一样东西，递给奕雯道："这是贻海给我的，说若是你执意不愿去吴县，便将这个给你看——你看了，必然会去的。"

奕雯接了那物件，原来是张便笺，抬头是蓝字"河南全省保安司令部"，她轻轻一笑，展开来读道："沈奕雯立此据为信，欠赵贻海先生两次——"念完，自失地一笑，道："两次什么不好？ 可以是两次郊游，两次看戏，两次吃饭，两次喝茶，两次打猎——薛兄，这条子上的两次，他已经用了一次了。 欠下的另一次，我是不会认账的了。 若你还能见到赵贻海，帮我捎句话给他——他欠我的，一辈子都还不了，也不必还了。"

老薛长叹一声，苦笑道："若能见到，我一定转告，只字不差。 告辞。"说着，转身朝康氏敬了个礼，又拍拍奕雯的肩膀，大步离去。 门外汽车轰轰响过，继而远去，最终再也听不见了。 王妈和春玉呆呆地站在院中，根本不像是刚才还你死我活的样子。 王妈哭得抽抽搭搭，一块手绢湿得透了。 春玉虽没有哭，却也是脸色惨白，眼睛死死盯着奕雯。 王妈一边哭，一边道："姓葛的，你费尽心机不让我家小姐走，可你能走得了吗？ 你也想坐飞机吗？ 我便

省府前街

是死也要拖着你，你死了这份心吧。"春玉惨然一笑，道："都这个份儿上了，还说什么走不走？ 你放心，大不了等解放军进了城，把我揪出去当个破鞋游街枪毙，我怕什么？ 还是好好想想你们自己的后路吧。"

王妈听她说得可气，刚要还她，却听奕雯道："王妈，把房里那套茶具拿来。"王妈擦泪，转身去了奕雯的厢房。 康氏铁青着脸，道："奕雯妹子，你真的不走了吗？"奕雯点头道："赵夫人，承蒙这两年的照顾，日后若得了闲，可到省府前街沈宅那里坐坐——"康氏想也不想，便直挺挺跪下，道："少爷自打生下来，便是我抱着长大的，他让我做的事，我没有不做的。 快四十年了，都是这样。 这恐怕是我最后一次给他做事了，奕雯妹子，我求求你，走吧。 哪怕到了吴县，你一枪打死他，这是他自找的，是他的命！ 只要你上了飞机，我便是死也瞑目了，好吗？"

"快四十年都是这样，从来如此，便是对的吗？"奕雯叹口气，道，"现在说这些，有用吗？ 明天，解放军一进城，开封便是共产党的天下了，要改朝换代了，你难道一点儿打算都没有？"

"改朝换代的事，开封经历得还少吗？ 开封人经历得还少吗？"康氏缓缓道，"谁坐了天下，我都不管。 奕雯妹子，你若是不听我的，我便一头撞死在你面前。"

奕雯定定地看着康氏，忽而苦苦一笑，道："我曾以为世上最爱赵贻海的，只有我一个。 但今天看来，应该是你了。 他心里没有我，我便不会再爱他。 而他心里从来都没有你，难为你还这样维护他，甚至会为他不惜一死——赵夫人，不过你想错了。 我连自己死都不怕，我还怕你死吗？"

两人说话间，王妈已将那套汝瓷的茶具拿来，奕雯让她端进正房，摆在贻海平时坐的椅子上。 康氏歪着身子，痴痴地看过去，眼里蓦地起了泪。 正房这套桌椅和摆设，是康氏亲自去马道街，在街南头东西两个商场里一件件挑选来的，费了不少心思，当时还打算用上一辈子呢。 那是1946年，抗战胜利后第一年，她刚刚从重庆到开封，将老太太的坟迁到巩县，又在行宫角买了眼跟前这个院子。 新房"燎锅底"那天，绥署刘主任、省府刘主席，都送了大立轴

省府前街

过来贺喜，小院里端的是高朋满座，开封城达官贵人来了一拨又一拨，到了很晚还是热热闹闹的。 那天晚上，贻海还来了兴致，跟她久违地云雨一番，后来又跑出去胡闹一夜，第二天天亮才回的家。 接着便是他娶了春玉，领兵打仗，负伤逃命，回城又娶了奕雯。 一晃两年多过去，如今贻海又在吴县娶了个河大的学生——这个又是少爷、又是弟弟、又是丈夫的男人，躲在吴县不敢回，却偏要她一定把奕雯送上飞机——可惜这一回，她是万万做不到了。 奕雯刚才说了，连自己死都不怕，断然更不怕她寻死。 既然豁出命都要挟不了奕雯，还有什么能豁出去呢？ 康氏想到这里，感觉到四十多年的光阴，两年多来的光阴，刚刚过去的这几个时辰的光阴，跟眼前这套汝瓷茶具一样晶莹剔透，一样清脆易碎。 罢了，也累了，反正自此之后，再见贻海也难，只当是大难临头各自飞吧。

奕雯见康氏不语，朝王妈使个眼色，王妈上前搀她起来，扶到一旁坐下。奕雯朝康氏一笑，手里不知何时多了一支枪，依旧是那把掌心雷。 她将枪口冲着茶具，手指一压，枪便响了。 掌心雷弹匣一共六发子弹，奕雯打得很有节奏，一发发射出，直到弹匣打空。 青青白白的汝瓷碎片纷纷腾起，又落下，像抗战胜利那夜，朱阳关上空的烟火，也是刹那间的绚烂，也是绚烂过后一地凄清的碎屑。 等周遭安静下来，奕雯指尖划过滚烫的枪口，低头看见脚边几个黄澄澄的弹壳，转脸对康氏道："赵夫人，要变天了，多保重。"说完便走出正房，头也不回地大声道："王妈，回家吧——这里什么都不要了。"王妈擦泪，快步跟上，经过春玉面前时，连瞄都不瞄她一眼。 而康氏在房里，春玉在院中，都呆呆地看着奕雯，看着她和王妈一步不停，走到院门口，将出未出之际，春玉忽地脸上一抽，凭空甩了个水袖，咿咿呀呀唱道：

自从你背为妻暗自出走，
哪一夜我不等你到月上高楼？
对明月思官人我空帏独守，
为官人常使我泪湿衫袖，

省府前街

我把咱恩爱情想前想后，

怎不叫我女流辈愁上加愁？

一愁你出门去遭贼毒手，

二愁咱夫妻情呀恩爱难丢，

三愁你茶和饭未必可口，

四愁你衣服烂哪无人补修，

与青儿驾小舟俺把你找就，

贼法海他与咱哪作下了对头，

与法海打一仗我腹痛难受，

杀出了那金山寺汗如雨流，

有为妻为救你才肯这舍命拼哪斗，

可官人你绝情义恩爱全丢，

至如今我怀胎着你许门之后，

一无亲咱二无有故往哪里奔投？

官人你拍胸膛你想想前后，

谁的是？谁的非？

老天在上头，老天在上头。①

　　奕雯便是在春玉的戏词儿中，慢慢地走得远了。 但春玉的声音像是有脚，不远不近，前前后后，围着奕雯不肯离开。 直到她和王妈来在省府前街沈宅门外，隐隐约约，还能听得到。

---

① 　出自河南梆剧《白蛇传·断桥》，不同版本唱词略有区别。

省府前街

解　放

开封在北宋是帝都，全城分内城四厢、新城四厢、城外八厢，共十六厢一百三十四坊；明代的开封城内设鼓楼、汴桥、钟楼、土街、西关五隅，城外设宋门关、曹门关、北关、南关、西关五厢，省府前街当时已有，名叫钟楼东街，归钟楼隅所属；清代康熙元年重修开封城，城内分县前、宋门、曹门、土街等九隅，省府前街初名衙署前街，因在河南巡抚衙署之前而得名；乾隆皇帝巡幸开封，将衙署改为行宫，街名便改为行宫前街，归第七隅大首隅管辖；民国肇始，城内分为东西南北四区，南关及各城关外统称南关区，老行宫成了河南省府所在地，省府前街由此定名，有一阵子官称叫省府路西段，归西区管辖；到了1945年日本投降，抗战胜利，开封城城内四区改为仁和、崇廉、利汴、文化四镇，城外南关区改为中山镇，是为开封五镇，省府前街归在利汴镇辖区；1948年10月24日，解放军进了开封城，开封第二次解放，奉豫皖苏行政公署令，成立了开封特别市，仍为河南省省会，区划建制改为"城五乡二"，共七个区。 市区内一到五区，即为原开封五镇，又增加了南郊农村为第六区、北郊农村为第七区。 第三区即是原来的利汴镇，所辖西护城堤以东，利汴关、杨家湖以南，中山路以西，南城墙以北之地；区下又设了自立、中山、机神庙、解放、营新、城隍庙六镇，镇下又分若干街道，省府前街为第三区中山镇所辖。 因在解放前，南关区曾叫过中山镇，老百姓为了方便区分，称现在的"中山镇"为"大坑沿镇"，叫的人一多，日子一久，官名反而不如俗称叫得响。

很快便是年底，奕雯和王妈回到省府前街沈宅，也一月有余。 这天晌午饭后，两人接了大坑沿镇政府的通知，家家户户为淮海战役准备支前物资，具体到沈宅，是为前方将士做过冬棉鞋。 全市支前委员会组建了一千九百八十八个

省府前街

285

军鞋生产小组，奕雯和王妈所在小组番号是"汴支军鞋九百七十四组"。 奕雯哪里会做鞋，全靠王妈一人打袼褙、剪鞋样、粘帮纳底、绱鞋打楦，她只在一旁打打下手，眼巴巴看着王妈忙活，看得久了，也试着做一双，自然是笨手笨脚，惹得王妈捧腹不已。 两人一边干活，一边闲话，海雨天风地聊，说着说着，王妈忽地叹气道："葛春玉那个娘们儿，命也是真苦；还有那个康氏，你说她到底是太太呢，还是丫头呢？ 我看她是一天太太的福都没享过，就是做丫头的命——还不如我呢，我从小到大都是用人，这用人有用人的好。 怎么讲呢？不操心，不受罪。 吃饱了睡，吃不饱饿着，饿不死便行，饿死了拉倒。"

奕雯一听她说"吃饱了睡"，便想起当年喂她吃安眠药的事，再也忍不住，笑了半天方道："这可不像是你说的话——那天是谁跟小孩儿拾炮似的，着急忙慌，一路跟着葛春玉的？ 又是谁非扒人家裤子，却被撞得跟乌眼鸡一般？"

王妈一怔，也笑起来，道："戏词儿上都说了，'此一时，彼一时也'。 又没有那'杀父之仇、夺妻之恨'，过去也便过去了。 倒是她们俩现在难过喽，说是国民党反动派的家属——"说着，扭头看看半掩着的院门，低声道："咱家住的这位静姝同志，真是你结拜的姐姐！ 够义气！ 咱搬回来第一回见着她，她就做主让你写了声明，送到政府去了，还给你当了证人。 现在是民主政府，讲究一夫一妻，你跟赵贻海那个卖×孙，本来便不合法，老爷呢，也不在了，家产也都抄了，只剩两处院子，咱可不算是国民党反动派家属——对了，静姝同志让你报名参加工作，你怎么还不报？ 你能写会算的，又懂洋文，做点什么不好呢？"

奕雯想了想，道："再缓缓吧。 报了名，便得听政府的安排了。 我记得我爹总说，人在公门身不由己，万一给我安排个在外地的事务，我是去还是不去？ 去了，这儿怎么办？ 不去，便是不听政府的话——咱们可经不起这个。"

王妈倒是没想到这一层，愣了一阵，又低声道："我看静姝同志，还有老夏同志，都是通情达理的人呢！ 你把你这顾虑跟人家讲讲，他们不都在政府里吗？ 让他们通融通融。 我还藏着点儿金镏子啥的，不然送几件出去，打点打点？ 戏词儿里常说，'火到猪头烂、钱到公事办'，能行。"

省府前街

奕雯笑起来，又正色道："王妈，今后这话可不能再讲了。 现在是新中国，解放区，开封特别市人民民主市政府，跟国民党那时候不一样，老一套不管用的。 你不记得我写声明的时候，你非要我写成'赵赅海强占民女'，静姝便不同意，说跟事实不符，我当时的的确确，是情愿嫁过去的——共产党较真，又讲清廉，我若是拿金银财宝贿赂，反倒是害人也害己了。"

王妈琢磨了一阵，叹气道："说的倒也是，这新中国，的确跟国民党那会儿不同了。 不过我看，这共产党也讲人情的，不是六亲不认。 我一个老妈子到沈家来，是用人，对吧？ 上个月镇上来人重新登记户口，老夏悄悄跟我说，让我报'投亲'。'投亲'我懂，戏台上动不动便是'投亲'，我一想，也对呀，我本来便是你亲戚，打仗世道乱，乡下没吃的，到城里投奔亲戚嘛。 现在我明白了，要是填用人，你便是剥削我的阶级；要是填亲戚，你便不是了。 后来我特意做了热汤面感激他，老夏却说，'你们俩本来就情同母女的，又确实有亲戚关系，用不着感谢我'。 你看看，你看看。"

王妈一边感叹，一边摇头，奕雯下意识瞄了眼一旁老夏的住处，低声道："既然是这么登记了，往后便千万别再叫我小姐，叫奕雯好了，不，叫先先——我爹和我妈，都这么叫的。"

王妈笑着点头道："省的，省的，静姝同志也交代过我的。 你便还叫我王妈，前头的王妈，是老妈子的妈；现在的王妈，是姨妈的妈，姑妈的妈，舅妈的妈，不管是哪个妈，你都是我闺女辈儿，都不是剥削阶级，哪有闺女剥削她娘的？"说到这里，两人都是一笑。

康氏便是这会儿推门进来的。 奕雯和王妈回省府前街后，康氏来看过几次，言辞口风客客气气，想让奕雯搬回去住；奕雯也是客客气气，一点儿想头都没给她，也没提写声明断绝关系的事。 这天康氏又从行宫角那边过来，进门时瞄见她俩正坐在院里，一边晒太阳，一边纳鞋底，便笑道："沈家的大小姐，竟也做起女红了，让老婆子我看看，活儿怎么样？"康氏一边说，一边自顾自在两人身边坐下，顺手便拿起针线筐里的活计，麻利地干起来。

康氏每次来沈家，最担心王妈。 奕雯性子虽烈，也是知书达理的人，场面上不卑不亢，懂得分寸；王妈却是炮筒子，一点便着的，康氏唯恐她话不投机便撵人走。 其实王妈固然秉性直来直去，不会拐弯，但脾气来得快，去得也快，离开赵家不过一个多月，两年里的种种不快阴霾早散了大半，当面赶人走、给人难堪固然不会，但让她多热情好客，也是难为她了。 王妈听康氏进了门便套近乎，脸上有些不屑，也不搭话，只是埋头不声不响地干活儿，奕雯见康氏尴尬，便笑道："这里可没有什么大小姐了，都是新中国的劳动者。"

　　这是场面上的话，省府前街上标语喇叭整天这么宣传，奕雯也是随口一说，不过在康氏听来，却是绵里藏针，戳得她坐不住了。 康氏正是为此事来的。 行宫角也归第三区大坑沿镇管，解放前，省府前后街以及行宫角一带，住的大多是国民党省府的中高级官员，1948 年 6 月开封第一次解放，随后国民党省府迁到了豫南信阳县，跟着走了一大批；10 月份第四绥靖区撤往徐州，又跟着去了一批，剩下的国民党高官和家属便不多了。 镇政府发出来告示、通知，号召家家户户支援前线，康氏和春玉自然也知道的，两人便随大流去了趟镇政府，眼瞅着其他人家领工领料，却没她们的份儿，一查才知道户口登记簿子上，她们俩是"国民党负责官吏家属"，不在"支前群众"之列。 两人怏怏而回，康氏心里多少犯嘀咕，而春玉当年做过"汉奸太太"，经历过国民党接收大员的盘剥刁难，唯恐共产党也是如此，顾不得再跟康氏置气，两人关起门商量一夜，才有这次康氏登门拜访之举。 康氏来沈家，一是想打听奕雯和王妈是怎么登记的户口——这已经不用打听了，人家正干着"支前群众"的活儿，给前方解放军做棉鞋呢；二是想问问她俩今后的打算，若是聊得气氛融洽，便再让奕雯出出主意，看往后她和春玉该怎么办好。 不料康氏来之前盘算得再缜密，却被奕雯一句"劳动者"给结结实实堵了回去。 她有心想走，又实在不甘，不走又不知怎么开口，康氏那么一个老练泼辣的人，竟一时心里慌得走了神，一锥子扎在指头肚上，顿时血流如注。 康氏也不叫疼，只是含了手指吮吸，眼里一红，泪珠却出来了。

　　毕竟在一个院子里过了两年，尽管和睦的时候少，龃龉的时候多，蓦地见康氏掉泪，奕雯和王妈也是心里一惊，王妈立即站起来，道："我给你拿药去。

省府前街

天冷，得破伤风便麻烦了。"

康氏笑着摇头，紧紧捏住了手指伤处，对王妈道："干针线活的人，哪有不扎个眼儿的？"说着，又转向奕雯，低声恳切道："奕雯妹子，不管你认不认，我怎么着也当过你两年的大姐，现在大姐遇到难处了，你不能见死不救啊！"奕雯微微一笑，点了点头道："那你说。"康氏叹气道："我想问问妹子，你跟王妈住在这儿，在镇上户口登记簿子上，是怎么报的？"

奕雯脸色凝重起来，却不回答。王妈坐下来，道："该怎么报，便怎么报——反正是一老一少，两个劳动群众罢了。"

康氏试探着道："那，少爷那边——"

"那边怎么了？别跟我提他！"王妈眉毛一挑，道，"他是国民党反动派，跟解放军对着干的，奕雯早跟他断绝关系了！"

康氏一惊，道："断了？"

王妈理直气壮道："现在是民主政府，你没听那戏词儿天天唱'民主政府爱人民'，解放军一进城，奕雯便写了离婚声明，交给政府了。新中国，解放区，讲一夫一妻，当然得跟赵贻海一刀两断。"

康氏难以置信地看着王妈，又看着奕雯，好半天才道："奕雯妹子，这是真的吗？"

"当然是真的。"奕雯静静一笑，道，"你是知道的，即便没有解放军进城，没有民主政府，我也要跟赵贻海一刀两断。那天我便说了，他心里既然没有了我，我自然也不会再跟他有任何瓜葛。不然，我早坐飞机到吴县了，怎么还会坐在这里，给解放军做棉鞋呢？"

康氏愣了半晌，手上的劲儿不觉也松了，指头上血迹斑斑，她顾不上擦手，急切道："好妹子，那你说，我该怎么办？"说着，拉着椅子朝奕雯挪了挪，又道，"听说你们家住着两个共产党干部，人怎么样？好说话吗？妹子能不能牵牵线，求人家给通融通融，若是需要花钱……"

王妈刚打了盆水过来，听见康氏这话，不由得冷笑道："贪污受贿——国民党的江山，便是这么丢的。共产党刚进城坐了天下，全国还没解放呢，你以为他们跟国民党似的，也是见钱眼开的吗？"她一边说，一边拧了毛巾递过去，道："我劝你还是先回家，跟葛春玉合计合计，往后这日子，跟以前可是完全两样了。政府说要自食其力的，你和葛春玉之前都是靠赵贻海，他是靠不住了，那往后靠谁？不还得靠自己吗？"

康氏接过毛巾，呆呆道："靠自己？我是可以靠自己的，我从小便是丫头，粗活脏活都能干，大不了扫大街去。当年日本投降，那些个日侨没遭返的时候，不都安排扫大街吗？奕雯妹子，你好歹帮我问问共产党的干部，我想把行宫角那房子卖了，现在让卖吗？要是不让卖，干脆拿出来捐给政府，什么财产都不要了，是不是便算无产阶级了？"

奕雯和王妈闻言一愣，这倒是她们想不到的话，可没等她们俩开口，门外早有人冷笑起来，一把推开门，大声道："那房子，也是你说卖便能卖、说捐便能捐的？我好歹也是个姨太太，那几间房我没有多，还没有少吗？你送给共产党做人情，凭什么？房子没了，财产也没了，我靠什么过日子？幸好我留个心眼，悄悄跟你来了，不然被你装布袋里给卖掉，我还感激你大恩大德呢！"

自开封解放，军管会公安部和全市各区公安局抓了一大批滋事抢劫的，都关在第六区的收容队①了，市面上太平了许多。家家户户都不似往日战时关门闭户，只要家里有人，院门都是半开的，也不知春玉在门口站了多久，听了多久。若不是她自己叫出声，院子里这三人一点都没察觉。春玉一边冷笑，一边怒气冲冲进院，指着康氏道："商量得好好的，让你来打听消息，你便是这么打听的？便这么把我给卖了？你以为你是丫头出身，就万事大吉了？我告诉你，想得美！我也打听了，你好歹做过二十年的官太太，剥削了人民二十年，你以为把房子献出来，往事便能一笔勾销？你若是敢这样，我立刻便到政府告发你，说你跟国民党特务勾搭连环，要搞阴谋，要颠覆民主政府！"

春玉这些词儿，都是街上广播里常用的，她虽然不识几个字，但往日里坐科学艺、背戏词儿都是听师父念，自幼练得过耳不忘，何况是天天在耳朵边广

---

① 即开封特别市军事管制委员会下设的"蒋匪军散兵游勇收容队"，收容改造地点在城南关外第六区。

省府前街

播。 她一说完，康氏固然是脸色苍白，连奕雯和王妈也是相顾骇然，王妈不等她再说，便斩钉截铁道："你们俩的事，回你们行宫角说去！ 这儿是革命群众的院子，你们再胡闹，用不着你葛春玉去告发，老婆子我也要找民主政府了！"

康氏颤巍巍站起来，仿佛一瞬间年华苍老，苦笑道："王妈，奕雯妹子，今天你们做个见证，让我把话说完，若是我有罪——"她指了指院门，道："省府前街对面便是军管会、民主政府，你们马上便去揭发我，是枪毙是坐牢，我眼睛都不眨一下！ 葛春玉，你说得对，我是跟薛长官见了一面，他手里的金圆券是国民党的，不敢去共产党的银行兑换中州钞①，我替他换了些，主要是想打听少爷的事，托他给少爷带点东西。 除此之外，他没有叫我做任何事，我也没问他任何事，天地良心，只见过这一次面，若我有半句假话，天打雷劈！"

春玉哼了一声，冷笑道："是你不仁在前，也别怪我不义在后。 你要卖房子也好，捐房子也好，怎么不事先跟我商量一声？ 凭什么好处都让你一个人落了？ 你想当无产阶级，我还想当呢！ 不过我先不跟你纠缠这个，你老老实实告诉我，家里压箱底儿的那十根金条，哪儿去了？ 是给你那少爷了吗？"

王妈见她们说来说去，又扯到家长里短的事，尤其还牵连到贻海，心里老大不痛快，刚想说句狠话赶她们走，却见奕雯眉头紧锁，两手死死攥着鞋样，便明白她心里还是念着贻海，不由暗自一叹，也不再吭声了。 而康氏良久无语，最后长叹道："这是你逼我讲的——老薛是军统的人，现在开封都解放了，他留在开封，不正是广播里讲的特务吗？ 我便是再不懂事，岂能不知要避一避？ 但那天我出门买粮，老薛在路边拦下我，说少爷有话捎给我……"

春玉和奕雯一听见"少爷"二字，都是脸色骤变，春玉恨恨道："他那个该死的人，还有脸往开封捎话？"康氏苦笑道："少爷在吴县遇到了难处，向我求救来了。 少爷他之所以一直不回，一者是的确没脸回来，二者是——他肺上的毛病又犯了，总是咳血，南京的中央医院都看过了，说是治不了，得去香港找洋人的医院。 去香港，不能走着去，得坐飞机去——"

---

① 1948年4月,中州农民银行成立,在中原解放区境内发行、流通的货币,一般称为中州币、中州钞。

省府前街

春玉直勾勾看着康氏，忽地一声凄厉的笑，浑身哆嗦道："好，好，好。那天奕雯妹子说得对，原来赵贻海这么多的女人，竟只有你跟他一条心。他去香港，是去看病，还是带着那个姘头去逃难？大难临头了，他把三个老婆都扔在开封，自己带着姘头跑了，还跑到香港去——十根金条，他这是要去香港买房子置地，跟姘头过太平日子呢！"她又像是哭，又像是笑，转对奕雯道："你跟赵贻海声明离婚了，是吗？好，我也学你的样子，跟他离婚！这种男人，我真是瞎了眼睛——"

春玉说着，转身跌跌撞撞而去。康氏擦了泪，看着奕雯和王妈，想说什么，又觉得万难张口，只是深深地弯腰，朝她俩鞠了个躬，抬起头来时，又是泪流满面。而王妈早已怒不可遏，若不是奕雯紧紧拉住她，多难听的话都说出来了。康氏低声道："我再三跟老薛说，不要找你们，他应该不会的。倘若真的来找了——"王妈再也忍不住，大声骂道："那个卖 × 孙要敢来，我便弄死他！还有你，还有姓葛的，以后再来登门，别怪我不客气——滚！赶紧滚！"

康氏长叹一声，深深地看了奕雯一眼，轻声道："奕雯妹子，别恨少爷——我再不会来讨嫌了，妹子往后多保重吧。"

王妈气得说不出话，一眼瞅见地上的盆子，想也不想便端起来，一盆水劈头盖脸浇在康氏身上，又把木盆狠狠地砸去，正中康氏的肩膀，康氏踉跄几步，跌倒在泥泞地里，半天没言语，最后苦笑了一声，拢拢额前湿漉漉的头发，艰难站起，一瘸一拐出门去了。王妈骂骂咧咧，捡起盆子，转身之际，却忽地看见奕雯目光痴骇，竟跟丧了魂似的，顿时吓得不轻，冲过去扶住她，连声道："怎么了？怎么了？"直问了好几遍，奕雯才颤声道："贻海，赵贻海，你这个该死的卖 × 孙，你怎么还不死呢？我那么恨你，分明都恨到骨头里了，可我一听你犯了病，怎么还会牵挂你呢？还担心你能不能去得了香港，能不能治好呢？王妈你说，我是疯了吗？傻了吗？"

奕雯说着，失声痛哭起来，无力地倒在王妈肩头。她手里的鞋样掉在地上，那鞋样被攥得太久，早已没了当初的形状。

康氏走后的当天晚上，奕雯便病倒了，一直发了好几天的高烧。 老夏请来军管会的大夫，打了针，也吃了药，却总不见好。 静姝和王妈轮着陪她，又是擦拭降温，又是换洗衣服，折腾到第四天头上，奕雯才算是渐渐恢复神志。 她一睁眼，便看见静姝歪着头坐在床边，已经睡着了。 奕雯挣扎着起来，想给她盖件衣服，却把她吵醒了。 静姝忙扶着奕雯又躺下，松了口气道："乖，这回受大罪了吧？"

奕雯认真道："我是不是说了好多胡话？ 你不要笑我，从现在起，我再不提那个负心人了，我也再不会为他掉一滴泪。"

"生离死别，都是这样的。"静姝给她垫高了枕头，轻轻道，"人都得经历过，才能变得坚强。 你这几天的心境，我能理解，因为我也经历过。"

奕雯拉着静姝的手，好一阵没吭声。 她知道静姝说的是丛诲。 丛诲死于1945 年，抗战胜利前夕。 那些日子静姝是如何度过的，恐怕只有奕雯清楚，因为那些日子的每一分、每一秒，静姝的每一次哭泣、每一次失眠，奕雯都陪在身边。 丛诲和贻海，自然毫无可比之处。 可就失去爱人而言，静姝也好，奕雯也好，都是经历了一次血肉模糊的摧残。 奕雯记得第一次跟静姝和丛诲见面，是在丹水镇旁的菊潭山上，他们喝了酒，跳了舞，唱了歌，唱的是《送别》：人生难得是欢聚，唯有别离多。 静姝跟丛诲是别离，她跟贻海也是别离。 只不过丛诲的告别是轰轰烈烈的殉国，至于贻海，则是毫无廉耻的逃跑。奕雯想，如果一个女人真的只能从别离中变得坚强，她情愿永远懦弱，但别离已经到了，她只有坚强，以及遗忘。 想到这里，奕雯忽而笑道："如果我将来有了孩子，你一定不准告诉他，他的母亲曾经有过这样一段丢人的故事。"

静姝也笑起来，道："我答应你，一定不讲，讲也不对你儿子讲，好吗？"

奕雯却道："你怎么便知道是儿子，不是女儿呢？ 我倒想要个女儿，而且只要一个。 你也只要一个女儿，让她们俩也结拜成姐妹，像我们这样。"

静姝的手不凉不热，握着温润可人，奕雯说着，钩住她一根手指，道："好不好？"静姝听奕雯这么讲，便笑道："好好好，都依你。 不过两个单身的女子，丈夫还不知在哪里，却开始打算将来女儿结拜的事，是不是有些早，有些不害臊呢？"

奕雯也忍不住笑起来，又像是想到什么，低声道："静姝，你跟老夏同志，真的没有结婚吗？我还以为你们是夫妻呢！"

静姝正色道："那是组织安排，工作需要，现在解放了，自然不需要再伪装。"说着，又狡黠道："你是多好奇的人，我还能不知道吗？刚回开封时，有一次老夏同志跟我讲，说房间有人进过，我开始还吓了一跳，以为是国民党的特务干的，后来一想便明白了——我问你，是不是你悄悄开了门，看看我和老夏是不是分开睡的？肯定是你指使王妈在院门口把风，你亲手做的坏事。"

奕雯见秘密被她说破，立时羞红了脸，撒开静姝的手，拿起被子，结结实实地遮住了脸，在被子后哧哧地笑，全然不像个病人。静姝伸手挠她痒痒，奕雯扭着身子躲闪，却不肯放下。两人正嬉闹间，王妈端着碗进来，见状便道："谢天谢地，你总算是醒了，——静姝同志，热汤面锅里还有，老夏同志也回来了，你们赶紧趁热去吃吧。"静姝和奕雯这才停下来，静姝笑道："王妈你先吃，我跟奕雯还有几句话说。"

在王妈眼里，静姝和老夏便是政府，虽然不是国民党衙门老爷的做派，毕竟也是戏词儿里"官府"的人，因此历来对静姝和老夏都是服服帖帖，让干什么便干什么。既然静姝有话跟奕雯讲，王妈也不坚持，便放下碗筷，转身出去了。静姝把面碗端过来，笑道："这是病号饭，一个月也吃不了两次的。乖，用不用我喂你？"奕雯一笑，还真仰了脸，笑道："你喂我，说不定连碗我都吃下了。"静姝便真的挑起面条，吹了吹，送到奕雯嘴里。奕雯吃了一口，再不肯让她喂，要夺了碗过来，两人正闹着，却见王妈又端了碗面条进屋，递给静姝，笑道："你们说话，一边说一边吃，不耽误。"于是奕雯和静姝各自捧了碗，一个靠在床头，一个坐在床边，互相看着，边笑边吃。静姝道："还得感谢你生病，要不然，我也沾不了这个光。"奕雯却道："你不是有话要说吗？是不是说我报名参加工作的事？"

静姝一笑，道："这是其中一件。既然你先说了，便先说这一件吧。我替你想过了，新中国最需要的是建设者，培养合格的建设者，教育是最重要的。"

奕雯一怔，道："你要我去做教员吗？"

"做个教员不好吗？"

"我是说，我没有念过大学，抗战前在静宜女中，没毕业便打仗了，之后这十年都是在家里。"奕雯皱眉道，"我能教什么呢？教书育人，授业解惑，那么大的事，总不能误人子弟的。"

静姝笑起来，道："别人不知道你，我还不知道吗？你有文化，也懂英文，何至于误人子弟？即便教不了中学，小学还不行吗？再不济，幼稚园里做个保育员，总是够格的吧？还有，你只管报名上去，政府文教局会根据情况给你安排工作的。当然了，上班之前，还要进学习班，系统学习一下马列主义和民主制度。总而言之，奕雯，只有这样，你才是自食其力的劳动者，才是新中国的建设者。你不也总盼着这一天吗？"

奕雯想了想，道："那我明天便去文教局报名。静姝，其实我最顾虑的，是……"

"你父亲，还有赵贻海，是吧？"

奕雯垂下眼，点了点头。这正是她最大的心病。徽茹死了快两年，死之前也服过刑、坐过牢，沈家原本在徽茹名下的财产，像郑县的生意、房宅，全被郑州绥署抄去充公了，只留下开封省府前街和双龙巷这两处宅子，因是在奕雯名下，才得以保住。当然，这也是贻海和老薛上下打点的结果，算是党国宽大为怀，留给沈家孤女一点生活之需。不过奕雯总以为这宅子也是赃物，住着心中有愧，尤其是解放之后，更是一想到这个便六神无主。王妈劝过她，说省府前街这宅子，是当年文家大小姐惠葳的陪嫁，惠葳出国前指名留给奕雯的，跟徽茹后来的事没半点关系；双龙巷那个小院子，是当年圣衍公给徽茹置办的，都是陈年老皇历了，老子给儿子买房子，难道也是犯罪吗？即便如此，奕雯心里始终有个结，无论如何也放不下。至于贻海，虽然已经声明离了婚，没有了夫妻关系，但毕竟跟一个国民党少将一起生活过，现在是共产党的天下，在人家眼皮子底下做事，便是端了人家的饭碗，会不会受人歧视、遭人瞧不起？如果说在新中国要自食其力，她情愿跟王妈一道，在家帮人洗洗涮涮、拆

省府前街

拆补补的，苦是会苦一些，却不用抛头露面。

　　静姝见奕雯不说话，知道说中了她的心事，便放下碗，又拉起她的手，耐心道："你该相信政府，相信党。至少，你该相信我吧？你是什么样的人，跟你父亲还有赵贻海是不是一条路上的，别人或许不清楚，我还不清楚吗？我和徵慕同志在郑县被捕，若不是你冒死去救，我怎么可能活到开封解放呢？在丹水镇，在朱阳关，你也没少帮我为党做事，只是当时你不知道罢了。你还年轻得很，早一天出来工作，便是早一天参加革命队伍。譬如你现在做了小学教员，跟那些旧政权留用人员是不同的，你是新参加革命的，是崭新的革命者。奕雯，不要再有顾虑了，好吗？"

　　奕雯看着静姝，道："那我都听你的。你不是说，还有别的事吗？"

　　"这件事，却得你自己拿主意了。"静姝笑道，"你是房东，我是房客，现在我这个老房客，想介绍新房客来，不知房东大娘同不同意呢？"

　　奕雯马上板着脸道："我早跟你说过，你爱住多久，便住多久，谁把你当作房客了？再拿这个开玩笑，我可真不搭理你了。院里大小一共九间房，打仗的时候毁了几处山墙，修修也能住人。有几位同志要住进来？"

　　静姝笑道："你怎么知道是我们的同志呢？"

　　奕雯不满地道："你以为我平常不出门，便什么都不知道了？门口电线杆子上的大喇叭整天广播，军管会、市政府都在建设，一拨拨往开封来的干部，总得有住的地方吧？再说，你和老夏住在这儿，总不会介绍国民党特务住进来。"

　　静姝笑着点头道："一共三个人，大约两间房便够了。还有，按照我们的规矩，住房要交租金，吃饭要交伙食费，——你别恼，这是我们的制度，你总不能让我们犯错误吧？"

　　两人正说着，王妈又进来了，还端着面条锅，见状顿时愣了，道："这好半天了，你们还没吃完呢？别光顾着说话！面条一坨可不好吃。锅里还有点，给你们添上——都得吃完，政府喇叭上天天吆喝，不能浪费的。"

　　静姝和奕雯相视一笑，静姝道："王妈，你交给我的任务可完成了，奕雯明天便去报名，应该是去学校做教员。"王妈闻言大喜，特意多盛了一勺给她，笑

省府前街

道："好好好，这才是立了大功一件。 我听说，当了教员便有俸禄了？"

静姝笑起来，道："这又是戏词儿上的吧？ 我们民主政府不叫俸禄，叫工资。 现在有两个制度，工资制主要是给旧政权的留用人员，像以前的政府职员、学校教员、工厂工人，还是原岗原薪；我们党内的干部，一般都是供给制，每人每月四角中州币，每天小麦一斤、油盐一两。"

王妈一愣，道："一天一斤？ 吃得饱吗？ 拿俸禄是不是能多点儿？"

奕雯脸上挂不住了，拉长声音道："王妈！ 我就要供给制，一斤我还嫌多呢！ 即便吃不饱，有你呢，我知道你藏的有钱——"

王妈顿时急了，张口结舌道："你怎么说话的？ 我藏的那点钱，也是我几十年攒的血汗钱，又不是剥削来的，我一个老妈子我剥削谁去？ 没听戏词儿上说'乱世须藏金，盛世要买地'，你以为这热汤面是好做的？ 不当家不知柴米贵，你去徐府坑市场上看看，粮价都涨到天边了，这还没到明年春荒呢！ 政府要再不管，我攒的那点儿东西，还不够吃一顿热汤面呢。"

静姝的表情渐渐严肃起来，认真听王妈讲完，才道："王妈，你说的事情，政府已经考虑到了。 你还有别的什么想说的？ 比如，大伙儿平时都聊什么？"

"老百姓能聊什么，想过好日子呗，都乱了几十年了。"王妈本就是个朗利的妇女，见静姝说得诚恳，便干脆在床沿坐下，盘上一条腿，道，"从民国开始，开封没安生过几天，军阀，大帅，土匪，汉奸，日本人，好容易小鬼子走了，又是两三年打内战，老百姓谁不想过几天太平日子？ 民主政府当然好，解放军也是好样的，不欺负人，买东西还给钱，住人家房子还给房租……"奕雯听了，连连咳嗽，王妈却瞥了她一眼，道："你咳嗽也没用，我这是跟政府说话呢！ 人家给了便是给了，有一说一，不藏着掖着，是不是，静姝同志？"

静姝笑着点头，示意她继续，王妈便滔滔不绝道："怕的地方，有四个。第一个是怕你们走，区政府、镇政府、工作组整天下米发动群众，你们把群众发动起来了，可过不了几天国民党又回来了，群众怎么办？ 菜刀擀面杖可干不过有枪有炮的，现在动起来，不是等着人家秋后算账吗？ 第二个，怕没饭吃。城里跟乡下不同，二十多万人，各行各业都有，不像村里除了地主都是种地的，工资够吃不？一月三十斤粮食，够吃不？四角钱的中州币，也就买一锅花生米，钱够不够花？第三个——不过说这个，你们该不爱听了。还是那句话，城里村里不一样。村里的贫农跟城里的贫民，也不一样。城里贫民是有，大部分也不是坏人，可城里有家有口、有活干、能自己养活自己的，有几个愿意上街惹事？偷鸡摸狗的，抢劫打架的，倒有不少是无业游民二流子。听说在村里，你们共产党靠的是贫下中农，进了城呢？还要靠城里的贫民吗？靠那些二流子？还有，是不是也跟打土豪分田地似的，把城里人的财产都分了？第四个，怕乱。不瞒你们说，你以为只有你们贴告示、撒传单？不光你们呢！国民党是跑了，留下的人可不少，什么反共救国军、保民军、前进指挥部，私下里没少撒传单。还有，好多人传着说徐州蚌埠正打仗，都打到商丘了，这商丘离开封，也就三百多里地——"

奕雯实在忍不住道："王妈，你这可都是反动言论，再说可是犯错误了！"

"奕雯，这就是你不对了。"静姝少见地严肃起来，道，"我这是了解群众思想，这些话，坐在办公桌边能听见吗？王妈，我可以负责任地说，我们是不会走的。你想想，如果我们待几天便要走，建政府干什么？办学校干什么？只有那些土匪进了城，才会抢东西拉壮丁，抢完了便走；我们跟他们不同，我们是要把整个开封城，不管是学校、医院、教堂、工厂，统统都保护起来，当作人民自己的城市来建设的。当然，全国还没有解放，我们肯定要打过长江去、解放全中国，这一天不会太远。回头你再跟群众聊，把我这些话，也讲给他们听。"静姝说着，又转向奕雯，道："你可是答应了我的，明天一定要去军管会文教局登记，报名做教员，千万别再拖了。"

奕雯轻轻地点点头，看了看碗里的面，苦笑道："报告静姝同志，这面，能吃了吗？"

静姝一怔，笑着伸出手指头，戳了戳奕雯的额头，道："就你调皮，快吃吧，乖。"

沈宅正房一间，厢房两间，耳房两间，倒座房两间，外加后罩两间杂物房，看着是不少；但在六月战事里，省府大院是主战场之一，沈宅跟省府只隔着一条省府前街，几处山墙破的破、塌的塌，奕雯和王妈两个女眷，实在无力修缮。 等解放军进了城，静姝和老夏又回沈宅借住，奕雯便催王妈雇人修葺，一连催了好几次。 奕雯催归催，王妈一直嘴上也答应得挺好，却想方设法拖着不办。 这也不能怪她，全城顶漏墙倒的宅子多了，有几个房东修房子的？ 万一将来政府一张告示贴出来，将房子都收走了，现在修又花钱又出力，折腾完了，指不定归了谁呢。 于是沈家大大小小九间房，有墙有顶、能住人的只有三四间，原来是奕雯、王妈、静姝和老夏各有一间，老夏那间墙还有些漏风；现在要新来三个房客，房子便着实不够住了。 临近 1949 年春节，一天比一天冷，屋子里不生火都待不住人，奕雯又跟王妈说起修房的事，王妈眼珠子转转，得意道：

"这个你甭操心，我都盘算好了。"

自从静姝说过要添人，王妈这一阵子也没少琢磨，几天下来，终于琢磨出个章程：越是要添人，越是不能修房子。 王妈虽然没有文化，做事却是有原则的，能花九厘的绝不花一分，越省钱越好，不花钱更好，凡事说得过去即可。 这段时间，她没少去街上溜达，出门必带麻袋一条，回家来装得满满当当，都是还算完整的砖头瓦块，一股脑儿堆在倒座房墙边。 奕雯嫌占地方，王妈便道："这个你不懂，这砖块还都能使唤，将来修房子，能少买一块是一块。 这钱是咱家出的，省了不好吗？"奕雯道："这能省几个钱？ 都说修房子费工费料，工才是大头呢！"王妈拊掌大笑道："先先你真懂事，能持家！ 得了我老婆子的真传了。 我岂不知道这个？ 你告诉我，咱家这三五个房客，都是什么人？"

奕雯想了想，不解道："都是政府的人呀。"

"这不就结了！"王妈一拍大腿，笑道，"五个人，除去静姝同志是女的，四个棒劳力杵在那儿呢，还用咱再雇人？ 眼下工也有了，料也有了，只差些洋灰瓦刀啥的，不花几个钱。 等新房客到，咱立马便开工修房了。"

奕雯这才明白王妈的意思，哭笑不得道："敢情你这是让人家义务劳动呢？ 你这算盘打得真精！ 料是捡来的，工是义务的，人家给自己修好了房子，还得给你交房租——"

省府前街

299

王妈不满地瞥她一眼，道："喇叭上天天唱戏，'又战斗来又生产，三五九旅是模范'，三五九旅是解放军不？咱那房客是解放军不？帮老百姓修修房子怎么了？"

奕雯叹口气，道："你可真行，国民党都打不过共产党，你把人家共产党的干部指挥得团团转！"

静姝上次说的"新房客"，一共有三个，其中一个还算是熟人，不但奕雯跟他熟，王妈也颇见过他几面的。这人姓何，解放前在国民党省府秘书处做过徽茹的手下，说话有些结巴的那位，曾经带着众多省府官员的家眷，从朱阳关南下，经漯河、郑县，一路回迁开封。奕雯见他搬着铺盖进院，吓了一跳，以为他是旧政权留用人员，老夏介绍过她才知道，他大名何咏清，刚三十出头，抗战时已是中共地下党员，开封解放了才公开的身份。开封是省会，解放前军警宪特多如牛毛，地下党人数不多，潜伏得也深，咏清便是这为数不多中的地下党中一个。咏清一张口，居然不结巴了，只是说话慢条斯理，不急不躁的，见奕雯一脸愕然，便赶紧解释道："奕雯同志，我其实本不结巴，后来为了革命工作，要、要潜伏伪装，结巴是装出来的。可装的时间一久，真有、有点结巴了，没关系，已经解放了，新中国了，我这点结巴，很快便会、会好的。"奕雯见他话一多了，又想结巴，忍不住要笑；王妈跟他也算熟，忙笑着打圆场道："我知道个偏方，可奏效了，回头我给你弄一锅喝喝，一个月便管用。"咏清连连点头道谢。其余两个新房客也都是年轻人，二十来岁年纪。大点的姓范，叫范书芃；另一个姓侯，叫侯翔然。三人每人一身军装，头戴军帽，据老夏讲，他们三个都在政府工作。三人到了沈宅，王妈早做好安排，她搬进正房，跟奕雯一个房间睡，静姝睡东耳房；老夏年纪大，一个人住东厢房；咏清呼噜厉害，住二门外的倒座房；翔然和书芃两人一间，住在西厢房。一夜无话，只是下了入冬以来开封第一场雪。

次日天还没亮，三个新房客全都起来了。准确地说，是被冻起来了，一个个鼻头下亮晶晶的，手指头冻得没了知觉，穿鞋都不利索。王妈起来做饭，见院子里白雪皑皑，雪地上影影绰绰有人晃动，顿时吓了一跳，凑近了才看清，

省府前街

原来是三个新房客在跑步，都说冻了一夜，跑跑暖和。 王妈赶紧进厨房做饭，三人跟进来，齐刷刷提出要修房子补墙。 王妈当然愁眉苦脸，说修房得雇人买料，料是现成的，可入冬之后春节之前，雇工价钱太高，请同志们坚持一下，等熬过了春节再说。 三人听得脸都绿了，一个劲地表态不用雇人，这点活儿不算什么，他们便能干的。

这时老夏和静姝也起来了，在一旁听得有趣，都含笑不吭声。 王妈为难道："这怎么好意思呢？ 我们是房东，修房补墙是我们应该做的，怎么能让你们白干活儿？ 我听喇叭上讲，你们爬雪山过草地都经历过的，爬雪山呢，四面透风，连个房顶都没有。 各位同志再辛苦一个月，好歹熬过春节，开春了青黄不接的，雇人也便宜。"

咏清住的是倒座房，昨晚冻得最厉害，听这话不免着急，又结巴起来，道："王、王、王、王大娘，我们那时候还小，没机会参加长、长、长、长征，再说帮、帮、帮老百姓干活，是我们应、应、应该做的。"翔然和书芃在一旁敲边鼓，恨不得立刻便开工。 等奕雯起来，进厨房吃早饭时，王妈已经布置好了工作，见奕雯不满，王妈便把一个杂面卷递给她，道："你还是赶紧去学习班，学完了赶紧当你的教员去，一个月好歹三十斤麦子，咱家往后的热汤面便靠你了。"

不等奕雯答话，静姝便笑道："她学了快一个月，春节前结业考试，若是通过了，等年后开学便是教员了。"王妈一愣，道："还要考试吗？ 万一考不上，怎么办？"

奕雯实在听不下去了，赌气道："考不上，便再不吃热汤面了，行了吧？"

老夏和静姝都是莞尔，其余三人初来乍到，一时摸不清状况，便一边笑着，一边将王妈刚馏好的杂面卷分着吃了。 众人吃过早饭，各自出门，上班的上班，上学的上学。 老夏和咏清都是在乐观街的开封市委，翔然去裴场公胡同的修防处，书芃去南关火车站，静姝是在北土街的市政府，奕雯却要去磨盘街的市文教局。 奕雯是往北走，其他人是往东往南，静姝特意拉了奕雯，要陪她一起走。奕雯吃早饭时被王妈无心一言弄得心烦意乱，也乐得有人陪着说说话。 两人从省府前街拐到中山路，朝北走上西大街。 雪下了一夜，总算小了些，天光还没大

省府前街

301

亮，路上人已经不少了，沿街有人在扫雪。 静姝是革命干部，自然是军装短发，奕雯却穿着一身厚棉袍，两根辫子搭在胸前，虽装扮各异，却亲昵地拉着手，并排走在街上，显得有些与众不同。 静姝当然看出她有心事，出门走了不远，便悄声问道："班里学习任务重吗？ 跟学员，还有老师们，处得怎么样？"

奕雯想了想，低声道："这些都还好。 昨天发了通知，一周内，每人都要写一份反省材料，交代清楚自己的历史——静姝，我不想上学习班了，也不想做教员了。 我跟那些老师、同学，之前素昧平生的，让我跟他们讲自己的过去，讲什么呢？ 讲我父亲做过国民党的银行行长？ 讲现在的开封市政府，便是以前的银行大楼？ 讲我结过两次婚？ 讲我第一个丈夫，是在结婚第二天，被我一枪打死的？ 讲我第二个丈夫，是全省保安司令部副司令？ 静姝，你真的要我给他们讲这些吗？"

静姝安静地听她讲，讲到最后，奕雯的声音有些哽咽了，她委屈地叹口气，不再说话。 静姝握紧她的手，无声地走出好远。 前边是个十字路口，往北是三圣庙前街，往南是北书店街，东西大街也由此分界，再往前便是东大街了。 奕雯和静姝一个向北，一个继续向东，势必要在此处分手。 两人不由自主地停下，奕雯下意识地屏住了呼吸，因为她知道，在分开之前，静姝肯定要说话的。

果然，静姝微微仰头，看了看天空，笑道："1945 年，应该是 9 月份，好像是中秋节，咱俩从朱阳关一路回到开封，我记得带队的，是咏清同志吧？ 那天晚上，我们还吃了晋阳豫的月饼，你很疲惫，很快便睡着了，睡得很踏实。 我给你留下一本书，一张纸条，也没有跟你打招呼，便离开了。 我原本要从郑县路过，回晋冀鲁豫解放区去的，不料郑县的交通站被破坏了，我在郑县被捕，你的二叔徵慕要去中原解放区，跟我一同被捕。 幸亏你冒死连夜来救我——"

奕雯有些不解地看着她。 这件事，她是亲历者，来龙去脉自然是清楚的，不知静姝为何这时提起。 静姝缓了口气，转向奕雯笑道："这些你都知道的。 我脱险之后的事，你便不知道了。"

静姝顿了顿，又看向了一边，道："我被军统的人一路押着，到了解放区和国统区交界处。 军统的人不敢再往前走，把我扔在一条公路边。 因为受过

省府前街

刑，身子很虚弱，我在路边昏迷了很久，直到当地民兵和老乡发现了我，送我到了解放区的医院。 你知道我在医院里除了养伤，还做了什么？"

奕雯茫然摇头，静姝一笑，继续道："我跟你一样，在写交代材料。"说着，她转过脸来，看着奕雯，道："对党忠诚老实，是每一个党员的职责。 战争年代，敌我斗争这么残酷，我既然被捕了，便有责任向组织说明，在敌人那里我都经历了什么，说了什么，做了什么，有没有做过叛党的事情。 当时我跟你一样，二十来岁的年纪，又是女同志，我本以为经过这么多磨难，我没有改变对党的忠诚，现在终于熬到了解放区，会有鲜花、掌声、欢呼在等着我。 可这些都没有，我只能在医院病房，在灯下，一字一句地写材料，把那段最黑暗痛苦的记忆，一点点写出来，有些事情，有些细节，我宁愿死也不想再回忆的，但我也要把它们一一写出来。 所以，奕雯，你现在的心情，我非常理解。"

奕雯呆呆地看着静姝，脱口而出道："你都写了吗？"

"当然。"静姝微笑道，"不过我一开始，也是很抵触的。 后来一位老同志跟我谈话，就像我现在跟你谈话一样。 他告诉我，这是每一个真正的革命者都必须面对的，敌人的酷刑我们尚且不怕，难道还怕组织的考验吗？ 所以，你要相信我，也要相信组织。 你过去的经历，我是最熟悉的。 你只管一五一十地写，需要证明人的话，我可以给你做证，还有咏清同志、徽慕同志、老夏同志，甚至王妈，都可以给你做证。 材料里固然会涉及你的父亲，以及曾经的丈夫，但他们是他们，你是你。 只要你心里坚信，你没有做过损害人民的事情，便不要背任何的包袱——"

"我不是共产党员，我只想自食其力而已，这样也必须写吗？"

静姝耐心道："你现在还不是党员，自然不能用党员的标准要求你，但你想过没有，你这样做，对过去是一个总结，同时也是新的生活的开始——奕雯，你完全可以离开学习班回家去，但是，历史便是历史，发生过的事情，你喜不喜欢，它都在那里。 逃避是没有用的。 难道你从此再也不出门了吗？ 难道你一直要靠王妈来照顾？ 她已经上年纪了，即便能照顾你十年、二十年，她总有离开你的时候，那时你才四十来岁，日子还长，你怎么生活呢？ 还有，你固然是结过两次婚，可遇人不淑，并不是你的错。 奕雯，你现在才二十三岁啊！ 这辈子便再也不成家了吗？ 难道你要为了那个赵贻海，独身一辈子吗？ 你这样做值得吗？"

奕雯低下了头，默默地哭着，只有肩膀和辫子微微在晃动。 两人这样站着，良久无语。 不知何时雪停了。 路上的人越来越多。 有小孩出门打雪仗，呼啸嬉闹，奔跑的在笑，摔倒的在笑，路边匆匆而过、看着她俩的人，脸上也带着笑意。 奕雯终于抬起头，轻轻一笑，道："我明白了。 我会听你的，好好地写。 我写好了，先给你看看，好吗？"

静姝笑着拍了拍她的脸，道："时候不早了，别耽误上课——今天上什么课？"

"上午是时事政治、唯物史观，下午是革命史和党史。"

"快去吧。"

奕雯走出去几步，回头，冲着静姝笑起来，道："我猜到是谁跟你谈话了，让你写材料的那个。"

"是谁？"

"你的老夏同志。"

"快去吧，该迟到了。"

奕雯笑着，听话地点点头，过了马路，刚走上三圣庙前街，忽觉背后一动，转身看时，见静姝正团着雪球，一边笑，一边朝她砸过来，想来刚才那个也是她掷的。 奕雯便也弯腰抓雪，投了一个回去。 静姝轻巧地躲开了，又大声道："晚上回家，我要检查功课的！"

两人隔着西大街，互相看着，奕雯点头，大声答应着，却冷不防扔了一个雪球过去，静姝刚刚躲开了，又有一个过来，正好砸在她身上，散开来白花花一片。 原来奕雯心眼儿多，团了两个雪球，第二个正是要趁她不备的。 奕雯见得了手，赶紧转身跑开了，轻盈得像只小鹿。 她一直跑了好久，都快跑到三圣庙街、拐弯便是磨盘街时，才停了下来，跑得脸红红的，呼呼地喘着气。 白蒙蒙的哈气里，她忽然发现雪并没有停，那点点细微如霰的雪粒子，其实一直在飘，空灵而洁白。

省府前街

第八章

伏　汛

　　开封还是赵宋帝都[1]时，黄河离得尚远，向北走上一百余公里，才能到黄河白马津渡口[2]。 往后近千年中，黄河不断南摆，到了公元1949年，开封解放的第二年，从城里省府前街往北不到十公里，便是黄河柳园口。 黄河自郑州邙山而下，地势平坦，泥沙堆积，河床年年增高，已高出开封城十米之多。 河床之高，距离之近，令人观之色变。 而每到汛期，河水悬于城上，滔滔东去，一旦开了口子，便是城毁人亡的局面。 明崇祯末年，李自成率军与明军在开封对峙，正值汛期，黄河决口，满城被灌，死了几十万人。 其实黄河一年四季皆有汛期，故有"黄河四汛"之说。 清明之后桃花盛开，有桃汛；入伏到立秋，有伏汛；立秋至霜降，有秋汛；霜降至次年清明前，冬春之交有凌汛。 夏至三庚，是为初伏[3]。 1949年这一年的初伏，是在农历六月二十四庚戌日，阳历7

省府前街

月19日，可一进7月，伏天还未到，大汛便来了。

侯翔然奉命到柳园口，是在7月2日。前一天，黄河对岸平原省①封丘县贯台西大坝出险，柳园口在贯台上游，自北宋便是险工地段。修防处②接到黄委会③通知，要派技术员到各险工段驻守，务必确保不决口。开封辖区主要险工有四处，黑岗口、柳园口、东坝头和杨庄，柳园口距离开封城最近，威胁相对而言也最大。用老百姓的话讲，柳园口要是决了口，开封城里也就铁塔还能冒个尖。翔然是水利专业的大学生，正经科班出身，在解放区各治河机构工作多年，年纪虽然不大，却是修防处乃至黄委会挂得上号的技术员。没等修防处领导发话，他便主动请缨到柳园口驻守。在秘书科开过介绍信，翔然并没有直接出城，而是先去了城隍庙后街的黄委会，从资料科借了几本书，小心翼翼收好，又拐回了省府前街。时值午后，闷如蒸笼，走在开封街上，一身衣服湿了干、干了湿，白花花一圈圈的汗碱。推门进去，王妈正在院里忙着晒酱豆，一见翔然便叫道："听说要发大水了，真的假的？"

王妈在开封多年，从未如此关心过黄河汛情，今天这么牵挂，说到底还是因为奕雯。自各中小学放了暑假，所有教员都接到市文教局通知，要到城郊各乡给农民办识字班、扫盲班，奕雯所在的市立四小被分在了城北的柳园口。王妈一听是柳园口，脸上笑成了花，连声说这个好，这个好，离家近，即便是奕雯回不来，她想去看看也方便。孰料奕雯刚出发没几天，省府前街大喇叭里便有了黄河防汛的通报，唬得王妈坐立不安，天天问翔然情况。这两天修防处工作忙，翔然顾不上回家，王妈便缠着静姝和老夏，让他们打听消息。今天喇叭里又说贯台有险情，王妈掐指一算，贯台离柳园口不远，那里有了险情，保不齐柳园口也有。正百爪挠心时，却见翔然进来，当即拉着他问这问那。翔然急着出门，好言安慰一阵，回房取了些日用之物，打好背包便要走。王妈又撵

① 1949年设立，辖新乡、安阳两市，湖西、菏泽、聊城、濮阳、新乡、安阳六专区，共五十六县；1952年撤销，所属地区分别划归河南、山东两省。

② 即河南第一修防处，1948年年底成立，辖黄河广郑段、中牟段、开封段、陈兰段，1950年2月改为河南黄河河务局。

③ 即黄河水利委员会，华北、华东、中原三解放区联合性的治黄机构，于1949年6月在济南召开成立大会，7月1日开始在开封市城隍庙后街正式办公，新中国成立后改属国家水利部领导。

省府前街

到门口，塞给他一袋子花生，说是捎给奕雯，没事儿嚼嚼解个心焦。 翔然走出好远，心里忽地一动，再回头看时，却见王妈还站在门口，正朝他这边张望。他便赶紧转过身，尽管离得远，也担心被王妈看到他红通通的脸。 他一边快步小跑，一边忍不住暗自得意。 等晚上咏清和书芃下班回家，得知他去了柳园口，想必又要彻夜不眠，蹲在门口抽闷烟了。

住在省府前街沈家的三个年轻房客，咏清年纪最大，书芃其次，翔然最小，跟奕雯同岁，生月还小了两个月。 因为年纪小，开窍也晚，等他意识到喜欢上奕雯时，还傻乎乎请教过咏清和书芃，不料两人都是支支吾吾，打个哈哈便过去了，弄得他挺尴尬，以为是自己没有城府，给人家添麻烦。 现在想来，真是蠢到家了。 好在据他观察，奕雯无论是对他，还是对另外两人，态度都一样，没有什么亲疏远近之别。 再说平时奕雯工作也忙，自从她在市立四小做了教员，每天早出晚归，只有晚上才回家，一进院门又被王妈拉住不撒手，三人谁想套近乎都没有机会。 有时候翔然半夜睡不着，便把从第一眼看见奕雯，到最近一次跟她见面，过电影般温习一遍，这已经成了他治疗失眠的良药，因为想上几回，天就要亮了，于是在疲惫的顶点轰然入眠。 时间虽短，效果却好。一次半夜，他又在脑子里放电影，忽而想起春节之前，大约是二十三小年那天，沈宅终于修葺完毕，所有住户一共七人，有钱出钱有力出力，凑了一桌饭，居然有鱼有肉，他只顾着吃，吃相还挺难看，而咏清和书芃则一个劲地献殷勤，每道菜都先尽着奕雯，惹得静姝、老夏和王妈在一旁抿嘴笑。 怪不得常听人说，"小猴儿玩儿不过老猴儿"，看来真是如此，那两只老猴儿也真是心眼多。 那天还有件喜事，奕雯终于通过了考试和政审，正式成为文教局在编的小学教员。 这里头有咏清的功劳。 他在开封市委搞宣传，写材料是本职工作，大小政策把握得好，奕雯的政审材料便是经他和静姝之手润色，老夏最后过目定稿，才交上去的。 修改材料那几个晚上，正房里的煤油灯亮到深夜。 一次翔然半夜上茅房，见书芃蹲在门口抽烟，一脸戒备森严的严峻，问他怎么不睡，他却皱眉说在思考一个棘手的技术问题。 当时翔然还肃然起敬，深感自己早早睡了，是何等不负责任，对不起人民。 现在想来，书芃思考的是狗屁的技术问题，还不是见咏清有机会跟奕雯接近，可以大展身手，他瞧着心里堵得慌。

其实书芃也露过一手。春节过后不久，便是三八妇女节。三八节那天，书芃精神抖擞，整了个矿石收音机出来"献礼"，说是代表本院所有男同志，送给女同志们的革命礼物，方便收听来自党的声音。为这个矿石收音机，书芃差不多忙活了两个月。对一个曾在英国学工科的留学生而言，矿石收音机的原理很简单，工艺也不复杂，难在工具零件不易搞到。开封解放不久，原先的几家电器行都集中在北太平街，连挨炸带被抢，伤了元气，一直没有恢复，书芃去了几次，连最简单的铜线都买不到。那时解放军还没渡江，南方还在国民党手里，要买零件只能从北平、天津甚至沈阳订购，再经邮局寄到开封。不知书芃怎么打听到翔然有同学在大连，能跟苏联老大哥那儿趸摸点零件，顿时眼睛一亮，咬咬牙，请翔然去了一趟新华楼，舒舒服服洗了个澡。有了翔然帮忙，书芃终于淘齐所有零件。为赶在三八节给女同志们"献礼"，书芃连熬几个通宵，这才算是把收音机弄好了。扩音器是从大连发过来的高阻抗小喇叭，虽然人声只比蚊子叫声大不了多少，跟四灯五灯的电子管收音机自然没法比，可人家那得多少钱，毕竟能听到响了。用王妈的评价来讲，"这便不瓢了"。书芃"献礼"成功的那天晚上，翔然自觉有功，心里也挺激动，半夜上茅房，发现这次蹲在门口抽烟、一脸忧国忧民的人，换成了咏清。而据他自己解释，睡不着的原因，是在思考一些棘手的哲学问题。

跟院子里这两位前辈老猴相比，翔然开窍要晚得多。五一的时候，开封市委、市政府组织全市军民大游行，一来庆祝劳动节，二来庆祝一周前南京解放。静姝那时已调到自由路上的市工会，在妇女部工作，只要是集会庆祝游行，静姝都忙得脚不沾地，这次参加游行的军民足有上万人，她更是忙不过来，还临时拉了奕雯做帮手。市工会妇女部，自然是组织妇女，保留节目有两个，扭秧歌和划旱船。这两样在开封是个妇女都会，动作就那么几下，不会的一顿饭工夫也教出来了，难点不在动作，而在词儿。解放了，以前的老词儿不好再用，得换成新词新曲，这便要了静姝的命——妇女姐妹们大多没文化，只

省府前街

能一句一句当面口授，教完了后边的，前边的早忘了。 不但如此，妇女们大多还在街道领了生产任务，在家里也是上有老下有小，白天教那几句，一晚上全都还回来了，第二天又得从头开始。 眼瞅着五一节越来越近，静姝和奕雯教得口干舌燥，却收效甚微，妇女们该会的早会了，学不会的怎么都不会。 后来还是一个大嫂出主意，他们这个方队八人一排，一共十五排一百二十人，总有那么几个能唱新词儿、跟上拍子的，不妨全都挑出来，打散分在各排，带着周围跟不上拍子的姐妹们。 静姝和奕雯一合计，也只能如此了。 可扒拉来扒拉去，连静姝都亲自上了，也凑不齐十五个人来。 奕雯和静姝愁眉苦脸，饭也吃不下，给王妈瞧见了，问过之后，一拍大腿道："这也愁得吃不下饭？ 还差一个是吧？ 我给你们推荐个人，就是咱们院里的，保管行。"

当时咏清、书苋和翔然都在，听见王妈大包大揽，都是一肚子好奇，觉得是王妈逞能。 院子里房东房客一共七个，三女四男，难道王妈要毛遂自荐？ 人家是翻身妇女方队，不是翻身老太太方队，就王妈这胖梨般的身子戳进去，一百多人也就显着她了。 翔然年纪最小，城府最浅，忍不住想笑，忙喝了口稀饭给堵住。 不料王妈笑眯眯看了看他，又道："小侯细皮嫩肉的，白生生，人精神，装扮上跟个大闺女小媳妇也不差。 我看就他了。"

静姝和奕雯面面相觑，静姝也是真没招了，不顾翔然坚决反对，当即便拍板定了下来。 咏清和书苋在一旁笑得前仰后合，使劲给翔然戴高帽，拔高政治意义。 可不管静姝怎么劝，翔然始终油盐不进，就是不肯答应。 后来奕雯看不下去了，便索性一把拉住他的胳膊，一本正经地道："你也别只顾推辞，咱们先扮上，行不行的，让大家看，咱们都听群众的，好不好？"

翔然本来想一把甩开奕雯，刚抬起头，却见奕雯两目含笑，眼睛一眨，又对他道："好不好？"这后边一句拉长了音，竟有些柔媚的味道了。 不只是他，旁边的咏清和书苋都听傻了。 奕雯见他不吭声，便笑着拉起他，朝正房里走去。 其余人都在院子里等着，只听见房里不时有奕雯的笑声，还有轻声安抚翔然的私语。 过不多时，奕雯又拉着翔然出来，众人举目望去，翔然委屈得都快哭了，他头上扎着红花，脸蛋搽着红，还罩了件奕雯的裙褂，不仔细瞧还真看

省府前街

309

不出是男扮女装。 王妈看罢点头，得意扬扬道："怎么着？ 我老婆子眼光不赖吧？"

到了五一节那天，翻身妇女方队得的掌声最多，欢呼声也最热烈。 翔然就站在奕雯身后，看着她轻盈地扭着秧歌，舞动转身之际，一张俏脸汗津津的，眉眼间都是花团锦簇的香气。 翔然看得呆了，却忘了随她转身，奕雯低声道："快点。"他这才明白过来，手忙脚乱地跟着转身，只听得众妇女唱道：

> 民主政府爱人民呀，
> 共产党的恩情说不完。
> 呀呼嗨嗨伊嗬呀嗨，
> 呀呼嗨呼嗨，呀呼嗨，嗨嗨，
> 呀呼嗨嗨伊嗬呀嗨。

唱完这首《解放区的天》，还有《军民大生产》《绣金匾》《团结就是力量》《南泥湾》《没有共产党就没有新中国》和《拥军秧歌》，一共七首，唱完一遍再来一遍，循环往复，直到游行结束。《拥军秧歌》里，有一句"嗨来梅翠花，嗨呀海棠花"，唱到此处，前排的人要转过身来，后一排的须迎上去，侧身面面相对，两两臂弯勾连，另一只手扬起腰间红布，原地转圈之后，在"送给那英勇的八呀路军"时分开，各回原位，继续往前走。 歌曲后面还有四处"嗨来梅翠花，嗨呀海棠花"，每次都要前后两人配合。 奕雯正在翔然之前，一到"梅翠花""海棠花"时，奕雯就笑容满面地转身，抢上一步站在翔然面前，主动挽住他的臂弯，眼里满满的都是欢声笑语，盯着他的眼，两人边唱边跳，转个圈再分开。 在相聚又分离的短暂中，翔然感觉自己像是开封城里孩童的"提溜"①，身心都被搅拨得团团转，不免有些晕眩，但这确实也是从未体会过的幸福。 那时，他只想这游行永不停下。

---

① 开封俗语，即常见的陀螺。

省府前街

游行从下午三点开始，一直到六点结束，奕雯和翔然不知有过多少次"嗨来梅翠花，嗨呀海棠花"。这段记忆在翔然的脑海中如此深刻，以至于多年以后，他出差到了诞生这首歌的陕北，还一再问当地的老乡，到底什么是"梅翠花"。老乡们的说法不一，有的说是民间的一种曲调词牌，有的说是一种乡间野花。曲调也好，野花也罢，无论什么答案，都无法回答1949年那场游行、那两朵花在翔然生命中的意义。他唯一可以确定的是，在1949年7月2日的下午，当他从北门大街出城，一路经铁牛村、私访院出北护城堤，到柳园口地界时，依旧情不自禁地反复哼着一段旋律：

> 嗨来梅翠花，嗨呀海棠花，
>
> 送给那英勇的八呀路军。

柳园口险工在黄河南岸，开封城北郊朱庄与大马庄之间。清道光二十一年，公元1841年，黄河伏汛在此处决口，护城堤被洪水冲开，开封四郊居民淹毙者十之四五，大水围城八月之久，河南、安徽两省五府二十三州县受灾，黄泛区达八百里①。经林则徐督率河卒民夫奋战大半年，才于次年三月堵口合龙，这一带大堤故而得名"林公堤"。如今的柳园口险工，便是在这次决口复堤后，经百年间不断修建而成的，共计坝、垛、护岸四十多座，是开封境内黄河四大险工之一。翔然赶到险工段时，天还亮着，防汛工地上人头攒动，大小红旗四处招展，运料的推车来往不绝，想必附近几个村子都动员起来了。他先去指挥部报了到，领了铺草，便去了险工上最长的挑水坝。这条坝编号为三十六号，长近四百米，一共三个支坝，位置在堵口口门上方，是整个险工的咽喉所在。翔然在坝上找了个工棚，刚把铺草铺上，背包放下，已是敲锣声起，到了晚饭的时候。

防汛工地上是不开伙的，一日三餐都是后方村里事先做好，再装车送上

---

① 《汴梁水灾纪略》，清代痛定思痛居士著。

来。 伙食倒还不错，有馒头有菜，稀饭也是稠乎乎的疙瘩汤，比寻常人家的一日三餐都好。 其实这也不奇怪。 开封人跟黄河打了一两千年的交道，决口了多少次，又堵口了多少次，谁都知道万事皆可糊弄，唯独头顶这条黄河糊弄不得。 若是防汛工地上的人吃不饱饭，干不动活，那城里乡下的人就像百岁老汉非上吊，真是不想活了。 伙食虽好，可翔然实在提不起胃口。 刚才他站在坝上，看了看黄河。 伏汛的黄河，跟以往的黄河不同，整个河段仿佛煮沸的水，咕嘟咕嘟叫着，到处是漩涡激流，河面也宽得没了边，对岸都看不见了。 他以前在解放区搞过两年水利，筑坝修渠引水灌田，算是有些经验，但同眼前的黄河相比，可谓不值一提，真是应了庄子"望洋兴叹"之说。 在修防处领任务时，领导跟他交过底，北平正开着新政协筹备会，新中国成立就在眼跟前，这时候黄河不能出事，伏汛不过去，就别想着回城了。 他倒没想过回城，只是担心万一出了事，背后可就是整个开封城，近三十万条人命——

翔然正蹙眉时，忽觉肩上一动，转身看去，奕雯正站在他背后，冲他笑道："听说来了个姓侯的技术员，还是个年轻的同志，我就琢磨着是你，果然被我猜到了。"

翔然知道奕雯就在柳园口，可蓦地见到她，仍是不由一愣，脱口而出道："你怎么上来了？"

奕雯便笑道："我怎么不能来？ 我现在是大马庄扫盲班的教员，组织分配的任务。"

市立四小在柳园口扫盲，来了二十多个教员，勉强够每村一人，奕雯是入党培养对象，分到最靠黄河的大马庄村。 扫盲班没上几天课，便进了7月，黄河伏汛提前，村里的青壮劳力全都上了大堤，妇女们在村里生火做饭。 学生都没了，扫盲班自然是断断续续，虽然没接到停课通知，实际上再未上课。 奕雯也没打算回城，便跟妇女们一起搞后勤。 说是后勤，除了一日三餐照点供应，还有诸如木桩砖料、石方柳秸、麻绳竹竿，一车车都得抢在大溜到来前运到工地。 前几天下过透地雨，来往人车又多，坝上坝下都是泥泞，架子车小一半轮子都在泥里，单人上坡根本推不动，最少也得两前一后三人合力才能上坝。 奕雯便是给妇女们打下手做了饭，又跟着送饭车过来的。见翔然一脸惊讶，奕雯又道："我可不是只来扫盲的，只要是活儿，我都能干——不然你们吃什么？"

翔然见她理直气壮，便挠了挠后脑勺，道："我是说，这儿不安全，你还是赶紧回村里吧——听着点声儿，别睡那么死，万一半夜有炮声，赶紧往大堤上跑，千万别忘了。"

"你不是学这个的吗？还技术员呢！"奕雯皱眉道，"怎么你没来的时候，我还觉得信心十足的，你一来反倒说丧气话了？有这么多人在呢，怕什么呀。"

翔然苦笑道："我当然是不怕，我是担心你——"

奕雯拿出一个鸡蛋，递过去，见他不接，便塞进他兜里，笑道："我是不用你担心的，水来了我也不怕，我会游泳——你也会游泳吧？"说着，她忍不住笑起来，忙捂住了嘴。翔然尴尬道："学水利专业的，不会游泳怕是毕不了业——你是来送饭的？一会儿赶紧回去，天黑了，路不好走。"

奕雯却一脸轻松道："我今天不回了。村里组织妇女和积极分子后半夜巡堤，我报了名。你们在工地上忙了一天，总得抽个时间眯一会儿。"

翔然看着奕雯。她的短发扎成两个小髻，分在脑后两侧，脸上还有泥点，裤管高高地挽在膝盖上，脚和小腿裹满了泥，看不清穿鞋没有，身上的褂子早看不出本色，若不是翔然跟她同住在省府前街沈家，熟悉无比，根本认不出来。奕雯见他发呆，便笑道："你放心，回家之前，我肯定先去洗个澡换换衣服，不然王妈那张嘴，肯定饶不了我的。"

奕雯说起王妈，翔然方才想起那袋子花生，忙让她稍等，他回工棚去取。奕雯闲不住，非跟着他一道去，不料刚进工棚，却见几个民工、技工脱得赤条条的，正舀水浇身子，奕雯站在门口低声惊叫了一声，忙转身跑开。翔然也觉得冒失，连连跟他们道歉，汉子们哈哈大笑，说想不到侯技术员年纪不大，恋爱都谈到大坝上了。翔然没工夫解释太多，抓了花生袋子，转身追了下来。奕雯在大坝背河一侧站着，两只手绞在一起，见他过来，笑道："我先去那边了，我们巡堤的妇女队在一块儿住。"翔然把花生袋子递给她，她非要他抓点回去，他只好抓了一捧在手里，又嘱咐道："晚上巡堤时，千万注意脚下——我要是有空了，跟你一起去。"奕雯笑着点点头，翔然忽然有一丝慌，回身朝工棚走去。 天已经黑了，路又滑，他走了没几步，脚下一滑，结结实实摔了一跤，一捧花生全撒在地上。 他又难堪又心疼，也顾不得爬起来，赶紧抬头去找奕雯，她却提着袋子，正笑得弯了腰，见他看过来，笑得更厉害了。

天说黑便黑了。 坝上照明靠的是几盏大汽灯。 汽灯亮是亮，但也费油，眼下大溜还没到，物资都得省着用，整个坝上只点了一盏。 工棚里早是一片呼噜声。 翔然睡不着，便从背包里拿了本资料，出了工棚，凑在大灯下席地而坐，翻开读起来。 书是从黄委会资料科借的，管图书资料的大姐革命警惕性高，见他年轻，借的又都是冷门书和古籍，唯恐是骗子，还特意往修防处打电话核实了一番，才把书给他。 解放前，国民政府有过黄河水利委员会，后来改为黄河水利工程总局，一直在开封办公，开封解放时被冀鲁豫解放区黄委会接管，保留了不少珍贵文献资料。 翔然头一次面对这么大的阵仗，若再没这几本书垫底，心里更是空荡荡的，没有着落。

天空全是乌云，星月皆不可见，周遭静寂，只有夏虫撞在汽灯罩上的响动，以及巡堤查水的队员们窸窸窣窣的脚步声。 翔然看得专注，视线片刻不离，偶尔本能地伸出手来，拍打落在身上的虫子。 不知过了多久，旁边有人道："小同志，看的什么书？"

翔然抬头，见是一个老河工，五十来岁年纪，胡子拉碴，赤脚无鞋，背着水壶，雨布折好了捆在腰里，别了个手电筒，手里一根长竹竿。 翔然想了想，道："是本古籍，讲柳园口的。"

老河工一笑，从腰后抽出了解放鞋，扔在翔然侧方，一屁股坐下，拧开水壶喝了两口，随口道："好看不？"

翔然失声一笑，认真地点头道："好看。"

"那念两段听听。"

翔然正看得心潮汹涌，也乐得跟人分享，便随手翻到一页，读道："仆一介书生，亲罹灾患，八口残喘，倍历凄皇。 今日者，城郭已非，桑田俱变，云烟之过眼如昨，旦夕之入梦难忘。 从痛定思痛之余，忆生无可生之日，将笔代哭，触景怆怀，藉余生之苟延，幸事实之无饰，惊魂虽定，著纸仍非；一编率成，随泪共洒，遗漏在所不免。 敢言大书特书约略，无妨自存。 袛记所闻所见言尔。"他一口气读完，咽了口唾沫，又道："这是文言，我跟你翻译一下——"

老河工笑起来，道："你是姓侯吧？ 修防处的？"

翔然一愕，点头道："我就是侯翔然，河南第一修防处的技术员，您——"

老河工穿的是解放鞋，还有手电筒，雨布也是军用品，虽然他装扮不起眼，但这几样物件还是普通河工根本用不上的。 翔然隐约意识到了什么，便本能地用了敬语。 老河工笑道："我昨天到的开封，今天下午去黄委会借几本资料，其中有你这本《汴梁水灾纪略》，可管理员说刚有人借走，是修防处的一位年轻同志。 我看了看记录，上面有你的名字——幸好还有几本借到了。 记载道光二十一年柳园口决口的文献，除了你这本，还有《防守省城情形略》《辛丑河决大梁守城书事》两本，另外《宣宗实录》《祥符县志》和《清史稿》里面也有部分记载，但都不如你这本详细。 小侯同志有眼光，手也够快的。"

老河工说着，从雨布里掏出表，眯缝眼看了看，又道："我只能跟你聊个十分钟，前边还有几站要去。 小侯同志，看完了书，有什么想法没有？ 说给老家伙我听听。"

翔然看着老河工，道："领导，什么都能说吗？"

老河工笑起来："这里没有什么领导。 你是小技术员，我是老技术员，都是跟水打交道的。 一老一小两个水利技术员，聊点业务，当然什么都能讲。"

"那我可说了——我看今天的柳园口，跟一百年前的柳园口，也没有什么差别，即便是决了口，也丝毫不意外。"

翔然这话没有半点虚的，说得很重，一般人听起来要么遽然色变，要么跳起来，给他扣个"扰乱军心"的帽子。 但老河工神态自若，点头道："我也有同感，你继续。"

见老河工并无反感，翔然继续道："1841 年柳园口决口之前，清廷正打着鸦片战争，哪里还顾得上黄河防汛？ 嘉、道、咸三朝吏治腐败，治河款项拨下来，一半都被中饱私囊了。 治河无钱，也无人，只知道下游修堤筑坝，却不在中上游保持水土，河水裹挟的泥沙越来越多，而河南又是千里平原，极易堆积淤塞河道，造成悬河之势。 从 1841 年开始，河南境内三年三次决口，即便如此，河防也是能缓则缓，可拖便拖，一年年拖下来危如累卵。 十四年后的咸丰五年，河南兰封县铜瓦厢险工决口，黄河三百年南下经苏北入黄海，至此不复存在，转而北上经山东入渤海，才有了今天的黄河水道。 想想历史，跟现在何其相似！ 国民党执政快四十年了，在黄河上投入了多少？ 1938 年伏汛，扒开了花园口险工，功过是非且不管，黄泛区至今仍是满目疮痍！"

翔然毕业没几年，一身的书生意气还在，一口气说完吐气都不匀了，老河工体贴地拍拍他的肩膀，微笑道："慢点说，可以多给你十分钟。"

翔然平静了一下，继续道："1947 年黄河归故①，1948 年开封解放，现在是1949 年，这次伏汛是黄河归故后，也是开封解放后第一次大汛。 不管国民党留下什么样的烂摊子，我们解放区的人民，都不能让决口的悲剧重演——我长话短说，您多指教——我看了整个柳园口险工，麻烦不少。 第一，前两天上游下了大雨，估计大溜明后天便到了，留给我们做准备的时间太短，石料、柳料、麻绳还都不足，尤其是石料。 第二，现在的险工年久失修，太老了，花园口在1938 年决口，黄河从郑州南下，十年来柳园口险工实际上是荒废的。 第三，动员起来的民工很多，有经验的老河工、技术人员太少，真有险情，靠蛮力硬干，效果其实不行——一时就想到这么多了。"

老河工略一沉思，道："有什么办法没有？ 大胆说，学术探讨嘛。"

"时间太紧，只能救急了。 首先得赶紧运料，抢在大溜到来之前，险工一线能存多少存多少，又放不坏，大不了将来再运走，可万一不够用了再往上运，根本来不及。 其次是培训技工，先挑一部分有经验的，抓紧时间普及基本知识，像怎么巡堤查水，怎么找漏洞，什么是蛰动，一旦碰到了怎么处理。 最

---

① 指 1947 年 3 月，由国民政府黄河水利委员会花园口堵口复堤工程局主持，历时近一年，花园口堵口合龙，黄河回归故道。

后是细查。 二十四小时不能断，一刻钟发一班，三个人一组，特别是后半夜——我查了几个资料，很多决口都在上午，漏洞后半夜就有了，没能及时发现。"

"这些想法和建议，跟你的上级汇报了没有？"

"哪儿来得及汇报——"翔然不好意思道，"这是下午到了险工第一线，实地看了之后才有的。"

老河工笑着点头，道："没关系，我一会儿会见到你的上级，你的意见，我会转达给他们。"说着，老河工站起来，道："不早了，我得走了。 这个你拿着吧，工作时用得上。"

翔然见他把手电筒递过来，忙摇头道："这太贵重了，我——"

老河工把手电筒塞进他手里，笑道："我是湖北人，不过从小在开封长大，还在河南大学教过书。 开封是我半个老家；你在开封工作，也是你半个老家——给小老乡一点礼物，算什么？ 再说了，我老头子想寻一个手电筒使唤，比你小伙子要方便得多。"翔然见再辞不雅，便赶忙替他捡起解放鞋，道："前边是工地了，难免有碎石子，您老还是穿上的好。"

老河工含笑点头，翔然便弯下腰，帮他套上鞋。 老河工点头道："你是哪个大学毕业的？"

翔然起身，拍了拍手，道："中央大学水利系，在重庆读了三年，南京读了一年。 老家在河北，回家探亲的时候，参加了革命工作。"

"你认识夏昶达吗？"

"老夏同志？ 我们住在一个院里，他也是学水利的。"

"他是在衣阿华州立大学留学的，我跟他在抗战前便认识了，算是我的小老弟——他后来去了延安，我则去了滇西，修滇缅铁路和中印公路——不说了，都是同行，熟人越聊越多，再聊便没个头了。 不知道这回能不能见着他。 你回头跟他讲，就说有个姓陶的老技术员，在柳园口工地上，问他一声好。 你再替我捎句话，既然学了土木水利，还是多搞些专业上的事，做行政不是不好，那么多年的专业丢了，也是可惜。"老河工一边说，一边摆手不让翔然再送，转

省府前街

317

身朝远处走去。 翔然看着他越走越远，直到融入浓密的黑夜之中。

　　大雨是 7 月 14 日凌晨三点开始下的，七点多钟雨势渐弱，仍是稀稀拉拉，没个尽头。 坝上坝下都是土路，给雨水泡过，泥泞难行，运料的车队排出去老远，干着急却上不了坝。 指挥部的方针是"先主坝后次坝，先急要后次要，先坝埽后护岸，先上游后下游"，也采纳了翔然的建议，向三十六号坝集中运输大量石料。 下雨天路不好走，其他的柳料、秸料还好说，可以靠人力背上坝；石料沉得厉害，人力是扛不动的，七八个人一起使劲，费半天工夫，也上不来多少，因为路滑石重，还砸伤了好几个民工。 翔然心焦得嗓子冒火，可一见民工们全是拼了命地干，也不好再催，只有暗地里着急。

　　翔然从 7 月 2 日上坝，一直就没下去过，天天在坝上。 十几天里大雨时起时停，绵密如麻，大溜随着涨水终于到来。 险工前的漩花溜拧成一个个涡流，翻花溜则像开了锅似的翻腾搅滚，正溜中的浪能有几米高，在黎明前的夜色里，像一只大鸟扑棱棱飞起，又一头扎下来，訇然作响。 大溜冲击到三十六号坝上，两个人面对面都听不清说话声。 翔然是在雨最大的时候醒的，天才蒙蒙亮，冒雨到险工头看了看，一下子屏住了呼吸——要命的节骨眼，已经在眼前了。

　　在黄河边待久了，是人都明白，大堤修得再高，只能防止洪水溢出河床，但挡不住大溜冲击，所以要修险工；而险工只能防御，要想彻底解决大溜，还得靠挑水坝。 三十六号坝正是挑水坝。 顾名思义，其作用是将大溜的力道卸下来，再挑离本岸，保护其后的险工和大堤。 三十六号坝的前身，还是一百年前林则徐督建的前进围堤，一百年来从未彻底加固重修过，只是一到汛期才抛石护根，汛期过去再无人问津。 黄河归故之前那十年，差不多是废弃的，堤不着河，埽不到家，直到归故之后，国民政府碍于舆论汹汹，才仓促组织人力，在坝埽前抛下一些护根石。 而护根石后的秸料并未重整，腐朽的不少，明显存在着"头重脚轻"之患，一遇伏汛顶冲急溜，最易发生漏洞和墩蛰。 前头这十几天，漏洞墩蛰天天都有，只是还不严重而已。 全长几百米的坝上，翔然带人这头堵完，又去堵那头，一天到晚没有闲的时候，累到极点站着都能睡着。而7月12日、13日两天，上游又普降大雨，到了14日这天，大溜比之前几天更猛了。上午九点，五号埽上跨角出险，掉蛰入水五米多，坝胎被冲走两米，翔然赶到现场，跟几个河工技工略一商量，立即组织抢护。水流太急，砖料扔下去根本存不住，扔多少冲走多少，随即改成麻袋装砖，三个麻袋一组，从三个方向同时下料。墩蛰抢护讲究一鼓作气，最忌讳中断，一旦断了供应便是前功尽弃。于是这边下料，那边民工没命地装料，一袋袋往掉蛰口送过来。几百人一直忙到中午，才算抛出了水面。

等午饭送到，翔然刚端起碗，一口疙瘩汤还没喝到嘴里，坝下首那里忽地一片锣声。他只好抓了两个馒头，一边小跑一边哨着，等到了地方，两个馒头硬是干着吃进肚里，划得嗓子眼生疼。下首九号埽也是墩蛰，比五号埽掉蛰得还厉害，差不多跟后边的大堤顶齐平。挑水坝出事，大多是"两头告急，全线吃紧"，上下首是关键之处。翔然看看左右，众人也都在看着他。十几天下来，翔然一开始的确是有点手忙脚乱，不过很快便稳住了情绪，几次大的漏洞、墩蛰，处理得还算得当，再加上是学水利的大学生，身边这些民工技工都挺服他，一遇到难处，齐刷刷嚷着"叫小侯、叫小侯"。众目睽睽之下，翔然好一阵没吭声，旁边民工队长急了，道："赶紧拿主意啊！"

翔然一咬牙，道："剩下那七十方石料，匀五十方过来。"

技工班长愣了，连连摇头道："怕是不行啊小侯——下着雨，石料送不上来，这里匀过来五十方，剩下二十方，够干什么的。"

翔然叹气，苦笑道："这里是下首，出了事可就全完了。我在这儿盯着，你下坝催料去——无论如何，最少再运五十方上来，越多越好。"

技工班长不再吭声，转身便走了。其余的人本就是出力的，见主意已经定下来，便各自忙碌开了。九号埽一共掉蛰了八九米，没东西抛根护住，很容易被大溜冲刷淘底，填再多柳料秸料也是无用。翔然当然知道石料不足，也不敢指望能及时补上，但眼前这险情却是不能等的。再犹豫一会儿，成了大墩大蛰，整个九号埽就垮了，下首垮了，三十六号坝等于跟大堤彻底断开，想继续坚守便是枉然。 民工队长姓方，三十来岁年纪，有个亲弟弟也在队里，大家管他们叫大方、小方。 大方领人运来石料，在翔然的指挥下开始打桩布绳，抛护枕帘子。 石料刚到，大雨又开始下了，比早上下得还密，工地上每人身上都湿透了，坝面的土早泡得泛了，一脚下去连个轻重都感觉不到。 翔然知道险情已刻不容缓，便一把拉着大方，拼了力气道："大方队长，下家伙——九子连环不好使了，直接上十三太保，要是再不中了，满天星。"

所谓"下家伙"，也叫"打家伙"，说的是埽工中捆束物料的木桩和麻绳，有"软硬、轻重、明暗"六类。"九子连环""十三太保"，说的是"家伙桩"的数目和相应桩绳的打法。 顾名思义，九子连环指前五后四，十三太保为前后四中间五，满天星则没有定数，可布满整个埽面或出险的埽段。 桩数越多，团结力越大，技术含量也就越高，也越费时费工，真到了"满天星"的地步，也就是退无可退、最后一搏。 听了翔然的话，大方一时有些意外，脱口而出道："要摘茄子了吗？"

"摘茄子"也是黄河埽工土话，意思是坝埽被冲刷过溜，坝体脱离大堤，孤立在河中，跟茄子成熟后采摘一样。 而一旦如此，大溜便再无阻拦，也没有挑水坝分流挑溜，将直接冲击大堤本体。 而这段大堤还是一百年前的老古董，现在即便能顶住大溜，又能顶多久？ 大堤下面六公里，便是开封护城堤，再过去三公里，可就是开封城了。

翔然拍拍大方的肩膀，苦笑着大声道："先上十三太保吧。"

大方点头，走到施工的民工们面前，大声道："一分队，上十三太保！ 一压二背三回掖！ 二分队，捆护枕帘子，准备柳石枕。 三分队，准备下埽——你他妈的还愣着干什么，下去催料去！ 料说没就没了，到时候把你捆了扔下去护根！"

大方骂的是小方，一边骂，还一边踢了他一脚，踢得小方一个跟跄，倒在了泥地里头。 小方一骨碌爬起来，大声嚷道："我不去！ 你让旁人去！"

大方气得暴跳如雷，大声道："王八蛋，你到底去不去？"

翔然在一旁看得真切，叹了口气，到小方身边，扶他站定了，道："听你哥的——还有，见了指挥部的人，把这里的情况说清楚，这也是我的意思，快去吧。"

坝上上千号人，小方最服的便是翔然，见是他发话了，也不敢再说什么，一擦泪，连跑带摔地下了坝。 翔然回到掉蛰的地方，看着咕咕翻滚的水，一时疲倦至极，甚至有些恍惚。 大方过来，站在他旁边，低声道："多谢了——老方家只剩下我们兄弟俩，有我死在这儿，就够了，总得给老方家留个后。"

翔然正想说话，却听见旁边一阵呼喊，原来是几个民工沿堤下埽时，一个柳石枕刚一吃水，便被大溜给冲走了。 捆扎柳石枕并不容易，捆枕铺柳，用料上石，柳枝、石料、麻绳都极为讲究，配料比例也得好生拿捏。 二分队费劲巴力地捆扎好一个，三分队毛手毛脚地下埽，可谓前功尽弃。 二分队的人气得顿时都骂了起来，三分队的人面面相觑，大多数不敢吭声，只有几个脾气不好的，大声回骂过去。 翔然知道，这时候一旦内讧起来，整个三十六号坝等于已经垮了，他当即快步走到埽前，对刚才施工的民工一笑，安慰他们道："没关系，这一把我来。"

翔然站在埽边，只见下面溜头打着旋子，一遍遍啃着本就脆弱不堪的埽体。 大方过来，将一根麻绳拴在翔然腰上，另一头早捆在他自己腰里，两手死死抓住粗绳，朝翔然点点头。 翔然两脚用力扎进泥里，深深吸口气，憋在胸间，半个身子悬空探出去，大方闷然喝了一声，扎住马步，死命拽住麻绳，不让他掉下。 翔然双手拽过柳石枕。 一个柳石枕，少说也有上百斤，全靠一根麻绳牵在下埽的人手里，再有力气的人，也不可能长时间抓得牢，稍一松懈，要么是柳石枕落水被冲，要么是连人带枕一起入水。 虽然如此，下埽也急不得。 下埽也叫推枕，推不是扔，要瞅准了溜头的运行规律，避开溜头，在枕头不呛溜之际，迅速落水，直到埽底护住根部，由此再一层层叠上来，逐步缩小掉蛰的埽面，最终完全重构埽体。 翔然一边默默背着口诀，一边看准溜头一错之际，放下了柳石枕，柳石枕稳稳落在底部。 旁边民工们欢声雷动，大方激动不已，吼道：

"得劲！"

省府前街

民工们精神一振，二分队玩命地捆着柳石枕，三分队配合着翔然又放下几个，前前后后一共十几个下去，一千多斤的料下了埽，平了好大一块埽面。 大方见翔然两条腿抖得跟筛糠一般，知道他已经拼尽了所有力气，再也撑不住了，便上来扶住他，道："歇会儿小侯，忙不完的活儿——"

翔然被他两手一搀，顿时觉得身子软绵绵的，浑身再没有半点力道，嘴里兀自逞强道："先不急，再下几个——"话音刚落，胸膛口那股气便泄了，嗓子眼里腥甜一涌，一口血喷了出来，两眼黑了好一阵子，等能再看清楚，已经被抬回了工棚。 翔然挣扎着要起来，却被人一把按住，又是心疼又是责备道："怎么了你，不要命了吗？ 听说你都吐血了，还不好好歇一会儿！"

翔然听这声音熟悉，又不敢相信，定睛再看去，果真是奕雯坐在旁边，身子被打得精湿，正拿着毛巾给他擦脸。 翔然本能地道："你怎么上来了？ 危险得很！"

奕雯当然知道危险。 不但她知道，坝上坝下，指挥部的人，远近村民都知道了。 指挥部刚刚开过会，护城堤以外的村落接到通知，为安全起见，已经开始转移，不过一车车石料、柳料和麻绳还在拼命往坝上送——谁都不愿家园被冲，那可是几辈子攒下来的家底。 何况伏汛这么厉害，万一护城堤也守不住呢？ 城里三十万老百姓能转移到哪儿去？ 十年前花园口决口，惨状还历历在目，那回不也正值伏汛吗？ 只要能守住柳园口险工，具体地说，是守住三十六号挑水坝，把大溜挑回河道，护住大堤，一切还有希望。 奕雯便是跟着送料的车队、民工，一步三滚地上了坝。 等到了坝上，她跟个泥人也差不多了。 还没喘口气，就听说技术员小侯累得吐血，刚被送回工棚，唬得奕雯二话不说，便冲到工棚找翔然。 见他苏醒过来，奕雯总算松了口气，道："你别担心我了好不好？ 我看还是你先下去，真累出了毛病，怎么办？"

翔然却不听她讲了，忽地抬起手，一把握住她的腕子，低声道："五一节游行那次，你还记得吗？ 我在你后边，'嗨来梅翠花，嗨呀海棠花'，你还记得吗？"

奕雯一怔，本想抽回手，却见他脸色潮红，眼里全是此起彼伏的、茂密的礼花。 她不由心里一软，可没等她说话，翔然又道："你或许不信的——那天几万人的街上，我只看见了你。"

奕雯觉得身子在晃，在抖。 她不知道该说什么了。 她原本要告诉他——你正发着烧，烧得厉害，一切等回省府前街再说——可这样的话，她忽然讲不出来了。 对咏清，对书芄，她都这么讲过，说"等以后再说吧"。 她究竟在等什么，可能她自己也不知道。 这样的等待最无助，最焦灼，却最深情，最绵邈。 难道她心里还有贻海吗？ 不会的。 或许是他留下的难过深不见底，难忘也是深不见底，而如此般难忘的难过，抹平还需要时间。 她需要时间，那么咏清、书芄，还有面前的翔然，也就不得不等待了。 至于等待多久，可能是一生，也可能是一瞬——这样的事情，谁又知道呢？ 可这样的话，在这样的时刻，又怎么对这样的翔然开口呢？

奕雯的身子抖得更厉害了。 不但她在抖，整个工棚，整个地面，连同面前的翔然，都在抖着。 就在这不可遏制的抖动里，翔然忽地坐起来，叫道："糟了，簸簸箕！"说着，他不顾一切地爬起来，朝工棚外冲了过去。 奕雯一愣，也立时站起，跟着出去。 好歹在大堤边这么多天，什么是"簸簸箕"，她多少是知道一些的。 簸箕是开封家家都有的物件，平时用来罗面去麸、扬米去糠，开封人管这个动作也叫"簸"，合起来便是"簸簸箕"。 一般坝埽决口之前，有"五大险兆"，从轻到重是后溃、吊膛、仰脸、抽签、簸簸箕。 一旦溜入埽腹，冲击不停，埽体随溜起伏，幅度剧烈，形如"簸簸箕"，故而得名。 一般到了此时已是不可收拾，溃坝在即，要么立刻疏散所有人，要么孤注一掷找到漏洞，在彻底垮蛰前堵住，除此之外，再无他法。

翔然出了工棚，瞅了人最多的地方冲去。 人群里多了一群背心军裤的解放军，正手挽手排成人墙，站在埽面下的慢坡，漏洞口便在此处了。 翔然冲到跟前，大方嗓子都哑了，见他过来，大声吼道："洞口找着了，口子两米多，麻袋网包都不管用，放下去就冲到背河了——怎么办？"

埽工讲的"漏洞"，跟文件简报里的"漏洞"全然不同，要严重得多。 坝埽漏洞开口在临河，出口在背河，大溜贯穿了整个埽体，水流强而集中，在内部不断冲刷淘底，时间一长，再坚固的坝也顶不住。 翔然朝洞口看去，口子开得太大，水流灌入太急，周围根本站不住人，也存不住物料，偌大一个网包扔进去，稍一停顿便被抽进洞口，从背河的出口滚出。 一个解放军过来，冲翔然道："请民工同志们先撤，我们排守到最后！"

翔然只觉胸膛剧痛，喘口气都像鞭子抽般难受，他一边用力捶着心口，一边冲大方道："还有救——柳料秸料还多不多了？"

"不多了！"

"都拿下来，柳五秸三木二——铅丝还有吗？ 全用上，直径三米，留茬头，快——"

翔然的声音越来越低，最后的几句，只有近前的大方和解放军排长听得见了。 大方指挥民工们蜂拥而上，按比例将物料用铅丝捆好，扎成直径超过三米的笼头，外部有檩子露出来。 翔然点点头，又对大方道："上家伙，满天星，枪里加铜。"

大方点头，道："是两副羊角爪子，间加一副骑马？ 三星要不要？"

翔然喘息着，摇头道："三星来不及了，得赶紧下料。"

解放军排长听得有些蒙，翔然也实在无力解释，只是慢慢攒着劲气。 整个场面忽然安静下来，再无一点人声。 满天星说的是家伙桩，而羊角爪子、骑马、三星，是桩绳布局和系扣手法，这几样都是直拉力极大，最后关头团结全埽、避免溃坝的。 三十六号坝能不能过去今天这个坎，就看这一哆嗦了。 眼瞅着笼头扎好，家伙也下了，翔然缓过来一些，便冲大方一招手，道："我来头一把，你跟着——千万避开溜头，别急着下石料，先抛麻袋砖料，不然笼头撑不了。"

翔然的方案其实很简单，在场的民工技工一下子都明白了。 因为漏洞口太大，水流太急，盲目下料根本存不住，只能先挡水流，减缓冲力。 笼头直径比洞口略大，又有檩子伸出做茬头，可以顺流卡在洞口；笼头是用铅丝将柳枝、秸秆、檩子捆扎一起，其间有大量缝隙孔洞，水流可以穿过，不致很快被冲下。 但笼头结构松，耐不住大溜久冲，需要及时将其他物料抛下，再用上满天星在埽面牵引，逐步加料，最终堵住漏洞。 听着简单，但处处是凶险。 大溜捉摸不定，谁都不知道笼头在哪里受力，能坚持多久。 下料贪多贪快不行，可下少下晚也不行，前者笼头承接不了，后者压不住笼头，也就堵不上口子。 笼头庞然大物般送过来，麻绳一头拴牢了笼头，一头在翔然手里。 翔然屏住呼吸，又是一口气强憋在胸腔，两眼紧紧盯着水流。 笼头入水，半浮半沉，顺着溜势晃动不定，离洞口漩涡越来越近，几次要被水抽进去，又被支流荡开。 所有人都在看着翔然。 而翔然也知道，这密密麻麻的目光里面，一定有一双眼睛，来自一个叫沈奕雯的女人。 他的脑海中猛然响起一段旋律，跟激浪的声音响在一起：

嗨来梅翠花,嗨呀海棠花,
送给那英勇的八呀路军。

忽然，笼头在水中遽然一沉，翔然意识到机会来了，手里的麻绳轻轻一松，送出去一尺多长，又拼命拽住，控制住力道，不让笼头多走；笼头被水流吸进洞口，翔然继续一点点送出绳子，笼头在洞口卡得越来越结实，大溜被挡住不少，焦躁地盘着漩涡，一个劲地透过笼头钻进洞口。 背河出口那边，有人嚷起来："水小了！ 水小了！"

翔然拼尽力气，朝大方喊道："下麻袋，一个一个抛，放完三个，再看溜势！"

大方和民工们一直等着的，便是这句话。 大方吆喝了一声，三个麻袋装满了砖料，陆续抛向洞口。 笼头将溜势阻拦了不少，麻袋急剧地打了个旋，稳落下来，终于再没被冲跑。 所有人都欢呼起来，翔然又攒了力气，大声道："下网包，三袋一包！"

三个麻袋用网绳裹为一体，在桩绳牵引下，一点点缒下，到了洞口之上。大方亲手操作，用网包顺流挡住了半个洞口。 其余民工、部队战士见状，一起奋力向洞口抛去物料。 背河出口处，又有声音嚷起来："又小了！ 又小了！

弟兄们加把劲啊！"

然而翔然再也支撑不住了。他的身体像是风化的石块，瞬间消散了所有的力气。笼头再也架不住大溜的最后一击，被冲进了洞口，翔然连人带绳落在水中，快速向洞口漂去，同时落水的还有大方，两人在激流中根本无法挣扎，只能直挺挺地撞在洞口的物料上。水势像在报复仇人，裹着他们撞上，弹开，裹挟着又撞上。在那个瞬间，对翔然而言，一切都不复存在了，留在他耳边的最后一个声音，还是那段荡人心旌的旋律：

> 嗨来梅翠花，嗨呀海棠花，
> 送给那英勇的八呀路军。

庆　　祝

河南日报社、新华社河南分社都在中山路三〇六号，这里之前是开封日报社，再往前，是国民党中央通讯社开封分社，抗战时期，日本鬼子的同盟社河南分社也在这里。而距此不远的省府前街十四号，曾是国民党河南民报社，同样往前推的话，河南第一份报纸《河南官报》，河南巡抚衙门办的，也是在省府前街上，当时还是梳着辫子的大清朝，叫行宫前街——这点儿掌故，开封城里无人不知。清早起来，开封人在寺门喝着羊肉汤，热气腾腾的汤锅旁，几个人闲来喷空，一边喝汤，一边总结说，官厅办的报纸，都得在中山路、省府前街这一片儿，为什么呢？离省里近。

开封人说的"省里"，指的是省府前街北侧的一大片建筑。清代这里是巡抚衙门，做过太后和皇帝的行宫；民国初年，这里叫省长公署，后来叫河南省政府；抗战胜利，省府从豫西迁回开封，仍旧在这里办公。如今开封解放了，河南省人民政府也设在此处。有人喝了头碗汤，又去添了一碗，回来便抬杠了，说新政府治黄河，安百姓，抓坏蛋，搞生产，样样都好，就这个不好——既然是解放了，就得新盖一片宅子院子来做新政府，干吗还非要用老宅子？ 新政府得有新气象才对。

此言一出，喝汤的人们面面相觑。 开封从来不缺杠精，尤其寺门前各位喝家儿，一边喝汤添汤，一边听人抬杠斗嘴，瞧热闹也行，实在忍不住，亲自下场也行，抬完杠，喝罢汤，一哄而散，一天由此开始。 说实话，再没比这更舒坦的事了。 见有人抬杠，立刻便有人嗤之以鼻，说你这话跟放屁一样——按你这道理，龙亭那边，多少代的皇宫大内都在那儿，为啥不是一改朝换代便换地方？ 旁边有人补充道，就说南京那块，解放军占领的是总统府，蒋介石两口子住的地方，以前是什么？ 两江总督府！ 还有北平，叫北平也好，北京也好，京师也好，当首都那么多年了，皇帝不都住在城里，也没见到城外建个宅子呀！ 还有人继续补充，说新中国就要成立了，听说把紫禁城当了博物馆，毛主席率人去旁边的中南海上班，那中南海，不也是以前皇帝住过的地方吗？ 毛主席咋不把那一片都拆了，盖成新宅子呢？ 你再能，还能能过毛主席？ 你咋不上天嘞？

被驳斥那人若是就此认输，便不叫杠精了，只见他不慌不忙，捧碗喝了一大口汤，有滋有味地咂吧一下嘴，说你这叫抬杠，知道吗？ 开封城里衙门还少吗？ 东司西司，南道北道①，再不济，城东北还有河南大学呢！ 那里以前是河南贡院，风水好，建筑好，又洋气，咋不去那儿呢——还有你，你还真别跟我提中南海，我问你，长这么大你出过开封吗？ 你去过北平吗？ 咱爷们儿可是去过！ 北平那是和平解放，宅子门楼都好好的，刷个白上层漆，贴个标语就能用，省府前街那儿可是打过仗的，大礼堂都掀了顶子了，你说说，咱们新政府在那儿不晦气吗？ 风水！ 风水你懂吗？

任何杠抬到最后，不吭声的 方便是输了。 可 说到风水，在座抬杠的人面面相觑，没人再吭声反驳。 风水这东西深如海，不是谁都能喷的，万一对面

---

① 东司，指藩台衙门，旧址在东大街；西司，指臬台衙门，旧址在城隍庙街；南道，指河道衙门，旧址在河道街；北道，指粮道衙门，旧址在北道门街。

省府前街

抬杠的懂行，当过阴阳先儿，或是给阴阳先儿打过下手，跟他抬杠风水，这不是上赶着找不痛快吗？ 不跟他置气，觉得面子上挂不住。 不光是一个人挂不住，刚才抬过杠的面子上都挂不住。 可大早上的，置这个气又不值当，因为说不过人家。 于是得胜的那位趾高气扬，又捧碗仰脖喝汤，喝得呼哧呼哧直响，看样子还打算再添一碗；而眼看已经落下风的诸位，也都埋头喝汤，只当刚才一切从未发生过。 见他们就这么认了尿，老板不干了，掂着勺子，在一扇门大小的汤锅里晃来晃去，忍不住对旁边一人道：

"瞧你是个穿制服①的，有人给新政府提意见呢，你也不吭两声儿？"

老板五十来岁，一家父子两代在寺门卖汤，到他这儿是第二代了，做的是羊肉生意，人也姓杨，人都叫他老杨。 老杨生平爱好除了捣鼓羊肉，便是听人喷空抬杠。 他只爱听，从不参与，但听众也是有立场的，他的立场便是添汤。平常人来添汤，添的只是汤，抬杠抬得好的人来添汤，老杨除了汤，还给捞点肉，有时还是骨髓和内外腰。 肉也好，骨髓也好，内外腰也好，都炖得稀烂滑溜，入口不用嚼，刺溜一声便进了肚子，旁边的人听着都解馋。 老杨听这帮人抬杠，正到痒处，却不见人吭声了，心里不免有些遗憾。 不但这帮人不吭声，那个穿中山装的，也是埋头喝汤，从头到尾都不发言。 即便是老杨点了他的名儿，也是只笑不说话。 老杨一皱眉，勺子一撇，一块羊脆骨便盛在勺中，顺势放进那人碗里头，道："说几句呗——新政府的同志？"

咏清倒是一愣，见老杨不但发话点名，还给添了福利，再不说话便不好了，只得一笑，道："其实这位同志说的，也有几处不妥。"

众杠客一听有人参战，立时都来了兴趣，纷纷嚷道："说说，说说。"

咏清笑道："首先，为什么不去河南大学？ 河大前身是河南贡院，而且这贡院不小。 1841 年伏汛，柳园口决口，大水围城八个月，全靠拆了贡院，得了几百万砖料石料，这才力保城墙不倒。 水退之后，重修河南贡院，建考场一万多间，与北京顺天贡院、南京江南贡院、广州广东贡院，并称全国四大乡试考

---

① 新中国成立初期，中山装被认为是国家公务人员的制服。

场。 科举制度一千三百多年，最后一次会试，就是举人考贡生的，在哪儿？也在河南贡院。 民国之后，在贡院建了河南预校，与清华学堂、南洋公学并称全国三大留学预备学校，再往后说，是中州大学，国立第五中山大学，省立河南大学，国立河南大学，一直到今天——为什么讲这些呢？"咏清见众杠客听得云里雾里，便一笑道："河大在开封东北角，地势高，历次水患都没伤筋动骨，用刚才这位爷们儿的话，风水好。 好在哪儿呢？ 好在那里是文脉所在。 一座城池，文脉断了，也就没了魂了。 所以，新政府极为重视教育、文化，刚刚从苏州吴县把受国民党胁迫而走的河大师生接了回来，重建了河南大学。 你说，新政府能去河大，占了人家校舍教室，当办公地点吗？ 开封解放不到一年，百废待兴，哪儿哪儿都是花钱的地方，新政府宁肯自己办公的地方破点儿、烂点儿，也不能苦着学生，苦着百姓啊！"

众杠客一致叫好，跟他们抬杠那位，也是皱眉不语。 老杨乐得连连点头，道："还有吗？"

"刚才那是首先，当然还有其次。"咏清笑了笑，道，"这其次，就说说风水。 新政府，共产党，是不信这个的。 共产党打跑国民党得了天下，也不是靠风水，靠的是革命群众，革命路线，革命勇气。 道理很简单。 就像杨老板这汤馆，生意红火，对吧？ 靠的是什么？ 是风水吗？"

咏清看了看众人，又看着老杨，指着汤锅，笑道："如果换个人，没这锅老汤，没老杨的手艺，还有客人来喝汤吗？ 做生意有一讲，叫同地不同利。 买卖开在一个地方，不同的人经营，生意好坏也不会一样。 咱再打个比方，省府前街北边那片地，国民党反动派去经营，结果大家都看到的，买卖砸了；现在换了我们共产党去经营，各位爷们儿，一切刚刚开始，咱走着瞧——各位可能还不知道，就在昨天，中国人民政治协商会议第一届全体会议，通过了新中国国都、纪年、国歌、国旗的议案。 各位，北平往后更名为北京了，咱们新中国，就叫中华人民共和国，国都在北京，国旗是五星红旗，国歌是《义勇军进行曲》，就是那个'起来，不愿做奴隶的人们'——过段时间就会举行开国大典，开封城里肯定有军民游行庆祝，规模不会比五一节那次小，到时候，各位能好好热闹热闹。"

　　说着，咏清弯腰从公文包里抽出几份《河南日报》，放在桌上，对老杨道："这几份新报纸，讲的就是昨天这新闻，留着给各位看吧——我还得上班，今天咱就不、不喷了。"说到最后，咏清自己也是一愣，知道刚才说得太多，以前的毛病又有点犯了，赶忙咳嗽一声，站起来朝众人点点头，提了包离去。剩下众人愣了一阵，才意识到桌上有报纸，顿时拥过来一抢而空。

　　昨天晚上，咏清在报社值了一夜班，等的就是今天这份报纸。报上有新华社的电讯稿，今天省委要组织各部门学习，同时研究国庆的庆祝活动。他是过了五一节之后，从市委调到省委的，干的还是宣传老本行。尽管报社离省府前街近得很，咏清也没回去睡，就在报社值班室等着新华社的稿子。发来一段，他看一段，看着看着，觉得有点不舒服，便摘了眼镜，使劲揉了揉两鬓，把突突跳着的血管按下去，又戴上眼镜接着看。那稿子上说：

　　　　中国人民政协全体会议重大决议，通过中国人民政协组织法，通过中央人民政府组织法，国都定于北平改名为北京，国旗国歌及纪年均已确定。

　　　　【新华社北京二十七日电】中国人民政治协商会议第一届全体会议今日继续举行，通过下列重要议案：（一）全体一致通过中国人民政治协商会议组织法；（二）全体一致通过中华人民共和国中央人民政府组织法；（三）全体一致通过中华人民共和国的国都定于北平，自即日起改名北平为北京；（四）全体一致通过中华人民共和国的纪年采用公元，今年为一九四九年；（五）通过在中华人民共和国的国歌未正式制定前，以义勇军进行曲为国歌；（六）通过中华人民共和国的国旗为五星红旗，象征中国革命人民大团结。上述各议案的草案在会前都经过了参加人民政协的各单位周密协商，大会进行期间又组织了专门委员会广泛收集意见，审慎研究修改……

　　咏清看着看着，两鬓又开始疼了。那是血液在不断撞击血管。他甚至能够听到咚咚的撞击声。从电台里接到稿子，还要交给排字车间和印刷车间，凌晨时分才能排印出报，他还有几个钟头要等。 咏清从电讯室出来，坐在门口台阶上，摸出了烟，火柴却怎么也擦不着，好容易见了火光，在一低头之际，浓重的鼻息又把火柴吹灭了——他一直在深呼吸，想让自己冷静下来，他离开沸腾的电讯室，也是不想让人看见他泪流满面的样子。 他简直不能相信，他梦里出现过多少次的新中国，如今竟真的，活生生的，就要出现在眼前了。

咏清是地地道道的开封人，老家在朱仙镇。 明清时，朱仙镇借着贾鲁河水运之便，成其鼎盛之况，水向南北，镇分东西，沿河两岸，码头林立，全镇人口二十余万，比旁边的汴梁城也少不了多少。 自道光二十一年黄河柳园口决口，贾鲁河日益淤塞，到光绪年间，河道终被沙填，舟楫断绝。 又过几年，京汉、陇海铁路通车，朱仙镇自此一蹶不振。 到了1916年，咏清出生那年，全镇民、商户仅剩不足万人，东西两镇只剩河东、河西、估衣、京货这四条街，咏清便是在估衣街上长大的。 等他长到十一岁，正值北伐，冯玉祥的西北军进了河南，同褚玉璞的直鲁联军在兰封一带遭遇，前后两次大战，土匪乘机横行乡里，朱仙镇虽然败落，但也是个镇子，没少被土匪洗劫。 眼看镇里实在待不住了，咏清跟着父母、姐姐、姐夫到乡下跑反，住在姐夫亲戚家。 有天晚上，咏清年小贪睡，次日一觉醒来，发现所有亲人都被过境的土匪杀害，只剩他一个，成了孤儿。 此后咏清四处流浪，在开封城里要饭乞讨为生。 那时冯玉祥莅汴督豫，建了平民学校、平民市场，咏清幼时读过几天私塾，被收入平民学校就读。 因为识字，咏清小小年纪便被纳入西北军一部，四处打仗，直到东北易帜，西北军整编为二十九军，咏清因为思想倾向于共产主义，于是脱离部队，到北京上了大学。 1935年一二·九运动，咏清是积极分子，运动后被组织派往河南做地下工作，他便回到老家开封，改叫了"何咏清"这个名字，在河南省政府谋了个差事，不料这一干便是整整一轮十二年，其间又是抗日战争又是解放战争，直至熬到了1948年开封解放。

自十一岁成为孤儿，咏清走江湖要过饭，当兵打过仗，在共产党里参加过学运，在国民党政府里潜伏做过地下党，虽然只有三十出头，经历算得上坎坷。 解放前，他在省府秘书处，本职工作便是迎来送往，招待吃喝，天天伺候

省府前街

着各路达官显贵。 国民党那点儿贪腐内幕，他看得都麻木了。 抗战胜利，咏清回到开封，继续做他的省府秘书处干事。 这时他的地下战线上级，换成了如今同住省府前街的夏昶达，老夏同志。 好几次在接头的时候，他都跟昶达提出，请组织同意他去解放区工作，如果组织不同意，就请组织批准他在省府大院放把火，或者是杀几个国民党高官，哪怕让他拿命换都行——反正在这个大酱缸里头，他是再也干不下去了，还不如索性壮烈了呢。 昶达听后，自然是一番说服教育，他才没有一时冲动，做出什么傻事。 那时共产党已经着手考虑城市工作，咏清在省府秘书处的顶头上司，昶达曾经的预校老师沈徽茹，正是共产党计划争取的对象。 昶达给咏清传达了指示，让他写一份报告，详细讲一讲徽茹的情况。 咏清跟了徽茹多年，对他明里暗里的事情，自然十分了解，给组织的报告写得很详尽，结尾的建议是积极争取。 不料报告刚交上去，组织还未最后决定，徽茹便出了事，他在1942年挪用平粜款的事情败露，锒铛入狱，不久死了。 这让咏清一直深感遗憾。 平心而论，徽茹是做过不少昧良心的事，但在国民党政府里头，徽茹还算是有原则有底线的，挪用平粜款炒黄金炒外汇，与其说是他故意，不如说是上上下下都盯着这笔款子，逼着他做了手脚，他处在这个位置上，不做也不成——他不做，有的是人做，那个死了的杜仲文，不就天天盼着取而代之吗？ 若果真如此，说不定后果更严重。

　　说到仲文，咏清跟他相识很早，两人差着六岁，官场应酬便以兄弟相称。咏清在省府秘书处，仲文在省农商银行，本来就有些交集，后来徽茹兼了省府副秘书长，两人同为他的直接下属，交往便更多；时间一长，了解也多，咏清对仲文的反感与日俱增，觉得他不是在酱缸里被染黑的，而是进酱缸之前，他就已经是酱了。 咏清这么认为，是有根据的。 仲文在河大读书时，秘密加入了复兴社，检举过不少思想进步的青年学生，其中一个还坐了牢，后来瘐死狱中。 抗战时复兴社改为三青团，仲文更是其中骨干，还非要拉着咏清也加入，被他冷冰冰拒绝了好几次。 仲文由此怀疑他思想不纯，有共党嫌疑，私下里跟徽茹说了，却挨了一顿训斥，徽茹说共产党都是伶牙俐齿的，你见过一个结巴去演讲宣传共产主义吗？ 仲文虽不甘心，却也不敢再去纠缠咏清。 在丹水镇、朱阳关，仲文一边讨好徽茹，给他介绍了寡妇白小姐，一边拼命向奕雯献殷勤，想成为沈家的乘龙快婿。 咏清都是看在眼里的，多少有些瞧不起，也有些羡慕。 其实也正是在那时，咏清开始对奕雯有了爱慕之意，不过也仅是在心里，说不出口，也做不出来。 因为在徽茹眼里，他再能干，也只是个做事勤勉、心眼灵活的小干事，说话有些结巴，做下属当然够用，却算不得女婿人选——即便是徽茹看中了咏清，他也不敢从命。 省府仓皇撤离开封时，咏清本可以趁乱离开的，但组织指示他"长期隐蔽，以待时机"，他只有奉命继续潜伏。 身份如此，结婚只能是害人害己，何况对象还是个国民党高官的大小姐。在豫西大山里辗转的几年，咏清跟组织失去联系，当时他不知道静姝的身份，直到回开封之前，静姝和他分别接到上级指示，在漯河车站接了头，这才知道对方竟是同志。 后来开封解放，静姝和昶达回开封工作，住在了省府前街奕雯家，咏清鼓足勇气，问昶达能不能一同住，熟人相处起来毕竟方便，昶达说他先问问。 过不几天，昶达回复说可以，咏清欢天喜地，立即收拾铺盖搬了进去。 不过让他意外的是，同时搬进去的，还有书芃和翔然。 更让他意外的是，在他住进奕雯家不久，他发现书芃和翔然居然有跟他一样的想法。

咏清跟奕雯表白，是在她通过政审，成了市立四小的正式教员之后。 政审的重要依据有两个，一个是自传材料，须本人亲笔写；一个是证明材料，须由证明人写。 因为这是解放后第一批公立在编教员，组织出于慎重起见，除了这两样，还要相关的证明人当面谈话，谈话不过关、证明人不够分量的，一般都是继续观察，或是不予录用。 奕雯的证明人有三个，都是共产党员，分别是静姝、昶达和咏清，昶达还是市委领导干部，分量是足够了。 按照解放区的规定，成年年纪是男二十、女十八；个人的历史自传里，成年之前可以略写，而成年之后须逐年详写。 奕雯十八周岁时是1943年，当时她正跟徽茹随省府在鲁山县，咏清也在鲁山。 而静姝和奕雯是在丹水镇认识的，那时已是1944年的夏天了，而昶达则更晚。 也就是说，只有咏清可以从奕雯成年，甚至成年前的几年开始，给奕雯做历史证明，在三人中分量是最重的。 谈话那天，对面坐的是市委组织部、市文教局的同志，跟咏清也是熟人，气氛很郑重，他一点也不结巴，朗朗利利，把了解的情况讲了一遍。 之后才是静姝和昶达。 有了这三位的证明，奕雯的政审比预计的要顺利得多。 小年二十三那天，奕雯去市文教局开会，领了录用决定书。 偏巧那天沈家几间房的屋顶山墙也修葺一新，于是晚上在省府前街沈家，房东房客七个人，凑钱买酒买菜，弄了一桌饭，大家热热闹闹，庆祝了一番。 翔然年纪还小，只顾着吃，书芃那小子却是一肚子心眼儿，抢着跟咏清赛殷勤，弄得其余三人都是抿嘴笑。 咏清没吃好，也没喝好，晚上也没怎么睡，抽了一地的蚂蚱头，这才决定第二天务必找奕雯说清楚，不能让书芃抢了先——国外回来的，没一个省油的灯。

第二天一早，奕雯要去市立四小报到，咏清当着众人的面，不好意思送她，还是装模作样去了乐观街，在市委上了半天班，快中午的时候，也顾不了在伙上吃饭，跟领导请假回家，说是拿点东西，顺便拐到中山路开封日报社，看看有没有什么要捎带的。 咏清离开市委，当然没有回省府前街，而是拐到南土街，进了刚刚恢复、正在试营业的模范商场。 他早就瞅好了一双手套，外皮里绒，奕雯戴着正好过冬。 而且她只要一低头，就能看得见——看得见手套，不也等于想起他来了？ 咏清心里跟小扇扇风一般，又爽快又惬意。 让店员拿黄纸包了扎上，他提了纸包直奔市立四小。 四小在大厅门，咏清沿着河道街、徐府街、省府后街一路向西，过了旗纛街，眼前便是市立四小了。 开封解放后，政府接手的公立小学四十多所，四小算是比较大的，在校学生千把人，教工三十多个，原校留用的基本上都分派到其他学校了，以新录用的教员为主，是文教局当作模范小学来建的。 咏清来到门口传达室，值班的是个老汉，一听说要找姓沈的女教员，头摇得跟轮子似的，说不巧，刚有人来找她，两人一起出去了。 咏清一愣，顿时嗓子都哑了，道："请、请问大爷，是个男的来找她，还是女、女同志？"

老汉打量他一下，认真道："这个，怕是不能跟你讲咧——你有工作证吗？"

咏清一着急，摸了半天才找出来；老汉警惕得很，手里都提上撬棍了，接过去工作证，颠来倒去地认真看过，又道："我不识字，这是哪个单位的？"

省府前街

咏清哭笑不得，道："我是、是市委的。"

老汉皱眉道："胡说，只有一个市委，哪里有市市市委？ 年轻同志，不要欺负我没文化咧！"说着，把工作证揣进兜里，又道："一会儿该敲钟上课了，小沈老师也该回来了，你就等着吧。"

咏清听得目瞪口呆，奕雯要上课，他还得上班呢！ 为了送双手套，耽误了工作算怎么回事？ 咏清便更加着急道："我、我、我——"

老汉坐下，往炉子边凑了凑，不满道："你这个同志，一张嘴便是我、我、我，你不听广播吗？ 不看报纸吗？ 市里天天宣传，新政府，新气象，不要总是我、我、我，要想着大家，想着群众——外头冷，你先进来坐——要不是看你一身制服，也不像个国民党特务，门都不让你进，直接敲锣叫人，送你去公安局了。"

咏清一手提着手套，一手扶着门框，急得连声叹气。 可当着这老汉的面，叹气有什么用？ 万一这老汉真敲锣叫来人，把他扭送到了公安局，他怎么好意思跟警察同志说，是来给一个女同志送手套的？ 正手足无措之际，忽然后边有人笑道："咏清同志吗？"

咏清回头看，却是静姝两手背在身后，笑容可掬地看过来，忙求救似的道："我、我、我——"

老汉站起来，对静姝道："这位女同志，你给评评理，我刚才就说了，不要总是我、我、我，万事得先想着革命群众——"

静姝忍住笑，道："大爷，你还记得我吧？ 今天上午，我送了沈老师来上班的。"

老汉点头道："这个老汉我记得清楚着咧，别看我不识字，记人脸没跑儿的，干这个的——门里头都是学生娃子，还有知识分子，都是经不住打的，可不敢让特务溜进去。"

静姝夸了老汉一阵，把老汉夸得心花怒放，工作证也还给了咏清。 静姝笑道："你也是来找沈老师的吧？ 见到人了吗？"

咏清垂头丧气，脸红得跟血染了似的，低声道："没，没有——说是跟一个

335

人出去了。"

　　静姝点点头，拉着咏清便走，两人刚走出两步，咏清心里实在憋得发慌，对静姝低声道："你、你、你能不能去问问，奕雯是跟个男的走了，还是女的？"

　　静姝一脸的笑，看看他，又看看他手里的纸包，抿嘴乐着，回身去找了老汉，只听见老汉闷声闷气道："一个女的，五六十岁，膀大腰粗，说是回家吃饭，嗓门跟男人似的咧。"

　　咏清听见这话，也不等静姝了，拔腿就跑。　静姝在他身后叫起来，连喊了几遍，咏清才停下，也不回头，就那么站着，尴尬得只想找个地缝儿钻。　静姝笑眯眯来到他面前，道："跑得蛮快嘛，这是急着回家，还是回市委？"

　　"当、当然是回单位，还上班呢。"

　　"咏清同志，我想给你提个醒。"静姝严肃道，"第一，你就是跑着去市委，也来不及了。　第二，你手里提着什么，敢跟我说吗？"

　　咏清一咬牙，道："给奕雯同志买了双手套，她给学生上课，要、要拿粉笔写黑板字，手冻坏了怎么好工作呢？"

　　静姝想了想，又看看旁边，道："你吃饭了吗？"

　　咏清老老实实摇头，静姝便道："正好，我也没来得及吃饭——我记得前边有个包子铺，咱俩随便吃点吧——反正也迟到了。"

　　那时还不到春节，开封解放不过两个月，市面上刚刚恢复。　包子铺在徐府街上，已经过了饭点，没几个人了。　说是包子铺，其实只是临街搭了个棚子，屋里小得可怜，食客都在外边棚下就食。　静姝显然是吃过饭的，只要了一盘三个。　包子都是现成的，端上桌就能吃。　老板见是两个干部模样的人，亲自过来放下碗筷醋碟，又殷勤道："两位同志，小米稀饭是奉送的，来两碗？"

　　咏清一肚子委屈，什么都听不见了，静姝见他不吭声，便朝老板笑道："我们自己来。"

　　老板连连摇头，一边端了碗去盛稀饭，一边絮絮叨叨，道："两位干部整天忙着工作，我们市民百姓都知道，辛苦得很——等全国解放了，是不是要建新中国？ 我刚得了个儿子，正愁起学名呢，干脆就叫建国，多喜庆！ 建国呢，可不是谁都能赶上的。 我出生那年，是民国元年，那时候起名还兴按辈分，我这儿子也赶上建国，你说我们爷俩这运气。"

静姝悄悄踢了咏清一脚，他抬起头，对老板勉强一笑，道："这运气——真好。"

老板点头哈腰下去，棚子下只剩下静姝和咏清。 静姝把盘子推到咏清面前，笑道："吃吧，你吃，我说——你先吃饭。"

咏清哪里还有心思吃东西，看着静姝道："你、你、你说吧。"

静姝轻轻叹了口气，道："你喜欢奕雯，是不是？ 我看得出来，你也别否认。 你认识她，比我认识她还要早，中间我还离开过两年多，你倒是跟她一直有来往，她的情况，你当然也更清楚——你还没有结过婚吧？"

咏清低下头，道："我知道你要说什么。 她跟杜仲文的事，还有赵贻海，我都知道。 不过，我觉得这不是她的错，更不是她的缺点。 我在跟组织谈话的时候，也是这么讲的。 我要是在意这个，也不会给她买什么手套了。"

静姝扑哧一笑，道："我就说嘛，你哪里是为了她工作，又是说写黑板字，又是说怕冻了手的。"

咏清头低得更厉害，道："我比她大了不少，一着急，说、说话还有点结巴。 我知道她一直没注意过我，我之前在她父亲手下，只是个普通的干事，不起眼得很。 可我对她是、是真心的。 我有工作，有文化，虽然不能让她过之前那样的日子，也不会让她受冻挨饿。"说着，咏清抬起头，看着静姝，一字一句地道："我知道你跟奕雯同志，是姐妹的情谊，我这个人脸皮薄，不敢跟她讲。 能不能请你帮我问问，看有这个可能没有——有，我一定会好好珍惜她；她要是根本不想，我也不会缠着她的。 不过这件事，你千万不要对旁人讲。"

静姝点头道："这个是自然。 不过我想告诉你，你刚才说，杜仲文、赵贻海跟奕雯的事情，你不在意，可是，咏清同志，你有没有想过，你不介意的事情，未必别人也不介意——比如，如果奕雯本人就介意呢？ 还有，开封刚刚解放，新中国还没成立，奕雯也刚刚被录用为教员，正是她跟过去告别，重新开始新的工作、生活的时候——咏清同志,你说,这个节骨眼儿上,她适合恋爱结婚吗? 一工作便结婚、生孩子,对奕雯来说,是不是也不太好? 你若是真的喜欢她,就应该多替她想想,不要让她为难。 你说是不是这样?"

静姝说的话,咏清想来想去,找不出一丝破绽,驳也驳不了,接也接不住,只得服服帖帖,苦笑道:"静姝同志,我发现你不该去市工会的,你应该去市委搞宣传,一定比我强。"见她忍不住笑,咏清又叹气道:"可我这手套买也买了,怎么再退呢?"

静姝笑起来道:"这可不是革命干部的作风。 一遇到困难,就退缩了吗? 奕雯只是现在还不想恋爱结婚,又不是要单身一辈子,你灰心做什么? 买都买了,当然是要送出去的——我做主,替她收下——不过咱们说好,再过几天就是春节,这算是革命同志之间的新年礼物,可不是什么定情的信物。 再说,难道你还想一双手套,就把事情给定下来,套住一个媳妇吗?"

咏清这才松了口气,忙道:"这个我、我、我知道的,我也没有想过,一双手套,就能套住个媳妇——不、不、不,不是媳妇,是同志。"

静姝瞧他语无伦次了,不忍再拿他打趣,便把盘子朝他推了推,笑道:"快吃吧,都凉了。"

牵肠挂肚的事情总算有了个眉目。 奕雯固然是对他关上了门,不过看这情形,并不是针对他,所以也不会给书芃之流打开,这倒是个意外收获。 咏清忽然真的有些饿了,对老板嚷道:"老板,麻烦再来三、三个包子。"说着,把纸包交给静姝,一个劲地道谢。

1949 年 9 月底这几天,北京的政协会议不断有消息出来,国都、国号、国歌、国旗、政协组织法、政府组织法、共同纲领,重大新闻接二连三传到了开封。 开封城里是人都知道,要成立新中国了,国号叫"中华人民共和国",用的是公元纪年,一千九百四十九年。 老辈儿的人听了,都说这个年号好,显得年头多,都一千多年了——大宋国祚才多少年? 大清国祚才多少年? 民国不过几十年而已。 虽然都知道要成立新中国了,可具体时间是哪一天,却是众说

省府前街

纷纭，又有不少人来抬杠。 有的说要再过几个月，等南方的广州、桂林、贵阳、重庆、成都都解放了，正好明年春节，连过年带成立新中国，取个新春伊始、万象更新的意思；马上便有人反驳，说你脑子里一盆糨糊，阳历阴历都搞不清，公元是阳历，纪年都公元了，成立新中国能在春节吗？ 今年春节是阳历一月份，明年就是二月份了，哪个国家的国庆节换来换去，没个准点？ 要成立新中国，也得按阳历算，那就是 1950 年元旦，不会是春节。 也有的说未必如此，凡事都讲究趁热打铁，如今那么多社会贤达、各界名流都在北京，好比一桌酒席，人都齐了，菜也上了，不让吃，非要大家先散了各回各家，再等三个月，到元旦了再把人召集一回？ 好饭也怕晚。 所以元旦成立也是成立，现在成立也是成立，干脆明天就成立得了，秋高气爽的，不比那冬天冰天雪地的强吗？

这些街头巷尾抬杠的话，都是王妈给大家学来的。 王妈是戏迷，爱看戏，不看戏的时候，自己琢磨着唱，练了一身自学成才的本事，学什么像什么。 经王妈绘声绘色一讲，院里众人也是各抒己见。 八月节刚过，不凉不热，晚饭过后，院子里摆上几把凳子，便是会场了。 翔然历来积极踊跃，回回都是第一个发言。 黄河伏汛时，翔然在柳园口险工抢险落水，被捞出来之后昏迷不醒，浑身上下多处骨折，被急送到市人民医院抢救，好容易才苏醒过来，又住了两个月院，这才出院不久，走路还得拄着拐。 不过拄拐并不影响发言，翔然道："我看元旦之说比较地道。 我这么说是有根据的。 老大哥苏联的国庆日，是 11 月 7 日，大家都知道十月革命，是按俄历 10 月 25 日算的，俄历也叫儒略历，就是苏联的阴历，可具体到国庆日，还是按阳历，也就是公元纪年。 咱们刚刚解放，处处都学老大哥的，这一次估计也错不了。"

咏清听了，笑道："小侯这么说，我也赞同。 不过我赞同的是阳历，至于是元旦，还是最近的哪一天，还不好说。 比如说国民党的双十节，是 10 月 10 日，辛亥革命的日子。 我们共产党在 1931 年成立了中华苏维埃共和国，国庆日定在了 11 月 7 日，就是小侯说的十月革命纪念日——11 月也很快了，作为世界无产阶级革命的一部分，中国的革命，是不是也要考虑这一点呢？ 毛主席在刚刚发表的《论人民民主专政》①里说，'十月革命一声炮响，给我们送来了马克思列宁主义'。苏联是老大哥，列宁是伟大导师，新中国成立伊始，如果开国大典定在 11 月 7 日，既是对中华苏维埃共和国的一种传承，也是对世界无产阶级革命的一种体现，我觉得很有这个可能。"

在座的人听了，神态各异。奕雯不是党员，一碰到这样的话题，她都自觉地不吭声，只是专注地听人家讲；静姝一向是积极参与讨论，不时要发言的，不过今天好像有心事，一直没有开口；昶达在市委加班，还没回来。翔然和咏清的话，王妈听得一知半解，便总结道："小侯同志说是元旦，对吧？小何同志呢，说是 11 月 7 号，对吧？"说着，王妈又朝旁边厢房嚷着："小范同志，你咋不吭声呢？平时发言不是挺积极吗？"见没有动静，王妈便提高了声音道："小范！小范！叫你呢！"

书芄的声音从屋子里传来："你们先谈着，我有个图还没做完。"

咏清不满地哼了一声，道："有什么工作可以一会儿再做——国家大事，人人关心，大家都在积极讨论呢——总是脱离群众。"咏清这后半句话声音不高，不过院子里的诸位还是能听见的，静姝抬头看着他，低声笑道："咏清同志，'脱离群众'这帽子，有点儿大了吧？给同志提意见，批评和自我批评，可不许掺杂个人情绪的。"

咏清一愣，翔然拄着拐过来，在他身边坐下，道："我觉得静姝同志说得对，你最近可有点官僚主义作风，大概是写材料写多了，政治警惕性也高了，逮谁给谁扣帽子——毛主席可说过，共产党不是帽子工厂。"见咏清急得脸红脖子粗，翔然一笑，递给他碗茶，笑道："别着急，慢慢说，我这儿只有茶水，没有帽子。"

静姝皱眉，看了翔然一眼，道："你还说别人，你不也是'官僚主义'张口便来吗？"王妈却拊掌笑道："大家瞧见没有？咏清那结巴，不咋厉害了吧？这可是老婆子我的功劳！"

---

① 《论人民民主专政》，作者毛泽东，发表于 1949 年 7 月 1 日《人民日报》。

翔然听了一愣，随即点头道："王妈你还别说，最近一阵子，的确是好多了——你那是什么偏方？ 我住院的时候，闲不住，总想起咱院子里这几位同志，想到我们的革命友谊，一想起咏清同志，说话就有点结巴了。 王妈，你可得一视同仁，不能只给咏清，我也得来点儿预防预防。"

　　王妈素来是心大如天，眼里头没几件大事，听什么都跟开玩笑似的，见翔然夸她，自然是得意，呵呵笑着点头，道："这算个啥，明天早饭给你做！"翔然呵呵笑着，连说多谢多谢。

　　话说到这个地步，气氛便有些不一般了。 奕雯虽未说话，却也觉出来不对劲，担心地看向静姝；而静姝还来不及打圆场，咏清却再也按捺不住，气得笑了一声，蓦地发火道："我就知道，你们都喜欢拿我开心，平时你们说我，我就当成善意，当成给大家找个乐子，活跃一下气氛，可你们越来越过分——我结巴是因为什么？ 告诉你们，当年爹妈取的名字可不是何咏清，我叫何起应！为什么改名？ 是一二·九运动之后，我按照上级指示到开封潜伏，隐瞒身份才改的名字，为了不让人认出来，我才故意装的结巴！ 时间长了，一时半会儿改不过来，这也成了笑料了吗？ 还有我这眼镜，我当初一点都不近视，也是为了掩护身份，才特意配了副眼镜，谁知道戴的时间一长便摘不掉，也变得近视了！ 为革命做了这么多牺牲，你们还这样，无产阶级同情心去哪儿了？"

　　咏清本不愿发火的。 其实在办公室，在食堂，拿他结巴来打趣的人着实不少，他一向是一笑置之，有时还会配合着结巴几句，逗大家开心一下，活跃活跃气氛。 一次单位里搞文艺活动，他还自告奋勇，在活报剧里演了个结巴的账房先生。 在咏清看来，结巴是事实，否认了就是不客观，不是唯物主义者，何况他这结巴，多少也跟革命工作有关，说到哪儿都算不得丢人。 可今天不同，因为奕雯也在。 奕雯不在时，怎么说都无妨，可奕雯分明在场，说他结巴的还是翔然，这就让他有些动气。 从五 节游行过后，翔然再看奕雯的眼神就不对了，这些都被咏清瞧在眼里，若是说心中没有咯噔一声，没有几回半夜起来抽闷烟，就更是不客观、不是唯物主义者了。 可巧的是，咏清抽闷烟的时候，居然看见了书芃，他也在抽闷烟；问他干吗不睡，回答说在思考一个棘手的技术问题，等他反问过来，咏清便说在思考一个棘手的哲学问题。 两人说完，互相大眼瞪小眼，都尴尬一笑。 五一过后，便是黄河伏汛，翔然肯定是知道奕雯在柳园口，这才主动请缨去柳园口，有动机不纯之嫌；他去就去了，还偏偏又成了抢险英雄，还是在奕雯眼皮子底下。 今天当着奕雯的面，翔然拄着拐还不忘说他结巴，这不是故意的吗？ 咏清想到这里，心里又生气，又憋屈，所以才忍不住发了通火。 他这一发火，在场的人都傻眼了。 咏清待人从来都是客客气气，见人先笑，文质彬彬的，可殊不知人越是老实，发起火来越骇人。

见大家都不言语了，静姝便板着脸，提高了嗓音道："越说越不像话了——翔然同志，你是病号，又是抗洪的功臣，我不好说你什么，不过你最近有点居功自傲，不够谦虚——都是革命的同志，有话不能好好说吗？ 批评与自我批评是严肃的事情，不能庸俗化。 开玩笑，也得有个限度。"

奕雯也点头道："虽然我不是党员，但我也觉得翔然同志说得有些过了，你别忘了，是谁领着记者去医院采访的你，为了你的新闻稿子熬了几个通宵，这才把你树了典型。"

翔然自打事迹登了报，市里处里领导都去医院看他，确实有些飘飘然，说话也没了分寸；经静姝和奕雯这么一说，立时脸色涨红，当即站起来，郑重道："咏清同志，这是我的不对，我向你道歉。 保证今后再也不会这样了，希望你能够原谅我。"

静姝没想到翔然会这么干脆，便一笑，道："咏清同志，他已经道歉了，你就别生气了——握个手，还是一个阵营的革命同志。"

王妈是爽快人，想想刚才的话，也觉得多有不当之处，便学着翔然的样子，道："小何同志，我也说得不对，向你道歉了——不过有啥说啥，你喝了我的偏方，不也的确是很有效嘛。 刚才突突突跟打机关枪似的，说了那么多，可没有磕巴一个字。 功是功，过是过，我总能功过相抵吧？ 戏词儿上说'三江水洗不尽我满腹冤枉'，那是说的秦香莲，你一个大老爷们儿，人家小侯也道歉了，就别再抻着了——赶紧握握手，漫天云彩不就散了嘛。"

咏清见翔然一直伸着手，本想赌气拂袖而去，听王妈这么讲，又偷眼看了看奕雯，发现她也是一脸的微笑，便苦笑一声，跟翔然握了握手。 奕雯笑道："这就是了，咏清同志毕竟是老党员，又在省委工作，还是高风亮节嘛。"

静妹便抿嘴笑道："咏清同志兴许是看了你的面子，才高风亮节的吧？"

奕雯脸一红，道："你就爱说笑，我连个党员都不是，哪儿有什么面子呢。"

"不是党员，也不耽误建设新中国。"王妈笑道，"咱院子里七个住户，三个党员，不少了，回头让静妹介绍介绍，不就入了？"

几个人正说着话，厢房门开了，书芃手里拿着一摞报纸、图纸，来到院中，兴冲冲道："你们刚才讨论到哪儿了？ 都发言了没有？"

众人闻言面面相觑，都是一脸愧色。 刚才经咏清这么一折腾，大家全忘了正在讨论新中国成立的大事，一时没缓过神来。 还是王妈反应得快，道："有说元旦的，有说十月革命的，就差你了，在屋子里憋了半天的宝，赶紧说说吧。"

书芃矜持地一笑，道："那我就亮亮我的宝——先说结论好了，10 月 1 日，也就是明天，具体时间的话，应该是下午的三点，前后不会差一个小时。"

按照书芃的说法，翔然跟他的距离最大，便皱眉道："你的理由呢？"

"先说说为什么是 10 月 1 日。 不知道你们看报纸没有？ 今天的报纸，登的是昨天的新闻，对吧？ 昨天是 29 日，政协会议有什么决议呢？"书芃举着报纸，指头点着新闻标题，道，"第一，通过了《共同纲领》；第二，通过了中央人民政府副主席和委员名额；第三，通过了关于选举人民政协全国委员会和中央人民政府委员会的规定——简单地讲，按我的理解，《共同纲领》就是宪法，是一切选举的基础。 名额，你总得让老百姓知道，要选几个副主席、多少委员吧。 选举规定，是讲具体怎么选的程序。 基础、结果、过程都有了，下一步干吗？ 选举。 哪一天选举？ 肯定是今天，9 月 30 日——"

"为啥呢？"王妈听得一头雾水，道，"晚几天不行吗？"

"王妈问得好。 为什么非是今天？"书芃郑重其事道，"因为明天放假了。"

众人都是一愣，随即忍俊不禁，咏清笑得直喘，道："这也算理由啊？"

　　书芃一本正经道："当然是理由。 你们看报不仔细，这里还有条新闻，'中国人民政协主席团决定，庆祝中央人民政府成立，从明天起全国放假三天'；还有，'所有各机关、团体、学校及公营企业，一律放假三天。 悬挂国旗，热烈庆祝'——庆祝什么？ 肯定是开国大典啊！ 大家想想，昨天开会，定了怎么选的规矩，后天又是全国放假，你们自己想想，今天是不是选举？ 一旦选出来中央人民政府主席、副主席、委员，中央人民政府就成立了，成立了才要庆祝，可不就是开国大典了吗？"

　　众人又是一愣，不过这次表情都严肃起来。 王妈仍是一脸不解，道："我有件事总是不明白，平常做个生意开个买卖，也得查查皇历，挑个黄道吉日——开国大典，多隆重的事，怎么就一直不宣布一下？ 非让老百姓猜呢？"

　　静姝笑起来，道："王妈，这个我就能回答你。 不光老百姓想知道，国民党反动派也想知道啊！ 要是早早地宣布了，这不等于给他们时间做准备，搞破坏吗？ 政权在人民的手里，一声令下，说庆祝就庆祝了，用不着冒这个风险。"

　　咏清沉吟片刻，道："照这个分析，书芃说的有道理。 所谓名不正，则言不顺。 明天放假，是为了庆祝中央人民政府成立，可昨天开会，中央人民政府主席、副主席、委员都还没有选出来——看来还真的是今天选举，明天开国大典。"

　　奕雯专注地听了半天，情不自禁道："书芃，你还说是下午三点，依据又是什么呢？"

　　在这样的场合，奕雯很少主动发言，不过不发言，不代表她不关注。 书芃见她忍不住问了，觉得一晚上没有白忙活，情不自禁地一笑，再咳嗽了一声，显然是不让自己太激动。 王妈一拍大腿，道："你快说吧，难道还'且听下回分解'不成！"

　　众人都笑了，书芃有些不好意思，道："我是学工科机械的，不懂政治，不过有时候，用数据分析倒也很有意思。"说着，展开一份地图，道："根据报上的新闻，今年 5 月 4 日，国民党反动派的空军轰炸了北平南苑机场，时间是上午八点，机型是美制 B-24 轰炸机，我查过资料，它的载弹飞行距离为三千四百公里，最大航速四百七十公里，巡航速度三百五十公里。现在南方的几个重要机场，成都、重庆、广州、舟山，都还在国民党手中，无论从哪一个机场起飞，三到四个小时，就可以到达北京了。所以，刚才静姝同志说得对，具体的时间是不能随便公布的。至于下午三点，理由很简单。B-24 执行轰炸任务，一般都是在上午，为什么呢？因为 B-24 是重型轰炸机，起降最容易出事故，夜航能力差，航线又几乎都在解放区上空，要想天黑前返航，下午三点之前必须到达北京，否则便是有来无回。"

翔然不解道："既然是明天，为何现在还没有公布？已经是晚上了，没多少时间了。"

书芃笑道："别说是开国大典，就是店铺开张给人下请柬，也不会在大半夜送吧？你放心，最迟明天中午，可能明天一早，就有消息了——随时听着收音机，广播比报纸来得快。"

咏清想也不想，便站起来道："我这就去报社，那里有电台，可以接新华社的电讯稿，是不是今天选举，是不是明天开国大典，肯定已经有消息了。"

翔然也跟着道："我也去——反正我现在激动得很，睡也睡不着了。咏清，人家让我进吗？"见咏清面有难色，翔然急道："我就在门口坐着，有消息你出来告诉我一声，行不行？"

咏清苦笑着摇头，看了看静姝，静姝会意地笑道："既然还没有公布，就是保密阶段，大家就别让咏清犯错误了。"

翔然嘟囔道："虽然我还不是党员，却也是入党积极分子，前几天组织通知我，说我已经通过了支部大会的讨论，被正式列为发展对象了呢！"

一说到入党，奕雯的表情忽地一变，情绪低落下去，静姝看在眼里，忙道："这样吧，就让咏清去报社，一有消息，马上回来跟大家说——我看老夏今天晚上也是通宵加班了，咱们不等他回来发言了——时间不早，大家还是早点休息，养足了精神，明天等好消息吧。"

省府前街

在省府前街这个院里，最有权威的当然是昶达，其次便是静姝了。咏清虽然比她大两三岁，却一直做的是地下工作，不像静姝是从解放区过来的，何况言谈做事，倒是静姝更显得沉稳。既然静姝发了话，众人也都不再言语，眼巴巴看着咏清出门，而后各自回屋休息。翔然对书芃的分析很好奇，有几处没听太明白，非要他再给讲讲，书芃自是来者不拒，两人点了煤油灯，在厢房里继续讨论。剩下三个女人回到正房，王妈一沾枕头便睡着了，静姝躺在床上，翻来覆去地难以成眠。昶达加班虽然是常事，晚了不回家也不奇怪，但今天晚上，他无论如何也该回来一趟，跟她说说消息的。正胡思乱想着，房门轻响了两声，静姝便知道，是奕雯来了，忙坐起来道："是奕雯吗？快进来。"

门开帘动，奕雯一身睡觉穿的短褂短裤，站在门口。房间里没有亮灯，黑乎乎的，看不清她的表情，只听见她又委屈又狡赖地道："我要跟你一起睡。"

静姝笑起来，朝床外挪了挪，给她腾了一块地方，道："又不是没一起睡过，还说什么？"

奕雯快步过来，钻进静姝的被窝，却是好一阵没说话。静姝便抚着她的头发，道："你头发真好，又多又黑的，剪短了真有些可惜呢。"奕雯却道："我看你们革命女干部，不都是短头发吗？很少有盘起来的、扎辫子的。"静姝笑道："那是在部队养成的习惯，平时总是行军打仗的，留了长头发不方便——奕雯，你睡不着，是不是因为入党的事？"

其实静姝也知道，奕雯若不是因为这个，还能是因为什么呢？她春节前被录用为教员，分配在市立四小，三八节过后，便在静姝和咏清的督促下，主动写了思想汇报，提出入党申请。市立四小原先是国民党河南省政府的省立四小，开封解放后，省立、县立和各保小学都被人民政府接收，改为市立、区立小学。奕雯提出申请的时候，各校党组织一时没建起来，思想汇报是直接交到市文教局的。组织上对新录用的这一批教员很重视，专门和申请入党的教员谈了话，做了入党教育。之后是一月两次，向组织做思想汇报。三个月后，奕雯被确定为入党培养对象，经文教局推荐，参加了市委办的夜间党校。等两个月党校学习结业，同班的不少学员被列为入党积极分子，而奕雯却不在名单上，只能继续做培养对象。这对奕雯来讲，是个不折不扣的打击。她原本没有入党的念头，书芃、翔然都是政府的人，人家还不是党员呢，她一个刚录用的小学教员，组织会让她入党吗？静姝和咏清也都觉得意外，当面安慰了奕雯之后，私下里也通了通气，觉得肯定是哪里有问题。咏清专门去了趟市文教局，找了个熟悉的同志，向管组织工作的负责人咨询情况。那位负责人很认真，专门查了档案，跟咏清详细谈了一下午，他这才明白其中的原因。按个人条件、入党态度、学习情况来说，奕雯被列为积极分子是够资格的，问题出在组织考察。党校结业的时候，搞了一次群众民主测评，分为座谈会和书面报告两个形式，测评结果是不少学员反映，沈奕雯同志发言不够踊跃，态度不够积极，不主动跟同志们交流沟通；别人慷慨激昂讲历史、讲斗争，向旧恶势力开火，她则低头坐在一旁，一句话也不说，问到她了，也只是说"拥护党的领导，坚决跟党走"，翻来覆去，就这两句话，其他的再不肯多说。这就让组织上有些为难。而且这期培训，参加的入党培养对象，工人、农民占多数，入党积极分子也以工农为主。不能因为奕雯是知识分子，有文化，考试分数高，就给她网开一面。不过从根儿上讲，不积极参加讨论、坦诚跟同学们交心，的确也是奕雯的问题。咏清打听清楚了缘由，向那位负责人道了谢，从磨盘街出来，又马不停蹄拐到寺后街。那时静姝已经从市工会调到了市妇联，正筹备全市妇女第一次代表大会，办公地点从自由路搬到了寺后街。两人见面，听了咏清讲的情况，静姝也是双眉紧蹙。其实她多少能猜到一些——当初奕雯连个人历史材料都不肯写，就是不想让人知道她的过去，或者说，即便是不怕别人知道，也不愿自己当众讲出来。如今跟她一个班的学员，都是之前从未见过面，都是对旧社会、旧政权苦大仇深的工人群众，奕雯能怎么讲？讲她是官小姐吗？讲她家里有几辆车吗？讲她当过官太太吗？讲第一个丈夫被她杀了，第二个丈夫是国民党军官，扔下她跑了吗？这实在是为难她了。想到这里，静姝只好叹了一声，让咏清谁都不要讲，她瞅个合适的机会，好好跟奕雯说说。可惜这个机会，她一直也没找到。不过今天，奕雯自己深夜跑过来，一副心事重重的样子，非要跟她打通铺睡，说不定就是个机会，所以才斟酌再三，还是

省府前街

问了出来。

奕雯听静姝问她入党的事，心中便是一沉，猛地翻身朝里，给了静姝一个背。静姝就知道，她又要耍小姐性子了。这样才好。自开封解放前夜，奕雯搬离行宫角赵家，回到省府前街沈家，身边只剩下王妈。偏偏静姝和昶达之前临时接到上级指示，要去解放区一趟，向即将进城工作的干部们介绍情况，确定接收工作要点，这一走便是十几天。那段时间，静姝天天担心奕雯会离开，去吴县找贻海——静姝知道贻海已经有了新欢，而且是个女大学生，还怀了孕。依着奕雯的脾气，肯定又要掏她那把掌心雷的。静姝是开封解放第三天晚上连夜进的城，一进城就直接去了省府前街。等她敲门进去，王妈一见她便哭了，一边哭，一边说奕雯三天不吃不喝，也不言语，就坐在房间里。即便是静姝亲自劝，也足足劝了一天，奕雯这才眼里有了点亮光。不过从那之后，奕雯跟变了个人似的，待人处世，再不像之前那样，而是客客气气，低眉顺眼，有几次让静姝看了都心酸。她托昶达想办法，昶达想来想去，说还是找几个年轻人住进来，说说笑笑，能聊到一起，这才有咏清、书芄和翔然三个新房客。昶达的主意果然奏效，奕雯多少开朗了些，但跟以前还是差得很远，在陌生人面前，奕雯依旧是步步留心，时时在意，绝不肯多说一句话，多行一步路，唯恐被人耻笑。只有在夜深人静，两人独处之际，奕雯才会小心地跟她撒撒娇，多说上几句白天不会说的话。也只有在这些时刻，静姝才蓦然发现，丹水镇菊潭山上，那个私自开了车进山打猎，跟她喝酒、唱歌、跳舞的沈家小姐，或多或少，似乎又回到了她的身边。静姝缓缓地抚着奕雯的背。她才二十四岁啊！瘦不露骨，丰不余肉，指尖在她的皮肤上滑过，像是一块冰擦着另一块冰，感觉不到任何的阻碍，只是在不断融化之际，流淌下青春的汁液和战栗，在静姝的手边蔓延，再蔓延，直到整个屋子里，每个角落，都充盈着一派鲜花盛开的气息。

静姝想了片刻，终于道："奕雯，你——"

奕雯却身子一抖，轻声道："静姝，我想，我现在只有你了。你知道的，我的母亲在我很小的时候出国了，我的继母在我面前死了，我的父亲在上海死了，他们都是慌慌张张，连个招呼都没有，便离我而去了。 还有赵贻海，他甚至没有见我一面，说上一声，只托了老薛给我捎来一张机票——王妈是我的亲人，但我好多的话，不能对她讲。 即便讲了，她除了陪我生气、流泪、难过，还能做什么呢？ 静姝，我真的什么亲人都没有了，只有你。 连你，也不辞而别了两次。 一次是刚回开封，你走了；一次是开封解放前，你又走了。 每次你都留下了那本《吉诃德先生传》。 静姝，我都快把那书翻烂了。 我真想烧掉它，我以为这样，你就不会走了；不过我又一想，不能烧的，若真烧了，你又一定要走，岂不是一点可留之物都没有了吗？ 那么你走之后，我靠什么来想你呢？ 所以静姝，我求求你，不要离开我，答应我好不好？ 你让我做什么，我都会去做。 我明天就再写一份思想汇报交上去，他们让我发言，我就发言，让我讲过去，我就讲过去。 只要你认为我这么做是对的——不，哪怕你让我去杀人，去做坏事，只要是你让我做的，我都去做，你让我喜欢谁，我就去喜欢谁——我只求你，不要离开我，好吗？ 好吗？"

整个晚上，几乎所有人都没睡。 王妈倒是早早躺下，但人上了年纪，瞌睡就少，早上不到五点钟便醒了，隐约听见院子里闹腾，竟是又讨论起来。 原来咏清刚进门不久，带回来新华社的消息，电讯稿上清清楚楚，说 10 月 1 日下午三点，在北京天安门举行开国大典，竟跟书苊的推论完全一致。 报纸都已经下厂印刷了，也就不再是秘密，何况据电讯室的人说，北京新华广播电台还会播预告，大概就在早上六点，也可能是六点半。 书苊这次在奕雯面前露了脸，得了彩头；他有了面子，彼长便是此消，等于咏清和翔然丢了面子，两人当然艳羡，不过兴奋还来不及，哪里顾得上这些小心思。 几个年轻人热热闹闹，一直等到快六点钟，都在等广播上的正式新闻。 书苊给院里女同志的三八节"献礼"，就是那台手工装配的收音机，早被毕恭毕敬供在院里正中，扯出来的天线，盘在拿五六根竹竿扎的天线杆子上，足有十几米高，直棱棱地架在房顶，书苊精心地调着铜线圈，在一派嘈杂声中，寻找着最清晰的位置。 其余人都屏着呼吸，在一旁拭目以待。 书苊一边调试，一边嚷着："左边一点——多了——回一点。"咏清立于房顶，神情万分肃穆，举着竹竿，像是只蟋蟀，伸长了触角，捕捉天空中飘来飘去的电波。 王妈在下边提心吊胆，一再嚷着让他小心。 静姝和奕雯手拉着手，抬头看着咏清，也都一脸关切。 可关键时刻，小喇叭又掉链子了。 喇叭是经翔然在大连的同学，向一个苏联工程师淘来的，之前用得还好好的，不知问题出在哪里。 急得书芃立刻冒了汗，额头上密密麻麻全是汗粒子。 王妈想了想，承认错误道："我前几天收拾屋子，拿抹布擦了擦这宝贝，莫不是沾水了？"

书芃一愣，翔然早脱口而出道："电子元件最怕受潮的——王妈啊，你可是好心办了坏事了。"

王妈一听，更是唉声叹气，道："我老婆子哪懂得这个，只想着里里外外都干干净净的，好迎接新中国呢——书芃，还有救吗？ 要是没救，我也不活了。"

静姝笑道："王妈，你这话可就重了，这宝贝有声没声，影响不了新中国成立，也影响不了开国大典——再说，书芃的办法多着呢！"

书芃咬着嘴唇，思忖了半天，忽然道："王妈，家里以前有电话没有？"

王妈和奕雯都是一愣。 沈家当年住着省农商银行行长、省府副秘书长，是全开封第一批装了电话的，用坏的都有好几个。 解放军进城的时候，王妈担心被怀疑是特务，想悄悄扔了，后来一打听这玩意儿挺值钱，跑到相国寺鬼市上卖了，又跑到徐府坑市场，换了小半袋白面。 王妈不敢直说，斟酌着道："这个东西，好像是有过，打电话呗，都见过，是吧？"

书芃一时急了，皱眉道："有就是有，没有就是没有——马上就开播了！"

静姝一边责怪地看了书芃一眼，一边对奕雯道："我记得后罩房里是不是有个坏了的？"没等她说完，奕雯便快步跑向后边罩房。 罩房里堆着杂物，奕雯使劲地扒拉，王妈也过来帮忙，两人折腾半天，竟真的找出来个坏了的电话机子。 王妈还一再低声嘱咐道："就说街上捡的，不是咱家的——你瞪我干什么？ 我这不是为你好？"

奕雯苦笑，低声道："咱家的情况，院子里谁不清楚？ 你说咱们家没电话，谁信呀！"说着，她抱着电话机子便跑出去了。 王妈愣着想了想，自语道："真是白眼狼，为你好还不知道——不过也对，说家里没有，也真没人信的。"这才叹口气，踮着脚从杂物堆里出来。

书芃已经麻利地拆了电话机子，把听筒的线跟收音机连上，脸和肩膀夹着听筒，手里一丝一扣地调试。 忽然，书芃脸色一变，道："有声儿了！ 放着曲子呢！"

这时已经到了六点多，翔然急得都要跳起来了，忙问道："只是放曲子吗？有人说话没有？"

书芃皱眉听着，摇头道："没有，只是曲子——咏清！ 你保持这个姿势别动——"咏清站在房顶，正一腿弓一腿撑，两只手一在肩头一在腰间，牢牢握了长竹竿，在背后斜着固定住，跟戏台上关二爷亮相时背刀立马相似。 静姝担心道："一个姿势别太久，小心腿麻了。"咏清却大声道："没事！ 你们听见什么了，给我说一声就好。"

书芃一脸的不解，道："谁来听听这是什么曲子？ 怎么翻来覆去都是这一首？ 旋律好熟悉的——"

静姝过去，要过听筒，放在耳边听着，所有人都看着她。 静姝脸上露出笑容，道："是的，这就是新华广播电台的开始曲——《大路歌》[①]，我在解放区的时候，听的就是这个。"

咏清在房顶上叫道："静姝同志，唱几句啊！"

其余人都笑起来，纷纷嚷道："静姝，来一个！"

静姝脸上还是笑，突然眼里一亮，情不自禁道：

"北京新华广播电台，北京新华广播电台，波长三百五十三公尺，八五零千周，各位听众，现在播放预告。 北京新华广播电台及全国各地人民广播电台，决定全部转播今天下午三点钟举行的中华人民共和国中央人民政府成立大会实况，请各位听众届时收听。"

---

① 1934 年上映的电影《大路》的主题歌，作词孙瑜，作曲聂耳。

连续播了两次预告之后，是新华社的电讯：

"新华社北京三十日电，中国人民政治协商会议第一届全体会议在它的最后一天选出了毛泽东为中华人民共和国中央人民政府委员会主席，朱德、刘少奇、宋庆龄、李济深、张澜、高岗六人为副主席。 中央人民政府委员五十六人的选举结果如下：陈毅、贺龙、李立三、林伯渠、叶剑英、何香凝、林彪、彭德怀、刘伯承、吴玉章、徐向前……"

静姝是一边听广播，一边念出声来的，念着念着，她的声音哽咽了，继而是泪流满面，起初还能坚持着，断断续续地说，到后来再也讲不了一句话，默默地将听筒递给书芮。 书芮听了片刻，又递给奕雯，接着是翔然。 咏清还是背刀立马，一副唱戏的架势站在房顶上，见他们轮流听广播，便嚷起来道："别光顾自己听啊，给我也说说，我这儿腿都麻了！"

翔然正哭得一塌糊涂，便把听筒递给静姝，静姝擦泪，接了听筒放在耳边，随着广播道：

"……并在通过决议后随即在天安门广场举行了纪念碑的奠基典礼。 纪念碑的碑文如下：'三年以来，在人民解放战争和人民革命中牺牲的人民英雄们永垂不朽！ 三十年以来，在人民解放战争和人民革命中牺牲的人民英雄们永垂不朽！ 由此上溯到一千八百四十年，从那时起，为了反对内外敌人，争取民族独立和人民自由幸福，在历次斗争中牺牲的人民英雄们……'"

刚刚平复的心境，又在这三年、三十年、一百年的"永垂不朽"中激荡起来，静姝又一次泣不成声，最后一个"永垂不朽"再也讲不出来了。 而这四个字本也不用讲出来，院子里的几个人，包括奕雯和王妈，都静静地或站或坐，静姝压抑而有节奏的抽泣，在他们听来何尝不是炮火连天。 而咏清继续站在房顶，长长的竹竿微微晃着，他脸上同样布满泪水，咬紧了牙，不让自己哭出声来。 启程的时候，他们身边有那么多朝气蓬勃的同行者，而一路风沙中走来，能够站在新中国的土地上，呼吸着新中国的空气的人，却只有剩下的这些了。 历史，是当初启程的人们一道书写的，然而无论是活着的，还是死去的，历史都注定无法将所有人写进其中，更多的人，只能被归为一个数字，用一个叫

省府前街

"他们"的词来概括。在往事漫天的风沙里，活下来的"他们"依稀能看到的，只是一个个死去的"他们"远去的背影，又模糊，又熟悉，不禁悲欣交集，久久不能自已。

快中午的时候，昶达匆匆回来了一次，跟静姝说了几句话，回房换了件衣服，又匆匆要走。年轻人们都被王妈赶回房睡了，而她在忙着张罗中午的热汤面，好庆祝下午的开国大典。见昶达要走，王妈忙拦住他，道："吃了饭再走不行吗？你工作再忙，也总要吃饭的吧？"

昶达略一迟疑，笑道："那就吃个花卷吧，伏天的酱豆还有吗？有就来一点。"

静姝嗔怪道："你这人真是不好伺候，也没个眼色，王妈把压箱底儿的白面都拿出来了，要给你做热汤面，你偏不吃，还点名吃花卷。"

昶达说的花卷，其实就是杂面馒头，粗粮多细粮少，颜色不同，五花三层，故有"花卷"之谓。听静姝这么讲，昶达和王妈都笑了，王妈当机立断道："中午不吃热汤面了，改在晚上——昶达同志，你晚上总能回来吃个饭吧？"昶达笑着点头，道："晚上我一定回来，就冲着王妈这碗面，我也得回来的。"王妈听了更是兴高采烈，下厨房给昶达熟酱豆。开封老话儿说"富人一本账，穷人一盆酱"，若没有年年伏天晒的酱豆，王妈支应着这么一大家子人，心里还真是没有底气。"晒酱豆"的要点在晒，"熟酱豆"的要点则在熟，具体地说，是油。王妈熟酱豆与寻常人家不同，她要用两种油，先用大油①爆葱花蒜瓣，闻到香味之后下酱翻炒，看准火候，不焦不煳之际，加少量水文火炖，黏稠拉丝时出锅，再用小磨香油趁热淋上几滴，配着刚蒸好的馒头卷子，酱豆咸香，馒头暄甜，或蘸或夹，百吃不厌，给个神仙都不换的。故而开封还有老话儿说，"热蒸馍就酱，越吃越胖"。王妈平时心疼油，从来都是坛子里舀出来，也不加热，直接盛碟上桌，今天她心情好，才舍得熟酱豆，还破天荒地使了两种油，平常过春节都没见她这么奢靡过。

———————————

① 即猪油。

省府前街

昶达似乎心情也好，连吃了三个花卷，这才打着嗝摆手，连声道"过了，过了"。　静姝便在一旁捂着嘴笑。　王妈道："还有呢，不吃了吗？"昶达一个劲摇头，王妈笑道："这么一来，倒是便宜那几个后生了。　刚才我心里一高兴，没了准头，小磨香油放多了——静姝，你也吃点，等他们起来了，还不一个两个跟狼似的，眨眼便没了。　多吃点，不然下午怎么听实况转播。"

　　这个词儿是王妈今天新学的。　据静姝讲，所谓实况转播，就是跟在天安门的开国大典分秒不差，除了看不见，天安门广场上的人听见的，在广播上都能听到。　王妈听了瞠目结舌，道："这不就跟戏词儿上说的'顺风耳'一样了吗？　当年开封有一台大戏，陈素真演嫦娥，戏名叫《天国盛会》，也叫神仙大会，有玉皇大帝，有王母娘娘，有观音菩萨，有金吒木吒哪吒，还有四天王、五财神、五龙王、五星君、五岳帝、南斗六星、北斗七星、八大仙、九仙女，这顺风耳就是其中一个——要是将来能实况唱戏，那谁还去戏院啊！　这戏票钱省下来，干什么不好？"

　　昶达走后，静姝心里有事，吃得慢，一个花卷没吃完，几个年轻人闻见香味，早爬起来直奔厨房。　翔然还拄着拐，走不快，一路嚷着"留点，给我留点"。　众人风卷残云，把花卷和酱豆一扫而光，继续坐在院里等实况转播。　开国大典三点开始，一直到晚上九点二十才结束，大家一个听筒轮流传，每人十分钟，听的人要将播音员的话复述出来，其他人还好，王妈拿着听筒就只是笑，笑得说不成话。　大家也不催她，都跟着她笑。　等整个转播结束，听筒里传来《解放区的天》，所有人都跟着唱，一边唱一边拍手；等歌曲也播完了，听筒里传来一片沙沙沙的声响，大家方才意识过来，开国大典已经结束了。　现在，已经是实实在在的新中国了。

　　昶达就是这时进的门，手里提着个纸包，王妈见他回来，马上站起，要去厨房给众人做饭。　昶达朝众人抱歉道："临时加班，说明天全市庆祝的事，就晚了——真是对不住，让大家饿到现在。"说着，他走到小桌边，把手中纸包打开，倒出里面的花生核桃之类，道："大家先垫垫，别饿坏了。"

　　翔然年轻，不扛饿，早坐不住了，上去便抓了把花生，惊喜道："你们市委

省府前街

加班，开的都是茶话会吗？ 还有糖果呢！"

咏清一愣，笑着批评道："你这才是造谣呢，我在市委工作过，加班哪有开茶话会的？ 只是有同志结婚的时候，给大家买了糖果——"

咏清说到这里，忽然停顿下来，似乎想到了什么，下意识地看了看静姝。奕雯从翔然手里抢过糖，剥开了，冷不防塞在静姝嘴里，静姝又急又窘，只能含着，又说不成话，脸上是艳艳的红。 奕雯显然是早就知道，如今再不用保密了，一脸难得的活泼，故意对昶达道："新郎官，就这么点零嘴儿，便把我们打发了吗？"

在场的人里，除了王妈，昶达年纪最大，平素也是不怒自威的样子，像这样遭人揶揄，还是头一回遇到，一时竟有些无措，只是笑着。 王妈何等朗利的人，忙替他解围道："中午你回来，就是给静姝说这事的吧？ 你也真是能憋，连老婆子我也不说一声，好歹让我给弄俩菜，喝点酒呀！ 这可倒好，天都黑透了，临时想采买点东西也不成了！ 幸好还盘的有面，我这就给大家做热汤面去。"

奕雯嚷道："还有两盒罐头呢！ 我知道你一直存着，说是罐头能放，要备荒年——眼下新中国都成立了，哪儿还会有荒年？ 干脆拿出来吧！"

三个小伙子一听有罐头，眼珠子都要瞪出来了，齐刷刷看着王妈。 事已至此，想否认也没用，王妈只得剜了眼奕雯，尴尬道："你——你可真是记性好！解放前的事你还记着。 我告诉你，若不是今天大喜之日，我才不舍得拿出来——"

静姝红着脸道："还是别这么破费了，结婚日子还没定呢，今天只是组织批准了——等回头，定了日子再说吧。"王妈笑道："那就等定了日子再吃一次，今天是今天的——两盒肉罐头，一盒甜不拉唧的猪肉糖，黑乎乎的，一并拿来当凉菜吧。"

翔然身上还带着伤，行动不便，推了推书芃，催道："快去拿啊！ 王妈都发话了，我还真没吃过什么猪肉糖呢，还是甜的！"

书芃嘿嘿笑着，朝王妈鞠了一躬，道："王妈，您就给指点指点，是在哪儿

省府前街

355

藏着呢？"

王妈却不肯说，再三让众人不要跟着，自己阔步走向后罩房。 书芃蹑手蹑脚正要跟上，翔然眼睛一转，低声道："王妈存货一定不少——让咏清去，他做过地下工作，别说是罐头，王妈就是藏了电台，藏了密码本，他都能找出来。"

书芃一愣神的工夫，咏清会心一笑，已经跟了上去，脚步身段，果然是老猫捕鼠般声息皆无，众人都不觉莞尔。 昶达笑着摇头道："今天实在太仓促，等忙过了这几天，一定请大家好好吃一顿，改善改善生活——对了，我先跟大家传达一下，根据省委省政府、市委市政府决定，明天下午两点，在华北体育场，召开'庆祝中华人民共和国诞生及拥护世界和平斗争日'大会，会后是十万群众的盛大游行，各单位号召积极分子明天都上班，进行准备工作——"

奕雯笑起来，道："新郎官，你这是准备结婚呢，还是给大家布置工作，累不累啊？ ——新娘子，我说你也不管管吗？ 是不是甜到心里头去了，顾不上了呀？"

静姝嘴里还含着糖，本想说句"找打"，却忽地意识到她这一年都不曾如此快活，便又不忍说了，只是红着脸拿了个核桃，用力掷了过去。 奕雯一把抓住，笑眯眯朝她亮了亮，道："你真小气，也不砸开了再给我。"话音未落，只见咏清抱着五六盒罐头，还抓了一瓶酒，兴冲冲从后罩房那边跑过来，边跑边嚷道："王妈说了，过日子了，存货都在这儿。"等跑近了，把怀里东西倒在小桌上，低声道："是王妈说都在这儿了，其实还有，我没点破，藏在哪儿也搞清楚了——你们还别说，藏得真结实，一般人根本找不到。"

奕雯轻快地笑道："那是自然，国民党的特务藏在哪里，你都找得到的——是不是咏清？ 你不该去省委搞宣传的，应该去公安局抓特务。"

奕雯今天异乎寻常的喜悦，谁都能看得出来。 三个房客搬进来快一年了，还从未见过她这个样子，不由得又是惊讶，又是小心，生怕她的快乐是琉璃做的，轻轻一碰就会碎。 咏清受了她夸奖，一时有些发蒙，咧了嘴嘿嘿笑着。书芃有些吃味，脸拉了老长，静姝朝奕雯使了个眼色，奕雯又朝书芃夸道："书芃你也是好样的，没有你这收音机，咱们也听不到开国大典呢。"咏清道："我

省府前街

也是有功的，要不是我当人肉天线在房顶杵着，你们能听得清楚吗？"奕雯笑着点头，把手里那个核桃扔给咏清，又转向翔然，道："找到你的猪肉糖了没有？"

翔然举起一个盒子，哭笑不得道："我以为什么猪肉糖，这不是朱古力吗？还甜不拉唧，还黑乎乎的——不过王妈说的倒也形象。"

这时王妈藏好了其他存货，回到院里，装模作样道："这回都被你们弄干净了，想吃也没有了，也好，省得你们惦记着。"众人想起刚才咏清的话，都知道她口是心非，便又一阵欢笑，弄得王妈莫名其妙，嘟嘟囔囔地去厨房忙活了。不多时热汤面出锅，一碗碗端出来，罐头早打开了，肉糜的香味飘荡在院子里，再加上王妈最拿手的热汤面，世界上再没有比这更摄人心魄的味道。 众人有说有笑，不知不觉间桌上便只剩下空碗空盒。 书芄前一阵子从鬼市上淘了架手风琴，跟翔然一起拆了又装上，捯饬了好几天，竟也能拉响了，只是低音时有些走调。 他见众人吃饱喝足，仍意犹未尽，便回房取了琴，兴致勃勃地拉了起来，曲子大家都很熟悉，是苏联卫国战争时的名曲《小路》。 除了王妈，众人都会唱，于是伴着琴，手里打着拍子，院子里弥漫着悠扬的歌声：

> 一条小路曲曲弯弯细又长，
> 一直通往迷雾的远方，
> 我要沿着这条细长的小路，
> 跟着我的爱人上战场。
> 纷纷雪花掩盖了他的足印，
> 没有脚步也没有歌声，
> 在那一片宽广银色的原野上，
> 只有一条小路孤零零。
> 他在冒着枪林弹雨的危险，
> 实在叫我心中挂牵，
> 我要变成一只伶俐的小鸟，

省府前街

一直飞到爱人的身边。

在这大雪纷纷飞舞的早晨，

战斗还在残酷地进行，

我要勇敢地为他包扎伤口，

从那炮火中救他出来。

一条小路曲曲弯弯细又长，

我的小路伸向远方，

请你带领我吧我的小路啊，

跟着爱人到遥远的边疆。

奕雯刚刚喝了点酒，脸上红彤彤的。 酒是酩悦香槟，法商兰德里洋行代理进口的，那年抗战胜利，省府回迁，徽茹接收伪河南省公署的仓库，发现了一批，分送给朋友故旧不少，也带回家了几箱，断断续续地喝了几年，现在居然剩的还有。 奕雯随着众人轻轻唱，眼神渐渐迷离起来，她坏笑着看了看静姝，趴在她耳边低声说了什么，静姝笑起来，既不点头也不反对，而是又悄悄跟她说了几句。 奕雯便跳起来，晃晃悠悠来到昶达身边，一把拉住他的手，拽着他来到静姝面前，笑道："佳人佳期，良曲良辰，夏昶达同志，请你跟崔静姝同志跳一曲吧。"

昶达一时有些局促，静姝抬头看着他，微笑着主动上前一步，扣住他的手，另一只手搭在他肩膀上，踩上手风琴的旋律，带他共舞起来。 昶达当然是会的，只是平常严肃惯了，就像一路奔跑不知多久的人，冲过终点之后，反而不会行走了。 静姝的双眼一直微微笑着，又笃定，又多情，又娇羞，像是刚刚喝了酩悦香槟酒。 所有人都看得呆了。 静姝和昶达在院里跳着舞，像是来回滚动的发光体，所经之处，留下一条长长的、清晰的星轨，把整个院子都照得亮堂堂的，纤尘不染。 一曲终了，奕雯上去截住静姝，转脸对昶达笑道："我想借你这位漂亮的太太一用，好不好，夏先生？"昶达笑着点头。 奕雯抓住静姝的两只手，掌心两两相对，又对书芃道："美国的民歌，《快乐水手》，你会不会?"书芃便笑道："我是在英国留学的,偏巧这首曲子,我还真的会。"说着,他换了曲风,拉起了《快乐水手》。 静姝一直笑着,并不吭声,眼中却分明有了泪花。 这才是她第一次见到奕雯时,这个调皮的小姑娘的样子。 两个人在院子里跳来跳去,像是山甸中草地上两只抱在一起打滚的小熊,滚到这里,又滚到那里,青青的草棵子被压倒了,又笑眯眯直起了身子,继续看着小熊玩乐嬉闹。 奕雯几次想开口,低声跟静姝说什么,可静姝看着她,会笑的眼里分明在讲,"你不用说的,你要说什么,我都知道的",于是奕雯也不再说,两人就这么你看着我,我看着你。 书芃拉了一遍又一遍,两个女孩子便跳了一遍又一遍,宛如开封城中、省府前街上夜空里的风,停了又起,起了复停,接踵相连,永不疲倦。

虽然前一晚上欢乐到深夜才睡,10月2日这天一大早,王妈便挨个敲门,嚷着吃早饭,吃完了早饭好上街游行。 奕雯起来之后,先是一脸坏笑地跑到东厢房,附耳上去听了听,见没有动静,故意咳嗽了一声,轻轻敲了敲门。 王妈瞧见,又好气又好笑,道:"哪儿有大清早来听房的? 我告诉你,人家昶达同志早走了,现在就新娘子一个在呢!"

奕雯遗憾地耸耸肩膀,笑道:"还是您老人家有经验,这方面,真得多向您学习。"

王妈嘿嘿笑过两声,这才明白过来她是在揶揄,气得掂着笤帚便要过来打,奕雯只好一边笑一边闯进屋里。 其实那时静姝已穿戴停当,正想推门出来,听见外头王妈和奕雯斗嘴,一时间脸颊晕红,倒不便出门,只好在屋里等她们散了。 不料奕雯却破门而入,正好跟静姝脸对脸站着,两人都吓了一跳。奕雯赶紧转身,把王妈关在门外,转身对静姝道:"新娘子好,给你道喜啦!新郎官也真是的,怎么舍得把个娇滴滴的新媳妇扔在家里,自己却早早跑去上班了!"

静姝伸手捏住她的脸,佯装用力道:"你再说,看我不拧你的嘴!"

奕雯笑道:"我知道,你才舍不得呢。"说着,拉着她的手,道:"快,让我

省府前街

359

瞧瞧你的新房。"

静姝又羞又急，挣开她的手，拦在卧室门口，道："昨晚，昨晚我俩分开睡的，不是你想的那样——一个老男人的房间，有什么好看的？"

奕雯哪里肯信，仗着比静姝个子高，踮着脚朝房里看了看，一条军被叠得规规矩矩，放在床头，奕雯忍不住笑起来："只有一条被子，还是分开睡的吗？难道是昨晚拆开了，今天一早临时缝上的？静姝同志，你对群众也不老实呢！"

静姝窘迫到极点，咬着下唇，挥起拳头便打，奕雯连连躲闪，一边躲，一边刮着脸蛋道"羞不羞？把脸丢"，两人便在屋子里闹腾起来。王妈实在看不下去，在门口嚷着："我说两位女同志，大清早的别瞎闹了，该吃饭了，再不吃饭可耽误上班喽！"

静姝趁奕雯转脸之际，一把抓住她的胳膊，咬牙切齿道："今天罚你陪我上班——你要不好好卖力帮我工作，我可饶不了你。"

市妇联筹委会在寺后街上路北，靠近鼓楼，距省府前街很近。奕雯和静姝出院门右转，直行过了中山路，远远地就看得见市妇联的牌子。两人手拉手一路说说笑笑，没几句话便到了。市妇联是"开封市民主妇女联合会"的简称，全市第一次妇女大会还在筹备，定在下个月底，虽然还没正式成立，工作一样也不少，尤其是新中国成立这几天，事情更多。两人一进大门，门口传达室的大姐便迎出来，笑道："小崔同志，恭喜恭喜，真挑了个好日子呢！"

静姝又是脸红耳赤，奕雯忙上前，从袋子里抓了把花生糖果，塞给传达大姐，笑道："怎么传得这么快，大姐你也知道啦？"

自静姝调到寺后街办公，奕雯常来常往，大姐当然认得她，便笑道："只要是上了公文的事，可瞒不住我！昨天我值班，市委机要员来交换文件，我得做个登记不是？有一份是市委批准的结婚报告，交给咱们存档，男方是老夏同志，这女方呢，可不就是小崔？全单位，我可是头一个知道的。"奕雯便笑道："大姐你把着大门，进出都得你批准——只要是大姐你知道了，估计全单位都知道了吧？"大姐一愣，随即笑道："你这小姑娘，嘴巴倒是真巧！"说着，又转向静姝道："今天放假，你又是刚结婚，还来上班干什么？"

静姝笑道："不是通知了，都要来准备下午的大会吗？ 还要游行呢！"大姐道："那也是通知别人的，你是新娘子，谁也不能给你派活儿啊。"奕雯接话道："新郎官一大早就上班去了，留下新娘子一个人也怪没意思的，还不如跟大家一起热闹呢！ 是不是大姐？"

大姐呵呵笑着点头，朝里摆摆手，道："里面正安排工作呢！ 赶紧去，看还能赶上不。"

今天是放假，各单位只号召党员、团员、积极分子来加班，可静姝还没进会议室，便听见里面笑语不绝，来的人显然不少，热火朝天地正讨论着。 静姝一推门进去，马上成了焦点，气氛更加热烈。 领导们已经布置完工作，静姝红着脸给大家发了喜糖，又问领导要任务，领导们商量片刻，说事情都安排下去了，不过人既然来了，就在单位门口扎个点，给游行群众搞服务，提供茶水。静姝虽然不情愿，也知道这是照顾她，只好答应下来。 等会议结束，静姝出来，奕雯在门外的花坛边坐着，见了她便笑道："都说三个女人一台戏，真不知你们妇联开会，能热闹成什么样子呢！"静姝便笑道："干脆你不要做教员了，也到妇联来吧？ 亲自体验一下，不就知道了吗？"奕雯一愣，笑着摇头道："我还是管我那群学生好了，都得听我的，让他们干吗就干吗，还是孩子好哄——整天回家一看见王妈，我就头疼了，要是在妇联——"奕雯说着，有些夸张地按着鬓角："天天被人教育，不如我去教育别人呢！"

静姝笑起来，拉了她的手，一双笑眼看着她，过了好一阵才道："奕雯，你这样真好。 这才是我喜欢的你的样子，活泼、调皮、开朗，积极地跟人交往，投入火热的生活中——马克思说过，人的本质，是一切社会关系的总和。 如果你一直逃避，一直把自己关起来，今后那么漫长的日子，该怎么办呢？"

奕雯笑道："好了好了，你怎么越来越像你的夏先生了？ 张嘴闭嘴就是马克思，就是哲学。 我老老实实告诉你，我是最怕老的，我都不敢想我老了之后会是什么样子——所以，我早就下定了决心，超过三十岁，我就不活了——除非，你让我帮你带孩子，我是小学教员，带孩子是我最拿手的——你还有六年的时间，如果到时候你不生个孩子交给我，我就真不活了。"

静姝哭笑不得，朝她额头敲了一下，道："哪儿有整天把'不活'挂在嘴边的？ 我也告诉你，你别以为你这么讲，我就害怕了，万一我一年生一个呢？ 或者，生孪生姊妹呢？ 到你三十岁，大大小小好几个孩子等着你带，我看真要是这样——"

奕雯做了个投降的架势，笑着求饶道："你可千万别，那我就真的不活了！"

两人有说有笑，从单位伙房搬了炉子水壶、暖瓶茶碗，在单位门外街边支了几张桌子，烧了开水预备着，又拿各色彩纸扎花。 奕雯道："现在还不到中午呢。 下午两点才开会，省市领导还要讲话，讲完话才是游行——这都得到几点了？ 咱俩就一直在这儿守着吗？"静姝道："领导安排了，咱们就不能随便离开。 你要是着急，我在这儿守着，你去华北体育场看大会也行。"奕雯笑道："你在这儿呢，我还去看什么大会？ 我就爱跟你在一块儿。"说着，又叹气道："不过，你现在是结了婚的人了，以后就不属于我一个人了，我有点恨老夏了——你俩啥时候好上的？"

"认识得早了。"静姝一边扎花，一边笑道，"不是跟你说过吗？ 四五年我回解放区，因为在郑县被捕过，需要写交代材料，跟我谈话的就是他。 四八年组织选干部到开封，他在开封上过学，我对开封也算是熟悉，就假扮成夫妻到了这里，6 月份第一次解放，10 月份第二次解放，我俩一直在一起工作，慢慢地就产生了感情。"

奕雯低声道："他年纪不小了吧？ 以前没有结过婚吗？ 有孩子没有？ 上次问你，你说组织还没有批下来，怎么都不肯告诉我。"

静姝道："他是 1903 年的人，四十六岁了，当然结过婚的。 他留学回国后，在南京工作，跟当地的一个姑娘结婚了。 后来他去了延安，那姑娘便登报声明离婚，两人结婚不久，也没有孩子。"她放下了手里的活计，抬头看着人来人往的寺后街，轻轻道："南京解放了，那姑娘还来了封信，想跟他和好，他没有答应。 信给我看了，我当时——难过得很，生气得很。 不过转念一想，这都是快二十年前的事情了，他年龄也摆在那里，怎么可能一直独身等着我呢？想来想去，也就释然了。那姑娘——也不能叫姑娘了——其实也挺难的，离婚之后又嫁了人，那人在国民党部队当兵，死在淮海战役中了，她一个女人，带着几个孩子在南京，生活很不容易。"

奕雯显然没有想到这些，一时不知该怎么安慰她，只是握了她的手，用力捏了捏。静姝道："我瞒着老夏，给她寄了点钱，在信上说，我要跟老夏结婚了，以后有困难可以找我们，但请不要打扰我们夫妻的生活。"奕雯追问道："那后来呢？"静姝道："这么长时间，她也没有回信，不知收到钱没有。"奕雯放心地松了口气，随即又皱眉，腾地放开手，赌气道："这么大的事，你竟然一点都没有告诉我，还拿我当姐妹吗？我生气了，不想理你了。"

静姝笑着捉住她的手，哄她道："你看你，动不动就不理我——我正式跟你道歉，还不行吗？"

这时，街上过去一辆卡车，架着个大喇叭，放着《没有共产党就没有新中国》，车上几个解放军战士荷枪实弹，警惕地看着周围。奕雯道："这次算我饶了你，你若再有事瞒我，就让解放军把你抓了去！"静姝笑起来，道："人家解放军和公安局抓的是潜伏特务、反革命分子，我这顶多算是人民内部矛盾，抓我做什么？"奕雯扑哧笑出了声，道："反正你有事不告诉我，你便是坏人，就得被抓走的。"

静姝嗔怪道："公安局又不是你家开的，你说抓就抓啊？幸好是新中国了，讲民主，讲道理，要真是你家开的，指不定得害多少好人，出多少冤假错案呢！"

奕雯一愣，忽地不言语了，静姝倒吓了一跳，以为哪里又说错了，让她多想。好一阵子，奕雯都没有说话，只有旁边炉子上的水壶咕咕叫着，提醒她们时间并未停下。奕雯半天才道："静姝，你曾经跟我讲过那么多次新中国，在朱阳关的时候，在开封的时候——你还给我那本书，《吉诃德先生传》，你说我是魔法师，会记录下来你们的'丰功伟绩'，'铭之于金，刻之于石，图之于画，流芳千古'。现在，你们的故事真的广为流传了，这便是'幸运的时间，

省府前街

363

幸运的年代，伟大的一切'了，真的静姝，我觉得像在做梦一样——我竟然真的站在这里，看着新中国就这样建立起来了。"

静姝定定地看着她，耐心地听她讲完，笑道："你这些话对，也不对。 这不是'你们的丰功伟绩'，是'我们'。 每一个生活在新中国的公民，都是我们。 奕雯，差不多十年前，1940 年的 1 月，有一篇文章里说，'新中国站在每个人民的面前，我们应该迎接它。 新中国航船的桅顶已经冒出地平线了，我们应该拍掌欢迎它。 举起你的双手吧，新中国是我们的'①。 你要记住这几句话，记住，是'我们'。"

到午饭时候，街上已经热闹起来了。 会场在城北的省体育场，也就是解放前的华北体育场，民国时举办过华北运动会；再往前说，是清代的满洲城，也叫里城，是开封历代八旗子弟聚居之地，民国之后才渐渐荒废。 鼓楼则是全市的中心，各路集会游行的队伍要去体育场，不管顺路不顺路，都要拐去鼓楼欢腾一下，吹吹打打，喊喊口号。 市妇联的茶水站就在鼓楼旁边，各单位各机构游行队伍经过，不少人过来端起碗就喝，放下碗便走，一时间茶水站前人头攒动，静姝和奕雯一个刷洗一个倒水，两人竟是手忙脚乱，应接不暇。 奕雯忙中出错，不小心让开水烫了手，疼得她龇牙咧嘴。 传达室的大姐看不下去，索性也不值班了，把单位大门锁上，一溜烟儿跑过来帮忙，替下了奕雯，让她去一旁歇歇。 奕雯寻得个板凳，低头撩着凉水冲烫伤处，她手上起了明晃晃一小片水泡。 她自小娇生惯养，即便徵茹去世，贻海远遁，身边还有王妈，这种粗活儿她是从来不做的，也正因为从来不做，所以笨手笨脚。 奕雯吸溜着嘴，眼里噙了泪。 那边静姝忙得顾不得回头，又牵挂奕雯，只能高声叫着：

"奕雯！ 你怎么样了？ 还疼吗？"

奕雯忙擦了泪花，转身道："没事——"

所有的意外，就在这猝不及防的转身间。 如果可以选择的话，奕雯宁肯那块烫伤的皮肉彻底坏掉、烂掉，再疼上百倍、千倍，也不愿有这本能的一个转

---

① 原文出自 1940 年 1 月 9 日，毛泽东在陕甘宁边区文化协会第一次代表大会上的讲稿，原题为《新民主主义的政治与新民主主义的文化》，同年 2 月在延安出版的《解放》杂志上发表时，题目改为《新民主主义论》。

省府前街

身。因为听见这声"奕雯"的，除了她自己，还有游行队伍中的一个人，或者，是几个人。她唯一能确定的是，其中一双眼睛，来自一个熟人。

老薛。

奕雯上一次跟老薛见面，还是在整整一年前，开封第二次解放的前夜，老薛送来一张飞机票，让她坐全城最后一班飞机，去吴县跟贻海团聚。那是她最后一次见老薛。她记得老薛当时说"有任务在身"，却没有太在意。直到解放后，那次康氏不请自来，说老薛曾经找过她，央她帮忙换中州钞——之后就再也没有他的消息了。老薛是军统的人，他的任务自然是潜伏下来，用公安局的话讲，就是"阴谋颠覆新生政权的残余敌特分子"，是在严厉打击之列的。他也真是命大，居然在开封不吭不响，潜伏了整整一年。奕雯张口结舌地站在原地，跟木头桩子似的，一句话也说不出来。老薛也在游行队伍里，队伍里举的条幅是"搬运业工人群众热烈庆祝新中国成立"，他的视线扫过来，停不到一秒，随即又荡开——但就这个瞬间，他看见了静姝，而静姝发现了奕雯的失态之后，下意识地转脸看过去，却跟老薛的眼神真真地撞在一处。

静姝没有丝毫的犹豫，颤着嗓子厉声叫起来："抓特务！"她推开了桌子，朝老薛奔去。旁边的传达大姐听得真切，也不管静姝说的是谁，便拼命嚷道："抓特务啊！革命群众抓特务啊！"

奕雯终于被两人的叫声惊醒了，她看见静姝冲向老薛，便也不顾一切地冲了过去；传达大姐继续扯着嗓子嚷着，不少群众看过来，队伍停下，锣鼓声也停了，所有人都在寻找着"特务"。静姝只顾着快跑，脚下陡然一滑，结结实实地摔倒在地，而奕雯这时已来到她身边，一边扶起她，一边盯着老薛——这时他们已是近在咫尺。奕雯看得清清楚楚，真的是老薛。他换了架子车工人常穿的衣服，头发也剃得很短，留着胡子，身子佝偻着，完全没有了当年国民党将军的神采，但目光仍是犀利逼人。奕雯分明看见他手在身边一晃，一支枪已经在手中了，竟也是一把掌心雷，而那无比熟悉的枪口正对着自己，或者，是对着静姝。奕雯忽然感到一股力量骤然袭来，这力量如此迅烈而突兀，她已经分不清这是子弹，还是别的什么——如果是子弹，为何没有听到枪响？

而枪声就是在这个时候响的。 奕雯倒在了地上。 她的视线刹那间剧烈地倾斜下去。 在一切都倾斜了的世界里，她看见静姝迎着枪口，伸长了手臂，像一座山似的挡在她面前。 枪声响了好几下。 静姝摔倒了，一片落叶般，静静地贴紧了地面。 奕雯又看见了老薛的枪口，黑洞洞的，狰狞而清晰。

省府前街

第九章

先先：

　　许久不曾给你写信了。亦可以说，写确是写过的，但没有勇气寄出。即便寄出，你能否收得到？共党治下之中国，总有各种各样之传闻，汇集到港，分不清何为真，何为假。几年间，我改变了很多，可能你亦会改变的吧。世间驳杂，林林总总，固有诸多不会变之人、不会变之事，我亦不愿这不变的是你。你应当变的。因为世道变了。共党所谓之新中国，已经成立二年了。

　　闲来无事，且先说说我的改变吧。小秀是去年走的，孩子刚满一岁，断乳之后，她留下信笺一封，便不辞而别了。信很短，言称缘分本属歧路，错在初起，不可一错再错；她有一李姓同学在台湾，亦是当年在河大的同学，四九年国变之际，随姚先生士鳌赴台，现在台湾大学就读，小秀应他之邀，只身赴台了。临别时，小秀携去家中一半现金，尚留一半与我及幼女，亦算有情有义。

　　我与小秀，初识自开封至徐州路上。其时她为河南大学历史系学生，六月战事之后，教育部电令河大迁校，我奉命护送师生远徙，沿路对小秀多有照顾，得以相识。行至徐州，部队与师生联谊，小秀自我介绍"姓鲁"，我始知她名宁叫"鲁秀眉"。小秀貌不惊人，清清淡淡，如茶似菊，形小枯瘦，身二蓝布旗袍，联谊时恰好坐我身边。我打趣道，往后便叫你"登东山"好了，她问我何故，我说"登东山而小鲁"，叫"登东山"与叫"小鲁"正是一样。她便笑个不停，说，宁可你叫我小秀，而不叫什么小鲁。自此我便叫她小秀了。

省府前街

367

自徐州赴京,可乘津浦线火车,时值徐蚌会战前夕,开封亦已失守过一回,世人皆知徐蚌一带将有大战,军列往来频仍,难有空车可搭,故我与师生多半是沿铁路线徒步前行,有遇南下之空车厢则幸甚。在宿县车站,我与军校同学某君邂逅,得知有一列军需刚刚卸下,即将南返,遂以私人关系疏通了相关人士,为河大师生争取到三列车厢,此举深得师生之赞许。小秀再看我时,亦有"仰视而倾之于心"的意思了。在车站候车之际,我与小秀并肩而立,闲谈甚欢。我初以为她叫"秀梅",她纠正我说不是"梅花"之梅,而是"眉目"之眉。我故意问她有何不同,她便喜滋滋说,梅花是不会动的,眉目却会;梅花是不含情的,眉目却能。恰在此时,月台对面搬运工人不慎触发军火,引起连环爆炸。当其时,宿县车站狼烟滚滚,一片狼藉。我将小秀掩于身下相护,不幸被弹片削中肩头,只差几公分,便是颈部动脉,一旦伤到,势必一命呜呼矣。小秀吓得失声大恸,我亦忍住痛,好言慰她。不想第一次听她名字,便是如此惊天动地。

　　记得离开宿县后几日里,小秀因惊吓过度,夜间或难以成眠,或涕泣不止,扰及同宿之师生。我怜她年小孤单,对她甚为照顾;而她念我因她负伤,平日里也时常体恤,待月余后行至苏州吴县,我与小秀已是一路相互扶持慰藉,非与寻常学生之情谊了,但尚行不逾矩,止于礼尔。亦有颇多风言,讲我与她行了男女恋爱之事。我顾及她未婚嫁,便主动不再接近。而小秀却是艳烈的女子,风言愈多,性子愈强,与同行之师生多有龃龉。我观之,亦有诸多无奈。到了吴县,河大师生初得安顿,而开学尚待时日,党国与共党争青年、争未来,共党地下组织遍及全校,近乎公开活动,而河大左中右三派势力亦是矛盾日益尖锐,徒使人扼腕。军情日艰,校情日难,师生各自心有惴惴,小秀亦是如此,因其与同宿女生不睦,常来向我哭诉委屈。我一则未与当地政府交接安保之事,二则放心不下小秀,便偶尔留她同住,朝夕安抚。一日午后,我正于寓所小憩,小秀忽而来访,并携了行李被褥,言称已无法在宿舍住下去,若我不肯收留,便只有流落吴县街头了。我喟然长叹,悉心安抚,是时始成夫妻之好。

省府前街

事后,小秀亦对我明言,与同学李君有过恋爱,亦有过情人欢爱之事,但李君自六月便一直杳无音信,不知是随河大左翼教授们投奔了解放区,或是回乡以躲避战祸了。我对此亦不以为意。乱世如此,旦夕命且不保,又孰为贞洁?孰为放荡?性之所至,如蛾之扑火,花之怒放,何尝想过粲然后便是焚身,便是凋零。小秀年幼,我又年近不惑,她黏我至深,须臾不可离别,至于学校里师长责备、同学议论,早已不放在心上了。她虽不管,我却不得不顾,她毕竟还小,来日尚多。况且日日相伴,闭户不出,我亦深感吃力难当,每每提出分手,她亦赞同,只求过到最后一天。我意,她所谓最后一天,便是我离苏返汴之日了。不意又过旬月,河大开学之日已定,我与当地政府交接事宜已毕,做回汴与你团聚之计时,小秀突然告我,她已有身孕。

　　先先,你是知道的,赵家有后,于我而言是执念,亦是诅咒。平生浪荡凡二十年,留情之处颇多。大姐康氏自小便对我讲,她幼时身子受亏,或许无缘生育,故而不计较我有女伴,有情人,甚至恨不能世间女子皆来爱我,她亦为我高兴。我在开封、在重庆,只要在家时间一久,她便催我外出,言我守着她是生不出儿子的。起初我尚觉窃喜,后来实在心力皆瘁了。冶游二十年,有女无数,仅你知道的便有好几个吧?比小秀年纪小的有过,比她年纪大的亦有过,但于子嗣上,却一无所获。不料跟小秀仅月余,她便有了身孕。我思来想去,便跟她说好,待她产下孩子,我给她一笔钱,相互间再无牵挂,由她再恋爱成家,我亦毫无相阻之理。小秀听罢大哭,哭过后道:"你便这样轻视我吗?"反反复复,只是这句,而言罢,便要寻短见。我穷极心智,又劝又哄,幸而说服了她,理由有三:其一,我已有两位太太、一位妾室,委实不愿再娶;其二,小秀年纪虚岁才十九岁,而我大她亦有十九岁,年岁相差太大,她应有一位年岁相仿之男伴,相携终生;其三,我与她从相识到同居,不过两三月,相处甚欢,相知甚少,男欢女爱的多,两情相悦的少,如此即便成亲,亦恐婚姻难以长久——先先,我当时讲这些,天地良心,只是为了说得小秀回心转意,我好尽快解脱回到你身边,却不意一语成谶,果然两年之后,小秀便弃我而去矣。

　　当是时,小秀虽执拗,亦被我说服。不过她只提一点,便是从此至她生

省府前街

产,我不可须臾离开。理由亦有三:其一,我一旦返汴,不知何时能归,是否能归;其二,她年纪太小,骨架未开,医生亦讲孕前期不可多动,只好静卧养胎,故无法随我回汴;其三,她性子烈,搬出宿舍与我同居时,大有破釜沉舟之意,并未避人,与诸多同学已然反目,我离去后,她身边再无人可依。我听她讲这三条,竟是无可辩驳,只得暂且答应,一切等她情绪稳定再说。不料过不几天,老薛忽从郑县打来电话,言称旬日间郑县、中牟、开封皆不可守,要我早做打算。我当时心慌不安,随即拜托老薛设法周旋。不日接到消息,郑县失守,开封也危在旦夕。那几日里,我日夜坐在电话机旁、收音机边,等着消息。我记得是个周日,我住处附近有一座教堂,正做着礼拜。收音机里有消息,说国军撤离开封后,共军进城。我闻之骇然,半晌不得动弹,唯有泪垂满面,耳边萦绕教堂里传出的赞美诗。小秀知我所牵挂,亦不敢言声,小心翼翼陪在一旁。又过几天,老薛辗转捎来消息,说你收下了机票,却拒不登机南下。我闻之,亦只有苦笑了。但我知这便是你,先先,你确是会这样的。

之后的事,想必你已知道了——只要你收得到前信。如果未曾收到,那么此信也便见不得了。如此也好。民国三十七年,我与小秀来港,翌年初夏,小秀临盆产下一女,我取名为赵忆先,小名便叫了依依。小秀自知“忆先”者,即是忆你,而“依依”者,即是不舍,心中大为不乐,与我蛮缠多时,见我始终坚持,竟不得改,怨怼尤甚。小秀母乳不佳,须以罐装奶粉弥补所缺,资费甚巨。三十七年之后,到港的内地客日多,三十八年夏天起,更是激增。诸多不得不逃离共党所控之大陆,又不愿随校长赴台共度时艰者,大多以香港、澳门为落脚地,随处可见穿着呢制将官服的军人,以至有所谓“校官不如狗,将官满街走”之说。我携小秀来港,不动产都弃在大陆,所有家资无非大姐给的十根金条。初到港时,我尚不知持家之艰难,平时在军中,钱来得容易,花得便随意,毫无积蓄备荒之念,而小秀才刚刚成年,亦不懂如何持家,其幼时家中虽不至贫寒,却被继母叔母等刻薄,未过几天富足日子,后到开封上学,亦是节衣缩食,靠学校官费接济。自她与我同住,见我花钱手脚颇大,渐渐学得铺张奢靡了。依依半岁后,已是脱得开手,小秀便嚷着要重新上学。她报了香港大学,

省府前街

因英文不好，未被录取，便又去补习，我都随她而已。

我和小秀到港后，一直住在沙田，最近的英文补习班设在深水埗，中间需翻过狮子山。深水埗里，大多是新来港的，不善英文、粤语，故而补习班林立，收费丰俭由人。小秀便选了最贵的一处，由英人亲自授课，另有华人裹为助教。每日早饭后，小秀便翻山去深水埗，晚饭前回沙田，中午一餐便在深水埗了，辛苦得很。那些日，我正因依依名字之事，与她不睦，亦乐得白天清净，只是苦于依依无人照顾。幸得房东柳太太相助，觅得一位保姆，姓曾，江苏嘉定人氏，比我大两岁，我便随了柳太太，叫她曾阿姐，有时图省事，只叫她阿姐。阿姐是个晴朗的人，凡事话不多，只知做事，见人亦只是笑，而笑又不很深，亦不是那种浅的、拒人千里之笑。有阿姐照顾依依，可以省心不少。我也得暇读几本书，去镇上与新朋故旧下几盘棋、聊一会儿天。虽与小秀不再整日厮守，却亦各自有其乐处。

香港多雨，小秀进补习班，必行一段山路，有时雨大，颇难行走。一次大雨，我去接她，路上她摔了跤，幸无大碍，我亦摔了跤，却崴了脚踝。我便跟小秀约定，若再有大雨，她便不必回沙田，在深水埗寻一旅馆暂住一晚即可。小秀却另有打算。她见深水埗日益繁茂，而沙田因山多地少，一直是平平静静，便动了心思，要搬家到深水埗去，甚至已经私自看了宅子。我却对此大不以为然，我已近不惑之年，不愿再往人多之处去，总觉沙田便很好，亦有不再租住在别人家之意，筹措寻一处地皮买下，或耕读，或租佃，谋生度日而已。但小秀刚刚二十岁，自然喜欢热闹喧嚣的去处。于是又有大吵。初交之时，小秀喜欢大哭，再后来喜欢大闹，现在则是大吵。她大哭时，我怜惜她小，细心慰她；大闹时，我念她有孕，只是冷眼看着，不与她争执；至大吵之际，是已触及我之底线，故而不愿再退让。每每大吵之后，她便负气不回家，每次都要我去接，因为总要让依依吃些母乳，罐装奶粉一则贵，一则不易买到。每次去接，都是奶粉将罄，我便和阿姐一起翻了狮子山，去深水埗接人，购奶粉。我腿有旧伤，阿姐便背着依依，与我同行。小秀已在深水埗长租了宅子，我虽说服不得她，却坚持不搬家。她见了依依，自然是一边哭，一边解开怀喂乳。若再有小吵,她便不肯回沙田,宁愿居于深水埗斗室间。一次黄昏,小秀又不肯回,我赌气出门而去,阿姐忙背了依依跟上。翻山时,我腿伤忽犯,真真是寸步难行,阿姐小心挽着我,劝道:"你可是又朝太太发脾气了呢!女人家生产哺育,不易的呢!"见我一脸的黑,又道:"先生把太太放在深水埗,自己住在沙田,怕是不好的呢!太太年纪小,经的事少,深水埗人多,怕是要被坏心肠的人算计呢!"我便苦笑,道:"她总是个母亲,依依这般小,她却不肯回来喂乳,我还能说她什么?至于有无人算计,便交给老天爷吧——该是我的,便是我的,不该是我的,留也无用的。"阿姐叹气,不再说了,只是一路扶着我上山,又下山,终至沙田寓所,其时已是深夜了。

先先,其实阿姐所言之事,房东柳太太或明或暗,亦提醒过我多次。先先,你是最懂我的,该知道我的秉性。小秀于我,实在是造化弄人。我与她本来说好,待依依出生之后便分手,由她自愿来去。可她在孕中时,因国变颠沛流离,乃至南渡大海,流落港岛,万事以保命为先,不提此约了。依依出生之后,她得以重归社会,亦属自然。只是她年纪轻轻,少不更事,而深水埗多为南渡之人,不乏奸猾浪荡之辈。若有人处心积虑,她又一时糊涂,难免被人得了手去。这事柳太太看得到,阿姐看得到,我岂能看不到?只是一则对她并无山海之情,走至今日,全因依依之故;二则她正值青春年华,若有年纪相仿之男伴与她相爱,于我是功德,于她是解脱,又何必强求?

依依十个月时,是三十九年四月,小秀终于出事。那人姓焦,是小秀补习班的同学,大她两岁,称之小焦吧。焦家本是官宦之族,焦父曾做过县长、行政督察专员,南渡到港后虽家道中落,亦算是深水埗之大户人家。小焦为家中独子,在内地未曾考得大学,整日游手好闲,被父母所逼,进补习班念英文。一次依依小恙,小秀返家看望,与我见面又起争执,愤而别去,多日独居于深水埗寓所中,自是寂寞冷清。小焦闻讯即至,与她攀谈,朝夕间柔情蜜意,遂有了夫妇之好。沙田之清苦冷僻,深水埗之暖床温乡,小秀自然视彼为地狱,而此为天堂。她情动之深,夫女皆忘,只知全意逢迎,陷于男欢女爱;而小焦借口读书再不归家,两人便补习班亦不去了,整日如胶似漆在一处。我见小秀屡屡不回，心中多少已有所悟，而我腿伤难行，便由阿姐背了依依去深水埗，让小秀喂母乳。后来阿姐对我讲，她在小秀处避之不及，见过那小焦两次，小秀都以同学温书为由，以为可以瞒天过海，但阿姐十几岁便出来做事，什么状况不懂呢？碍于小秀主妇之名，未曾戳破而已。阿姐尴尬了几次，便跟小秀约定时间，每日下午喂乳，其余时间不来相扰，小秀方才释然。于是午饭后，阿姐便哄了依依睡着，置于背篓中，负她上山下山，到深水埗去见她母亲。而小秀喂过母乳，差不多日头偏西，便不管阴晴雨雪，催阿姐返回。阿姐情知她心事火急，亦不多言，便默默负了依依回家。而我则拄了手杖，在村口路边等她们。

一日午后，阿姐又要出发，我从收音机上得了消息，是日有雨，便跟阿姐讲，若回程时雨大，便在深水埗待上一夜，万万不可强回。阿姐点头应允。时至下午，雨愈下愈大，我心中始终不得宁静。小秀在恋爱之中，是毫无理智可言的。一如她当时爱我，可以不顾一切，抛下学业、同窗、恋人，不管众目睽睽、人言可畏，亦不事先跟我招呼，便直接带行李与我同居。如今，她刚刚与小焦恋爱，正是蜜里调油，分秒不可别离，如何肯让依依、阿姐留下？我越想，心思越烦乱，不顾柳太太劝阻，执意到路口迎候。至天黑，雨仍不见缓。我不免心忧如焚，恨枉有七尺之躯，不能护妻养女，不能快意恩仇，只同废人般呆呆立于路边。我在雨中向天暗祷，若小秀不能留依依阿姐过夜，便是心中再无半分情谊，我绝不再留她，亦不再隐忍，自此恩断义绝罢了。过了两个钟点，天已黑透，柳太太打发大儿来寻我回家，我摇头婉拒。柳家大儿名曰港生，十四五岁，常问我抗战打仗的逸闻趣事，我喜他虎头虎脑，讲史之余，也教他一些国故文章。港生见我不回，便跟我一起等。村口有一草寮，勉强可遮雨。我与港生在寮中等候。将至子夜时，雨终于小了些，却仍是不见阿姐和依依。港生劝我道："阿姐不会回了，若是走，也该到了的。"我和港生都是浑身湿透，冻得不住战栗。我不忍让他陪我，便让他先回。我俩正推让间，港生忽嚷道："阿姐！"我心中一颤，顺势看去，黑夜黑雨，连风亦是黑的，而阿姐怀里抱定依依，踉踉跄跄过来了。港生提着马灯迎上，我亦拄杖过去，阿姐已是

省府前街

373

浑身泥泞,没有一处是干的,依依身上裹着雨布,襁褓中兀自睡着。阿姐见我,亦不作声,只是一笑道:"这么晚了,先生还等着吗?"我便接过依依,跟她一起回家。等进了门,左右再无旁人,阿姐才小声哭起来,又恐夜深扰了他人,哭得断断续续,几欲背过气去。

原来阿姐过了狮子山,赶到小秀住处时,雨已经开始下了。深水埗那边比沙田下得更大。那时小焦正在小秀处幽会,见阿姐和依依到了,小焦自是尴尬要走,而小秀却不许他离开,说很快便好,随即敞怀喂乳,亦不避人。阿姐窘到极致。小秀住处逼仄,只有一桌一椅一床,阿姐无立足之地,便到门外檐下等。只听屋内小秀一面喂乳,一面与小焦嬉笑声阵阵。不多时小秀唤她进去,已给依依喂过乳,连衣衫亦不系,便催阿姐快带依依走。阿姐为难,说雨已经下得大了,她固然无所怕,只是担心依依淋了雨要害病。小秀一时无奈,便也不管依依,继续跟小焦调弄情趣。阿姐无奈,抱了依依又去门口,只盼雨停。不料雨愈下愈大,再无停的意思,此时已经是天黑时分了。她记得我曾说过,若雨大,则留在深水埗,不必赶回。可屋里两人正是千金一刻,又怎会舍得分别?小秀又催了两次,阿姐实在受不得,便一咬牙,用雨布裹住襁褓,钻入雨中。上山还好,下山时两目茫茫,不可视物,阿姐跌倒无数次,却始终抱牢了依依,未曾将她落在地上。一次她又跌倒,依依醒来,放声大哭,阿姐触景伤怀,亦是席地大哭;哭罢,再起身又行。幸得天佑,安然到了家中。

我闻之凄然,又愤然,始知与小秀缘分早尽,唯我不愿承认罢了。一夜无眠。次日天亮,依依果是高热不止,柳太太见我心焦,便说旁边新迁来一家学校,里面有住校学生,自然设有医务室,发热易生肺炎,西医比中医来得快些。阿姐便又负了依依,跟我一起到那学校去。不意那学校铁门紧闭,并不开放,守门人只会粤语,而我与阿姐都不会讲,于是门里门外,僵持起来。依依烧得两颊通红,呼吸浊重,眼亦睁不开了,还有惊厥之态。我急得呼天抢地,却毫无用处。阿姐忽然安静,抱着依依,缓缓跪倒在门前,开口唱了起来。我虽通英文,但她那言辞语句,我是一个字也听不懂的,不过调子悠缓严正,似是教

省府前街

堂中的赞美诗。听了几句，我便是泪流满面，心神魂魄都被这声音摄去，以至于情不自禁亦跪了下去，伏地失声痛哭。不多时，那守门人亦听得泪流满面，跪在门里，一群学生、神父从院中来到门口，七手八脚打开门，将我俩和依依接入学校。学校是神学院，果有医务人士，修女给依依看了病，已是高烧并感染肺炎，须留在学校医务室观察治疗。阿姐和我守在门外，整整一天两夜，依依方才退了烧。

等候间，有一年老神父找到我和阿姐，问阿姐这赞美诗是何处所学。我后来才知道，老神父是意国人，一开始用拉丁文，后来用英文，见阿姐皆不可解，最后才用了中文。阿姐听罢，面露惭色，赧颜道她曾在上海郊区一座圣母堂做工多年，耳濡目染，又有热心修女们辅导，时间一长便听会了，但个中文字是不识一个的。老神父便微笑，说阿姐所唱之赞美诗，是拉丁文版本，亦是他从小所习，故听之深为动容。老神父又问阿姐还会什么经文，阿姐便诵了一段，老神父闻之大赞，说此乃三百年前，明崇祯皇帝之内阁次辅徐光启所撰。我不觉大愕。徐光启何等知名之人，且远在明末时，竟已是天主教徒了。老神父见我疑惑，便笑道，这位徐保禄先贤，于嘉靖四十一年出生，万历三十一年四十岁之际入教，圣名保禄，故主内亦称徐保禄；言罢，又问我今年多大。我已是汗流浃背，两股战战了，唯有颤声答道，小子宣统二年出生，如今正是四十岁。老神父便笑道，那你可愿入教吗？我当即跪倒，答曰愿意。阿姐便在一旁，又念道：

　　维皇大哉，万汇原本；

　　巍巍尊高，造厥胚浑。

　　抟抟众有，以资人灵；

　　无然方命，忝尔所生。

　　蠢蠢黔首，云何不淑？

　　曾是群愆，上埊下默。

　　帝曰悯斯，降于人间；

　　津梁耳目，卅有三年。

这便是刚刚老神父所言,由徐光启所撰之赞美诗了,名曰《大赞诗》。"津梁耳目,卅有三年"是讲耶稣基督在人间三十三岁,济度世人,启迪智慧,最终被钉于十字苦架上,为生民而死,而死后又复活。阿姐虽一介农妇,一字不识,却诵得泪光点点。是日,我入教礼成,亦得圣名保禄。而阿姐多年前,已在圣母堂受洗,圣名为若瑟菲娜。待两日后依依病愈,我与阿姐带她回家,已是主内兄弟姐妹了。

依依此番大病后,我便跟阿姐、柳家夫妇商议,如何了结与小秀之婚姻。柳家久居于此,柳先生又是经商之人,深谙地方风俗及英人法律,说此事想简单亦可,想复杂亦可。我忙问他缘故。柳先生便讲,香港由英人治理已百年,婚姻家庭制度一直沿袭"华律治华"之法,在港居住之华人华侨,涉及纳妾、兼祧、休妻、子嗣、继承等诸事,均可按《大清律例》和地方习俗,具体到"休妻离异"一类,即"七出""三不去"和"义绝"①;以小秀之所为,合"七出"中"淫佚"之过,而"三不去"中并不占一条,若要省事,可由他(柳先生)代为延请地方上耆宿名绅,听取夫妇双方陈词,具名做证,声明婚姻终止;若要费事,则须请律师诉诸英人法庭,提供证据,双方到庭辩论,由庭上裁决。我思之再三,无论哪种办法,都需将小秀与小焦之事公之于众,而小秀年轻,对其名声不利,故不忍行。柳先生一面感慨,一面又提出建议,我出休书一封,小秀具名同意,交由耆绅附证,亦可作数,此则不必让小秀面对众人矣。我当即表示,此法为当。

当夜,我便写了一封声明,留下空白给小秀签字,这才搁了笔,推开窗,怅然远眺。阿姐带依依在隔壁睡,晚上照例一大堆衣物要洗。她正在院中忙碌,蓦地见我凭窗不语,便搬了盆子凳子过来,手里忙着,跟我聊天。阿姐讲她出身农家,父亲好赌,从小便被抵债给人做女佣,后来由东家做主,嫁给府里车夫。阿姐的丈夫姓郭,是个本分人,生得矮而瘦,秉性老老实实,对东家

---

① 七出,指"无子、淫佚、不事父母、口舌、盗窃、嫉妒、恶疾者出",即可以离婚;三不去,指"有所娶无所归、与更三年丧、前贫贱后富贵者不去",即不得离婚;义绝,即夫妻双方发生诸如杀害、伤害、奸淫对方亲族之事,可由政府裁决,强制离婚。

省府前街

很忠心,年纪大阿姐十几岁,对她亦很好。夫妻俩过了一两年平静日子,等阿姐肚里有了孩子,正值国民革命军北伐,江浙一带战事频仍,东家举家往上海跑反,一颗炮弹过来,只有她捡了条命,腹中孩子未能保住。之后机缘所致,她到了圣母堂做工,一干便是二十年。三十八年国变时,阿姐糊里糊涂,跟人流逃难到广州,又糊里糊涂,一路逃到香港。与她一路南下的同乡,早已死了多半,在香港的没有几个了。时乖命蹇如此,阿姐却不埋怨,每日勤勤恳恳做事,只求果腹而已。阿姐说到这里,放下手中活计,看着我一字一句道:"必汗流浃面,始可得食,迨尔归土,盖尔由土出,汝本为土,终则归之。"①这亦是我最讶异之处。她不识字,却可背诵大段的文理本《圣经》,且在引用时,竟是寓意妥帖,并无丝毫违和之处。我见她诚恳,便道,你既然到港,未来可有何打算?阿姐看看我,继续埋头洗衣,却道:"当一日和尚撞一日钟,眼下给你赵先生做事,将来小姐大了,不需我照顾了,我便另寻生计罢了。"我忽觉可笑,她本是天主教徒,倒说什么做和尚。她或许亦觉出不妥,便也笑起来,一边笑一边摇头。我心里一动,不禁道:"阿姐你说,明日见了小秀,她是否会具名签字呢?"阿姐道:"这个我便不知道了呢!不过你亦无须忧虑,我听修女们讲过,'故勿为明日虑,明日之虑,明日虑之,是日之劳,是日足矣'②。"我又问她道:"小秀自以为可讨焦家父母欢心,但这样的人家,我是知道的,怕是不会那么好说话——若跟她离了婚,小秀又不见容于焦家,她可怎么办好?"阿姐便笑道:"你总问我这些,我一个大字不识的人,怎么知道呢?不过听圣母堂修女们讲,'试观飞鸟,不稼不穑,不积于廪,尔天父且育之,尔岂不贵于鸟乎'③,人总比牲口贵重的,小秀她是大学生,不会没有出路。"她说着,抬头看了看我,低头又道:"有些事,我倒要说给赵先生你听呢。《圣经》上有道理讲,'惟我语汝,敌尔者爱之,窘逐尔者,为之祈祷,则可为尔天父之子。盖天父使日照于善、不善者,雨降于义、不义者也'④。"我闻之莞尔,故意道:"你是说,要

---

① 原文出自《圣经·创世纪》。
② 原文出自《圣经·马太福音》。
③ 原文出自《圣经·马太福音》。
④ 原文出自《圣经·马太福音》。

省府前街

爱仇敌,要为坏人祈祷,因为天父让阳光照好人,也照坏人,降雨给义人,也给不义之人,可是吗?"阿姐便笑道:"是这个意思呢!先生毕竟是读书人,我虽会诵经文,可要我讲道理,却不像先生这样流利呢!"

次日一早,我便携了那一纸声明文书,不让阿姐跟随;独自上山下山,到了深水埗,寻到了小秀所租之寓所,叩门但无人应。我便在不远处寻了个坐处,等小秀来归。不意直至中午,仍不见人。我只得在街边面馆匆匆吃了午饭,复又坐等。下午三点来钟,小秀终于回来,一身泰国丝旗袍,提着小包,踩着高跟皮鞋,笃笃声响,由远及近至我面前。她见了我,自是一愣,神色颇为尴尬。我已决意与其离异,并不在意她神情,只是说有事相谈,可否进屋一叙。小秀知我不是乱来之人,便低头在前,带我进了寓所。自我知悉她与小焦情事后,我便不再到这里来了。我曾为军人,血性犹存,所谓"杀父之仇、夺妻之恨",当是不共戴天的。搁在一两月前,我必冲冠一怒,暴起伤人,如今知她身心皆非我妻,被小焦夺去的,只是我女儿的母亲,仇亦算不得了。我见房中床褥凌乱,到处狼藉,只想早早了却前缘,一秒钟亦不愿多待。我说明来意后,小秀先是呆了一呆,继而在文书上签了字,按了指印,我胸中大石落地,正欲离去,她忽地叫住我,道:"我今日去了小焦家,见了他父母,他们对我俩婚事并无反对之意。"我见她欲言又止,便笑道:"你且放心,你我之前情,还有依依,我都不会告诉旁人的,你且做焦家新妇便是了。"小秀又道:"等依依长大,不要让她恨我——或者,只说她母亲已经死了。"我心里忽然一酸,胡乱应允一声,便转身离去。

大概又过月余,依依整一岁,阿姐比我还要开心,叨叨了多日,要正正经经给依依过个生日,最好给她受洗。过生日与否,我其实并不在意,但受洗则是大事。我先去了神学院教堂,跟费仁思神父(即前文所提之老神父)咨询后,定在依依周岁那天上午,为她行洗礼,待成年后再行坚振礼。到生日那天,我和阿姐带着依依,经费神父行礼,取圣名为"依莎贝"。据费神父讲,这是法王路易八世公主之名,亦有"依依"之"依"字,用心可谓良苦。我再三谢过,与阿姐一道诵经祈祷,感恩上主。离开教堂,我在沙田一家饭馆订了酒席,请柳先生全家赴宴,一来是给依依过生日,二来是感谢在小秀之事上帮忙不少。一餐饭用去不少钱,但想到毕竟与小秀得以了断,前事已矣,也是无法言说的快意。柳先生商贾豪气,连连与我干杯,我从军时颇能饮酒,后因一身的伤,便不怎么喝了,这日亦是高兴,喝了不少,幸亏有港生扶我回家。一进家门,便觉有些不对劲,桌上留有小秀书信一封,其略曰,小焦父母雇佣侦探,查了小秀的底细,盛怒之下将小焦禁足,不得再与小秀见面;小秀已与我离异,亦无颜再求复合,便多方打探出在河大时的恋人李君现在台湾大学就读,去了越洋电话,李君答应收留,小秀苦于机票费用无着,又举目无亲,只得回来求助于我。我偏不在家,便取了家中半数现金,留下忏悔书信,又悄悄离去。看完信,我反倒心中踏实不少,醉意又一涌而上,竟含笑睡去了。那大概是我到港后,睡得最踏实的一觉。而小秀从此亦再无音讯。

先先,从我三十七年年底到港,不知不觉已两年多了。小秀走后,我盘算一下家底,积蓄近乎山空。想我来港之初,党国尚有半壁江山,东北、华北、华东亦未全失,虽国事不利,天步艰难,总以为比之当年共党红军长征,要乐观得多,手里积蓄,亦足以支撑到小秀产后,届时便可返回大陆,即便回不得开封省府前街,亦可留在江南某地,终能接你团聚。故而从无求职做事之念,亦无经营长住之虑。孰料党国兵败如山倒,小秀尚未生产,国都南京便丢了,从此回乡无望。小秀产后,本有置地租佃的计划,却因为跟小秀一出又一出的事,几次皆是起了头便又放下了。如今小秀赴台,携去一半积蓄,剩下的半数,只可维持不足两月,生计已成问题,置地更是无望。阿姐见我困顿,便提出不要工钱,只求一日三餐,粗茶淡饭即可。我闻之亦觉难过。阿姐趁机劝我出去做事,道:"先生可是个能写会算的人呢!上过大学,念过军校,还懂英文,找个事由来做,应是不难的。"我无言以对。阿姐又道:"家里奶粉,仅够依依一礼拜之用了。你我是大人,便是一日减一餐,一日不吃饭,也是熬得住的,可依依怎么办?她连话都不会讲,又没了娘亲在身边,大人再苦,也不可苦了孩子呢。"我苦笑回她道:"阿姐不知我难处,随便找个事做,不是难事,但我毕竟是国军将官,如此自贱,颜面何存?"阿姐顿时不客气道:"大丈夫能屈

省府前街

379

能伸，这点难处算什么？修女们讲道理，说《圣经》中有个大富翁，叫约伯，对天主比谁都恭敬，后来撒旦不服气，搞得约伯孩子没了，家产也没了，自己还落了一身病，都快死了，还不改对天主的信德。后来天主又把魔鬼夺走了的，加倍还给了他。先生现在的处境，不比约伯好了百倍千倍吗？为了自己的孩子有口奶吃，只要不偷不抢，做什么事都不丢人，都是光明正大的呢。"

房东柳先生自去年起，做了转口生意，因资本不大，获利终有限。我曾给他提议从大陆进口猪鬃，转口后购入橡胶，再售给大陆。身为国军军官，本不愿做这类事，但柳先生对我有恩，不得不设法相助。自大量难民渡海到港，深水埗一带自不待言，沙田的房租亦是水涨船高，涨了一倍有余。而柳先生一诺千金，一年租期满后，并未提价，声称是前番建议颇为有效，一进一出几乎不动资本，以物易物便得利不少。依依一周岁酒宴时，柳先生又提出请我做事，我当时碍于面子，再次婉拒。经阿姐劝导，我已决意出来做事了，柳先生那里自然是首选，但不知如何跟他开口。不料阿姐见我动心，次日便找到柳先生告知，柳先生主动找我，我当即不再犹豫，慨然应允，与他约定每月薪金若干，房租直接从中扣除，另一日三餐，俱在柳家搭伙，亦不再收伙食费用。如此一来，吃住都已无忧，而薪金剩余部分，亦可解决依依奶粉、营养之需了。依依生日后不久，我从报上得知，北韩金氏部队大举南进作战，韩战爆发，美军派遣海空军助战南韩；进了7月份，更是以"联合国军"名义直接参战。香港做转口贸易者甚多，均是疑虑重重，不知局势如何发展，共党政府是否出兵。我以从军近二十年之经验，判定共党必然参战，建议柳先生迅速扩大生意，不惜大举借贷，亦要抓住对华禁运之前的机会，趁机获利。柳先生斟酌再三，听从了我的意见，从韩战开始，至英国宣布禁运的近一年中，果真获利甚巨。柳家后在本岛购了房产，举家搬离了沙田，我却不愿离开，便用积累下的薪金，将柳家旧屋买下，那时已是民国四十年了。到港坎坷近三年，总算有了立足之地。

三十九年年底，柳家尚未搬走，柳先生经营之转口生意，收入相当可观。在我与阿姐劝说下，柳家一家人在耶诞节那天，经费仁思神父亲自主持，悉数

省府前街

受洗入教。我在旁观礼,忆及往事,尤其是六月以来这半年,小秀移情他恋,后离港赴台,我困顿间幸未沉沦,生活终有起色,此皆上主恩赐。我不由回头去看依依,见她在阿姐怀里酣睡,再抬头去看阿姐,她已是泪流满面,却仍是脸带微笑,默不作声。礼成之后,柳先生一家做东,请费仁思神父餐叙,费神父照例是婉拒,便由我代劳了。席间自是觥筹交错,柳先生志得意满,言称赖我相助,生意风生水起,还希望我继续出力,并给了一个大"利是"(类似在开封时,每年年末,党国所发之"年功俸";亦如开封店铺东家给伙计所发之红包)。我观柳先生踌躇满志,便借了酒意,劝他不可利令智昏,而要未雨绸缪。须知一月前,美国已宣布对大陆禁运,联合国里美国一家势大,早晚将实施国际禁运,到时不但对大陆的生意不可为,整个香港的转口贸易亦将遭扼杀。柳先生是地地道道的生意人,大凡生意人,皆有"追涨不追跌"之心理。我此言既出,柳先生即愣在当场,连声问我该如何处之。我便劝他逐步缩小转口生意规模,将资本用在实业上;而港岛弹丸之地,资源匮乏,重工业无从谈起,只能靠轻工业,正值大量难民到港,人口激增,用工资源深厚,可尝试做纺织、成衣、电料等业。柳先生默然不语,场面一时尴尬。柳太太和阿姐见状,忙岔开了话头,好歹将气氛转圜过来。

从饭店回家,阿姐负着依依,一路小声责我性直言多,不该说那些丧气话。阿姐所虑,我亦明白,大约是这半年刚得转机,实属不易,担心一旦开罪柳先生,难免又致窘迫。不过我那晚醉酒,虽有悔意,却不愿阿姐一直如此怪我。待至家中,阿姐安顿了依依,又为我烧了糖水醒酒,我皱眉喝着糖水,阿姐坐我对面,又是一阵数落埋怨,更让我明日一早,务必去跟柳先生道歉。我实在难受,忽脱口而出道:"你若再这样讲,究竟是替谁说话?你是我所雇的人,怎能做了叛徒,吃里爬外?"阿姐蓦地受我之骂,惊得半晌不语,泪珠扑簌簌掉下。阿姐到我身边,已有一年光景,共间我一直待她如家人,虽是雇主,却从无一句重话;而她在我艰难时不离不弃,贴心照顾依依,对我亦是有恩。话一出口,我已深悔,见她黯然垂泪,想上去道歉,又觉失了雇主身份。正犹豫中,阿姐轻声道:"先生你这是喝多了呢!平日里,不见你这样子对人讲话的呢。"我以为她势必哭诉一番,讲她如何忠心,如何为了依依,做了那许多事。不承想她竟会如此说话,分明是我发酒疯,让她受了委屈,可她一开口,却是给我寻理由,为我找台阶下。阿姐低头垂泪,我只看得见她侧脸,想要说话,又不知该说什么好。所幸酒意仍在,我便站起,不顾一切来在她身边。阿姐素来是个干净人,头发总用头网套住,再扎一根骨头针。我随手拔出那针,阿姐"呀"一声,抬头懵懂地看着我,惊惧道:"你!"我想也不想,便将那针在掌心处用力扎下,她赶忙抓住我手腕,连连摇头,不许我做傻事。我低声道:"是我的不好,阿姐,你别再哭了。"不待她说话,便抱起她,附耳在她鬓角边,低声道:"若不想给人听去,便不要出声。"阿姐果然一语不发,却奋然挣扎,似是用尽全身气力,而我自然是不撒手的,将她抱在怀中,转身置于床上,又道:"你说我喝多了,我便做些喝多的事吧。"阿姐虽仍要起来,但身子绵软如泥,已不能办到了。我与阿姐遂有了夫妇之事。记得她从我顺我之前,只是一味摇头,见我不停,才伸手指着灯,红了脸闭目低声道:"要关了灯呢。"可那灯绳在门边,我哪里肯再有波折,心里一动,便拿了枕帕挡住她眼,轻声笑道:"这便当作关了灯吧。"说完这句,竟见得她忽地嘴角一扬,短笑一声,便不再说话了。

夜半酣睡中,忽觉大被开了一边,阿姐起身,我知她要离去,本能地一把拽住她,笑道:"你做什么去?我却是不让你走的。"阿姐又羞又急道:"依依醒了,你没听到吗?"我一怔,屏息去听,隔壁毫无动静,便笑道:"你这谎话说得不够好。记得我和你睡时,灯不是还亮着吗?你何时下床去关了的?"黑暗中,只听阿姐嘤嘤道:"便是你睡了后,我去关的。天晓得那么亮,你也睡得着。"我笑道:"做了二十年军人,敌机投炸弹亦睡得着的,何况多日不跟女子亲近,一下子有些累了。"阿姐奋力挣开,低声道:"本想你是正经人,却也这般浮浪。你便不想若有人听了去,我明日怎么做人呢?"我仍笑道:"我提醒过你,不要出声的。"我话音刚落,隔壁果然有依依哭声了,不禁手一松,阿姐如释重负,麻利地下床推门走了。又过不多时,我正思忖她会不会再来,只听门枢轻响,阿姐蹑手蹑脚合上门,快步到床边,从床脚爬上来。我心里暗笑,蓦

省府前街

地一把抓住她身子,温凉滑软,却是寸缕皆无。阿姐吃了一惊,低声道:"先生没睡吗?"我笑道:"等你回来,怎么肯睡。"阿姐情知无处可躲,只得羞道:"先生不要再轻薄了呢。"我一笑,掀开被子,拉她进来,道:"你也不披件衣服,不冷吗?"阿姐道:"刚刚披了你的棉袍的,虽是夜里,光着身子像什么话!"我便笑道:"那现在呢?算什么话?"阿姐顿时身子僵硬如木,一动不动,只是两眼紧闭,再不睁开,任我两手上下撩弄。良久,阿姐才轻叹道:"二十二年啦,我二十岁守寡,守了二十二年的身子,被你给拿去了呢。"说着,竟睁开了眼睛,定定地看着我,道:"先生,你是真心要我,还是当我作淫荡女子,只图个新鲜的?若是后一个,我明天便要走的。这么大的年纪,给人带孩子做工,做成这个样子,再没脸见人了呢。"我本想打断她,却一时兴起,且好奇她会怎么说下去。她果然顿了顿,黯然一笑道:"我是多想了。小秀太太出生的时候,我便开始守寡了。说句不好听的话,我可以做她娘亲了呢!男人都是娶小老婆的,何尝见过娶老老婆的?不过是没经历过,尝个鲜罢了。赵先生,你亦不消说什么,明日我便走了。柳先生那里,烦请你务必护我的体面,切莫给他知道实情。我们嘉定逃港的人,他认识不少呢,万一传了出去,我真真只有死路一条了。"

我便正色道:"阿姐若走,我当然不能阻拦。但请等依依再长大些,不然我一个男人,怎么拉扯依依?"阿姐见我正经求她,便凄然道:"依依跟我自己的女儿一般,你要我继续带她,我不会推辞。但先生你今晚这样对我,算是怎么回事呢?我虽不是失了节便要寻死的妇人,却也不愿被人瞧低了呢。"我知不能再逗她,便道:"阿姐,你且听我说完。等依依长大,嫁人,生了孩子,你我做了姥姥、姥爷,你若还是想走,或者还走得动,我便放你走。好不好呢?"

最后一句,我是学了阿姐的口气,果然惹得她破颜一笑,又不信道:"先生不是说笑吧?我都四十二岁了,比你还大两岁,寡妇,不识字,还是个使唤用人,你真会娶我吗?"我笑道:"我是肯娶的,不知阿姐肯不肯嫁?若是肯,明日我就找柳先生,一来听阿姐的话,跟他赔罪,二来请他找位地方士绅,最好是祖籍江苏的,做你娘家,瞅个日子吹吹打打,娶你进门。好不好呢?"阿姐这次是真的信了，心口一股气泄了，身子便软塌下来，像是烈日下融掉的雪糕，亦不再说什么是我"轻薄"的话，只是闭了眼，轻声道："感恩我主。"我亦道："感恩我主。"阿姐笑着擦泪，枕了我臂，一夜在耳边咕哝不停，用的是姑苏吴语，我是听不懂的，只听见一会儿"倷"，一会儿"侬"的。

次日一早，我兀自大睡，阿姐却早醒了，也不起，就躺在里侧。我醒来，见她正冲我笑，拿手指点点我眉毛，小声嘀咕一句；又点点我眼睛，再嘀咕一句；又沿鼻梁划下，到了嘴唇，她便不动了，静静地歪着脸，看向我。阿姐固然不如小秀年轻，却在霜雪摧打间，自有动人妩媚之处。我不觉情动，又想夫妻之事，阿姐却牢牢护住自己，低声道："天亮了呢！人家都要起来了呢！"正嬉弄间，忽听门外有柳先生敲门，道："赵先生？赵先生可起来了？"这一句唬得阿姐面如土色，我虽强装自若，亦是一头的汗，忙穿衣下床，高声应了他。柳先生见我出来，并无让他进屋之意，便站于门口，迫切道："赵先生昨晚之教诲，我想了一夜，整宿不眠，以至于天一亮便来讨教了。"我心乱如麻，只是道："柳先生客气，昨晚我酒后失言，还请谅解。"柳先生是爽朗之人，便手一挥，道："赵先生莫要见外了。我想，赵先生讲的十分有理，我决定听你的意思，逐步缩小转口贸易上的资本，但做哪一行实业？是纺织？印染？成衣？还望赵先生——"

我记得柳先生说及此处，隔壁依依醒了，忽地大哭起来。柳先生不以为意，继续说，我却完全听不得了，只想"坏了，坏了"。大约柳先生讲着讲着，却不见依依有人哄，啼声愈来愈大，他亦说不下去了，皱眉道："阿姐呢？睡得这么沉吗？"他刚说到这里，却见我身后门开，阿姐从里面出来，头发匆匆拢住了，不像以往那么规整，一边低头系衣，一边直奔隔壁而去。柳先生目瞪口呆，看隔壁，又看我，大窘道："这个这个，我先回避一下的好。"说着便走了。我顾不得羞耻，当即到了隔壁，阿姐抱着依依正哄，见我进来，脸红背对了我。我亦觉好笑，不过已决心娶她，这亦不算大是大非了。当日我便找到柳先生，请他帮忙张罗与阿姐的婚事。阿姐是柳太太介绍给我做工的，柳太太自是以娘家自居，笑得合不住口，连连道"好事，好事"。我听了柳先生建议，既入了

省府前街

教，还是在教堂行礼。我便去了神学院教堂，找到费仁思神父，向他坦承来意，费神父亦是微笑颔首，道："赵保禄兄弟，耶诞刚过，你是想在农历除夕前结婚，还是在除夕之后？曾若瑟菲娜姊妹的意思呢？"我答他道："我俩都听费神父您的意思。"费神父瞑目想了片刻，又翻开瞻礼单细细过目，皱眉道："不妙，不妙。赵保禄兄弟，今年是主后 1950 年，再过几天，即是主后 1951 年了。按中国传统历法，主后 1951 年是辛卯年，春节在 2 月 6 日——你莫要着急，且等我翻翻老皇历。"我一时懵懂，见费神父老态龙钟，从抽屉找出皇历，认真看过，苦笑道："果是如此！只要农历春节在 2 月的 6 日到 14 日，都是'无春年'。按照中国的老道理，所谓'寡年无春'，是不宜结婚的。虽然我们主内兄弟姊妹，大可不必在意，但婚姻是大事，谁不想圆满呢？天主说，'人独处非善，我将作一相助者以配之'①，又说，'是以人将离父母，胶漆其妻，成为一体'②。男大当婚，女大当嫁，这是中国人的老道理，其实也是天主的道理。感谢天主。"老神父说着，画了个十字。我心中怎能不急，忙跟着亦画了十字，又听他道："你和曾若瑟菲娜姊妹，如听我建议，我则建议你们在辛卯年春节前，亦即主后 1951 年 2 月 6 日前举行婚礼，这样便不是无春年了。至于具体日期，我看了瞻礼单，主显节后第一个主日，是圣家节。圣家即我主耶稣、圣母玛利亚、我主耶稣之养父若瑟所成之神圣家庭，你和曾若瑟菲娜姊妹在此日行礼婚配，与赵依莎贝小姊妹一起生活，寓意也好。你看这一天可否？"我当然是毫无异议，忙感谢了老神父。见我无不答应，又连赞他博学多知，老神父也孩子气地得意一笑，又正色道："大卫王赞美上帝，说'我观尔手所造之苍穹，所设之星月，世人为谁，尔垂念之？人子为谁，尔眷顾之？'③我们都是天主的子民，我们的智慧和一切，都归于天主。"

我便点头道："听您刚才讲的，对中国民间的事情，真是了如指掌；跟您交谈，也不像是跟西人，倒跟本国老辈人相仿。"老神父笑道："我是主后 1912

---

① 原文出自《圣经·创世纪》。
② 原文出自《圣经·创世纪》。
③ 原文出自《圣经·诗篇》。

省府前街

年、民国元年到的中国，直到三十八年才离开的，仅是老河口、南阳两地，便待了二十多年。"我听他有闲谈之意，忙笑道："我是开封人，开封您去过吗？"老神父道："开封古城，河南省会，我当然是去过的，你的家乡是一个迷人的地方，我非常喜爱它。"老神父顿了顿，又笑道："不过，也有一些不怎么美好的回忆。抗战期间，意国跟日本国是盟国，有时教会跟占领军有摩擦，我就得去调停。最危险的一次，是民国三十年的秋天，我记得刚在开封教区吃了月饼，便得知郑县被日军占了，郑县慕霖路天主堂是其所在教区的主教座堂，我跟贾师谊主教多年好友，心里牵挂，便连夜赶到了郑县。所幸贾主教亦是意国人，日军倒也没有骚扰。我便一直待在郑县帮他处理教务，直到不久后，中国军队反攻回来，我才离开的。"

我当时听得心头突突，忙道："这便是太巧了！我当时也在郑县，住在罗家胡同，在城东，东门里。"老神父亦是一愣，微微合目，又忽地睁开眼道："我想起来了，是有个罗家胡同。城陷之后，难民伤民颇多，我略通医术，便带了急救药具，常在郑县大街小巷救助难民，以善行荣耀我主。若我没有记错，是条东西胡同，长不过百米，路口有个院子，曾经住过中国军队的伤兵。我那日在路上走，有个汉子瞧我是外国神父，又背着药箱，便拉了我到僻静处，问是否有药。你是知道的，在天主眼里，没有职业之分，都是天主的子民。我便说有，他又问敢不敢给中国军人治病，我自然点头答应。他便领我去了那里，我给伤兵们简单包扎治疗之后，药具已无，我答应他们次日再来。不料再来时，那帮伤兵已经跟日军同归于尽了。又过一天，正值主日弥撒，我望过弥撒，不由自主又去了罗家胡同那院子，想给逝者祈祷一番，不料刚一进院子，有个妇女在那里，竟是主内姊妹。她见我，便非要告解忏悔，我答她办告解是天主所定诸圣事之一，仪轨严整，你又是妇女，只可在圣堂告解亭中神工架下——"

我听得骇然，脱口而出道："那位中年妇女，可是姓冯？"

老神父也是满脸震惊，不由惊讶道："正是如此！你是如何知道的？"

我当即跪下，画了十字，对老神父道："既然说到这里，我亦是要忏悔告解的。我是有大罪的人。这妇人当时与我素昧平生，我身为军人，理当保护她，

省府前街

却一时心神不坚，被撒旦魔鬼所诱，竟与其有了淫佚之举，犯天主十诫中'毋行淫''毋贪人之宅第与其妻室'①。后那妇人开枪射我，我几近丧命，而弹片至今仍在我体内，时时发难忍之痛。此即天主时时提醒我罪孽深重。感谢天主。"说罢，我伏地长跪，叩头于地，良久方起。老神父问我道："那妇人如今在何处？"我颤声答道："她开枪射我之后，便被我手下击毙。这是我的罪。求天主悲悯。"老神父见我满脸是泪，叹道："她果然这么做了。我对这妇人之所以印象极深，便是她亦向我忏悔与人奸淫，并要杀了那男人。我当然劝她不可。"我又画了十字，匍匐于老神父脚前，道："我知道教义所在，不能将他人告解之事外传，但我有不情之请，那妇人告解时，有无讲为何如此做？神父，此事发生已近十年，近十年来我每次伤痛发作，即万分痛苦，肉体苦，却不及心中苦之万一。请神父为我解惑。如天主降罪，只求降于我一人。感谢天主。"

老神父久久无语，半晌方道："赵保禄兄弟，你可是真心忏悔吗？"我答是，并诵忏悔经。老神父喟然道："你是当事人，又已受近十年的惩罚之痛。罢了，我且将真相告知于你。只望你得知真相，坚定信德，以余生之力荣耀我主。你可做得到吗？"我再三坚答"做得到"。老神父道："那冯姓妇人对我讲，她丈夫已老，膝下只有一女，恐子嗣将绝，深以为憾。妇人深爱于他，只想为他生一子，以全其夙愿，但她成婚多年，未能如愿。孰料她与你乱世间邂逅于倾城，多日朝夕相处，竟为你动心，亦想由你受孕，但其后，又深悔犯了十诫之律，故那妇人彷徨无措，才要告解。她说若能脱险，便亲手将你射杀，以护其夫名誉。一旦有孕，则在产子后自尽，为杀你补赎。我听她言语无序，说的又是生杀惨烈，便以为她一介妇人，受了战争刺激，神志凌乱，只能好言安慰之后，送她回了家，就在罗家胡同里。如你当时亦在，可谓擦肩而过了。"

离开教堂，我一路垂泪不止，短短一段路，走走停停，放声悲泣一番，方复起步，走不多远又行不得，只好停下再泣。自成年以来，积攒二十余载之泪水，似乎要在此时此刻流尽了。民国三十年秋在郑县发生之事，竟宛如活动

---

① 原文出自《圣经·出埃及记》。

电影，在面前一轮轮过去。郑县，罗家胡同，牛少校，冯氏，小周，贾先生，当然还有你，先先。那样的人，在那样的地方，那样的时间，慌慌张张见了面，慌慌张张又分别，生的生，死的死。我最后一次看见你姨娘冯氏，她拿着那把南部九四，直勾勾对我，一边流泪一边开枪。她的泪固然是真的，杀我之心亦是真的。我不解她何以自荐枕席，又何以下杀手。她打我那几枪，我固然无悔无怨，却亦不知背后竟有如此缘由，那么当初她之行为，到底是心里没有我，还是有过我？而现在想这些，又有何意义？逝者已远去矣。而那位救我一命、将你姨娘打死的牛少校，抗战后弃了军职，转而经商，在上海囤积物资向黑市兜售，被蒋大公子当作"老虎"打掉了，毙于华德路上海监狱。但枪毙了他又有何用？币制改革惨遭失败，整顿金融不了了之，真老虎继续逍遥法外，党国也就丢了大陆，孤悬于海上一岛。我在路边徜徉至天黑，方平复了心绪，回到家里。阿姐见我凄惶，以为费神父不许我们成亲，或是见罪于我俩，慌得不知所措，却连连安慰我道："便是不许结婚，我也不会走的，仍旧给你做工，不管多难，总归带大了依依就好。"又说："我是罪孽深重的人，天主责怪我，让我受苦，这都是我命里应当的。我俩和依依相依为命罢了，只是自此不许你再轻薄了呢。"我不愿冯氏之事再有人知，便只推说与费神父谈及往事，不免神伤而已，让她不要多想。阿姐这才放下心来。

主后1951年1月，主显节后首个主日，便是圣家节，我与阿姐于当日成婚。是年我四十岁，阿姐四十二岁，依依一岁半了。那天我才知道，阿姐的名字，叫曾清明。阿姐说过她生在清明，我却不知她父母如此省事，索性就以"清明"名之。待她年长，总觉清明有肃杀之气，故不愿对人言。但男女婚配，年庚八字与姓名，是再瞒不得的，只能对我说了。我便安慰她道，你这清明，不是节气之清明，而是清朗之清、明净之明，我们开封曾有幅名画《清明上河图》，其清明，即是太平盛世，上河，便是穿城而过之汴河，而苏东坡亦有诗云：

梨花淡白柳深青，

柳絮飞时花满城，

惆怅东栏一株雪，

省府前街

人生看得几清明。

阿姐见我这么讲，便亦不再为"清明"二字有憾。但是先先，其实我说这话时，想起李太白的《三五七言》了：

秋风清，秋月明，

落叶聚还散，寒鸦栖复惊。

相思相见知何日，此时此夜难为情！

先先。先先。我写这封长信给你，每日或两三百字，或一千余字，也或几日不得一字，自与阿姐成婚后即动笔，至今日写完，锱铢积累半年多了。每攒下若干字，便读给阿姐听，她听了或是笑，或是悄悄拭泪，有时亦会点评，指出我文字中谬误瑕疵之处，比如会说："这个不对呢，小秀不是这样，哪有你写的这么坏？"或者说："这个亦不对呢，我哪里有你说的这样好？"我读到跟阿姐初夜夫妻之事，羞得她拿手遮面，笑得直不起腰，却也不说这事不许写，只道："你真要给沈小姐看这个？你可要想好了呢！她若是到港，我便还做用人，赵太太还是沈小姐做的。"其间我每次欲掷笔毁稿，都是阿姐劝住，道："要写完呢！你们识字的人写字，便像我们做工的人烧饭，哪有饭做一半却扔了的？"我便叹道："写这些东西，一来不知先先能否看到，二来不知她看到了，会作何想。我既负她已深，又何必再去烦她？"阿姐却笑道："先生这么想，却是大错特错了呢！你写这些，可有一件是说你得了好处吗？带着年轻漂亮的太太到香港，刚生下女儿，太太便跟其他男人约会，最后人都跑了，临走时还拿了你的钱，这不是人财两空吗？前边的老婆跑了，一时不慎上了当，咬牙又娶了一个，却是个又老又丑，比你还大的女子，以前还是给你带孩子洗衣服的用人，比沈小姐大家闺秀的出身，差的不是一点半点，这跟堕入地狱也差不多了呢！还有先生你，腿上、脊梁骨上的老伤，天一阴凉便疼得钻心，躺也躺不得，走也走不得，可香港这地方，偏偏又是动不动便要下雨的，这跟整日里受刑也差不多了呢！你说，任何一个被你所负的女子，读了你的信，开心还来不及，怎么会烦？"我听了，亦是莞尔一笑。

先先，写此段时，已是主后 1951 年 10 月了。说来亦有趣。中共政权的

"新中国"，即中华人民共和国，国庆日在10月1日；党国当然便是"旧中国"了，国庆日在10月10日。前几天新中国国庆，在港的左派报章纷纷套红印刷出报，以示庆祝，左派团体亦组织工人市民游行，声势颇为浩大；再过几天，即是双十节，在港的国军老兵、家眷，整日里串联动员，亦要在那天游行庆祝，以示风头不输。而港府及警方那边，想必又要头大的。我已倾囊而出，买下柳家旧屋，修葺之后，仍住在沙田，不少国军人士来访，鼓动我参加游行，撰写文章批共，我均笑而婉拒。先先，自受洗入教以来，这等政治纷争我是敬而远之的了，尤其是党国这些支持者，战场上尚且打不过中共，笔墨官司能打赢吗？倒是中共，竟有种种别开生面勇猛精进之气象。两党相较，中共青春茂盛，国民党却像个暮年老者。先先，我如今彻底脱离了军界，算是商人了，在商言商，别的一概不管，只求正正经经跟柳先生合伙做些生意，赚钱养家，将依依拉扯大了，送她出国留学，觅一夫婿，白头到老，才是第一要务。那夜我和阿姐卧谈，我说希望依依成人之后，能与外籍人结婚，吓得阿姐一下子坐起，连连摇头说："不可，万一生出来个串儿，可怎么办好呢？"我便笑道："阿姐你真迂腐，洋人亦是人，生出孩子来，洋名随了洋人，中文名便可姓赵了；不但孩子姓赵，给那洋人也取名姓赵，反正他亦不懂。这样一来，赵家香火依旧可以绵延，还开枝散叶到了国外，金发碧眼之徒亦是我赵家儿孙呢。"阿姐听了大笑，道："先生你是想儿子想破了头，心智都荒废了，你只道洋人不计较中文名，便非要依依做洋人太太吗？你便不想想，若是找个姓赵的女婿，生下儿子来，不也是姓赵？天底下还有两个赵吗？何况'赵钱孙李'，赵是大姓，姓赵的人多，这还更便利些呢！"我闻之一愣，随即亦大笑，连声赞阿姐机智。就连旁边的依依，梦里听见我俩笑声，亦是笑了一下，翻身又睡去了。

先先，我竟是真的要了结这封信了。至于今后是否再写，就看天主的安排吧。对了，适才阿姐便在我身后坐着，看我写信，依依则坐在床上玩耍，旁边小砂锅里熬着药，咕咕作响。我正要将此长信结尾，钢笔却没了墨水，欲起身去拿，阿姐却坚持她去。墨水在书柜里面，层级靠上，阿姐个子低，要踩了椅子才能够到。我不许她如此，快步过去，取了墨水。阿姐便笑道："你这人，

省府前街

是担心我又摔着吗？你且放心,好好地给我和依依挣钱攒钱,我年纪虽大了,亦要争气的,非给你生一个不可。"先先,有件事忘了告你。上月是9月,9月15日,亦是农历的中秋节,我和阿姐、依依赏月,吃月饼。阿姐身子刚刚受亏,气色不好。因在8月底,阿姐不幸流产,怀了三个月。阿姐固然伤心不已,我亦是黯然。不过等她身子好些,又能下地做饭时,我安慰她说:"阿姐,你已是四十出头的人了,能怀上孩子,即说明你尚可再生,我亦有耐心等,我们便等好了。这么多年,从大陆到香港,从军人到商贾,从用人到太太,你我还有什么熬不了的?有什么等不得的?有什么接不住的?总归好好活着,才是正经道理。况且我们已有了依依,不过将来费些力气,找个姓赵的女婿罢了。"阿姐听了,亦笑道:"人家岳丈挑女婿,要查勘的地方好多,你却只有一条,不过这个确是要费些心思呢!我想,不如还是你争争气,我也争争气,自己生一个,来得方便些呢!"

　　先先,先先,愿天主赐福于你。

　　余不一一。

二哥

主后 1951 年 10 月 8 日

第十章

重　逢

康氏和春玉搬到省府前街沈家，是 1951 年寒假过后，学校刚开学时的事。奕雯是房东，新房客能不能住进来，当然需要房东点头。昶达找奕雯谈过，她并没有反对。这让他很意外。因为他之前先找的王妈，她当即表示不同意，不住地冷笑，开口便道："昶达同志，你可不像是爱开玩笑的人呢！"

昶达住在沈家两年多，跟王妈一直处得蛮好，也久闻王妈言辞犀利，吵架从没吃过亏的，用开封老话儿讲，就是"嘴可厉害"，今天算是正经领教了。王妈上来第一句，便把昶达刚才的话给定了性，接着又不客气道："我老婆子是革命群众，奕雯是小学教员、入党积极分子，我俩不管大事小事，都听党的，听咱政府的，政府的意思我知道、我拥护——街上的大喇叭天天广播，号召私房修缮出租，缓解城市住房紧张，这都没毛病，工人多了，干部多了，城里头没地方住嘛！可我家不也响应号召了吗？房子屋顶山墙，不都自掏腰包修缮了吗？原来住的，不也是满满当当的吗？"

昶达好容易找到话头，忙赔笑道："是的，是的，这不是空出来几间，我才——"

谁知王妈等的就是这个，立刻接过去，冷笑道："现在是空出来几间，让别的公家干部住进来，我也没话说的。可那康氏、葛春玉，算是什么东西！且不说是我和奕雯的仇人，你就告诉我，她俩是干部吗？是党员吗？革命群众的房子，当然得给革命的人住！若不是，想都别想，说破大天也不行！老婆子我老家在尉氏县乡下，家里三代贫农，典型的被剥削阶级，童叟无欺的革命群众，战天斗地的革命意志，天不怕地不怕，说不行就不行，谁说都没用！"

王妈连珠炮般说完，扭头便走了，扔下昶达一个人叹气苦笑。昶达无奈，只得又找到奕雯做工作。省府前街沈家这宅子，年前刚拿下"土地房产所有证"，登记的户主是"沈奕雯"，而且写得清楚——"私有产业，有耕种、居住、典卖、转让、赠与等完全自由，任何人不得侵犯"，只要奕雯点头，王妈那里就还有转圜余地。奕雯从大厅门市立四小下班，刚进院子，就被昶达叫住。她听了昶达的意思，便一笑道："我都听组织的。"昶达道："这可不是组织行为，是我个人来找你帮忙的。你是房东，如果你不愿意，谁都不能勉强。"奕雯笑道："我没什么不愿意的，照你说的办吧——王妈那里，你说过没有？"见昶达苦笑，奕雯便明白了，点头道："我去说。"

昶达扶了扶眼镜，斟酌着道："小沈同志，有些事，我想了很久，还是觉得有必要跟你谈一谈。"奕雯从挎包里拿出笔记簿，掏出了笔，昶达摇头道："不是工作的事，同志间说几句话。"奕雯还是翻开了笔记簿，也不抬头，默默地听着。昶达见她这个样子，心中不由一阵酸楚，准备了好久的话，忽然再也说不出来了，可是不说，又始终一块石头压在胸口，最后只能轻轻一叹，道："小沈，你现在这个样子，若是静姝看见了，会怎么想呢？"

奕雯低着头，一声不吭。昶达继续道："已经一年多了。小沈，我不知道该怎么跟你讲，我只想让你知道，为静姝难过的，不止你一个人。如果难过能让她回来，我愿意什么都不做，只是天天难过，天天想她。但这是没有用的。为了新中国，无数先烈牺牲了。他们的牺牲，不是为了让我们停留在怀念里，永远待在原地，而是让我们从怀念里获取力量和信念，勇敢地走下去——"

省府前街

"昶达同志，如果我工作上有缺点，有不足，我诚恳地接受你的批评。"奕雯抬头微微一笑，合上了笔记簿，道，"但如果只是说刚才的话，请你不要再讲了。若没有静姝推开我，替我挡子弹，我已经死了一年多了。所以静姝说过的话，我一辈子都不会忘的，我会不折不扣地做到她嘱咐我的所有事情。我对静姝的感情，并不比你对她的少。你是男同志，总会结婚的，总会有一个女同志，取代静姝在你心里的位置的，但是我不会，我心里永远有她，也只有她，谁都替代不了——康氏和葛春玉那边，你去说一下，这两天就搬过来吧。王妈会听我的。"

奕雯说完，把笔记簿放回挎包，朝正房走去，把哑口无言的昶达留在了身后。她一进门，王妈立即迎上去，低声道："老夏找你通气了？"

所谓"通气"，是解放后才在开封流行的词儿，具体地讲，是从机关单位里传出来的。一开始，是干部同志相互交心，没有第三人在场，能说些直来直去、又不会影响团结的话；后来市井百姓也传开了，都觉得这词儿不赖。比如老娘们儿之间背后说人长短，以前叫嚼舌头，现在就可以叫通气，显得理直气壮。王妈就喜欢跟人通气，经常叫上街坊四邻通一通；而街坊四邻有什么新闻掌故，也喜欢找她通一通，像有关康氏、春玉的事，不少就是通气通来的。王妈见奕雯下班回来，刚进院子便被昶达叫过去了，显然是通气，心里就犯嘀咕，一直趴在门口窗边观察，所以奕雯一进门，她便着急忙慌迎上去打听。奕雯也不瞒她，便把情况说了，王妈拊掌笑道："你这个傻丫头，还是江湖经验少哇——你知我为啥红嘴白牙，一口回绝了老夏？我这是一计呢！你看那戏台上演员唱戏，有人唱白脸，就有人唱红脸。恶人我来当，好人不就你落了吗？别看老夏还是市委干部，干革命，抓坏蛋，搞建设，那是比我强，可要跟老婆子我玩家长里短，还真未必就玩得过我。"

奕雯哭笑不得，把挎包递给王妈，道："你倒是大人大量，还真想让那俩女人住进来吗？"

王妈笑道："你有我呢，怕什么？ 我这双招子^①就是照妖镜，别说两个女人，便是什么白骨精、狐狸精、黄大仙一窝窝地住进来，我也全都收拾了。 当年咱们就没怯过，现在更是不同了。 再说人家老夏是大干部，咱总得给人家个面子不是？"说着，王妈又一叹，惋惜道："可话说回来，院子里仨年轻人，一下子走了俩，也显得冷清了。 奕雯，我还以为这仨人，总有一个——你干吗去？ 回回说到这里，你就不吭声了！ 你到底咋想的？ 我可替你一直打听着呢，有不少单身的年轻干部——"

王妈追到卧室门口，低声道："奕雯，你给我说实话，你不会是看上老夏了吧？"

奕雯一怔，气得咬牙切齿道："怎么可能！ 你别瞎说好不好？"

王妈便笑眯眯道："那你是想找个老的，还是年轻的？ 我这儿都有备好的——"

奕雯板着脸道："我累了一天，要睡了——明天还得早起，学校有会，说孩子们春游的事。"说着便放下帘子，把王妈拦在外头。 王妈又好气又好笑，嘟囔了一句"白眼狼"，便回房去睡了，不多时鼾声如雷，声声传开。 奕雯换了睡衣睡裙，躺在床上，却再也无法成眠。 她有些恨昶达，恨他又提到了静姝。 奕雯不愿听见"静姝"这两个字，因为任何人说起这两个字，就像要把她的静姝抢走一般。 而静姝是她一个人的，只能是她一个人的，她想让静姝永远只在她心里。 静姝去世的时候，奕雯连哭的力气都没有了，跪在病床边，握着静姝凉凉的手，听她断断续续地嘱咐：

"奕雯你要好好进步，一定要入党，如果一次没有被批准，不要灰心，要接受组织的考察，继续努力，总有通过组织考验的那一天。"

"奕雯你要好好生活，有合适的人，就不要再封闭自己，要结婚，生孩子，生好多孩子，把我没生的孩子，都生出来。"

"奕雯你记得告诉孩子，很久以前，有一个叫崔静姝的阿姨，是妈妈的好朋

---

① 开封江湖市井俗语，指眼睛。

省府前街

396

友。"

那天老薛射出的子弹，有三发打在了静姝身上，一枪在肩头，两枪在腹部，抢救了一天一夜，输了很多血，静姝最终还是去了。抢救中间，静姝时而昏迷，时而清醒，一到清醒的时候，便要动动手指，让奕雯过来，反复交代那几句。昶达就站在旁边，静姝对他也有嘱咐，让他好好帮助奕雯，照顾奕雯，不要让她受欺负，给她找一个好人做丈夫。静姝的力气越来越小，再也说不出什么，便歪了头，看着奕雯，嘴角挑一下；最后连这点力气也没了，便时不时眨下眼，告诉奕雯她还活着。奕雯来回地摸着她的脸，那张曾经喜悦、哀伤、幸福和羞涩过的脸，正在慢慢变得洁白，像雾一样洁白而湿润，当雾散去之际，静姝的嘴唇也变得洁白了。整个世界都洁白了。奕雯不许任何人帮忙，自己亲手小心翼翼褪下静姝的衣服，小心翼翼擦净弹孔边的血污，把自己最喜欢的衣服给她穿上，生怕弄疼了她、吵醒了她。下葬的时候，奕雯突然跳下坟茔，静静地坐在棺椁旁边。昶达拦住了其他人，大家都静静地等着。奕雯取出那把掌心雷，擦得干干净净的，埋在棺椁旁的黄土里。老薛杀人和自杀，用的是掌心雷，现在，静姝也有了。奕雯低声嘱咐道："静姝，我的好姐姐，你拿上这把枪，便谁都不怕了。你知道，这是我最心爱的东西，我拿着它已经有十二年了，一直没离开过——咱俩第一次见面的时候，在丹水镇菊潭山，我就拿它打猎呢！那天我们喝酒、唱歌、跳舞，说好了做一辈子姐妹。静姝，你跟我说过的话，我一个字都不会忘的。你放心。"说完，她擦了泪，回到了地面，亲手捧起第一把土，连同手心的泪水，轻轻抛撒在静姝身上。

静姝之前出现在奕雯身边，没有任何的征兆。菊潭山上，奕雯私自开了车去打猎，正好看见静姝和丛海在约会，那是她们初次见面。后来贻海突然带奕雯夜奔郑县，在罗家胡同见到的，竟是刚刚被军统逮捕的静姝。开封第一次解放后，奕雯正因为贻海的离去而苦闷，忽地有人叫门，打开门一看，却是静姝和昶达面带微笑站在对面。静姝之前也突然离开过。抗战胜利那年，奕雯跟她一起回到开封，那天晚上还是中秋节，两人吃了晋阳豫的月饼，她便悄悄走了，留下一本《吉诃德先生传》。后来又走了一次，是在开封第二次解放前，她和昶达临时接到命令，回解放区参加进城干部培训。 这一次，是第三次离开，却是永远。 但奕雯冥冥间觉得，静姝还会回来的，正如她之前那样，突然就出现了。 静姝就躲在院门外，或者是省府前街的拐角那里，想要吓她一跳。 她每次猛地回头，想要发现静姝正藏在身后某处，而每次都是失望。 直到一年以后，1950年的国庆节，全市体育大会在省体育场举行，奕雯带着孩子们做观众，她坐在看台上，到处都是招展飘摇的红旗，孩子们小脸搽得红扑扑的，激动地叫着嚷着"新中国万岁"——她忽然意识到，静姝再也不会回来了。 静姝已经变成天上的一朵云，半空的一阵风，地上的一面旗，变成孩子们兴奋的口号，赛场里奔跑的脚步，或者也可以说，静姝从来就没有离开，她已经无处不在。

这一年，奕雯过得辛苦，省府前街沈宅里的众人，一个个也都赔着小心，想方设法帮她纾解。 王妈自不必说，咏清、书芃和翔然三人则用不着动员，各不示弱，暗自较着劲儿。 他们都清楚，谁能帮奕雯走出来，谁就能走进她心里。 1950年入夏后，很快又是伏汛期，学校也放了暑假。 咏清要带记者下田间地头采访，热情邀请奕雯跟着，说她文笔好，可以当成通讯员来培养。 奕雯却推辞说已经报名扫盲班，不日就要下乡了，地点还是在柳园口。 咏清碰了一鼻子灰，倒让书芃和翔然偷偷乐了好几天。 书芃攒了十天假，去上海旅行了一番，回来给大家都带了礼品，还有一堆吃的喝的，都是本地不常见的稀罕物，不料奕雯已经下乡了，吃的喝的也不能久放，倒便宜了咏清和翔然，他俩比吃什么都起劲；两人一边吃，一边猛夸书芃讲义气、够朋友，气得书芃半夜睡不着，蹲在门口抽烟，继续思考他那些棘手的技术问题。

伏汛一到，翔然又成了大忙人。 按省黄河河务局的指示，他编入巡堤组，负责开封、陈兰两段堤防险工的巡护和技术督察。 他去年在柳园口险工立了功，上了报，成了模范，柳园口附近无人不知技术员"小侯"。 那天巡堤到了柳园口，正好赶上晚饭，大方说反正晚上也不走了，怎么着也得喝两杯，叙叙旧。 翔然酒量不行，却也推不掉，只好硬着头皮答应下来。 工地上不让生火，饭菜都是凉的，酒也是乡间常见的红薯酒，入口冲、上头快、后劲大。 柳园口的红薯酒，又跟常见的不同，原酒经了三次蒸馏，弃三锅酒尾不要，取头锅酒头二锅酒腰，按比例配好再烧一次，才是正宗的柳园口红薯烧。 平日里一斤酒量的人，碰见这红薯烧，至少要打对折。 翔然抿了一口，辣得龇牙咧嘴，当时就有点头晕，说什么也不肯再喝了，一来是明天六点就得出发往下游走，二来知道奕雯会来，不想让她看到自己失态。

奕雯正在柳园口做扫盲教员，远近几个村子，没人不认识开封城里来的"沈先生"，大方已经派人去请了。 等奕雯来的工夫，工棚里喝倒了好几个，翔然没怎么喝，大方便一个劲地劝，道："兄弟，你放心，咱们大堤上是三班倒，陪你喝的，都是刚交班要睡觉的，下一班的人，馋死他们，也不能动一口——护堤就是护命，人命关天呢，谁敢胡来？ 再说了，咱们政府花了大钱，把整个险工都翻修了一遍，不是哥我吹牛，百年不遇的咱不敢说，五十年不遇的，咱还真不怕它——你喝不喝？"

翔然苦笑道："方队长，我说了，明天一早，六点就得往下游走，去东坝头险工——我这要是喝倒了，别说上午六点，下午六点都未必能醒，耽误了工作怎么办？"

大方皱眉道："这么着，一碗，就喝一碗，行不行——我再替你喝半碗，你只喝一半，总行了吧？ 无酒不成席！ 你给咱柳园口立下这么大功劳，不喝点酒，显得咱多不懂礼数，对不对？"旁边的人一个个大着舌头，点头称是。 奕雯就是这时候到的，翔然忙站起来，跟她打招呼，大方也笑道："沈先生来了？正好正好，有人准备露一手呢！ 兄弟，我知道你脸皮薄，不好意思——你干了这一碗，不，半碗，老哥我替你提亲，好不好？"

翔然顿时目瞪口呆，尴尬道："方队长，你这是什么意思？ 喝多了吧？"不等大方回答，翔然上去按住他肩膀，道："这碗酒我喝，不过我喝完了，你得听我的。"大方嘿嘿一笑，道："我听你的兄弟，你说，你这亲我还提不提！ 人家姑娘可就在跟前呢，过了这村可没这店！"

翔然窘迫到了极点，根本不敢去看奕雯，只得斩钉截铁道："大方，你再开玩笑，我这就走！"

省府前街

大方清醒了些，认真道："兄弟，你真不让我提吗？"

翔然赌气道："喝酒就喝酒，不相干的话别说！"

奕雯一直似笑非笑，看着他们。大方冲她摇头，笑道："你看我这兄弟，到底是年轻，说生气还真生气了——好了好了，哥给你赔罪，还不行吗？"说着，大方端起碗，把剩下的一饮而尽，又抹了抹嘴角，对奕雯道："沈先生，我们乡下人，脾气直，肚子里搁不住话，想到啥就说啥——小侯呢，是我的把兄弟，不让我给他提亲，这是他自找的，我可是先尽着他，他不能怨我。行，我就不给他提亲了，我给我亲兄弟提，小方，你见过的，人长得不寒碜，也上进，准备明年考大学，万一考不上，就参军去。我打听了，你比他大三岁，女大三，抱金砖——今天不急，回头你琢磨琢磨，成不成的，给我回个话。便是不成，咱就跟没这事儿一样，该吃吃该喝喝，还是好朋友。你看行不？"

翔然听得心里直哆嗦。静妹还在世的时候，见翔然是真心喜欢奕雯，便跟他认真谈过话，把奕雯的脾气、性格都讲给他听，就是让他心里有个准备，别看奕雯平时客客气气，一副与人为善的架势，所谓江山易改本性难移，真要是恋爱结婚，过起了日子，也不是谁都能接得住的。翔然一开始还不信，后来一个院子里朝夕相处，时间长了，奕雯的秉性多少显露一些，可即便是这昙花一现，冰山一角，已让翔然心有余悸了。1949年国庆，静妹被潜伏特务杀害，那特务老薛自杀了，旁边两个同伙要逃，奕雯冲上前去，从死人手里抓起枪，一枪撂倒一个，那特务当场毙命；另一个也被撂倒，没伤着要害，剩下半条命，是奕雯拿了没子弹的空枪，活活给打死的。满街革命群众在一旁看，竟没人能插进去手。那特务的血溅了奕雯一脸一身，跟个血葫芦似的，手上的动作却一下也没停。市妇联看门的那个大姐事后说，这丫头心真是硬，人山人海的，她就真敢开枪，还真就没打偏；从头到尾，连一声都没吭，就那么整死了两个大男人，后一个还是生生用枪把子敲死的，脑袋壳都给敲开了，眼珠子脑浆子流了一地，看的人胆小的都吓得尿裤。大方当然不知道这些，又喝了红薯烧，嘴里头没个把门的。翔然担心奕雯一时发作，伸手就把桌子掀了，那可怎么收场？正提心吊胆时，却见奕雯微微一笑，看着大方，摇头道："方队长，用不着回头，也用不着琢磨，我现在就给你回话。可真是不巧，你这位把兄弟，我不喜欢。你那位亲兄弟呢，我也不喜欢。你今天一口气提了两位，我看都没什么希望。还得麻烦方队长，多替我张罗着，一旦有了合适的，再跟我提吧——我先谢谢了。"

奕雯一边说，一边冷笑，说到最后，从她嘴里出来的话，跟从冰里拔出来的刀子似的，又冷又硬，听着都瘆人。奕雯说完了，端起小桌上满满当当一碗酒，眼也不眨便喝干了；喝干了还不拉倒，两只手卡住了碗边儿，用力一掰，竟是"咯嘣"一声，把个粗瓷碗掰下一角，随手扔在一旁，再端起大方手边的那碗，又是一饮而尽。大方眼睛都瞪出来了，忙一巴掌打在自己脸上，赔笑道："沈先生，你好酒量！我大方今天喝多了，不扶墙，就服你——刚才我说的全是放屁话，你是讲究人，别跟我一样！"

奕雯见他认栽，也不再计较，又跟大方碰了一碗，翔然和旁边的民工都是触目惊心——就是个正值壮年的汉子，这么连干三碗红薯烧也得倒，何况是女的？大方的酒量在民工里算是好的，也顶不住了，声音动作有点不当家。他以前也喝酒，喝得不多，也没什么瘾头，现在天天都离不开酒，全是为了镇痛。去年这时候伏汛，大方跟翔然一起抢险落水，伤在了左胳膊，治了整整一年也没好利索，虽然能活动，但就是使不上劲，连个柳筐都提不起来，两条胳膊摆在一处，明显地一粗一细，看得人不由心颤。这还不算完，一到阴雨天，疼痛便从骨头缝里丝丝蔓延，左胳膊疼得钻心，全靠几碗红薯烧镇着。可酒一喝多，大方便把这事给忘了，又用左手去端酒碗，当然端不起来，眼睁睁看着一碗酒洒在地上。翔然不由道："大方哥，还是没力气吗？"

大方右手握住左手腕，抬起来放在腿上，笑道："这算个屁！黄河边的人，谁身上不带个伤？我生在船上，三岁就扔在水里了，想淹死我的水，还没打天上落下来呢！"说着，大方转向奕雯，诚恳道："我爹妈被国民党抓走的时候，给我留的有话，要是他们回不来了，一定得给小方寻个媳妇。这一走，快五年了，估计人是没了。我就这点心事，今天一喝多没能把住——沈先生，我刚才说的那些屁话，你可得原谅我！"

奕雯表情有些僵硬，笑了笑，没说话。 翔然道："这就奇怪了，你爹妈老老实实的船民，怎么会被抓走的？ 哪年的事？ 后来有消息吗？"

大方叹气道："就是民国三十四年，抗战胜利那年。 我记得是双十节前后，保长带着保安队，还来征了一回特别金，说是民众自发献给党国庆祝的——狗屁的自觉，谁不交钱就抓谁！ 以前还行，一见保长领人来了，立马顺水起帆，让他们在岸边干着急。 可自打花园口决堤，船民没了活儿干，都上了岸，夜里忽然就来了一伙人，开着汽车、穿着制服，说话倒还客气，说要一男一女，到郑县一趟，协助绥靖公署了解情况，完事儿了还给送回来。 我爹是船民中领头的，他不去谁去？ 就跟我娘一起去了，两人临走时给我留的话。 过了一个月，我去郑县接他们，人家绥靖公署根本不认这事，说从来没从柳园口带过人——"

翔然愤然道："这不是睁眼说瞎话吗？"

"是啊！ 我当时就急了，跟他们争辩，说我爹姓方，我娘姓肖，两个大活人，怎么说没就没了？ 要是土匪抢人绑票，抢俩船民干什么？ 又不是地主大户。 就算是绑票，也没见有人要赎金啊。 又是汽车，又是制服的，不是官府的人，还能是哪儿的人？ 土匪去哪儿找这些行头？ 绥靖公署见我不依不饶，便把我打了个半死，扔在郑县东关外，我是一路要饭回的开封。"

奕雯终于开口道："他们穿的什么制服？ 是军装吗？ 开什么车？"

大方道："不是军装，一身黑色的中山装，皮鞋，跟绥靖公署的人穿得不一样——开的车，我倒不认识，反正没顶子，敞口的。"

"那是威利斯吉普车。"奕雯平静道，"是军车，国民党部队里常见的。 中山装更是常见。 有些国民党特务执行秘密任务，不愿暴露身份，就换上中山装。"

大方苦笑道："这我就不懂了。 你说我爹妈一辈子在船上，生人都见得少，花园口决了堤，黄河往南流了，才搬到岸上来，他们能得罪谁呢？ 又不是地下党，又没参加革命，国民党特务抓他们干什么？"

工棚里鸦雀无声，众人都是沉默着。 又过良久，奕雯才道："我倒听说，

省府前街

国民党军统里有个说法，叫'拉马骡'。"她看着目瞪口呆的大方和翔然，继续平静道，"就是有人犯了事，被军统捉去，或者只是家里有钱，被盯上了，军统照抓不误，然后向他家人摊牌，要想保命就得拿钱出来买。 至于以后的事，军统会再抓不相干的人，替犯事的人去死——这就叫'拉马骡'。 一般被捉去替人受死的，都是无钱无势的平民百姓，比如你父母这样的船民。 抓他们的人，开着车，穿着中山装，正是军统的做派。"

那天晚上，大方到底还是喝多了，被人抬走时，一路上破口大骂，边骂边哭，其声惨不忍闻。 其他人经了这番折腾，都疲惫睡去。 奕雯借住在老乡家，中间还隔了两个村子，时间也很晚了，翔然便没让她回去，张罗众人挤在一个工棚里睡，腾出来一个给奕雯，让她好歹休息一会儿。 翔然睡在最外边，一直提醒自己别睡着，听着隔壁工棚的动静。 他盘算得挺好，却架不住那半碗红薯烧，躺下不久便昏昏沉沉，说不清是睡了还是醒着。 大约四点来钟，翔然猛地醒来，一抬头，见有人从旁边经过，朝远处水边走了。 那身形步态，不是奕雯还能是谁？ 翔然瞬间便坐起来，穿鞋站起，悄悄跟了过去。 奕雯果然已经站在坝埂边，看着远处水面上浅浅淡淡的晨雾，头也不回，道："你怎么醒了？"

翔然只得走过去，站在她旁边，笑道："喝多了，头疼，睡不太死——你酒量可真好！"

"从小就喝酒，家人也不管。 洋酒，红酒，白酒，其实都一个样。"奕雯一笑，从挎包里拿出烟盒，抽出一支来，手里叮咚一声脆响，打火机吐出了柔柔的火光。 奕雯给自己点上，缓缓地吸了口，又缓缓地吐出来，道："我记得你不抽，就不让你了。"

奕雯这一口吸得很深，烟头通红，甚至能够听到哔哔的燃烧声。 她一臂横于胸前，单手托肘，另一手两指夹了烟，凑在脸颊边，那支烟像是突然变长的手指，轻轻划过她的唇、她的牙齿。 一股烟，又一股烟，从奕雯身体里出来，混合着她的体香，弥漫在翔然周遭。 翔然被她抽烟的样子惊到了。 他在省府前街住了快两年，却从未见过奕雯抽烟，也没想到在水边的这片薄雾里，一个抽烟的女子，竟会如此的鲜艳而热烈，像一幅浓重的西洋画。很快，一支烟抽完了。

翔然终于道："你不睡会儿了吗？ 还早呢。"

奕雯看着前方，道："现在是四点多钟，寅末卯初——你知道吗？ 按老话儿，这是一天里阴气最重的时候。 古代处决死刑犯，大多是在正午，图的是阳气旺，能压住犯人的魂魄，让他连鬼也做不得。 我见过国民党保密局杀人，专挑寅末卯初动手，鬼魂直接就进阴间转世投胎去了。 大概是他们也知道，这些人本不该死，让他们早点托生去。"

翔然听得手脚冰凉，却笑道："怕是也未必，既然阴气重，说不定冤死的人变成恶鬼，缠住军统的人不放呢！"

奕雯也笑起来，道："所以那个特务，不是自杀了吗？ 还有他那两个手下，也都被我杀了，其中一个，还是被我按住了，活活打死的。"她说得轻描淡写，翔然却更加悚然，不由挪了挪脚步。 奕雯道："昨天晚上，我当着你的面，说我不喜欢你，你大概心里也不舒服吧——你不要说话，先听我说。 我听老夏讲，他有个老朋友，一个姓陶的老教授，在武汉大学，准备招研究生了，他来信让你去报考，这是好事。 听我的，等今年伏汛过去，你就到武汉去。你是做学问的人，那里才是你的归宿。"说着，奕雯轻轻抽出了三支烟，逐个点上，拈在手里举至额前，喃喃说了句什么，再蹲下身，把烟插进土里，起身又是虔诚地一躬身，像是在祭拜。 翔然在一旁默默看着，忽然道："奕雯同志，你方才说的，我都接受。 我只想问问，你究竟不喜欢我哪一点？"

"你没有什么不好的，当然，我也不是配不上你。 男女之间是平等的，我和你只是不合适而已。 我虽然结过两次婚，杀过几个人，做过一些难以挽回的错事，但我仍然觉得，我无须仰视任何一个男人。 你呢，年轻，是大学生、干部，也不必这样可怜巴巴地，问我不喜欢你什么。 很快，就会有很多女孩子在你身边，你会和她们中间的一个恋爱、结婚，那时你根本不会想起，在开封城省府前街上，有一个你曾经喜欢过的女人。 不过，能够在你青春的记忆里面，留下一点点我的影子，真的，我很开心。"

省府前街

奕雯讲着讲着，扭头看着翔然。她的目光温暖，有力量，让翔然有些不好意思了。翔然在那一瞬间里，非常想上前一步，拥抱一下奕雯，告诉她，他从来不觉得跟她有什么不合适之处，如果有，那就用爱去弥补好了。可是没等翔然攒下足够的勇气，奕雯却忽地一笑，轻巧地走上来，抱住了他，凑到他脸上轻轻一啄——她的嘴唇带着晨雾特有的烟火气，连同这个即将到来的、无边无际的早晨，就那么一下子扎进了翔然的记忆深处。等翔然回过神来，奕雯已经松开了手，回到了刚才站的地方，笑盈盈地看着他。翔然呆呆地站在原地，他知道再多的努力，也不会让奕雯回心转意了，他看着她，忽然道："我想跟你跳个舞——去年五一游行那个，好不好？"

"翔然同志，我得纠正你一下。"奕雯笑道，"那叫秧歌，不叫跳舞。"

奕雯说着，做了个扭秧歌的动作，两人便跳了起来。《解放区的天》《军民大生产》《绣金匾》《团结就是力量》《南泥湾》《没有共产党就没有新中国》，当然，还有《拥军秧歌》。奕雯轻轻地唱着，翔然开始还有些局促，慢慢也跟着唱起来。于是在清晨五点多钟，两个二十来岁的年轻男女，黄河边，大堤上，一同踩着被露水打得湿漉漉的土地，轻盈愉悦地扭着秧歌。伏汛刚刚开始，黄河的河面渐渐宽了，再过上几天，会宽得看不见彼岸，但彼岸就在那里，看得见，在那里，看不见，也在那里。晨雾从河面上弥散开，好奇地看着这对男女，也情不自禁加入进来，拥着他们跳啊跳啊，跳啊跳啊。奕雯唱到"嗨来梅翠花，嗨呀海棠花"时，便笑着迎上去，来在翔然的面前，主动挽了他的臂弯，另一只手扬起并不存在的红绸，盯住他的眼睛，原地转着圈圈，在"送给那英勇的八呀路军"时分开。很快，又到了"梅翠花""海棠花"，两人便又侧身相对，臂弯勾连。远处，有早起的人愕然站定，看着他们，随即又咧嘴笑了，给他们打着拍子。黄河从旁边经过，不知多少年了，而黄河出现在地球上，更不知多少年了。或许连古老的黄河，也没有见过这样的场面。翔然宛如又回到了那次游行。跟那个时刻一样，翔然的身心都迷醉在这旋律里，他只想眼前的一切永不停歇。

1950 年伏汛过后，翔然被武汉大学录取，不久便要南下上学去了。 按照教育部颁布的《关于实施高等学校课程改革的决定》，大学和科研机构的研究所、研究部主要从应届本科毕业生中招生，以培养高校师资和科研人才。 翔然毕业好几年了，本不在录取之列，但上次在黄河边见到的那位陶老先生坚持要他，河南这边政审、鉴定、推荐材料都很扎实，他本人也刚好过了预备期，成为中共正式党员，种种条件都具备，也就顺顺利利拿到了录取通知书。 翔然出发前一天，王妈特意跟大家打了招呼，说晚上吃饺子，给翔然饯行。 为了这顿饺子，王妈没少费心，攒了好一阵子的白面，中午一过，就关了院门，开始剁韭菜盘馅儿。 关上院门，是怕有街坊来串门和通气，家家户户难得做顿饺子，人家忙也帮了，气也通了，出了锅不让端走一盘子说不过去；可面就这么多，肉就这么点，仨小伙子都嗷嗷叫等着呢，实在不忍心让他们吃不饱。 王妈忙活一下午，到了日头偏西，全院住户陆续下班回来，连昶达都难得地没有加班，早早回了省府前街——王妈一直跟他打趣，说他不该在市委工作，应该到省政府。 昶达不解，王妈说市委在乐观街，走路还得三四里，而省政府就在对门，这边吆喝一声，那边传达室就能听见。 昶达便笑，说也不能为了上班近，就申请调动工作的。

　　翔然这一走，最欣慰的是昶达。 他是学水利出身，留学回国后，受聘于南京国民政府全国经济委员会水利委员会，算是学以致用，却干得身心疲惫，后来去了延安，因为精通英文和俄文，机缘巧合做了研究工作，再后来又去了华北解放区，更是专职搞行政，离专业越来越远。 昶达嘴上不讲，心里还是甚为抱憾。 如今翔然工作几年后，能有机会重回校园，昶达着实出了不少力。 比如有个领导提出人可以放，但是得定向培养，从哪儿来回哪儿去，河南也缺这样的人才。 这一条，昶达就公开表示反对，眼下都是新中国了，又不是军阀割据，在哪儿不是建设新中国？ 黄河是新中国的，长江就不是新中国的了？ 至于翔然将来是留在南方，还是回河南，现在谁说了都不算——干部是党管的，人才也是党管的，等翔然毕业了，党让他去哪儿就去哪儿。 昶达这么一讲，别人就不好再说话了。 不但如此，昶达还替翔然争取了一笔奖学金，临走前，又

省府前街

把珍藏多年的外版专业书慨然相赠。 昶达当时还感慨，说这箱书跟着他，从美国到南京，从南京到陕北，从陕北到河北，从河北到河南，打仗行军都没舍得扔。 感动得翔然直掉眼泪。 王妈在一旁打趣，说老夏跟打发闺女似的，又是送钱又是送嫁妆，说得众人又都笑了。

其实最舍不得翔然走的，还是王妈。 院子里这三个年轻人，若是从给奕雯挑丈夫的角度出发，最合适的是翔然。 当然这是王妈的个人看法，奕雯从来不参与这个话题。 在王妈看来，咏清年纪大了些，之前有些结巴，虽然现在不结巴了，但谁知道将来一着急，老毛病会不会再犯？ 还有，爹是结巴，孩子会不会也结巴？ 不能不考虑这个。 再说咏清在省委搞宣传，天天跟女记者、文工团员、女演员打交道，动不动就带着人下乡演出采访，一走就没个点儿，就算咏清没有歪门邪道的心思，万一那些女的有呢？ 开封老话儿可说了，"不怕贼偷就怕贼惦记"，惦记得久了，就是隐患。 所以王妈一上来，便忍痛排除了咏清。 书芃这孩子优点挺多，留学生啊，懂洋文啊，单位的技术骨干啊，文能吟诗作对，武能捣鼓个收音机、修个机器啥的，对奕雯算得上掏心掏肺，即便奕雯没什么回应，也从没见他悲观消极。 但也不是没缺点，首先一条，他出身就是个大问题，爹妈在东南亚开什么橡胶园，据说规模还不小，按国内划阶级成分，准得是大地主大资本家。 不过话说回来，要不是大地主大资本家，也没钱送书芃到英国念书，一念就是十好几年。 也正是小小年纪便不在爹妈身边，没人心疼管教，人太孤僻清高，不跟群众打成一片。 工作这么久了，连个入党申请书都不写，不积极要求进步，思想觉悟不高。 姑且搁一搁，看看他下一步怎么表现。 而王妈之所以觉得翔然合适，一则是跟奕雯年岁正相当；二则是翔然觉悟高，积极向党组织靠拢，还是个立过功上过报的模范；三则是他祖籍河北，家里是贫农，阶级成分好，河南河北离得又近，就算将来翔然回了原籍，坐火车去看望奕雯也方便。 可惜的是，翔然偏偏要走了。 这一走，还不知道将来会不会回来。 再说他去的是南方，听说那边连面都不吃，只吃大米，奕雯要是嫁给他，去了南方，吃饭都是个问题——一年到头，连碗热汤面都吃不到嘴里，还是人过的日子吗？ 至少，不是开封人过的日子！

省府前街

这天回家最晚的，却是奕雯。她不回来，王妈便不提下饺子的事，大家便只能硬扛着饿，手里又不能闲着，光蒜泥就捣了两大碗。等到了掌灯时分，奕雯终于回来了，见冷锅冷灶，抱歉说是今年国庆节市里要开体育大会，通知市立四小组织学生观看，学校很重视，特意开会布置工作，所以回来晚了。好容易饺子出了锅，盛了盘，醋碟蒜泥也都上来了，没等昶达代表大家说几句给翔然饯行祝福的话，咏清倒清了清嗓子，先开了口，他一字一顿道："各位同志，耽误大家两分钟，我先跟大家说个事。"

书芃和翔然都急着动筷子，见咏清这么正经要说事，也不便打断，只好咽着唾沫听他讲。咏清便继续道："我今天接了通知，省委要派一批干部南下，我报了名。如果顺利的话，国庆节前就出发了——各位同志，本来想等事情定了再说，可明天小侯就走了，大家一个院子里住了这么长时间，不说出来，我心里也，也——"

咏清这次倒不是结巴，而是实在想不出来合适的词。他不愿走，是因为奕雯；不得已报名要走，其实还是因为奕雯，可这层意思，又没法当着众人的面直说。眼下全国江山一片红，大家都在建设新中国，翔然去武汉读研究生，全国四五亿人，一年就那么三五百个研究生，这当然算积极上进；书芃整天泡在铁路上，在陇海线上从东跑到西修路修桥，保障铁路大动脉畅通，也是积极上进；而咏清成天搞宣传，要么在办公室写材料，要么带人采访、演出、开会，做的都是些事务性工作，他在三人之中年纪最大，动静却最小，被其他两个比了下去。咏清也想积极上进、建功立业，所以一见到南下通知，没多考虑，便踊跃报了名。

昶达倒是一愣，问道："我记得文件才刚刚下来，有这么快吗？国庆前就出发？"

咏清解释道："这次南下干部分好几批，头一批人少，是打前站的，后面的人多，是主力，在开封集中整训后，再分批南下。我在北平念书时的一位老师现在福建工作，写信来邀请我去。福建是对台工作前哨，有不少国民党士兵是河南人，福建那边刚解放，缺干部，尤其是熟悉北方风土人情的干部。对台宣

省府前街

传工作又很重要，也算是我的老本行，所以想来想去，我就打算先去工作一阵子。等过两年台湾解放了，祖国统一了，我还要回来的——毕竟我是开封人，老家就在朱仙镇呢。"

昶达皱眉道："具体是在福建哪里？"

咏清想了想，道："闽西——如果组织派我去的话。"

"闽西山区多，是客家人的聚居之地，祖籍河南的确实不少，你是河南人，工作起来方便一些。福建地处东南沿海，跟台湾离得很近啊！"昶达缓缓道，"我在市委，看到一些内部材料，说那里匪患很严重，总量有好几万人，有政治土匪，有职业土匪，老土匪，新土匪，还有大量军统和中统特务，工作条件很艰苦，也很危险，你做好思想准备了没有？"

"没有这个准备，我就不报名了。"咏清笑道，"中央已经发过指示了，要在全国掀起镇压反革命运动的高潮，土匪虽然猖獗，也是秋后的蚂蚱，没几天蹦跶的了。我最担心的，是去了福建，估摸着吃不着王妈的热汤面了。"

众人听得很专注，一时都忘了吃饺子。王妈见咏清说到自己，便嚷道："别说热汤面了，饺子都在眼跟前，却没一个人吃！我说小何，你先别惦记热汤面，把饺子吃了吧！开封老话儿说，滚蛋的饺子进门的面，今天倒是凑巧，一顿饺子送走俩人！想吃热汤面？等你们俩啥时候衣锦还乡回省府前街了，我老婆子再给你们俩做！"

这天晚上，全院的住户都没睡好，连王妈那么好睡性的人，都是瞪圆了眼睛，想着心事。次日天不亮，书芃和翔然便起来了，也没吃饭，悄悄收拾好行李，推开院门离去。书芃在铁路上工作，翔然去武汉报到，要先坐火车到郑州，再南下武汉，书芃送他正好顺路。两人走的时候，其实其他人都醒了，在窗户后看着院里动静，谁都没出来。送别该说的话，昨天晚上都说尽了，现在出来，只是徒增离别之意，更加怅然。奕雯也醒了，不过没有起来，靠在床头，有些木然地看着窗户。王妈倒是一脸严肃，目送翔然出院，而后回头看着奕雯，叹道："你也不起来送送？"奕雯道："你不也没去吗？天还早，我再睡一会儿。"王妈道："走了一个，还剩俩；再过个把月，还得走一个，可就剩下

省府前街

409

一个喽。"她一边摇头说着，一边察言观色道："你到底是个什么打算呢？ 是这几个都瞧不上，还是已经有相中的了？ 奕雯哪，你今年都二十五岁了，虚岁都二十六了，搁在过去，也是孩子俩仨满地乱爬了，再过几年，女人一上了三十，可就只能给人家续弦喽——你想过没有？"

奕雯躺好了，拿被子盖住脸，根本不搭理王妈，更别说回话了。 王妈索性过来，坐在床沿道："你不乐意跟我说，我也不逼你，可静姝说的话，你总不会忘吧？ 她怎么嘱咐你的？"奕雯一把掀开被子，大声道："说了多少次，等我先入了党，再说结婚的事——不就是结婚吗？ 生孩子吗？ 我又不是没结过。 就在这院子里，我已经嫁过两个男人了，再嫁一次怕什么？ 还能遇到比前两个更该死的男人吗？ 再说我还年轻，生孩子也不是难事。"奕雯的声音全是调侃的味道，但眼圈分明红了，继续道："你要再逼我结婚，我就随便找个男的，不管他年纪大小，不管他有没有文化，我都跟他结婚生孩子去，你让我生几个，我就生几个——这下子你该满意了吧？"王妈跟奕雯早已是母女的情分，听了她这般赌气的话，心里顿时一软，却也说不得什么了，只是握了她的手，叹气而已。

咏清说走便走了，果然是在国庆节前，王妈照例又包了顿"滚蛋饺子"，给他送行。 咏清出发倒不是悄没声的，省政府大门口敲锣打鼓，南下的干部们人人戴了红花，上了大卡车，一路送到南关火车站。 等到咏清寄来第一封信，已经是俩月之后的事了。 信上说他已经到了福建，正在等待分配，估计去闽西的可能性不大了，要直接去厦门前线，参加对台广播宣传工作。 此后长则半月，短则一周，总有咏清的信寄来，收件人便是"沈奕雯同志"。 咏清知道王妈不识字，拿了信也看不懂，昶达和书苪更不会私自拆看，倒比寄到市立四小方便一些，省得给奕雯添麻烦。 相比之下，翔然就想得简单了，一到武汉，便忙不迭写信给奕雯，恨不能一天一封，统统寄到开封大厅门的市立四小。 学校传达室的小黑板上，一天到晚总有奕雯的名字，于是传闻便来了，有的说是她在武汉的亲戚，有的说是她在武汉的男朋友，弄得奕雯挺尴尬，特意给翔然去了信，让他安心学习，别总写信，写信也寄到家里。 1951 年春节，翔然说好了回开封看看大家，临放假又接到通知，要去长江下游做水文调查，还是陶老先生亲自带队，翔然不敢不去，只好来信道歉。 奕雯也去信安慰，让他一切以学业为重，等暑假再见，写完了，她又担心翔然多想，特意加了句"致革命友谊"。书苡是好动的人，家又不在国内，春节放假便去了趟北京，在首都扎扎实实玩了好几天，回来时照例又是大包小包的礼物。 昶达春节则回了趟信阳老家。想当初离开家乡，他还是个十几岁的少年，一晃三十年过去，其间辗转国内国外、大江南北，一次家都没回过，现在都新中国了，再不回老家看看，实在说不过去。 如此一来，偌大个院子，忽然只剩下王妈和奕雯。 除夕之夜两人守岁，旁边都是鞭炮喧闹，王妈便唠叨起来，说得奕雯心里聒噪，索性岁也不守了，年也不熬了，放下帘子睡觉。 王妈叹了几声，又觉得大过年的唉声叹气不吉利，只得嘟嘟囔囔，哼着戏词儿睡了。 后来王妈一个劲儿地后悔，不该唱那几句戏词儿，她这么一唱，可把真正唱戏的给招来了。

　　王妈说的这位唱戏的，自然是春玉了。 康氏和春玉搬进省府前街，是一个周日上午。 头天晚上，昶达跟王妈、奕雯商量怎么安排，王妈冷笑道："人家是剥削阶级，享福享惯了的，当然要拣最好的地方。 我这就跟奕雯腾出来，让给她们俩。"昶达知道王妈历来嘴上不饶人，便笑道："这是哪里话？ 她们是房客，住在哪儿都得听你房东的。"王妈道："要依着我，就不让她们住进来，成吗？"奕雯见王妈又要拐到老路上，忙打圆场道："昶达同志，你看这样行不行？ 我跟书苡说过了，他搬到原来咏清的房间去，把厢房腾出来，再收拾一间倒座房，正好两间，这样可以吗？"昶达方才放了心。 第二天一早，书苡和昶达忙着倒腾房子。 厢房一东一西，东头是昶达住着，西头以前是书苡和翔然，咏清呼噜太大遭人嫌弃，自己住一间倒座房。 书苡爱干净，西厢房稍稍收拾下就能用了，而咏清却不太讲究，倒座房里又脏又乱，根本迈不开脚，书苡只好戴了口罩，里里外外好一番打扫，才算能住下。 众人正忙着，院门外来了人，王妈的脸立马耷拉下来，眼睛里迸着精光，竟真跟她说的"照妖镜"一般。 奕雯见她运气，生怕给来人下马威，便一手拉着她，道："咱可说好了，不许动粗的。"

省府前街

411

可随着来人进门，王妈和奕雯都是一脸诧异，因为进来的是个男的，四十出头的年纪，个子比昶达还高，一身军装，戴着棉军帽，脸膛黑里透着红。 来人不像是走错门，只见他大步进院，一见了昶达便笑道："老夏，你还真挑了好地方，这离行宫角可是真近！"

昶达意外道："你怎么来了？ 不是在医院复查吗？"

来人笑道："有啥好查的，跟没事儿人一样！"说着，又朝奕雯、王妈敬礼，道："这位就是房东小沈同志了？"

昶达忙介绍道："这位是苏团长，苏成荣同志，跟我是老战友了——"

"就叫我老苏！"来人咧嘴一笑，道，"往后我们两口子住在府上，多有打扰了，大家都是革命同志，还指望着小沈同志多包涵咧。"

话说到这里，连书芃都瞧出来不对劲了。 王妈为了搞统一战线，主动找了书芃通气，又觉得光通气还不够，忍痛拿出一盒罐头相赠，趁机把两位新房客的底细讲了讲，说到动情处，还情不自禁抹了眼泪。 书芃吃着罐头，听懂了王妈的意思，当即便表态，说一定跟王妈站在同一立场，绝不会看着奕雯受欺负。 书芃说的当然是真心话，即便王妈不交代，他也不会向着外人，尤其是欺负过奕雯的两个女人。 可今天新房客不是俩女的，是个当兵的团长。 老苏见书芃发愣，上去握住他的手，朗声笑道："听老夏说，你是铁路上的，还是归国华侨？ 真是好样的，咱们新中国就缺你这样的人才。"

书芃一时搞不清人物关系，干巴巴笑了两声，瞄了眼王妈。 王妈也是一头雾水，看着昶达。 院子里忽然安静下来。 老苏有些不解，没等他再开口，门外脚步声又响，这回来的才是康氏和春玉。 而两人一出现在门口，奕雯和王妈更加愕然，王妈甚至不由自主"噫"了一声。 康氏跟老妈子一般，赔着笑脸，扶着春玉进院；而春玉则挺了个大肚子，把棉袄撑起老高，脸上胖了一整圈，眼神慵然，举手投足都是懒洋洋的。 老苏咧嘴一笑，上去扶住春玉，道："你怎么走过来了？ 我不是请了架子车吗？"

春玉声音倒还是脆生生的，道："整天躺着，再不出来走走，就长在床上了。"

康氏笑容满面道："走走好，走走好，春玉肚子大得吓人，不是对双胞胎也是个大胖小子，多走走，晒晒暖儿，将来生着就顺了——妹夫你放心，有我呢。"

春玉把手一甩，不耐烦道："好了好了，跟你多有经验似的，你生过吗？"

这话硬邦邦的，砸谁身上都不好受，连书苂听了都皱眉，奕雯和王妈不由一凛，康氏却仍旧满脸是笑，亲昵地拍了拍春玉，道："我生没生过，别人不知道，妹子你还不知道吗？ 我是生不出来了，这念想就指望妹子你喽。"

春玉并不答话，鼻子里哼了一声，瞧着奕雯，笑道："奕雯妹子，这回你是房东了，打算把我安排在哪儿呀？"

王妈正要说话，奕雯却是微微一笑，道："已经跟昶达同志商量了，腾了一间厢房，一间倒座房，你们自己看着办就好。"

昶达忙点头道："要是觉得倒座房冷清，我搬过去——"

老苏正色道："胡说！ 你是我的老首长，我能这么干吗？ 再说，过不几天我就开拔去朝鲜了，春玉再有几个月也该生了，一间房足够，大姐将来照顾着也方便，是不是大姐？"

"妹夫，我都听春玉的。"康氏赔笑道，"我是丫鬟出身，什么苦都能吃，只要春玉舒服就行。"春玉听了，抿嘴一笑，也不说话，径直走到西厢房门外，打量一下，道："这台阶倒是不低。"康氏便过去扶住她，笑道："高了好，妹夫步步高升，图个好彩头。"春玉昂首挺胸，进西厢房查看去了，剩下一院子人面面相觑。 老苏有些尴尬，道："添麻烦啦，给各位同志添麻烦啦。"说话间两辆架子车到了，工人们卸下家具箱笼，春玉托腹叉腰，立于院中，指挥一众工人归置好东西，已是晌午。 老苏不让王妈做饭，说他已经在又一新定了桌饭，请全院人务必赏脸。 昶达生怕奕雯不去，一上来就驳了老苏的面子，拉她到一旁通了通气，奕雯便点头答应了；王妈担心奕雯吃亏，只好像护法韦陀一般，也跟着过去；书苂见她俩都去了，自己还能白得一顿饭改善生活，自然满口答应，路上还跟王妈打趣，说早知道有这一顿，早上的俩花卷就不吃了，却见王妈一脸苦大仇深的模样，吓得再不敢说话。

省府前街

新中国成立之后，又一新饭庄的酒席宴会不多，又响应政府号召，兼营了服务大众的小吃、面饭，生意还是红火，而且规矩也变了，从"先饭后钱"变成"先钱后饭"，也没了堂头堂倌，改为买票叫号——饭菜做好了，一股脑儿摆在厅里大桌上，客人们自己凭号去端——以示本店没有剥削，一律平等。　老苏特意点了几个又一新的名菜，什么扒燕菜、扒羊肉、熘鱼焙面、陈煮鱼，都是后厨拿手的。　不多时，柜上叫了号，奕雯想去端，被王妈按住，不许她去，因为春玉稳稳坐着不动，奕雯好歹是房东，哪有房客请房东吃饭，房东倒给房客端茶倒水的？　王妈不许奕雯去，自己也不去，抓了桌上的瓜子，嗑得山响，跟没听见叫号似的。　最后还是书苊起来，走马灯似的往回端菜，老苏觉得过意不去，也去给大家搞服务。　昶达年纪最大，职务最高，大家都不让他动，昶达也怕自己一走，这几个女同志再打起来，只好留下，一个劲儿地打圆场。　转眼间一桌子琳琅满目，该主家发话开席了，老苏便端了杯酒，道："我是个大老粗，平常给战士们讲话，超不过三句，准得跑题，全靠政委在一旁往回搋，所以向来都是政委主讲，我只管敲边鼓。　今天政委没来，我要是讲错了，大家别见怪。"

　　康氏见老苏还要讲话，忙鼓掌欢迎，书苊一心想着动筷子，便也鼓掌。　老苏笑道："事情是这么个事情。　我跟春玉结婚，的确有点慌张了，不过也没办法，一来部队有规矩，不让大操大办，战争期间一切从简；二来我家里没啥人了，春玉家里也没啥人了，我就是想上门迎亲，我那老丈母娘也不能从地底下钻出来啊！　我就是想拉着春玉，给我娘磕俩头，可我娘也在地底下埋着呢！"昶达微笑着摇头，点上一支烟，递给了他，老苏接过烟，猛嗿两口，又道："多亏有大姐，算是娘家人了，对春玉一直照顾得很——还有小沈同志，我知道，你们以前都是一个院儿住的，都住在行宫角嘛，也是姐妹的情谊。　如今春玉又跟你做邻居了，以前的事，那都是旧社会的事，要算账，要有仇，也都是国民党反动派、帝国主义法西斯给闹的，是那个姓赵的给闹的。　你们仨，都是个顶个的好娘们儿——不，妇女同志——看我这嘴，真该拿针线缝上。"

　　奕雯脸上顷刻间乌云密布，阴得能抓下一把水，只是碍于昶达在座，才没有当场拂袖而去。　王妈早就横眉竖目，拳头攥得火星子四溅。　书芃的视线都在奕雯身上，又是心疼又是惋惜，轻轻叹了口气。　至于春玉和康氏二人，倒没什么异样，大概早就习惯了老苏的风格。　昶达皱眉，咳嗽了一声，道："你还知道该缝上？　老苏，你都当团长了，怎么还是这个样子？　不会说话，就少说！"

昶达轻易不动怒，他能把话说到这个语气，已经是很生气了。　老苏当然听得出来，马上道："老首长批评得对，我喝了这杯，给大家赔罪！"说着，他干了杯中酒，道："国民党反动派，给打到台湾去了，用不了两年，就给打到太平洋去了；这帝国主义呢，在东北家门口闹腾，毛主席一声令下，去年10月份志愿军入朝，连着打了几仗，美国鬼子也给打回三八线了——我为什么说这个呢？　有账算了账，有仇报了仇，军队向前进，生产长一寸，加强纪律性，革命无不胜，是吧？　团结就是力量，是吧？　不搞好团结，打仗要打败仗的，在一起过日子也过不好。"

昶达无可奈何地一笑，不客气地道："说重点，说重点，注意讲话的逻辑、条理，不要踩着西瓜皮，刺溜到哪儿算哪儿。"

王妈解气地一笑，刚想说话，被奕雯拉了一把，只得生生咽回去。　老苏笑容可掬道："重点，这就该重点了——政委说，重点前头得有铺垫，我铺垫可能有点长了——重点是这样的。　我这回去朝鲜，是跟美帝国主义打仗。　美帝是纸老虎，纸老虎也是老虎，且得打一阵子，说不准啥时候能回来，快的话一年半年，慢的话三年五年——小沈同志，不瞒你说，当时搬家，有好几处能去，老首长也让我考虑别的地方，可我看就省府前街这儿最好，其他地方都不成！小沈同志，你是房东，我这个老婆，还有这个大姐，就交给你了，你就当是久别重逢吧。　我听老首长讲过，你是公立小学教员，是入党积极分子，你觉悟比她俩高得多，要好好领导她俩；她俩呢，我也都交代过了，要服从你的领导。她俩要是不听话，你告诉老首长，关她们的禁闭！　要是还不老实，你就给我写信，我见缝插针回来一趟，开她俩的挽救会，好好跟落后思想做斗争！"说着，又端起一杯酒，举向奕雯，郑重道："老首长知道，打仗得有根据地。　志愿军出国打仗，抗美援朝，根据地就是咱们新中国；我的根据地，就是省府前街小沈你家。前方打仗，不是打枪打炮，其实打的就是根据地。小沈同志，我就靠你了。"

奕雯见他说到这份儿上，便也站起来，端了杯子，肃然道："老苏团长，你放心。"

又一新饭庄在开封城南北要道中山路上，本就是人来人往、车水马龙之处，兼营了小吃、面饭之后，花钱不多，还能下一趟名饭庄，来吃饭的人着实不少。老苏订桌时，特意选在了大厅一角，不想太招摇。可他那嗓子、个头、一身军装，搁在大厅里还是很显眼。一桌人刚算风平浪静开始动筷子，有个穿中山装的过来，亲手将一盘菜放在桌上，笑容可掬道："我是本店职工代表，后厨各位同人听说有位老总要去朝鲜打仗了，一致委托我过来，奉上这盘炒虾仁带底，给老总饯行。这是本店招牌菜，鲜虾仁为主料，鸡蛋黄摊成菜底，虾鲜蛋滑，姜末清爽，香醋利口，老总吃了这道菜，盼着您旗开得胜，早日得胜还朝！"大厅里的众人听见这话，无不鼓掌叫好。奕雯却想到刚才老苏的话，多半也被其他人听了去，难免有些不自在，王妈自然看出来了，低声道："甭管那么多，出门谁都不认识谁，听见了怕什么？"说着，又给她夹菜，奕雯面前的碟子里摞了老高。

回省府前街的路上，昶达特意叫住奕雯，两人走在最后。王妈知道他俩要通气，便拉了书芃走在前头，有一搭没一搭地说话，不时回头去看。昶达的确有话跟奕雯讲。说实话，他也没想到今天老苏会来。老苏是他在解放区的下级，豫东人，河南老乡，一直当他是上级加兄长；解放时奉命南下剿匪，受伤后回开封养病。老苏是个戏迷，尤爱豫东调，当年在豫东乡下听过春玉唱戏，戏班子演到哪儿，他就跟到哪儿，春玉演一场他就看一场，喜欢春玉喜欢到了骨头缝里。在晋冀鲁豫解放区时，昶达跟老苏朝夕相处，没少听老苏讲春玉唱戏，时不时还听他扯了破锣嗓子吆喝一段，当时昶达还觉得好笑。老苏来汴养伤，故友重逢，昶达没少请他坐一坐，喝两杯，叙叙旧。一次老苏来访，兴奋得路都走不成了，问昶达知道不知道他碰见了谁。昶达当然不知道。老苏便

省府前街

说，当年那个叫葛春玉的唱戏的丫头，现在就在开封，前天开封文艺界慰问团到医院演出，老苏一眼便认出了春玉。 时隔十几年了，春玉竟然还是老样子，唱戏还是那么好，扮相还是那么俏。 昶达当时没太在意，回头想想，总觉得哪儿不对劲，却没想出个所以然来。 再过几天，老苏愁眉苦脸来找他，说他打了结婚报告，组织上不批，请昶达帮忙。 昶达不可思议，问他新娘子是谁。 老苏说就是唱戏的春玉，葛春玉，又讲了春玉的历史，组织上就是觉得她历史不清楚，还给国民党军官当过姨太太，所以不批。 昶达这才如梦初醒，想起了静姝曾给他讲过的赵家的事，觉得老苏实在是欠考虑，苦口婆心劝了一番，老苏根本听不进去。 不管昶达怎么讲，老苏都是油盐不进，不但不听，还软硬兼施，非逼着昶达帮他再申请一回，还说葛春玉打算把行宫角赵家捐了，跟过去彻底决裂，要做自食其力的劳动者、新中国的建设者。 昶达坚持不同意，后来老苏真急了，把枪掏出来，拍在桌上，道："老首长，当着你的面，我也不嫌丢人了，春玉连老苏家的孩子都有了，再不结婚肚子就显了，要么等那时候组织枪毙我老苏，要么现在老首长你给我个痛快的，你看着办吧。"昶达听得目瞪口呆，心知再劝也劝不住了，只好硬着头皮，找春玉谈了话。 春玉又是哭，又是表态，说一定好好伺候老苏，当好军属，跟以往的生活坚决了断。 昶达不得已，提笔给老苏写了证明材料。 老苏如获至宝，赶紧又打了报告，把昶达署名的证明材料附上，这才顺利获批。 1951 年春节过后，老苏接到入朝参战的通知，此时行宫角赵家要改成街道工厂，康氏和春玉得另找地方住，老苏又来找昶达帮忙。 昶达推荐了几处，老苏都不满意，嫌人家房东要么觉悟不高，要么成分不好，要么没文化，总之横挑鼻子竖挑眼的。 昶达哭笑不得，说总不能搬到省府前街吧？ 老苏大概就等他这话，顿时眼睛一亮，连声说这是个好主意，将来孩子生下来，院子里小学教员都有了，怎么着也得培养个大学生知识分子出来。 昶达后悔莫及，再想改口也晚了，只得去找王妈通气，果然碰了一鼻子灰；又去找奕雯做工作，总算是说成了。 搬家那天，老苏本来要去医院复查，拿了结果就出发去朝鲜，可他放心不下，连医院都没去，一心想好好跟奕雯拉拉关系，好将春玉托付给她。 说到最后，昶达停下，对奕雯道：

省府前街

"小沈同志，你今天也看到了，葛春玉这个女同志，仗着怀孕有功，确实有些膨胀了，你多担待一些，真有出格的事，我也不会不管的。 现在全国都在支援前线，咱们院里出了个抗美援朝的军人，也是咱们的光荣——"

奕雯一笑，道："昶达同志，我说过让老苏团长放心，就一定做得到。 再说我天一亮就去学校，天黑了再回来，一天也见不着几面，就算葛春玉要出格，我也不会给她机会的。"

昶达听了，心里苦笑，便点点头，道："听说你一直张罗孩子们春游的事，有了眉目没有？"

说来也巧，奕雯正为这事操心。 她这是头一年当班主任，一心要搞出成绩，不想像别的班那样，随便去个南郊禹王台、北郊柳园口之类，就算是春游了。 可她带的是初小，孩子们年纪都不大，周边那些近的去处，孩子们大多去过，没什么新意，也提不起兴趣；远的地方，她若带一群孩子出行，却又是多有不便，别的不说，交通就是问题，孩子们两条腿才能走多远？ 地方远了，当天如果不能赶回，安全怎么保障？ 学生家长能不能同意？ 奕雯挖空心思，想了好几个方案，连自己都不满意，更别提报到学校了。 王妈自告奋勇，提建议道："开封老话儿说得好，'家存三斗粮，不当孩子王'，这小学教员能是好当的？ 听老婆子我的，多一事不如少一事，你哪儿都不要去，就去铁塔龙亭相国寺，禹王台都是远的。"王妈说完，奕雯着实发了通脾气，说不支持她工作。 昶达主动问她，大概是跟王妈通过气，想帮忙协调一下，出出主意。 奕雯忙道："正为这个发愁呢！ 昶达同志，你有什么建议？"

昶达笑道："我一个男同志，你们女同志带孩子的事，我能有什么建议？"见奕雯明显地失望，便又笑道："不过有位热心人表了态，愿意帮忙联系，去郑州转一转，看看二七塔，你觉得如何？"

奕雯一怔，苦笑道："我当然觉得好，但这个怕是不容易——二十多个孩子，开封和郑州往返一趟下来，快两百公里了，怎么去，怎么回？ 若是当天回不来，怎么住？"

"这些都不是问题。"昶达笑着摇头，道，"那位热心人，已经替你计划好了，只要你定下了日期、人数，提前知会一声即可——只是看你愿不愿去了。"

奕雯微微蹙眉想着，忽然，她忍不住笑了，道："是坐火车去郑州吧？"说着，她抬头看着前方，王妈和书芃已经走远了，只看得见背影。

风　波

郑州在清代两度升为直隶州，一次在雍正年间，一次在光绪年间。　光绪二十九年，公元1903年，郑州第二次升为直隶州，直属河南省管辖，比散州地位高出一级。　民间有传言，说是因为之前两宫回銮京师，在郑州住了三晚，对此地印象颇佳。　当时卢汉铁路正建着，汴洛铁路也在规划，两条铁路建成后在郑州交会，或许太后皇上觉得郑州再是个散州，有些说不过去，索性批了河南巡抚陈夔龙的奏折，允准郑州升为直隶州。　十年之后是民国二年，公元1913年，全国废州改县，郑州直隶州改叫郑县；到了1922年，京汉、汴洛铁路早已通车，汴洛铁路更是往西修到了灵宝、往东修到了徐州，陇海铁路雏形已成。郑县位居全省交通枢纽，在河南的地位由此擢升，于1922年辟为商埠——偌大个河南，八府九州一百一十一县的大省，只有这一处商埠独苗。　1923年2月1日，京汉铁路工人代表数百人齐聚郑县，在火车站边的普乐园剧场集会，成立了京汉铁路总工会，定在2月4日全线总罢工，随后便发生了震惊全国的"二七惨案"。　又过了整整二十八年，到了1951年的2月7日，郑州市人民政府为纪念"二七大罢工"，将原来的长春路改为二七路，长春桥改为二七广场，建木质高塔一座，塔尖一颗五角星，周围遍植树木花草，遂成郑州地标。　到郑州的人，不管是出差还是旅游，都得去走上一遭，看上一眼，这才能回家之后，告诉别人"去了趟郑州"。

来的时候，书芃特意借了部相机，给奕雯和孩子们在二七塔下拍了张合影。　孩子们差不多都是第一次拍照，激动得大呼小叫。　等他们闹够了，奕雯

省府前街

带他们离开二七广场时，大人孩子嗓子都喊哑了。 午饭是书芃选的地方，德化街的京都老蔡记馄饨馆，老蔡记的招牌是玻璃馄饨、水晶蒸饺，书芃要的便是这两样。 德化街离郑州火车站近在咫尺，老蔡记又是民国初年便有的老字号，一到饭点，根本找不到座位。 奕雯索性让孩子们在门口就地坐下，自己寸步不敢离开，只得委屈书芃里里外外穿梭。 他是大家少爷出身，留学英国时还雇着用人，也就回国后这几年，学会了生活自理，可一碰到二十来个孩子的阵势，自是招架不住。 老蔡记跟又一新相仿，也是取消了堂头堂倌，食客一律自行买票取饭，书芃端出来一碗馄饨，汤汤水水洒了一手，却也得忍住烫，不能叫出声。 好在奕雯几年教员做下来，对付孩子已有心得，从小到大依次排座，按年龄排序分吃的。 即便如此，又是蒸饺又是馄饨，进进出出了几十趟，书芃直累得满头大汗，两只手烫得通红。 奕雯见了实在过意不去，刚想说几句关心的话，远处火车站报时的大钟响了两声，书芃一拍大腿，说坏了，两点半的车，晚了可就赶不上了。 于是奕雯和他顾不上吃喝，赶紧招呼孩子们排队赶车，书芃跟在后边，一边走一边查着人头。 待两人带孩子们赶到月台，乘务员都要撤梯子了。

从郑州到开封这条铁路，奕雯并不陌生。 当年开封沦陷，她跟着徽茹、冯氏仓皇逃到郑县，再西逃到洛阳，坐的就是火车；抗战胜利，奕雯和静姝一起辗转返汴，是从漯河上车到郑县，再从郑县坐火车回的开封——走的都是这条路。 奕雯安顿好孩子们，来到车厢头站定，这才发现一脸一身的汗顺着皮肤流下，把贴身的衣服都湿透了。 书芃举着挎包，从人群里挤过来，到奕雯面前，笑道："热了吧？ 瞧你一脸的汗。"

奕雯脸热得发红，正取了手帕擦汗，便笑道："这回真该带着王妈来——我让她来，她非说街道组织开会，她还要跟几个妇女通气，来不了。"

书芃嘿嘿一笑，道："你还没吃呢，我给你带了点。"说着，他打开挎包，掏出个荷叶包递给奕雯，道："馄饨汤汤水水的，没法带，你就尝尝蒸饺好了——下次有机会，我带你来吃老蔡记的馄饨，香得很，吃过一次就忘不了的。"奕雯有些不好意思，道："你不也没吃吗？ 一起吃。"书芃连连摆手道：

省府前街

"我坐车方便，常去老蔡记，你轻易不出门的，你多吃点。"

书芃的手背又红又肿，跟红萝卜一般，奕雯歉意道："疼不疼？ 要不要拿冷水冲一下？ 王妈房里有药膏，回去给你涂上。"

书芃笑了笑，点头，却一时不知该说什么了。 奕雯手里拿着荷叶包，里面的蒸饺整整齐齐，油脂凝固透明，显得一个个玲珑剔透，再加上香味四溢，旁边不时有人看过来，有的还咽着口水。 奕雯忽然道："这次出来玩，花了你不少钱吧？"

书芃一愣，忙笑道："没几个钱，我一个单身汉，要钱也没用——再说了，花钱的感觉多好啊。"

奕雯道："我知道，来回的火车票，吃饭，拍照冲洗——都得花钱的。 等这个月工资发了，我好好请你吃顿饭——你想吃什么？"

书芃想了想，道："交际处行不行？ 老夏那里，能搞得到门票。"

"想吃西餐了？"奕雯笑道，"交际处做西餐的师傅，是原先美美番菜馆的，不过听说现在改成俄式餐为主了，你这英国留学的高才生，可能吃不惯的。"

书芃也笑道："英国的国菜，Fish and Chips（炸鱼薯条），简直没法说，跟开封吃食都没法比。 不过吃什么，其实并不重要的——要看跟谁一起吃。 比如和你。"

书芃飞快地看了眼奕雯。 她正一脸微笑听着，不料他竟蓦地讲了这句，一时有些意外，笑容却也收不回了。 而就在此刻，火车到了中牟站，车轮震颤停下，两人随之都是趔趄。 奕雯胳膊一抖，荷叶包眼看要掉下去，书芃眼疾手快，托住她的手。 这一托住便不肯再松开。 两人站在车厢头，两边车厢里下车的乘客拥挤过来，书芃手上用力，拉着奕雯闪在一旁，让乘客们过去。 过道很挤，两人的空间很小，离得很近，几乎是面对面贴紧了站着，奕雯托着那个荷叶包，而书芃托着她的手，荷叶包里的蒸饺成了他们之间唯一的阻挡。 乘客们上上下下，就在他们身边熙熙攘攘，好像都没有注意到他俩，又好像都在看着他俩。 奕雯低着头。 她没有可躲的空间，也就没有躲，就那么伸着手，让书芃理直气壮托住了，她能做的只有垂下头，不去看他的眼睛，却又把一头浓密的、黑黑的头发，就这样呈现在他眼前。 火车车厢里浓重的人的气息，烟火的气息，脚底泥土的气息，和她手中蒸饺冷却后奇异的香味，头发上淡淡的仙女牌洗发水的幽香，丝丝缕缕，翻滚摇曳，钻进了书芄的鼻子。 即便如此，他也能在这错综凌乱的味道中，辨识出奕雯身体深处散发的香气。 他仿佛看见了奕雯身上的每个毛孔、每条纹路，都在向他淡雅地笑。

奕雯的手背，就在书芄的手心里。 她知道如果不制止，他会一直这样下去。 火车开动了，两人又是一个趔趄。 奕雯想要移开手，而书芄早有准备，手心用了力，把她的手固定在那里。 奕雯只得抬起头，看着书芄，忍不住笑道："你这样子，会让我很为难的。"

过道里人少了，准确地说，只剩下书芄和奕雯。 两人如果还这样站着，贴得这样近，奕雯当然会尴尬的，而她没有马上抽手离开，已经让书芄感到了满溢的幸福。 不过，他还打算让这样的幸福，再增加一层梦的幻丽。 书芄看着奕雯，轻声道：

"Wenn ich dich liebe, was geht es dich an? ①"

奕雯皱眉听了，笑着摇头道："这不是英文——是德文吗？"

"这是德国女诗人 Kathinka Zitz-Halein 的诗中的一句，题目是 *Was geht es dich an*。"

"可我还是不懂。"

奕雯说着，手上已经微微用力了。 火车开走好远，车厢里的人或站或坐，都有了位置，而她和书芄仍在那里，就那么近地站着，怎么说都很奇怪。 书芄朝后退了半步，缓缓放下了手，奕雯感到荷叶包猛地一沉，仿佛书芄的话沉甸甸地落在了上面，因为书芄道：

"英文翻译的版本很多，我比较喜欢的一种是，If I love you, is that your concern? ②"

---

① 引自德国女诗人 Kathinka Zitz-Halein(卡婷卡·策茨)的诗 *Was geht es dich an*？（与你何干？）可译为：我爱你，与你何干？
② 译文：如果我爱你，你会在意吗？

省府前街

奕雯默默地听着。 这句英文她当然听得懂。 也正因为听得懂，才无法立即回应他。 不过她还是感谢他的，至少在这个奇妙的场合，奇妙的氛围里，他用英文讲出要说的话，不会让她像面对咏清、翔然的表白时，不得不当机立断地拒绝——静姝在，就好了，什么都可以推给她——奕雯忽然觉得衣服被人拽了拽，扭头看时，一个孩子站在她身边，怯生生道："老师，我想吃蒸饺。"

奕雯笑道："哪儿想吃呢？ 是嘴巴想吃，还是肚肚想吃？"

小男生快哭出来了，回头看看车厢里，一群孩子伸长了脖子，正看了过来。 小男生委屈道："是他们想吃，我们石头剪子布，我输了，就让我来要——其实，我也想吃。"

"可是，这位叔叔也没有吃饭呢！ 怎么办？"

书芃笑起来，拿起荷叶包，递给了小男生，拍了拍他的脑袋。 小男生眼泪鼻涕弄得满脸，也顾不上擦，转身便跑开了。 孩子们一阵欢呼。 奕雯笑道："这可完了，回家王妈肯定要说我的——跑了一趟郑州，连个蒸饺都没给人家带。"

书芃看着奕雯，脸上突然得意地一笑，郑重其事地拽过挎包，打开一条缝，里面分明还有一个荷叶包。 奕雯惊讶道："你——"

书芃赶紧扣好挎包，低声道："小声点！ 你带的哪是一群孩子，简直是一群狼。"

奕雯捂嘴笑道："真想不到，你还是这么有心的人呢。"

书芃便道："在省府前街住着，得罪谁也不敢得罪王妈，那可是巾帼英雄，我见识过的。 有一次我倒班，在家补觉正睡得香，忽然听见院里有人吵架，我赶紧推开门看，见王妈正跟两个街道干部争执，只差动手了。 旁边康大姐坐在地上哭，没见葛大姐，听那意思是在屋里躺着，生怕动了胎气。 我听了几句，王妈竟然是帮着那两位大姐说话呢——"

书芃说这个，完全是无心之言，多少还有讨好奕雯的意思；不料奕雯的笑容却慢慢消失了，继而打断他道："这事我知道，一场误会。"见他满脸的愕然，奕雯又平静道："她们在行宫角的房子捐了，改造成了街道小工厂，平地面的时候，发现院里埋了两支枪和一些子弹。　那时尹耀祖刚刚被抓，公安部门在整理他的历史材料，葛春玉可能知道一些——几件事搁在一起，街道干部就过来问情况，可能说话冲了点，而春玉实在不愿提当年的事，康氏在一旁又拼命维护，两下里就戗了起来。　王妈看不下去，出来劝了几句。　街道干部又说我解放前也在行宫角住，王妈就更不乐意了。　她那个脾气，你是知道的，什么时候肯吃亏？　便跟街道干部吵起来。　事后我跟王妈说，我的的确确曾经是赵贻海的妻子，也的的确确在行宫角跟他住过两年，政府来了解情况也正常，有什么可吵的？　就算街道干部说话直、不中听，人家也没说错啊！　历史就是历史，发生了就是发生了，谁也改不了的。"

　　书芃听得一身的汗，肠子都悔青了。　能说的话题那么多，他却稀里糊涂，非往这上头引。　奕雯说完这些，便径直走开，去了自己的座位。　孩子们很快围上来，嚷嚷着又是唱歌，又是背唐诗宋词。　书芃待了一阵，也回去坐下，耷拉着头，一路上再也无话。　奕雯跟孩子们嬉闹间，偶尔瞥过去一眼，见书芃神采皆无，全然没了一天来的欢快，心里不免也是一阵难过。　看来书芃到底是介意的。　刚才的话，她本不必说，就是说了，也不必说得那么重，因为一旦讲出来，两人都不自在，可是她又不得不讲。　她跟贻海的事，书芃肯定是知道的，却从来没有提过，可他不提，并不代表他不介意；即便现在被爱意冲昏了头脑，不介意，将来真的在一起了，冷静之后，未必仍旧不介意。　虽然奕雯不认为因为过去那些事，就要低人一等，就要处处仰人鼻息，但她也不愿将来的伴侣对此无法释怀。　真要如此，她情愿一辈子不结婚，孤独终老，也不能容忍同床异梦。　她记得曾经跟静姝说过，她所理想的婚姻，是苏青在《结婚十年》里所写的那样，"我需要一个青年的、漂亮的、多情的男人，夜夜偎着我并头睡在床上，不必多谈，彼此都能心心相印，灵魂与灵魂，肉体与肉体，永远融合，拥抱在一起"——贻海，应该远在香港了，已经无法做到这些，那么，书芃就可以吗？

　　虽然近在咫尺，但奕雯的心思，书芃自然体察不到。　他的身心已经被自责占据了。　他又想起了刚刚提到的那个下午。　尹耀祖是解放前的开封书寓业公会会长，闻名全城的大妓霸，几天前刚刚开了公审大会，判了死刑，游街之后拉到黄河滩枪毙了，尹家在牲口市街和第四巷七八十间房也一并没收充公，街名改成了复兴街、生产街，以示国家复兴、生产光荣。　街道干部去省府前街找春玉时，尹耀祖才刚落网，而春玉曾经在曲觞新馆干过，找她便是动员她揭发检举尹耀祖，控诉他的罪行。　春玉在曲觞新馆仅干了两个来月，而且是只唱戏不卖身，现在身份也变了，要她揭发控诉，这不是揭她疮疤又撒盐吗？　春玉当场就要晕倒，被康氏扶到房里躺下了。　康氏苦苦哀求，又被街道干部批评，说她在大是大非面前不主动、不积极，不是翻身群众的态度。　康氏哪里见过这种场合，平日里多强悍的人，竟是进退失据，只能坐地大哭。　王妈实在忍不住，上来跟街道干部讲情，说那个大妓霸尹耀祖，开封城里没人不知道他，枪毙多少回都够了，犯不着再找人揭发控诉，何况人家正怀着孕呢，院门口"军属光荣"的牌子刚挂上，何必非不依不饶呢？　高抬贵手得了，也算是积德行善。可人家街道干部也是公事公办，转而又批评王妈，说她这一套做法，过去对付国民党还好使，现在不行了，既然来了解情况，就一定得带着结果回去。　王妈一听国民党就火了，说你们俩大闺女才几岁，见过国民党吗？　你们知道老婆子我如何对付国民党的？　老婆子我三代贫农，典型的被剥削阶级，战天斗地的革命意志，跟国民党反动派只有赤裸裸的阶级仇恨，只有你死我活的革命斗争！街道干部一共两个，全是年轻的女同志，觉悟再高，经验毕竟有限，跟王妈纠缠起来根本顶不住，却也不能就这么空手而归。　两下里僵持起来。　最后还是书芃来劝架，说等春玉情绪稳定了，让她写个书面材料交上去，两个女同志才告辞离开。

　　书芃当时就在场，这番经过，自然都看在眼里。　不过后边发生的事，书芃便不知道了。　其实道干部又来过两次，想取春玉的"文字材料"；王妈开了门，先拖上一阵，那边春玉早做好准备，要么昏迷不醒，要么满床打滚，王妈在一旁嚷得惊天动地，康氏在一旁哭得惊天动地，街道干部见春玉肚子撅得老高，也实在不忍心再催。　好在没过几天，尹耀祖被公审宣判，执行了死刑，也就没人再来拿"文字材料"了。　此事过后，康氏和春玉对王妈感恩戴德，把她当成了靠山。

据王妈后来跟奕雯讲，尹耀祖游街枪毙那天，在家的只有她、春玉和康氏，其他人都上班了。囚车从省府前街经过，外头喇叭声声，群众口号阵阵，仨女人坐在院里，个个沉默不语。等队伍过去，春玉给康氏使了个眼色，康氏便放下手里活计，对王妈道："王家大姐，以前在行宫角，我是剥削阶级，罪该万死，如今在省府前街，你是翻身群众，我和春玉都是改造对象——往后你就多批评多教育，帮助我俩进步。我和春玉呢，都听你的，你说干什么就干什么，绝无二话。"王妈见康氏主动来通气，也不背着春玉，显然是她俩早合计好的，王妈也是朗利大度的人，当下微微一笑，道："春玉，这也是你的意思吗？"春玉忙端着肚子，点头如捣蒜样，王妈便正色道："康氏妹子跟我，都是丫鬟出身，你呢，唱戏出身，也是穷苦人家——根儿上还是正的。不过春玉，我觉得你可不如康氏妹子改造得好。怀孕生孩子，本来就是女人的事，从古到今，你见过哪个男人大肚子的？怀了孕，脾气差一些，心眼小一些，爱发个火，也是常事，可春玉你有些过了，康氏妹子又不是你丫鬟，大家都是新中国的老百姓，谁比谁地位高？她照顾你，吃饭穿衣大事小情的，没的说吧？你受了委屈，她比谁都着急吧？你呢，就得懂得感激人家，不能动不动就甩脸色——你甩给谁看呢？就算她不在意，旁边还有个我，生性就爱打抱不平呢！"说得春玉哑口无言。康氏暗自垂泪，不顾春玉在一旁使眼色，兀自道："王家大姐，你可千万别怪罪春玉，我俩这也是没办法，一起演了出戏给你看呢！"王妈听得一头雾水，康氏擦泪道："你不知道，这两年我俩怎么过的。天天不敢出门，躲在家里脸对脸发愁，生怕哪天政府算旧账，把我俩给抓进大牢里去。后来市里开戏曲工作会，通知春玉参加，她不敢不去，就给当作可改造对象，编进了慰问团，可巧就碰见了老苏——那老苏是单身军官，年轻时又是春玉的戏迷，一见了春玉就挪不开步子了，非要跟春玉结婚。春玉心里没数，跟我商量，我说这是好事，老苏就是咱救命恩人啊！你要跟他结婚，不就是军属了吗？咱不也成群众了吗？至少不是反动家属，不是剥削阶级了吧？后来他们结了婚，老苏养好了伤，该去朝鲜了，走之前说要搬到省府前街，还说你和奕雯已经答应。 我和春玉都傻了眼，生怕你们俩是有意要报仇。 你们一个是革命群众，一个是公家教员，我俩算什么？ 当年在行宫角，我俩可也没少欺负你们——所以来之前我俩合计，得使个苦肉计，我被她骂得越厉害，她就越强势，再加上还有老苏撑腰，你和奕雯不就怕了吗？ 就算不怕，多少有点顾忌，不至于找我俩寻仇报复——"说到这儿，康氏再说不下去了，春玉也是哽咽道："不承想，我俩真是作了难，没有在旁边看热闹、出来说句公道话的，居然是王家大姐你！"

王妈跟奕雯讲这些时，自是眉飞色舞，骄傲之情溢于言表。 奕雯唯有苦笑摇头。 自从康氏和春玉住进省府前街，她就抱定了眼不见为净的打算，天天早出晚归，面也不见一次，何曾想过报复？ 旧社会的那些事，只要事关贻海，事关行宫角，她都不想再去触碰，如果不是昶达开口，她连这两个女人的名字都不想听到。 而她这些念头，可怜的书芃怎么会知道呢？ 他为了帮奕雯组织孩子们春游，不知花去多少心血，处处安排得妥帖周全，几乎不让奕雯操一点心，只因随口一句闲话，却断送了一整天的融洽，而那句话原本是夸赞王妈，想要讨奕雯欢喜的。 可风波就是这样，莫名其妙地就来了，往往就在最不该出现的时刻。 思绪及此，奕雯轻轻叹了口气。 旁边一个孩子大声地背着诗词，正是苏轼那首《定风波》，最后两句想不出来了，急得抓耳挠腮。 奕雯把他拉过来，笑着拍拍他的脸，道：

回首向来萧瑟处，归去，也无风雨也无晴。

从郑州回来，书芃好像变了个人。 以前他从不迟到早退，也从不加班加点，闹钟像是长在脑袋里，向来分秒不差，准点上班下班，假期都攒着，攒够了就揣了工作证上车走人，全国各地转悠。 单位里别的同志响应号召，"铁牛运动""满超五运动"搞得如火如荼，各类义务劳动、运输竞赛一个接一个，但基本上找不到书芃的影子。 比如开封车站站舍整修，新中国都成立一年多了，车站一共才几间简易瓦房，售票、候车、行李房都在里头，一遇雨雪天，乘客

省府前街

连个躲避的地方都没有。 机务段职工利用休息时间，盖了几间像样的砖瓦平房。 不用说，这次热火朝天的义务劳动，书芄照例没参加，整个机务段就他一个缺席。 团干部找他通气，他的理由也挺充分，他是技术工程师，专业是整备维护机车设备，义务劳动既然是义务，那就是可干可不干，没事儿的话干干也无妨，可他要做的事多得很，休息时间还不够呢，怎么可能去义务劳动呢？ 团干部听得一愣一愣的，就问他工余时间都忙什么。 书芄回答说练手风琴，翻翻业务书籍，看看小说，顺便准备出门旅游，最近还迷上了摄影，噎得团干部竟是无言以对。

最先发现书芄变化的，还是人家王妈。 她倒不用明察秋毫，事情明摆着，每个礼拜的口粮，现在多了不少出来，院子里就这么几个人，算来算去，就算到了书芄头上。 平时书芄是三班倒，也有顾不上回家的时候，不过他是有名的逍遥派，除了碰上打连班、倒紧班，能回家就回，一回家就睡，睡醒了便嚷着吃饭，吃完饭就摆弄他的手风琴、看书唱歌。 但最近这两月，书芄回家次数明显少了，即便回来一趟，也是闭门不出，琴也不弹了，歌也不唱了，一夜睡醒早饭都不吃，悄没声就出门上班。 听康氏说，有一次她晚上起夜，隔壁屋门口有人蹲着抽烟，她吓了一跳，过去一看正是书芄，问他怎么不睡，回答说睡不着，在思考一个棘手的技术问题。 王妈听了，便一边择菜，一边笑道："这个傻孩子，天天乐乐呵呵不知道发愁，总算知道追求进步喽。"

康氏在一旁洗衣服，笑道："他不是喝过英国人的洋墨水吗？ 怎么开窍这么晚？"

春玉捧着肚子，在院子里来回转圈，刚想坐下，被王妈瞪了一眼，道："想顺顺当当地生，腿脚就别懒！ 多走走，对生孩子有好处。"春玉忙连连点头，笑道："我听说小范同志家是东南亚的大地主，有钱得很呢！"王妈道："再有钱也是他爹妈的，他是落不着喽！ 我听老夏说，他当初为了回国建设社会主义，跟他爹妈都决裂了，这可不是一般人能做到的。"康氏和春玉听了，都是啧啧称奇。

三人正聊着闲话，有人敲门进来，一共俩人，都是男的，一个穿着中山装，一个穿着铁路工作服，也是书芃常穿的，故而王妈她们都很熟悉。 王妈不等来人问，便笑道："找书芃的吧？ 他上班去了，好像是倒紧班，估计今天不回来了。"

来人互相看了一眼，中山装客气地一笑，道："我知道他在班上——我是机务段党办的，姓孙，这是段里的团支部书记，姓温，就叫我们小孙、小温吧。" 他顿了顿，又道："我们这次来，是了解一下情况，有关范书芃同志的。"

一听来的是党团干部，又是来"了解情况"，康氏和春玉就有点发怵，刚才谈笑风生的样子立马消散不见。 王妈倒是镇定自若，她不慌不忙张罗来人落座后，这才问道："书芃就在你们段上工作，你们应该比我们熟的，怎么还来找我们了解情况？"

小温话不多，主要是小孙在讲；小孙说话很有条理，几句就说明白了，主要来了解三点：

第一，范书芃同志平常在家里的表现情况；

第二，范书芃同志与沈奕雯同志的关系情况；

第三，其他需要向组织反映和提供的情况。

这样的了解情况，康氏和春玉经历过一次，跟喝了大酒一样，现在还有后劲，两人都不吭声，齐刷刷看着王妈。 只见王妈嘿嘿一笑，道："还有吗？"

小孙微笑道："没有了，您可以讲了。"

王妈一拍大腿，对康氏和春玉道："看见没？ 一听就是领导干部，对我一个老婆子还用'您'！ 多客气，讲究！"说着，笑眯眯对着小孙，道："我这就讲——好！ 同志！ 没了！"

小孙和小温倒是一愣，小孙才刚拧开钢笔笔帽，一个字还没写，便不解道："大娘，您说什么？"

王妈冷笑一声，脸色已经变了，道："第一，范书芃同志在家里表现，好！ 第二，范书芃同志和沈奕雯同志，是正经八百的革命友谊、同志关系，这一点我们仨能证明，在市委上班的夏昶达，老夏，他也能证明，不信你们找他去！ 第三，有没有其他要说的，没了！ 听明白没有？ 好！ 同志！ 没了！"

省府前街

小孙叹气，无奈道："大娘，我们只是了解一下情况，您不要有抵触情绪嘛。"

王妈扭头看着春玉，道："妹子，啥叫抵触？"

春玉上过学习班，多少知道一些，低声道："抵触，就是不合作、不对付、对着干的意思。"

王妈正愁吵架没抓手，当即勃然大怒，盯着小孙道："对着干？对着干就是抵触吗？那好，我老老实实告诉你，我一个三代贫农的老婆子，无家无口，无儿无女，我跟谁抵触？我这辈子，跟日本鬼子抵触过，跟国民党反动派抵触过，美帝国主义要是到开封了，我也要跟他抵触抵触的——除了这些，你让我抵触谁？抵触人民政府吗？抵触共产党吗？不是我说大话，谁那么干，谁就是我的仇人！我大耳刮子能呼死他！你说我抵触你吗？你是日本鬼子，还是国民党，还是美帝野心狼？"

王妈虽然不识字，但嘴上功夫底子深厚，又整天守着家门口的大喇叭，守着书芃给装的收音机，对面省政府大门口的广场上，隔三岔五就开大会，党和政府的路线、方针、政策，各类时兴的名词，没有她不熟悉的，没有她不会用的。小孙和小温刚坐下，屁股还没暖热乎，便被王妈这兜头盖脸的一顿话给弄蒙了，面面相觑，不知该怎么往下进行，只觉耳朵里嗡嗡回响，全是王妈的声音。

王妈见初战告捷，便见好就收，缓了缓语气，道："你们来了解情况，我懂，不能空手回去，是吧？别绕圈子，说具体的事，我老婆子一颗红心向着党，向着社会主义，一肚子的革命热情，没有啥不能跟组织讲的。"

小孙松了口气，看了小温一眼，不无尴尬地一笑，道："其实事情也不复杂，我们接到了检举信，说书芃同志呢，利用在铁路上工作的便利，带着沈奕雯同志和二十多个孩子，逃票乘车——现在全国上下都在进行轰轰烈烈的抗美援朝运动，我们铁路部门也掀起了增产节约运动，如果书芃同志的行为属实，性质就很严重了，这是公然地破坏社会主义建设的行为，而且——"他见王妈脸色又难看起来，便斟酌道，"书芃同志平时在单位，政治上不够积极，不主动

省府前街

430

向组织靠拢，各种义务劳动、生产竞赛，他也从来不参加，跟工友也不是很团结——不过话说回来，书芃同志的业务能力那是没的说，又是留学生、归国华侨，放弃了国外优越的生活条件，毅然回国参加社会主义建设的，所以单位领导很重视，慎重起见，这才让我们俩来了解一下情况。 大娘，如果刚才我的态度有问题，我向您道歉。 但是您了解到的情况，也请跟我们讲一讲，我们这就做笔记。"

王妈听小孙讲完，正色道："你说的这些，有的我不知道，不知道就不能瞎说，对吧？ 有的呢，我是知道的。 不但我知道，这俩女同志也都知道——这位女同志姓康，劳动妇女，这位女同志姓葛，文艺界慰问团的演员，丈夫是志愿军的团长，她马上就该生了，门口那'军属光荣'的牌子，就是给她挂的——她俩也能给我做证的。"

听王妈一说是"志愿军军属"，小孙、小温立即肃然起敬，刷刷地做着笔记。 王妈继续道："书芃这个孩子呢，性格是有些孤僻，你说他不向组织靠拢，许是他觉得自己不够格呢？ 你说他不参加义务劳动，是不是他生病了，不舒服？ 跟工友不合群，那就多教育他，多关心他，人都得有个成长的过程不是？ 谁也不是一出娘胎就是党员，就是革命家，对吧？ 不过你说他领人逃票，占公家便宜，破坏社会主义建设，这个我老婆子是坚决不信的。 我敢打包票，他做不来这事！ 放着国外大鱼大肉的不要，万里迢迢回来，就为了破坏社会主义吗？ 即便要破坏，还不炸个桥毁条路的，就领着一群孩子逃票吗？ 还有，你说的沈奕雯，是市立四小的教员，公家人，她可是入党积极分子，领孩子们去郑州春游的事，我也知道，她俩也知道，我们还吃了捎回来的蒸饺呢！"

小孙听王妈东拉西扯了一阵，听出她故意絮絮叨叨，主要意思是为书芃开脱，还有埋怨组织不够关心他的意思，只得一脸苦笑，耐心听她讲完，然后道："大娘，您先冷静冷静，我也不是上来就给书芃扣帽子，非得坐实他真犯了错——不过您想，沈奕雯同志带孩子们春游，不会问学生们收钱吧？ 那二十多张票，也不是个小数，说实话，从开封到郑州，快车票价一人一万二千元①，而且买票必须是现金，书芄他要是买票了，得多少钱？ 他一个月的工资津贴才多少钱？ 就算钱不是他全出的，是他跟沈奕雯同志一起出的，这也没有道理呀！"

"我看有道理得很！"王妈笑眯眯道，"要不是你代表组织，我也不跟你说——书芄他正跟沈奕雯谈恋爱呢！ 人家女同志还没最后拿定主意，你说，换成是你，在这个节骨眼上，是不是想表现表现？ 是不是想出出风头？ 为了这事花点钱算个屁！ 别说花钱，就是卖血都能干——小孙同志，你结婚了没有——你跟你老婆从认识到结婚，没给人家添件新衣裳？ 没请人家吃个馆子？ 没给单位工友买点瓜子糖果？ 这不是花钱吗？ 你心里不乐意吗？"

小孙听得啼笑皆非，也不知该问什么了，便看向小温。 小温微笑着合上本子，道："大娘，您刚才说的都对，这些情况，我们都记下了，会带回去，一五一十跟组织汇报。 不过有一条，您要是见了沈奕雯同志，麻烦跟她也讲一讲。 她跟书芄谈恋爱，从革命同志升华到革命伴侣，这当然是个人的事，也是好事——我担心的只有一条，如果书芄真的没有买票，还真的是因为谈恋爱、出风头，这错误可就更大了。 不瞒您说，我们问了当天的检票员，说确实没有见到有二十几个孩子排队过闸。 当然，没有过闸，也可能是走了职工通道——不过说一千道一万，您得有证据，证明书芄的确是买票了。"

王妈倒吸了一口冷气，这才意识到这位一直沉默的小温，才是真正厉害的角色。 王妈顾不上掩饰一脸的担心，忙道："这事也容易啊！ 你们问他本人不就行了？ 有就是有，没有就让他补上，批评教育，反省认错，不就得了，跑来问我们仨娘们儿干什么？"

小温严肃起来，叹口气道："如果他肯讲，那就不用我们来了解情况了。 我们接到检举信，就立即找他问情况，他一个字都不说，既不说逃票了，也不说没有逃票，就这么消极对待组织的询问。 领导知道他个性强，担心冤枉了

---

① 指人民币旧币。

他，这才让我们来的。"

王妈和康氏、春玉听了，都是目瞪口呆。 王妈那么伶牙俐齿的人，竟是一句话也说不出来，眼睁睁看着两人起身，礼貌地告别离去。 三人大眼瞪小眼，再也无心做活计，合计了一阵，觉得不能再耽搁，王妈立即出门，去大厅门市立四小找奕雯。 从沈家出来，沿省府前街向西走，到大坑沿街折向北，十字路口东边是省府后街，西边是大厅门街，市立四小就在大厅门街上。 王妈一路小脚生风，不多时便到了小学南门，看门老汉正在门口打煤饼子，一见王妈便笑道："大妹子，又来找小沈老师？ 你等着，我把这几块煤打了，就去给你叫人。"

自打奕雯分配在市立四小做教员，王妈没少来，跟那老汉也熟悉，在等奕雯下课的时候，没少跟他斗嘴解闷，当下便急道："你赶紧去叫，这点活儿我给你干——你个鳖孙快去啊！"

老汉见她神色慌张，知道是真有急事，便也不计较她口不择言，扔下家伙什进去找人。 王妈替他打了两块煤，就听见背后脚步声响，赶紧回头看，奕雯一脸不解地看着她。 王妈一把拉上她，二话不说就往家走。 路很近，王妈嘴又快，等到家门口时，奕雯已经听明白了，蓦地站住，转身便走。 王妈嚷道："你去哪儿啊？"

"机务段。"

"你去那儿做什么？"

"劝书芃啊，让他赶紧跟组织说实话。"

"你是疯了吗？"王妈气得一跺脚，道，"我白瞎整天给你做榜样了，你怎么这么沉不住气？"

奕雯哭笑不得，道："那你说，我怎么办？"

这时康氏和春玉听见动静，也到门口了，康氏小声道："奕雯妹子，王妈有办法，你先进来，咱们慢慢合计。"

奕雯只好进了院子，康氏赶紧插上门闩，春玉在一旁怯生生劝道："奕雯妹子，你听王妈的没错，刚才那两个了解情况的干部，对王妈也是客客气气的呢。"

王妈道："奕雯，你跟我说实话，你觉得书芃是不是逃票了？"

奕雯斩钉截铁道："绝对不会。"

王妈又道："你们是打检票口过闸进的，还是从其他地方进的？"

奕雯回忆了片刻，道："从开封上车，走的是职工通道，从郑州上车，走的是检票口——当时快到点了，他拿工作证领我们进的，不过我当时只顾招呼孩子，没太注意有没有票。"

王妈道："所以你去了也白去。 你年纪小，没经历过这种事，打官司你知道吗？ 讲究捉贼拿赃捉奸拿双，你手上一点证据没有，你打算说什么？"奕雯皱眉想着什么，一时无语，王妈继续道："书芃不跟组织通气，无非两个缘故，一个是他心虚，真的逃票了，这个咱们都不信；另一个是他心不虚，觉得组织冤枉了好人，心里委屈，赌着气呢。 他既然心不虚，就是有证据。 他家就在眼前，证据便是车票，你去他屋里找找，只要能找着，漫天云彩不就散了吗？"

康氏和春玉听了王妈的话，都连连点头称是，奕雯却为难道："书芃这人——你是知道的，最讨厌别人进他房间，连搬家都不要人帮忙，咱们就这么闯进去——好吗？"

王妈这回真有点火了，怒道："那他就是破坏社会主义建设，该判刑判刑，该坐牢坐牢去！ 我可不管了！"说着，把腰里的钥匙串解下，扔给奕雯道："钥匙在这儿呢，编号第三号，你自己看着办吧！"

奕雯拿了钥匙，犹豫了半天，旁边康氏和春玉一个劲儿地撺掇，她到底还是开了门。 书芃住的是倒座房，窗户临街，房门冲里。 房间内归置得整齐有致，奕雯站在屋内，一时不知从哪儿找起。 王妈在门口心急，嚷道："床头！我都看见了！"

奕雯嘟囔道："你看见了，还不过来找，非指挥我做什么？"

王妈笑道："这年轻后生的房间，我老婆子是不方便进的，你就受累好好找吧。"说着，朝一旁的康氏和春玉挤挤眼睛。 两人都是会心一笑。 书芃的脾气，她们都清楚得很，也就奕雯进去他不会发火，其他人还真不好说。 王妈说的床头边，果然有个黄花梨的匣子，一看就知道放的是重要的物件。 奕雯拿了那匣子，一脸作难地回头看着三人，道："这个——能打开吗？"

"我们不能，你能！ 快点吧！"王妈不客气道，"再晚一会儿，估计都该上刑了！"

康氏一哆嗦，赶紧道："别吓唬奕雯妹子了，现在是共产党的天下，不跟国民党那会儿什么军统中统的，再说了，顶多是几张火车票，犯得着用刑？"

奕雯一咬牙，总算是打开了匣子，迎着光朝里看。 王妈又急了，道："你还傻站着干吗？ 倒床上，不就什么都出来了？"

奕雯还是原地不动，王妈终于忍不住了，晃着身子进屋，一把夺下她手里的匣子，朝床上倒去。 杂七杂八的物件散了一床，什么都有，还有几张照片，其中有两张是奕雯在郑州二七塔下照的，一张笑容满面，一张撩着头发若有所思，照片后面还写着洋文。 王妈看了便是抿嘴笑，却指着一堆字纸道："你快看看，这些带字儿的，有没有那车票？"

其实奕雯早就看到了车票，有好几张，抬头是"中央人民政府铁道部收款证明书"，下面是公历乘车日期、种别、票号、发站、到站和金额等，最下面盖着"现金收讫"的印。 她拿了那几张车票，趁王妈不备，顺手把照片藏在掌心。 王妈只顾道："这就是车票吗？ 写得都清楚吗？"奕雯道："是这几张了——开封到郑州，硬席，974 到 998 号；郑州到开封，硬席，5508 到 5528，5532 到 5535，钱数写得很清楚的。"奕雯说着，转身便朝外走，王妈却没动身，呆呆地端详一张照片，上面是一大家子人，其中站在后排正中，个子最高、面相青涩的，是年少时的书芃。 王妈拿着照片，摇头感慨道："几年了，不听这孩子说一句家里的事，其实心里惦记着爹妈姊妹们呢！"

新中国成立后，以郑州为中心，南到漯河、西到洛阳，由郑州机务段担当；往北由新乡机务段担当；往东经开封到商丘，担当客货列车牵引的，正是开封机务段，书芃就在段上的机修整备车间。 省府前街沈家到开封机务段，路倒是很顺，出门右拐到中山路，一路向南，出了南门继续前行，走到头便是开

省府前街

封火车站，机务段就在车站再往南的小郭屯。 奕雯和王妈出发时，昶达已经到了。 机务段归郑州铁路分局管，跟开封市委并无直接隶属关系，但毕竟在开封地界上，昶达又是市委的领导干部，段上领导都在门口迎接。 说实话，段领导也没想到，一个工程师被人检举逃票，这么小的事，居然会有这么大动静。 昶达跟段领导匆匆见面握了手，便直接去了党办。 而到此刻为止，书苇已经在党办待了好几个钟头。 其实书苇提出要跟昶达见面，也是赌气的话。 昶达工作那么忙，事务那么多，就算能来，也得等到天黑下班。 不料段上把电话打到市委，昶达立刻就答应了，骑了自行车，一路从乐观街赶到小郭屯。

昶达进门时，书苇正坐在桌子后边，面前的笔动也没动，白纸上只字未写。 昶达在他对面落座，把手表摘下，放在桌上，又冲他笑了笑，开门见山道："我只有半个小时给你，你是伦敦回来的，Punctuality is the soul of business①，你该懂的。"

办公室里除了昶达和书苇，再无旁人。 手表秒针滴滴答答，声响从细微到澎湃，一下下打在书苇的心间。 书苇低下头，声音像是从地底下发出来的，道："我没有逃票。"

"我相信你，你能证明自己吗？"

"票就在我床头的木匣子里。"

昶达笑了起来，点头道："看来，我们的谈话可以提前结束了。"

书苇抬起头，有些惊讶地看了昶达一眼，又低了头，道："你为什么不问我，怎么没有对段领导说这些？"

"Every man must bear his own cross。② 你自然有你的道理。 如果你想说的话，你会告诉我的。"

"不是我想不想的问题。"书苇这次终于抬起了头，看着昶达，道，"我一直以为，信任我的人，不必去解释，不信任我的人，解释了也无用。 Those who knew me, said I was sad at heart; Those who did not know me, said I was seeking for

---

① 英国谚语，直译为"守时是事业的灵魂"。
② 英国谚语，直译为"每个人都要背负他自己的十字架"。

省府前街

something。① 昶达同志，我所难过的，不仅仅是不被理解和信任，而是我越来越感到和这个单位、这个国家，都格格不入。 你也是留学回国的，难道你就没有经历过这些吗？"

"所以这才是真正的原因。"昶达静静地看着书芃，道，"你的话我并不意外。 而且，我愿意听你讲下去，你也可以继续向我提问。"

"我只想做我的本职工作，并把它做好，做到我能做到的最好。 此外的任何事情，我都不关心，尤其是政治。 我是学工科的，对政治并不热衷，我觉得政治距离我很遥远。 我选择回国，不是因为我热爱政治，而是因为我热爱这个国家。 我在国外生活的经历，让我比谁都渴望看到一个强大的新中国，能够让所有中国人都感到有尊严、有自豪感的新中国。 所以我才回来，放弃了我曾经拥有的一切，连我的父母都不再跟我联系了。 我至今都不后悔。 即便是从最基层的工作一点一点地做起，我也没有任何的抱怨。 但是昶达同志，在政治上，我情愿做一个落后分子，不愿入团入党，不愿填什么入党志愿书，不愿参加义务劳动，我不想成为什么英雄，什么模范。 我只想在八小时里完成自己的工作，而在八小时之外，能够有一点自己的空间，做一些自己喜欢的事情，难道这也有错吗？ 难道在这个国家，一切都要看你在政治上的表现吗？ 因为我政治不成熟、思想不进步，所以出现任何差错，第一个怀疑的就是我；因为我不是党员，不参加组织活动，没有成为英雄模范的远大理想，所以也不会有女孩子喜欢我——但是，昶达同志，这就是你期望的新中国吗？"

"讲完了吗？"

"完了。"

昶达点点头，拿出一支烟，擦了火柴点上，又递给书芃一支。 两人默默地抽着烟。 屋里没有开窗，淡蓝色的烟缓缓流淌，像鲤鱼出没水面时拱开的涟漪，变得越来越大，越来越慢，越来越淡。 而桌上的手表依旧不慌不忙，一

---

① 原文出自英国著名汉学家詹姆士·理雅各所译《国风·王风·黍离》，中文原文为"知我者，谓我心忧；不知我者，谓我何求"。

下，又一下，按照亘古不变的节奏转动。

在这烟雾般流淌的时光中，昶达忽然开了口：

"十五年前，1936 年，我在国民政府水利委员会任职，奉命前往泾洛工程局公干，到了西安之后，我跟延安方面取得了联系，几经辗转到了延安，参加了革命。 再往前十五年，1921 年，我离开了固始老家，到开封的河南预校上学，后来去了美国学习水利。 这两次选择，决定了我的一生。 当时做选择的时候，我跟你一样，渴望看到一个新中国，渴望能用自己的双手去建设新中国。你刚才问我，有没有失望过。 我可以坦率地回答你，当然有。 在南京时，我是失望的，不然也不会去延安；在延安时，我也失望过——你不要这样看着我，也不要奇怪，任何人都会有失望的时候，尤其当认为自己受到了不公、感到了屈辱，就像你现在这样。 我也不例外。 你不喜欢政治，那你总知道斯大林吧？ 我当时在延安，日常工作之一，是收集翻译一个人的言论和外媒上有关他的新闻，以供研究和决策参考。 这个人叫托洛茨基，斯大林称他是'人民公敌'，将他开除出党。 后来我接受审查，需要交代和说明的问题，就是为何要研究托洛茨基并翻译他的言论。 差不多大半年的时间，我都在绞尽脑汁，想把这个问题解释清楚。 后来我通过了审查，组织依旧信任我，安排我去了解放区工作，一直到现在。"

昶达又点上了一支烟，继续道："刚才进门之前，你们段领导给我简单讲了讲情况，还有你平常在单位的表现——业务很好，服从工作安排，能吃苦，同时呢，不合群，政治上不主动，不向党团组织靠拢，不积极参加义务劳动，不能跟工友打成一片，有些瞧不起技术不好的工友——这些评价，你客观地讲，是不是存在？"

书芃默然片刻，点了点头。

"我记得你喜欢拉手风琴，静姝还在时，开国大典那天晚上，你伴奏，我和她还一起跳过舞，曲子是苏联歌曲《小路》——这一晃就快两年了。"昶达轻轻摇了摇头，道，"我记得你还喜欢读书。 我曾经见你拿过一本《贝多芬传》，应该是傅雷先生的译本，作者是法国的大文豪罗曼·罗兰，对吧？ 他写过《巨人

省府前街

三传》①，写了他心中的三位巨人，三位英雄。 除了贝多芬，还有米开朗琪罗和托尔斯泰。《贝多芬传》你看过了，他是音乐家，后来却耳聋，饱受病痛摧残。 米开朗琪罗是画家、雕塑家，他一生都想自由自在地创作，却始终为人所控，无法自由。 而托尔斯泰八十多岁，人生将尽之际，还在被内心的惶惑矛盾折磨。 这三部传记，三位巨人，三位天才，他们行走在忧患困顿的人生中，用生命表达了人间真理、善良和美好，他们的苦难是不朽的，他们的作品是不朽的，而他们也随之不朽。 书芃，你不愿做英雄，我也不愿做英雄。 世界上不会有那么多的英雄，但却有那么多的苦难。 你正在承受的无助、不公、委屈、失望、失恋，正是这些苦难中的一种。 我也有我的苦难。 傅雷先生自己说，唯有真实的苦难，才能驱除罗曼蒂克的幻想的苦难；唯有看到克服苦难的壮烈的悲剧，才能够帮助我们承担残酷的命运；唯有抱着'我不入地狱谁入地狱'的精神，才能挽救一个萎靡而自私的民族——"

"不经过战斗的舍弃，是虚伪的；不经劫难磨炼的超脱，是轻佻的；逃避现实的明哲，是卑怯的；中庸，苟且，小智小慧，是我们的致命伤。"书芃看着昶达，道，"这是傅雷先生《贝多芬传》译者序中的。 我每次读到这里，都会更加的困惑。 昶达同志，如果你是我，你会怎么做？"

"没有人可以告诉你，你该怎么做。 你记住，没有。 自己的路，只能自己去走。 我那里有《巨人三传》的另外两本，可以借给你看。《米开朗琪罗传》的序言中，罗曼·罗兰说，'世界上只有一种英雄主义：便是注视世界的真面目，并且爱世界'。 英文版的原文是，There is only one heroism in the world：to see the world as it is and to love it。 书芃，你脚下的土地，就是你的中国，你现在的样子，就是中国未来的面貌，但你的苦难，不及中国所经历苦难之万一。我们的新中国，是在中华民族的苦难中建立起来的，本来就背负着太多的苦难。 现在，新中国刚刚成立，百废待兴，太多苦难的创痕需要抚平。 在新中国，一个人可以平凡，默默无闻；可以离群索居，不跟人来往；可以不参加义

① 傅雷译《贝多芬传》，刊于《译报》1934 年第一期；《米开朗基罗传》，商务印书馆 1935 年出版；《托尔斯泰传》，商务印书馆 1935 年出版。

省府前街

务劳动，可以在政治上没有追求，可以不入团、不入党，可以只待在自己的房间里，拉拉手风琴，看看书——这些都没有问题。但是，无论你如何选择，都不可能没有苦难。我只想告诉你，当你面对苦难的时候，面对这个世界的真面目的时候，你或许可以像罗曼·罗兰那样，像贝多芬那样，像米开朗琪罗那样，像托尔斯泰那样，注视它，并且爱它。"

自　白

　　我叫沈徵茹，字明忱，祖籍河南密县，清光绪十六年（公历 1890 年）生于郑县，常住于开封省府前街寓所。曾祖讳尚得，祖父讳秉耀，父亲讳圣衍，及母亲沈周氏，俱已去世。前妻文惠葳，清光绪二十五年（公历 1899 年）出生，河南尉氏县人氏。我奉父母之命，与惠葳在民国七年（公历 1918 年）于郑县成婚，育有一女，名沈奕雯，民国十四年（公历 1925 年）出生于开封。民国二十二年（公历 1933 年），惠葳出国游历，三年后，即民国二十五年（公历 1936 年）与我离异，同年，我续娶冯氏为妻。后妻沈冯氏，清光绪三十三年（公历 1907 年）出生，河南开封人氏，于民国三十年（公历 1941 年）死于郑县。我父圣衍公兄弟三人，二弟圣承，三弟圣传，圣承公有一子，名徵慕，圣传公有两子，名徵莼、徵蓻，各有子女若干，恕不一一记述于此。

　　沈家祖居密县，农忙种田，农闲采煤，耕读传家数代，至曾祖父尚得公，在密县老家经营煤窑，一度得利颇多。咸同年间，太平天国战事波及豫省，密县兵燹甚重。沈家煤窑所延请之工头张大，卷走家中细软，带手下矿工投入太平军，沈家遂至败落，生计无着。迫于无奈，尚得公携幼子秉耀公颠沛流离，至郑县落脚，以帮工为生。我出生之际，家境贫寒，但求温饱而已。我父圣衍公于清同治九年（公历 1870 年）在郑县出生，成年后屡试不第。光绪三十一年（公历 1905 年）废科举，圣衍公求取功名之路被阻，便弃文经商，得比利时

省府前街

440

国工程师孔方之助,以货栈业白手起家,时京汉、汴洛两铁路相继建通,并于郑县交会,圣衍公借此时机不断扩展生意,终至小康。

我出生后,经父亲开蒙,辗转于郑县各私塾,并于清宣统元年(公历1909年)赴美国哥伦比亚大学留学,攻读经济金融学科,七年后获硕士学位,同年回国,时为民国五年(公历1916年)。回国后,我在河南预校任教,教授英文、经济等科,并在豫泉官银钱局兼职顾问。民国十二年(公历1923年),豫泉官银钱局改组为河南省银行,我任该行管理处处长,后任副行长。民国十七年(公历1928年)河南省银行因吴佩孚下野而倒闭,成立河南农商银行,我任该行行长,直至民国三十五年(公历1946年),我因故身陷囹圄,行长职务自动解除,共任该职凡十八年;民国三十二年(公历1943年),我兼任河南省府副秘书长,亦于三年后自行解职。

民国二十七年(公历1938年),我在开封理事厅街教堂受洗,入天主教。

民国三十一年(公历1942年),河南全省大旱,夏秋两季绝收,数百万人饿死,国民政府迫于国际国内舆论压力,拨付赈济平粜款法币一亿二千万元,河南省府将此款交由农商银行办理平粜赈灾事宜。我将此事交与襄理杜仲文操办,并与他合谋挪用部分平粜款购买美金公债,在洛阳、重庆两地分行周转,虽牟得巨利,却亦延误了平粜赈灾,引起民怨。由此上溯自民国十七年,我出任行长时,下止于民国三十五年,我被捕入狱时,十八年间,共有如下舞弊贪腐事例,实为利欲熏心、丧心病狂之举,曰:

甲、抗战时转移金库途中,趁乱私售总行黄金,吞没价款一百四十九万四千八百元;

乙、将重庆分行钱款存入各商业银行,侵占存款利息二千七百一十九万九千九百元;

丙、办理期汇、买汇,变相放款,吞没放款利息二千五百四十七万五千五百一十六元。

以上甲乙丙三项,合计五千四百一十七万零二百一十六元。另有:

丁、套用行款,经营商业,囤积日用必需品及黄金、公债(如民国三十一年平粜款挪用事)等,牟得利润共计一亿九千二百八十二万八千六百元。上述诸项相加,累计已达二亿五千万之巨矣。

如此巨额贪腐所得,我一人亦难以承受,其去处大略有四:

甲、与行外贪腐行为同谋者分赃,多为国民政府财政部、中央银行及各商业银行高级人员、洋商洋行经理店员、公债买办、黄金掮客、黑市商人之流,此类约占三分之一;

乙、与本行贪腐行为同谋者分赃,主要是襄理杜仲文,及相关经手办事人员,此类约占四分之一;

丙、作为贿款,向河南省府、郑州绥署、省财政厅、中央银行、国民政府财政部、驻豫驻汴国军高官输送,此类约占四分之一;

丁、作为日常应酬开销及本人所有,此类为剩余部分。

基于以上贪腐舞弊罪行,民国三十五年(公历 1946 年),我被郑州绥署军警宪联合稽查处逮捕。揭发人为杜仲文,我与他在一年前交恶,关系破裂。在押期间,经我女奕雯之夫婿赵贻海多方营救,交出所有贪腐所得(仅剩开封省府前街、双龙巷两处寓所,其中省府前街寓所为前妻惠葳之陪嫁,我与惠葳离异之后,她来信声明由女儿继承;双龙巷寓所,为我回国任教于河南预校时,我父圣衍公出资购置,均为我任银行行长之前置办之产业,现供家人生活起居)后,郑州绥署以转移羁押地为名,将我押解赴武汉,途中故意制造了车祸,对外声称我活不见人、死不见尸,实则由我婿贻海一路护送,潜行至上海避难。因狱中身心皆受摧残,又有心脏痼疾,化名住进广慈医院休养治疗。

我在美国哥伦比亚大学求学七年,有一女同学金梅姗,广东番禺人氏,小我五岁。我与梅姗相识于哥大校园中,负笈万里,乡音难觅,我与她渐生情愫,以至订下终身。我先她数年回国,与她唯有通信以解相思。但待梅姗回国,我却父命难违,已与惠葳成婚。从此,我与梅姗连通信亦断了。民国二十六年(公历 1937 年),我赴南京参加财政部某会议,意外与梅姗相见。而我与她上一次见面,还是民国五年(公历 1916 年),她在码头送我回国,我们已有二十一年不曾见面了。梅姗与其夫龚先生结婚多年,育有一子一女,俱在国外留学。我与梅

省府前街

姗旧梦重温,大有隔世之感,相互约定等她离婚,再重组家庭。不料返沪后,日寇即全面侵华,南京亦沦陷,梅姗与龚先生随国民政府一路西迁,至武汉时遇敌机轰炸,龚先生重伤,瘫痪在床。梅姗与我有私情后,对丈夫心怀愧疚,自是不离不弃,悉心照料,后移居重庆。龚先生瘫痪,家中经济来源断绝,而治疗康复、子女读书,均花费甚巨,此间花销俱从我处开支。待抗战胜利,梅姗之女又在国外遭绑架,巨额赎金亦由我供给。我挪用了一笔本该分给杜仲文的赃款,与他因此交恶。待我出狱,已是民国三十五年(公历 1946 年)年底了。我与梅姗曾约好翌年 5 月间在上海相会,故坚持赴沪。见面后,始得知龚先生已于年初病故。当其时,我女奕雯已嫁得其心上之人,梅姗之子女俱已在国外立足,我与她均无牵挂,三十年前白首之约宛在耳畔矣。

我在广慈医院疗养期间,与一美籍哥大校友詹姆士及夫人相识,仓促间寻不到可助我之人,只得央求于詹氏夫妇。得知我与梅姗过往后,詹氏夫妇慨然允诺帮忙。于是梅姗到广慈医院登记看望,我又去华懋饭店回访,詹氏夫妇亦在华懋饭店,装作偶遇。路上我佯作酒后心脏痼疾突发,不慎落水身亡,詹氏夫妇便为人证。其间已先寻得街头露尸一具,年貌体征与我相仿,换了我的衣物,由詹氏夫妇主持,草草火化。而后我与梅姗同詹氏夫妇分别,悄然离开上海,远遁云、贵等偏远边疆,几经辗转之后,在两省交界之山区落脚,不问世事,不问故人,以教书种田为生,时为民国三十六年(公历 1947 年)冬。

梅姗经年辛劳,身体孱弱,终在四年后,1951 年冬去世。此四年间,我与梅姗朝夕相处,山区生活虽困苦,我们夫妻却甘之如饴,有此整整四年,胜却人间无数矣。

梅姗辞世之后,留我一人,而我身负重罪,无颜苟活,本该随她而去。但天主教教义中,有自杀如杀人之诫,故不得自裁。今年,全国镇反运动深入至云、贵山区,我便向公安部门自首。别无所图,但求谢罪速死而已。

以上是实。

自白人:沈徵茹

公历 1952 年 6 月 26 日

前于 6 月 26 日所述之自白,经公安部门审阅后,提出若干需补充之问题。我之将死之人,毫无求生之意,本无意亦不必再行补充之事,但身为公民,又确有罪愆难恕,谨遵政府之命,补充如下:

甲、所贪腐舞弊之款项去处问题。

国民政府之贪腐,实为众所周知之事。以 1942 年(应要求,此后表述均以公历纪年)河南大灾之赈济款为例,国民党政府声称款项共计一亿二千万元,分三批拨付,实到河南省府并不及此数,省府拨付我行,又不及前数。且款项尚未到我行,即有不少公债买办、黄金捎客,手持国府政、军、金融各界要人推荐信函来访,或明示,或暗示,可将款项挪用于美金、公债、黄金之买卖。我贪图权位,又因负担甚重,确需金钱支撑,故既不敢不从,又不得不从。每每事成之后,只有不足一半利润反馈我处,有时遇到强硬者(以有军界后台居多),动辄称投机失败,连本金亦无法讨回,只得以之前赃款填补亏空。

乙、沈家家产问题。

我被郑州绥署军警宪联合稽查处逮捕后,我女奕雯心急如焚,我婿贻海为尽快求得我之出狱,将家中浮财尽数散去,以向绥署、省府、保密局等机构要人行贿,靡费甚巨,故待我出狱时,家中已无流动资产。省府前街寓所,实为我任行长之前已有产业,可寻地契房契及前妻蕙葳详勘,并非贪腐舞弊之所得;双龙巷寓所,亦属同一情形。我亦不知新中国成立之后,此两处寓所如何处置,是否还属沈家之产业。如在,则感激政府,为我女奕雯留得起居之处。如不在,亦属天意,相信以我女我婿之人,亦不至于饥寒。

丙、假死问题。

我任河南省府副秘书长时,兼管省府及所属机关、人员、家眷之安保事宜,时值抗战期间,省府颠沛于豫西山区,故与警察部门多有交道,听得许多案件。假死之事发生于 1947 年,我已五十七岁,刚出囹圄,身心皆衰,自知命不久矣。而龚先生刚刚去世,梅姗已是单身而居,我与她结合再无伦理之患。

省府前街

但我婿贻海营救时，再三告诫我不得以真名姓抛头露面，否则牵涉诸多相助人士，实为不义之举。当时我有两条路可走，一出国，二隐居。梅姗竭力劝我出国，但出国费用之巨，我与梅姗委实不能承受，我又年岁已高，不愿客死他乡。若隐居，则实同两个五十多岁的老人私奔，以我女奕雯、我婿贻海之为人作风，势必寻根问底，找出我的下落。如此，则真相大白之后，梅姗颜面无存矣。穷途末路之际，又无充足时间可筹划，当其时，只能想到假死一策。至于代为火化之尸体，那年逃难至上海的难民甚多，倒毙街头的亦多，即沪人称为"露尸"者，实为当时司空见惯之惨象。

我与梅姗在云、贵交界之山区隐居，并无受任何人之命令指派，亦绝无任何秘密使命，在此居住四年之中，从无任何违法之举。至于身边汉、苗等族百姓，人数甚少，来往不多，亦非兵非匪，皆属性格纯良之良民也。

丁、亲属问题。

我女奕雯，自幼与我相依为命，知书达礼，颇通英文，有一技之长可安身立命。我婿贻海，曾在北平念过大学，抗战军兴后就读于军校，毕业后投身抗日，多立战功。但我亦知他曾与解放军作战，屡遭败绩，丧师失地，犯下罪过。我与奕雯、贻海夫妇自1946年年底分别，从此再未见过，亦不曾主动寻访消息，他们夫妇当均以为我已死于上海。

我二叔圣承公与我弟徵慕，均为共产党员。我与他们往来甚少，亦不知其详情，不敢多言。只有在1946年初，国共两党即将开战时，我忽接到徵慕密信一封，劝我弃暗投明，与国民党政府决裂。我当时尚未入狱，牵挂之事甚多，没有在意，亦没有回他。

我三叔圣传公与我弟徵莼、徵蓉，均为中牟乡下务农之人，与政商两界毫无瓜葛。1946年六七月间，中原解放区战事骤起，内战爆发，后又有豫东战事。我时已被杜仲文等检举，正焦头烂额之际，中牟地方官员忽然来访，声称圣传公暴卒，其二子变卖所有田产，仅留口粮田亩给家人，后不知去向，经人检举，是往河北解放区去了，想必是也接到了密信，携款投奔徵慕，参加了解放军。不几日后，我便被逮捕入狱，从此与圣传公一家亦没有了联系。

以上甲乙丙丁四项,为遵政府之命,对前于6月26日所作自白书之补充。

另,谨请政府及公安部门知悉,我不愿听到任何有关我女奕雯、我婿贻海,及其他亲眷的消息。在他们心中,我在1947年已成死人。而我所犯之罪,万死不可赎,但均为我一人之罪,亦恳望政府及公安部门念"罪不及孥"之古训,详加调查,以免涉及无辜。

以上是实。

自白人:沈徵茹

公历1952年6月30日

第十一章

沈奕雯同志:

你好。

王妈、康大姐、葛大姐都好吧?代我向她们问好。昶达同志那里,我会专门给他去信的,不过你也代我向他问好。

我现在朝鲜的安州,这是我们入朝的第七天。我们从安东过江,就是你常听见的"雄赳赳,气昂昂,跨过鸭绿江"的那条江,江对岸,是朝鲜的新义州。你大概想不到,仅仅一江之隔,完全是两个样子。安东这边有宽宽的马路,高大的建筑,明亮的电灯,街上人来人往,有汽车,有上学放学的孩子们。而新义州这边,基本上都是废墟,没有什么能走的路,人也很少,有些房屋还在,但空无一人。我们坐火车过江,当晚就到了宣川车站,之后就只能徒步了。第二天天亮之后,我们开始行军,目的地是安州。白天行军很危险,美帝的飞机不断轰炸,每隔两三小时就有一次,敌机来的时候,我们就在路边寻找隐蔽处。第二天走了一天,我们发现晚上空袭少,决定晚上多行军,白天放慢速度,能歇就歇一会儿。晚上的空袭少,是相对白天而言的,一晚上也能碰到两三次,差不多都在前半夜,后半夜就安全得多。从宣川到安州,一百多公里,因为敌机不断轰炸,道路全是坑坑洼洼的,我们居然走了好几天。

从郑州和天津两个铁路局到朝鲜的援朝职工,都要在安州铁路军管总局集中,由组织分配到平壤、高原、定州和熙川这四个分局。在安州的第一天,我们集体上了培训班，主要是思想政治宣讲，以及介绍敌我态势、铁路运输情况。当天晚上，我接到组织的分配通知，我被分配到熙川分局，担任机车司机。现在，我给你写信的时候，是第二天的晚上，等天一亮，我就要到熙川去了。

奕雯同志，从明天开始，我的援朝工作就要正式开始了。我不知道天亮之后，我还会不会有时间、有机会给你写信。也许明天我刚刚离开安州，没有到达熙川就牺牲了。真的，奕雯同志，战场上随时都在死人。就在我们来的路上，有一位同志被炸成了重伤，紧急送回国了，我们都替他惋惜。我现在是把每一天，都当作生命的最后一天来看待的。所以，我才要给你写这封信，这是我入朝以来给你写的第一封信，其实我也是把它当成最后一封信来写的。

首先要告诉你一件事。不知道你还记不记得，你带着孩子们到郑州春游，我跟你们一起，那也是我们第一次一起坐火车，一起玩。你知道我是个爱旅行的人。因为在铁路工作，坐车也方便，我经常是跟包乘组的同志混在一起，说说笑笑，就到地方了。我想你应该也是个爱旅行的人，因为那天，我能感受到你是由衷的开心。从郑州回来的路上，你跟我发了脾气，你是应该发脾气的，是我说错了话，惹你不高兴了。其实德国女诗人 Kathinka Zitz-Halein 的那首诗，英文是 If I love you, is that your concern 的那句，是我临时想要说的。我也不知道我怎么就说了那一句。现在想想，真是傻到家了，怎么就鬼使神差的，说了那些呢？那天晚上，我一夜都没睡，想来想去，决定第二天向你道歉。不料之后的好几天，我都见不着你，即便见着了，你也是跟王妈在一起，我根本没有道歉的机会。有天我早上五点就起来，守在门口等你。果然，你天不亮就上班，想必也是不想跟我见面，我跟着你走了好远，一直盼望你能回头看看，只要你回头，就会发现我，但是你一直没有回头。接连好几天，我都起得很早，跟着你送你上班，盼望你能回头，但是你没有。我甚至觉得你是知道的，但是因为知道，所以不回头看我。然后，我就决定做一件事，让你明白我对你的感情。

是的，我写了一封检举信，检举我自己逃票。我当然知道，我没有逃票，因为那几张车票我都当成了宝贝，好好地收藏起来了。我之所以检举自己，是因为我知道，你对我并没有恨意，只是因为那些你不愿意提及的事情，对我的感情和表白退避三舍而已。一旦我遇到了难处，你肯定会帮我的。哈哈，被我猜中了。你真的找到了那几张车票（我放得那么显眼，你一定找得到），送到了机务段。你也肯定发现了我偷拍的你的照片，就在二七塔下面给你照的，你也肯定发现了那照片背后，我写给你的话：If I love you, is that your concern？

现在我跟你远隔千山万水，头顶上时不时有敌机盘旋，扔下炸弹来。我和机车都在隧道山洞里，巨大的震动，几乎让我写不成字了——不过我还是要说——如果我爱你，你会在意吗？

奕雯，请允许我先去掉"同志"二字。因为在我的心里，你对我而言，早已不仅仅是同志了。奕雯，逃票那件事之后，我主动申请调离了机修整备车间，去做一名机车司机。我了解到，组织有规定，只有驾龄满一年，且行车无事故的机车司机，才有资格申请援朝工作。到朝鲜，参加抗美援朝，已经成了我的理想——你一定很奇怪，一个不入团、不入党、不参加义务劳动的逍遥派，怎么会想到赴朝参战？其实原因很简单，我想要改变自己。抗美援朝是新中国当前最伟大的事业，我由衷地想参与到其中来，让我的生命跟这个国家，跟这个国家的命运和未来，真正紧密地联系在一起。你说，还有什么比这个更紧密、更直接的呢？

好了，奕雯同志，我不得不结束这封信了。如果你愿意给我回信，那将是我此生最幸福的事情。如果你真的这样做了，我有个请求，请你把我偷拍的你的那张照片寄给我（地址会在你收到的信封上，我打听过的），不要问我原因。因为原因，就在那张照片的背后。

If I love you, is that your concern？

布礼。

范书芃

1952 年 6 月 19 日，朝鲜，安州沈奕雯同志：

你好。最近都还好吧？

我现在通化援朝机务段，我刚刚给老夏打了电话，了解到了你家里发生的一些事情。我也想给你学校打电话，但到底还是没有。奕雯，我不知道该怎么说，你才能平复自己的心情——或许等你看到这封信，心情已经好起来了吧。

奕雯，不管发生了什么，你都要相信自己，你没有做错过任何事情。不管曾经发生过什么，你在我的心中，始终是最光芒四射的女孩子。

你一定看到过我的全家福了。我家兄弟姐妹一共五个，我是大哥，也是最调皮、最不听话的一个，我做过的不听话的事不计其数，最严重的一次，就是大学刚毕业就回到了祖国，我想亲眼看到新中国出现在这个星球上。我的父母（按照阶级划分的话，毫无疑问是大资本家）给我的最后一封信，也在那个木匣子里，他们愤怒地跟我断绝了关系。我想，他们会原谅我的。因为我所从事的事业，早晚会让他们感到骄傲的。

奕雯，我至今没有等到你的信（老夏说，他能确定你收到了我的前几封信，是王妈告诉他的）。我不知道你为何一直不写信给我。我想，可能有两个原因。第一，你认为我不够努力，不够上进，不积极要求进步。第二，你认为你以前的那些经历，我不会理解，我会介意。是不是这两个？

那么我就一一回答你。

首先，我可以自豪地告诉你，我已经被批准成为预备党员了。我相信，一年之后，只要我还没有牺牲，组织会批准我成为正式党员的。

其次，其实我刚才已经说过了，任何人都有过去，而你在你的过去中，没有做过任何错事。那些你认为我会介意的事情，我从来都没有介意过。真的，奕雯。从来没有。现在的你，在我心中的纯洁和善良，跟刚出生时的你，没有任何的不同。所以，请接受我的感情吧，奕雯。

我在这里只能待一天，换了机车后，就又要入朝了。以后每隔差不多一

省府前街

个月,我们包乘组会把机车送到这里检修整备,之后再入朝。如果可以的话,请你写信告诉我,我会给你打电话(我可以晚上给给你打电话,你在老夏办公室等,老夏会帮忙的),真希望能听到你的声音。

把那张照片寄给我,好吗?

我等着。

If I love you, is that your concern?

布礼。

范书芃

1952 年 9 月 19 日,祖国,通化援朝机务段

奕雯同志:

你好。哈哈,真的很兴奋,你居然允许我这么称呼你了。虽然我很厚脸皮地早就这么跟你通信,不过得到你的亲自"批准",还是让我兴奋得快要发疯了。

有差不多两个月没有给你写信了。几天前,上甘岭战役结束了,这场战役打了四十多天,我们包乘组的任务,就是不惜一切代价,将物资送到最前线。

这一段时间,我们包乘组基本上没有休息,没明没夜地干。包乘组九个人,司机、副司机、司炉各三人,正好三班,我是组长。机车后边挂了一节宿营车,我们吃住都在车上,车厢外有两层厚钢板加固,中间还填了沙土,能防飞机的扫射和炸弹弹片,很安全。在朝鲜战场行车,都是在晚上,因为白天敌机轰炸太频繁。机车是蒸汽动力的,需要开炉门烧煤,晚上有火光,很显眼,机车司机室用厚厚的防空布遮挡。或许你该好奇了,既然视线都被挡住了,怎么行驶呢?我们每趟列车,都有"铛铛队",一般是车头车尾各两人,手里拿着锤子和炮弹壳,不停地敲着,发出铛铛的声音,所以叫铛铛队。一旦发现前边有车辆,车头的队员就给司机发信号,提醒要减速,车尾的队员也发信号,提醒后边的机车不要太快。看着很简单吧?不过就是这么简单的办法,可以保

证整个晚上,司机什么都看不见,还能正常行车。

奕雯同志,我入朝参战已经快半年了。战争,的确是一场血与火的洗礼。我发现我之前很多的做法,当时觉得很自然,现在却觉得很可笑。比如,我在开封机务段的时候,经常瞧不起一些工友,认为他们没有文化,没有受过系统的培训,很容易犯技术错误。其实不然。像铛铛队这样的办法,就是这些普通工人想出来的,虽然简单,但是非常有效。

还有,因为敌机轰炸太频繁,很多江(朝鲜管所有河流都叫作江)上的桥梁都受损严重,又来不及彻底修复,只能架设简易桥墩,承重力有限,而机车比车厢沉得多,简易桥墩根本承受不了,怎么办?也是工人师傅和农民出身的铁道兵战士,想出了顶牛过江的办法,就是列车过江的时候,将机车车头调到列车尾部,用机车顶着车厢过桥,桥对面再用另一个车头拉走——车厢过江,车头不过江。这种办法真的让人拍案叫绝,是任何一所大学都教不出来的。

我现在的样子,你肯定认不得了,我跟以前完全不一样了。你很难在我身上,找到你熟悉的那个英国留学生的作风,我就是一个普通的机车司机,一个新中国的铁路工人,一个朝鲜战场上的普通战士。

奕雯,谢谢你寄来照片,我一直放在最贴身的地方。

If I love you, is that your concern?

布礼。

范书苨

1952 年 12 月 6 日,朝鲜,安州

先先:

这是我第一次这么称呼你。你说这是你的小名,只有最亲近的人才能叫。谢谢你。不知道为什么,我看到你这封信的时候,反而很平静,不像无数次幻想中的那样狂喜。或许在我的意识里,你早就接受了我的感情,所以当这一天真的到来的时候,我已经习惯了。

我刚刚接到任务,必须马上出发了,这封信只能先匆匆写到这里了,字迹太草了,你别生气。

I love you, that is your concern。

布礼。

书芃

1953 年 3 月 16 日,朝鲜,熙川

先先:

首先向你道歉。本来说好一周一封信的,已经快一个月了,一直没有给你写信。因为我负伤了,右臂和左脚负伤,没办法写字。想托战友帮我写,又有好多话不好意思讲,只能拖到现在了。手上的伤刚刚好了些,不过字迹还是很难看,你别生气啊。

我负伤的时候,正在参加抢修。美军轰炸的时候,非常的狡猾,先扔下来一批定时炸弹,爆炸时间都是随机的,有的十几分钟,有的好几个小时,之后再扔普通炸弹,把前面的定时炸弹埋起来,谁都不知道哪里有定时炸弹,也不知道什么时候会爆炸。那次抢修,我正帮着铁道兵战士校正钢梁,旁边一颗定时炸弹爆炸了,我当时就被炸晕了过去,醒来的时候,发现手脚都被包裹着,半个身子也被包裹着,我一下子就害怕了,我忽然害怕再也见不到你了。

我最好的一个战友,包乘组的副司机老黄,在这次爆炸中牺牲了。我们都叫他大老黄,因为他个子很高,也很壮实。可就是这么一个魁梧的汉子,牺牲之后,遗体收集起来,还不到一个脸盆那么大。

真的,先先。自从我入朝以来,我时刻都在准备迎接死亡。在你接受了我的表白之后,我依然这么准备着,但我同时有了另一种心情,我要努力地活下去,活到回开封、回省府前街跟你结婚的那一天。但是先先,你也要答应我,如果我真的牺牲了,你要为我难过,但是,难过一段时间之后,你要勇敢地去爱另一个男人,跟他结婚,跟他好好生活。你一定要答应我。

I love you, that is your concern。

布礼。

书芃

1953 年 6 月 18 日,朝鲜,安州

先先:

我们胜利了。

现在是 1953 年 7 月 27 日,晚上十点半。半个小时之前,朝鲜全线停火了。

我现在坐在大桥边,我的身旁,已经成了灯火通明的欢乐场,我入朝一年多了,这是我第一次看到灯火通明的夜晚。广播喇叭里放着《国际歌》《志愿军战歌》,每个人都在欢呼,庆祝胜利。

我忽然感到万籁俱寂。亲爱的先先,我眼前的一切,我耳边的一切,都安静下来了。在如此动人心魄的静谧之中,我看到的每一点灯光,我听到的每一个呼喊,先先,都像是你在对我笑。

先先,我写不下去了。我爱你。

我从未如此深切地意识到,我爱你。我也从未如此迫切地想要回到省府前街,回到你身边。

I love you,that is your concern。

布礼。

书芃

1953 年 7 月 27 日,朝鲜,清川江大桥边

第十二章

迁　郑

1954 年 10 月 29 日，农历十月初三，开封老话儿说"三六九，出门走；二五八，好回家"，这天便是最后一批迁郑人员出发的日子。

其实早在 1952 年 8 月，河南省政府便向中南军政委员会申请省会迁郑，得到了中南军政委员会和中央人民政府政务院的批准。之后两年，郑州划出京汉铁路以东、燕庄以西、纬六路①以南、金水河以北为行政区，开工建设各类设施，承纳离汴迁郑的众多省直机关。到了 1954 年 8 月，各项准备工作基本完成，搬迁时间表也定了——正式迁郑从 9 月底开始，一个月时间里，省委、省政府、省军区和直属机关七千多名干部，连同家属一共好几万人，分四批陆续迁往郑州。奕雯在开封市立四小做教员，组织关系不在省直，本不在迁郑之列；但她刚刚成为省教育厅表彰的"模范小学教员"，被省教育厅点名调往郑州，在纬五路上新建的小学任教。奕雯是国庆后才接到的调令，距离出发不足

———————————

① 1956 年改名为黄河路。

一月了。 王妈便有些生气，道：

"组织上也是的，这么大的变故，也不事先通通气，征求一下意见——"

康氏听了，笑道："又不是只调奕雯妹子一个，那么多人呢，能挨个通气吗？ 一声令下，说搬不就搬了吗？"

春玉坐在院里，赶着喜梅过冬的棉袄。 喜梅三岁多，刚才还满院子跌跌撞撞地跑，现在大概累了，不跑了，坐在挂满了衣物的晾衣绳下头，呼呼地喘着气，小脸通红。 喜梅这名字是老苏给起的，就在他牺牲之前一个礼拜。 省府前街沈家门口的牌子，也由"军属光荣"，换成了"烈属光荣"。 从那以后，春玉的话就少了，有时一天也不说几句。 用她自己的话讲，唱了几十年的戏，把要说的都唱完了。 不过，今天春玉倒是难得开了口，道：

"那大姐你是怎么打算呢？ 留在开封，还是跟着去？"

王妈愤愤道："我可不想去，可不去又不行——书芃那孩子调到郑州铁路局了，奕雯又刚怀上，快三十岁的人了，饭都不会做。"

"不会做饭，有食堂呢！"康氏笑道，"说到底，还是舍不得奕雯，自己想去吧？"

王妈一愣，也笑了，嘿嘿道："看透不说透嘛。 啥话都说透了，不就没意思了？"

春玉忽然又道："当年，咱这儿可是帝都，住过皇帝呢！ 后来，不是首都了，也还是省会。 可从今年起，连省会都不是啦。"说得康氏和王妈都是一愣，春玉自己却一笑，道："不过我还有喜梅呢，只要她在我眼跟前，省会就是搬到天边，我也是欢喜。 一个城，有一个城的命，一条街，有一条街的命，咱们这辈子遇的事，跟这城、这街相比，算个什么？ 好好活着，就知足啦。"

喜梅像是听懂了春玉的话，忽地咧开嘴，笑了起来。 王妈一拍大腿，道："完了，完了，肯定是又办坏事了！ 教了整整一夜，骗了我半碗热汤面——到底一泡屎还是屙裆里头咧！"

王妈这话一讲，三个女人都笑了，竟是你争我抢，都要上去给喜梅换裤子、擦屁股。 不过最后，还是给王妈抢了先，她一边让喜梅撅屁股，一边对春玉道："城的命，街的命，其实就是人的命。 没有人，哪儿来的城，哪儿来的街呢？ 你看看她，她就是这座城这条街的命呢，是这座城这条街的魂呢！"

喜梅似乎又听懂了，脸蛋微微一拧，三个女人都瞧见了，同时惊叫出声，只见王妈刚给她换上的新尿布，又是湿漉漉一片了。 王妈又气又爱，忍不住呵呵笑了起来。

到了 10 月底，从开封到郑州，铁路公路上密密麻麻，都是离汴迁郑的人、车、行李。 奕雯怀孕四个月了，她本来就瘦，列宁装遮一遮，倒也不太明显。不过脾气大了不少，对同事还好，越是亲近的人，越是不给好脸色，一言不合就发火。 书芃在郑州铁路局工作忙，赶不回来接她，说等她到了郑州就领她去老葛记吃坛子肉焖饼，去老蔡记吃蒸饺馄饨，再去鸿兴源买点心，想吃什么买什么，临了又嘱咐什么坛坛罐罐的都别带，铁路上给他分了宿舍，都是现成的。 前几句奕雯还挺受用，后几句她一听就火了，说你这叫什么话？ 你的东西都是宝贝，我的就是坛坛罐罐？ 你放心范书芃，我第一个当垃圾扔掉的，就是你那个破木头匣子，你信不信？

书芃跟没听见似的，哈哈笑着就挂了电话。 奕雯怀孕之后，经常从书芃身上找出针尖儿大小的碴子，再放成无穷大。 有时王妈都看不下去了，担心书芃生气。 不料书芃从来不生气，奕雯越找碴，他就笑得越欢实。 而每次都是他笑到最后——因为奕雯总是先笑了。

奕雯所在的车队，是从省府前街出发的。 省政府门口的小广场上，开封市民敲锣打鼓，欢送最后一批离汴迁郑的人员。 康氏和春玉领着喜梅，喜梅还拿了个小红旗，挥舞不停，送奕雯和王妈起程。 很快，这里就不再是省政府了，据说开封地区行署会在这里办公。 奕雯坐的这辆车，是苏联援助的嘎斯卡车，组织上照顾她是孕妇，让她坐在副驾驶座上。 王妈担心奕雯晕车，她却一瞪眼，说我会开车的时候，这司机还穿着开裆裤呢！ 王妈吓了一跳，赶紧不让她说了，生怕给司机听见。 司机是个年轻人，安顿好一车女同志，回到驾驶室，一脚油门，车便蹿了出去。 司机见车上拉的都是女同志，一路上故意调皮捣

省府前街

蛋，一会儿拉一阵尘土，一会儿猛踩下刹车，惹得一车女同志叽叽喳喳地笑骂。

这条路，奕雯太熟悉了。 1945年，贻海半夜拉着她去郑县，救出了被捕的静姝和徵慕，走的是这条路。 1946年，贻海又是半夜拉她兜风，在这条路旁，车抛锚了，两人在这里过了一夜。 也是在那一年，徵茹拉着她走这条路，去郑县万年春饭店，看贻海和春玉结婚。 而两年前，徵茹就在这条路边，在沙丘起伏的刑场上，走到了人生的终点。

1954年10月29日，奕雯又走在了这条路上，前往那个以前叫郑县、现在叫郑州的城市。 那里有她的丈夫，有她即将出生的孩子，有她的未来。 这未来，正不慌不忙，为她而来。

阳光里，尘土飞扬，车轮如水。 奕雯眼前的车窗玻璃，很快便被一层细细的尘粒覆盖了，视线随即变得模糊。 她的视线其实早就模糊了。 自从她离开省府前街，出了西门，走在这条路上的那一刻，她的眼睛便一直湿润着。 嘎斯车又是一个趔趄，车上的女同志们又是一阵笑骂。 奕雯抱紧了怀里的黄花梨木匣，再也忍不住，泪水夺眶而出。

初稿于丁酉年秋
完稿于戊戌年冬
修正于己亥年春
郑州

省府前街

后记：在夜深人静时进入那座城

开封距离郑州很近，从我的住所到开封省府前街，六十公里露头，开车一个半小时，骑车五个小时。 最近这些年，这条名为"郑开大道"的路我不知走了多少次。 路尽头的那座城，一千年前是大宋的都城，六十五年前是河南省的省会，现在，那里只是一座城，全国近三百个地级市中的一个。

打动一个写作者的，往往是一句话，一件事，一个人。 这样的打动通常会在作家心里盘桓良久，像老牛卧地，不时反刍，最终溶于血脉，消化进四肢百骸。 但这一次不同，打动我的是一座城。 这样的打动是反刍不得的，因为它森然耸立在面前，如山，如海，如雾，它不会向你走来，只能你走进它的深处。 所谓"城不过来，我就过去"，可即便能过来，要想进入，也得靠自己的双腿和双脚。

想进入这座城，是个悠长的过程。 我尊敬的李佩甫老师说过，小说要养一养，不着急写，养大了再写。《省府前街》这个小说养了好多年。 既然我不着急写，它也就不着急长，就这么两两相望，我养它长。 养一部长篇小说是很艰难的事情，不比养孩子轻松。 在这个悠长的过程中，我先做了一件事，也是最重要的一件事：在我的脑海中，建上一座城。 准确地说，建了一座 1938 年到 1954 年的开封城。

1938 年，开封沦陷，花园口决堤，中日两国军队隔黄泛区对峙经年；1944年，豫湘桂会战，河南几乎全境沦陷；1945 年，抗战胜利，开封光复；1948

年，开封解放，成为关内第一个获得解放的省会城市；1954年，省会迁郑，河南省委、省政府迁往郑州。 一座城市，不到二十年的时光里，几乎将它千百年历史中的兴衰荣辱，全都经历了一遍，这该是何等绵密、波澜、动人的历史。而这段历史的圆心，则是整整七十年前，新中国成立。 一个旧政权的退场，一个新政权的成立，在任何意义上都是天翻地覆的事。 在这样天翻地覆的公共事件里，在挣扎与蜕变、嬗变与坚守、惶惑与新生中的这座城池，是我最渴望进入的场域。

建这座城，并不容易；建一座那个年代的城，更为不易。 但建不起来，就更谈不上进入。 这是一切的基础。 而这个基础的基础，正是新中国成立前后这十几年里，作为中原核心的开封城，究竟充盈着何样的气氛，究竟跳动着何样的脉搏。 于是我找到了这样一段话："它是站在海岸遥望海中已经看得见桅杆尖头了的一只航船，它是立于高山之巅远看东方已见光芒四射喷薄欲出的一轮朝日，它是躁动于母腹中的快要成熟了的一个婴儿。"

它是谁？ 是开封，是河南，更是中国。 我要建的这座开封城，是即将到来的航船，是喷薄欲出的朝日，是快要成熟的婴儿。 这座城，这座城里的人，都在朝这样的未来不可逆转地行进着。 当我看到这样的场面时，有个声音悄然而至：可以开工了。

开工不是动笔。 这是不折不扣的开工。 在动笔之前，我得一砖一瓦，把开封城搭建在我脑海里。 我必须清楚地知道，城里有几座戏院，戏单怎么写，海报怎么画；我也必须清楚地知道，哪条街上有哪个衙门机关，机关里有哪些科室部门；城里各色人等聚会，一般喝什么酒，拿什么下酒，聊什么话题；太太小姐们在哪个铺子做衣服，从哪个洋行买化妆品，打麻将有什么规矩；青年们追什么电影明星，看什么流行杂志，读什么小说；我甚至需要知道，从这家门里出来，走上多长时间，能到那户门前，要经过什么路、什么街、什么巷子，能顺便买什么样的点心、礼物，哪里小偷多，得留点神——我像个强迫症患者，看着千辛万苦淘到的老开封地图，一看就是半天，边看边想，看是真看，想是真想。 有时光看跟想还没用，还得出门上路，跑到开封城里，踩到实

省府前街

实在在的土地上，隔三岔五就会去一次，用脚步丈量，再把丈量出的分寸感一点点添砖加瓦，继续筑城。

在长达几年的时间里，我变成了一个考据癖成瘾的人，深陷其中无法自拔。我太想做到一点，那就是我所用的每一个词、每一个地名、每一处建筑，甚至每一句话、每一个细节，都有其出处，经得起实证主义者推敲。我需要再三确认无误——1938年的沈奕雯从省府前街沈宅出来，到北土街三九四号去，要向东经寺后街、鼓楼街到南土街，再向北到北土街，这段路步行要多长时间，开车要多长时间，会不会有地方让她稍稍停留，会不会中途遛个弯，买点什么；1949年住在省府前街沈宅的几个房客一早上班，有的要去乐观街的开封市委，有的要去裴场公胡同的黄河修防处，有的要去南关的火车站，有的要去北土街的市政府，有的要去自由路的市工会，还有的要去磨盘街的市文教局，他们出了门要怎么走，想追求沈奕雯的三个小伙子若想拦住她表白，会选择在什么地方——在小说里，这些人可能永远不会这么做，但我不能不替他们想。我很清楚，像这样毫无用处的想象，占据了筑城中90%的砖瓦建材，而呈现在小说中的，不过10%而已，换言之，90%的心血和考据，是读者永远看不到的。不过我也很清楚，如果没有这毫无用处的90%，就不会有其余的10%，更不会有这部小说。我们看到的永远是世界的一部分，没有看到的另一部分始终存在，世界如此，开封城也是如此。

我之所以这般不辞辛劳地筑城，为的只是一个契约。这个契约是写作者和读者之间的。这个契约意义重大，有关于小说的本质，也就是虚构。而虚构的终极目的是真实、可信。福柯曾经说过，"重要的不是故事讲述的年代，而是讲述故事的年代"。我讲述故事的年代是当下，而故事讲述的年代却是七十年前，让当下的读者读到真实可信的七十年前的故事，就必须把这座城的基座打结实。这是一个漫长的、除了下笨功夫之外，别无选择的工程。面对这个工程，只能正面强攻，无法迂回讨巧，任何试图"四两拨千斤"的举动都会导致可笑和后悔。我进行"正面强攻"的勇气和底气来自两个方面，一个是多年来积累的图书资料，我书桌旁有个四层的移动书架，装满了有关河南、开封的

省府前街

文史志书、图文资料、硕博论文；另一个是田野调查，幸得开封与郑州近在咫尺，可以随时说走就走，实地丈量。

小说是最吃细节的文体。情节好编，细节难凑。细节就是一砖一瓦，就是支撑历史本来的市井烟火，就是充满褶皱的、毛茸茸的生活。小说固然是虚构的，但历史事件、真实人物、用度器具、饮食男女、世情秩序，都要经得起推敲、考据和调查，这些都是细节。细节真实了，在其上滋生的行为逻辑、人情事理、言谈举止，就都真实了。如果一个写作者行走在正确的道路上（细节真实），那么即便是他在"胡编乱造"（情节虚构），也是真实可信的。如果反其道而行之，对创作而言，或许是灾难性的事情。

这样的筑城一直持续到 2016 年。我在中国人民大学读研第二年的某个夜晚，我躺在红三楼那个狭长如车厢般的宿舍里，闭上眼睛，回到七十年前。我分明看见了沈奕雯、崔静姝、夏昶达、沈徽茹、赵贻海、范书芃，我看到他们行进在历史之中，有的人到达，有的人掉队，有的人跌跌撞撞，一路踉跄，有的人义无反顾，悲壮地倒在了黎明之前。城在那里了，人也在那里了。

故事有了，如何去讲它，而且要讲好，这是门大学问。以我对长篇小说浅显的理解，结构关乎命运。中国的长篇小说不缺故事、情节和人物，弥足珍贵的是那一口真气，以及从源源不断的真气中蓬勃出丰沛的创造力。我想，结构应该是这口真气的载体和熔炉。我的硕士论文研究的是日本作家远藤周作，他的《沉默》是我尤为关注和解读的文本。从这部小说中，我受到了很大的启发，也逐步确定了《省府前街》的结构、视角和节奏。

这对我来说是个挑战，也是冒险。我想任何一个职业的从业者，选择突破自己的舒适区，去做没有多大把握、充满了风险的尝试，都是很艰难的决定。

具体到小说中，将外在材料转纳为内在体验，并以文学创作的结果面对读者，每个作家都会有自己熟悉的做法，久而久之，形成了所谓的"风格"。在我的概念里，"风格"其实就是"舒适区"的另一种称呼。舒适区是需要突破的，需要背叛的。唯有如此，才能激发出意想不到的创造力。所以在《省府前街》中，我尝试加入了"书信"这一文体。书信是带有强烈主观性的笔法，可以最大限度地屏蔽写作者的介入感，直接进入人物的内心世界。书信体当然是长篇小说中最常见的做法之一，《沉默》即如此。我有意识地将常规叙事结构中的一部分功能剥离掉，在书信中以亲历者的视角予以还原、解密、反转、布置悬念，以求增加叙事空间和层累的维度。我渴望在多维度的叙事中来回往复，章节之间相互独立又暗暗勾连，在共时性和历时性上达到某种程度的契合。

在小说中，我还试图赋予"书信"和"叙述"这两种文体不同的语感，通过两种不同文体、语感、场域的切换，明确两者的边界，以求在历史背景和时代意蕴上实现对话的意义。沈奕雯是常规叙述中的核心，赵贻海则是书信中的核心。前者从旧政权走到新政权，场域在开封；后者从旧政权逃离到境外，场域在香港。人物、场域、经历截然不同，又相互补充，将留下来的人与逃离的人，建设者与局外者，新生者与沦落者，用类似复调的结构呈现出来，而在这一复调的多维度背后进行对话和对照的，是站起来的新中国与殖民地的香港。这就是我在这部小说中的努力之处——写作一个跟自己以往的结构不同的新结构，对自己的突破和背叛。这样的尝试，我现在还不知道将是何种收获，但我知道，即使收获到的是苦味，只要我倾心注入了努力，就已经是我的里程碑，是我自我放逐出舒适区的一块里程碑。

写作是从 2016 年开始的。差不多两年时间，锱铢积累地完成了。写作的艰难困顿自不待言，得以坚持下来，是写作者的本分。定稿之后，一直没有勇气回头再看，等拿到样书，翻开去读，却是无比的陌生。那座城，那些人，那些事，跟我似乎完全没有关系；城也好，人也罢，都有其自己的命运，这些也跟我毫无关系。所以我将小说终结于 1954 年，沈奕雯随着河南省省会迁郑的队伍，坐着嘎斯车，从开封到郑州的那天。所以那些人后来的运命，也就留给了他们自己。像沈徵慕，新中国成立后一直工作和生活在新疆，直到 1989 年病逝于库尔勒；沈徵莼、沈徵蓟兄弟投奔徵慕，成为解放军战士，前者在 1950 年牺牲于朝鲜长津湖新兴里，后者于 1954 年复员回乡务农，2008 年病逝于中牟；赵贻海在 1976 年病逝于香港，两年后，曾清明也去世了，两人并没有生育子女；1978年，终生未再娶的夏昶达病逝于黄泛区农场中央党校五七干校，时任尹坡村小学教员；侯翔然在武汉大学读研毕业后，一直留在武汉，2009年去世；而早在1952年，曾经和他同住在省府前街沈家的何咏清，已经牺牲在了闽西剿匪战斗中；范书芃在郑州铁路局工作，1960年牺牲于陇海铁路豫西抢险现场；1955年，沈奕雯和范书芃生了一个儿子，名叫范亚非，1979年牺牲于越南柑塘；同样是在1979年，沈奕雯又回到开封，继续做小学教员，直到1999年去世，再未离开过……

从1938年到1954年，开封城里发生了好多事，中国也发生了好多事，这些事跨越山和大海，一直影响到今天。写这段历史的作家很多，作品也不少，我只是其中一个。前辈作家们的生活阅历、人生体验和笔力技术都足够，故而我辈作家中，愿意写这段饱含社会风云、政治跌宕、历史错综的岁月的，终究还是显少，久而久之，竟仿佛成了前辈作家无形的专利、后辈作家有意的回避。不过在我看来，却觉得至少可以写一写那时的青年，跟我一个年纪的群落。在2018年全国青创会上，我的研究生老师杨庆祥在他的演讲中说："众所周知，自现代以来，青年就不仅仅是一个生理学的概念，它更指向一种热烈的青春气质和丰沛的创造性力量。青年写作的图景，也不仅仅是一种文字的自动表达，而更是一种心灵形式和历史形式，就前者而言，它'内图个性之发展'，就后者而言，它'外图贡献于群'。这两者的综合，奠定了整个中国现代写作的起源和经典谱系，鲁迅、郭沫若、茅盾、巴金、老舍、曹禺、沈从文、赵树理、孙犁、柳青、路遥、汪曾祺，这些卓越的创造者正是以一种深刻的'青春性'从历史中获得了形式，并将精神性的光谱，折射进推动民族解放、社会进步和美学构造的实践行为中去。由此，写作不仅仅是在解释和想象世界，同时也在改造和建设世界。"

现在，我每每在夜深人静时进入那座城之际，就会想到庆祥老师这段话，就会意识到这部名为《省府前街》的小说，正是将七十年前那群青年身上的"青春性"，与七十年后的青年身上的"青春性"串联贯通在一起，就会无比清晰地感觉到，那段岁月理应也必须有不同方式的呈现，题材、思想、写法，理

省府前街

应也必须有"青春性"的介入和表达。 尤其是小说中那一批共产党员形象的一个共同特性，就是对理想与信念的执着追求精神，而这种执着在当下的中国弥足珍贵，急需重拾、重构，与重建。

这部小说就像一把盐，写七十年前新中国成立的汗牛充栋的文学作品就像一缸水。 这把盐撒进水里，盐自然是找不到了，水还是原来的样子，不会多也不会少，但我的所有努力的些许意义，便是水中或许已经有了一些味道。

省府前街